大清相国

王跃文讲解版

王跃文 著

岳麓書社·长沙

序

长篇历史小说《大清相国》写的是三百多年前康熙王朝的故事，主人公陈廷敬。康熙王朝风云际会，名臣辈出，却鲜有善终者，惟陈廷敬政声与清誉兼而有之，既具当世名，又享万世名。

陈廷敬二十一岁进士出身入朝为官，历任吏、户、刑、工四部尚书及左都御史、翰林院掌院学士、经筵讲官，晚年官至文渊阁大学士。经筵讲官即为帝师，充任者必须学问淹洽，品端德劭。康熙皇帝曾嘉赞陈廷敬：“每日进讲，启迪朕心，甚有裨益。”陈廷敬到了晚年，康熙皇帝夸奖他：“卿为耆旧，可称全人。”“恪慎清勤，始终一节。”康熙皇帝还在赐陈廷敬的御制诗里写道：“房姚比雅韵，李杜并诗豪；何似升平相，开怀宫锦袍。”意思是说陈廷敬既像房玄龄、姚崇那样的太平盛世的宰相，又像李白、杜甫那样的大文豪。

世间没有无态度的写作。史家著史，采史即有预设；诗人作诗，诗即是言志；小说家虚构爱恨情仇，所浇尽为胸中块磊。写历史小说，择选哪位人物，摄取何种史料，都成了作家的态度。陈廷敬在朝为官五十多年，经历过的大事太多，详尽写来难顾首尾。我凭藉史料对他的评价，所述故事虚实互参，要紧的是刻画他的形象。陈廷敬的形象可用四句话简要概括：自古清官多酷，陈廷敬是清官，却宅心仁厚；能官多专，陈廷敬是能官，却从善如流；好官多庸，陈廷敬是好官，却精明强干；德官多懦，陈廷敬是德官，却不乏铁腕。

古人所遗史乘，撰述皆有己见。后人研究出来的历史，依据故纸和考古之类，想象和臆断在所难免。历史学家威尔·杜兰特说：

“绝大部分历史是猜测，其余的部分则是偏见。”此论或许偏颇和武断，但也道出历史研究的某些真相。文学却可以更真实地记录历史，哪怕只是支离破碎的生活残片。读《诗经·采葛》，可以感受先秦男女恋爱的炽烈和缠绵；《桃夭》则让古人婚礼的喜庆场面历历在目；《古诗十九首·去者日以疏》呈现的是东汉末年战乱后的萧瑟景象；杜甫、陆游皆具“诗史”精神，读其诗而知往昔之时事；皇皇巨著《红楼梦》，所述康雍年间的贵族生活，无任何历史著作可与匹敌。

可见，真正的文学（除去伪文学）是可读作历史的，历史小说更可读作历史，只不过是作家艺术处理过的历史罢了。

是为序。

王跃文

王跃文《大清相国》讲解

序号	标题	二维码
1	读书人的唯一出路——科举考试	
2	人才辈出的皇城陈氏	
3	风云变幻中的官场生存之道	
4	官员上朝奏事的规矩和方圆	
5	陈廷敬恪慎清勤的为政智慧	
6	康熙为何怒骂傅山	

续表：

序号	标题	二维码
7	陈廷敬接手的宝泉局究竟 是“肥差”还是“烫手山芋”	
8	真贪官之“贪”与 假清官之“清”	
9	康熙南巡背后的真实目的	
10	一代廉吏陈廷敬的 反腐治贪之策	
11	“太平之乱”乱在哪里	
12	千古一帝康熙的 治国施政之术	

目　录

一

顺治十四年秋月，太原城里比平常热闹。丁酉乡试刚过，读书人多没回家，守在城里眼巴巴儿等着发榜。圣贤书统统抛却脑后了，好好儿自在几日。歌楼、酒肆、茶坊，尽是读书人，仙裾羽扇，风流倜傥。要么就去拜晋祠、登龙山，寻僧访道，诗酒唱和，好不快活。

文庙正门外往东半里地儿，有家青云客栈，里头住着位读书人，名唤陈敬，表字子端，山西泽州人氏，年方二十。只有他很少出门，喜欢待在客栈后庭，终日读书抚琴，自个儿消闲。他那把仲尼琴是终日不离手的。后庭有棵古槐，树高干云。每日清晨，家佣大顺不管别的，先抱出仲尼琴，放在古槐下的石桌上。陈敬却已梳洗停当，正在庭中朗声读书。掌柜的起得早，他先是听得陈敬读书，过会就听到琴声了。他好生好奇，别人出了秋闱，好比驴子卸了磨，早四处打滚去了。那外头喝酒的、斗鸡的、逛窑子的，哪里少得了读书人！只有这位陈公子，天天待在客栈，不是子曰诗云，就是高山流水。

大顺不过十三岁，毕竟玩性大。每日吃过早饭，见少爷开始读书抚琴，就溜出去闲逛。他总好往人多的地方凑，哪里斗鸡，哪里说书，哪里吵架，他都要钻进去看看。玩着玩着就忘了时光，突然想着天不早了，才飞跑着回客栈去。大顺见少爷并没有生气的意思，就把听到的见到的都说来听。

这日大顺出门没多久，飞快地跑了回来，顾不得规矩，高声叫喊道："少爷，中了中了，您中了！"

陈敬琴声戛然而止，回头问道："第几名？"

大顺摸摸脑袋，说："几名？我没数。"

陈敬忽地站了起来："没数？肯定就不是第一了！"

大顺说："少爷，能中举人就了不起了啊，哪能都中第一名！"

陈敬复又坐下，低头良久。他想自己顺治八年应童子试，考入潞安州学，中的可是第一名。那年陈敬才十四岁。他是同父亲一起赴考，父亲却落了榜。他自小是父亲发的蒙，考试起来竟然父不如子。父亲虽觉脸上无光，却总喜欢把这事儿当段佳话同人说起。不几年，陈敬的名字便传遍三晋，士林皆知。

大顺就像自己做错了事，不敢多说，一边儿垂手站着。大顺十岁那年就跟着少爷了，知道少爷不爱多话，也看不出他的脾气。可大顺就是怕他，说话办事甚是小心。陈敬突然起身往外走，也不吩咐半句。大顺连忙把古琴送进客房，出门追上陈敬，低头跟在后面。

文庙外的八字墙上，正是贴榜处，围了好多人，闹哄哄的。榜下站着两个带刀兵丁，面呆眼直，像两尊泥菩萨。陈敬走上前去，听几个落榜士子正发牢骚，说是考官收了银子，酒囊饭袋都中举了，孔庙变成了财神庙。几个读书人撸袖挥拳，嚷着要见考官。陈敬并不认得他们，就顾不得打招呼，只从头到尾寻找自己的名字。他终于看见自己的名字了，排在第二十八位。抬眼再看看榜首，头名解元名叫朱锡贵，便故意问道："朱锡贵？我可是久仰他的大名了！"

原来士子们都知道，今年应试的有个朱锡贵，曾把"贵"字上头写成"虫"字，大家背地里都叫他朱锡虫。这个笑话早就在士林中间传开了，谁都不把这姓朱的当回事儿，只道他是陪考来的。哪知他竟然中了解元！正是这时，一个富家公子打马而来，得意洋洋地看了眼皇榜，歪着脑袋环顾左右，然后瞟着陈敬："在下朱锡贵，忝列乡试头名，谓之解元，得罪各位了！"

陈敬抬头看看，问："你就是那个连名字都不会写的朱锡贵？"

不等陈敬再说下去，早有人说话了："朱锡虫居然是乡试头名解元！咱们山西人好光彩呀！"

陈敬哼哼鼻子，说："你这条虫可真肥呀！"

朱锡贵似乎并不生气，笑着问道："您哪位？"

陈敬拱手道："在下泽州陈敬！"

朱锡贵又是冷笑，说："陈敬？待在下看看。哈，你可差点儿就名落孙山了，还敢在本解元面前说话呀？"

陈敬愤然道："朱锡虫，你脸皮可真厚！"

朱锡贵哈哈大笑，说："老子今儿起，朱锡虫变成朱锡龙了！"

陈敬说道："朱锡虫，你也成了举人，天下就没有读书人了！"

朱锡贵突然面色凶狠起来："陈敬，你敢侮辱解元？我今日要教你规矩！"

朱锡贵扬起马鞭就要打人。大顺眼疾手快，一把揪住朱锡贵，把他从马上拉了下来。大顺虽说人小，可他动作麻利，朱锡贵又猝不及防，竟摔得哎哟喧天。众士子趁乱解气，都拥向朱锡贵。朱锡贵也是跟了人来的，无奈人多势众，只急得围着人群转圈儿。榜下那两尊泥菩萨登时活了，想上前劝解，却近不了身！大顺机灵，见场面混乱，拉着陈敬慢慢挤了出来。

突然，听得啪的一声，一个香瓜砸在了皇榜上。有这香瓜开了头，石头、土块雨点般砸向皇榜。没多久，皇榜上就见不着一个整字儿了。一个石子弹了回来，正中陈敬肩头。大顺忙拉了陈敬往外走，说："少爷，我们回去算了，小心砸着脑袋！"陈敬越想越憋气，回了客栈嚷着叫大顺收拾行李，今儿就回家去。大顺说行李可以收拾，要走还是明儿走，还得去雇马车。

陈敬愤恨难填，脑子里老是那几个考官的影子。开考之前，几位考官大人，全是京城来的，坐着敞盖大轿游街，众士子夹道参拜。此乃古制，甚是庄重。有个读书人不晓事，居然上前投帖，被考官喝退。见此光景，读书人都说考官个个铁面，不怕谁去钻营了。哪知到头来是这等分晓？

过了多时，忽听客栈外头人声鼎沸，掌柜的过来说："如今这读书人不像话了，真不像话了！"陈敬不问究竟，自己跑到街上去看。原来是些读书人抬着孔子圣像游街，那圣像竟然穿着财神爷戏服！“往后我们不拜孔圣人，只拜财神爷啦！读书有个屁用！多挣银子，还怕不中举人？”读书人叫喊着，不停地挥着拳头。街道两旁站满了看热闹的，都是目瞪口呆的样子。一位老者哭喊着：“作孽呀，你们不能如此荒唐，要遭报应的呀！”陈敬知道此事非同儿戏，上前拉着个熟人，轻声劝道：“这可使不得，官府抓了去，要杀头的！”那人说：“读书人功名就是性命，我们没了功名，情同身死，还怕掉脑袋？你好歹中了，不来凑热闹便是！”

见大家不听，陈敬便跟在后面，只寻熟人规劝。陈敬跟在后面走着走着，就没想着要回去了。他就像着了魔，脑子里空空的，热热的。读书人抬着孔圣像在街上兜了个大圈子，又回到文庙。孔圣像就是从文庙的明伦堂抬走的，这会儿又抬了回来。孔圣像被放回原位，却因穿着财神戏服，甚是滑稽。有人抓起几文小钱，朝孔圣像前丢去。

突然，文庙外头传来凶狠的吆喝声。回头看时，几十衙役、兵丁手持长棍，冲了进来。衙役和兵丁们不分青红皂白，见人就劈头一棍，打倒在地，绑将起来。读书人哪里见过这种场面？早吓得面如土灰。手脚快的逃将开去，也有强出头的被打了个皮开肉绽。陈敬自以为没事，仍站在那里不动。人家哪管那么多，陈敬和那没跑掉的七人，全都绑了去。

人是山西巡抚吴道一叫拿的。他当时刚用过午餐，躺在后衙葡萄架下打盹儿。忽有来人报知，读书人抬着孔圣像在街上胡闹，还把戏台上财神爷的衣服穿在了孔圣人身上。吴道一只恨瞌睡被人吵了，很是烦躁，粗粗问了几句就喊拿人，一边又嚷着叫考官来衙里说话。

吴道一骂了几句，更衣去了签押房。等了许久，衙役送了个名册进来：“抚台大人，这是抓的几个人，一共七个。中间只有这陈敬是中了举的，其他都是落榜的。”

吴道一草草溜了眼名册，说：“就是那个泽州神童陈敬吗？他凑什么热闹！”这时，又有衙役进来回话，说考官张大人、向大人来了，在二堂候着。吴道一没好气，也不怕他们听见，说："候在二堂做甚？还要等我去请？叫他们到签押房来！"衙役应声出去了。不多时，主考官张公明跟副考官向承圣进了签押房。都知道出事了，也就顾不上客套，脸上都不怎么好看。

吴道一谁也不瞅一眼，低着头，冷脸问道："你们说说，这是怎么回事！"

张公明望望向承圣，想让他先说。可向承圣只作糊涂，张公明只好说："我等受命取士，谨遵纲纪，并无半点儿偏私。说我们收受贿赂，纯属中伤！那些落榜的读书人，不学无术，只知闹事！"

向承圣这才附和道："张大人所言极是！那些落榜的人，把府学闹得乌烟瘴气，还把戏台上财神菩萨的衣服穿在孔圣人身上。"

吴道一不等向承圣说完，勃然大怒："你们都是皇上钦定的考官，从京城派来的。朝廷追究下来，我要掉乌纱帽，你们可要掉脑袋！"

张公明毕竟也是礼部侍郎，实在受不了吴道一这张黑脸，便说道："抚台大人，我张某可对天盟誓，如有丝毫不干净的地方，自有国法在那儿摆着。但是，事情毕竟出在山西，您的责任也难得推卸！您朝我们发火没用，我们是一根藤上的蚂蚱，得相互担待些才是！"

吴道一仰天而叹，摇头道："我真是倒霉！好吧，你们快快起草个折子，把事情原委上奏朝廷。先把读书人闹事一节说清楚，待我们问过案子，再把详情上奏。瞒是瞒不住的！"

事情紧急，顾不得叫书吏代笔，三个人凑在签押房里，你一句我一句，很快就把折子草拟好了。吴道一把折子看了又看，仍不放心，说："张大人，您是皇上身边文学侍从，文字上您还得仔细仔细，越妥帖越好。"张公明谦虚几句，抬手接了稿子，反复斟酌。三个人都觉着字字坐实了，才正式誊写清楚。

折子还在半路上，吴道一不等朝廷旨意下来，先把陈敬等人拿来问了几堂，就把朱锡贵给关了。吴道一想尽早动手，为的是把自己撇个干净。朱锡贵并没有招供，但吴道一料定他肯定是与人好处了。张公明和向承圣同此案必定大有干系，只是朝廷没有发下话来，吴道一不敢拿他们怎么办。不妨关了朱锡贵，事后也见得他料事明了。那朱锡贵偏是个蠢货，虽说在堂上不肯吐半个字，进了牢里竟然吹起大牛，说："我朱某人哪怕就是送了银子，追究起来，大不了不要这个举人了！我朱家良田千顷，车马百驾，享不尽的荣华富贵！你们呢？闹府学，辱孔圣，那可是要杀头的！"

大约十日之后，皇上看到了折子，立马召见索尼、鳌拜等几位大臣。那日索尼跟鳌拜约着同去面圣，可他俩到了乾清宫外，当值太监只顾悄悄儿努嘴巴，没有宣他俩觐见。忽听里头啪的一声脆响，知道是皇上摔了茶盅。早有几位大臣候在殿外了，他们却装作什么都没听见。鳌拜抬眼望望索尼，索尼只低头望着地上的金砖。

乾清宫里，太监猫了腰，小心地过去收拾。皇上这会儿眼里见不得任何人，连声喊着滚！太监飞快地收拾起地上的瓷片，躬身退出。

内监吴良辅壮着胆子奏道："皇上，索尼、鳌拜等几位大臣都在外头候着。"

皇上咆哮起来："朕不想见他们！前日告诉朕，江南科场出事了，士子们打了考官，大闹府学；昨日又告诉朕，山西科场出事了，孔圣像穿上了财神爷的衣服！今日还想告诉朕哪里出事了？"

吴良辅不敢说大臣们都是皇上召来的，只道："他们是来请旨的，山西科场案怎么处置。"

皇上冷冷一笑，甚是可怕："朕就知道，银子由他们来收，这杀人的事由朕来做！"

吴良辅说："天下人都知道皇上圣明仁慈！"

皇上指着吴良辅说："圣明仁慈！朕要杀人！亵渎孔圣的、送银子的、收银子的、送了银子中举的，统统杀了！他们的父母、妻儿、兄弟，还有教出这些不肖学生的老师，一律充发宁古塔！"

五日之后，皇上的谕示便到了山西巡抚衙门。吴道一奉了圣谕，先将张公明同向承圣拿了。又过五日，三位钦差到了山西，一边查案，一边重判试卷。原来皇上虽是龙颜大怒，到底可怜读书人的不易，不能把山西今年的科考都废了，着令将考卷重新誊抄弥封，统统重判。

钦差中间有位卫向书大人，翰林院掌院学士，正是山西人氏。读卷官送上一篇策论，文笔绝好倒在其次，里头学问之淹博，义理之宏深，识见之高妙，实在叫人叹服。卫向书细读再三，击掌叫好，只道这文章非寻常后生所能为。待拆了弥封，方知这个考生竟是陈敬，三场考卷所有考官给他打的全是圈儿。卫向书早就闻知陈敬后生可畏，果然名不虚传。若依着试卷，解元必定就是陈敬了。

卫向书大喜过望，却又立马急了。陈敬身负官司，遵奉圣谕是要问死的！谁也不敢冒险忤逆圣谕，点了陈敬解元。卫向书心有不甘，反复诵读陈敬的策论，直道这个后生志大才高，倘若蟾宫折桂，必为辅弼良臣。几位同来的考官看出卫向书心思，却也想不出辙来。卫向书爱才心切，暗中打着主意，先不忙着定下名次，想想办法再说。碰巧这日陈敬家的管家陈三金领着大顺找来告状，在行辕外同门人吵了起来。卫向书听说是陈敬家的人，忙招呼下边领了进来。

原来早在陈敬被拿当日，大顺就日夜兼程奔回了老家。那日陈家接到官府喜报不出两个时辰，阖家老小正欢天喜地，大顺突然跑回来，说是少爷下了大狱。老爷闻知，忙吩咐陈三金速去太原，不管花多少银子，都要保管少爷平安无事。大顺也随陈三金回了太原，老爷吩咐他哪儿也别去，只守在大牢外打探消息。陈三金腿都跑断了，银子也白花了许多，一个多月下来，哪家官老爷的门都没进得去。巡抚衙门的门房是个不讲理的老儿，他每次门包照收，就是不肯进去通报，只说这事儿谁也没办法，皇帝老子发话了，不知会有多少人头落地，见了巡抚也没有用。陈三金越发害怕，也不敢回去，只在太原待着，四处打点托人。这日听说京城里来了个清官，便领着大顺来了。

陈三金见了卫向书，话还没说上半句，先扑通跪了下来。大顺年纪小，毕竟没有见过官的，不懂得规矩，也不知道怕事，嚷着说我们家少爷原先也没有跟着那些读书人去，后来出来看热闹，还劝熟人回去哩！不知怎么着就跟在后面走了。回到文庙时，官府里捉人来了，别人都知道跑，我们家少爷傻里傻气站在那里不动，糊里糊涂就被官府捉了。

陈三金正要骂大顺不晓事，卫向书却摆手问道："你是跟着陈敬的吗？你再仔细说说看！"

大顺便把发榜那日他是怎么出来玩时看了榜，如何回去告诉少爷，少爷如何发了脾气，如何嚷着要回家去，如何听到外头吵闹又出来劝人，一一说了。

卫向书仔细听着，又再三询问，陈敬说的每句话他都问了。问完之后，卫向书心中有数，忙叫陈三金起来，问道："你找过巡抚大人吗？"

陈三金道："去了巡抚衙门好多回了，巡抚大人只是不肯见。"

卫向书道："陈敬案子，皇上下有谕示，我必要同巡抚大人一道上奏皇上才行。你今日午时之前定要去巡抚衙门见了吴大人。"

陈三金很是为难，道："小的硬是见不着啊！"

卫向书意味深长地笑道："拜菩萨要心诚，没有见不着的官啊。"

陈三金像是明白了卫向书的意思，忙掏出一张银票，道："小的知道了，这就去巡抚衙门。"

卫向书把银票挡了回去，仍是笑着，说："我就是查这个来的，我这里就免了，你快快去巡抚衙门要紧。"

陈三金在卫大人面前像听懂了什么意思，出门却又犯糊涂了。世人都说没有送不出的银子，没有不要钱的官，这话谁都相信。可这卫大人自己不收银子，好像又暗示别人去送银子。他一路上反复琢磨着卫向书的话，很快就到了巡抚衙门。

门房已收了多次门包，这回陈三金咬咬牙重重地打发了，那老儿这才报了进去。吴道一其实早听说陈敬家里求情来了，只是不肯见人。这回照例不肯露脸，生气道："真是笑话！一个土财主家的管家也想见抚台大人？"

门房回道："老爷，小的以为您还是见见他。"

吴道一道："老夫为什么要见他？"

门房道："小的听陈敬的管家陈三金说，他们家可是有着百年基业。陈家前明时候就出过进士，早不是土财主了，如今他家又出了举人。"

吴道一道："这个举人的脑袋只怕保不住！好，见见他吧。"

陈三金怕大顺不懂规矩坏了事，只叫他在外头等着，自己随门房进去了。过了老半日，吴道一手摇蒲扇出来了，门房指着陈三金说："抚台大人，这位是陈敬家的管家，陈三金。"

陈三金忙跪下去行礼："小的拜见抚台大人。我家老爷……"

吴道一很不耐烦，打断陈三金的话："知道了！你不用说，我也知道你的意思。你是想上我这儿走走门子，送送银子，就能保住陈敬的脑袋，是吗？"

陈三金哀求道："求抚台大人一定替我陈家做个主！"

吴道一冷冷道："皇上早替你们陈家做过主了！闹府学，辱孔圣，死罪！"

陈三金叩头作揖道："抚台大人，我替我们家老爷给您磕头了！"

吴道一哼着鼻子，说："磕头就能保头？"说罢就只顾摇蒲扇，不予理睬了。

陈三金掏出一张银票，放在几案上，说："抚台大人，只要能保住我们少爷的命，陈家永远孝敬您老人家！"

吴道一大怒道："大胆！你把本抚看作什么人了？不义之财取一文，我的人品就不值一文！门房，送客！"

门房道："老爷，小的看他陈家也怪可怜的，好好中了举人，却要杀头。”

陈三金又掏上一张银票，道：“抚台大人，请您老人家一定成全！”

吴道一并不去瞟那银票，半闭了眼睛道：“门房，听见没有？”

门房便道：“陈三金，你还是走吧，别弄得我们老爷不高兴。”

陈三金又掏出一张银票，话未出口，吴道一把蒲扇往几案一摔，正好盖住了三张银票，生气道：“门房，打出去！”立马跑进两个衙役，架着陈三金往外拖。

眼看着过了午时，卫向书乘轿去了巡抚衙门。吴道一正闲坐花厅把盏小酌，听得门房报进来说卫向书来了，忙迎了出去。进到花厅，吴道一命人添酒加菜。喝了几盅，卫向书说：“抚台大人，张公明和向承圣是您我共同审的，向他俩行贿的举子共有朱锡贵等九人。落榜的读书人上街闹事，情有可原啊。”

吴道一敬了卫向书的酒，却道：“卫大人，皇上下有严旨，这些读书人辱孔圣，闹府学，都得杀头！”

卫向书举杯回敬了吴道一，说：“闹事的人中间有个叫陈敬的，他自己中了举，也没有贿赂考官。”

吴道一点头说道：“我知道，他就是当年那个泽州神童。他凑什么热闹？好好的中了举，却要去送死！”

卫向书心里不慌不忙，嘴里却很是着急的样子，说：“还请抚台大人三思，这个陈敬杀不得！”

吴道一问道：“他是犯了死罪，又有圣谕在此，如何杀不得？”

卫向书说：“抚台大人，我赶来找您，正是此事。如今重判了试卷，陈敬三场下来考官们画的全是圈儿，应是乡试第一啊！”

吴道一大吃一惊：“您是说陈敬应该是解元？”

卫向书说：“正是！抚台大人，杀了解元，难以向天下人交代呀！”

吴道一把酒杯抓在手里，来回转着，沉吟半晌，说：“那我们就不让他做解元嘛！”

卫向书没想到吴道一说出这种话来，却碍着面子，道：“虽说可以不点他解元，但老夫看他诗文俱佳，尤其识见高远，必为国之栋梁。这样的人才如果误在我们手里，上负朝廷，下负黎民哪!”

吴道一说：“卫大人爱才之心下官极是佩服，可是您敢违背圣谕吗？下官是不敢的!”

卫向书想这陈敬的案子吴道一是问过了的，倘若说他断错了案，他必是放不下面子，便道：“抚台大人，只怪陈敬年轻不晓事，他糊里糊涂认了死罪却不知轻重。”

吴道一听出卫向书话中有话，便问：“如何说他糊里糊涂认了死罪?”

卫向书便把大顺说的前前后后细细道来，然后说：“陈敬原是去劝说别人不要闹事，结果被众人裹挟，冤里冤枉被捉了来。他知道自己没事才站着不动的，不然他不跑了?”

吴道一脸色渐渐神秘起来，微笑着问道：“陈家人原来求过卫大人了?”

卫向书知道吴道一是怎么想的，也不想把话挑明，只反问道：“想必陈家人也求过抚台大人了?”

吴道一哈哈大笑，道：“既然如此，下官愿陪卫大人再问问陈敬的案子。”

第二日，陈敬被带到巡抚衙门大堂重新问案。卫向书心里是有底的，他顺着那日的事儿前因后果问过，陈敬头上就没有罪了。他还劝说别人不要闹事，应是有功。吴道一是收了银子的，又以为自己同卫向书心息相通，并不节外生枝。但毕竟陈敬的名字到了皇上手里，他得具结悔罪才得交差。可是陈敬脾气犟，说自己原是劝说别人，故而混在了人群里，无罪可悔。再说考官收贿已是路人皆知，读书人愤慨闹事也是事出有因，要放人就得把所有人都放了。陈敬拒不悔罪，官样文章做不下去，皇上那里就不好办。卫向书这下真急了，再想不出法子来。陈敬回到牢里，知道其余六个闹事的读书人都是没中的。他们都感激陈敬仗义，只劝他先保住自己脑袋再说。陈敬只说要死大家死，要活大家活，就是不肯写半个字。

可是过了几日，巡抚衙门的门房突然找到陈三金，叫他快去大牢里把陈敬领回去。陈敬糊里糊涂出了大狱，才知道自己中了解元。再看墙上告示，原来朱锡贵同那六个闹事的读书人，不分青红皂白都问了死罪。又听街上有人传闻，两个考官被押解进京去了。

陈敬经了这牢狱之灾，就像变了个人，回到家里成日闷闷不乐。母亲同妻子淑贤苦口相劝，他总是愁眉不展。三乡五里的都上门道贺，陈敬只是勉强应酬，背人就是唉声叹气。他至今不明白，别人掉了脑袋，他为什么活着出来了。他并不侥幸自己活着，想着那几个问了死罪的读书人，心里就非常难过。只有朱锡贵并不冤枉，考官也并不冤枉。眼看着春闱之期逼到眼前来了，陈敬迟迟不肯动身进京。陈老太爷日日火冒三丈，陈敬仍是犟得像头驴。为着这事儿，陈家终日没谁敢高声说话。

忽一日，卫向书大人着人送来一封信。原来卫大人回山西办差，正好顺道回家省亲，在太原逗留了两个多月。每日都有读书人上门拜访，叙话间卫大人听说陈敬因了这次大难，心灰意冷，再无进意，明年春闱都不想去了。卫大人忙写了信，差人送到泽州陈家。卫大人在信中激赏陈敬的策论和文采，只道他才华超拔，抱负宏远，他日若得高中，必能辅君安国，匡世济民，倘若逞少年意气，误终生前程，实为不忠不孝。读罢卫大人的信，陈敬只觉芒刺在背，羞愧难当。又想这卫大人不把他看成只图一己功名的禄蠹之辈，真是难得的知己。这些日子，爹娘劝也劝了骂也骂了，他却像邪魔上身油盐不进。这回却让卫大人给骂醒了，他心中愧悔不已，恭恭敬敬跪到爹娘面前，答应速速进京赴考去。

二

毕竟时日已经耽搁，转眼就过了正月。这日，陈敬动身赶考去，家人忙着往骡车上搬着箱子、包袱。老夫人没完没了地嘱咐大顺出门小心，少爷是不知道照顾自己的。大顺点头不止，口里不停地嗯着。淑贤突然想要呕吐，忙掏手帕捂了嘴。婆婆看见了，喜上眉梢，上前招呼："怕是有了吧？"

淑贤低了头，脸上绯红。老夫人又问："敬儿他知道吗？"

淑贤又摇摇头，脸上仍是红云难散。

老夫人笑道："敬儿怎么就缺个心眼呢？他怎么还不出来呢？"

淑贤稍作犹豫，说："我去屋里看看吧。"

陈敬正在书房里清理书籍，三岁的儿子谦吉跟在后面捣乱。陈敬喊道："不要乱动，爹才清好哩！"

谦吉却道："爹，我要跟你去赶考！"

陈敬笑道："你呀，再过二十年吧。"

淑贤进来了，谦吉叫着妈妈，飞扑过去。陈敬望了眼淑贤，并不多话，只道："不要催，我就来。"

淑贤吞吞吐吐，半日才说："他爹，我有了。"

陈敬顾着低头清理书籍，一时并没有理会。淑贤站在门口，有些羞恼。陈敬似乎感觉到了什么，回头望望妻子，问："淑贤，你说什么？"淑贤也不答话，低头出去了。

陈敬收拾好了，跟着父亲去堂屋燃香祭酒，拜了祖宗，这才出门上车。父亲手抚车辕，再次叮嘱："敬儿，进京以后，你要事事小心啊！"

母亲眼泪早出来了，说："太原乡试，你差点儿命都送了。敬儿，娘放心不下。"

不等陈敬开口，父亲又说："你只管自己看书，好好儿应试，半句多余的话都不要说。再也不要像在太原那样，出头鸟做不得啊！”

陈敬道：“爹娘，你们放心就是了。”

冰天雪地，骡车走得很慢。陈敬也不着急，只在车里温书。走了月余，到了河北地界。忽见一书生模样的人肩负书囊，徒步而行，甚是困乏。骡车慢了下来，大顺高声喊着让路。陈敬撩开车帘，看了看这个读书人，吩咐大顺停车。陈敬觉着这人眼熟，忽然想了起来，忙下车拱手拜道：“敢问这位兄台，您可是高平举人河清学兄？”

此人正是高平举人张汧，字河清。张汧停下来，疑惑道：“您是哪位？”

原来十年前张汧中了乡试首名，那年陈敬才十一岁，父亲领着他去了高平张家拜访。陈敬笑道：“学弟泽州陈敬，表字子端。小时候由家父领着拜访过学兄哩。刚才家人冒犯，万望恕罪。”

张汧大喜，道：“原来是新科解元子端兄！您的英雄豪气可是遍传三晋呀！”

陈敬道：“兄台过奖了！若不相扰，请兄台与我结伴而行如何？一路正好请教呢！请上车吧。”

张汧忙摇手道：“谢了，我还是自己走吧。”

陈敬说着就去抢张汧的书囊，道：“兄台不必客气！”

大顺更是不由分说，拿了张汧的包就往车上放，道：“先生您就上车吧。我家公子一路只是看书，没人给他搭个话，快闷成个哑巴了。有您做伴，正好说说话哩！”

张汧只得依了陈敬，上了骡车，问道：“子端兄，您怎么也才上路啊？”

陈敬道：“现在离春闱两月有余，我们路上再需走个把月，难道迟了吗？”

张汧道：“愚兄惭愧，我可是三试不第的人，科场门径倒是知道些。有钱人家子弟，秋闱刚过，就入京候考去了。”

陈敬道："用得着那么早早儿赶去吗？真要温书，在家还清静些，想那京师必定眼花缭乱的！"

张汧道："子端兄有所不知啊！人家哪里是去读书？是去送银子走门子啊！"

陈敬叹道："这个我自然知道。不过太原科场案血迹未干，难道还有人敢赌自己性命吗？"

张汧道："这回朝廷处置科场案确实严厉，杀了那么多人，巡抚吴道一也被革了职，戴罪听差。可为着'功名'二字，天下不怕死的人多哪！"

陈敬经历了这回乡试，自是相信这个话的，嘴上仍是说："我不相信所有功名都是银子送出来的。兄台曾居乡试魁首，三晋后学引为楷模。此次会考，兄台一定蟾宫折桂，荣登皇榜。"张汧苦笑着摇摇头，仰天而叹。

一日进了京城，径直去了山西会馆。一问，原来会馆里早就客满了。会馆管事是位老者，万分为难的样子，道："原来是两位解元！都说陈解元不来了，住在这儿的举人每日都在说您哩！"大顺人小，说话办事却是老练，缠着管事的要他想法子。管事的实在没辙，说只有客堂里空着，但那里住着也不像回事。

三个人只好出了会馆，往顺天府贡院附近找客栈去。一连投了几家店，都是客满。原来挨着贡院的店都住满了，多是进京赶考的举人。眼看着天色将晚，见前头有家快活林客栈，陈敬笑道："我们都到水浒梁山了，再没地方，就只有露宿街头了。"

正在这时，门吱地开了，笑嘻嘻地出来个小二，问道："哟，三位敢情是住店的吧？"三人答应着，进了客栈。店家忙出来招呼，吩咐小二拿行李。

店家道："每逢春闱，有钱人家子弟早早儿就来了，能住会馆的就住会馆，不然就挤着往东边住，那儿离贡院近！"

正说话，见一人沉着脸进来了。店家马上笑脸相迎："高公子，您回来啦！"唤作高公子的鼻子里唔了声，眼都没抬，低头进去了。

店家回头又招呼陈敬他们，道：“三位请先坐下喝茶，再去洗洗。想吃些什么，尽管吩咐！”

茶上来了，店家望望里头，悄悄儿说：“刚才那位高公子，钱塘人氏，唤作高士奇。他每次进京赶考都住咱店里，都考了四回啦！家里也是没钱的，成天在白云观前摆摊算命，不然这店他也住不下去了。我看他精神头儿，一回不如一回，今年只怕又要名落孙山！”

陈敬见张汧的脸刷地红了，便道：“店家，你可是张乌鸦嘴啊！”店家忙自己掌了嘴：“小的嘴臭，得罪了！”

陈敬同张汧甚是相投，两人联床夜话，天明方罢。大清早，陈敬梳洗了出来，听得一人高声读书，便上前打招呼：“敢问学兄尊姓大名？”

那人放下书本，谦恭道：“在下姓李，单名一个谨字，表字守严，河南商丘人氏！”

陈敬拱了手，道：“在下陈敬，表字子端，山西泽州人氏。”

李谨顿时瞪大了眼睛，道：“原来是子端学兄！您人未到京，名声先到了！先到京城的山西举人说，去年贵地乡试，掉了好些脑袋。都说您为落榜士子仗义执言，从刀口上捡回条性命啊！兄弟佩服！”

陈敬忙摇摇头，说：“守严学兄谬夸了！这些话不提了。小弟见您器宇不凡，一定会高中的！我这里先道喜了！”

李谨却是唉声叹气：“您不知道，状元、榜眼、探花，早让人家买完了！我们还在这里读死书，有什么用！”

这时，张汧过来了，接了腔：“我家里可是让我读书读穷了，没银子送，碰碰运气吧！”

李谨又是叹息：“可不是吗？我这回再考不上，只好要饭回老家了！”

三人正说着话，一个包袱砰地扔了过来。原来是店家，他正横脸望着李谨喊道："李公子，没办法，我已仁至义尽了，让你白吃，可不能让你白住呀！你都欠我十日的床铺钱了！我只好请你走人了！"

李谨面有羞色，道："店家，能不能宽限几日，您就行个好吧！"

店家甚是蛮横，不说多话，只是赶人。陈敬看不下去，道："店家，守严兄的食宿记在我账上吧！"

李谨忙捡了包袱道："子端兄，这如何使得！我还是另想办法去。"

陈敬拦住李谨，说道："守严兄不必客气！只当我借给您吧！"

店家立马跟变了个人似的，朝陈敬点头笑笑，忙接了李谨包袱送进去了。

陈敬约了张汧去拜访几位山西乡贤，就别过李谨，出门去了。原来卫向书大人在信中介绍了几位在京的山西同乡，嘱咐陈敬进京以后可抽空拜访，有事也好有个照应。正好路上遇着张汧，便说好一同去。两人备了门生帖子，先去了卫向书大人府上。上门一问，才知道卫大人半个月前回京就被皇上点了春闱，如今已经锁院。卫大人料到陈敬会上门来，早嘱咐家里人盛情相待，却不肯收仪礼。再细细打听，陈敬方知想去拜访的几位乡贤都入了会试，照例也已锁院。只有一位李祖望先生，因是前明举人，并无官差在身，肯定在家里的。两人便辞过卫家，奔李祖望府上而去。

照卫大人信中讲的地方左右打听，原来李祖望家同快活林客栈很近。李家院墙高大，门楼旁有株老梅斜逸而出。陈敬上前敲门，有位中年汉子探出头来问话。听说是卫向书大人引见的山西老乡，忙请了进去。这人自称大桂，帮李老先生管家的。两人绕过萧墙，抬眼便见正屋门首挂着一方古匾，上书四个大字：世代功勋。定眼细看，竟是明嘉靖皇帝御笔。陈敬心想李家在前明必定甚是显赫，卫大人在信中并没有提起。大桂先引两位去客堂坐下，再拿了卫向书的信去里面传话。没多时，李老先生拱手出来了，直道失礼。

大桂媳妇田妈上了茶来，李祖望请两位用茶，道："我也听说了，山西去年科场出了事，子端险些儿丢了性命，好在卫大人从中成全。卫大人忠直爱才，在京的山西读书人都很敬重他。"

陈敬道："卫大人盛赞您老的学问和德望，嘱我进京一定要来拜望您。"

张汧也道："还望前辈指点一二。"

李祖望直摇头，笑道："哪敢啊，老朽了，老朽了。我同卫大人都是崇祯十五年中的举人，祖上原是前明旧家，世代做官。先父留下话来，叫后代只管读书，做知书明礼之人，不必做官。入清以后，我就再没有下场子了。唉，都是前朝旧事，不去说它了。"

陈敬甚是惋惜的样子，道："江山易主，革故鼎新，实乃天道轮回，万物苍生只好顺天安命。恕晚生说句冲撞的话，前辈您隐身陌巷，朝廷便少了位贤臣啊！"

李祖望听了并不觉得冒犯，倒是哈哈大笑道："老夫指望你二位飞黄腾达，造福苍生。我嘛，还是做个前朝逸民算了。"

说话间，一个小女子连声喊着爹，从里屋跑了出来。见了生人，女孩立马红了脸，站在那里。李老先生笑道："月媛，快见过两位大哥。这位是张汧，河清大哥，这位是陈敬，子端大哥，都是进城赶考的举人，山西老乡。"

那女孩见过礼，仍是站在那里。李老先生又道："这是老夫的女儿，唤作月媛，十一岁了，还是这么没规矩！"

月媛笑道："爹只要来了客人，就说我没规矩。人家是来让您瞧瞧我的字长进了没有。"

原来月媛背着手，手里正拿着刚写的字。李老先生笑道："爹这会儿不看，你拿给两位举人哥哥看看。"

月媛毕竟怕羞，站在那里抿着嘴儿笑，只是不敢上前。陈敬站起来，说："我来看看妹妹的字。"

陈敬接过月媛的字，直道了不得。张汧凑上去看了，也是赞不绝口。李老先生笑道："你们快别夸她，不然她更加不知道天高地厚了。我这女儿自小不肯缠足，你要她学针线也死活不肯，只是喜欢读书写字。偏又是个女子，不然也考状元去。"

月媛调皮道："我长大了学那女驸马，也去考状元，给您老娶个公主回来。"

李老先生佯作生气，骂道："越发说浑话了！快进去，爹要同你两位大哥说话哩！"

这时田妈过来，牵了月媛往里屋去，嘴里笑道："快跟我回屋去，你一个千金小姐，头一回见着的生人就这么多话！"

月媛进去了，李老先生摇头笑道："老夫膝下就这么个女儿，从小娇纵惯了，养得像个顽皮儿子。她娘去得早，也没人教她女儿家规矩，让两位见笑了。她读书写字倒是有些慧心。"

陈敬道："都是前辈教得好，往后小妹妹的才学肯定不让须眉啊。"

三

这日闲着无事，陈敬、张汧、李谨三人找了家茶馆聊天。李谨想着陈敬的慷慨，心里总是过意不去，道："子端兄侠肝义胆，李某我没齿难忘。今生今世如有造化，一定重谢！"

陈敬道："兄台如此说，就见外了。"

忽听身后凑过一人，轻声问道："三位，想必是进京赶考的？"

回头一看，是个麻脸汉子。张汧说："是又如何？"

麻子说："我这里有几样宝物，定能助三位高中状元。"

陈敬笑道："你这话分明有假，状元只有一个，怎么能保我三人都中呢？"

李谨瞟了那人，说："无非是《大题文库》《小题文库》《文料大成》《串珠书》之类。"

麻子望了李谨，道：“嗬，这位有见识！想必是科场老手了吧？”

李谨闻言，面有愧色，立马就想发作。张汧看出李谨心思，忙自嘲着打趣那麻子，道：“我说兄弟，你拍马屁都不会拍？我是三试不第，心里正有火，你还说我是科场老手？”

麻子笑道：“怪我不会说话。我这几样宝物您任选一样，包您鲤鱼跳龙门，下回再不用来了！”

麻子说着，从怀里掏出个小本子，道：“这叫《经艺五美》，上头的字小得老先生看不见！瞧，一粒米能盖住五个字！”

陈敬笑道：“拜托了，我们兄弟三个眼神都不好使，那么小的字看不清楚，您还是上别处看看去！”

麻子又道：“别忙别忙，我这里还有样好东西。”麻子说着，又从怀里掏出个圆砚台。

张汧接过一看，说：“不就是个砚台吗？”

这时，猛听得外头有吆喝声，麻子忙收起桌上的《经艺五美》，砚台来不及收了。麻子刚要往外走，进来两个魁梧汉子，站在门口目不斜视，气势逼人。麻子心里有鬼，站在那里直哆嗦。两个汉子都是旗人打扮，一个粗壮，一个高瘦。他俩并不开腔，只是那粗壮汉子扬扬手，忽然就从门外拥进十几个带刀兵勇，一拥而上抓住麻子。麻子喊着冤枉，被兵勇抓走了。那两个汉子并不说话，径直找了个座位坐下了。店家猜着这两位非寻常人物，忙小心上前倒茶，躬身退下。

张汧双手微微发抖，那砚台正放在他手边。陈敬轻声道：“兄台别慌，千万别动那砚台。”粗壮汉子端起茶盅，冷冷地瞟着四周。他才要喝茶，忽然瞥见了这边桌上的砚台，径直走了过来。张汧拱手搭讪，这汉子并不理睬，拿起砚台颠来倒去地看。他没看出什么破绽，便放下砚台，回到桌边去了。那两条汉子只端起茶盅喝了几口，并不说话，也不久坐，扔下几个铜板走了。

小二过来续茶，李谨问道：“小二，什么人如此傲慢？”

小二道：“小的也不知道，只怕是宫里的人，最近成日价在这一带转悠。我说这砚台，您几位别碰，会惹祸的！”

张汧说：“我就不信！”说着就把砚台揣进了怀里。

小二笑道：“这会儿大伙儿都在赚你们举人的钱！考官那儿在收银子，刚才那麻子他们在卖什么《大题文库》，我们客栈、饭馆、茶馆也想做你们的生意。生意，都是生意！”

陈敬掏出铜板放在桌上，道：“两位兄台，这里只怕是个是非之地，我们走吧。”

三人在街上逛着，陈敬对张汧说：“河清兄，您还是丢了那个砚台，怕惹祸啊！”

李谨也说：“是啊，我们三人都是本分的读书人。”

张汧笑道：“知道知道，我只是拿回去琢磨琢磨，看到底是什么玩意儿。”

路过白云观，见观前有个卖字的摊子，那卖字的竟是高士奇。只见他身后挂着个破旧布幡，上书“卖字”两个大字，下书一行小字：代写书信、诉状、对联。陈敬问：“那位不是钱塘举人高澹人吗？”

李谨轻声道：“贤弟有所不知。他哪里是举人？只是个屡试不举的老童生！这人也怪，每年春闱，都跑到北京来，同举人们聚在一起，眼巴巴地望着别人去考试，又眼巴巴地望着别人中了进士，打马游街。”

张汧长叹道：“可怜天下读书人哪！”

李谨道：“更可怜是他总想同举人们交结，可别人都不怎么理他。有些读书人也真是的！”

张汧道：“他居然卖字来了。走，看看去。”

陈敬拉住两位，说：“还是不去吧，别弄得人家不好意思。”

张汧道：“没什么，他和我们同住一店，有缘啊！”

高士奇正低头写字儿，李谨上前拱手道：“原来是钱塘学兄高先生！”

高士奇猛然抬头，脸上微露一丝尴尬，马上就镇定自如了，道："啊，原来是李举人守严兄！钱塘高士奇，贱字澹人，游学京师，手头拮据，店家快把我赶出来了。敢问这两位学兄？"

陈敬同张汧自报家门，很是客气。高士奇笑道："见过二位举人！这位子端兄年纪不过二十吧？真是少年得志啊！士奇牛齿虚长，惭愧啊！"

陈敬道："高先生何必过谦？您这笔字可真见功夫！"

高士奇叹道："光是字写得好又有何用！"

张汧说："常言道，字是文人衣冠。就说科场之中，没一笔好字，文章在考官眼里马上就打了折扣了。"

高士奇仍是摇头叹息："实在惭愧。说在下字好的人真还不少，可这好字也并没有让我的口袋多几个银子。"

这时，陈敬身后突然有人说话："不，从今日起，澹人先生的字要变银子了，会变成大把大把的银子！"

陈敬等回头一看，只见一人高深莫测，点头而笑。高士奇见这人品相不凡，忙拱手道："敢问阁下何方仙君？请赐教！"

那人也拱了手，道："在下祖泽深，贱字仁渊，一介布衣。天机精微，当授以密室。先生不妨随我来。"

高士奇愣在那里，半日说不出话来。祖泽深哈哈大笑，说："澹人先生，如果我没猜错的话，您已是不名一文了。我替您谋个出身，又不收您的银子，这还不成吗？"

高士奇想自己反正已是山穷水尽，无所谓得失，连忙起身长揖而拜，道："请仁渊先生受在下一拜！"

祖泽深直摇手道："不敢不敢，往后我还要拜您的！"

祖泽深说罢，转身而去。高士奇忙收拾行李，同陈敬三位慌忙间打了招呼，跟着祖泽深走了。围观的人很多，都弄不清这是怎么回事，只说是这卖字的先生遇着神仙了。

陈敬总为张汧那个砚台放心不下。有日张汧出门了，陈敬去了他的房间，反复看了看那个砚台，果然见盖上有个玄机，一拧就开了，里头塞着本小小的书。打开一看，正是本《经艺五美》，上头的字小得像蚂蚁。陈敬惊叹如今的人想鬼主意会到如此精巧的地步。他犹豫再三，仍是把《经艺五美》放了回去。回到房间，又后悔起来，他应该把那《经艺五美》悄悄儿拿出来撕掉，不然张汧兄在考场里头保不定就会出事的。

过了几日，陈敬正同李谨切磋，张汧推门而入，道来一件奇事。张汧脸色神秘，问道：“还记得前几日叫走高士奇的那位祖仁渊吗？”

李谨问：“怎么了？”

张汧道：“那可是京城神算！他有铁口直断的本事！那澹人先生就是被他一眼看出富贵相。你们知道高先生哪里去了吗？已经入詹事府听差去了！”

李谨惊问道：“真有这事？”

张汧道：“不信你们出去看看，快活林里举人大半都找祖仁渊看相去了！”

陈敬摇头道：“命相之说，我是从来不相信的。所谓子不语怪力乱神！”

张汧笑道：“子端兄呀，孔圣人还说过敬鬼神而远之啊！虽是远之，毕竟有敬在先！我们也算算去！”

陈敬忽然想起一事，道：“河清兄，那个砚台，您还是丢掉算了。”

张汧道：“我细细看过了，就是个很平常的砚台。我的砚台正好砸坏了，就用这个进考场吧。去，上仁渊先生家看看去。”

陈敬道：“你们去吧，我想看看书。”

李谨也想去看看新鲜，道：“看书也不在乎一日半日，只当去瞧个热闹吧。”

陈敬不便再推托，只好同去。原来京城里很多人都知道祖泽深，随口问问就找到了他家宅院。刚到门口，只见祖泽深送客出来。陈敬觉着这人好像在哪里见过。那个人目光犀利，飞快地打量了他们，大步走开。祖泽深冲着那人的背影，再三点头而笑，甚是恭敬。直到那个人转过墙角不见人影了，祖泽深才看见三位客人，笑着问道："三位举人，想必是白云观前见过的？"

张汧很是吃惊，道："仁渊先生好记性啊。"

祖泽深倒是很淡然，请三位屋里喝茶。进了大门，转过萧墙，便闻人声喧哗。原来客堂里早坐满了看相的举人，大伙儿见祖泽深进门，皆起座致意。

祖泽深道："承蒙各位举人抬爱！今儿一下子来了这么多人，我怎么看呀！今日我不看相，只同各位举人聊聊天。"

张汧问道："听说钱塘澹人先生，蒙仁渊先生看准富贵之相，立马应验，如今已入朝听事去了？"

祖泽深笑道："高先生遇着贵人，现已供奉内廷，到詹事府当差去了。那可是专门侍候皇上的差事！"

有举人问道："詹事府干什么的？"

祖泽深说："专门侍候皇上起居，什么车马御驾呀，全是詹事府管的事儿！"

又有举人问："听说詹事府下面有个经历司，专门洗御马的。那位高先生该不是做了弼马温吧？"

众人大笑起来，说洗马就是给皇上洗御马的，那么司马是干什么的呢？

祖泽深笑道："玩笑，玩笑。各位举人抱负远大，想必看不起詹事府。可一个詹事，也是正三品的官呀！"

举人们一片唏嘘声，有个举人说道："我家连着县衙，七品县官也难得见几回。好不容易见他出门一次，鸣锣开道，跟唱戏似的，好威风啊！百姓都说，养儿就得当县太爷，那才叫光宗耀祖！可那才七品！人家朝廷里洗马的头儿，就正三品！"

张汧问道："敢问仁渊先生，那钱塘老童生遇着什么贵人了？"

祖泽深故作神秘，道："我刚送走的那位客人，各位可看见啦？他可是当今御前侍卫，皇上身边的红人，索额图大人！澹人先生就是让这位索额图大人一眼看中，直接把他领进朝廷当差去了!”

陈敬这才想起，刚才走的那人就是前几日在茶馆里见过的那个汉子。举人们连声惊呼，硬要祖泽深看相。祖泽深却说：“我有意高攀各位举人，今日我们只喝茶聊天，不看相。”

张汧道：“仁渊先生，这些人哪有心思喝茶？都是关心自己前程来的。您请说说，钱塘高士奇高澹人，他凭什么就让索大人相中，从白云观前一个卖字糊口的穷书生，一脚就踏进了皇宫呢?”

祖泽深哈哈大笑，道：“蟾宫可折桂，终南有捷径呀！人嘛，各有各的天命！祖某说今日不看相，但可以说一句。我粗略看了看，你们各位只有读书科考这一条路走。澹人先生呢？他不用科考便可位极人臣!”

张汧同众举人嘴里啊啊着，羡慕不已。李谨却有些愤愤然，脸色慢慢都红了。陈敬却是一字不吐，他不明白高士奇如何就发达了，却并不相信祖泽深的话。他想里头肯定别有缘由，只是世人都不知道罢了。

从祖泽深家出来，李谨心情很不好，不想回客栈去，便独自出去走走。直到天黑，李谨才回到客栈。店堂里围着很多举人，都在那里议论科场行贿的事。李谨听了会儿，说：“国朝天下还不到二十年，科场风气就如此败坏了！伤了天下读书人的心，这天下就长不了!”

有人说道：“我们还在这里眼巴巴儿等会试，我听说状元、榜眼、探花早定下来了！状元，两万两银子；榜眼，一万两银子；探花，八千两银子!”

有人听如此一说，都说不考了，明日就卷了包袱回家去。

李谨道：“不瞒大家说，我已知道谁送了银子，谁收了银子。明日我就上顺天府告状去！有血气的明日给我壮壮威去!”

李谨这么一说，举人们都凑上来问他：“你说的是真的吗?”

李谨道：“这是弄不好就掉脑袋的事，谁敢乱说?”有几个脾气大的，都说明日愿意陪李谨去顺天府。

这里正叫骂得热闹，高士奇衣着一新，掀帘进店来了。有人立马凑了上去，奉迎道：“这不是高……高大人吗？”

高士奇甚是得意，嘴上却是谦虚：“刚到皇上跟前当差，哪里就是什么大人了？兄弟相称吧。”

那人道：“兄弟相称，不妥吧？对了，这可是高大人对我们的抬爱。澹人兄您鸿运当头，如今发达了可不要忘了我们兄弟啊！所谓同船共渡，五百年所修。我们这些人好歹还在一个屋檐下住了这么久，缘分更深啊！”

高士奇笑道：“有缘，有缘，的确有缘。各位聊着，我去找店家结账，收拾行李！”

李谨见这些人平日并不理睬高士奇，如今这么热乎，看着心里犯腻，便转身走开了。

张汧正在温书，忽听有人敲门。他跑去开了门，进来的竟是高士奇，满面春风的样子。张汧拱手道：“啊呀呀，澹人先生！您眨眼间就飞黄腾达了，我该怎么称呼您？”

高士奇笑道：“不客气！我们总算有缘，兄弟相称吧。”

张汧忙道：“澹人兄请坐！”

高士奇坐下，道：“河清兄，您那位朋友李举人，他在外头瞎嚷嚷，会有杀身之祸的啊！”

张汧摇摇头道：“唉，我和子端都说了他，劝他不住啊！”

高士奇道：“子端兄倒是少年老成，会成大器的。”

张汧问道：“澹人兄您怎么过来了？您如今可是皇差在身啊！”

高士奇说：“在下那日走得仓促，行李都还在这店里哩，特地来取。河清兄，我相信缘分。您我相识，就是缘分。”

张汧内心甚是感激，道：“结识澹人兄，张某三生有幸。”

闲话半日，高士奇道：“这回您科考之事，士奇兴许还能帮上忙。”

张汧眼睛顿时放亮，心里虽是将信将疑，手里却打拱不迭，道："啊？拜托澹人兄了。"

高士奇悄声道："实不相瞒，我刚进詹事府，碰巧皇上要从各部院抽人进写序班，誊录考卷，我被抽了去。碰巧主考官李振邺大人又错爱在下，更巧的是李大人还是我的钱塘同乡。"

张汧问道："您说的是礼部尚书李振邺大人？"

高士奇道："正是！李大人是本科主考官，您中与不中，他一句话。"

张汧又是深深一拜，道："张某前程就交给高兄了。"

高士奇却连连摇头，道："不不不不，我高某哪有这等能耐？您得把前程交给李大人！李大人很爱才，他那里我可以帮您通通关节。"

张汧不相信高士奇自己早几日都还是个落泊寒士，立马就有通天本事了，小心问道："这……成吗？"

高士奇说："依张兄才华，题名皇榜，不在话下。可如今这世风，别人走了门子，您没走门子，就难说了。"

张汧转眼想想，却又害怕起来，说："有澹人兄引荐，张某感激不尽。只是……这……可是杀头的罪啊！"

高士奇却说得轻描淡写："此话不假！去年秋闱案，杀人无数，血迹未干啊！这回皇上下有严旨，京城各处都有眼睛盯着，听说行贿的举人已拿了几个了！不过，我只是领您认个师门，并无贿赂一说。"

再说那陈敬正在读书，听得外头吵吵嚷嚷，几次想出门看看却又忍住了。听得李谨的声音越来越大，便想去劝他回房。可他去了客堂，却见李谨已不在那里了，便往张汧客房走去。

他刚走到张汧门口，听得里头说话声："张某与澹人兄毕竟只是萍水相逢，您如此抬爱，我实有不安啊！"

高士奇笑笑，道："河清兄其实是不相信我吧？河清兄，读书作文，我不如您；人情世故，您不如我。您等才俊，将来虽说是天子门生，可各位大臣也都想把你们收罗在自己门下啊！说句有私心的话，我高某也想赌您的前程啊！”

张汧问道：“如此说，澹人兄是受命于李大人？”

高士奇道：“不不！李大人岂是看重银子的人。我说过了，只是领您认个师门！”

张汧道：“我明白了。可在下家贫，出不起那么多啊！”

高士奇道：“李大人爱的是人才，不是钱财。人家看重的，是您认不认他这个师门！可是，您就是上庙里烧香，也得舍下些香火钱不是？往老师那里投门生帖子，也是要送仪礼的，人之常情嘛！”

张汧道：“兄弟如此指点，我茅塞顿开了。我这里只有二十两银票，一路捏出水了都舍不得花啊！”

高士奇道：“就拿二十两吧。”

陈敬刚想走开，却听得里头说起他来。高士奇道：“你们三位，真有钱的应是陈子端吧。”

张汧道：“澹人兄，子端您就不要去找他了。去年太原秋闱案，他险些儿掉了脑袋，他怕这事儿。”

高士奇笑道：“我只是问问。子端我不会找，李谨我也不会找。不过这事不能让他俩知道，关乎您我性命，也关乎他俩的性命！我后日就锁院不出了，您只放心进去考便是了。我告辞了。”

陈敬急忙走开，忽听得高士奇在里头悄声说道：“隔墙有耳！”

陈敬担心回房去会让高士奇听到门响，只好往店堂那边走，飞快出了客栈。外头很黑，踩着地上的积雪咯咯作响。铺面的挂灯在风中摇曳，几乎没有行人。陈敬脚不择路，心里乱麻一团。忽见前头就是白云观了，观门紧闭，甚是阴森。陈敬有些害怕，转身往回走。

这时，观门突然吱地开了，里头出来两个人，陈敬听得说话声：“马举人您放心，收了您的银子，事情就铁定了。您千万别着急，不能再上李大人府上去。”

答话的肯定就是马举人：“在下知道了！”

陈敬心想今儿真是撞着鬼了，正蹑手蹑脚想走开，又怕让马举人撞见惹祸上身，忙猫腰往墙脚躲藏。观门吱地关上了。马举人得意地哼着小曲儿，当街撒了泡尿。陈敬只得躲着，不敢挪动半步。马举人打了个尿颤，哼着小曲走了。陈敬仍是不敢马上就走，直等到马举人走远了，他才站了起来。刚要走开，又听观里人在说收银子的事儿，道："光是状元，李大人就答应了五个人，可状元只点一个啊！"

陈敬吓得大气不敢出，悄悄儿走开。不料碰响了什么东西，惊动了观里人，只听得里头喊道："外头有人！快去看看！"

陈敬知道大事不好，飞快地跑开。他跑了几步，突然又往回跑，怕往快活林那边去倒碰着马举人了。听得后头有脚步声，想必是有人追了上来。陈敬头也不敢回，拼命往小胡同深处跑去。远远地听得有人吆喝着，心想他们肯定是白云观里的人。他在胡同里七拐八拐，早没了方向。忽见前头门楼边有树枝伸出来，这地方好生熟悉。猛然想起，原来到了李老先生家门口。陈敬顾不上许多，使劲擂门。后头吆喝声越来越近，陈敬急得冷汗直淌。刚想离开，门吱地开了。开门的是大桂，他还没看清是谁，陈敬闪了进去，飞快地关了门，用手捂住大桂嘴巴。这时，听得外头脚步声嚓嚓而过。

脚步声渐渐远了，陈敬才松开大桂，喘着粗气道："大哥让我进屋去，有人要杀我！"

大桂认出陈敬，惊得目瞪口呆。李老先生听得外头声响，问道："大桂，什么事呀？"

大桂也不答应，只领着陈敬进了客堂。李老先生大吃一惊，直问出什么事了。陈敬心有顾忌，不敢从实道来，只说："我也是丈二和尚摸不着头脑。今儿整日里温书，脑子有些昏，夜里出门吹吹风。不想到走到白云观前，突然从里面跑出几个人来，说要杀了我。我地儿不熟，只知道往胡同深处跑，没想到就跑到这里来了。幸亏大桂开了门，不然我就成刀下冤鬼了。"

李老先生听了，满脸疑惑，望着陈敬，半日才说：“真是怪事了！怎么会好端端的有人要杀您呢？您家可曾与人结怨？”

陈敬敷衍道：“我家世代都是经商读书的本分人，哪有什么仇怨？况且若是世仇，也犯不着跑到京城来杀我！也合该我命大，没头没脑就跑到前辈家门口了。好了，那几个歹人想已追到前头去了，我告辞了，改日再来致谢！”

李老先生心想哪有这么巧的事？一时又不好说破，便道：“子端不嫌寒碜，就先在这里住上一宿，明日再回客栈吧。”

忽听月媛接腔说道：“我去给陈大哥收拾床铺。”

原来月媛早出来了，站在旁边一字一句听得清清楚楚。李老先生嗔道：“月媛你怎么还没睡觉？你会收拾什么床铺，有田妈哩！”

田妈听了，便去收拾房间。正是这时，听得外头有人擂门。李老先生这才相信真是有人在追陈敬，便道：“不慌，您只待在屋里，我去看看。”

大桂手里操了棍子，跟在李老先生身后，去了大门。门开了，见三条汉子站在门外，样子甚是凶悍。李老先生当门一站，问道：“你们深更半夜吆喝，什么人呀？”

有条汉子喝道：“顺天府的，缉拿逃犯！”

李老先生打量着来人，见他们并没有着官差衣服，便道：“谁知道你们是顺天府的？老夫看你们倒像打家劫舍的歹人！”

那汉子急了，嚷道：“你什么人，敢教训我们？”

李老先生冷冷一笑，道：“你们要真是顺天府的，老夫明日就上顺天府去教训向秉道！”

一直吼着的那人瞪了眼睛，道：“顺天府府尹的名讳，也是你随便叫的？”

李老先生又是冷笑，道：“老夫当年中举的时候，他向秉道还只是个童生！”

大桂在旁帮腔，道：“你们也不看看这是什么门第，你们向秉道见着我们家老爷也得尊他几分!”

那三个人见这光景，心里到底摸不着底，说了几句硬话撑撑面子走了。

回到客堂，李老先生道：“子端，您只怕真的遇着事了。可是，顺天府的官差抓您干什么呢?”

陈敬心里有底，便道：“追我的分明是伙歹人，不是顺天府的。刚才敲门的如果正是追我的人，八成就是冒充官差。”

李老先生仍是百思不解，心想这事儿也太蹊跷了。陈敬看出李老先生的心思，便道：“前辈，那伙歹人再也不会回来了，我还是回客栈去。”

李老先生见夜已很深，说什么也不让陈敬走了。陈敬只道恭敬不如从命，便在李家过了夜。

第二日一早，陈敬起了床就要告辞。李老先生仍是挽留，又吩咐田妈快去街上买了菜回来。月媛也起得早，知道是要买菜款待陈敬，缠着田妈也要上街。田妈拗不过月媛，看看老爷意思，就领着月媛出门了。

路过快活林客栈，就见那门口围了许多人。月媛莫名其妙地害怕起来，悄声儿问田妈：“他们在说什么呀？是不是在说子端大哥?”

田妈让月媛在旁站着，自己上去看看。墙上贴着告示，她不认得字，只听说有人说，有个山西举人给考官送银子，有个河南举人说要告状，那山西举人就把河南举人杀了。山西举人杀了人，自己就逃了。

田妈听了，吓得魂飞天外。她心想说的那山西举人，难道就是陈敬？心里正犯疑，又听人说陈敬不像杀人凶犯啊！果然说的是陈敬，田妈跑回来，拖着月媛就往回跑。

月媛觉得奇怪，问：“田妈，不去买菜了吗?”

田妈话也不答，只拖着月媛走人。月媛是个犟脾气，挣脱田妈的手，跑回客栈门口看了告示。月媛顿时吓得脸色铁青，原来陈敬正是告示上通缉的杀人凶犯，还画了像呢！那个被杀的河南举人，名字唤作李谨。

田妈领着月媛回来，急急地擂门。大桂开了门，正要责怪老婆，却见她篮子空着，忙问："出什么事了？"

田妈二话没说，牵着月媛进了门。月媛不敢看见陈敬，绕过正屋从二进天井躲到自己闺房去了。田妈去了客堂，见老爷正同陈敬叙话。

李老先生也见田妈神色不对，问："田妈，怎么这般慌张？"

田妈只道："老爷您随我来，我有话说。"

李老先生去了里头天井，听田妈把客栈前的告示说了，顿觉五雷轰顶。他做梦也不会想到，卫大人极力推举的人竟然会是行贿考官又杀人的恶人。

田妈见老爷惊恐万状，便道："老爷您先装作没事儿似的稳住他，我悄悄儿出去报官！"

田妈说着就要出门，她才走到门口，李老先生摇摇手叫她回来。月媛躲在闺房，听得外头爹在悄悄说话，便趴在窗格里偷看。

李老先生在天井里来回走了半日，说："田妈慢着，让我想想。"

李老先生觉着这事真有点儿对不上卯。既然陈敬是凶犯，就得依律捉拿，交顺天府审办，昨晚为何有人要追杀他？追杀他的那些人为何鬼鬼祟祟？

田妈却在旁边说道："那快活林可是贴了告示，上头还有他的画像啊！听说住在那里的举人，全都要捉到官府里去问话。"

李老先生只道别慌，他自有主张。回到客堂，李老先生问道："子端，您可认识一个叫李谨的河南举人？"

陈敬觉得奇怪，道："认识呀！前辈也认得守严先生？"

李老先生问："您知道他这会儿在哪里吗？"

陈敬说："他同我一块儿住在快活林客栈。"

李老先生说："他昨夜被人杀了！"

陈敬惊得手中茶杯跌落在地，道："啊？怎么会呀？"

田妈瞪了眼睛说："别装蒜了，是你杀的！"

陈敬忙说："田妈，人命关天的事，您可不能乱说啊！"

田妈道："我乱说？你出门看看去，到处张贴着捉你的告示哩！"

陈敬又惊又急，道："守严先生家贫，住不起客栈，店家要赶他出去，是我帮他付了房钱。我和他虽然萍水相逢，却是意气相投，我为什么要杀他呢？"

李老先生问道："您可曾向考官送了银子？"

陈敬道："这等龌龊之事，我怎么会做？我要是这种人，去年就不会有牢狱之灾了。"

李老先生前思后想，摇头叹道："好吧，这里不是官府大堂，我问也没用。我念您是山西老乡，不忍报官。你走吧，好自为之。"

陈敬朝李老先生深深地鞠了一躬，道："陈敬告辞！待陈敬洗清冤枉之后，再到府上致谢！"

陈敬才要出门，李老先生突然喊住了他："慢！敢问子端，您这一去，是逃往山西老家呢，还是向官府投案去？"

陈敬道："我径直去顺天府！光天化日之下，没什么说不清的道理！"

李老先生道："子端，如果人是您杀的，您出了这个门，是逃命还是投案，我不管你；如果人不是您杀的，您就不要出门。"

田妈急了，喊道："老爷！"

大桂手里早操着个木棍了，也在旁边喊道："老爷，万万不可留他呀！"

陈敬道："苍天在上，人真不是我杀的，可我还是要去顺天府，只有官府才能还我个清白之身！"

李老先生说："如果人不是您杀的，您这一去今年科考只怕是考不成了。哪怕不构成冤狱，也会拖您个一年半载！"

陈敬虽然惊惧，却也想得简单，无非是去官府说个明白。听李老先生这么一说，倒也急了，道："前辈请赐教，我该如何行事？"

李老先生说："我也想不出什么法子，只是我在想，天下哪有这种巧事？您碰巧通宵未归，那李举人就被杀了，您又说不知道那要杀您的是什么人。"

陈敬只是低头叹息，不知从何说起。李老先生见陈敬这般样子，便问："子端似有隐情？"

事情到了这地步，陈敬只得实言相告，然后仰天而叹，道："唉！我也是合该出事啊！我在快活林听了不该听的，躲了出去；不承想在白云观又听了不该听的！前辈您想想，我听到了这些话，他们能不要我的脑袋吗？我昨夜不敢实言相告，是不想连累您哪！这种事情，谁知道了都是祸害！"

李老先生仍有疑惑，问："那李举人怎么会被杀呢？"

陈敬道："我猜想，杀李守严的人，可能正是要杀我的人！李守严成日嚷着要去告发科场贿赂，我劝都劝不住，必然引祸上身！昨夜追杀我的人，事先并不知道我是谁，正好我夜里逃命未归，他们自然猜到我身上了。他们杀了李守严，正好嫁祸于我！"

四

索尼同鳌拜急忙去宫里见皇上，索尼却在路上埋怨："鳌拜大人，我想这事儿本不该惊动皇上的。"

鳌拜说："举人杀举人，又事关科场贿赂，不上奏皇上，过后怪罪下来，我们谁也吃罪不起！"

两人一路说着，战战兢兢进了乾清宫。原来折子早十万火急地递进去了，皇上马上就宣了索尼跟鳌拜觐见。

皇上果然很生气，说："凶犯都没捉到，事情还没弄清楚，就把这事同科场贿赂连在一起，告示满街张贴。你们太愚蠢了！"

鳌拜奏道："同被杀举人李谨住在一家店里的举人们说，李谨成日说要去告发贿赂考官的人。正是李谨被杀那晚，举人陈敬外逃了。大家都说，陈敬家里富有，拿了很多银子通关节。"

皇上怒目圆睁："银子送给谁了？你？还是你？"

索尼同鳌拜慌忙跪下请罪，只道怎敢如此大胆。

皇上怒道："去年秋闱，南北都出了科场案，弄得朝廷很没脸面。如今，满天下人都在说今年春闱贿赂最盛。朕令你们查，没查出半个人影儿！如今出了凶案，你们就见风是雨，穿凿附会，推波助澜！你们嫌百姓骂朝廷骂得不够是不是？居然不分青红皂白抓了那么多举人！"

原来顺天府为着问案，住在快活林的举人全叫他们捉了去。鳌拜叩头道："人是顺天府抓的，向秉道倒是问过臣。臣糊涂了，请皇上治罪！"

皇上恨恨道："先记着吧，等事情清楚了，一块儿算账！"

索尼惶恐道："臣亦有罪！"

皇上瞟了眼索尼，道："朕没说你有功！"

索尼同鳌拜再不敢多言，跪在地上低头听旨。

皇上道："朕令你们赶快把关起来的举人们都放了！不能误了他们的考试！还要好好安抚他们，朝廷不能失了天下读书人的心！快把街头捉拿那个山西举人的告示都撕下来！再派人私下查访，暗中密捕。"

鳌拜道："臣遵旨。"

皇上又道："记住，我要活的……那个举人叫什么来着？"

索尼回道："陈敬！"

皇上道："记住，谁私自杀了陈敬，谁必是受了贿赂！"

鳌拜并没有弄懂皇上意思，却道："臣明白了。"

出了乾清宫，鳌拜悄声儿问道："索尼大人，皇上为何说谁私自杀了陈敬，谁就受了贿赂？"

索尼笑道："你不是在皇上面前说明白了吗？皇上极是圣明，

知道陈敬倘若同贿赂有关，他必是知情人，有人就不想留下这个活口。”

鳌拜这才点点头，恍然大悟的样子。

寒风裹着雪花在空中飞舞，高士奇走在街上，双手笼进袖子里。他进了家店铺，里头摆着各色铜铁器具。他看中一个精致的铜手炉，拿在手里反复把玩。店家招呼道：“这位公子，这可是名店名匠的货，您可真有眼力！”

高士奇问：“多少钱？”

店家道：“两百文！”

高士奇说：“两百文？太贵了！”

店家道：“公子您说的真是的，您看货啊！”

高士奇并不还价，数了把铜板啪地放在柜上：“买下了！”

店家见高士奇出手大方，必定是位阔少年，立马脸上堆笑，道：“公子您等着，我这儿有现成的炭火，正烧得红红的，我这就给您侍候上！”

高士奇出了店铺，手里抱着手炉，头昂得高高的。路人见了，却在旁悄悄儿说道：“年纪轻轻的，玩什么手炉啊，土老帽！”有人又说：“有钱人家公子，弱不禁风！”高士奇并没有听清别人说什么，只道是羡慕他的铜手炉，越发得意的样子。

没多时，高士奇又走进裁缝铺，选了些衣料置行头。师傅见他要的尽是上等料子，便极是殷勤。高士奇摊开双手，由着裁缝给他量尺寸，嘴里不停地吩咐人：“师傅，这衣服得拜托您给好好儿做，可别让人家瞧着笑话！”

师傅道：“公子看您说哪儿去了！我这是几百年的老店，您又不是没听说过！”

高士奇道：“我还真没听说过！”

师傅笑道：“上我们这儿做衣服的，都是大户人家。公子，您就别逗了。”

高士奇却说了句真话："师傅您就别奉承了。本公子还是头回置办这么好的衣服。我呀，前几日都还是个穷光蛋!"

师傅吃惊地望着高士奇，马上笑了起来，道："公子敢情也是进京赶考来了？一看您就是富贵之相。"

高士奇哈哈大笑，道："您这话倒是不假。"

师傅忙奉承说："俗话说得好呀，十年寒窗，好不凄凉；一日高中，人中龙凤!"

高士奇听着这话心里极是受用，道："感谢师傅吉言。麻烦您赶紧些做，我过几日就要穿哩!"

师傅答应熬几个通宵，也得把这状元郎的衣服做出来。高士奇知道自己这辈子早与状元无缘了，听着心里仍是舒服极了。

高士奇出了裁缝铺，忽见前头有官差押着些人过来了。他猛然看见张汧也在里头，忙躲进了胡同拐角里。原来张汧和那些住在快活林的举人们都被绑到了顺天府问话，如今奉了圣谕又把他们放了。高士奇前几日说自己马上就要锁院，如今却仍在街上逛着，怕张汧见了面子上不好过。他还得过几日才进贡院去，那日在张汧面前说得那么要紧，原是哄人的。

高士奇望着张汧他们过去了，才从胡同里头出来。走不多远，见几个衙役正撕下墙上的告示。那告示正是捉拿陈敬的。案子高士奇也听说了，他想不到陈敬会做出这等事来。又听有路人问道："怎么？凶犯抓着了？"衙役道："谁知道呢？上头叫贴就贴，叫撕就撕!"那日夜里高士奇收了张汧的银子，听得外头有人，好像就是陈敬。他正为这事放心不下，后来听说陈敬杀人了，他心里倒轻松些了。

可怜大顺小小年纪，自从少爷丢了，成日只在店里哭泣。又听说少爷杀了人，更是怕得要命。张汧说啥也不相信陈敬身染命案，只是觉得陈敬也丢得太离谱了。他便哄着大顺，只道你家少爷迟早要回来的。怎料没过两日，住在快活林的举人们都被官府捉了去。好在陈敬在店里放了银子，店家才没有赶大顺走人。张汧回到快活林，头桩事便是去找了大顺。

五

御前侍卫索额图和明珠领着几个人，都是百姓装束，没事似的在胡同里转悠。到了李祖望家附近，叫人找来地保问话。索额图问道："有朝廷钦犯很可能就藏在你们这块儿。你要多长几双眼睛，谁家来了客人，多大年龄，是男是女，何方人氏，都暗自记下来，速速报官！"

地保也不敢问他们是什么人，只看人家这派头就知道不是平常人物，便甚是小心，道："小的记住了。"

大桂从外头回来，看见有人正在胡同里同地保说话，也并不在意。他有要紧事赶回去报信，进门就说："老爷，怪事儿了！"

李老先生忙问："什么怪事儿？"

大桂道："街上捉拿陈举人的告示都撕掉了！"

陈敬听了心头一喜，问道："真的？"

大桂说："我亲眼瞧见的！"

李老先生说："莫不是抓着真凶了？"

陈敬说："一定是抓住真凶了。乾坤朗朗，岂能黑白颠倒！"

李老先生长长地舒了口气，说："真的如此，那就万幸了！"

陈敬朝李老先生深深一拜，道："太好了，太好了！我马上回快活林去！前辈，您可是我的恩人哪！"

李老先生道："子端千万不要这样说。老朽静候您高中皇榜！"

月媛舍不得陈敬走，嗔道："子端哥哥，您说走就走呀！"

李老先生望着女儿笑道："月媛，子端哥哥功名要紧，我们就不留他了。"

外头明珠同索额图已快到李家门口了，两人边走边说着陈敬的案子。索额图道："我觉着奇怪，外头流言四起，说连头甲进士及第都卖掉了，可我们细细查访，怎么连个影儿都摸不清？去年秋闱之后杀了那么多人，谁还敢送银子收银子？莫不是有人造谣吧？”

明珠摇头道：“我不这么看。我预料，春闱一旦出事，血流成河！无风不起浪，这话错不了的！”

索额图道：“我倒有个预感，若真有事，抓到那个陈敬，就真相大白了！”

明珠道：“陈敬此生不得安宁了！”

索额图不明白这话的意思，问道：“明兄此话怎讲？”

明珠道：“我暗访过陈敬的朋友，他应该不是杀人凶犯。他要是真杀了人，就得掉脑袋，倒也干脆。他冤就冤在，哪怕是没杀人，也没好果子吃！”

索额图道：“索某仍是不明白。”

明珠道：“您想想，陈敬如果没杀人，干吗人影都不见了呢？八成是有人想杀他，躲起来了。”

索额图问：“您猜想陈敬兴许知道科场行贿之事？”

明珠说：“要是他知道，案子迟早会从他那里出来。一旦他道出实情，天下读书人谢他，这国朝官场就容不得他了。”

索额图又道：“索某听了越发糊涂了。”

明珠笑道：“真相大白，很多人就得掉脑袋。官场人脉复杂，一个脑袋连着十个八个脑袋。咱皇上总不能把那么多脑袋都搬下来啊！那陈敬啊，哪怕就是中了进士，他在官场也寸步难行了！”

索额图这才开了窍，道：“有道理！这个陈敬呀，真是倒霉！”

说话间，明珠忽然驻足而立，四顾恍惚，道：“索兄，你闻到了吗？一股奇香！”

索额图鼻子吸了吸，道：“是呀，真香。好像是梅花。”

明珠道：“的确是梅花！好像是那边飘来的。看看去。”

到了李家门前，明珠抬头看看，几枝冬梅探出墙外。明珠道：“就是这家，进去看看？”

索额图道："好，我来敲门。"

李老先生正要开门送走陈敬，听得外头有人，立马警觉起来，隔着门问道："谁呀？"

索额图在外头应道："过路的！"

李老先生听说是过路人，越发奇怪，使了眼色叫陈敬进屋去，然后问道："有事吗？"

明珠应道："没事儿。我们在外头瞧着您家梅花开得好生漂亮，想进来看看，成吗？"

李老先生回头见陈敬已进屋去了，便道："成，成，请进吧。"说罢开了门，拱手迎客。

索额图同明珠客气地道了打扰，进门来了。李老先生瞟见外头还站着几个人，心里咯噔一下，却只作没看见。

明珠道："实在冒昧！在下就喜欢梅花！"

李老先生笑道："不妨，不妨！先生是个雅人哪！"

明珠回头打量着李家宅院，见正屋门首挂着明代嘉靖皇帝所赐世代功勋的匾，忙打拱道："原来是个世家，失敬，失敬！"

李老先生笑道："老儿祖宗倒是荣耀过，我辈不肖，没落了！"

陈敬跑进客堂，趴在窗格上往外一望，见着了索额图，脸都吓白了。他也不知道自己为什么害怕，只隐约猜着这皇上身边的侍卫，怎么会平白无故跑到这里来呢？

这时月媛过来了，陈敬悄悄朝她招手，低声儿说："月媛妹妹，他们可能是坏人，千万不要让他们进屋里来。"月媛点点头，出门去了。

李老先生问道："敢问二位是……"

不等李老先生话说完，明珠抢着答道："生意人，生意人！"

李老先生便拱手道："啊，生意人，发财，发财！"

明珠欣赏着梅花，啧啧不绝，道："北京城里梅花我倒见得不少，只是像先生家如此清香的，实在难得。"

李老先生说："这棵梅树，还是先明永乐皇帝赏给我祖上的，两百多年了。”

明珠道：“难怪如此神奇。墙角数枝梅，凌寒独自开。遥知不是雪，为有暗香来！”

李老先生笑道：“先生好风雅啊！”

索额图并没有此等雅兴，只道：“您家这宅子应是有些来历，可容在下进去看看吗？”

李老先生正在为难，月媛抱着个青花梅瓶出来，堵住了索额图，却朝爹喊道：“爹，您帮我折些梅花插瓶！”

李老先生嗔怪道：“这孩子，这么好的梅花，哪舍得折呀！”

月媛道：“爹您昨日不是答应了的吗？说话不算数！”

李老先生心想昨日哪里答应她折梅花了？他知道女儿精得很，立马猜着她是在玩鬼把戏，便说：“你不见爹这里有客人吗？”

月媛朝索额图歪头一笑，说：“大哥，我够不着，您帮我折行吗？”

索额图不知如何是好，望着明珠讨主意。李老先生正好不想让两位生人进屋，便道：“好吧！两位客人也喜欢梅花，不如多折些，您两位也带些走。”

索额图却说：“这个使不得！”

月媛扯着索额图衣袖往外走：“大哥，我求您了！您不要，我的也没了。求您帮我折吧。”

索额图只好回到梅树下，替月媛折梅花。月媛故意胡乱叫喊，一会说要那枝，一会又说那枝不好看。眼看着差不多了，索额图拍手作罢。李老先生拣出几枝，送给明珠。明珠谢过，收下了梅枝。叫月媛这么一闹，明珠和索额图只好告辞了。

明珠同索额图一走，月媛得意地笑了起来。陈敬从客堂里出来，道：“谢月媛妹妹了。”

李老先生这才明白过来，道：“你这个鬼灵精！怎么不想想别的法子？可惜了我的梅花。”

月媛道：“听陈大哥说这两个人可能是坏人，我急得不行了，还有什么好法子？”

李老先生笑笑，脸色又凝重起来：“这两个人好生奇怪！”

陈敬道：“前辈您不知道，刚才要进去看屋子的那位，可是御前侍卫索额图呀！只顾着赏梅的那位我也见过，也是皇上身边的人，只是不知道他的名字！”

李老先生万万没想到这一层上，问：“您如何认识他们？”

陈敬道：“曾经巧遇过。”便把那日茶馆里见着这两个人，又在祖泽深家里见着索额图的事细细说了。

月媛害怕起来：“莫不是他们知道子端哥哥躲在我们家了？”

李老先生道：“这倒未必，我只是估计杀人真凶并没有抓住，他们是在暗访。子端，我估计您还出不得这扇大门啊！”

陈敬只好回到房间，木然呆坐。李老先生本想让他独自待会儿，可知道他心里必定不好过，又过来陪他说话。陈敬忽觉悲凉起来，说：“我如今犯了什么煞星？去年秋闱，我不满考官贪赃舞弊，同落榜士子们闹了府学，差点儿掉了脑袋。新科举人第二日都去赴巡抚衙门的鹿鸣宴，我却在坐大牢！这次来京赶赴春闱，我打定主意不管闲事，可倒霉事儿偏要撞上门来！”

李老先生安慰道：“子端也不必着急，您只在这里安心温书，静观其变。说不定您在这儿待着，真凶就被抓起来了呢？”

陈敬叹道：“怕就怕抓真凶的就是真凶！”

李老先生想了想，也是无奈而叹：“如此就麻烦了。所谓学成文武艺，货与帝王家。用自己的学问报效朝廷，这是读书人的本分。但官场的确凶险，科场就是官场的第一步！”

陈敬心如乱麻，唯有叹息不止。李老先生道：“有句话，我本想暂时瞒着您。想想瞒也无益，还是说了吧。”

陈敬听了又大吃一惊，问：“什么话？”

李老先生道：“田妈刚才说，管这片儿街坊的地保，眼下正四处打听谁家来了亲戚，说是查访朝廷钦犯。我猜，他们要抓的人正是您啊！”

陈敬道："如此说来，我留在这里，终究会连累您的。我还是早早儿离开算了。"

陈敬说着就要告辞，李老先生拦住他，道："子端万万不可这么说。我相信您是清白的，何来连累？只是事出蹊跷，得好好想办法才是。"

陈敬简直欲哭无泪，道："我现在是求告无门，束手无策啊！"

陈敬还担心着大顺，又想张汧必会照顾他的，心里才略微放心些。

李老先生情辞恳切，留住了陈敬，道："子端，不管事情会怎么样，我有一句话相告。"

陈敬道："请前辈赐教。"

李老先生说："老朽终生虽未做官，但痴长几岁，见事不少，我有些话您得相信。春闱假如真有舞弊，迟早会东窗事发。可这案子不能从您口里说出来。记住，您不论碰到什么情况，要一口咬定只是被歹人追杀，才躲藏逃命。"

陈敬问道："这是为何？"

李老先生说："官场如沧海，无风三尺浪，凶险得很啊！谁有能力舞弊？都是高官大官！那日夜里您在白云观听里头人说什么李大人，今年会试主官正好是李振邺李大人。朝廷里李大人也不止他一人，但谁又能保管不是他呢？您哪怕中了进士，也只是区区小卒，能奈谁何？所以闭嘴是最好的！"

陈敬听了心里愈发沉重，只道晚生明白了。

六

眼看着会试日期到了，杀人真凶没有抓着，陈敬也不见人影。只是越来越多的人相信，李谨就是陈敬杀的。

开考那日，索额图一大早才要出门，阿玛索尼叫住了他："索额图，查科场案的事，你不必那么卖力！”

索额图听着奇怪了，问：“阿玛，这是为何？皇上着您同鳌拜查办科场案，我同明珠暗下里协助。皇上对我很是恩宠，我不敢不尽力呀！”

索尼生气道：“糊涂！科场案不是那么好查的！一旦查出来，必然牵涉到很多王爷和朝廷重臣！涉及的人越多，我们自己就越危险！”

索额图道：“可是皇上整日价为这事发火啊！”

索尼道：“别老是说皇上皇上。皇上也得顾忌着王爷和大臣们！”

索额图疑惑道：“阿玛的意思，是这案子最好查不出来？”

索尼拿手点点索额图的脑袋，说：“你呀，用这个想事儿。”又点点他的肚皮，“用这个装话儿！别把什么话都说明白！”

索额图听着仍是糊涂，却只好说道：“儿知道了。”

索尼又道：“你性格太鲁莽了，只知道打打杀杀！你得学学明珠！阿玛老了，今后咱家要在朝廷立足，就指望你了！”

索额图听完阿玛的话，急忙赶到宫里去了。今日正是会试头场考试，天知道皇上又会吩咐什么要紧差事。跑到乾清宫，果然听说皇上要微服出宫到贡院去看看。索额图同明珠等几个侍卫都着了百姓装束，随皇上去了顺天府贡院。皇上并不进贡院去，只远远站在那里看着。也有举人家里人来送考的，都远远地围着观望。

贡院四周布满了带刀兵丁，一派杀气。举人们手提考篮排着队，挨个儿让官差搜身。考篮里头放着笔墨纸砚，外加小包木炭。那笔得是笔管镂空的，免得笔管里头有夹带；木炭每根只许三寸长，也是怕人作弊。领头搜身的监考官是礼部主事吴云鹏。轮到搜谁了，那举人就把考篮放下，高高举起双手。官差先仔细翻着考篮，再从头到脚摸一遍，鞋子都得脱下来看过。有个举人见这样子实在有辱斯文，发起牢骚来，说：“咱们都得举着手，这就叫举人。”举人们哄笑起来。吴云鹏顿时黑了脸，喝道：“笑什么！放肆!”立马就没人敢言语了，一个个举着手过去。有个举人见不得这场合，双手才举起来，裤子就尿湿了。举人们见了，又哄然而笑。立时跑来两个兵勇，举鞭就朝尿裤子的举人打去，骂道：“亵渎圣地，该当何罪!”那举人被打得在地上乱滚，然后被拖走了。

张汧站在队列里缓缓前行，无意间回头看见了陈敬，他几乎不相信自己的眼睛。原来陈敬今儿清早给李老先生留下张字条，壮着胆子跑到贡院来了。这几日他左思右想，反正自己坐得稳行得正，当着那么多举人和朝廷官员，光天化日之下谁也不敢把他怎样。他终于想明白了，不怕官府明里捉他，就怕歹人背里暗算。陈敬内心毕竟惶恐，只是低头慢慢往前挪，并没有看见张汧。

这却急坏了李老先生。他一早听得大桂说，陈举人不见了，只在桌上放着张字条。李老先生看了字条，直道大事不好，陈敬肯定要出事的。月媛也起来了，哭着要爹爹想办法。李老先生哪有办法可想？只好去贡院看看。月媛硬要跟着去，父女俩就到了贡院外。望着那刀刀枪枪的，月媛甚是害怕。李老先生紧紧抓住月媛的手，嘱咐她千万别乱叫喊。皇上由明珠等拱卫着，也挤在人群里，同李老先生离得很近，没谁看出异样来。

轮到搜张汧的身了，他放下考篮，高高地举起了双手。吴云鹏看看名册，嘴里念着张汧的名字，早有人拿过考篮翻了起来。吴云鹏反复验看那个砚台，张汧心跳如鼓。总算没有看出破绽，张汧的衣服却早汗湿了。吴云鹏喊声走吧，张汧忙收拾起考篮进去了。

终于轮到陈敬，他放下考篮，举起了双手。吴云鹏自言自语道：“陈敬。”陈敬听着自己的名字，心惊肉跳，故意侧过脸去。吴云鹏却没有半丝异样，只冷冷望着手下翻着考篮，搜着陈敬身子。没搜出什么东西来，吴云鹏说声：“走吧。”陈敬尽量放慢脚步，从容地往里走。这时，吴云鹏突然回过神来，回头道：“陈敬？快抓住他!”马上有人跑上前去，把陈敬按倒在地上。陈敬叹息一声，心里倒并不害怕，只是可惜今年科考肯定黄了。

陈敬正要被带走，忽听有人厉声制止：“慢!”原来明珠飞跑着过来了，不让官差把人带走。吴云鹏并不认得明珠，却猜得此人肯定颇有来头。眼见着十几个人飞身而至，然后闪出一条道来，皇上背着手走过来了。

明珠轻声奏道："皇上，这人就是我们要抓的山西举人陈敬！"

皇上并不说话，只逼视着陈敬。陈敬来不及说什么，却见吴云鹏早跪了下来，叩头道："不知皇上驾到，臣罪该万死！"

立马跪倒一片，高喊万岁。李振邺、卫向书等八位考官闻讯，慌忙从贡院里跑了出来迎驾。

陈敬见所有人都跪下了，才回过神来，慌忙跪下，道："山西学子陈敬叩见皇上！"

皇上仍不说话，只是望着陈敬。李振邺奏道："皇上，陈敬身负凶案，竟敢前来赴考，真是胆大包天！"

陈敬道："学子没有这么大的胆量！我敢来赴考，是因为我清白无辜！学子突然身临杀身之祸，如坠五里云雾。"

李振邺又道："启禀皇上，去年山西秋闱之后闹府学、辱孔圣的举人中间，就有陈敬。蒙皇上恩典，念他文章经济还算不错，没有治他的罪。哪想他不思感恩，变本加厉，一到京城就杀了举人李谨！"

陈敬辩解说："我为什么要杀李谨？李谨家贫，住不起客栈，店家要赶他出门。我看他学问好，人也忠直，还替他出了银子。"

李振邺道："皇上，陈敬的罪，就出在他家有银子上头。他企图贿赂考官，被李谨知晓。李谨扬言要告发，他就下了毒手！"

这时，卫向书奏道："皇上，陈敬很可能为这事杀人，臣也会这么推测。但没有实据，不能臆测。"

李振邺瞟了眼卫向书，道："卫大人是陈敬山西老乡，他这话明里说得公正，实际上是在袒护。住在快活林客栈的所有举人都听见，李谨被害那日夜里，说他知道谁送了银子，谁收了银子，还说第二日要去顺天府告状。也就是这个夜里，李谨被杀了，陈敬逃匿了。这些，难道是巧合吗？"

卫向书并不反驳，随李振邺说去。陈敬听说卫向书大人正在眼前，不由得抬头望望。卫向书却低头跪着，目不斜视。

皇上一声不吭听了半日，这会儿才说：“好了，这里不是刑部大堂！科场贿赂，朕深恶痛绝！你们这些读书人，朕指望你们成为国家栋梁。那些想通过贿赂换取功名的，只把科场当生意场，他们将来晋身官场，必然大肆搜刮，危害苍生，祸及社稷！所以，凡是科场贿赂的，朕只有一个办法，杀！”

皇上转身低头望着陈敬，问道：“你，居然不怕死？”

陈敬低着头，道：“若要枉杀，怕也无益！”

李振邺道：“皇上，陈敬真是大胆！竟敢这样对皇上说话！”

皇上听陈敬说出这话，也有些生气，面露愠色。一时没有谁敢说半个字。沉默半晌，皇上却突然下了谕示：“放了陈敬！”

李振邺惊呆了，嘴里直喊着皇上。皇上并不理会，只对陈敬说了句话：“朕准你大比，看看你到底有多大本事！”

陈敬大喜，叩头道：“谢皇上恩典！”

皇上又吩咐索额图：“陈敬出闱之后，暂押顺天府大牢！”索额图应了声喳，自觉得宠，便瞟了眼明珠，脸露得意之色。

陈敬谢恩之后站起来，提着考篮就往贡院走。皇上望望陈敬，竟然笑了起来，说道：“你倒真是从容！别人见了朕，没罪也要发抖啊！好了，你们都起来吧。”跪着的大小官员和举人也都谢恩起身，躬身站着。

远处李老先生跟月媛本已吓得要命，这会儿见陈敬又被放了，不知里头到底发生了什么事情。好歹人没事了，也放下心来。哪知道刚才站在身旁那位年轻后生，原来竟是当今皇上。李老先生叫月媛回去，月媛却想再看看，皇上还要从里头出来哩。

皇上进了贡院，四处看了看。李振邺仍不甘心，奏道：“皇上自是明断，臣以为那陈敬……”

皇上不等李振邺说完，便打断了他的话头，说：“天下哪有傻里傻气送死的人？陈敬真杀了人，他早躲到爪哇国里去了，还敢来赴考？此事蹊跷！”

李振邺却道：“歹人心存侥幸，铤而走险也是有的！”

皇上甚是奇怪，定眼望着李振邺，道：“李振邺，你是一向老成持重，今儿个有些怪啊！”

李振邺道：“臣只为取士大典着想啊！”

皇上心里已有疑惑，问道：“李振邺，你们已经锁院多日，外头的事情，你怎么知道得这么清楚？”

李振邺惶恐道：“举人被杀，这是天大的事情，总有风声吹到贡院里去！”

皇上面有怒色，道：“取士大典才是天大的事情！贡院要做到四个字：密不通风！”

李振邺这才知道自己话说多了，忙道：“臣等并没同外头沟通任何消息！”

皇上点头道：“你们只操持好取士大典，外头天塌下来也与你们无关！”

皇上巡视完了贡院，起驾还宫去了。李振邺等考官们挨次儿跪在贡院门外，直等皇上轿子远了，才起身回去。

御驾没走多远，皇上突然召明珠近前，吩咐道：“明珠，你是个精细人，你最近不用侍驾，且四处寻访，留神任何蛛丝马迹！你这就去吧。”

明珠领了旨，叩拜而退。他一时不知从何着手，回头见贡院外仍围着些人，便朝那人群走去。

眼见着皇上走了，贡院外看热闹的，送考的，便三三两两走开。李老先生领着月媛才要走开，忽见几个人甚是眼熟。老先生还没回过神来，那几个人互递了眼色，匆匆走开了。一看他们背影，正好是三个人。李老先生这下想起来了，他们竟是那日深夜追杀陈敬的人。

李老先生心想此地不祥，拖着月媛就要离开。才走几步，却听得有人朝他叫道：“老先生。”李老先生抬头一看，竟是上次去他家看梅花的人。李老先生已知道他是什么人了，只不知姓甚名谁。

李老先生点头笑笑，故作糊涂道："您家也有人下场子了？"

明珠笑道："没有没有，看看热闹。想必老先生家有人在里头？"

李老先生也道家里没人应试，也是看看热闹，说罢拱手道礼离去。

七

李振邺把吴云鹏叫到身边，吩咐道："那个山西举人陈敬，朝廷钦犯，你们要仔细些！"

卫向书在旁听了，猜着李振邺似乎不安好心，便道："李大人，皇上旨意，是要让陈敬好好儿应考啊。"

李振邺笑道："我哪里说不让他好好应考了？只是交代他们仔细些。"

说罢又吩咐吴云鹏："你们每隔一炷香工夫，就要去看看陈敬，小心他又生出什么事来！"

卫向书道："如此频繁打搅，人家如何应考？"

李振邺笑笑，说："我知道，陈敬是卫大人山西同乡！"

卫向书忍无可忍，道："李大人别太过分了！同乡又如何？李大人没有同乡应试？"说罢拂袖而去。

陈敬在考棚内仔细看了考卷，先闭目片刻，再提笔蘸墨。他才要落笔填写三代角色，猛听得吴云鹏厉声吼道："陈敬！你凶案在身，务必自省！如果再生事端，不出考棚，就先要了你的小命！"

陈敬受这一惊，手禁不住一抖，一点墨迹落在考卷上。完了，考卷污损，弄不好会作废卷打入另册的。陈敬顿时头脑发涨，两眼发黑。半日才镇定下来，心想待会儿落笔到墨渍处设法圆过去，兴许还能补救。

张汧写着考卷，忽想查个文章的出处，便悄悄儿四顾，拿起那个砚台。正要拧开机关，猛听得一声断喝。原来吴云鹏过来了，他看见张汧有些可疑。张汧惊得愣在那里不知如何是好。吴云鹏更是疑心起来，伸手拿过砚台，颠来倒去地看。终于发觉盖上玄机，慢慢拧开了。张汧几乎瘫了下来，心想这辈子真是完了，早听陈敬的话就好了。张汧正要哭出来，只听得砰的一声，吴云鹏又把砚台扔了回来，道："里头总算没有东西，可毕竟是个作弊的玩意儿。你仔细就是！"张汧简直傻了，望着砚台盖上的暗盒，心想难道是祖宗显灵了？嘴里不停地暗念着祖宗保佑，菩萨保佑。吃了这场惊，张汧差点儿回不过神来。

午后，陈敬正埋头写字，有人在外头猛地把窗子一敲，震得考篮掉在地上。陈敬抬头看看，窗口并没有人。他刚躬身下来收拾笔墨纸砚，又忽听外头有人喝令，原来是吴云鹏喊道："陈敬，干什么？"

陈敬抬起头来，说："回大人，我的考篮掉了。"

吴云鹏道："掉了考篮？你在捣鬼吧？"

陈敬说："大人您可以进来搜查。"

吴云鹏推门进来，四处乱翻，骂骂咧咧的。吴云鹏拿起陈敬考卷，不觉点了点头，道："哟，你的字倒是不错。"

陈敬道："谢大人夸奖！"

吴云鹏冷冷一笑，说："光是字好，未必就能及第！你可要放规矩些！"

没过多久，吴云鹏又过来敲陈敬的考棚。陈敬并不惊惧，平静地望着外头。吴云鹏却道："陈敬，你装模作样的，在舞弊吧？"

陈敬道："回大人，您已进来搜过几次了。不相信，您还可以进来搜搜！"

吴云鹏恼了，吼道："放肆！你再不老老实实的，我就让人盯着你不走！"

卫向书正好路过，问吴云鹏："如此刁难，是何道理？"

吴云鹏却仗着后头有人，道：“卫大人，下官可是奉命行事！李大人跟您卫大人都是主考，可李大人是会试总裁。下官真是为难，不知道是听李大人的，还是听您卫大人的！”卫向书被呛得说不出话，怒气冲冲走开了。

三场考试终于完了。这些天只有陈敬不准离开贡院，每场交卷之后仍得再待在里头。别人都是带了木炭进去的，陈敬却是除了文房四宝别无所有，在里头冻得快成死人。亏得他年纪轻轻，不然早把性命都丢了。

第三场快完那日，李振邺悄悄儿问吴云鹏：“那个陈敬老实吗？”

吴云鹏笑道：“下官遵李大人吩咐，每隔一炷香工夫就去看看。”

李振邺问：“他题做得怎样？”

吴云鹏答道：“下官没细看他的文章，只见得他一笔好字，实在叫下官佩服！”

李振邺道：“你盯得那么紧，他居然能从容应考，倒是个人物呀！”

吴云鹏说：“都是读书人，有到了考场尿裤子的，也有刀架在脖子上不眨眼的！”

李振邺见四周没人，招手要吴云鹏凑上来说话。听李振邺耳语几句，吴云鹏吓得脸都白了，轻声道：“这可是要杀头的呀！”

李振邺笑道：“没你的事，天塌下来有我顶着！”

吴云鹏只得说：“下官遵李大人意思办！”

吴云鹏说罢去了陈敬考棚，问道：“陈敬，时候到了！”

陈敬道：“正要等着交卷哩。”

吴云鹏说：“交卷？好呀！外头重枷铁镣伺候着你哪！”

吴云鹏接过考卷看看，突然笑道：“可惜呀，你的文章好，字也好，只是卷面污秽，等于白做了！”

吴云鹏说着，便把考卷抖在陈敬面前，但见卷面上有了好几处污渍。陈敬惊呆了，说话舌头都不管用了：“怎么……怎么会这样？你……你为何害我！”

吴云鹏大声道：“放肆！”

陈敬再想争辩，索额图已领着人来了。陈敬冲着吴云鹏大喊：“你们陷害我！你们陷害我！”不容分说，枷锁早上了陈敬的肩头。

索额图骂道：“不得多嘴！你是否有冤，大堂之上说得清的！”

卫向书见来人拿了陈敬，急忙上前，道：“一介书生，何须重枷伺候！”

李振邺也赶来了，道：“陈敬可是钦犯，按律应当带枷！”

索额图觉着为难，道：“两位大人，索额图不知听谁的。”

李振邺笑道：“陈敬是卫大人山西同乡，还是给卫大人面子，去枷吧！”

索额图吩咐手下给陈敬去了枷锁。陈敬暗自感激，卫向书却像没有看见陈敬，转过脸去同李振邺说话：“李大人，我这里只有天道公心，没有同乡私谊！”李振邺嘿嘿一笑，也不答话。

陈敬出了贡院，却把外头等着的李老先生和月媛吓着了。原来他们看见陈敬身后跟着几个官差，有个官差手里还提着木枷。领头的那个正是索额图。贡院外头照例围着许多人，明珠躲在里头把月媛父女的动静看了个仔细，料定陈敬同这户人家必有瓜葛。

索额图领人押着陈敬往顺天府去，不料到了僻静处，突然杀出四个蒙面人，抓住陈敬就跑。索额图正在吃惊，不知从哪里又蹿出三个蒙面人，亮刀直逼陈敬。索额图飞快抽刀，挡过一招。于是，这三个蒙面人要杀陈敬，那四个蒙面人要抢陈敬，索额图他们则要保陈敬。三伙人混战开来，乱作一团。陈敬突然听得有人喊道：“子端哥哥，快跟我来！”原来是月媛，她趁乱飞快上前，拉着陈敬钻进了小胡同。三伙人见陈敬跑了，掉头追去。他们追至半路，又厮打起来。陈敬同月媛飞跑着，很快就不见了。

那四人一伙的蒙面人跑在前头，他们追到一个胡同口，明珠突然闪身而出，低声说：“不要追了！你们只拖住这两伙人，然后脱身！”明珠匆匆说罢，飞身而遁。另外两伙人追了上来，三伙人又厮打起来。

索额图见陈敬早已不见踪影，仰天顿足道：“叫我如何在皇上面前交差呀！”

月媛到底人小，跑不动了。陈敬喊着月媛妹妹，月媛只是摇头，喘得说不出话来。过了会儿，陈敬又说：“月媛妹妹，我不能再去您家了，我自己找个地方躲起来，您快回家去吧。”

月媛却说：“北京城里没有您躲的地方，我爹说您可是钦犯！不多说了，快跟着我跑！”

月媛路熟，领着陈敬很快就绕到了家门口。大桂开了门，轻声道：“小姐，你们不能进屋！”月媛不由分说，用力推开大门，跑了进去。两人转过照壁，顿时傻眼了！原来明珠早候在这里了。

月媛吓得脸色发白，李老先生正在这时回来了。刚才月媛冒冒失失跑了去，他这把年纪没法追上去阻拦。虽是万分担心，却只好一路寻人一路回家来了。没想到陈敬同月媛都已回家，里头还有这位皇上身边的人。

李老先生猜着大事不好，没来得及说话，却听明珠笑问道：“咦，这不是山西举人陈子端吗？”

陈敬惊愕半晌，镇定下来，说：“陈敬见过侍卫大人！”

明珠面慈目善，道：“哦，连在下是什么人您都知晓？在下明珠，御前行走。明某只是皇上跟前的一个小侍卫，不敢妄称大人。”

陈敬说：“我知道您是来拿我的。”

明珠连连摇手，道：“不不！您我只是邂逅！不久前我到此赏梅，今日没事，又来打扰老伯。”

李老先生知道大家都是在做戏，便道：“不妨，不妨。外头冷，进去说话吧。”

明珠随着李老先生往屋里去，一边说道：“我倒是知道，皇上谕旨，您出闱之后，得暂押顺天府。不知您如何跑到这里来了？”

陈敬说："我也不知道怎么就到这里来了！"

明珠故作惊讶，道："这就奇了！"

月媛不晓事，嘴巴来得很快，说："肯定是你在捣鬼！我看见先是跑出几个蒙面人要抢子端哥哥，后来又跑出几个蒙面人要杀子端哥哥，衙门里的人就两头对付！三伙人狗咬狗打成一团！"

明珠装糊涂："有这事儿？"

里头还在云山雾罩说着话，索额图却领着人在胡同里搜寻，已到李家门外了。有个喽啰抬头望见门楼旁伸出的老梅，道："索大人，这不就是上次您去赏梅的那家？"索额图点点头。

那人说："这家就不要进去了吧。"

索额图说："搜！哪家也不放过，把北京城里翻过来也要抓到陈敬！"

陈敬在客堂同明珠正说着考场里头的事儿，忽听得猛烈的擂门声。明珠道："什么人如此蛮横？"

李老先生道："准是官差，不然谁敢如此放肆？"

明珠道："官差？陈子端，您且暂避，我来应付。"

大桂开了门，索额图领人一拥而入，却见明珠在这里，大吃一惊："明兄，怎么是您？"

明珠笑道："皇上着您明察，着我暗访，各司其职呀！咦，您怎么到这里来了？"

索额图反问明珠："您怎么也上这里来了？"

明珠说："我来赏梅。皇上不是让您带陈敬上顺天府吗？您怎么到这里来了？我知道索兄没有赏梅的雅兴啊！"

索额图羞恼道："容索某过后细说。告辞！"

明珠笑道："索兄先走吧。这回追查科场案，索兄可要立头功呀！"

明珠送走索额图，回到客堂。陈敬问道："明珠大人为何不叫他们带我去顺天府？"

明珠并不急着答话，端起茶杯慢慢抿上几口，才道："我想救您。”

陈敬不敢相信明珠的话，眼睛瞪得大大的，半日才说：“捉拿我去顺天府，可是皇上谕旨呀！”

明珠笑道：“先别说这个。我明珠知道您是个人才。您十二岁应童子试，获州学第一；去年山西秋闱，您桂榜头名，高中解元。凭您的才学，不用给谁送银子。”

明珠这么说，陈敬似有半分相信，道：“谢明珠大人，过誉了。”

明珠又道：“皇上着我查访科场案，您的来历，桩桩件件，我都摸清了。”

李老先生说：“我同子端虽是同乡，却也是初识，甚觉投缘。他终日同我谈古道今，他的文采、才学、人品、抱负，都叫老朽敬佩！”

明珠道：“我见您在皇上面前那么从容自如，便暗想，此必是可为大用之人呀！”

陈敬道：“明珠大人谬夸了！”说着又摇头又叹息，“都白费工夫了！今日交的卷子被考官故意污损，肯定会入另册！”

明珠道：“真有这事？果真如此我自有办法。其实在下猜着您没罪，我想皇上恐怕也不相信您有罪。”

听明珠这么一说，陈敬立马站了起来，朝着明珠长揖而拜：“万望明大人相救！”

明珠却是摇头，道：“还得您自己救自己。”

陈敬同李老先生面面相觑，不懂明珠深意何在。李老先生道：“容老朽说句话。既然都知道子端没罪，为何捉的要捉他，抢的要抢他，杀的要杀他？”

明珠脸上甚是神秘，道：“这就要问子端自己了。”

陈敬暗自寻思，他知道押他去顺天府的是索额图，想杀他的必是白云观里那三个人，可谁想半路劫他呢？又想李老先生早就嘱他不要说出真相，便道：“我真的不知道呀！”

明珠凝视陈敬半日，猜他心里必有隐衷，便道："您不肯道出实情，疑窦就解不开，我就没法救您，皇上也没法救您。李谨被杀那夜您正好逃匿了，天下人都知道这事儿，杀了您没谁替您申冤！"

陈敬低头叹息，却不肯吐出半字。明珠精明过人，早把这事琢磨了个八九不离十，道："其实我早猜着了，有人想杀您，是因为您知道某桩秘密。而这桩秘密，一定同科场贿赂有关。敢如此胆大包天，先后两次要取您性命的人，一是他权柄不小，二是您知道的秘密反过来可以要了他的性命！"

陈敬心里叹服明珠，嘴上却道："明珠大人说得我更加糊涂了。"

明珠拊掌大笑，道："不不，您不糊涂！您清楚得很！不过我想，没有高人点化，凭您这年纪轻轻的读书人，不会如此老成！"

明珠说着便瞟了眼李老先生。陈敬望望李老先生，仍是说："我真是一无所知。"

明珠道："我明白，您是怕招来积怨，将来在官场没法立身。其实，您就是把事情原委同我说了，我也不敢说是您告诉我的！"

陈敬又望望李老先生，欲言又止的样子，问道明珠："为什么？"

明珠并不马上搭腔，喝了半日的茶，缓缓说道："为什么？我帮您窝藏于此，已犯了欺君大罪。当然，我若想自己脱罪，现在仍可以把您押往顺天府。但您想想，哪怕就是把您关在天牢里，随时也会有人加害于您。科场案一日不破，歹人一日不杀，您一日不得安生！"

月媛突然在旁说道："您老是说想救子端哥哥，那么半路中间要抢子端哥哥的就是您的人吧？"

明珠望望月媛，笑了起来，说："老伯这女儿将来必定赛过大丈夫！"原来那四个蒙面汉子正是明珠的人，他猜着陈敬倘若去了顺天府大牢必定被歹人所害，便冒险出了此招。

李老先生刚才并没在意月媛还在这里，忙招呼田妈把她带走了，回头对陈敬说："看来明珠大人宽厚可信，确实惜才，您就说了吧。"

陈敬这才把那夜白云观外听得有人收银子，又怎么被人追杀，怎么逃命，细细说了。只是将张汧托高士奇送银子的事隐去没说，毕竟顾及同乡之谊。明珠听罢，起身告辞，说："好，我这就回去密禀皇上。陈子端，您定会高中皇榜，等着我的好消息吧。"

陈敬却是长叹："我只怕是中不了啦！"

明珠道："您是担心那张考卷吗？我自有道理！不过您可不得离开这里半步呀！"明珠再三嘱咐一番，告辞去了。

索额图诚惶诚恐回到宫里，见着皇上只知跪着发颤。皇上听说陈敬跑了，自然是龙颜大怒，骂道："索额图，你真是没用！"

索额图哭奏道："光天化日之下，不知从哪里冒出两伙蒙面人，一伙要杀陈敬，一伙要抢陈敬。微臣又要保住陈敬性命，又要战歹人，实在招架不住。"

皇上怒道："把京城挖他个三尺，再用筛子筛一遍，也要把陈敬找出来！不然你就是死罪！"索额图跪着退了几步，才敢站起来。

索额图在里头复命，明珠已在外头候召了。只等索额图灰头灰脸地出来，明珠就被宣了进去。听得明珠已找着陈敬了，皇上大怒："明珠你在搞什么鬼？何不早早奏来，害得朕肺都快气炸了！"

明珠便一面认罪，一面编了些话回奏，只是瞒过他派人抢陈敬的事。陈敬毕竟已有下落，皇上也消了些气，问道："你倒是说说，何不把陈敬押往顺天府？"

明珠奏道："微臣觉着事情太蹊跷了，怕有闪失。所有怪事都发生在陈敬身上，李谨被害那夜，他遭人追杀；今日索额图押他去顺天府，又遇蒙面人行刺；他的考卷又被监考官故意污损，可能会成废卷！"

皇上道：“朕也听人密报，监考官礼部主事吴云鹏每隔一炷香工夫，就去打扰陈敬一次。朕日夜寻思这事，猜想陈敬未必就是杀害李谨的凶手，那夜他逃匿不归必有隐情。”

明珠不敢说自己也是这么想的，只道皇上圣明，说：“启禀皇上，微臣观察，陈敬兴许是个人才，若让人知道是他告发了科场案，他今后的日子就不好过。所以，要破这桩案子，只需先拿了那个监考官，顺藤摸瓜，自会真相大白。”

皇上问道：“你是替朕打算，还是替陈敬打算？”

明珠道：“陈敬倘若是个人才，替他打算，便是替皇上惜才。微臣已向陈敬许诺，不把他放到台面上来，他才说出真相的。但微臣不敢欺瞒皇上。”

皇上低头寻思着，说：“如此说，这个读书人倒很有心计？”

明珠道：“微臣眼拙，倒也看出此人才学、人品、抱负、城府非同寻常。”

皇上道：“此人要么过于圆滑，要么沉着老成。朕且记着他吧。”

明珠又道：“启禀皇上，微臣还有一言。”

皇上点点头，明珠便又说道：“皇上不妨让索额图继续搜寻陈敬。此案中之人一日不知陈敬死活，就一日不得安心，自会有所动静。”

皇上望了明珠半日，说：“你同索额图长年随朕左右，朕至为信任。只是索额图性子鲁莽，心思也粗。你倒是心思缜密，办事干练。朕担心索额图要是知道陈敬被你找着了，你俩今后就暗结芥蒂了！”

明珠道：“微臣只是尽量想着把差事办好些，想必索额图也不会计较吧。”

皇上忽然想起陈敬藏身之处，便问：“那是户什么人家？”

明珠回道：“姓李，前明旧臣。”

皇上想了想，问：“是否就是那位前明举人？”

明珠奏道："正是，老先生叫李祖望，山西人氏，他家在前明倒是望族。"

皇上深深地点了点头，说："果然是他，原是卫向书同科举人，后来再没有应试。卫向书向朕举荐过多次，这李祖望只是不肯出山。先皇谕旨，前明旧臣，只要没有反心，就得礼遇。"

明珠道："微臣见那李老先生风流儒雅，满腹经纶，为人方正，并无异心。"

皇上感叹良久，又嘱咐明珠："朕已派索尼和鳌拜追查科场案，你身为御前侍卫，依制不得预政。你只作为耳目，听他们差遣！先拿了那个礼部主事吴云鹏，看他身后是什么人！"

明珠领了旨，皇上已宣他下去，却突然又叫住他，说："你且记住朕一句话。那个陈敬如此少年老成，将来不为能臣，必为大奸！"

明珠不禁惶恐起来，道："微臣记住了。"

皇上逼视着明珠，又冷冷道："这话，也是说给你听的！"

明珠忙伏身而跪，浑身乱颤："微臣誓死效忠皇上！"

八

贡院里已把考卷尽数弥封入箱，移往文华殿誊录。阅卷大臣们都到了文华殿，只等着誊录完毕再去圈点，别出文章高下。考卷收掌、弥封、誊录一应事务，都由吴云鹏等几个主事管着，高士奇一班序写人等小心打着下手。卫向书暗自留意，竟然没有看到陈敬的卷子，便道："下官以为应上奏皇上，把遗卷弥封誊录，择优遴选，以免遗珠之憾！"

几位考官都说此举有违例制，实在不妥。李振邺却道："各位大人有所不知啊，我明白卫大人的心思！"

卫向书正想把话挑明，便说："李大人不必含沙射影，有话直说。”

李振邺笑道：“好！那我就直说了！各位大人，山西举人陈敬，疑有凶案在身，皇上法外开恩，准他破例应考。但陈敬心存怨愤，故意污损考卷，有辱取士大典！监考官吴云鹏按例将他的考卷剔除出去了。卫大人念念不忘的就是这位同乡陈敬！”考官们都望着卫向书摇头，只道这可不像卫大人的作为。

卫向书道：“下官清白之心，可昭日月！”

李振邺正要同卫向书争执，索尼领着明珠等几个侍卫进来了。殿内臣工们猜着肯定是圣谕到了，不等宣旨膝头就开始往下弯。

果然索尼宣旨道：“皇上口谕！礼部主事吴云鹏，贡院所为，心怀不轨，着即交刑部议罪！”

殿内立时跪倒一片，吴云鹏望了眼李振邺，脸色早已惨白。李振邺避开吴云鹏的眼光，低头跪着。两个侍卫上前，拿了吴云鹏。

索尼又道：“皇上还说了，因吴云鹏肆意妄为，故意刁难举子，遗卷之中恐有真才实学的栋梁。着令将所有遗卷弥封誊录，再加遴选！”

李振邺忙拱手道：“皇上圣明，臣等遵旨！”

索尼望着李振邺冷冷一笑，说：“还有哪！皇上口谕，礼部尚书李振邺，身为会试总裁，听凭吴云鹏等肆意妄为，大失法度。着李振邺解除会试总裁之职，回家听候处置！着翰林院掌院学士卫向书充任会试总裁！”

卫向书伏地而跪，道：“微臣惶恐领旨！”

李振邺浑身乱颤，大汗如雨。索尼宣完圣谕，这才笑道：“各位大人，都起来吧。”

臣工们谢了圣恩，撩衣而起，只有李振邺仍瘫在地上，爬不起来。

明珠问道：“李大人，您怎么还跪着？”

李振邺说：“臣罪该万死！”

索尼说：“皇上这会儿还没定您的罪啊！回家待着去吧！”

李振邺这才颤颤巍巍爬了起来，朝索尼和明珠拱手不已。

李振邺回到家里像个死人，卧在床上起不了身。管家走到床前，轻声说："老爷，他们来了。"

听了这话，李振邺马上爬了起来，去了客堂。原来白云观里那三个人正是他的家丁，这会儿已候在外头。

李振邺道："吴云鹏已被拿下了。怪老夫料事不周，我不想连累你们呀。"

一个家丁说："老爷待我们恩重如山，只要您一声令下，就是要掉脑袋，我们也在所不惜！"

李振邺摇摇头，道："别说傻话了。你们要快快离开京城，走得越远越好。我这里预备了些银两，够你们在外头逍遥几年。等风声过后，我会让你们回来的！老夫身后站着的是各位王爷、贝勒、大臣，我不是说倒就倒的！"

管家早拿着个盘子过来，里头放着三个红封、四杯酒水。管家把红封递与三人，再端了杯酒送到老爷手上。三个汉子便自己端了酒，拱手敬了老爷。李振邺说："事出仓促，不能专门为你们送行了。干了这杯酒，你们等天黑下来就星夜起程吧。"

干了杯，三个汉子泪眼婆娑，只道过几年再来给老爷效力。李振邺目送他们出门去了，仍回房躺着。大难临头，李振邺本无睡意，只是身子发虚，无力支撑。只因刚才喝了那杯酒，他平日又并无酒量，居然昏昏沉沉睡了过去。不知过了多久，突然听到有人摇他身子。睁眼一看，却是管家哭丧着脸，说宫里拿人来了。

李振邺跌跌撞撞去了外头，只见又是索尼领着明珠等人到了。索尼高声宣道："皇上口谕，礼部尚书李振邺，主持朝廷取士大典，居然背负天恩，行为污秽，可恶至极！着即抓捕李振邺，交刑部议罪！"

李振邺朝天哭喊："皇上，臣冤枉哪！"

索尼道："李大人，冤与不冤，自有法断，你不必如此失态。李府家产全部查封，男女老少不得离开屋子半步！"

侍卫们飞赴各屋，李府上下顿时哭作一团。过了半个时辰，一侍卫飞跑进来，惊呼道："索中堂，后院柴房找到三具尸体！"

李振邺两眼发白，倒在椅子里昏死过去。原来李振邺吩咐管家在酒里下了药，毒死三个家丁预备夜里毁尸灭迹，不承想朝廷这么快就拿人来了。明珠心里早已有数，附在索尼耳边密语几句。索尼便道："阖府上下，全部拿下！"

皇上命索尼跟鳌拜共同审案，不到两个时辰李振邺全都招了。知道李振邺这么快就招罪，皇上连夜宣索尼跟鳌拜进宫。索尼道："李振邺供认不讳，只是涉人太多，请皇上圣裁！"

说罢就递上折子，早有太监过来接了去。皇上靠在椅子上，闭上眼睛，并没有看折子，只问道："都牵涉到些什么人？"

索尼嘴里支吾着，望了眼鳌拜。鳌拜道："不光李振邺自己胆大包天收受贿赂，向李振邺打招呼、塞条子的还有几个王爷、贝勒，居间穿针引线的有部院大臣，甚至有王府里的管家，部院里的笔帖式，总共十几人，另有行贿贡生二十几人！河南举人李谨也是李振邺家人所杀！"

皇上听着听着，忽然号啕大哭，悲愤不已："王爷、贝勒，都是朕的伯父、叔父、兄弟！至亲骨肉哪！那些大臣，朕成日嘉许他们，赏赐他们！这天下是大家的，不是福临一个人的！他们狼心狗肺！"

皇上哭着喊着，突然双手按住胸口，哇地吐出一口鲜血。索尼跟鳌拜吓得使劲儿叩头，喊着皇上息怒，龙体要紧。明珠随侍在旁，吩咐太监快叫太医。皇上摆手道："不要叫太医，朕一时半会儿死不了的！"

皇上要过折子，看着看着，双手就抖了起来，骂道："都是跟汉人学坏的！满人是靠大刀和弯弓分高下的，原先并无贿赂、钻营这等恶习！入主中原不到二十年，汉人的好处没学着，乌七八糟的东西全学到家了！查！查它个水落石出，让他们死个明白！"

京城里鸡飞狗叫，四处都在说着清查科场案。快活林里的那些读书人欢喜不尽，只说这回终于可以还公道于天下，哪怕落了榜也心甘情愿。只有张汧忐忑不安，生怕自己的事被捅出来。他带进考场的砚台自是天知地知瞒过去了，怕只怕李振邺已经出事，他托高士奇送银子的事被扯出来。他本想先回山西去，可手头已无盘缠，便想到祖泽深家去躲着。他把大顺托付给店家，只道自己有事出门几日。店家只认银子，也没啥话说。

张汧到了祖泽深宅院前，犹豫片刻才上前敲门。门房以为他是来看相的，便让他进去了。祖泽深见来的是张汧，很是热乎，道："原来是河清兄！快发皇榜了，我正等着向您道喜哩！"

张汧红了脸道："张某惭愧，有事相求，冒昧打扰祖兄！"

祖泽深道："河清兄此话怎讲？您可是即将出水的蛟龙呀，我祖某日后还指望您撑着哩。快说，我有何效力之处？"

张汧道："张某盘算不周，现已囊中羞涩，住不起客栈了！"

祖泽深甚是豪爽，大笑道："我以为是什么天大的事哩！兄弟千万别说个借字，您只说需要多少银子？"

张汧道："不敢开口借银子。若是不嫌打扰，我就在贵府住几日，吃饭时多添我一副碗筷就是了！"

祖泽深拍手笑道："好哇，我可是巴不得！来来，快快请进。"

进屋落了座，祖泽深暗自察言观色，问道："河清兄，您好像有什么心事啊！"

张汧内心实是慌张，想这祖泽深神机妙算，生怕他看破什么，忙道："不不不，只是我这么向您开口，实在觉得唐突，惭愧惭愧。再说了，仁渊兄是神算，我哪有什么事瞒得过您？"

祖泽深便故作高深，道："河清兄不愿说，我也就不点破了！"

张汧便更加慌张，口里只是唯唯。谈话间难免说到这回的科场案，祖泽深说："只怕又要闹得血雨腥风呀！"

张汧并不想多谈，只说："作奸犯科，罪有应得！"

祖泽深说："话虽如此说，道理却没这么简单。"

张汧道："愿听祖先生赐教！"

祖泽深说："岂敢！那李振邺固然贪婪，但他意欲经营的却是官场。他收银子，其实是在收门生。李振邺是礼部尚书，朝中重臣，读书人只要能投在他的门下，出些银子算什么？何况还得了功名！"

张汧内心惭愧，嘴上附和道："是啊，这种读书人还真不少！"

祖泽深又道："我想那李振邺还有他不得已之处。那些王公大臣托他关照的人，他也不敢随意敷衍啊！他礼部尚书的官帽子，与其说是皇上给的，不如说是那些王爷大臣一块儿给的。光讨皇上一个人欢心，那是不行的！"

张汧道："祖先生真是高见，张某佩服！"

祖泽深哈哈大笑，道："哪里啊！这京城里的人，谁说起朝廷肚子里都有一本书。"

张汧不由得悲叹起来，说："我还没进入官场，就闻得里头的血腥味了。将来真混到里头去，又该如何！"

祖泽深笑道："河清兄说这话就糊涂了。读书人十年寒窗，就盼着一日高中，显亲扬名。官嘛，看怎么做。只说这李振邺，放着礼部尚书这样好的肥差，他偏不会做。他门生要收，银子也要收，哪有不翻船的？天下没有不收银子的官，只看你会收不会收。"

张汧嘴上同祖泽深闲话，心里却像爬着万只蚂蚁，实在闹得慌。

这日太和殿外丹陛之上早早儿焚了香，侍卫太监们站了许多，原来皇上在殿里召见卫向书等阅卷大臣。考官们老早就候驾来了，待皇上往龙椅上坐定，卫向书上前跪奏："恭喜皇上，臣等奉旨策试天下举人，现今读卷已毕，共取录贡士一百八十五人！"

卫向书虽是满口吉言，心里却并不轻松。皇上因那科场弊案，最近脾气暴躁，自己中途接了会试总裁，唯恐有办差不周之处。哪知皇上今日心情颇佳，道："历朝皇帝只读殿试头十名考卷，并没有读会试考卷的先例。朕这回要破个例，想先看看会试头十名的文章。李振邺他们闹得朕心里不踏实哪！”

卫向书道：“会试三场，考卷过繁，皇上不必一一御览。臣等只取了会试头十名第三场考试的时务策进呈皇上。”

卫向书说罢，双手高高举着试卷。太监取过试卷，小心放在皇上面前。皇上打开头名会元试卷，看了几行，龙颜大悦，道：“真是好文章，朕想马上知道这位会元是谁！”

皇上说着就要命人打开弥封，卫向书却道：“恭喜皇上得天下英才而御之，不过还是请皇上全部御览之后再揭弥封，臣等怕万一草拟名次失当！”

大臣们都说卫向书说得在理，皇上只好依了大家，说：“好吧，朕就先看完再说。朕这些日子生气、劳神，今日总算有喜事可解解烦了！咦，写序班里竟有字写得如此之好的！这是谁的字？”

卫向书道：“回皇上，抄这本考卷的名叫高士奇，他最近才供奉詹事府，还没有功名。”

皇上颇感兴趣，道：“高士奇？这头名会元要是配上这笔好字，就全了；这笔好字要是配上好学问，也全了！”

索额图望了眼詹事府詹事刘坤一，指望他说句话。原来索额图笃信祖泽深的相术，同他过从甚密。索额图有个儿子甚是顽劣，请过很多师傅都教不下去，他便托祖泽深找个有缘的人，说不定能教好儿子。祖泽深平日没事常在外头闲逛，暗自留意高士奇好些时日了，见他原是个才子，无奈科场屡次失意。这回索额图要延师课子，祖泽深便把他请了去。哪知高士奇也拿索额图那儿子没办法，只好作罢。索额图可怜高士奇出身寒苦，又听祖泽深说这个人必有发达之日，便求刘坤一帮忙，给他个吃饭的地方。正巧贡院里要人充当写序班，刘坤一见高士奇一笔好字，便把他荐了去。

刘坤一却是个谨慎人，他对高士奇并不知晓多少，不想随便开口说话。没想到皇上问话了：“刘坤一，高士奇是你詹事府的，怎么不听你说话？”

刘坤一奏道：“高士奇新入詹事府供奉，臣对他知之不多，不便多言。臣会留意这个高士奇。不过说到头名会元，等他现了真身，他的书法兴许也是一流，都说不定啊！”

索额图见刘坤一不肯做顺水人情，心里很不高兴，自己硬了头皮道：“回皇上，这高士奇臣倒认识，学问也还不错，只是不会考试。”

皇上笑笑，说：“这是哪里的话？朕的这些臣工，多由科举出身，他们莫不是不过只会考试？”

索额图忙跪了下来，说：“臣失言了，臣知罪！”

皇上仍是笑着，说：“朕不怪你，朕今日高兴！不过这高士奇的字，朕倒是喜欢！”

皇上只是随口说的，索额图听着却像窥破了天机。他想祖泽深说高士奇必定发达，也许真是说准了。索额图从此更加相信祖泽深的相术，也越发暗助高士奇。

皇上开始读阅，大臣们都退了下来。过了两个时辰，皇上宣臣工们进去。卫向书见皇上面带喜色，一直悬着的心放了下来。皇上笑道：“天下好文章都在这儿了！”

卫向书笑着奏道：“皇上，应是天下俊才都在这里！”

皇上望着卫向书点点头，说：“卫向书说得对，朕桌上摆着的是天下俊才！好，速发杏榜，贡士们正翘首以盼呢！来，启封吧！”

卫向书躬身上前，先开启皇上点的会元试卷。哪知弥封一开，露出的竟是陈敬的名字。站在下面的臣工们还不知道是谁，皇上早大声说道：“居然是陈敬！嗬，居然是陈敬！真是老天有眼哪！那日要不是朕想着去贡院看看，岂不就误了他！”

卫向书躬身退下，同大臣们一起跪着，高声贺道：“臣等恭喜皇上，乾坤浩荡，士子归心！”

皇上哈哈大笑，连声喊道：“快传陈敬！朕要马上见见这位陈敬！”

大臣们这才面面相觑，然后望着索额图。索额图脸上顿时汗流如雨，惶恐奏道："皇上，陈敬他还不知下落呀！"

皇上微微一笑，道："明珠，你去把陈敬找来！"

明珠领旨而去，索额图被弄得莫名其妙，站在那里直发愣。

长安街外的龙亭里观者如堵，原来礼部把杏榜飞快贴了出来。头名赫然写着陈敬的名字，没多时有人见下头还有个陈敬，只道今年硬是奇了，中了两个陈敬。大桂同田妈正好上街买东西，听得四路都在说放榜了，巧的是今年中了两个陈敬，有个陈敬还是头名。田妈便拉了大桂要去长安街亲眼看看，大桂却说不如回去报信，反正陈公子已经中了。

田妈见街上正好有人在说这事儿，便上去问话："大兄弟，您说陈敬中了？"

那人打量着田妈，道："是呀，中了两个陈敬！您是陈敬他娘？那就恭喜您了！您要是头名陈敬的娘，就更加有福气了！"

大桂就拉了老婆说："快回去报信去！"

一路上两口儿只说头名肯定就是我们家这位，看他那样子就是状元的相！回到家里，田妈容不得大桂插嘴，直道恭喜陈公子中状元了，便把街上听来的话一五一十说了。

陈敬还在那里怔怔的，李老先生却早拍手称奇了："中了两个陈敬？这可是亘古未有啊！"

陈敬脸上微露喜色，想一想又叹息起来，说："头名肯定不会是我。监考官故意刁难，时刻打扰，我能把考卷做完就不错了，还能指望头名？落下个三甲就不错了，同进士。"

田妈却说："我猜头名状元肯定是陈公子，看您这福相，跑不了的。"

李老先生笑道："田妈，托你吉言，保佑子端中个头名。可这回头名还说不定就是状元，要过了殿试由皇帝老子钦点了才是状元！"

田妈一头雾水，只道："我哪知道这个，只当放了榜，头名就是状元哩！"

月媛听了大人们的话，自然喜不自禁。

正说着，听得有人敲门。大桂跑去开了门，随他进来的竟是明珠，他后头还跟了几个人。陈敬唬了一跳，却见明珠笑笑，高声喊道：“新科会元陈敬听旨！”

大伙儿都怔住了，木木地望着明珠。明珠又笑笑，喊道：“新科会元陈敬听旨！”

陈敬这才听清了，问道：“真的？”

明珠哈哈大笑，道：“假传圣旨，谁有这个胆子？又不是戏台上！”

陈敬这才知道跪了下来，李老先生也忙跪下，又招呼月媛跪下了。大桂跟田妈见这般场面，早不知躲到哪里去了。

明珠宣道：“皇上口谕，传新科会元陈敬觐见！”

陈敬领旨谢恩完毕，明珠请他快快起来进宫去。陈敬朝明珠拱手道：“陈敬能有今日，多谢明大人周全！”

陈敬谢过明珠，走到李老先生面前，矮身而跪，拜道：“多亏前辈的照应，感激不尽！”月媛不晓事，只是望着陈敬抿着嘴巴笑。李老先生忙拉了陈敬起来，嘱他快快进宫要紧。

陈敬跟着明珠进宫去了，月媛满心欢喜，说：“爹，子端哥哥真是了不起，提着脑袋去考试，又有人捣蛋，还考了头名！他自己还不相信哩！”

田妈这时才从屋里出来，说：“贺喜老爷，硬是从天上掉了个状元到家里来了！”

李老先生大笑起来，说：“田妈，我说了，子端他还不是状元。”

田妈却说：“这皇上着急要见他，还能不是状元？等着吧！”

因怕皇上久等，明珠同几个侍卫领着陈敬策马飞奔。没多时就到了午门外，下马小跑着进宫去。陈敬顾不上观望宫里景色，只低头紧跟在明珠后头。小跑会儿，明珠忽然慢了下来，说：“子端，前头就是太和殿，皇上在里头等着。咱们慢些走，缓口气吧。”

陈敬这才抬头看看，但见太和殿矗立在前，堂皇得叫人不敢大口喘气儿。陈敬心跳如鼓，却赶紧调匀气息，不紧不慢拾级而上。

爬上太和殿前丹陛，便有太监碎步跑了过来，同明珠点头招呼了，朝陈敬轻轻说了声：“随我来吧。”

只听着太监这说话的声气，陈敬立马感觉这周遭静如太虚。宫中礼仪明珠在路上早粗粗教过了，陈敬躬身上前，行了三跪九叩大礼，道：“臣陈敬叩见皇上！恭祝皇上万岁万岁万万岁！”

皇上却是哈哈大笑，道：“这宫中礼仪还没有教习，你就全会了。是在乡下听戏学来的吧？”

大臣们见皇上难得这么高兴，也顾不得失体，都窃笑起来。陈敬惶恐不已，正经回答道：“臣言由心出，对皇上的爱戴敬仰之心，不用学的。”

皇上听了这话甚是欢喜，道：“好啊，朕看你少年老成，人如其名，好个敬字啊！”

卫向书上前奏道：“启禀皇上，奇的是本科有两个陈敬都中了贡士，还有个陈敬，顺天府人氏，中的是贡士一百二十名！”

皇上喜道：“有这等巧事？好啊，多些个敬，这是国朝福祉！国朝遵奉的就是敬天法祖！”

皇上略作沉吟，又道：“日后两个陈敬同朝为官，也不能让人弄混了。朕赐你一个‘廷’字，就叫陈廷敬如何？”

陈敬忙叩头谢恩，道：“臣恭谢皇上赐名！廷敬今生今世效忠朝廷，敬字当先！”

陈敬从此便叫陈廷敬了，大臣们望着这位年轻人点头不已。皇上命陈廷敬起身，又对臣工们说了好些礼贤读书人的话，便移驾乾清宫，明珠同索额图奉驾而行。

陈廷敬出了太和殿，想找卫向书大人道声谢，却早不见他的人影了。原来卫向书不想当着众人同陈廷敬太过近乎，免得旁人又说闲话，反会害了他，便抽身回翰林院去了。

奉驾到了乾清宫，索额图抽着空儿问明珠："您怎么知道陈敬的下落?"

明珠笑笑，道："应该叫陈廷敬!"

索额图心里恨恨的，面子上却不便发作，只道："他是叫陈廷敬。明珠兄，您可把我害苦了呀!"

明珠却仍是笑着，说："索兄此话怎讲?皇上嘱您明察，嘱我暗访，各司其职呀。你明察没察着，我暗访访着了。这也怪不得我呀!"

索额图道："那您也得告诉我一声呀?陈廷敬叫您藏着，我还奉旨四处寻查，急得是睡不安吃不香!我平日里总盼着轮上我侍驾，这些日子我可是生怕见着皇上!"

明珠拍拍索额图肩膀，很亲热的样子："兄弟，我都是按皇上吩咐办的，您得体谅，身不由己啊!"

索额图又问："那李振邺的案子是不是陈廷敬说出来的?"

明珠摇头半日，神秘道："又不是我问的案，我哪里清楚?"

索额图猜着明珠什么都知道，只是瞒着他罢了。

九

祖泽深在外头看了杏榜，连忙回去给张汧道喜。这些日子张汧躲在祖家看书写字，不敢出门半步，外头的事情丝毫不知，心却一直悬着。这回知道自己中式了，虽只是第八十九名，心想也总算熬出头了，便认了天命。

祖泽深故意卖起关子，问道："河清兄您猜猜头名会元是谁?"

张汧想了想，摇头道："实在猜不出。"

祖泽深笑道："告诉您，是您的同乡陈敬!"

张汧惊道："原来是子端兄!"

祖泽深又道："更有奇的！杏榜贴出不到一个时辰，又有礼部来人把榜上陈敬的名字改作陈廷敬，您知道这是为何？"

张汧被弄糊涂了，问："仁渊兄别再逗我了，难道头回弄错了？"

祖泽深这才告诉道："山西这位陈敬可是鸿运当头，皇上给他名字赐了个'廷'字，原来今年榜上有两个陈敬！"

张汧长嘘而叹，道："陈敬，陈廷敬，真了不得啊！去，我得上街看看去！"

张汧飞跑到东长安街，只见杏榜前挤满了人，上榜的满心欢喜，落第的垂头丧气。张汧在榜前站了片刻，便知如今早已是满城争说陈廷敬了，只道这个人前些日朝廷还在四处捉他，这会儿竟中了会元，还幸蒙天恩赐了名！改日殿试，皇上肯定点他做状元！这世上的事呀，真是说不准！

张汧望着自己的名字，暗自喊着祖宗爹娘，只道不孝男总算没有白读十几年书。突然，听得一阵喧哗，过来几个捕快。捕快头四处打量，指着一人问道："你叫什么名字？"

那人笑道："你问我吗？你认字吗？往榜上瞧瞧！会试二十一名，马高！"

捕快头面色凶狠，道："我要抓的正是马高！"

那个叫马高的厉声喊道："你不想活了？敢抓贡士？老子殿试之后，至少也是进士出身！"

捕快头哼哼鼻子，道："榜上该抓的人咱还没抓完哩！真是该抓的，你就是改日中了状元，老子照样抓你！带走！"

两个捕快一把扭了马高，绑了起来。原来那日夜里，陈廷敬在白云观前遇着个马举人，哼着小曲当街撒尿的便是他。他虽是白送了银子，可凭自己本事也中式了。怎奈他送银子的事叫李振邺供出来了，仍脱不了官司。

张汧吓得脸色发白，匆匆离开了。原来科场弊案还没查完，说不准啥时候又有谁供出人来。张汧原想不再去麻烦祖家，仍回到快活林去。如今见了这般场合，只好又去了祖泽深家。心里担心陈廷敬会怪他不管大顺，但他自己性命难保，也就顾不得许多了。

陈廷敬从宫里出来，径直去了快活林寻大顺。住在这店里的也有几个中了榜的贡士，他们早知道陈廷敬是会元了，都来道贺。店家更是马屁拍得啪啪响，只说他早看出陈大人富贵相，就连他带着的书童都是又聪明又规矩。陈廷敬谢过大家，说自己正是回来找大顺的。店家道陈大人您坐着，小的这就给您找去。陈廷敬笑笑，说自己仍是一介书生，哪里就是大人了。店家硬说如今店里住着的都是大人了，不是大人的早卷包袱走了。

店家说罢就去找人，过会儿飞快地跑回来，说："陈大人，小的哪里都找了，怎么不见大顺人呢?"

陈廷敬心想坏了，便问："您可知道我的同乡张河清先生哪里去了?"

店家就像自己做错了事，低头回道："张大人早些日把大顺托付给小的，说他有事出门几日，还没回来哩!"

陈廷敬心里又是着急，又怪张汧太不仗义，只是嘴上不好说出来。店家劝陈大人大可放心，那大顺可机灵着哩，准是哪里玩去了，保管天黑就回来的。正说着，只见大顺不声不响地进店来了。他抬头看见陈廷敬，张嘴就哇地哭了起来。陈廷敬过去抱住大顺，也不觉眼里发酸。自己毕竟刚逃过一场生死哪！原来大顺听说少爷中了会元，自己跑到街上看榜，正好又同张汧失之交臂。

陈廷敬领着大顺回到李家，天色早已黑了。一家人知道大顺小小年纪，这个把月成日四下里寻找少爷，眼泪都快哭干了，都说这孩子难得的忠义。

陈廷敬细细说了皇上召见的事，月媛却问："子端哥哥，皇上长得什么样儿呀？您去贡院那日，皇上原先本来就站在我跟爹的身边，我就是没看见。"

陈廷敬笑道："我今日也没看见。"

月媛觉着奇了，说："哥哥哄我，专门去见皇上，怎么又没看见呢？”

陈廷敬说：“真知道他是皇上了，哪里敢正眼望他？”

月媛仍是不懂，道：“听爹说，皇上同您年纪差不多，您怎么看都不敢看他呢？”说得大家都笑了起来。

整个夜里说的便都是皇上了，李老先生说：“皇上召见会元，历朝都无先例，又给你赐名，这都是齐天恩典哪！”

月媛问道：“这么说，殿试过后，皇上肯定要点子端哥哥状元了？”

田妈笑道：“要依我说，这个状元是月媛小姐从大街上捡回来的。”

李老先生怪田妈这话唐突，当着客人嘴上却说得缓和，道：“这是如何说呢？”

不等田妈答话，陈廷敬笑道：“真是感激月媛妹妹，那日三伙人捉的要捉我，杀的要杀我，要不是她领着，我东南西北都分不清楚，只怕早成刀下冤鬼了。月媛妹妹真是我的救命恩人哩！”

李老先生这才明白田妈的意思，也笑了起来，说：“我平日只怪这孩子太野，不像个女儿家，田妈出门买东买西，她总是缠着跟出去。这回还真亏得她认得胡同里的路。”

月媛甚是得意，只道往哪儿走着道儿近，哪儿有个角落可以捉迷藏，哪家门前的石狮子最好看，哪家门口要小心狗咬，她心里都是清清楚楚的。今儿大伙儿都很高兴，围着火炉说话，直到夜深才散去歇息。

陈廷敬背后又问了大顺许多张汧的话。他是个凡事都从宽厚处着想的人，只当张汧肯定别有难处，心里也不再怪人家。他知道张汧曾托高士奇送银子，如今李振邺的案子未了，也难免有些担心。猜想张汧离开快活林，八成是因了这事。

直到殿试那日，陈廷敬才在太和殿前见着了张汧。张汧先向陈廷敬道了喜，又说到他因身无分文，只得托付店家照顾大顺，自己另投朋友去了。陈廷敬也不往心里去，倒是暗自庆幸张汧到底没出事。这日太和殿外森严壁垒，满是带刀兵勇。贡士们身着朝服，早早儿候在殿外。

张汧自然很为陈廷敬高兴，说：“大伙都说子端兄您先解元，再会元，眼看着必定又是状元啊。”

陈廷敬摇头笑道：“果能应了兄台吉言，自是祖宗保佑得好。但连中三元，古来少有，廷敬我不敢奢望！”

说话间纠仪官过来了，贡士们都安静下来。

进了太和殿，却见殿内座椅早已安置停当，桌上摆放好了试卷。贡士们依次坐下，都是屏息静气，不敢随意四顾。王公大臣们悉数到场，同众考官们分列四周，肃穆而立。陈廷敬经历了这番风波，更没了怯场之感，仔细读了考卷，闭目良久，直到文章成竹在胸，方才从容落笔。

殿试直到日落之前方罢，贡士们小心交了试卷，袖手出来。出殿之后大家也都不敢多话，直到出了午门，方才相互奉承，说的尽是吉言。张汧一直不知道这些日子陈廷敬是怎么过来的，这会儿方才有暇问及。陈廷敬心有顾忌，并不细细道来，只道夜里出门闲逛，无意间遇了歹人，便逃到李老先生家去了。碰巧那日夜里李谨被杀，他被诬为凶手，只好躲起来了。张汧直道这事真是奇，可以叫人拿去说书了。时候不早，两人执手别过。陈廷敬仍回李家去，张汧这会儿已落脚到山西会馆去了。

殿试阅卷很快就妥了，朝廷择了吉日，由皇上亲点甲第。卫向书等阅卷大臣初定了头十名，把考卷恭送到太和殿进呈皇上。考卷照例弥封未启，每本上头都贴了草拟的甲第黄签。皇上在西暖阁阅卷，王公大臣们外大殿里静候。

时近午时，忽有太监出来传旨：“各位大人，头甲、二甲十本考卷，皇上御览已毕，请各位大人进去启封！”

卫向书等躬身进去，只见皇上满面春风，道：“朕读完这十本考卷，深欣国朝人才济济，士子忠心可嘉。有天下读书人为我所用，国朝江山永固千秋！你们草拟的甲第名次，朕都恩准。卫向书，你来启封吧。”

卫向书谢恩上前，先拿了头名考卷，徐徐启封。他眼睛突然放亮，头名居然又是陈廷敬。皇上惊叹道：“啊？又是他！陈廷敬！诸位臣工，朕心里想着的状元就是他。朕若有私心，本可启封看看，先定了陈廷敬再说。可朕偏偏相信老天！天意哪！”

王公大臣们都拱手恭喜皇上得此栋梁之材，却只有卫向书缄口不言。他面色凝重，暗自叹息。皇上觉出卫向书异样，问道：“卫向书，你如何不说话？”

卫向书稍有支吾，道：“臣有隐忧！”

皇上问道：“你有何忧，说来朕听听。”

卫向书说：“陈子端山西乡试中的是解元，本已名声太盛。又以会元名分蒙皇上召见，此乃天大的恩宠。皇上金口玉牙赐名与他，也是天大的恩宠。如今皇上又点他状元，又是天大的恩宠！臣恐天恩过重，于他不利呀！木秀于林，风必摧之！”

皇上沉吟片刻，道：“朕倒不担心点他做状元有什么不好。他若真是栋梁，将来朕要用他，谁还拦得住？不过听你这么一说，朕倒想起自己说过的一句话了。明珠，你还记得吗？”

明珠惶恐上前，跪下说道：“臣记得，那句话也是皇上说给微臣听的，可是臣不敢说。”

皇上望着明珠，道：“你不说也罢，朕也不想让你说出来。你且记住，时刻警醒就是！”

王公大臣们不明就里，只是面面相觑。原来皇上说过，陈廷敬如此少年老成，倘若晋身官场，不为能臣，必为大奸。皇上说这话也是讲给明珠自己听的，他哪敢让这话叫天下人知道！

这日殿试放榜，新科进士们先在太和殿外站候整齐。王公大臣文武百官分列两侧，参与朝贺。大伙儿知道今年状元肯定是陈廷敬了，都悄悄儿朝他这边张望。陈廷敬知道很多人都在看他，总觉得脸上痒痒的，就像上头叮满了蚊子。

一时典乐大起，进士们屏住呼吸，眼睁睁望着前头。卫向书缓步走上殿前丹陛，鸿胪寺官员抬着皇榜紧随其后。进士们引首瞻望皇榜，想看清上面的甲第名次。偏是今日艳阳高悬，只见皇榜熠熠生辉，上头的名字看不真切。

典乐声中，卫向书高声胪唱："顺治十五年四月二十一吉日，策试天下贡士，第一甲赐进士及第，第一名，孙承恩！"

进士们轻声议论起来，怎么会是孙承恩呢？陈廷敬也几乎不相信自己的耳朵，忽觉日头极是刺目。进士们稍有躁动，马上安静下来。朝廷仪轨早就吩咐过了，谁也不敢高声说话，谁也不敢左右顾盼。可陈廷敬总觉得所有人都在看他的笑话，面色不由得红如赤炭。卫向书接下来再喊谁的名字，陈廷敬几乎听不见了。直到他自己的名字被唱喊出来，陈廷敬才回过了神。原来他中的二甲头名，赐进士出身。

胪唱完毕，午门御道大开。鸿胪寺官员抬着金科皇榜，皇榜之上撑着黄伞。卫向书领着新科进士随在金榜之后，走过午门御道，出了紫禁城，直上长安街。卫向书后面是状元、榜眼、探花，挨次儿排下来。街两边满是瞧热闹的，李老先生领着月媛和大顺早早儿候在街头了。月媛朝陈廷敬使劲招手，他却没有看见。李老先生见陈廷敬走在第四位，便知道他中的是二甲。

皇榜到了长安街东边儿龙亭，顺天府尹向秉道早就恭候在那里。待挂好皇榜，向秉道依例给孙承恩披红戴花，又给状元、榜眼、探花各敬酒一杯。酒毕礼成，又有官员牵来一匹大白马，向秉道便亲扶状元上马游街。新科进士们这才打躬作揖一番，跟随在白马后面回道而去。

进士们走了，百姓们拥到金榜前观看。月媛这才知道子端哥哥不是状元，急得扯着爹爹袖子问道："爹，这是怎么回事呀？满大街人都说子端哥哥是状元呀？"

李老先生倒是已经很高兴了，笑道："傻孩子，谁做状元是皇上说了算，又不是街上人说了算。月媛，你子端哥哥中了二甲头名，已经是人中龙凤了！"

大顺笑得合不拢嘴，只道："家里老爷老太太要是知道了，不知要欢喜得怎么的呢！"

月媛还要跟着去看热闹，李老先生道："我们回去算了，你子端哥哥这会儿忙得很哩！今日同乡们要在会馆请客吃饭，明日还得去太和殿向皇上谢恩，要吃礼部的鹿鸣宴，要上孔庙行大礼，还要在大成门外进士碑上题名。"

月媛只好随爹回去了，路上却道："中个进士原来还这么辛苦啊！"

十

山西今年进士中了八位，同乡们在会馆大摆宴席，喜气洋洋。京城里有头有脸的同乡都去道贺，只有卫向书和李祖望托故推辞了。李祖望淡泊已久，早不愿在场面上走动，他不去没人介意。卫向书没有去，却让人颇费猜度。原来卫向书今年充任会试总裁，山西中进士又多，他怕生出是非，干脆躲开这些应酬。可没想到皇上点状元的事，虽是机要密勿，却被人传了出来。酒席上有人把这话说开了，同乡们都说卫向书眼睛黄了，硬是生生把陈廷敬到手的状元弄没了。

陈廷敬听了这番话，虽不知真假，心里却很不妥帖。深夜回到李家，又因多喝了几杯酒，便不免有些怨言。李老先生同卫向书相交甚笃，深知卫大人绝不会故意害人。他听任陈廷敬牢骚几句，便劝慰道："先不管此事是否空穴来风，依我之见，是否中状元，并不要紧。只要有了功名，便得晋身之机，建功立业都事在人为了。"他心里暗想，陈廷敬才二十一岁，早早地中了状元，未必就是好事。官是靠熬出来的，没到那把年纪，纵有天大的本事也是枉然。人若得意早了，众目睽睽之下，没毛病也会叫人盯出毛病来。但此时话毕竟不便说得太透，便都放在了肚子里。他想日后要是有缘，自会把这些话慢慢儿说给他听的。

陈廷敬只在床上打了个盹儿，天没亮就起来了。他得早早地到午门外候着，今日新科进士要进宫谢恩。李老先生也大早起了床，他先日就嘱咐田妈预备了些吃的。出门应酬场面上吃的都有，只是看着热闹，弄不好倒会饿肚子的。陈廷敬在李家住了这些日子，人家早把他当自家人，他自己心里却总是歉疚。这几日免不了多有拜会，便说要住到会馆里去。李老先生自是要留他，可陈廷敬到底觉着住在这里拜客多有不便，只道过几日再住回来。

陈廷敬领着大顺别过李老先生，出门又嘱咐大顺到会馆去待着，自己匆匆去了午门。却见午门外早已熙熙攘攘，新科进士们差不多都到齐了。上朝的官员们也都到得早，午门前停了许多轿子，灯笼闪闪的。四月的京城，清早很是寒冷。陈廷敬站立不久，便已冻得发抖。进士们都是没见过京城官场世面的，唯恐有失庄敬，只敢站着不动，身上越发寒冷。直等到天亮了，才有礼部官员引了进士们进宫去。一日下来，叩头谢恩，聆听玉音，吃鹿鸣宴，拜孔题名，一应诸事，都有人引领着，一招一式，诚惶诚恐，生怕错了。细细想来，桩桩件件都像在戏台上唱念做打。

陈廷敬在外往来拜客，一晃就是十几日。这日终于消停了，又得礼部准假三月回家省亲，陈廷敬便回到李家辞行。进了大门却见里头停着顶绿呢大轿，一问才知道卫向书大人来了。进屋一看，又见客堂里没人。正好要问大桂，月媛从里头出来，眼睛有些红肿，像是方才哭过。原来金科发榜那日，李老先生老早就起床上街，在寒风里吹了半日，当夜就有些不好，却不怎么在意。第二日陈廷敬要进宫谢恩，老人家也起得太早，更是加了风寒。只等陈廷敬一走，老人家就一病不起，已缠绵病床十几日了。

陈廷敬同月媛进去时，李老先生正同卫向书悄声说话。见他进去了，两人就不说了，只请他坐下喝茶。陈廷敬是头回这么近见着卫大人，却因是在李老先生病床前，也就顾不得太多客套。陈廷敬担心李老先生的病，仔细问着郎中是怎么说的，吃的什么药。李老先生声气很弱，却说不碍事的，睡几日就好了。卫向书总是不时望望陈廷敬，却并不同他说话。陈廷敬正觉纳闷，卫向书道：“子端，你领着月媛出去暂避，我待会儿有话同你讲。”

陈廷敬不明白怎么回事，只好领着月媛出来了。月媛不像平日那么调皮了，话也不多，总是想哭的样子。

陈廷敬问道：“月媛，你爹的病到底要紧吗？”

月媛说：“卫伯伯还从宫里请了太医来，吃了那太医的药也有七八日了，还是不见得好。”

陈廷敬听了很是担心，却劝解月媛妹妹，只说宫里太医看了准没事的。又想那卫大人只说等会儿有话讲，他到底要说什么呢？便想外头都说皇上原本要点他状元的，却被卫大人弄黄了，这事兴许就是真的？卫大人可能想把这事说清楚吧。

陈廷敬在李家住了这么久，从来没去里面院子看过。这会儿没事，便同月媛随便走走，却见里头还有三进天井，后边的屋子全都关门闭户，窗上早已结了蛛网。

月媛道：“哥哥，我们不进去了，我从来不敢到里面来，里头好多年没住人了。西头还有个花园，我也没有去过。”

陈廷敬问道：“你怎么不去呢？”

月媛道：“我怕！这么大的院子，就我和爹，还有大桂和田妈。到外头去我倒是不怕，外头有人。”

陈廷敬便想见这李家原来该是何等风光，现在连人丁都快没有了。想这月媛妹妹好生可怜，便道：“月媛妹妹不怕，今后哥哥带着你玩。”

两人边说边往回走，田妈过来说：“陈公子，卫大人请您过去说话哩。”陈廷敬听了这话，胸口狂跳起来。卫大人若是说了点状元的事，他不知道自己会如何应答。读书人哪个不想高中状元？卫大人是他的恩人，倘若真是卫大人把他的状元断送了，他又该如何对卫大人？

卫大人在客堂里坐着，见陈廷敬领着月媛去了，便叫了田妈：

“你带月媛出去吧，我有话单同子端讲。”田妈领着月媛走了。月媛好像知道要发生什么大事似的，不停地回头望着陈廷敬，那眼神叫人看了甚是心疼。

陈廷敬惴惴然坐下来，卫大人也不客套，只道：“子端，李老先生特意叫我来，是想托我跟您说件大事。”

陈廷敬不知是什么大事，便道：“卫大人您请说吧。”

卫向书长长地舒了口气，像是胸口压着块石头似的，说：“李老先生想把月媛托付给您。”

陈廷敬听了这话好没来由，问道：“李老先生身子还很硬朗，只是偶感风寒，如何就说到这话了？”

卫向书半日没有说话，望了陈廷敬好大一会儿，才说：“您没听懂我的话。李老先生是想让您将来做他的女婿！”

陈廷敬这下可吓了一大跳，道：“卫大人，您是知道的，我早有妻室了呀！”

卫向书说：“我知道，李老先生也知道。李家原是前明大户，人丁兴旺，家道富足，现在是败落了。李老先生是世上少有的散淡之人，只把荣华富贵当草芥，也不讲究什么传宗接代，不然他丧妻之后早续弦了。如今见自己身体一日不如一日，只可怜月媛今后无依无靠。他明知您是有家室之人，仍想把女儿许配给您，既不是高攀您这个进士，也不觉着就委屈了自家女儿。他同您相处这些日子，知道您是个靠得住的人。”

陈廷敬听着竟流起泪来，道：“李老先生如此厚待，我自是感激不尽。只是月媛妹妹聪明伶俐，又是有门第的女子，怎能让她是这般名分？李家待我恩重如山，哪怕李老先生真有个三长两短，我就把月媛养大，当自家妹妹寻个好人家也是行的，万不能让她委屈了！”

正说话时，李祖望扶着门框出来了。陈廷敬忙上前扶了，道：“前辈您要躺着才是。”

李老先生坐下来，喘了半日方才说道：“子端，好汉怕病磨啊！我活到这把年纪，从不在人面前说半个求字。您刚才说的话，我都听见了。我若闭眼去了，求您把月媛带着，待她长大成人，您是收作媳妇，还是另外许人，都随您了。”

陈廷敬扑地跪了下来，流泪道：“老伯，您的身子不会有事的。您是我的恩人，月媛妹妹也是我的恩人，您万万不要说这样的话，若您真有什么事了，我好好带着妹妹就是了！”

卫向书听两人说来说去，半日不吱声。等到他俩都不说话了，他才说道：“这不是个话。子端，您若真想让李老先生放心，就认了这门亲事，我拿这张老脸来做个证人。”

陈廷敬想了半日，这才点了头，道：“廷敬从命就是了，只是此事未能事先禀明父母，有些不妥。我自然会好好儿待月媛妹妹的，只是替她觉得委屈。”

李老先生松了口气，脸上微有笑意，道：“您答应了，我也就放心了。”

卫向书又道：“话虽是如此，不能空口无凭。还要立个婚约，双双换了八字庚帖。”李老先生点点头，望着陈廷敬。

陈廷敬只道：“都听两位前辈的。”

陈廷敬便不急着回山西去，日日在李老先生床前熬药端茶。月媛毕竟年小，还不晓事，有回听得陈廷敬喊爹，觉着好玩，道：“子端哥哥，您怎么管我爹也叫爹呢？”

陈廷敬落了个大红脸，不知怎么回答。李老先生笑道：“傻孩子，你叫他哥哥，他叫你妹妹，你叫我爹，你哥哥不叫我爹了？”却想再慢慢儿同月媛说去，又想要是月媛她娘还在就好了，同女儿说这些话做娘的毕竟方便些。

田妈在旁笑道：“往后咱家里要改规矩了，我们得管陈公子叫老爷，管老爷叫老太爷。”

月媛越发不懂了，只是觉得像绕口令似的好玩。

只怕是因有了喜事，李老太爷的病眼见着慢慢好了。月媛也渐渐明白是怎么回事了，她好像突然间就成了大人，见了陈廷敬就脸红，老是躲着他不见人。老太爷日日催着陈廷敬回山西去，可陈廷敬仍是放心不下，总说过些日子再走不迟。张汧知道了这边的事情，也没有急着回去，一直在会馆里等着，反正两人约好同去同来。

老太爷下床了，饭也能吃了，说什么也得让陈廷敬快快回家去。陈廷敬这才约了张汧择日启程。一日，两人去翰林院拜别了卫大人出来，在午门外正巧遇着明珠。明珠老远就打招呼："这么巧？在这儿碰着两位进士了！"

陈廷敬拱手道："见过明珠大人！"

张汧也拱手施礼，明珠见张汧却是眼生。陈廷敬这才想起他俩并没有单独见过，便道："这位是御前侍卫明珠大人，这位是新科进士张汧，河清先生。"

张汧笑道："在下只是个同进士！"

明珠却道："河清兄您就别客气了。我知道了，您二位是山西同乡，前些日子都住在快活林客栈。"

陈廷敬笑道："明珠大人是什么事儿都心中有数，不愧是御前行走的人。"

明珠明白陈廷敬话藏机锋，也并不往心里去，笑道："近日皇上授了我銮仪卫治仪正，索额图也升了三等侍卫。"

陈廷敬连忙道喜："恭喜了！如今您已是五品大员，再叫您大人，再也不会谦虚了吧？"说罢三人大笑起来。

明珠拱了手，回头便往宫里去。他走了几步，又转过来说道："两位兄弟，您二位住的那快活林真是个风水宝地，今后来京赶考的举人只怕会馆都不肯去住了。"

陈廷敬问："这话如何讲？"

明珠笑道："有人扳着指头算过了，光是住在快活林的就中了五个进士，就连有个叫高士奇的老童生都沾了那风水的光。"

张汧笑道："高澹人我俩是亲眼见他叫一位高人相中，没多时就去詹事府听差了。"

明珠道："您说的是祖仁渊，他原是国子监的监生，考了两回没及第，又好阴阳八卦，就干起了算命看相的营生。奇的是他神机妙算，在这京城里头很是有名，常在王公大臣家走动。高澹人也真让他瞧准了，如今不光是在詹事府听差，索额图的阿玛索尼大人还要保他入国子监。他将来有个监生名分，哪怕不中式，官是有的做了。"

听得陈廷敬跟张汧眼睛直发愣，陈廷敬闭口不言，张汧只感叹人各有命。明珠又道："还有更神的哪！"说到这里，明珠便打住了，只道时候不早，他得进宫去了，日后有暇再慢慢道来。原来明珠本想说皇上夸了高士奇的字，这可是金口玉牙，保不定会给他带来吉运。可转眼又想高士奇是索额图给的出身，他自己同索额图却是面和心不和的，就不想替高士奇扬这个善名了。

陈廷敬望着明珠的背影，心想这位御前侍卫可是自己的贵人，既有救命之恩，又有知遇之德。可他嘴上什么话都没说，张汧并不知道那些细枝末节。

十一

陈廷敬出门那日，李老太爷跟大桂、田妈送到门外，只不见月媛。田妈说月媛知道怕羞了，早早儿躲起来了。月媛真的是躲在房里不敢出来，可她听得大门吱地关上了，胸口却跳得更厉害，眼泪儿竟流了出来。小姑娘说不清这泪从何来，也不知道自己原来是舍不得子端哥哥回老家去。

陈廷敬去会馆接了张汧，两人结伴回家去。正是春好时日，沿路芬芳，软风拂面，蝶飞蜂舞。人生得意，两人一路称兄道弟，纵酒放歌，酬诗属对，车马走得飞快。一日，张汧见车外风光绝胜，便道："子端兄，此处山高林茂，风景如画，下车走几步吧。"

两人就下了车步行，大顺赶车慢慢随在后头。张汧又道："子端兄，后人有喜欢写戏的，把我们进京赶考的故事写成戏文，肯定叫座。”

张汧像是说着玩的，心里却甚是得意。陈廷敬却叹了起来，道：“人生毕竟不如戏啊！是戏倒还轻松些。上妆是帝王将相，卸妆是草头百姓。戏外不想戏里事，千古悲欢由他去。可我们毕竟是有血有肉的男子汉，又读了几句圣贤书，就满脑子家国天下。”

陈廷敬这么一说，张汧也略感沉重，道：“我们十年寒窗，就是冲着报效家国天下来的。可这中间又有太多的黑暗和不公。就说您点状元的事，都说皇上原是要点您的，硬是让咱们老乡卫大人给搅了！”

陈廷敬忙说：“河清兄，此话不可再提。哪怕当真，也是机要密勿，传来传去要出事的呀！”

张汧却道：“可满天下都在传，说不定这话早传到山西老家了！”

陈廷敬仍是说：“别人说是别人的事。从去年太原秋闱开始，我就官司不断，总在刀口上打滚。唉，我真有些怕了！”

张汧道：“子端兄，咱们可是刚踏上仕途门槛，您怎么就畏首畏尾了？”

陈廷敬道：“我不是畏首畏尾。君子有大畏呀！成大事者，必须有所敬畏。所谓大无畏者流，其实不过莽夫耳！”

张汧听了陈廷敬这番话，甚有道理，拱手道：“子端高见。我觉着经历了这回会试，您像变了个人。”

陈廷敬笑道：“河清兄过誉了。不过这些日子，我躲在月媛家里，我这位岳父大人成日同我说古道今，真的让我颇受教益。老先生身藏巷陌，却是通晓天下大事哪！”张汧听了，只道李老伯真是个一流的人物，只可惜把功名利禄看得太淡了。

有段心事，张汧放在心里不说出来，硬是闷得慌，便道：“子端兄，有件事情，我不明说，您也许早知道了。大比之前，高澹人找上门来，说他可以在李振邺那里替我说说话。我是鬼迷心窍，偏偏就听信了他。后来李振邺案发，送礼的举人都被抓了起来。我惶惶不可终日呀！唉，这些话说出来我心里就轻松了，不然见了您心里老不是滋味！”

陈廷敬却是装糊涂，道：“我真不知道这事，只是担心您那个砚台出事。”

张汧红了脸，却又道：“子端兄，您说奇不奇？砚台真是让吴云鹏发觉了，可他打开一看，里头装着的《经艺五美》却不见了。我吓得快昏死过去，却是虚惊一场。那里头原是装了东西的，莫不是祖宗显灵了？”

陈廷敬道：“是吗？真是奇了。幸亏没有出事。河清兄，我原是劝你不用动歪脑子的，你凭自己本事去考就能中式。我说呀，你要是没带那个砚台，心里干干净净的，保管还考得好些！”

陈廷敬故意这么说，就是要让张汧心里不再歉疚。张汧想想自己到底还是没有作弊，心里果然就放松了。陈廷敬嘴里瞒得天紧，那砚台里的《经艺五美》原是他后来又去拿掉了。他不想叫张汧心里尴尬，就装什么事都不知道。

张汧却还在想那送银子的事，道：“我就纳闷，莫不是李振邺瞒了些话没吐出来？要么就是那姓高的昧了我的银子？”

陈廷敬猜着肯定是高士奇吃了银子，却没有说出来，只是劝道：“河清兄，本是临头大祸，躲过就是万幸，您就不必胡乱猜疑了。”

张汧却道：“我改日要找高澹人问个明白！”

陈廷敬忙说：“万万不可！”

张汧硬是心痛那银子，道：“真是他昧了我的银子，我咽不下这口气！”

陈廷敬说：“河清兄，果真如此，这口气您也得咽下！”

张汧却说：“子端，您也是有血性的人，在太原可是闹过府学的啊！”

陈廷敬长叹道：“我要不是经历了这些事，说不定还会陪着您去找高澹人。现在我就得劝您，此事就当没有过。”

张汧望着陈廷敬，不解地摇头。陈廷敬却是神秘地笑笑，道：“您只记住，澹人兄是帮过您的。”

张汧听着却有些火了，道：“那我还得谢他不成？”

陈廷敬还是笑笑，道：“您是得谢他，无论如何，您得谢他。”

张汧问：“您好像话中有话？”

陈廷敬答道：“正是高澹人的贪，反而救了您的命！河清兄，过去的事情，一概不要再提了！您只相信，这回中式，是您自己考出来的，既没有送人银子，也没有作弊。”

张汧这才摇头长叹：“子端兄，我是痴长十来岁啊！想到自己做的这些事，我就羞愧难当。”

陈廷敬却想张汧原是三试不第，实在是考得有些胆虚了，再怕愧对高堂，因此才做出这些糊涂事来。

陈家老太爷早接到喜报了，家里张灯结彩，只等着陈廷敬回来。也早知道少爷如今已叫廷敬，只道皇上这个名字赐得真是好。算着陈廷敬到家的日子快了，便一日三遭地派人骑马到三十里以外探信。

这日家丁飞马回来报信，说少爷的骡车离家只有十里地了。老太爷欢喜不尽，陈三金却慌慌张张跑进屋里回话：“老太爷，外头有个身穿红衣的道人，见着就像个要惹事的，说要求见大少爷。”

老太爷听着奇怪，问：“道人？”

陈三金说：“这个道人傲岸无礼，我问了半日，他只说，你告诉他，我是傅山。”

老太爷大惊失色：“傅山？这个道人廷敬见不得！”

老夫人听着老太爷这么惊慌，早急了，问：“他爹，傅山是谁？”

老太爷低着嗓子说道：“他是反清复明的义士！朝廷要是知道

廷敬同他往来，可不是好玩的呀！快快，廷敬就要回来了，马上把这个人打发走！”

陈三金面有难色，说：“老太爷，这个人只怕不好打发。”

老太爷万般无奈，只好说：“我去见见他！”

傅山五十岁上下，身着红色道衣，飘逸若仙，正在陈家中道庄口欣赏着一处碑文。老太爷见了，略作迟疑，上前答话：“敢问这位可是傅青主傅山先生？在下陈昌期。”

傅山回过头来，笑道：“原来是鱼山先生。傅山冒昧打扰。”

老太爷脸上笑着，语气却不冷不热：“不知傅先生有何见教？”

傅山朗声而笑，说：“令公子中了进士，在下特来道贺。”

老太爷生怕儿子马上就到了，只想快些打发傅山走人，便说：“陈某谢过了。只是陈家同傅先生素无往来，在下不知您见我家廷敬何事？”

傅山又是哈哈大笑道：“我知道，鱼山先生是怕我给令公子带来麻烦。”

老太爷委婉地说：“傅山先生义薄云天，书画、诗文、医德医术声闻海内，想必不是个给别人添麻烦的人。”

傅山听出老太爷的意思，便说：“贫道看得出，鱼山先生不想让我进门。”

话既然挑明了，老太爷不再绕弯子，道：“陈某不敢相欺，只好实言相告。我家廷敬已是朝廷的人，同傅山先生走的不是一条道。所谓道不同，不相与谋！”

傅山正色说道：“好，鱼山先生是个痛快人。您说到道，我且来说说清廷的道。满人偷天换日，毁我社稷，这是哪里的道？跑马圈地，强占民田，这是哪里的道？留发不留头，留头不留发，这是哪里的道？强民为奴，欺人妻女，杀伐无忌，这又是哪里的道？”

这时，远远地已看见陈廷敬的骡车，老太爷着急了：“傅山先生，我没工夫同您论什么道了。反正一句话，您不能见我家廷敬。三金！傅山先生是声闻天下的节义名士，你们对他可要客客气气！”

陈三金明白了老太爷的意思，立即高声招呼，飞快就跑来十几个家丁，站成人墙围住傅山，把他逼在了墙角。陈家老小出来了几十号人，站在中道庄口。早有家人过来拿行李。原来陈廷敬把张汧也请了回来，想留他在家住几日再回高平去。陈廷敬先跪拜了爹娘，再起身介绍了张汧。一家老小彼此见了，欢天喜地。

这时，人墙里有人放声大笑，高声吟道：“一灯续日月，不寐照烦恼。不生不死间，如何为怀抱！”

老太爷心里直敲鼓，生怕张汧知道傅山在此。张汧却早已听清了有人在吟傅山的诗，这诗在士林中流传多年，颇有名气。日月为明，所谓一灯续日月，暗里说的就是要光复大明江山。张汧知道这话是说不得的，只当没有听见。

老太爷心里害怕，只道：“来了个疯子，不要管他。”

陈廷敬虽不知道那边到底来的什么人，却想这中间肯定蹊跷，便只作糊涂道：“河清兄，我们进去吧。”

却又听傅山又在人墙里喊道：“忘了祖宗，认贼作父，可比那疯子更可悲！陈公子去年秋闱在太原闹府学，尚有男儿气。结果被狗皇帝在名字前面加了个‘廷’字，就感激涕零，誓死效忠了。可悲可叹呀！”

张汧仍是装聋作哑，陈廷敬倒是尴尬起来，笑道：“河清兄，您头回上我家，就碰上如此败兴的事，实在对不住。”回头又对他爹说：“爹，把这个人好好安顿下来，我待会儿见见他，看是哪方神仙！”

老太爷生气道：“告诉你了，一个疯子。三金，把他打出去！”

陈廷敬忙说：“爹，千万动不得粗！三金，对这个人要以礼相待！”

陈廷敬请张汧进了客堂，家人上了茶来。叙话半日，陈廷敬道：“河清兄，您去洗漱休息，我过会儿陪您说话。”

张汧笑道：“您不要管我，你们一家人好几个月没见面了，拉拉家常吧。”

家人领着张汧去了，老太爷忙说：“廷敬，来的人是傅山。这个人你见不得！”

陈廷敬说：“我早猜着他就是朱衣道人傅青主。傅山先生才学人品我向来敬仰。人家上门来了，我为何不能见他？”

老太爷急得直跺脚，道：“廷敬为何如此糊涂！傅山早几年同人密谋造反，事泄被捕，入狱数年。只是审不出实据，官府才放了他。他现在仍在串联各方义士，朝廷可是时刻盯着他的呀！”

陈廷敬说：“傅山先生学问渊博且不说，我更敬佩的是他的义节。”

老太爷又急又气，却碍着家里有客人，又不敢高声斥骂，只道：“廷敬你这说的是什么话，你说佩服傅山的义节，不等于骂自己？我陈家忠于朝廷，教导子孙好好读书，敬奉朝廷，岂不是背负祖宗？”

陈廷敬低头道：“父亲，孩儿不是要顶撞您老人家，只是以为小人沆瀣一气，君子却可以各行其道。我折服傅山先生的气节，并不辱没自己的品格志向。”

这时，陈三金进来了，道：“回老太爷，那个道人硬是不肯走，我们只好赶他离开。拉扯之间，动起手来了。好歹把他赶走了。”

陈廷敬忙问：“伤着人家了没有？”

陈三金说：“动起手来哪有不伤人的？只怕还伤得不轻。”

陈廷敬忽地站了起来，说：“怎么可以这样！”

陈廷敬起身往外走，也不管父亲如何着急。老太爷压着嗓子喊道：“廷敬！你不管自己前程，也要管管陈家几百号人身家性命！”

老夫人坐在旁边一直不吭声，这会儿急得哭了起来：“这可如何是好？廷敬中了进士，本是天大的喜事，怎么麻烦一件接着一件？”淑贤站在婆婆身边，也一直不敢说话，这会儿也急得直哭。

陈廷敬牵马出门，飞快跑出中道庄。碰到个家丁，陈廷敬勒马问道："刚才那个红衣道人往哪里去了?"家丁抬手指指，说："往北边儿去了。"

陈廷敬飞马追了上去，见傅山先生正闭目坐在树下，忙下马拜道："晚生陈廷敬向傅山先生请罪！我的家人可伤着先生了?"

傅山仍闭着眼睛："没那么容易伤着我！我要不是练就一身好筋骨，早死在官府棍杖之下了！"

陈廷敬道："廷敬自小就听长辈说起先生义名。入清以后，先生绝不归顺，不肯剃发，披发入山，做了道人。先生的诗文流传甚广，凡见得到的，廷敬都拜读过，字字珠玑，余香满口。何况先生医术高明，悬壶济世，救人无数啊！"

傅山突然睁开眼睛，打断陈廷敬的话："不！悬壶并不能济世！若要济世，必须网罗天下豪杰，光复我汉人的天下！"

陈廷敬道："晚生以为，天下者，天下人之天下也！种族不分胡汉，戴天载地，共承日月，不分你我。只要当朝者行天道，顺人心，造福苍生，天下人就理应臣服。"

傅山摇摇头，道："陈公子糊涂！非我族类，其心必异！"

陈廷敬始终站着，甚是恭敬，话却说得不卑不亢："傅山先生说的，虽是祖宗遗训，晚生却不敢苟同。今人尚古，首推强秦盛唐。秦人入主中原之前，逡巡函谷关外三百年，汉人视之如虎狼。后来秦始皇金戈铁马，横扫六合，江山一统，汉人无不尊其为正统。再说大唐，当今天下读书人无不神往，可唐皇李氏本姓大野，实乃鲜卑人，并非汉人。还有那北魏孝文皇帝，改行汉制，五胡归汉，今日很多汉姓，其实就是当年的胡人。古人尚且有如此胸襟，我们今日为什么就容不下满人呢?"

傅山怒目圆睁，道："哼，哪是汉人容不下满人，是满人容不下汉人！"

陈廷敬语不高声，道："当今圣上，宽大仁慈，礼遇天下读书人，效法古贤王之治，可谓少年英主。"

傅山仍是摇头，道：“陈公子抱负高远，有匡扶社稷之才略。可国破家亡，活着已是苟且。不生不死间，如何为怀抱！你亲历乡试、会考，险送性命。清廷腐败，勿用多说！何不同天下义士一道，共谋复明大计，还明日朗月于天下！”

陈廷敬却不相让，道：“傅山先生，满人作恶自然是有的。但就晚生见到的，败坏国朝朝纲的，恰恰多为汉人，科场舞弊的也多是前明旧臣！事实上，清浊不分满汉，要看朝廷如何整治腐败！”

傅山望着陈廷敬，又是摇头，又是叹息，良久才说：“看来陈公子是执迷不悟了！今日贫道所言，句句都可掉脑袋。陈公子，你若要领赏，可速去官府告发。太原阳曲城外有个五峰观，我就在那里，不会跑的。”

陈廷敬拱手施礼，道：“先生把我看成什么人了？我还想请先生去寒舍小住几日，也好请教请教。”

傅山道：“令尊对我说过，道不同，不相与谋。告辞！”

傅山说罢，起身掉头而去。陈廷敬喊住傅山，道：“此去阳曲，山高路险。傅山先生，骑我的马走吧。”

傅山头也不回，只道：“不用，谢了！”

陈廷敬牵马过去，说：“傅山先生，道虽不同，君子可以相敬。您就不必客气。”

傅山略作迟疑，伸手接过马缰，说：“好吧，傅山领情了！”傅山不再多话，跨马绝尘而去。

老太爷在家急得团团转，只道：“廷敬太糊涂了！我以为他经历了这么多事，又中了进士，应该老成了。怎么还是这样？他今日见了傅山，会有大麻烦的！赶快把他追回来！”

正说着，陈廷敬回来了。老夫人揩着眼泪，说：“廷敬，你可把你爹急坏了！”

老太爷看见儿子回来了，稍稍放下心来，却忍不住还要说他几句：“廷敬，傅山先生的名节，读书人都很敬佩，你爹我也佩服。可是，识时务者为俊杰呀！你今日肯定闯祸了，只看这祸哪日降临到你头上！”

陈廷敬却道：“君子相见，坦坦荡荡，没那么可怕！傅山先生学问渊博，品性高洁，国朝正需这样的人才。他既然上门来说服我，我为何不可以去说服他？”

老太爷又急又气，道：“荒唐！幼稚！想说服傅山归顺朝廷的何止一人？很多比你更有声望的人，带着皇上的许诺，恭请他出山做官，他都坚辞不就。”

陈廷敬道：“正是像傅山先生这样的人若归顺了朝廷，天下就会有更多的读书人膺服朝廷。天下归心，苍生之福哪！”

老太爷没想到儿子这么犟，只好说道：“廷敬，记住爹一句话，傅山这种人，是为气节而活的，是为名垂青史而活的。百年之后书里会记载他，可是现如今朝廷随时可能杀了他！你不要为了这么个人，毁了自己的前程！”

老夫人劝道：“好了，你们父子就不要争了。家里还有客人哪！廷敬，衙门喜报一到，知府大人、知县老爷，还有亲戚们，都来道贺了。你改日还得去回礼。这会儿你什么都不要管了，去陪陪你请来的客人吧。”

陈廷敬别过父母，过去陪同张汧在自家院子里四处看看，不时碰着忙碌着的家人，个个脸上都是喜气。两人来到院子西头花园，但见山石嶙峋，池漾清波，花木扶疏。张汧道：“这里倒是个读书的好地方。”

陈廷敬笑笑说：“家父极是严厉，平常不让我到这里来，只准在书房里面壁苦读，长辈们忙着做生意，放着这么大的园子，常年只有家佣们在这里出入。”

陈家大院筑有高高的城墙，爬到上头可以俯瞰整座院子，但见大院套小院，天井连天井。张汧抬眼四望，连连感叹：“您家声名远播，我早有所闻，只是没想到有如此大的气势。您家祖上真叫人敬佩啊！”

陈廷敬笑道：“俗话说，小富由俭，大富由命。我看未必全然如此。我祖上一贫如洗，先是替人挖煤谋生，然后自己开煤矿，后来又炼铁，做铁锅跟犁铧生意，世代勤俭，聚沙成塔，方有今日。我家的铁器生意现在都做到东洋跟南洋去了。”

张汧道：“我家原先也算是薄有资财，到我祖父手上就渐显败象，一年不如一年了。家父指望我光宗耀祖，重振家业。”

陈廷敬忙说：“河清兄一定会扬名立万，光大门庭的。”

说话间张汧望见一处楼房高耸入云，样式有些少见，便问道：“那就是您家的河山楼吗？外头早听人说起过。”

陈廷敬说：“正是河山楼。明崇祯五年，秦匪南窜，烧杀抢掠，十分残暴。我家为保性命，费时七月，修了这座河山楼。碰巧就在楼房建好的当日，秦匪蜂飞蚁拥，直逼城下。好险哪！全村八百多人，仓促登楼，据高御敌。从楼顶往下一望，下面赤衣遍野，杀声震天。可他们尽管人多势众，也只敢远远地围楼叫骂，不敢近前。歹人攻不下城楼，就围而不攻，想把楼里的人渴死、饿死。哪知道，我家修楼时，已在楼里挖了口水井，置有石碾、石磨、石碓，备足了粮食，守他十日半月不在话下。秦匪围楼五日，只好作鸟兽散。”

张汧道：“救下八百多口性命，可是大德大善啊！您家这番义举，周围几个县的人都是知道的。”

陈廷敬又说：“听父亲说，那次匪祸，虽说全村人丁安然无恙，家产却被洗劫一空，还烧掉了好多房屋。无奈之下，我家又倾尽家资，修了这些城墙。”

张汧悲叹起来：“我家也正因那几年的匪祸，一败涂地了。遭逢乱世，受苦的就是百姓啊！”

陈廷敬却道：“乱世之乱，祸害有时；太平之乱，国无宁日。”

张汧听了这话觉着耳目一新，问道：“何为太平之乱？愿闻其详！”

陈廷敬说：“前明之所以亡，就是因为官场腐败、阉党乱政、权臣争斗、奢靡之风遍及朝野。这就是太平之乱啊！”

张汧拱手拜服，道：“子端兄言之有理。覆辙在前，殷鉴不远啊！”

陈廷敬又道：“家父和我的几位老师都嘱咐我要读圣贤之书，养浩然正气。有志官场，就做个好官，体恤百姓，泽被后世；不然就退居乡野，做个良师。月媛她爹也是这么说的。唉，说到月媛这事，我还不知道怎么同爹娘开口哩，又觉着对不住淑贤。”

张汧便说这是缘分，说清楚就没事的。又见远处山头有片屋宇金碧辉煌，张汧问道：“那是什么地方？”

陈廷敬道：“那是我家的道观。张兄有所不知，我家敬奉道教，家里每有大事也总在道观里操办。说来有个故事，原来祖上有日遇一道人病得快死了，老祖宗把他领回了家里。那时自己家里也穷，却把那道士养了两个多月。等那道人病好了，便嘱我祖宗在这个地方建屋，说这是方圆百里难寻的形胜之地，你家必会发达。后来果然就应了验，祖宗就盖了那座道观。我这回中了进士，家父想请乡亲们看半个月戏，也是在那里。道观里有戏台子。”

张汧这会儿忍不住说道：“在您家门口吟诗的那位，我隐约瞥见是个道人，念的竟是傅山的诗。子端兄，这种人可得小心啊！”

陈廷敬忙搪塞道：“听管家说，是邻村的一个疯子，叫他们打发走了。”

张汧又道陈家世代仁义慈善，男孝女贤，没有不发达的道理。两人便是客气着，说的自然都是奉承话。

十二

张汧在陈家过了夜，第二日早早起身回高平老家了。他因急着回去给爹娘道喜，陈廷敬也不再相留。

送别张汧，一家人回屋说话。老太爷问：“外头都说，你本是中了状元，硬是叫卫大人在皇上面前说坏话，把你拉下来了。说你原来是因为没有给卫大人送银子，可有这事？”

这事儿在陈廷敬心里其实也是疑云不散，可他在爹娘面前却说：“哎呀，这话哪，传来传去就变了。贡院里面有人处处为难我，污损了我的考卷。是卫大人把我的考卷从遗卷里找出来，不然哪有今日！在京城里拜师傅，投门生帖子，奉送仪礼，其实都是规矩，算不得什么事。可卫大人连这个都是不要的，他会是个贪官？”

老太爷说：“原来是这样！卫大人还真是个好官哪！”

淑贤身上已经很显了，她坐在老夫人身边，不停地捂嘴反酸水。老夫人见了，只道：“淑贤，你不要老陪在这里，进屋躺着去。”丫鬟翠屏忙过来扶了淑贤往屋里去了。翠屏才十二岁，却很是机灵。

淑贤进屋去了，老夫人叫家人们都下去，客堂里只有陈廷敬跟他爹娘。老夫人这才问道：“敬儿，娘听说你在京城又找了媳妇？”

陈廷敬顿时红了脸，道：“娘是哪里听来的话？”

老夫人道：“娘听淑贤讲的，大顺告诉了翠屏，翠屏就把这话说给淑贤听了。”

陈廷敬道：“这个大顺！”

老太爷半日没有吭声，这会儿发火了，道：“自己做的事，还怪大顺？”

陈廷敬道：“我哪里是要瞒着爹娘？我是想自己给您二老说。孩儿不孝，没有事先禀告，但的确事出有因，又来不及带信回来。”陈廷敬便把自己在京城差点丢了性命，多亏李家父女相救的事，仔仔细细地说了。又说了卫大人保媒，自己也是答谢人家救命之恩，这才应了这门亲事。

老夫人听得这么一说，拉住儿子的手，又哭了起来：“娘没想到，你在京城还吃了这么多苦！李家父女可真是你的恩人哪！”

陈廷敬说：“要不是月媛妹妹搭救，我早命送黄泉了！”

老夫人回头望了老太爷，道：“他爹，既然是这样，我看这门亲事就认了，这也是缘分啊。”

老太爷没有说话，心想做儿女的婚姻大事，再怎么也得先回明了家里，岂是自己随便可以做主的。可听儿子说了这么多，老太爷慢慢地也没有气了，嘴上却不肯说半句话。陈廷敬知道爹的脾气，不管他心里怎么想，嘴上总是厉害的。

陈廷敬应了这门亲事实是不得已，他对李老先生既是敬重又是感激，月媛虽小却也甚是聪明可爱，只是觉得自己两头都对不住人，便说：“我既对不住淑贤，又觉得月媛委屈了。人家毕竟是有门第的女子，怎能就让她伏低做小呢？”

老夫人想了想，道：“淑贤那里，娘去说。这孩子通情达理，不是那拈酸吃醋的人！月媛将来长大了，你收她做了媳妇，依淑贤的脾性也不会刻薄她的。我同你爹，只要理儿顺，什么都想通了。你既然在人家跟前叫了爹，又有了婚约，你就得尽儿辈的孝行。你那边岳父还病着，家里这边你拜拜亲戚朋友，没事了就早早动身回京城去吧。”

老太爷这才开言讲了一句话：“记住你娘讲的！”

陈廷敬在家走亲访友四十来日，老夫人就催他进京城去，只道爹娘身子都还硬朗，家里大事小事都有人操持，你如今是朝廷的人了，总要以自己的差事为重。陈廷敬心里却是两难，又想多陪陪爹娘，又担心京城岳父的身子。想那岳父若仍是病在床上，月媛妹妹就真可怜了。

陈廷敬的七个弟弟，原来也都是单名，如今陈家兄弟都遵了圣谕将“廷”字作了字辈。二弟廷统跟大顺差不多年纪，缠着爹娘说了多次，想随大哥到京城去读书。陈廷敬是知道这个弟弟的，性子有些不实，只恐他到京城里去学得越发轻浮了，总是不答应。廷统便是又哭又闹，只说爹娘偏心，眼见着大哥中了进士，凡事都只听大哥的。到底兄弟姐妹都怕老爹，老太爷最后发了脾气，廷统才不敢再闹。陈廷敬又是好言相劝，嘱咐廷统在家好好读书，将来有了功名自然要到京城去的。

大顺仍是要跟着少爷去的，他却去问了翠屏，道："老太爷让我去京城侍候大少爷，你去吗？"

翠屏平日见了大顺就脸红，道："你去你的，问我做什么！"

大顺道："你去看看嘛，京城世面儿大，有很多你见不着的东西！没事我每日带着你去玩。"

翠屏连脖子都红了，说："你想见世面，你去就是了，别老缠着我！少奶奶还在花园里等着我送东西去哩！"

翠屏转身走了，大顺心里着急，又不敢追去。翠屏原是送针线去的，淑贤要自己给陈廷敬缝几件衣服。淑贤对翠屏说："大少爷去京城，没个人照顾，大顺又只知道贪玩，我放心不下。翠屏，你随大少爷去好不好？"

谦吉跟着妈妈在这儿玩耍，不等翠屏答话，他倒先说了："我跟爹到京城去！"

淑贤恼儿子，道："你也不要娘了！"她虽是逗儿子玩的，可这话说来心里还是有几分不舒服。

翠屏早又红了脸，低头说："我想在家跟着少奶奶。"

淑贤望着翠屏，忍不住抿嘴而笑，道："你就别在我面前假模假样了。知道大顺要去，你成天没了魂似的。"

翠屏急得要哭，说："少奶奶，您这么说，就冤枉死我了！"

这时，屋里传来琴声，淑贤心慌起来，不小心扎着了手。原来是陈廷敬在屋里抚琴。翠屏忙捉住少奶奶伤着的手，说："少奶奶您放心不下，您就同老太太说，跟着去京城嘛！"

淑贤笑笑，叹道："爹娘都这把年纪了，我怎么走得开！"

淑贤不再说话，边缝衣服，边听着琴声。过会儿，琴声没了，淑贤就怔怔地望着池塘出神。池塘里莲花开了，几只蜻蜓在上头且飞且止。谦吉在池塘边追着蜻蜓，淑贤嘱咐儿子别乱跑，可别掉进塘里去了。

翠屏猛地抬头，看见陈廷敬过来了，忙站了起来，说："大少爷，您坐，我去倒杯茶。”

翠屏走开了，陈廷敬道：“淑贤，衣服都够了，你歇着吧。”

淑贤却答非所问，道：“我想让翠屏也跟您去京城，好有个照顾。”

陈廷敬答话也是牛头不对马嘴，说：“我知道你心里不好受，我想也许这是老天的安排吧！”

淑贤低头说：“哪里啊，我打心眼儿里感谢人家哪！爹娘都说人家是我们恩人，我哪能做个忘恩负义的人？”

陈廷敬道：“要不，我同爹娘说，带你去京城。”

淑贤摇头半日，说：“我为月媛的事生过气，已是不贤；再跟您去京城，放下老父老母不管，又是不孝了。我不去！”

谦吉不晓事，总在旁边胡闹，吵着要娘带他跟爹到京城去。翠屏知道大少爷同少奶奶有话要说，故意磨蹭半日才送了茶来，老远就碰得花园的树枝啪啪响。陈廷敬同淑贤就不说话了，相对默坐。淑贤心里沉沉的，见翠屏这会儿才来，不免说道：“倒杯茶去了这么久，是去街上买茶叶去了，还是去井里挑水了？我就知道你没心思了，明日就跟大顺到京城去！”

翠屏叫淑贤这么说了几句，眼泪倒黄豆似的滚了出来。这时陈廷统跑了过来，说：“哥，河清先生家里送信来了。”陈廷敬看了信，原来张汧母亲病了，暂时走不了。

时序已是深秋，陈廷敬在中道庄口辞别爹娘，就要去京城了。先已在家祠里拜过祖宗了，这会儿才要上车，陈廷敬又跪下来再次拜过爹娘。陈家几十口人都来相送，又围了上百邻家，有过来道别的，也有只是看热闹的。老太爷再三嘱咐：“廷敬，身处官场，谨慎为要。该说的话，爹都说过了。你今后不管做到多大的官，且莫忘了上报圣恩，下抚黎民，不枉读了圣贤书！”

陈廷敬道：“孩儿谨记父亲教诲！”

老夫人道：“敬儿，家里有淑贤，你就放心吧。”

陈廷敬知道夫人快生了，自然也是放心不下，便道：“淑贤，爹娘就全靠你了，你也要照顾自己的身子。”

淑贤点点头，道：“天气一天天凉了，小心加衣服。谦吉，到娘这里来，爹要走了。”

原来谦吉一直抱着爹的腿不放，眼泪汪汪的。陈廷敬躬身抱起儿子，笑道：“谦吉不哭，爹会从京城里给你带好吃的回来。你在家好好读书，长大了也去京城。”

丫鬟上前抱了谦吉下来，谦吉哇地哭了起来，只吵着不让爹走。谦吉这么一哭，家里几个大人也哭了起来。老夫人只道廷敬进京城做官去哩，好好的大家哭什么呢？自己说着，却是眼泪直淌。翠屏是要随着去的，她心里欢喜，只顾瞅着大顺抿着嘴儿笑。这会儿大家都哭了，她也忍不住哭了起来。

陈廷敬进京用的是两架骡车，陈廷敬同翠屏同车，车由大顺赶着。行李专用一车，另外随了个家丁黑子赶车。大顺在车上不时地回头，翠屏脸上绯红，只是拿眼睛瞪他。陈廷敬没在意两个小孩子，一心只顾在车上看书。

到了太原，陈廷敬去巡抚衙门拜访了抚台大人吴道一。如今陈廷敬已不是往日的阶下囚，吴道一甚是客气，在衙内设宴款待，还封了三百两程仪送上。陈廷敬在太原盘桓几日，拜访了几位旧知。又想那傅山实在是个人物，便瞒着人独自去了五峰观。怎料傅山先生云游去了，陈廷敬心里甚是遗憾，怅然而归。

十三

陈廷敬一路上跑得飞快，只二十来日就到京城了。正入城时，忽听人声喧哗。撩开车帘望去，但见十数辆囚车迎面而来。原来正是秋决之期，囚车上押的竟是李振邺、吴云鹏等问斩的人。十几个刽子手身着红衣，鸡血涂面，持刀走在后头。陈廷敬心头不由得紧了，心想怎么一进城就碰着这等晦气事。

骡车径直去了李家。门外人还没下车，门里却是月媛正在同爹说话。月媛见墙角老梅树正含着苞，便说：“爹，梅花又要开了。”

老太爷道：“梅花要开了，子端他就该回来了。日子可过得真快呀！”

田妈笑道：“老爷，家里可有个人总嫌日子过得慢！”

老太爷听了，望着月媛笑。月媛红了脸，嗔怪田妈，道：“田妈老是笑话我！您老不照样每日念着子端哥哥！”

正巧这时，响起了敲门声。田妈跑去开了门，喜得大声喊了起来：“老爷，小姐，快看看谁回来了！”月媛顿时愣住了，低头看看自己衣服，又想跑回去照照镜子，脚却像钉在地上似的动不了。

陈廷敬已转过萧墙，笑吟吟地进来了，喊道：“爹、月媛妹妹，我回来了！”

田妈笑道：“真是菩萨保佑，爷儿俩才说到子端子端的，就到家了！”

大桂说：“读书人说，这叫说曹操曹操到！”

陈廷敬向田妈跟大桂道了辛苦，便叫大顺、翠屏、黑子过来见过老爷。大顺跟翠屏是要留在京城的，黑子玩几日就回山西去。大顺同黑子只知站那里嘿嘿地憨笑，翠屏到底女儿家嘴巧些，恭恭敬敬行了礼，道：“翠屏见过老爷！翠屏年纪小不晓事，老爷以后多多管教。”又转脸望了月媛，道：“您肯定就是月媛小姐了！大少爷在家里老说起您！”

月媛顿时红了脸，想说什么又没有说出来。

陈廷敬见老太爷气色还好，便说：“爹，您身子养好了，我就放心了！我在家就担心您的病！”

老太爷道：“多亏了月媛和田妈！”

陈廷敬望着月媛，说：“月媛妹妹，你瘦了。”

月媛低着头说：“您黑了！”

田妈笑了起来，说：“一个瘦了，一个黑了，怎么我都没有看出来呀!”

说得大家都笑了起来。田妈又说：“大家光顾着高兴，又不知道搬行李，又不知道进屋去坐。”

大桂便领了大顺跟黑子搬行李，老太爷同陈廷敬进屋说话去。月媛同翠屏仍是站在外头说话，两人年纪差不多大，也没什么主仆之分。田妈进屋倒了茶水，出来帮着拿行李。

老太爷问了陈廷敬家里大人，又问路上是否还顺畅，路上都拜见了什么人。陈廷敬一一回了，说道：“进城就碰着十几辆囚车，押的正是李振邺他们，怕是有些晦气。”

老太爷却道：“我是不信这个的，你也不必放在心上。”

陈廷敬其实也是不信的，只是见着李振邺他们杀头，想起自己经历的那番生死之难，不由得败了心情。

闲话会儿，老太爷突然叹道：“子端，卫大人只怕有麻烦了。”

陈廷敬吓一大跳，问道：“什么麻烦?”

老太爷道：“还不是得罪人了?”

原来这回问了斩的有和硕庄亲王博果铎的儿子哈格图，事情就麻烦了。那哈格图在兵部当差，才叫皇上封了贝勒，庄亲王很是疼爱。哈格图春闱之际居间穿针引线，同李振邺沆瀣一气，诈了不少钱财。皇上这回铁了心，不管他皇亲国戚三公九卿，只要罪证坐实了，问斩的问斩，充发的充发。庄亲王原是世代勋旧，他自己又素有战功，平日通不把别人放在眼里。索尼、鳌拜等众多大臣早看他不顺眼，正好要杀杀他的威风，便拿他儿子开刀了。庄亲王在皇上前面自是不敢乱来，也不敢明着对索尼等大臣怎么样，可他心里那口恶气却总是要出的。近日慢慢地传出话来，非得问了卫向书的罪。

陈廷敬很是担心，问道：“爹，您是听卫大人自己说的吗?”

老太爷说：“卫大人到家多次，都说到这事。春闱之后，皇上叫卫大人同索尼、鳌拜一道审李振邺的案子，他便扯上了干系。巧的是今年山西中式的人又多，便有人硬说卫大人自己得了好处。”

陈廷敬道："就只看皇上的了。"

老太爷说："官场上风云变幻，天知道结果又会怎么样呢？"

陈廷敬每日上翰林院去，他见卫大人却全然不像有事的样子。卫大人同陈廷敬也没别的话说，说也总离不开读书二字。原来新科进士悉数入翰林院庶常馆，三年之后方能散馆派差。若不是皇上召对，卫大人也整日待在翰林院里。

日子过得很平静，陈廷敬终于放下心来。他哪知道卫大人的危险并没有过去，他自己脖子上也有把刀在慢慢落下。庄亲王慢慢打听知道，李振邺的案子原来是叫陈廷敬说出来的。

庄亲王本是鲁莽武夫，他这回不知怎么很沉得住气，直到大半年之后才发作起来。有日，庄亲王乘轿去了索尼家，挥着老拳擂门，门房是认得这位王爷的，才说了句进去报老爷，就叫他一掌过去，打翻在地。庄亲王直往里奔，一路破口大骂："索尼，你这个狗东西，给我滚出来！"

索额图听得有人撒野，黑脸跑了出来，见是庄亲王，马上恭敬起来："王爷您请息怒，有话进屋说吧。"

庄亲王怒道："有什么好说的？你阿玛杀了我的儿子，我要以命偿命！你摸摸自己的脑袋！"

索尼早迎了出来，连连拱手，道："王爷，您老痛失爱子，我也十分伤心呀！"

庄亲王老泪纵横，哭喊起来："当年我两个儿子随老夫出征，战死沙场，现只留着哈格图这根独苗，竟叫你杀了！"

索尼道："哈格图串通李振邺收受贿赂，可是铁证如山哪！事情要是没到皇上那里还好说，到了皇上那里我就没有办法了！"

庄亲王闹开了，越发说起浑话："皇上都是叫你们这帮奸臣蒙蔽了！"

索额图在旁赔小心，道："王爷，您老进屋歇歇，自己身子要紧。我阿玛您老是知道的，他是块软豆腐，皇上着他同鳌拜、卫向书一块儿查案子，他们俩的脾性您老也不是不知道。”

庄亲王道：“索尼，我可要血债血偿！卫向书自以为是包公再世，不也是个混账东西？今年山西中了八个举人，他给陈子端会试、殿试都点了头名，幸得皇上还不算糊涂，不然连状元也是他这个山西人！告诉你索尼，你只别让老夫抓住把柄，不然老夫先劈了你再说！”

索尼倒是好性子，只是拱手不迭：“王爷，您请息怒，进去喝杯茶吧！”

庄亲王吼道：“喝茶？老夫恨不能喝你的血！”

庄亲王叫骂半日，拂袖走了。索尼父子忍气吞声，恭恭敬敬送庄亲王出了门。庄亲王上轿走了老远，这边还听得见他的叫骂声。回到屋里，索额图拍桌打椅，只道恨不得杀了这老匹夫。索尼便骂儿子没脑子，不是个成器的样子。

索额图气愤道：“我们就让这老东西欺负不成？”

索尼道：“说到底他儿子是皇上要杀的，又不是我杀的。他也不敢真欺到我的头上。博果铎平日最是个没脑子的人，为什么这回儿子被杀了他能忍这么久？他闯到我家里只骂了半日就走了，这又是为什么？”

索额图被他阿玛问得木头木脑。索尼道：“你凡事要用脑子。博果铎能忍这么久，肯定是有人劝住他了，说明他后头是有一帮人的。他骂几句就走了，为的是做个样子给我看，杀人的事仍是要我们自己来做！”

索额图问：“阿玛知道他想杀谁？”

索尼道：“你听不出来？他想杀卫向书和陈子端！”

索额图仍觉莫名其妙，道：“外头都已知道，李振邺的案子就是陈子端说出来的。博果铎想杀陈子端，还说得过去。可他为什么要杀卫向书呢？”

索尼道：“陈子端不过是个位卑人微的新科进士，只杀他是不解气的。还得杀个大臣，博果铎才觉着出了这口恶气。卫向书出任会试总裁，王公大臣们原先向李振邺打了招呼的人都不作数了。卫向书后来又同我共审科场案，正好山西今年中式的人多，有把柄可抓。”

索额图道：“卫大人跟陈子端都要成冤死鬼？”

索尼摇头道：“哪有什么冤不冤的！杀人不需要理由！庄亲王他们只是想出口气，杀你，杀我，杀别人，没有区别，只看谁好下手。”

索额图道：“阿玛，您得想想办法，我们不能坐以待毙呀！要不先奏明皇上？”

索尼望了儿子好半日，长长地叹了口气，说：“索额图呀！你阿玛我事君几十年，悟到一个道理，天底下最靠不住的就是皇上！”

索额图惊得大气都不敢出，只望着阿玛发愣。索尼悄声儿嘱咐儿子，说：“皇上有时候是可以借来用用，但终究还是要靠我们自己！”

索额图听着更是糊涂，瞪大了眼睛听他阿玛说下去：“皇上拿着最头疼的就是庄亲王这帮老家伙！我琢磨着皇上最后还是得给他们些脸面的。”

索额图愤然道：“脸面？他们要的这个脸面，在人家身上可是脑袋！阿玛，我家也是世代功勋，怕个什么？只要我兄弟们披挂上马，振臂一呼，立马可以拥兵数万！”

索尼跺脚大骂：“鲁莽！糊涂！荒唐！我告诉过你，遇事得动脑子！爱新觉罗家同咱们一块儿共谋大事，为何人家成了皇家正统，咱们只能追随左右？就因爱新觉罗家不但会动刀枪，还会动脑子！”

索额图听着心里不服，嘴上却不敢再说什么。索尼想了想，又道：“别慌，我们可以把杀人的事让鳌拜来做。你去拜访鳌拜，你得这么同他说。”索尼告诉儿子如何行事，一一仔细嘱咐了。

索额图去了鳌拜府上，先道了安问了好，再把庄亲王如何上门叫骂，添油加醋地说了，道："庄亲王说先到我家里骂人，改日还要上您府上来。"

鳌拜怒道："那老东西，老夫等着他来！"

索额图依着阿玛之意，先把鳌拜激怒了，再说："鳌大人，您老不必生气。庄亲王的意思是想杀了卫向书和陈子端，不然他心头不解恨。"

鳌拜拍着炕沿，道："放肆！整治科场腐败是皇上的旨意！我同令尊大人可是奉旨办案！"

索额图道："我阿玛是块软豆腐，脾气又好，凡事都是听您的。"

鳌拜听了这话，眼睛瞪得灯笼大，道："怎么？得罪人了，你阿玛就想把事儿全赖在我身上？"

索额图道："我阿玛可没有啊！都是庄亲王说的。他在我家骂了半日，骂我阿玛办事没主见，凡事只听鳌大人您的。饭桶、猪脑子，什么难听的话都叫他骂了。"

鳌拜望着索额图冷笑道："你阿玛和我同朝事君多年，我知道他是个老狐狸！"

索额图道："我阿玛胆儿小，不像鳌大人您，精明果敢，深受皇上器重。鳌大人，小侄专此拜访，真是为您好呀！"

鳌拜问道："为我好？你倒是说说怎么个为我好？"

索额图就照着父亲的话说："李振邺身后原是有人的，如今他被杀了，给他撑腰的人都没了脸面，就怂恿着庄亲王出头。庄亲王儿子被杀了，他正要那些人帮着他闹事哩！如果不杀了这两个人，庄亲王他们气就不顺，您往后的事情就不好做！"

鳌拜道："贤侄呀，你随我扈从皇上多年，知道我的脾气。要杀几个人，在老夫这里没什么难的，编派些个事儿让皇上点头就行了。可是，他们毕竟冤哪！"

索额图说："鳌大人，其实庄亲王他们只是想出口气，杀谁都一样。"

索额图说罢这话，故意眼睛怪怪地望着鳌拜。鳌拜听出索额图的意思，立马雷霆大怒，道："你的意思，庄亲王他们还想杀我？"

索额图低头赔罪，道："小侄怎敢这么想？我只是琢磨庄亲王他们的意思。"

鳌拜阴了脸瞪着索额图，瞪得他头皮都发麻了，半日才冷笑道："捉拿李振邺是皇上亲口下的谕示。外头传闻是陈子端告发了李振邺，可话是怎么从陈子端口里出来的呢？外头可有两种说法，有人说是你问出来的，有人说是明珠问出来的。贤侄，我要向庄亲王他们交差，是杀你呢，还是杀明珠呢？"

索额图听了这话心里并不害怕，却做出请罪的样子，跪了下来，说："小侄无能，被明珠耍了。皇上着我押陈子端去顺天府，半路上陈子端被人劫了，却让明珠神不知鬼不觉地找到了，正是明珠从陈子端那里问出了科场案。"

鳌拜大声喝道："贤侄的意思是我把明珠也杀了？你回去转告令尊大人，杀几个人小事一桩，可你今日说的这些话，哪句敢摊到桌面上来！"

索额图嘴上也是不软，道："鳌大人您是知道的，有些事情做起来真是不会摊到桌面上来的！"

索额图请了安告辞回去了。他把鳌拜的话一五一十告诉了阿玛，只道老匹夫油盐不进。索尼却是摇头而笑，道："傻儿子，鳌拜这么容易就答应你把谁杀了？你只要把话传给他就得了，他会好生想想的！"

索额图走了没多久，鳌拜着人把明珠叫到了府上。明珠听说索额图调唆着鳌拜杀他，又惊又恨，道："鳌拜大人，他们索尼家可没一个真正忠心朝廷的人哪！"

鳌拜点头道："索尼这家伙我是知道的。他和我共同奉旨办案，现在得罪人了，他就诿过于我，还要我出面杀人。也只怪老夫平日逞能惯了，外头看着只要是我到场的事，都是我干的。索尼遇事可以诿过，我是没处可推。看来我不做做样子，过不了这一关的。”

明珠却道：“我看大人您做样子是给庄亲王他们看，庄亲王他们可是做给皇上看的！”

鳌拜对明珠立时刮目相看，道：“明珠，老夫没有看错，你果然精明过人哪！你说的这句话，老夫只敢放在心里，可不敢当人说出来！”

明珠道：“皇上幼年登基，长年依着那些王爷，日久成习呀！皇上亲政以后，天下人都仰望着皇上成就一代英主，可有些王爷不乐意！”

鳌拜叹道：“老夫身经百战，不知道什么叫怕字。一个贝勒杀了就杀了，怕什么？可我得顾及朝廷安宁！身为人臣就得替皇上着想，替大局着想。正是你说的意思，他们是想杀几个人告诉皇上，他们也是惹不起的，皇上不能想杀谁就杀谁。他们想让我替他们杀人，把人头都点好了，卫向书、陈子端，还有你！”

明珠撩衣而跪，慨然道：“鳌大人，您如有难处，请拿我开刀！只要换得君臣和睦，朝廷太平，明珠万死不辞！只是明珠请放过陈子端！”

鳌拜好生奇怪，问道：“你如此护着陈子端，这是为何？”

明珠回道：“陈子端英才难得，皇上对明珠有过密嘱！”

鳌拜却道：“杀你自然就得杀陈子端。庄亲王他们知道是你从陈子端嘴里问出科场案的。”

明珠仍是跪着，脖子挺得直直的，说：“明珠的脑袋就在肩上扛着，现在即可拿下。鳌大人，陈子端可万万杀不得！”

鳌拜哈哈大笑，道：“明珠快快起来说话。我猜出来了，你如此死死护着陈子端，其实就是护着自己的脑袋。你知道自己的脑袋同陈子端的脑袋是连在一起的！老夫倒有个办法，只杀卫向书和陈子端，保您在庄亲王他们面前做个好人！”

明珠只当没听懂鳌拜的话，眼睛瞪得老大，听他慢慢讲下去。

鳌拜说："陈子端回到山西同前明余孽傅山打得火热，我们可以拿这个做点文章。你呢？则放出风去，叫人相信正是陈子端道出科场案实情。谁都知道当时是索额图奉旨捉拿陈子端。"

明珠听明白了，问道："鳌大人意思是要让外头知道，这回查出科场案立下头功的是索额图？"

鳌拜点头道："正是这个意思！"

明珠仍是不解，问："可是陈子端交结傅山跟告发科场案，这两桩事风马牛不相及呀！"

鳌拜得意而笑，道："我们要的就是风马牛不相及。谁敢拿科场案的事治陈子端的罪？问卫向书的罪好办些，我已收到告发他的折子了，正好上奏皇上哩！"

第二日，鳌拜去了乾清宫密奏皇上，道："臣接密报，陈子端回山西时同前明余孽傅山过从甚密！"

皇上其实早就接到吴道一的密奏了，却故作糊涂："是吗？朕怎么不知道这件事？真是那样的话吴道一应该密奏才是。"皇上原来对吴道一所奏将信将疑，只因去年太原秋闱案陈廷敬同山西巡抚衙门是有过节的。又想吴道一因了这桩公案如今戴罪听差，故意要找陈廷敬的麻烦也说不准。

鳌拜没料到皇上对这事不太在意，便又道："陈子端天资聪慧，才识过人，皇上甚是赏识，这臣也知道。只是此人少年老成，深不可测，万一他交结前明余孽真属实情，就怕养虎为患呀！"

皇上倒是越听越起疑心，道："鳌拜，你是朕的股肱之臣，朕最是信任。你就明说了吧，你的用意到底何在？一个刚刚进士出身的书生，犯得着你把他放在心上吗？"

鳌拜道："我皇圣明，臣不敢欺君，只是如实上奏而已。臣这里还收到折子，正要进呈皇上，告的是卫向书身为会试总裁，忘天下之公而偏同乡之私，山西一省竟有八人中式。"

皇上这回完全明白过来了，笑道："鳌拜，你还说不敢欺君！老实说，科场案办完了，有人找麻烦来了是吗？"

鳌拜暗自敬服皇上机敏过人，又想事情既然都挑明了，不如把来龙去脉说开算了。他原想顺了庄亲王的意，杀了卫向书几个人了事，自己往后也好行走。如今却想干脆让皇上自己出来了断，把庄亲王那伙人都收拾了，他日后做起事来更方便些。鳌拜打好了主意，便故意说道："臣说句该死的话，庄亲王他们不是找臣的麻烦，是找皇上的麻烦！"

皇上听了果然大怒，直道真是反了！鳌拜忙跪下请罪，骂自己不该惹皇上生气，只是事不得已，非如实奏来不可。皇上发完了脾气，慢慢缓和下来，问道："说吧，他们想怎么办？"

鳌拜回道："他们想杀了卫向书、明珠、陈子端。"

皇上又问："这几个人头是谁点的？"

鳌拜说："索额图说是庄亲王他们的意思！"

皇上冷笑道："朕想这是他阿玛索尼的意思！索尼想用这几个人头去讨好庄亲王他们！"

鳌拜想皇上真是神了，锱铢毫厘都瞒不过皇上那双法眼，便道："皇上圣明，臣私下里也是这么猜度的。"

皇上说："这事朕知道了。鳌拜，前明余孽蠢蠢欲动，不得不防，但也不必弄得风声鹤唳，杯弓蛇影。你下去吧。"

鳌拜谢恩出宫，心想只等着皇上决断了。皇上亲政以来，那些个王爷们，一会儿获罪，一会儿昭雪，一会儿褫号籍没，一会儿追封复爵，威风都杀得差不多了。摄政王多尔衮功高盖世，他死后皇上都要追讨罪责，何况庄亲王？

十四

这日夜里明珠宿卫乾清门，皇上召他进宫说话。明珠跪见了，皇上默视良久，只递了个折子给他，也不吭声。

明珠捧接了折子，原来是山西巡抚吴道一的密奏，上头写道：

“陈廷敬回乡之日，傅山专赴陈宅密访。陈廷敬赴京过太原拜会罪臣，旋即造访阳曲五峰观会晤傅山。因傅山行事甚密，且身边尽是党羽，无法探知详情。罪臣以为，傅山恃才自傲，故作清高，密结党社，反心昭然。陈廷敬同其往来，其心叵测，不得不防。如何处置傅山，恭请圣裁！罪臣山西巡抚吴道一密奏。”

明珠读罢折子，皇上才道：“陈廷敬回山西时同傅山有所来往，你同陈廷敬打过交道，朕想让你暗中留意着。傅山在天下读书人心目中很有声望，万不得已不可动他。为保国朝江山永固，朕最需要的就是读书人。此事甚密，不可说与任何人！”

明珠道：“臣知道如何行事。”

明珠刚才留意了折子具款日期，见这密奏已是半年前的事了。为何皇上这个时候才把折子给他看？明珠心里装着这个疑惑，便猜皇上对陈廷敬有投鼠之忌。

皇上又道：“前明宗室早已断绝余脉，可有些读书人却不识时务，逆天而行。朕忧的不是他们谋反，料他们也没有能力谋反；朕忧的是他们不顺，这可关乎人心向背之大局。”

明珠奏道：“臣以为，皇上仁德广施，泽被天下，只要假以时日，必会万民归心。至于少数读书人，皇上不必放在心上。”

皇上摇头道：“明珠呀，满人中间少有你这样的读书人，可你毕竟没有读通汉人的书哪！汉人中的读书人，标榜自己以天地之心为心，百姓也就把他们的心当作天地之心。读书人虽然不多，却一个也小视不得！”

明珠忙请罪道：“臣糊涂，谢皇上教训！”

皇上叹道：“朕虽然不怕他们谋反，但话又说回来，大风起于青萍之末，仍需防微杜渐。傅山他们要串联，就让他们串联，不必惊动他们，暗中看着就是。一旦胆敢轻举妄动，严惩不贷！”

明珠退身出宫，却见卫向书大人早候在外头了。他心想皇上夜里很少召见臣工的，想必是为着庄亲王那桩事。又想鳌拜肯定是奏过皇上了，不然皇上不会这么急着就要召见卫向书。只是不知道皇上会如何处置这桩麻烦事。明珠朝卫向书恭敬地道了个好，自个儿回乾清门去。

卫向书躬身进宫，太监引他进了西暖阁。皇上正端坐炕上，望着卫向书微笑。卫向书上前跪拜了，皇上微微点头，说道："起来坐吧。"

太监便搬了张椅子过来，放在卫向书身边，道："卫大人，您请坐吧。"

卫向书甚觉奇怪，惶恐地望着皇上，仍是跪着。原来皇上所谓赐坐，臣工们并不是真的就能坐上椅子，而是仍然跪着，坐在自己脚后跟上。这会儿见太监真的搬来了椅子，卫向书哪敢站起来？

皇上笑道："卫向书，你是老臣，不必拘礼，起来坐吧。"

卫向书叩头谢恩，从地上爬起来，半坐在椅子上。皇上暖语再三，慢慢说到庄亲王胡闹的事。说话时，皇上间或恼怒，间或叹息。卫向书渐渐就听出皇上的意思了，便从椅子上下来，仍跪在地上，道："皇上，他们想安个罪名，要臣的脑袋，这很容易。所谓欲加之罪，何患无辞！只是臣以为，这清朝的天下要当得起一个清字！"

皇上长叹道："卫向书，这话别人说出来，朕可以要了他的脑袋。可你说出来，朕体谅你的一片忠心。说句掏心窝的话，朕也痛恨那些嚣张跋扈的王爷，可他们要么就是朕的宗亲，要么就是随先皇百战沙场的功臣，朕真是为难呀！如今天下并不太平，朕要做的事情千头万绪，万万不可自己家里先闹出变故来。"

卫向书明白圣意已定，却并不愿就这么白白送死，可所谓君要臣死臣不得不死，与其哀求皇上饶命，不如把话说得慷慨些。他豁出去了，便道："皇上，为了天下太平，臣愿受百年沉冤！"

卫向书说罢，伏身在地，听凭皇上怎么说去。却听皇上说道："他们还想杀掉陈廷敬和明珠！"

卫向书低头问道："关陈子端和明珠什么事？"

皇上说："你不知道呀，正是明珠从陈子端嘴里问得蛛丝马迹，李振邺才东窗事发啊！”

卫向书恍然大悟，道：“难怪大比之前，陈子端东躲西藏，原来如此呀！臣同索尼、鳌拜审案时，只道是皇上明察秋毫，看出了李振邺不轨，而李振邺也供认不讳，臣也就不去细想他是如何案发的。皇上，臣不赞同点陈子端做状元，就是为了保他平安，没想到他还是未能逃过劫难。”

皇上道：“朕记得你当时说到天恩过重，对陈廷敬并不是好事。你今日且细细说给朕听。”

卫向书回道：“臣是想起了苏东坡兄弟的掌故。当年苏东坡兄弟双双中了进士，宋仁宗皇太后欢喜得不得了，说为子孙找到了两个当宰相的料子。苏氏兄弟的文名本早就传遍天下，可如今皇太后这么一说，就害了苏东坡兄弟。满朝百官很多人等着做宰相哪！东坡兄弟便成了众矢之的。他两兄弟谁也没做成宰相，东坡倒是被放逐了一辈子！”

皇上听罢，喟叹道：“唉，真是祸倚福伏，世事难料呀！”

卫向书又道：“皇上，这次大比别的进士只是考了文章，陈子端却又考了人品、胆识、谋略、城府，此人真是非同寻常！”

皇上却道：“听你这么说，朕愈发替陈廷敬惋惜了！真该点他做状元。”

卫向书拱手摇头，道：“臣以为，如能保住陈子端，他才二十出头，若真是块料子，皇上不急，可以慢慢地用他。”

皇上内心有些隐痛，他扶了卫向书起来，仍叫他坐到椅子上去，然后说道：“好你个慢慢用啊！都说光阴似箭，时不我待，朕倒真希望时光再快些。”

卫向书听懂了皇上弦外之音，皇上想叫岁月快点儿熬死那些昏老的王爷，好让朝廷安静些。这话却是君臣俩谁也不敢说出口的，大不孝啊！

皇上慢慢踱步，围着卫向书转了几圈，道：“你是朕最信任的老臣，朕不会让他们对你如何的。你且回家暂避几年，朕到时候自会召你回来。”

卫向书再次跪下，道：“谢皇上不杀之恩。臣早有田园之思，皇上准臣乞归，就不必再召臣回来了。”

皇上听出卫向书说的是气话，也并不怪罪，仍是好言相慰。

第二日，皇上召鳌拜入宫，明珠随侍在侧。见鳌拜觐见，明珠便要回避，皇上却叫他不用走开。鳌拜叩拜过了，皇上也不细说，只道：“你同索尼来参卫向书。”

鳌拜听得没头没脑，问道：“皇上，这是为何？”

皇上道：“让庄亲王他们来参卫向书，朕应允了，不真的就听凭他们摆布了？再说他们来参，非要他的命不可的！”

鳌拜这才明白皇上深意，便说：“皇上旨意臣已明白，只是索尼每到紧要处便做缩头乌龟啊！”

皇上说：“这回他想缩头朕也不让他缩！你去向他转达朕的旨意！鳌拜，你是个干臣，很得朕心。索尼是个和事佬，朕也得用他。朝廷里没有你不行，没有索尼和稀泥也不行。”

鳌拜拱手谢恩，称道：“皇上御人之道，圣明之极！”略作迟疑，“还有两个人怎么办？”

皇上知道鳌拜讲的是明珠和陈廷敬，便道：“那两个人够不上你去参！”

明珠暗地里全听明白了，却佯装不知。他知道鳌拜故意探测圣意，要的就是皇上那句话。心想卫向书到底成了俎上肉，真是没了天理。这时，忽见皇上面色悲戚，眼里似有泪光。

鳌拜也觉出皇上心里难过，他抢先掩面哭了起来，道：“开国维艰，皇上不得不曲意违心，隐忍用事，臣深感自己无能。若得皇上谕示，臣不怕碎尸万段，干脆去收拾他们算了！”

皇上叹道：“鳌拜休出此言，朕不忍再看到骨肉相残了。肃亲王豪格恃功悖妄，原来废为庶人，后念他稍有悔意仍复原爵，可他故态复萌，只好再次治罪。豪格最后死于囚所，朕想着就心有不忍。郑亲王济尔哈朗骄狂逾制，治罪之后仍是宽贷，他照样不知悔改。英王阿济格也是被治了罪的。摄政王于国朝功勋卓著，可他死后竟叫人告发罪逆诸宗，朕怎可置之不理？如今庄亲王又是这般，朕虽是痛恨，却不想再治他的罪了。可朕又岂能听任摆布，只好折中裁断，堵住他们的嘴再说。”

鳌拜听了皇上这番话，更是痛心不已，泪流满面。皇上自己也很是难过，却劝鳌拜道：“你是身经百战的虎将，怎么也婆婆妈妈起来了？起来吧。”

鳌拜说：“臣宁愿厮杀战场，也不愿纠缠官场哪！战场上刀刀见血，痛快！臣是根直肠子，在官场里头绕不了那么多弯儿！”

明珠在旁听着，心里也颇感悲戚，却总觉着鳌拜那眼泪是拼着老命挤出来的。

索尼早早地起了床，今儿朝廷里头有大事。索额图也早起来了，他自己收拾好了便过去侍候阿玛。知道皇上今日要他阿玛跟鳌拜同参卫向书，心里觉着窝囊，道：“阿玛，咱们这不是搬起石头砸自己的脚吗？”

索尼苦笑道：“你不懂，说了你也不懂！咱们这皇上，虽说年纪轻轻，胸藏雄兵百万哪！”

索额图又道：“分明是明珠抓到了陈子端，才牵出了科场案，怎么外头都说是我问出来的！”

索尼又是苦笑，道：“是呀，人家可是把查清科场案的头功记在你头上，又不是诽谤你，你就有口难辩！”

索额图道：“我可不想贪这个功，这不是引得庄亲王他们痛恨我吗？”

索尼边说边穿戴整齐了，说：“单凭这一条，我就得同鳌拜一道参卫向书，这样才显得你同他们不是一伙的！”

索额图这么听着就明白了，可又觉得自己父子似乎让人牵着鼻子走了，气愤道：“阿玛，我们可是被人耍了呀！”

索尼笑道：“被皇上耍了，就没有办法了。不必再说，我们进宫去吧。”

索额图骑马随在阿玛轿子后边，心想老听外头人说他阿玛最会和稀泥，该忍的时候屎打在鼻梁上都不会去擦擦。他心里真是憋屈，不知道该不该跟老爷子学着点儿。

父子俩去了乾清门候朝，见王公大臣们早站在那里了。卫向书也到了，索尼过去拱手问候。索额图见着更是别扭，心想阿玛等会儿就要参人家，还朝人家拱手不迭，好不亲热。再看时，却见他阿玛同鳌拜、卫向书三人凑作一堆叙话，就像至交好友。

上朝时候到了，臣工们站好班，鱼贯而入，进了乾清门内。内监早摆好龙椅御案，近侍把皇上的随身佩刀放在了御案上。不多时，皇上驾临了，臣工们齐声高呼万岁。

皇上说近日收到折子颇多，吩咐臣工们挨件儿奏来。平日原是按部循序奏事，今日鳌拜抢先独自上前跪了下来。臣工们正觉惊讶，只听鳌拜奏道：“臣鳌拜会同索尼参左都御史卫向书四宗罪：一、假称道学，实为小人；二、呼朋引类，党同伐异；三、清廉自诩，暗收贿赂；四、结交外官，居心叵测。有本在此，恭请御览！”

群臣大惊，却是鸦雀无声。太监接过折子，进呈皇上。皇上早就看过折子的，只是瞟了几眼，就放在御案上。半晌，有人跪下奏道：“卫向书清明刚正，忠诚皇上，有口皆碑！鳌拜同索尼深文周纳，构陷良臣，请皇上明鉴！”

皇上闭口不言，面色阴沉。索尼稍作犹豫，跪上前去，道：“这次臣同鳌拜、卫向书奉旨查办科场案，卫向书多次找到老臣，妄图借题发挥，罗织罪名，诬陷忠良。幸而皇上英明，目光如炬，不然必将构成冤狱！”

庄亲王上前跪奏：“卫向书貌似厚道老成，实则诡计多端。今年会试山西中式八人，天下读书人义愤难填！他同新科进士陈子端属山西同乡，两家早有交往，却装作素不相识。他出任会试总裁，处处暗助陈子端。陈子端乡试点了解元，会试中了会元，都是卫向书从中安排！”

皇上瞟了眼庄亲王，道：“如此说来，朕就是个文章不分好坏的瞎子啰！”

庄亲王正不知如何回答，索尼忙说：“俗话说，文无第一，武无第二。臣以为陈子端毕竟不是草莽之人，文章经济自是不错，但是否当得起第一，只有卫向书心里明白！殿试之后，皇上没有点他状元，实在是圣明！”

鳌拜跟索尼这番话都是场面上的文章，早合计好了的。庄亲王以为有人替他帮腔，又道：“老臣以为，应革去陈子端的功名，从严查办！这样的读书人不杀，就管不了天下读书人了！”

皇上望望卫向书，道：“卫向书，你自己有什么话说？”

卫向书知道此事已成定局，说与不说都已无益，便道：“清者自清，浊者自浊。臣无话可说！只是说到今年山西会试中式八人，既无用襻作弊之事，更无暗收贿赂之实。随意治臣的罪便是了，万万不可冤枉了那几个读书人！”

鼓动庄亲王放刁的那干人这会儿都哑巴了。他们有话是不敢在这里说的，说了便是明摆着自己不干净。有的大臣觉得这事来得蹊跷，必有隐情，应将卫向书交九卿会议，不可草草裁夺。皇上却道：“朕以为不必了。近来四边都不安宁，朝中又屡起事端。朕已心身俱疲，烦恼至极。卫向书早有林泉之思，田园之想，就让他回家去吧。”

庄亲王听得皇上这么说了，顾不得失体，叫了起来：“卫向书十恶不赦，不能轻易就放过他了！”

皇上只当没听见，也不斥责庄亲王，道：“卫向书供奉朝廷多年，总算勤勉，可惜节操不能始终。朕念你多年侍从清班，略有建言，稍有微功，不忍治罪。着你原品休致，回家去吧！”

卫向书跪伏在地，道：“罪臣谢皇上宽大之恩！”

庄亲王胡搅蛮缠，叫嚣起来：“皇上，卫向书该杀！陈子端、明珠都该杀！”

皇上忍无可忍，拍了御案骂道："博果铎！卫向书纵然有罪，也到不了论死的份儿上！陈廷敬一介书生，他犯了什么天条？你敢当着诸位臣工的面说出来吗？明珠随朕多年，日则侍从，夜则宿卫，朕怎么不见他有可杀之罪？朕念你有功于国，一再容忍，不然单是你咆哮朝堂就是死罪！送庄亲王回家歇着！"

早有侍卫过来半扶半拖，把庄亲王架了出去。大臣们心里都像有面镜子似的，早已看出里头玄机，没谁再敢吭声半句。

陈廷敬听说卫向书被斥退回家，并不知晓个中详情。他只是翰林院庶常馆的新科进士，宫阙之内的大事只能得之风传。回家同老太爷说起这事儿，翁婿俩也只能猜个大概。陈廷敬去卫向书府上拜访，门房说卫大人不想见人。

这日陈廷敬打听到卫大人要回老家去，便特意置备了酒水，领着大顺，守在城外长亭等候。终于见着来了两辆马车，陈廷敬上前看看，果然是卫向书领着家口回山西。陈廷敬上前恭恭敬敬地施了礼，道："卫大人，廷敬来送送您。"

卫向书下了车，道："子端，我一个罪臣，别人避之不及，您还专门来送行。您呀，做人如此甚是可嘉，做官如此可就糊涂了！"

陈廷敬笑道："晚生借前人的话说，先生之风，山高水长。廷敬敬佩您，哪管别人怎么说！浊酒一杯，聊表心意！卫大人略略驻足如何？"

卫向书吩咐家人只在车里等着，同陈廷敬去了亭子。两人举杯碰了，一饮而尽。陈廷敬问道："宫中机要密勿我辈是听不着的。卫大人，咱皇上可是英明的主，怎么会听信谗言呢？"

卫向书笑笑，道："本来是要我的脑袋的！"

陈廷敬惊道："啊？就因为杀了庄亲王的儿子和李振邺吗？他们可是罪有应得啊！"

卫向书摇摇头，说："您还蒙在鼓里啊！您同明珠的脑袋，他们也想要！这就像一桩生意，只是王爷他们开价太高了，皇上打了个折扣！如果只杀您和明珠，庄亲王他们仍不解气。不如保住你俩，拿我开刀。可皇上到底不想随人摆布，就打发我回老家去。”

陈廷敬道：“太委屈您了，卫大人！”

卫向书叹道：“子端呀，皇上面前当差，没什么委屈可说的。做得好未必有功，做得不好未必有过，但你又必须做好。难哪！”

陈廷敬觉着半懂不懂，就像没有慧根的小和尚听了偈语。卫向书回敬了陈廷敬一杯酒，道：“有两桩事，我也不想瞒您了。您在太原闹府学，不肯具结悔罪，没法向皇上交差，我替您写了悔罪书哄过了皇上。殿试时考官们草拟甲第您是头名，待启了弥封，皇上也有点您状元之意，我又奏请皇上把您名次挪后。”卫向书便把东坡兄弟的掌故说了。

陈廷敬这才醍醐灌顶，恍然过来。原来卫大人不光是他的知遇恩人，还是他的救命恩人。去年在太原他就不明白为什么糊里糊涂从牢里放了出来，今日才知道是卫大人暗中成全。卫大人替他写了悔罪文书，实则是冒着欺君大罪！点状元的事，他也早听人说起过，虽是将信将疑，心里想着也并不畅快。原来也都是卫大人为着他好，用心良苦！陈廷敬不禁跪了下来，朝卫大人长揖而拜。

卫向书连忙扶他起来，道：“子端，老朽只是为皇上惜才，您不必记挂在心。依您的才华器宇，今后必是辅弼良臣，少不得终老官场。世人只道宦海沉浮难料，可您少年得志，宦海无涯，您得慢慢儿熬啊！您且记住老朽说的一个字。”

卫向书说到这里，停下来，望着远处的寒林。陈廷敬忙问：“请卫大人赐教！”

卫向书嘴里慢悠悠吐出一个字，道：“等！”

卫向书说罢，拍拍陈廷敬的肩膀，上了马车。卫向书正要启程，陈廷敬回头却见张汧同几位山西新进翰林跑着赶来了。陈廷敬忙请卫大人留步。原来张汧他们也是上卫家去过的，卫向书既怕连累了年轻人，又怕显得自己同他们真像那么回事似的，通通不见。陈廷敬本来同张汧走得近些，想邀着他同来送行，转眼又想也许各是各的打算，怕勉强了倒还不好，就独自来了。

卫向书再次下车，见山西八位新进翰林都到了，禁不住老泪纵横。陈廷敬叫大顺去亭内取了酒来，却只有两个酒杯。陈廷敬酌了杯酒奉上卫大人，八位翰林轮流捧着酒坛，恭恭敬敬同卫大人碰了杯，再仰头满灌大口。

已是初冬天气，城外万木萧瑟，寒鸦乱飞。卫大人的马车渐行渐远，慢慢看不见影儿了，陈廷敬他们才怅然而归。

十五

陈廷敬等送别了卫大人，一同回城去。新进翰林们成日只在庶常馆读书，并无要紧差事。陈廷敬便请各位去家里小叙，他们却只道改日再去，太唐突了怕叨扰了李老先生。只有张汧是去过李家的，仍想去拜望老伯，就同陈廷敬去了。

开门的是翠屏，见面就道："大少爷，家里来信了，折差才走的。"

陈廷敬很是欢喜，忙叫翠屏把信拿来。他一直惦记淑贤是否生了，算着日子产期该是到了，他前几日才写了信回去的。陈廷敬领着张汧进屋见过老太爷，彼此客气了。又叫月媛出来，见了张汧。月媛向张汧道了安，仍回房去了。陈廷敬待田妈上过茶来，这才拆开信来看。

翠屏见陈廷敬脸有喜气，便说："准是少奶奶生了？"

果然陈廷敬把信交给老太爷，说："爹，淑贤给我家添了个千金，母女平安！"

老太爷看着信，点头笑道："大喜大喜！"

张汧也道了喜。陈廷敬说："爹，家父嘱我给女儿起个名字，我是喜糊涂了，您老替我想想，起个什么名儿好？"

老太爷笑道："两个翰林摆在这里，还是您二位想想吧。"

张汧不等陈廷敬开口，忙说：“起名可是个大事，您自己来吧。”

陈廷敬想讨个吉祥，请老太爷起名字。老太爷却是谦让，叫陈廷敬自己起好些。陈廷敬想了又想，道：“淑贤在家敬奉公婆，很是辛苦。我为了宽慰她，曾写过一首诗，有这么几句：人生谁百年？一愁一回老。寄语金闺人，山中长瑶草。小女就叫家瑶如何？”

老太爷听了，忙道：“家瑶，好啊！瑶乃仙草，生于瑶池，长生不老。好，好啊！”

张汧也道：“家瑶，家瑶，将来肯定是个有福之人！”

陈廷敬直道托兄台吉言，心中喜不自禁。翠屏跑到屋里去告诉月媛，月媛也为子端哥哥高兴。

闲话半日，张汧忽道：“子端兄，李老伯也在这里，我有个请求，万望您应允！”

陈廷敬忙说：“您我情同兄弟，不必客气，但说无妨。”

张汧道：“家有犬子，名唤祖彦，虚齿五岁，今年已延师开蒙，人虽愚笨些，读书还算发愤。”

田妈笑道：“我听出来了，翰林爷是想替儿子求亲吧？”

张汧笑道：“我就是这个意思，正愁不好开口，田妈替我说出来了。”

陈廷敬哈哈大笑，道：“令公子聪明上进，必有大出息，陈家怎敢高攀！”

张汧却正经道：“子端要是嫌弃，我就再不说这话了。”

陈廷敬忙说：“河清兄怎能如此说？如蒙不弃，这事就这么定了！爹您说呢？”

老太爷哪有什么说的，笑道：“好啊，这可是天大的好事啊！子端喜得千金，又招得金龟婿，双喜临门！田妈快准备些酒菜，好好庆贺庆贺！”

陈廷敬同张汧陪着老太爷喝酒畅谈，如今都算一家人了，客气自归客气，话却说得掏心掏肺。因又说到卫向书大人，自是感慨不尽。终于知道了点状元的事，老太爷只道卫大人老成周到，便把自己那日想说未说的话说了，道：“少年得志自是可喜，但隐忧亦在，须得时时警醒。盯着你的人多，少不得招来嫉妒，反是祸害。官场上没有一番历练，难成大器。所谓历练，即是经事见世，乍看起来就是熬日子。世人常说任劳任怨，想你二位都不是疏懒之人，任劳是不怕的，要紧的是能够任怨。那就得有忍功啊！”

陈廷敬道：“卫大人教我一个‘等’字，说的也正是爹的意思，叫我慢慢儿熬。如今爹又教我一个‘忍’字。我会记住这两个字：等，捺着性子等；忍，硬着头皮忍。”

张汧也只道听了老伯金玉良言，受益匪浅，却到底觉得陈廷敬没有点着状元甚是遗憾，卫大人怕是多虑了。老太爷摇头而笑，道：“老朽真的不这么看，子端太年轻了。倘若是河清贤侄中了状元，兴许可喜。您毕竟长他十多岁，散馆之后就会很快擢升，飞黄腾达。”

张汧却是红了脸，道：“老伯如此说来，愚侄就惭愧了。我是三试不第，最后中了个同进士。”

老太爷没想到自己这话倒点着了张汧隐痛处，内心颇为尴尬，便道八股文章台阁体，消磨百代英雄气，要紧的是日后好好建功立业。

庶常馆三年的新翰林很是清苦，也有不愿待在京城自己回老家读书去的，只需等着散馆之期进京过考就是了。散馆亦是皇上亲试，陈廷敬又考得第一，授了个内秘书院检讨。皇上只看翰林们考试名次，择最优者留翰林院侍从，次者分派部院听差，余下的外放任知县去。张汧被放山东德州做知县，心中甚是失意。陈廷敬百般劝他，只道官从实处做起或许还好些，小京官任意听人差遣，终日临深履薄，战战兢兢。张汧知道这都是宽解他的话，命已如此，又怎能奈何！只好选了吉日，辞过师友，望阙而拜，赴山东去了。

月媛如今长到十五岁，已是个大姑娘了。京城离山西毕竟遥远，双方大人只得在家书中择定了黄道吉日，两人拜堂成亲了。月媛是个读书明理之人，心想自己没能侍奉公婆实为不孝，便奉寄家书回山西老宅请罪。陈老太爷接信欢喜，老两口都说廷敬生就是个有福气的人。

陈廷敬每日都上翰林院去，日子过得自在消闲。眼看又到年底，钦天监选的封印之期是十二月二十一吉日。那日陈廷敬清早见天色发黄，料想只怕要下雪了。他添了衣服，照例骑马去翰林院。大清早的行人稀少，便在街上策马跑了起来。忽然胡同口窜出一人，他赶紧勒马止步。那人仍是受了惊，颠仆在地。陈廷敬连忙下马，那人却慌忙爬起来，跪倒在地，道："老儿惊了大人的马，罪该万死！"

陈廷敬忙扶起那人，道："快快请起，伤着了没有？我吓着了您啊！"

那人很是害怕，说："老儿有罪，该死该死。"

陈廷敬见那人脸上似有血迹，便说："您伤着了呀！"

那人摇头道："我这伤不关大人您的事，是人家打的。"

陈廷敬道："天子脚下，光天化日，谁敢无故打人？"

那人道："老儿名叫朱启，阖家五口，住在石磨儿胡同，祖上留下个小四合院，让一个叫俞子易的泼皮强占了，卖给一个姓高的官人。我天天上高家去讲理，人家却说房子是从俞子易手里买的，不关我的事。我今儿大早又去了，叫他家里人打了。"

陈廷敬问道："好好儿自家房子，怎么让人家强占了呢？"

朱启望望陈廷敬，问道："大人是哪个衙门的老爷？您要是做得了主，我就说给您听，不然说了无益，还会招来麻烦。"

陈廷敬支吾起来，嘴里半日吐不出一句话。朱启又是摇头，又是叹息，道："看来您是做不得主的，我还是不说了吧。"朱启说罢急急地走了。陈廷敬窘得脸没处放，自己不过是个清寒翰林，也真帮不了人家。

上马走了没多远，忽见带刀满兵押着很多百姓出城去。陈廷敬正觉奇怪，听得有人喊他。原来是高士奇骑马迎面而来，说：“子端，快回去吧，不要去翰林院了。”

陈廷敬没来得及细问其故，高士奇只道您随我过来说话，说罢打马而行。陈廷敬不知道出什么事了，只得跟了他去。到了个胡同里，高士奇招呼陈廷敬下马说话。四顾无人，高士奇才悄声儿说道：“宫里正闹天花，皇上跟三阿哥都出天花了！”

陈廷敬吓得半死，忙问：“您怎么知道的？”

高士奇说：“我也是才听说的，街上那些人，都是出了天花要赶出城去的。”

陈廷敬道：“难怪冬至节朝贺都改了规矩，二品以上只在太和门外，其余官员只许在午门外头。”

高士奇道：“宫里诸门紧闭都好多日了，听说这些出天花的人，只要风从他们身上吹过来，你就会染上的。詹事府也没见几个人了，都躲在家里哩。您也别去翰林院了。”

陈廷敬却道：“今儿可是封印之日，还要拜礼呢。怎么会有这么多人出天花呢？自古未闻啊！”

高士奇道：“您听说过皇宫里头出天花吗？这也是自古未闻啊！算了吧，赶快回家去，性命要紧，哪里还管得了封印！”

陈廷敬心里怔怔的，道：“只愿老天保佑皇上和三阿哥早早渡过难关！事关朝廷安危呀！”

高士奇道：“子端兄，这里不便说话，我家就在附近，不妨进去坐坐。我在石磨儿胡同买了个小房子，虽然有些寒碜，也还勉强住得。”

陈廷敬惊疑道：“石磨儿胡同？”

高士奇问：“子端去过石磨儿胡同？”

陈廷敬刚才听那个朱启说的房子正是在石磨儿胡同，买下那房子的也是个姓高的官人。他想不会这么巧吧？却说：“只是听着石磨儿胡同这名字有些意思，没有去过。澹人兄，改日再去拜访，这会儿人心惶惶的，我哪有心思去您家做客啊！”

高士奇道：“那就下次吧。下次我先预备了好茶，专门请您！天花是恶疾，朝廷也没有办法哪！子端您也不要待在外头了，回家去吧。”

两人打了拱，各自上马别过。陈廷敬想天花如此凶险，今年翰林院里封印之礼只怕也就敷衍了，便打马回家去。又想这几日很是清闲，难道就因皇上病了？

陈廷敬才出门不久又回来了，家人甚觉奇怪。月媛以为他是身子不好，正要问时，他却叫了老太爷，道：“爹，我有话同您老讲。”

月媛见陈廷敬神色慌张，不知出了什么大事。老太爷见这般光景，也有些慌了，跟着陈廷敬去了书房。陈廷敬把街上听的见的一五一十讲了，老太爷怔了半日，道：“我还没同您说哩，前几日我有位旧友来家叙话，说傅山到京城来了，暗自联络前明旧臣。难道这跟皇上出天花有关？”

陈廷敬又吃了一大惊：“傅山进京了？”

老太爷道：“消息不会有虚。傅山我也甚是敬佩，但时世已变，他是空有抱负啊！子端，您在翰林院只做自己该做的事，读书养望，万不可轻言时事啊！”

陈廷敬道：“廷敬知道。这几日外头不干净，家里人都不要出去。我去同月媛说，只告诉她外头闹天花，宫里的事不要让家里大小知道，胡乱说出去会出事的。”

夜里，陈廷敬正把卷读书，大桂进来说：“老爷，外头有个道士说要见您。”

陈廷敬心想，白日里说到傅山，难道就是他到了？便问道：“那道士报了道号没有？”

大桂说：“他只道你只要告诉你家老爷有个道士找他，他自然知道的。”

陈廷敬心想肯定就是傅山，便又问：“穿的是红衣服吗？”

大桂说："正是哩，我心想奇怪哩，从来没有见过穿红衣服的道士。"

陈廷敬忙去找了老太爷，说："傅山找我找到家里来了。"

老太爷做梦也不会想到傅山会到他家里来，这可真是大麻烦了。陈廷敬便把他中式那年傅山去山西老宅，后来又去五峰观拜访傅山未遇的事说了。老太爷思忖半日，道："既然是故人，您不见人家怎好？只是说话万万小心。"

陈廷敬便同大桂到门口，迎了傅山进来。往客堂坐下，傅山道："子端，四年前您去五峰观，贫道正好云游去了，今日才来还礼，恕罪！"

陈廷敬暗想这傅山哪是还礼来的，嘴上却道："傅青主客气了。"

傅山冷笑一声，说："清廷多行不义，天怒人怨，终于招致瘟疫。子端，您都看到了吧？"

陈廷敬听傅山这么说话，也就顾不得客气，说："傅山先生，恕晚生不敬！不管您是读书人还是出家人，都不该为瘟疫流行幸灾乐祸。毕竟吃苦头更多的是百姓呀！"

傅山却道："招来瘟疫的是清廷皇帝，出天花的是清廷皇帝，害得百姓哭号出城的也是清廷皇帝。这笔账，您得算在清廷头上！"

陈廷敬说："先生这番话可不像道家说的呀。我只愿老天保佑早早祛除瘟疫，救天下苍生于苦海，人世间的账是算不清的。"

傅山说："您不算账，有人却把算盘打得啪啪儿响！官府同地痞泼皮相互勾结，借口查看天花，强占民宅，夺人家产！这都是清廷干的好事！子端，京城很多百姓都被诬赖患上天花，流离失所哪！"

陈廷敬大清早在街上看见过百姓被赶出城去，一时语塞，只好道："傅山先生，您医术高明，拜托您救救身染瘟疫的百姓！"

傅山却道："不劳您吩咐，贫道刚从病人家出来。可恨的是那家小孩不过就是脸上长了几粒水痘，却被蜂拥而来的满兵说成天花，举家被赶出城去了。那些满人是看上了人家的房子！”

傅山说到这些已是长吁短叹，陈廷敬无言相对。傅山又道：“清廷鹰犬遍布天下，傅山却冒死在京城往来如梭，您猜这是为何？”

陈廷敬道：“傅山先生胸怀大义，自然不是个怕死的人。”

傅山说：“贫道不但要游说您，还要拜会京城诸多义士。您不要以为满人坐上金銮殿，天下就真是他们的了。”

陈廷敬道：“廷敬还是那句话，天下者，天下人之天下也。顾炎武先生说亡国事小，亡天下事大。但在百姓看来，朝廷跟天下是一回事。天下太平，百姓安居乐业，朝廷就是好朝廷，百姓拥护。天下混乱，百姓流离失所，朝廷就是坏朝廷，就该灭亡。什么天命，什么正统，什么人心，不是朝廷自己说了就可算数的！”

傅山大摇其头，道：“子端糊涂，枉读了圣贤书！满人自古都在王化之外，不识圣贤，不讲仁德，逆天而行，残害苍生。”

傅山说得脸红脖子粗，陈廷敬却是气定神闲，谈吐从容：“傅山先生所言，廷敬不敢苟同。当今皇上宽厚仁慈，上法先贤，下抚黎民，眼看着天下就要好起来了。”

傅山很是愤怒，道：“子端，您竟然说出这番话来，贫道替您感到耻辱！天下义士齐聚南方，反清复明如火如荼，您居然为清廷歌功颂德！”

陈廷敬请傅山先生喝茶，然后才说：“据我所知，反清义士顾炎武目睹前明余脉难以为继，早已离开南方，遁迹江湖了。”

傅山才端起了茶杯，气得掷杯而起，道：“顾先生是天下读书人的楷模，你休得玷污他的清名！”

陈廷敬忙说：“前辈息怒！”待傅山坐下了，又道：“顾先生也是我敬重的人，但这名清与不清，要看怎么说。南宋忠臣陆秀夫，世所景仰。元军破国，陆秀夫背负幼帝蹈海而死，实在是忠勇可嘉。可是，我却替那年幼无知的皇帝感到痛惜！那还是一个孩子哪！他陆秀夫愿意去死，那不懂事的孩子未必愿意去死！陆秀夫成全了自己的万古英名，却害死了一个孩子！”

傅山痛心疾首道：“陈子端，您糊涂啊！您真是无可救药了！”

陈廷敬也提高了嗓门，道：“傅山先生，我向来敬重您的人品才学，但陆秀夫这种作为，自古看作大忠大义，在我看来未必如此！”

傅山撩衣而起，道：“告辞！”

这时，老太爷突然从里面出来，陈廷敬忙道：“这位是廷敬的岳丈。”

傅山笑道：“李老先生是崇祯十五年的举人，在山西读书人心中很有清望，傅山久闻了。”

老太爷道：“老朽惭愧。天色已晚，傅山先生可否在寒舍暂住一夜，明日再走？”

傅山摇头道：“救病如救火，贫道告辞了！只可惜，贫道救得了病，救不了世啊！”

陈廷敬却道：“傅山先生所谓救世，只能是再起干戈，生灵涂炭。反清复明，不如顺天安民！”

傅山不再答话，起身走人。陈廷敬追出客堂，把傅山送出大门方回。回到屋里，翁婿俩相对枯坐，过了好久，陈廷敬突然长长地叹了口气，道：“说到头他们都只是帮着帝王家争龙椅，何苦呀！所谓打天下坐江山，这天下江山是什么？就是百姓。打天下就是打百姓，坐江山也就是坐百姓。朝代换来换去，不过就是百姓头上的棍子和屁股换来换去。如此想来，甚是无趣！”

老太爷也是叹息，道：“子端，您这番话倒是千古奇论，只是在外头半个字都不可提及啊！”

陈廷敬说他知道的，便嘱咐老太爷早些歇息，自己去书房了。月媛过来劝他早些睡了，可他心里有事，只道您先歇着吧。

独自待在书房，想着今日听闻之事，又想傅山这般再无益处的忠义，陈廷敬竟然泪湿沾襟。夜渐深了，屋子里越来越冷，外头怕是下雪了。陈廷敬提起笔来，不觉写道：

河之水汤汤，我欲济兮川无梁。岂繄无梁，我褰我裳。河之水幽幽，我欲济兮波无舟，岂繄无舟，我曳我裾。我裳我裾，不可以濡兮，吾将焉求？

十六

朱启家房子正是高士奇买下的，俞子易原来是他的钱塘老乡，京城里有名的泼皮。俞子易在京城混了多年，早已三穷三富，什么样的日子都见识过了。他一会儿暴富起来人模狗样，一会儿染上官司又变回穷光蛋。俞子易知道自己终究守不住到手的家财，都只因后头没有靠山。如今攀上了高士奇，便像抱住了活菩萨。高士奇现今不过是手无寸权的詹事府录事，可他却是最会唬人的，俞子易便把他当老爷了。

高士奇住进了石磨儿胡同，大模大样的架势更是显了出来。每日回自家门前，总要先端端架子，咚咚地扣响门环。门人听得出老爷叩门的声响，开了门就点头哈腰："哦，老爷您回来了。"如今是冬天，门人低头把这高老爷迎了进去，早又有人递上铜手炉。高士奇眼睛也不瞟人，接过手炉，慢慢儿往屋里去。那手炉家人老早就得预备着，不能太烫了也不能太凉了。这手炉是他早几年刚开始发迹时置办的，想着很是吉祥，到了冬日总不离手。进了客堂，唤作春梅的丫鬟会飞快地泡茶递上。高老爷的茶可不太好泡，总是不对味儿。家人们侍候着老爷的时候，高夫人也总在旁边斥三呵四，怪他们这也没做好那也没做好。

这几日高士奇都没去詹事府，每日只出门探探消息，就回家待着。有日，高士奇在外头打听到一桩好事，回家立马着人把俞子易叫了过来。家里人都知道，只要俞子易来了，阖家大小都不准进客堂去。

高士奇慢慢儿喝着茶，半日不说话。俞子易还不知道高士奇有什么大事找他，便先说了话：“高大人，那朱启这些日不找您了，每日都守在顺天府，我可是还担着官司哪！”

高士奇不高兴了，道：“你说这话是什么意思？我可以不住这里，皇上还要赏我房子哩！”

俞子易忙说：“高大人别生气，俞某不是这个意思。”

高士奇道：“生意人，眼光要长远些！”

俞子易说：“俞某明白！我们钱塘同乡都指望您飞黄腾达，也好对我们有个照应。”

高士奇说：“我高某是最重同乡情谊的。我今日找你来，就是想帮你发财。”

俞子易忙问：“高大人有什么生意要照顾我？”

高士奇说：“朝廷要把城里出天花的人家和四周五户以内邻里都赶出京城，永远不准进来。他们的房子，就空着了。”高士奇这消息原是他自己出门钻山打洞探听出来的，这会儿说着却像皇上亲口对他下了谕示似的。

俞子易听了大喜，道：“哦，是呀！这可是桩大生意呀！”

高士奇笑道：“这种事情不用我细细教你，你只记住别闹出麻烦来。”

俞子易忙朝高士奇拱手拜了几拜，道：“谢高大人指点！我在衙门里是有哥儿们的，我这就去了！”

高士奇坐着不动，他是从不起身送俞子易的。这会儿高夫人出来了，道：“老爷，您总是帮他出点子赚钱，我们自己也得打打算盘呀。”原来刚才她一直在里头听着。

高士奇笑道：“你不明白，俞子易赚钱，不就等于我赚钱？”

高夫人听得似懂非懂，又道：“老爷，您这么成日价在家待着，奴家觉得不是个事儿。”

高士奇道：“我不每天都出门了吗？”高士奇话这么说着，心里也虚起来了。毕竟好些日子不知道宫里的事了。他闷头喝了会儿茶，突然起身出门。高夫人问他到哪里去，他只道我宫里的差事你就别多问。

高士奇原来是想到索额图府上去。赶到索府上，他轻轻叩了门。门人见是高士奇，冷了脸说：“原来是高相公！你自己来的，还是我家主子叫你来的?”

门人说的主子指的是索额图，索尼大人高士奇是见不着的。高士奇忙道：“索大人叫我来的。”

门人不冷不热道：“是吗？进来吧。我家主子在花园里赏雪，你自个儿去吧。”

高士奇道了谢，躬身进门。门人又冲着他的背影道：“我家主子正高兴着呢，你要是败了我家主子兴致，吃亏的可是你自己，别往我身上赖!”

高士奇回过身来，只道高某知道，倒着退了几步，才转身进去了。高士奇穿过索府几个天井，又转过七弯八拐的游廊，沿路遇着下人就打招呼。进了索家花园，但见里头奇石珍木都叫白雪裹了，好比瑶池琼宫。高士奇还没来得及请安，索额图瞟见他了，便问：“高士奇，听说你在外头很得意?”

高士奇跪了下来，头磕在雪地上发出声声钝响，道：“奴才给主子请安，奴才不敢!”

索额图道：“你在别人面前如何摆谱我且不管，只是别忘了自己的奴才身份!”

高士奇跪着，又叩了头，道：“士奇终生都是索大人的奴才。”

原来索额图虽是处处提携高士奇，到底是把他当奴才使的。索额图道：“好好听我的，你或可荣华富贵；不然，你还得流落街头卖字去!”

高士奇道：“主子的恩典，士奇没齿不忘!”

索额图又道：“你是个没考取功名的人，我也是个没功名的人。”

高士奇听得索额图这么说，又连连叩头，道：“主子世代功勋，天生贵胄，士奇怎敢同主子相提并论!”

索额图黑着脸瞪了高士奇，说：“大胆！谁要同你相提并论哪？我话没说完哪！我是说，你这个没功名的人，想在官场里混个出身，门道儿同那些进士们就得不一样!”

高士奇不敢抬头，低着眼睛说：“只要能跟着主子，替主子效犬马之劳，就是士奇的福分了!”

索额图骂道：“没志气的东西！我还指望着你替我做大事哪!”

高士奇道：“士奇全听主子差遣!”

索额图道：“我会为你做个长远打算，慢慢儿让你到皇上身边去。你的那笔好字，皇上很是喜欢。”

高士奇听到皇上看上自己的字，内心不禁狂喜，嘴上却道：“士奇不论到了谁身边，心里只记住您是奴才的主子。”

索额图又道：“你得学学陈子端，心里别只有小聪明。当年皇上宁愿罢斥一个二品大臣卫向书，也要保住陈子端，可见他在皇上那里分量。可那陈子端只跟着明珠跑，我瞧着就不顺眼!”

高士奇早知道索额图同明珠已是死对头，可他免不了哪边都得打交道，心里便总是战战兢兢。明珠看上去度量大得很，见了谁都笑脸相迎，索额图却成日龙睛虎眼，很是怕人。索尼早已是内务府总管，明珠最近也派去做内务府郎中。谁都知道明珠同鳌拜走得近些，而索尼同鳌拜偏又面和心不和。

高士奇虽然也成日身处禁宫之外，可宫里头的事情却比陈廷敬清楚多了。他这回拜访索额图，本是想听听宫里的消息，可索额图半句也没说，他也不敢问。这时，索额图眼睛抬得高高的，仍望着满园雪景，道：“起来吧，裤子跪湿了，你出门还得见人哪!”

高士奇爬了起来，拍拍膝头的雪块，笑嘻嘻地说：“不碍事的，裤子湿了外头有棉袍子遮着哪。”

旁边下人听了高士奇这话，忍不住都封住嘴巴偷偷儿笑。这时，有个下人飞跑过来，一迭声喊道：“少主子，主子从宫里送了信来，要您快快进宫去!”

索额图脸色大变，嘴里啊了声，飞跑出去了。原来索尼最近成日待在宫里，日夜都没有回来。

高士奇在花园里呆立会儿，自己出来了。只见索府的家人们个个神色慌张，高士奇朝他们打招呼没谁顾得上理会。他想肯定是宫里出事了。

高士奇骑在马上回家去，只觉着膝头阵阵发寒。刚才在雪地里跪了老半日，裤子早湿透了。他进门就大发脾气，嚷着叫春梅拿裤子来换上。高士奇换了裤子，坐在炕上仍是生气。高夫人忙喊春梅："你这死人，老爷进门这么久了还不知道泡茶上来？"

春梅早已端茶上来了，高士奇轻轻啜了一口，呸的一口吐掉，大骂道："好好儿贡茶，叫你泡成什么样儿了！"

春梅吓得抱着茶盘跪下，浑身直打哆嗦。高士奇骂道："起来！别说话就跪下，跪坏了裤子，外头瞧着还不是说咱们家寒碜！"

春梅忙爬起来，低头退了几步，站在旁边。高夫人猜着老爷肯定是出门受气了，却不敢问。

十七

陈廷敬在家待了些日子，很快就过年了。自然也有些朋友上门走动，便知道皇上不豫事已不假，却不知道是否就是出天花。话只是知己之间关了门悄悄儿说，不敢在外头说半句。没人上门催他去翰林院，可见衙门里只怕没几个人了。

正月初八日，陈廷敬想出门拜客。他大清早就起了床，梳洗停当，用罢早餐，骑马出门。才到长安街口，就见街上尽是满兵，仗刀而立。他找地方拴了马，徒步过去看个究竟。又见很多人往街东头去，他也快步跟了去。

老远就见天安门东边儿的龙亭处围着许多人，还不停有人凑上去。陈廷敬隐隐觉着不祥，心想只怕是出大事了。快到龙亭时，忽闻得哀号声。陈廷敬猜着了八九成，心里却是不信。上前看时，才知道真是皇上驾崩了，龙亭里正张挂着皇上遗诏。陈廷敬觉得双腿打颤，泪眼有些模糊。他定了半日神，才看清皇上遗诏上的字，原来皇上自开罪责十四款，自省自悔，抱恨不已，语极凄切。看到诏书末尾，知道是三阿哥玄烨即皇帝位，命内大臣索尼、苏克萨哈、遏必隆、鳌拜为辅臣，嘱咐他们保翊冲主，佐理政务。

陈廷敬正心里发怔，忽然有人拍了他的肩膀。他吓了一大跳，回头看时，却是明珠。明珠常服穿着，面色悲戚，眼睛有些红肿。彼此只略略拱拱手，哪里还顾得上客气。陈廷敬想着先皇的恩遇，不觉落下泪来。

明珠悄悄儿说："子端随我来，有话同你说。"

明珠把陈廷敬领到僻静处，说："子端，您我相识多年，您以为我待你如何？"

陈廷敬猜着明珠有要紧话说，便道："您是我的恩人，子端时刻记着。"

明珠看了他半日，才道："千万别再同那个道人往来。"

陈廷敬惊得脸都白了，道："我同傅山并无往来。"

明珠眼睛望在别处，嘴里轻声说道："您中式那年回山西，傅山去陈家老宅看了您，您从山西回京时又去阳曲访傅山不遇，傅山前不久又去了您岳家府上。"

陈廷敬惊得冷汗涔涔，道："原来明珠大人一直盯着我。"

明珠道："先帝对我有过密嘱，让我看着您。"

陈廷敬问道："廷敬不明白，如何看着我？"

明珠道："先帝密嘱您不必知晓详情。您只想想，您同傅山往来，先帝了如指掌，为何没有问您的罪？"

陈廷敬道："请明珠大人明示！"

明珠道："先帝相信卫大人的话，看重您的才华人品，想您不是那有背逆之心的人。可眼下时局非常，前明余孽又在蠢蠢欲动，有人若想拿这事做文章，您就又大祸临头了。”

陈廷敬谢过明珠，敷衍道：“傅山先生是个游方道人，是位悬壶济世的名医，他四处走走并不奇怪。他来京城找我，一则有同乡之谊，二则读书人之间总有些话说。说到谋逆之心，我在傅山先生身上看不出。他只是不愿行走仕途，可天下不想做官的读书人何止一个傅山？”

明珠说：“子端，没那么轻巧吧？傅山曾因谋反嫌疑入狱，只是查无实据才放了他。他是什么人，您我心知肚明。”

陈廷敬却道：“正是查无实据，就不能把罪名放在他身上，更不能因为我同他见了面就有罪了。国朝是讲法度的。”

明珠摇头道：“子端，您我之间说法度没有用。傅山是什么人，先皇知道，太皇太后知道，朝中大臣也知道，天下读书人都知道。子端，您在敷衍我。”

陈廷敬道：“明珠大人，既然您我心里明白，廷敬就说几句真心话。朝廷对傅山这样的读书人与其防着忌着，不如说服他们，起用他们。只要多几个傅山顺了清朝，天下读书人都会响应的。梗着脖子不顺清朝的读书人，都是大有学问的哪！”

明珠叹息道：“子端，明珠也是读过几句书的人，明白马上打天下，马下治天下的道理。治天下，就得靠读书人。先皇也正是如此做的。可满臣当中，忌讳汉人的多着哪！您才看过先帝遗诏的，先帝为自己开列一罪，就是重用读书的汉臣！先帝不这么说，难服满臣的心！”

陈廷敬道：“廷敬佩服明珠大人见识。人不分满汉，地不分南北，都是清朝哪！”

明珠说：“这个道理，先皇及太祖、太宗，都说过的。但朝政大事，得讲究个因时、因势、因人，不要太死脑筋了。子端，此时此刻，傅山是沾不得的！”

陈廷敬问道：“朝廷将如何处置傅山？”

明珠道：“傅山已逃离京城，这件事您就不要问了。”

陈廷敬猜想傅山只怕有难，心里暗自担心。天知道像明珠这样没有穿官服的暗捕在京城里头有多少！他正心里七上八下，明珠又道："鳌拜大人可是您的恩人，您得记着。"

陈廷敬隐约听说过这件事，只不知个中细节。明珠道："索额图父子当年想要了您我脑袋，去向庄亲王交差。鳌大人巧妙说服皇上，才保住了您我性命。"

陈廷敬忙说："我一直没有机会谢过鳌拜大人。"庄亲王放泼这件事叫外头敷衍出来，简直就是出老王爷大闹金銮殿的戏文，陈廷敬早听说过了。他不明白其中真假，但当时他差点儿在梦里掉了性命，肯定就是事实了。

明珠又说："索尼身为内务府总管，如今又是首辅大臣，您我都得留点儿神啊！都太监吴良辅，先帝最是宠信，眨眼间就叫杀了。"

陈廷敬吃惊道："内监干政，祸国殃民，前史可鉴。廷敬倒是听说吴良辅做过很多坏事，他只怕死得不冤。可如今时局非常，有人想借机杀人的话，确实太容易了。"

明珠道："索尼父子借诛杀吴良辅之机，擅自换掉乾清宫侍卫和内监，分明是故意离间幼帝跟鳌大人。如今幼帝身边全都是索尼的人了。"明珠注视陈廷敬良久，"子端，要靠您了。"

陈廷敬如闻天雷，问："这话从何说起?"

明珠道："此乃天机，您暂不可同任何人说起！先帝驾崩前有遗旨，必要召卫向书大人回来，着他出为帝师。卫大人只怕已在回京的路上了。"

陈廷敬听说卫大人要回来了，自然大喜，却又问道："我还是不明白啊!"

明珠道："卫大人要请两个他信得过的翰林共同侍候幼帝读书，鳌拜大人想推您当这个差事。您又是卫大人最赏识的，这事自然成了。"

陈廷敬听说自己要去侍候幼帝读书，又是暗喜，又是惶恐。若依他当年考进士时的性子，他不会惶恐；若依他在太原乡试时的性子，他也不会惶恐。可在京师待了几年，他倒越来越胆寒了。

明珠道：“您到了幼帝身边，要时刻同我通消息，那里发生的所有事情，鳌拜大人都要知道！”

陈廷敬回家时，家人也早知道皇上死了。老太爷说：“我就料到傅山进京同皇上出天花有关，果然如此。子端，那些义士必定会借机起事，您得小心啊！”

陈廷敬说：“傅山先生已逃离京城了。我估计朝廷正密告天下，正要捉拿他，我也替他的安危担心。得有人告诉他这个消息才行。”

老太爷摇摇头说：“子端，您千万不要管这事！”想想又道，“没人注意我的，我会想办法把消息散布出去，自然会传到他耳中去。天地之大，哪里没有藏身的地方？不会有事的。”

明珠交代不要把他将去侍候幼帝读书的事说出去，可他同岳父是无话不说的。老太爷听了，也是忧心忡忡，道：“此事凶吉难料！幼帝年尚八岁，假如没等到亲政就被篡了，所有近臣都会有性命之忧，做帝师的肯定死在前头。这种事自古以来屡见不鲜哪！”

陈廷敬道：“爹的担心自有道理，可卫大人都不考虑自己生死，我又怎能贪生怕死？这断不是丈夫作为！”

老太爷叹道：“兴许就是天命，子端您就认了吧。”

陈廷敬说：“倘若真能辅佐一代明君，也不枉此一生。”

老太爷道：“真能如此，也是苍生之福。当今的读书人最不好做，先皇有意网罗天下读书人，有效法古贤王的意愿，但毕竟满人同我汉人隔着肚皮，还是两条心。如今天下明伦堂前的卧碑上都刻有禁令，生员不准言事，不准立盟结社，不准刊刻文字。这可是历朝历代亘古未有啊！爷儿俩关着门说句话，朝廷远忧近患都在于此。”

陈廷敬道：“爹的意思我明白了。蒙古人的元朝，饮马西域，扬鞭中原，神鸦社鼓，响彻四海。但是，蒙古人蔑视汉人，一味凶悍，不行王道，很快就灰飞烟灭了。”

老太爷点头道：“您今后侍候幼帝读书，最要紧的就是教他如何做个圣明之君，真正以天下苍生为念。自古圣皇明君都有包容天下的大胸怀，若局限于族类之偏私，必出暴政。百姓才不管谁是皇上，只盼着天下太平。我虽是前明遗老，但‘反清复明’四字，我听着都有些烦了。”

陈廷敬深服老太爷这番话，道：“刀枪入库，马放南山，天下归心，河清海晏，这才是百姓的愿望。可如今仍是危机四伏，社稷并不安稳。”

陈廷敬还在忧心忡忡，明珠却要领着他去拜见鳌拜。鳌拜近日忙着皇上凶礼，好不容易才回到府上。陈廷敬见了鳌拜，拱手施礼：“陈廷敬拜见辅臣大人！”

鳌拜倒不绕弯子，道：“子端，皇上年幼，侍候皇上读书可是大事。我已奏请太皇太后恩准，只等卫向书回京，皇上释服登基，您就协同卫向书当起这个差事。”

陈廷敬忙道：“臣谢太皇太后圣恩！”

明珠笑道：“子端，您既然谢恩，就得跪下呀！”

陈廷敬稍作犹豫，只好在鳌拜面前跪下，嘴上却道：“谢辅臣大人提携之恩！”

鳌拜笑道：“子端，起来吧。日后好好儿当差就是了。”说着又转眼望着明珠：“明珠，索尼在先皇跟前给他儿子索额图讨了个二等侍卫，领四品衔。您俩论功业才干，应是不分伯仲。您在内务府做个郎中，虽只是五品官衔，但今后出身会好些。”

明珠也忙跪下，道：“明珠谢辅臣大人提携！只是如今在索尼大人手下当差，觉着憋屈！”

鳌拜道：“明珠，您要明白老夫一片苦心。索尼大人年纪大了，正需要您这样的年轻人去帮个手哪！长江后浪推前浪啊！”

明珠心领神会，道：“小侄领会鳌大人栽培之心！”

鳌拜叫明珠起来，又望着陈廷敬说："我受先皇遗命佐理朝政，今后事情繁多，有些事就顾不上了。侍候皇上读书的事，您和卫师傅要多多费心。"

陈廷敬道："廷敬自当竭尽全力。"

鳌拜还要忙着进宫去料理国丧，明珠便领着陈廷敬告辞了。陈廷敬想自己刚才名义上是跪谢太皇太后，实际上却是跪倒在鳌拜膝下。又见朝中用人大事，鳌拜独自就定夺了，心里很不是滋味。可鳌拜毕竟是自己的恩人哪！

十八

卫向书披麻戴孝飞赴进京，一路想着先皇留下遗命，召他回去侍候幼帝读书，实有托孤之心，不禁感激涕零。他赶到京城已是正月底，玄烨持服二七日已满，遵奉先皇遗诏释服登基，改元康熙。

幼帝原是跟诸位阿哥同在上书房读书的，从现在起每日就驾弘德殿学习。师傅除了卫向书，还有几位专教满文、蒙古文和弓马骑射的谙达。卫向书进京以后才知道，太皇太后早已选了两个年轻人同他一起侍候皇上，一个是翰林陈廷敬，一个是监生高士奇。陈廷敬是鳌拜向太皇太后举荐的，索尼便举荐了高士奇，太皇太后都恩准了。陈廷敬正是卫向书极为赏识的，高士奇他却知之甚少。既然是太皇太后懿旨，他也没什么多说的。

皇上虽是年幼，也还知道发愤，只是独自读书久了，渐渐觉得无趣。往日同阿哥们一块儿读书，既是玩在一处，又可比比高下，自有很多乐趣。如今师傅、谙达一大帮，只围着他一个人转，慢慢就觉着枯燥乏味。

有日，卫向书讲的是欧阳修《朋党论》，请皇上跟着读："夫前世之主，能使人人异心不为朋，莫如纣。能禁绝善人为朋，莫如汉献帝。能诛戮清流之朋，莫如唐昭宗之世。然皆乱亡其国。”

皇上跟着读了几句，放下书本发问：“能诛戮清流之朋，莫如唐昭宗之世。然皆乱亡其国。师傅，朕听不懂。”

卫向书道：“古人说得好，书读百遍，其义自见！皇上，跟着老臣读吧，先读熟了老臣自然会讲的！”

皇上发了懒筋，说：“朕今日不想读书了！”

卫向书忙说：“皇上不肯读书，老臣吃罪不起啊！”

皇上道：“朕这会儿想去学骑马射箭，明日再读书！太皇太后说了，圣贤书要读好，弓马骑射也要学好！”

卫向书只道弓马骑射，谙达自要教的，今日轮着是读书。皇上哪里肯听，丢开书本就往外走。陈廷敬同高士奇侍立在旁，只是看着皇上撒气，想帮卫师傅也帮不上。

皇上出门去，叫上侍卫倭赫，说：“朕骑马去。”

倭赫请皇上稍候，飞跑出门牵马去了。太皇太后嘱咐过，皇上年纪太小，想骑马只在乾清门里头转转，不准到外头去。周如海等几个太监也忙随皇上出来了，生怕出事。卫向书同陈廷敬、高士奇也只得出了弘德殿，跟在皇上后面。

倭赫牵了御马来，抱着皇上骑马。皇上还未能独自骑，便由倭赫带着。周如海连声喊道主子悠着点儿，皇上却嫌太慢了，抢过倭赫手中马鞭使劲儿抽打。马只在乾清门里兜圈子，倭赫怕跑得人快摔着了皇上，便老是勒着马缰。

皇上没了兴趣，又嚷着要下来射箭。倭赫勒住马，周如海过来要抱皇上。皇上却朝一个小太监喊道：“张善德，你抱朕下来！”

唤作张善德的小太监忙跑了过去，把皇上从马上抱了下来。张善德才十三岁，力气不大，那马又高，差点儿摔了皇上。周如海便斥骂张善德该死。皇上偏护着张善德，反过来骂了周如海。

倭赫拿起御用弓箭，拉如满月啪的一声，正中前头的树桩。皇上接过倭赫手中的弓箭，涨红了脸也拉不太开。听得一声闷响，箭不出五十步落地。皇上气得把弓箭往地上一摔，道：“不射箭了，朕回去读书!”

倭赫道:“皇上不能读着书想骑马射箭,射着箭又想读书。皇上年纪还小,能射这么远,了不得了。”

皇上使着气说:“我说不射箭了就不射箭了!”

这时,一直呆立在旁的高士奇上前道:“皇上,奴才有样东西想献给您,既可练腕力,又可拿着玩儿!”

皇上问:“什么东西?”

高士奇说着就从怀里掏出个弹弓。那弹弓做得很是精巧,铁打的架子,手柄上镶着金丝楠木。

高士奇道:“回皇上,这叫弹弓,乡下小孩很平常的玩意儿。”

皇上接过弹弓,眼睛一亮,说:“宫里怎么没有这东西?”

高士奇笑道:“这本是乡下孩子玩的,只是做得没这么好。奴才教皇上怎么用。”

高士奇拿弹弓瞄准树上一只鸟,啪的一声,鸟中矢而落。皇上高兴得直拍手,只道这个东西好玩。

高士奇道:“奴才随侍多日,见皇上腕力尚弱,挽弓实在勉为其难,便想起自己小时候玩过的弹弓,特地找匠人做了这个弹弓,孝敬皇上!”

皇上笑道:“高士奇,朕很高兴,朕让太皇太后赏你!”

高士奇低头道:“臣能侍候皇上读书,已是天大的恩宠!士奇不敢邀功。”

有回又轮着卫师傅讲书,他突然身子不好告了假,奏请太皇太后由陈廷敬顶替几日。太皇太后恩准了。皇上见是陈廷敬讲书,更是不想读书,只道:“好了好了,卫师傅病了,我也正想玩哩!去,骑马去!”

陈廷敬忙说:“皇上不可如此。哪日读书,哪日骑射,自有师傅、谙达们安排,不可乱了。”

皇上生气道:“读书读书,要读到哪日为止!”

陈廷敬说:“回皇上,俗话说,活到老学到老,还有三分没学到。学无止境呀！”

皇上毕竟还是小孩，道：“什么学无止境，怎么不见你们读书？”

陈廷敬道：“臣虽然中了进士，仍在翰林院读书。臣除了侍候皇上读书，就是自己读书。高先生也是如此，他除了侍候皇上读书，自己在詹事府听差仍要读书。”

皇上道：“卫师傅教的，我实在读厌了。能不能换些文章来读？”

陈廷敬说：“经史子集，皇上都是要读的，慢慢来。”

高士奇却道：“皇上不妨说说，您最爱读什么文章？”

皇上说：“我最近在读诗，喜欢得不得了。高树多悲风，海水扬其波。利剑不在掌，结友何须多！不见篱间雀，见鹞自投罗？”

陈廷敬听皇上读的是曹植的《野田黄雀行》，吓得脸色大变，忙说：“皇上聪明异常，可您现在还需师傅领着读书，不可自己随便找书看。”

皇上拍了桌子，道：“真是放肆！朕读什么书，还要你说了算。有本事的话，把这首诗说给朕听听！”

高士奇却抢先答道：“回皇上，这是曹植的《野田黄雀行》。”

陈廷敬知道这话题不可讲下去，厉声道：“澹人！”

高士奇却是有意夸显学问，道：“各代诗文，自有不同气象。曹植是三国人物，那时的诗词，多慷慨悲凉，气魄宏大，自古被称作汉魏风骨。”

皇上欢喜道：“高士奇，你有学问。说说这首诗是什么意思吧。”

陈廷敬劝道：“皇上，我们还是接着卫师傅教的书来读吧。”

皇上呵斥陈廷敬：“你别打岔！”

高士奇又道：“这是曹植的郁愤之作。曹植的哥哥曹丕做了皇帝，就杀了几个亲兄弟，把曹植也贬了。曹植悲叹自己没有能力解救危难的兄弟，就写了这首诗。”

皇上问道：“本是同根生，相煎何太急。这也是曹植写的吗？”

高士奇忙拱手道：“皇上小小年纪，却是博闻强识。”

不料皇上说道：“曹丕为什么要杀自己的兄弟呢？假如是朕的哥哥做了皇帝，也会杀朕吗？朕幸好自己做了皇帝。”

高士奇这下可吓着了，不知如何回答。太监们也吓着了，周如海忙说：“皇上，您可不能这么说话，奴才们还要留着脑袋吃饭哪！”

陈廷敬也急坏了，忙说：“皇上，这人世间很多道理，长大之后自然明白，您现在只管读书。”

皇上道：“朕说不定还没长大就被自己哥哥杀了，还不如不长大哩！”

陈廷敬额上早已冷汗直冒，道：“皇上，那曹丕不施仁政，同室操戈，曹魏江山很快就覆亡了。这已是前车之鉴，历代帝王早已汲取教训。皇上不必担心，只管读书就是了。”

皇上哼着鼻子道：“读书读书，只知道要我读书！你的学问不如高士奇。”

陈廷敬道：“读书人认识文章，就像农户认识庄稼，并不稀罕。”

皇上笑笑，说：“哼，说你学问不如高士奇，你还不服气！”

陈廷敬道：“高澹人固然很有学问，但皇上只要发愤，不用到他这个年纪，诗文过眼，您便可知其年代，出自谁家。好比草木蔬果，见多了，熟悉了，都可知其类，呼其名，知道它长在什么季节，是春华秋实，还是岁岁枯荣。”

皇上道：“朕听不进你这些话！朕要去找太皇太后，朕不想做皇帝，也不要哥哥们做皇帝，免得兄弟杀兄弟！”

周如海扑通跪下了，陈廷敬、高士奇和所有侍卫、太监都跪下了。陈廷敬叩头在地，道：“皇上，此话万万不能再提，不然在场所有人的脑袋都保不住！”

陈廷敬回到家里满心惶恐，生怕今日这事传到外头去。这虽是高士奇惹出来的祸，可卫大人把讲书的差事托付给他，追究起来他就罪责难逃。他觉着憋屈也没处说去，只愿菩萨保佑了。周如海是求了皇上，别把这事说给太皇太后听，不然奴才们都会掉脑袋。可陈廷敬心想八岁幼帝的嘴哪里封得住的？

夜里，陈廷敬独坐书斋，抚琴良久。老太爷听这琴声，便猜着廷敬心里肯定有事，却不想去打扰他。听得琴声静了，老太爷放心不下，去书斋看看。却见陈廷敬正在作诗。

陈廷敬见老太爷去了，忙说："爹，您还没歇着哪。"

老太爷说："看看你，就去睡了。嗬，又有佳构啊。"

陈廷敬道："随意涂鸦，见笑了。"

老太爷过来看看，原来陈廷敬写的是首咏史诗，喟叹刘邦初创基业的时候，天下英雄的豪迈之气，末尾两句却是：儒冠固可溺，龌龊多凡庸！老太爷暗忖廷敬果然有心事。可陈廷敬自己没说，老太爷也不会问的。

第二日，陈廷敬照例去了弘德殿，卫大人仍是病着。却见风平浪静，啥事儿也没有。这才放下心来，想皇上真的没有把事情说给太皇太后听。

哪知周如海原是鳌拜耳目，昨日夜里就把弘德殿的事原原本本报与他听了。鳌拜听了，知道事情全在高士奇身上，可毕竟责怪起来大家都会吃苦头，便把这事瞒住了太皇太后。却又不想让这事轻易过去，就找了索尼。索尼听了，气得连夜把高士奇叫了去，骂得他狗血淋头。高士奇只想这事肯定是陈廷敬告发的，自此心里更是记恨。

有了昨日之事，今日皇上读书不再推三推四。陈廷敬读一句，皇上就跟着读一句。读了不到一个时辰，皇上突然又不吭声了。陈廷敬抬起头来，只见皇上拉开弹弓，朝殿角啪地打了过去。立马一声脆响，殿西头立着的大瓷瓶碎了。皇上自己也吓着了，太监们早跪了下来。

正在这时，鳌拜大步跨进门来，惊道："臣叩见皇上！刚才是谁惊了驾?”

没谁敢吭声，都低了头。皇上也是把头低着，手背在身后。鳌拜环视殿内，见打碎了一个瓷瓶，问：“谁打碎的？该死!”

周如海忙望望鳌拜，又悄悄儿朝皇上努嘴巴。鳌拜立时明白过来，知道自己说了大逆不道的话，却是只装糊涂，问：“皇上手里藏了什么东西?”

皇上拿出弹弓，极不情愿地摊在手里。周如海跑上去接过弹弓，交给鳌拜。鳌拜反复看着这东西，问道：“这是哪里来的?”

高士奇忙跪下来，说：“奴才给皇上做的，皇上平时可用这个练练腕力。这叫弹弓，民间小孩的玩意儿。”

鳌拜发火道：“大胆，谁让你做的?”

高士奇叩头道：“奴才见皇上挽弓射箭腕力不足，特意做了个弹弓，好让皇上平日练练。”

鳌拜骂了高士奇半日，又望着陈廷敬说：“山西自古就是个出名相的地方，蔺相如、狄仁杰、司马光、元好问，都是你们山西人。如今卫师傅和你也是山西人，你要尽力侍候好皇上读书。”

陈廷敬道：“廷敬虽才疏学浅，却愿效法先贤，忠君爱国，不遗余力!”

鳌拜呵三骂四好半日，这才回头对皇上叩道：“臣来看看他们侍候皇上读书是否用心，臣这就告退了。”

皇上刚才听鳌拜骂人，甚是害怕，这会儿却道：“把弹弓还我!”

鳌拜犹豫着，仍把弹弓还了皇上，道：“皇上读书时只是读书，学骑射时再玩这个东西。”

皇上也不说话，只望着地上。鳌拜又朝殿内太监们骂了几句，朝皇上叩头走了。

望见鳌拜走远了，高士奇突然对陈廷敬说道：“子端，山西可是人才济济啊。我听说山西有个傅山，名声很大。”

陈廷敬听出高士奇居心不良，心想他肯定早听说自己同傅山有过往来，便道：“傅山人品、学问都很不错，只是性格怪了些。”

高士奇笑道：“傅山的反心昭然于天下，读书人多有耳闻。你只说他性格怪了些，未必太轻描淡写了。”

陈廷敬道：“澹人，这里不是谈傅山的地方，我们侍候皇上读书吧。”

哪知皇上听了却是不依，只问：“傅山是谁？”

陈廷敬说：“一个很有学问的人。”

皇上道：“先帝说天下最有学问的人都来考进士了，傅山考中了吗？”

陈廷敬回道：“皇上，读书人各不相同，有的喜欢考进士，有的喜欢浪迹江湖。皇上现在只管读书，傅山这个人，您日后会知道他是谁的。”

皇上道：“朕看你俩神色很不对劲儿，难道这傅山是说不得的吗？他到底是个有学问的读书人，还是江洋大盗？朕记得先皇说过，人心如原草，良莠俱生。去莠存良，人皆可为尧舜；良灭莠生，人即为禽兽。朕相信不论什么人，只要让他明白圣贤的道理，都会成为好人的。”

陈廷敬惊叹皇上小小年纪，居然能把先帝这话原原本本记下来，便道：“可喜皇上能记住先帝遗言。皇上只好好儿读书，这些道理都在书中。”说到读书，皇上又不高兴了。

陈廷敬想今日鳌拜在弘德殿里很失大臣之体，实为大不敬。皇上读书的地方，大臣怎可在那里呵三骂四？

回到家里，翁婿俩长谈至半夜。老太爷道：“听您这么说，鳌拜果然有些骄纵。”

陈廷敬说：“辅佐幼主之臣必须是干臣，而干臣弄不好就功高盖主，贻祸自身。自古辅佐幼主的大臣，大都不会有好结果。往远了说，吕不韦辅佐嬴政，最后怎么样？遗恨千古！”

老太爷道：“是呀，睿亲王多尔衮辅佐先皇顺治，可谓鞠躬尽瘁，死而后已。可是人死之后，还被褫爵籍没，牌位都撤出了宗庙。天下人都知道多尔衮蒙着千古沉冤，只是不敢说！若是那抱有野心确想篡逆的，就更没有好下场了。”

陈廷敬说：“鳌拜大人屡屡示恩于我，可我实在不想同他靠得太近。他的确又是我的恩人。四个辅政大臣，鳌拜大人名列最后。可他的性子却是凡事都要抢在前头，难免四面树敌。我估计四个辅政大臣，今后最倒霉的只怕就是鳌拜！”

老太爷说：“鳌拜祖上世代功勋，他自己又身经百战，骁勇异常，军功显赫。单凭这些，他就不会把别的人放在眼里。只因性子粗鲁，屡次被参劾。不然，他的身份地位早在其他辅臣之上。”

陈廷敬道：“我担心的是他最后会把皇上都不放在眼里。”

皇上觉得弘德殿的日子甚是难熬，可转眼间他已是十岁了。这时的皇上懂事不少，再不同师傅们闹性子。这日，鳌拜进了乾清宫，直往西头弘德殿去。张善德已长到十五六岁，早同大人一般高了。他见鳌拜来了，忙道：“辅臣大人您请先候着，待奴才去奏报皇上！”

鳌拜横眼一瞪，张善德吓得忙退下。太监们畏惧，低头让开。站在殿门口的倭赫见了，上前拦了鳌拜道：“辅臣大人请稍候！”

鳌拜扇了倭赫一掌，道：“老夫要见皇上，还要你们准许？”

倭赫眼都被打花了，也不敢拿手揉，低头道：“大人您是辅政大臣，领侍卫内大臣，奴才知道的这些规矩，都是您教导的！”

鳌拜吼道：“老夫教导过你们，可没人教导过老夫！”

索额图猛地从弘德殿里冲出来喊道：“谁在外头喧哗？”见是鳌拜，忙拱了手，“啊呀，原来是辅臣大人来了！你们真是放肆！怎么在辅臣大人面前无礼！快快奏报皇上，辅臣鳌拜大人觐见！”

这时周如海慌忙跑出来，喊道：“辅政大臣鳌拜觐见！”

鳌拜进殿，跪地而拜：“臣鳌拜向皇上请安！”

皇上知道刚才是鳌拜在外头吵闹，却只作没听见，道：“鳌拜不必多礼，起来坐吧。你是朕的老臣了，朕准你今后不必跪拜。”

鳌拜听了，只道："臣谢皇上恩典。臣多年征战，身上有很多处老伤，年纪大了跪着也甚为吃力。"

卫向书、陈廷敬、高士奇都向鳌拜施了礼，口称见过辅臣大人。鳌拜环顾左右，见侍卫们竟然未向他施礼，心中大为不快。

皇上道："鳌拜，你终日操劳国事，甚是辛苦。朕成日价读书也烦，但是想着你们那么辛苦，朕也就不怕苦了。"

鳌拜道："老臣没别的事情，只是多日不见皇上，心中十分想念。鳌拜谢皇上体谅！外头有人说老臣全不把皇上放在心上，多日没向皇上请安了。老臣今日叩见皇上，只有卫师傅跟陈廷敬、高士奇看见了，这帮小儿都没瞧见哪！"

索额图顿时慌了，忙指使左右："你们真没规矩，快快见过辅臣大人！"

侍卫们这才拱手施礼，道了见过辅臣大人！皇上毕竟年幼，见了鳌拜心里有些惧怕，胸口不由得怦怦儿跳。鳌拜又道："卫师傅，皇上年幼，读书辛苦。拜托您悠着点儿。皇上想散散心，你们就侍候着皇上玩玩吧。"

卫向书道："皇上读书很用功，练习骑射也没放松。"

鳌拜笑道："老臣这就放心了。老臣盼着皇上早日学成，那时候老臣便可回到老家，养几匹马，放几头羊，过过清闲日子。"

皇上却道："鳌拜不可有此想法。朕皇祖母说了，四位辅政大臣，都是爱新觉罗家的至亲骨肉，这个家始终得你们帮着看哪！"

鳌拜叩道："臣谢皇上跟老祖宗垂信，感激不尽！皇上只管用心读书，臣告退。"

皇上喊道："索额图，送送辅臣大人。"

索额图送鳌拜出了弘德殿，侍卫同太监们只略略低头。鳌拜便站住不动，横眼四扫。索额图忙说："你们真是无礼！恭送辅臣大人！"侍卫同太监们只好齐声高喊恭送辅臣大人。鳌拜这才哼了声，大步离去。索额图回头见张善德正在身后，便同他悄悄说了句话。张善德闻言大惊，吓得直摇头。

卫向书见刚才皇上实是受惊了，便道："皇上，今日书就读到这里吧。请谙达侍候皇上去骑马如何？"

皇上却道："辅臣大人怕朕读书吃苦，可他处理国事还辛苦些。卫师傅，接着讲新书吧。"

索额图向张善德使了眼色。张善德只作没看见，仍木木地站在那里。索额图朝他瞪了眼睛，张善德这才上前说道："皇上，鳌拜说是来探望皇上，却在这里咆哮喧哗，大失体统！"

索额图却立马骂道："狗奴才，你竟敢在皇上跟辅政大臣之间故意挑拨！"原来刚才张善德那些话是索额图教他说的，却又来骂他。

张善德吓坏了，忙跪了下来，说："奴才该死！可奴才怕皇上吓着，实在看不下去！"

皇上笑道："朕是那么好吓唬的吗？你们都想得太多了，辅臣大人都是为着朕好。陈廷敬，朕听说你是鳌拜保举来的。你说说朕是去骑马呢，还是读书？"

陈廷敬道："回皇上，读书、骑射都很重要，这会儿皇上想读书，那就读书吧。"

皇上说："卫师傅，朕依你的，这会儿就不讲新书了。可朕也不想去骑马，只想听些历史掌故，就让陈廷敬讲吧。"

卫向书点头道："遵皇上旨意。史鉴对于治国，至关重要。"

陈廷敬便说："臣遵旨。不知是臣随意讲，还是皇上想知道哪些掌故。"

皇上却道："你给我说说王莽这个人吧！"

卫向书暗惊，道："皇上，这段史事纷繁复杂，过几年再讲不迟。"

皇上说："历朝历代，皇帝、大臣多着哪，朕感兴趣的倒也不多，值得细细琢磨的君臣更少。朕虽年少，王莽倒是听说过的。朕就想听陈廷敬仔细说说王莽这个人。"

卫向书道："皇上，过几年再讲这段史事，今日可否讲讲别的？”

高士奇上回吃过苦头，只是站在那里不吭声。

皇上道：“真是奇怪了！朕想听听王莽这个人的故事，你们好像就忌着什么。难道朕身边还有王莽吗？陈廷敬，说吧！”

陈廷敬很是为难，望望卫向书。卫向书道：“子端，皇上想听，您就讲吧。”

陈廷敬仍是迟疑，半日才讲了起来：“西汉末年，天下枭雄蜂起，朝中朋党林立，外戚争权夺利，国家甚是危急。王莽倒是个能臣，替汉室收拾好了摇摇欲坠的江山，辅佐平帝刘衎。但是，王莽既是能臣，更是奸雄。他伺机暗杀了平帝刘衎，扶了两岁的孺子婴为帝，自己操掌朝廷。摄政不到三年，干脆把孺子婴拉下皇位，自己登基。”

皇上问道：“汉平帝刘衎被杀，年岁多大？”

陈廷敬说：“十四岁！”

怎料皇上又问道：“朕今年十岁了，离十四岁还有几年？”

皇上问了这话，面前立时跪倒一片。卫向书连连叩头道：“皇上，今日这话传了出去，可是要人头落地的呀！首当其冲的自是老臣。老臣命如草芥，死不足惜。只是这些话如被奸人利用，难免危及君臣和睦，酿成大祸！”

皇上问道：“卫师傅是怕有人等不到我十四岁，就把我杀了？”

索额图吼道：“陈子端真是该死！”

陈廷敬虽是害怕，但既然说了，就得说透，不然更是罪过，便道：“皇上，刚才臣所说的虽是史实，但其中见识，臣并不赞同。既然皇上垂问，臣就冒死说说自己的看法！”

卫向书着急道：“子端，您不要再说了！”

陈廷敬却道：“廷敬一人做事一人当，与卫师傅无干！王莽固然不忠，但他之所以胆敢篡汉，都因汉平帝懦弱无能！历史有可怕的轮回，光武帝刘秀光复了汉室，可是不到两百年，又出了个曹操。曹操也被世人骂为奸雄，但如果不是汉献帝刘协孱弱可欺，曹操岂敢大逆不道？”

高士奇这回说话了，道：“王莽、曹操可是万世唾骂的大奸大恶，子端您这样说不等于替他们扬幡招魂吗？您不要再说了。”

陈廷敬谁也不理会，只对皇上说：“臣还没有讲完哪！”

卫向书厉声喊道：“子端，老夫求你了，不要再多说半个字！”

皇上却仍要听下去，道：“陈廷敬，你别管他们，讲！”

陈廷敬说道：“皇上天资聪颖，勤奋好学，必能成就一代圣明之君！单凭皇上以十岁冲龄，便能问王莽之事，可谓识见高远。史鉴在前，警钟萦耳，皇上当更加发奋，刻苦磨砺，不可有须臾懈怠！”

索额图道：“陈子端，你是不是在吓唬皇上？”

陈廷敬这才说道：“皇上，臣的话说完了。如果触犯皇上，请治罪！”

索额图跪下道：“皇上，陈子端妖言蛊惑，万万听不得！”

皇上却笑了起来，说：“不，陈廷敬说的话，朕句句都听进去了！陈廷敬，你的见识非同寻常，朕赏识你！”

陈廷敬忙说：“谢皇上宽贷不究！”

皇上站起来，拍拍陈廷敬的肩膀，说：“你没有罪，你今日有功！朕听懂了你这番话，会更加努力的。陈廷敬，历朝历代，像王莽、曹操这种篡逆的故事，不止一二。朕命你把这些掌故弄个明明白白，一件件儿说给朕听！”

卫向书恐再生事端，只道：“皇上眼下要紧的是读书，前朝掌故日后慢慢说也不迟。”

皇上说：“读几句死书，不如多知道些前朝兴亡的教训！朕不想做刘衎！”

陈廷敬道：“皇上明白这个道理，臣已十分欣慰！卫师傅说得是，皇上现在读书要紧！”

皇上道：“朕书要读，兴亡掌故也要听。陈廷敬，朕要奏明太皇太后，她老人家会重重地赏你！”

卫向书忙跪了下来，道：“皇上，老臣以为，今日弘德殿里的事，谁也不得露半个字出去！陈子端固然说得在理，就怕以讹传讹，生出事端。因此，太皇太后那里，皇上也不要说。”

皇上想了想，说：“准卫师傅的话。你们都听着，谁到外头去说今日的事儿，朕杀了他！”

皇上午后散了学，周如海就瞅着空儿出去密报鳌拜去了。索额图自然也会把这事告诉他阿玛的。卫向书知道今日的事情最终都会传出去，他不如自己走在前头，散学就见太皇太后去了。

鳌拜听周如海说了弘德殿里的事，勃然大怒，立即把明珠找了去，说：“明珠，陈子端是你向老夫引荐的，你说他忠义可信。他居然同皇上讲王莽篡汉的故事！这分明是在提醒皇上，老夫会成为王莽！陈子端居心何在！”

明珠道：“要不要找陈子端来问个详细？”

鳌拜道：“还用问什么？陈子端不光今日讲了，日后还会讲下去！这个陈子端，他同老夫离心离德！多亏了周如海，不然老夫还蒙在鼓里！”

明珠问道：“辅臣大人，此事您想如何处置？”

鳌拜道：“让陈子端永远见不着三阿哥！”

明珠道：“他是皇上了。”

鳌拜没好气，说：“知道他是皇上！陈子端迟早会把这个皇上教坏的！先把陈子端从皇上那儿弄出来，再寻个事儿杀了他！这种忘恩负义的人，留着何用！”

明珠道：“明珠以为此事还需想周全些。”

鳌拜说：“老夫遇事不会多想，快刀斩乱麻！卫师傅也要换掉！”

明珠道：“先帝跟太皇太后都很是信任卫师傅，只怕动他不了！”

鳌拜道：“你不用多管！皇上身边的人，统统换掉！周如海你留个心眼儿，给他们寻个事儿！”

周如海点头说："乾清宫那几个太监、侍卫，我已给他们把碴儿找好了！"

鳌拜忙说："哦？快说来听听。"

周如海说："侍卫倭赫等擅骑御马，擅取御用弓箭杀鹿，按律当如何？"

鳌拜惊道："竟有此事？死罪！"

周如海又说："张善德那几个太监把皇上的夜壶当痰盂使，往里头吐痰哪！"

明珠听着忍俊不禁，差点儿笑了起来，鳌拜却说："大逆不道！该杀！陈子端这个人也该杀，给个罪名，就说他居心不良，妖言蛊惑，离间君臣！"

明珠忙道："拿这个理由杀陈子端，只怕有些牵强。"

鳌拜红了眼，道："管他牵强不牵强，先把他从皇上身边赶走再说！卫向书纵容陈子端，也不得放过！不管了，就这么定了！"

第二日，皇上仍是在弘德殿读书，听得外头吵了起来。索额图正好侍驾，忙跑了出去。只见鳌拜领着很多侍卫进来了。索额图忙问："辅臣大人，您这是……"

鳌拜并不答话，只领着人往里走。索额图见势不好，厉声喊道："辅臣大人，你想弑君不成！"

鳌拜却反过来吼道："索额图，休得咆哮！惊了圣驾，拿你是问！"

弘德殿的侍卫忙抽了刀，鳌拜带来的人却快得像旋风，立马把他们围住了。

皇上出来了，喝道："鳌拜，你想做什么？"

鳌拜叩首道："皇上，臣今日要清君侧！"

鳌拜领来的侍卫立即宣读文告："乾清宫侍卫倭赫、西住、折克图、觉罗塞尔弼等，擅骑御马、擅取御用弓箭杀鹿，大逆不道！彼等御前侍卫在辅政大臣面前没有依制加礼，言行轻慢，大失国体。内监张善德等事君不敬，亵渎圣体，其罪耻于言表。陈子端居心不良，蛊惑皇上，离间君臣，十恶不赦！卫向书纵容陈子端，罪不可恕！”

皇上逼视着鳌拜，大声道：“鳌拜，你这是一派胡言！”

鳌拜见局面已尽在掌握之中，便跪了下来，道：“臣不忍看着皇上终日与狼狐之辈为伍！”

鳌拜手下的侍卫已把刀架在陈廷敬脖子上。陈廷敬想今日反正已是一死，便高声说道：“辅臣大人，我蒙皇上垂询，进讲历代兴亡掌故，何错之有？皇上十岁冲龄便懂得以史为鉴，有圣皇明君气象，真叹为神人！我身为人臣，万分欣慰。十岁的皇上尚且知道发奋自强，不步刘衎后尘，难道真还有人想效法王莽不成？辅臣大人受先皇遗命，佐理朝政，辛勤劳苦，遇着这么聪慧的皇上，应感到安慰，何故动起干戈？”

皇上问道：“鳌拜，你告诉朕，谁想做王莽？”

鳌拜站起来，冲着陈廷敬吼道：“陈子端，死到临头，你还在调唆皇上！我这就杀了你！”

陈廷敬脖子上那把刀立即就举了起来。这时，卫向书大喊一声：“不可！”一把推开陈廷敬，那刀僵在了半空中。

鳌拜怒目横视：“卫向书，你不要以为老夫就不敢杀你！”

卫向书道：“杀了老夫，又何足惜！你要想想你自己！”

鳌拜哈哈大笑道：“老夫有什么好想的？老夫身为辅臣，今日是在清君侧，替天行道！”

卫向书说：“我担心你如何向十岁的皇上说清楚今日的事情！皇上要不是生在帝王之家，他还在父母面前撒娇哩！你却要他看着这么多人头落地！”

鳌拜道：“做皇帝生来就是要杀人的，还怕见了人头？书生之见，妇人之仁！”

听得卫向书这么一说，皇上大喊一声卫师傅，一头栽进老人家怀里，哭了起来。卫向书也老泪纵横，抱着皇上。

皇上突然止住哭泣，回头道：“朕不怕看见人头落地！鳌拜，我奏明了皇祖母，你的人头也要落地！”

索额图喊道：“辅臣大人，你吓坏了皇上，看你如何向太皇太后交代！”

皇上却喊道：“索额图，朕这么容易就被吓着了？朕命你救驾！”

索额图大声喊着救驾，可乾清宫的侍卫早换成了鳌拜的人，倭赫等御前侍卫已无法动弹。鳌拜吩咐手下侍卫：“留下几个人护驾，把所有的人都带走！”

鳌拜不管皇上如何哭闹，把卫向书、陈廷敬、倭赫、张善德等几十号人全部押走了。

鳌拜毕竟有些逞匹夫之勇，后边的事情还得往桌面上摆，不然他也难得向太皇太后跟满朝文武百官交代。索尼等大臣急忙请出太皇太后，各方争来争去几个回合，倭赫、西住、折克图、觉罗塞尔弼等侍卫、太监十三人处斩，卫向书仍充帝师，陈廷敬不得再在皇上身边侍从，仍回翰林院去。张善德原是也要处斩的，皇上哭闹着保住了，仍回弘德殿遣用。

十九

卫向书大人教了陈廷敬“等”字功，岳父大人教了他“忍”字功。他这一“等”一“忍”，就是十几年过去了。这时候，陈廷敬已是翰林院掌院学士、教习庶吉士、礼部侍郎、《清太祖实录》总裁。月媛早生下两个儿子，老大名唤豫朋，老二名唤壮履。

陈廷统早中了举人，却未能再中进士，也懒了心，不想再下场子。陈廷敬拿他没办法，只得在京里给他谋了差事，在工部做个笔帖式。这陈廷统同他哥哥可是两个性子，功名未成只叹自己命不好，没遇着贵人。他总瞅着空儿这家府上进，那家府上出。

一个夏夜，陈廷统想去明珠府上拜访。明珠早已是武英殿大学士、太子太师、吏部尚书。陈廷统在明珠府外徘徊着，忽见一顶轿子来了，匆忙躲闪。下轿的原来是高士奇。高士奇现在仍只是个内阁中书，却在南书房里行走。他见有人慌忙走开，甚是奇怪。朗月当空，如同白昼，他竟然认出人来了，便叫道："不是与可吗？站在外头干吗？"

陈廷统一脸尴尬，走了过来，说："我想拜见明大人，可我这个七品小吏，怎么也不敢进明大人的门呀！"

高士奇哈哈大笑，说："啊呀呀，明大人礼贤下士，海内皆知。来，随我进去吧！"

陈廷统仍是犹豫，支吾道："可我这双手空空。"

高士奇摇头道："不妨不妨，门包我给就是了，您随我进去得了。"

高士奇说着，上前叩门。门房开了门，见是高士奇，笑道："哦，高大人，今儿我家老爷可是高朋满座啊！您请！"

高士奇拿出个包封，递给门房。门房笑着收下，嘴上却说："高大人就是客气，每回都要赏小的！"

高士奇也笑着，心里却暗自骂这小王八羔子，不给他门包，八成明大人就是不方便待客！高士奇当年寒碜，手头常有拿不出银子的时候，他在明珠府上没少受这门房的气！

高士奇进了明府，迎出来的是管家安图。安图笑道："高大人，您来啦？"

管家也是要收银子的，高士奇递了个包封，说："安大管家，好些日子不见了。"

安图接了银子，说："小的想高大人哩！咦，这位是谁？"安图望着陈廷统，目光立马冷冷的。

高士奇笑道："我带来的，陈与可，大名廷统，陈子端大人的弟弟，在工部当差。"

安图忙拱手道："原来是陈大人的弟弟，失敬失敬！"

陈廷统还了礼，说："还望安大管家照顾着。"

安图领着高士奇和陈廷统往明府客堂去，老远就听得有人在里头高声说道："神算，真是神算呀！"

高士奇听了，知道肯定是京城半仙祖泽深在这儿。祖泽深如今名声可是越来越大了，就连王爷、阿哥都请他看相。

安图让高士奇和陈廷统在门外稍候，自己先进去。不多时，安图出来，说："明大人有请哩！"

高士奇刚躬身进门，就听得明珠朗声大笑，道："啊啊，澹人来了啊！快快上座！"

高士奇忙走到明珠面前，正儿八经请了安："士奇拜见明大人！"

明珠又是大笑，说："澹人就是太客气了，您我整日价在一处，何必多此一礼？咦，这位是谁呀？"

高士奇忙回头招呼陈廷统上前，引见道："陈子端大人的弟弟，大名廷统，字与可，在工部做笔帖式，想来拜见明大人，我就领他来了。"

明珠忙站了起来，拉过陈廷统坐在自己身边，说："啊呀呀，原来是与可呀！我早就听别人说起过，还向您哥打听过您哩！快快请坐！"

陈廷统面红耳赤，说："廷统区区笔帖式，哪值得明大人挂记！"

明珠摇头道："话可不能这么说，今日在座各位，好些就是从笔帖式做起的。这位萨穆哈大人，户部尚书，他在顺治爷手上，就是个笔帖式！"

陈廷统忙起身请安："廷统见过萨穆哈大人！"

萨穆哈正手把烟管吸烟，哈哈一笑，咳嗽几声，说："我们满人，读书不如你们汉人，肚子里也没那么多花花肠子，心直口快！"

明珠半是嗔怪，半是玩笑："萨穆哈，您如今都是尚书了，还改不了这个性子！"

高士奇也笑道："萨穆哈大人性子就是好，用不着别人去琢磨他。"

高士奇说话间，向在座各位大人点头致意。他刚才只知道屋子里坐满了客人，眼睛里却是茫然一片。直等到给明珠请安完了，才看得见别的人。果然看见祖泽深也在这儿，其他的也都是老熟人，相互点头致意。祖泽深是高士奇的贵人，便特意拱手道："多日不见仁渊兄了。"祖泽深这会儿架子大了，略只点头笑笑。这时，两个丫鬟低头进来，给高士奇和陈廷统打扇子。陈廷统这才看见，每位大人身后都有个扇扇的丫鬟。

明珠指着一位客人，介绍道："与可说起笔帖式，在座从笔帖式做成大官的还真多！这位科尔昆大人原先就是老夫吏部的七品笔帖式，如今是户部清吏司。"

陈廷统又是请安："见过科尔昆大人。"

明珠又指着一位手摇团扇者，刚想开口介绍，祖泽深打断他的话："明大人，您不妨待会儿再介绍，容在下看完相再说。"

明珠笑道："啊啊啊，我倒忘了，仁渊先生正在看相哩！与可，这位是京城神算祖仁渊，他相面，不用您报生辰八字，只需你随意指一件东西，便可说准，号称铁口直断！"

祖泽深便向陈廷统点头致意："布衣泽深！同令兄陈大人有过面缘！"

陈廷统坐下，只见那位手摇团扇者指着桌上一方端砚，说道："我以这个砚台面相，您如何说？"

祖泽深看看端砚，又端详着这位摇扇者，说："这方砚台石质厚重，形有八角，此乃八座之象。世人称六部为八座，可见大人您官位极尊！"

众人皆叹服，唏嘘不已。这人面呈得色，摇起扇子来更加姿态风雅。

祖泽深转眼望着明珠："明相，既然是相面，泽深可否直言？"

明珠望望那人，说："自然是要直言，您说呢？"

那人听出祖泽深似乎话中有话，脸色变了，却硬着头皮说：“但说无妨！”

祖泽深点头道：“如果泽深说了直话，得罪之处，还望大人您见谅！砚台虽是读书人的宝贝，终究是文房内的物件，非封疆之料！大人这辈子要想做总督、巡抚只怕没戏！”

听祖泽深如此说道，众人都尴尬起来，不好意思去望那人的脸色。那摇团扇的人面有羞恼之色，却不好发作。明珠突然大笑起来，众人也都大笑了。

明珠笑道：“仁渊先生您算的这位是内阁学士，工部侍郎，教习庶吉士，《古文渊览》总裁徐乾学大人。仁渊先生还真算准了，徐大人正是文房内的物件，皇上跟前的文学侍从啊！官位极尊！”

徐乾学自嘲道：“终究不是封疆之料啊！”

祖泽深忙拱手致歉：“徐大人，得罪得罪！”

高士奇见大家都有些不好意思，就凑上来打圆场，拿话岔开：“仁渊先生，二十年前，士奇在白云观前卖字糊口，是您一眼看出我的前程。今日请您再看看如何？”

祖泽深摇头道：“高大人，您我已是故旧，知道底细，看了不作数！”

明珠却极有兴趣，说：“只当好玩，看看吧。”

高士奇正掏出手巾擦脸，说：“就拿我这手巾看看吧。”

祖泽深点头片刻，说：“要说这手巾，绢素清白，自是玉堂高品。世称翰林院为玉堂，高大人蒙皇上隆恩，以监生入翰林，甚是荣耀。”

高士奇忙拱手北向：“士奇蒙皇上垂恩，万分感激！”

祖泽深嘿嘿一笑，说：“祖某可又要说直话了。绢素虽为风雅富贵之人所用，但毕竟篇幅太小。”

明珠含笑问道：“仁渊先生意思是说士奇做不得大用？”

祖泽深也自觉尴尬，说：“泽深依物直断，未假思索，不可信，不可信！”

高士奇倒是不觉得怎么难堪，说：“不妨，不妨。士奇在皇上面前当差，不过就是抄抄写写，甚是琐碎。做臣子的，不管如何大用，都是区区微臣，只有咱皇上才是经天纬地。”

明珠却道：“澹人可不是小用啊！他眼下在南书房当差，终日面聆圣谕哪！”

这时，萨穆哈敲敲手中烟管，说：“祖先生就拿这烟管给我看看相！”

祖泽深望着烟管，略加凝神，笑道：“萨穆哈大人手中烟管三截镶合而成，大人做官也是三起三落。不知泽深说对了吗？”

明珠拊掌而笑：“仁渊先生，您可真神了！”

萨穆哈忙抢过话头：“我入朝供奉三十多年，的确是三起三落！”

徐乾学旁边有位满人早坐不住了，站起来说：“我也拿这杆烟管看相，看您如何说。”

祖泽深不再看烟管，只望着这位满人说：“恭喜大人，您马上就要放外任做学政去了！”

这位满人吃惊地望了眼明珠，又回头问祖泽深道：“如何说来？”

祖泽深笑道：“烟是不能饱肚子的，就像这学政差使，不是发得大财的官。而且烟管终日替人呼吸，就像学政终年为寒苦读书人鼓噪吹嘘。这不是要去做学政又是如何？”

明珠惊问：“这就神了！这位是阿山大人，礼部侍郎。皇上这回点了几个学政，阿山大人正在其中。满官做学政的实在不多，阿山可是深得皇上器重。可此事还没有在外头说啊！”

阿山却道：“正是仁渊先生所言，学政到底是发不了财的官。哪像萨穆哈大人，虽说是三起三落，却是巡抚、总督都做过了，如今又做户部尚书。”

祖泽深又道：“不急，阿山大人终究是要做到巡抚、总督的！”

阿山问道：“这又是如何说呢？”

祖泽深道："烟不是越吸越红吗？您的前程自是越来越红火！"

科尔昆来了兴趣，也道："既然两位大人都拿这烟管看相，又准，我也拿烟管看看。"

祖泽深望望科尔昆，忙拱手道："恭喜大人，您马上要做个发财的官了。"

科尔昆问道："真是奇了，阿山大人拿烟管算命是个清寒的官，我如何就要发财呢？"

祖泽深笑道："这烟管原为老根做成，却用白银镶合。根去木而添金，是个银字，想必科尔昆大人是要去管钱法了。"

科尔昆望望明珠，又望望萨穆哈，惊得目瞪口呆。明珠早笑了起来，道："神，真是神！萨穆哈大人保举科尔昆去做宝泉局郎中监督，皇上已经准了！"

萨穆哈忙道："都是明相国成全的！"

科尔昆朝两位大人拱手不迭，道："明相国跟萨穆哈大人，我都是万分感激的！"

"既然如此地准，我也拿这烟管算算。"说话的是吏部侍郎富伦。

祖泽深还没开言，明珠先笑了起来，道："今日这烟管倒是食尽人间烟火，什么人都做了。"

祖泽深望望富伦，道："恭喜大人，您马上得下去做巡抚。"

明珠先吃惊了，问道："这如何说呢？"

祖泽深说："富伦大人到哪里去做巡抚我都算准了。您是去山东！"

富伦朝祖泽深长揖而拜，道："我真是服您了。只是这又如何说？"

祖泽深道："烟管原是个孔管，山东是孔圣之乡，您不是去山东又是去哪里呢？"

这时，陈廷统悄悄儿拉了拉高士奇的袖子。高士奇明白他的意思，便说："仁渊先生，您给与可也看看？"

祖泽深打量一下陈廷统，说："还是不看了吧。"

陈廷统说："拜托仁渊先生看看，也让廷统吃这碗饭心里有个底！我也拿这杆烟管看看。"

祖泽深说："既然硬是要看，泽深就铁口直断了。烟管是最势利的东西，用得着时，浑身火热，用不着时，顷刻冰冷。烟管如此，倒也不妨，反正是个烟管。人若如此，就要不得了！"

陈廷统顿时羞得无地自容，浑身冒汗。明珠忙打圆场，问："祖先生，为何同是拿烟管看相，怎么变出这么多种说法？"

祖泽深诡秘而笑："其中自有玄机，一两句话说不清。明相国，给您说件有趣的事儿。索额图还没出事的时候，找我看相。看相原是有很多看法的，索额图抽出腰间的刀来，说就拿这刀来看。我听着就跪下了，怕得要命。"

明珠也吓着似的，问："为何了？"

祖泽深道："我说不敢算，说出来索大人您肯定杀了我。索额图说，你只说无妨，我命该如何又怪不得你。我便说，你饶我不死我才敢说。索额图道，老夫饶你不死。我这才说道，刀起索断，大人您名字里头有个索字，您最近可有性命之忧啊！"

明珠听着眼睛都直了，问道："他如何说？"

祖泽深道："索额图当时脸都吓白了，却立即哈哈大笑，只道自己身为领侍卫内大臣，一等伯，皇恩浩荡，岂会有性命之忧！我说老天能够保佑大人，自是您的福气。但依在下算来，您有些难，还是小心为好。索额图只是不信。结果怎样？大家都看到了。"

原来索额图同明珠争斗多年，终于败下阵来，现已罢斥在家闲着。明珠叹道："索额图依罪本要论死的，我在皇上面前保了他啊！"

大家都说明相国真是老话说的，宰相肚里能撑船。明珠忽见陈廷统仍是尴尬的样子，便向各位拱手道："诸位不必在意，在我家里，不比衙门里面，各位请随意，说什么都无妨。与可呀，我同令兄在皇上面前时常会争几句的，私下却是好朋友。令兄学问渊博，为人忠直，我很是敬佩呀！”

陈廷统说：“明大人，家兄性子有些古板，您别往心里去。您对家兄是有恩的，没人不知道。”

一时便没人说话，陈廷统窘得脸上发麻。高士奇拍拍陈廷统的手，说：“明相是个宽宏大量的人。”

科尔昆性子颟顸，他本想讨好明珠，又奉承高士奇，可说出来的话就很是糊涂了：“大伙儿说了，明相真是宰相肚里能撑船。就说这高大人，谁都知道他是索额图门下出身，而天下人也都知道明大人同索额图是水火不容。你看看，高大人不照样是这明府的座上宾？”

满座都忍住笑，望着高士奇。高士奇倒是谈笑自如，道：“如此说，高某还真惭愧了！”

不料科尔昆糊涂话还没说完：“陈子端虽蒙明相国知遇之恩，却从来不上这儿走走，明相国不照样把他当朋友？“陈廷统听了这话，坐在那儿手不是脚不是的。

明珠摇摇手说：“哪里的话。我明珠交友，海纳百川。只要各位看得起老夫，随时可以进门。”

科尔昆问陈廷统道：“与可，也不知令兄每日出了衙门，窝在家里干什么，从不出来走走。”

明珠说：“人家陈大人是个做学问的人，皇上可是经常召他进讲啊！”

科尔昆不以为然，说：“朝中又不是陈大人一个人要向皇上进讲，就说在座的明相国、徐大人、高大人，都是要奉旨进讲的。”

明珠摆摆手，道：“科尔昆，不许您再说陈大人了。我同子端可是二十多年的老朋友啊。”

高士奇很是感慨的样子：“明相国宅心仁厚，有古大臣之风啊！”

科尔昆仍是揪着这个话题不放：“陈廷敬可是经常同明相国对着干哪！”

陈廷统听科尔昆直呼自己哥哥名讳，暗自骂这厮真是个不知天高地厚的莽夫。明珠好像真生气了："科尔昆，您是我们满人中的读书人，明白事理，万万不可这么说。我同子端在皇上面前每次争论，只是遇事看法不同，心却是相同的，都是忠于皇上。"

陈廷统如坐针毡，说："明大人如此体谅，家兄心里应是知道的。"

萨穆哈粗声说道："他知道个屁！"

陈廷统又落了个大红脸。明珠赶紧圆场，让谁都下得了台阶。谈笑着，明珠端起茶杯喝茶，陈廷统便拘谨地环顾各位，见大伙儿都在喝茶。

明珠是个眼睛极明了的人，忙说："与可，官场规矩是端茶送客，在我这儿您可别见着我喝茶了，就是催您走了。他们都是知道的，我要是身子乏了，也就不客气，自然会叫你们走的。"

陈廷统点头道谢，也端起茶杯，缓缓喝茶。又是谈天说地，闲话多时。忽听得自鸣钟敲了起来，高士奇打拱道："明相国，时候不早了，我等告辞，您歇着吧。"

众人忙站了起来，拱手道别。明珠也站起来，拱手还礼。明珠特意拉着陈廷统的手，说："与可多来坐坐啊，替老夫问令兄好！"

陈廷统听着心里暖暖的，嘴里喏喏不止。他拱手而退的时候，不经意间望见明珠头顶挂着的御匾，上书四个大字：节制谨度。这御匾的来历满朝上下都知道，原是明珠同索额图柄国多年，各植朋党，争权夺利，皇上便写了这四个字送给他俩，意在警告。索额图府上也挂着这么一块御匾，一模一样的。

二十

张善德高高地打起南书房门帘，朝里头悄悄儿努嘴巴。大臣们立马搁笔起身，低头出去了。他们在阶檐外的敞地里分列两旁，北边儿站着明珠、陈廷敬，张英和高士奇站在南边儿。张英表字梦敦，他是最先入值南书房的大臣。

正是盛夏，日头晒得地上的金砖喷着火星子。陈廷敬见高士奇朝北边乾清宫瞟了眼，头埋得更低了，便知道皇上已经出来了。御前侍卫傻子步行生风，飞快地进了南书房。两个公公小跑着过来，亦在南书房阶檐外站定。

四位大臣赶快跪下，望着皇上华盖的影子从眼前移过。他们低头望着悄声而过的靴鞋，便知道随侍皇上的有几个侍卫和公公。陈廷敬正巧瞧见地上有蚂蚁搬家，仿佛千军万马，煞是热闹。皇上不说话，便觉万马齐喑，陈廷敬却似乎听得见蚂蚁们的喧嚣声。

总理南书房的是翰林院侍讲学士张英，高士奇因了那笔好字便在里头专管文牍誊抄。他们俩每日都在南书房当值。明珠和陈廷敬每日先去乾清门早朝，再回部院办事，然后也到南书房去看折子。四面八方的折子，都由通政使司先送到南书房；南书房每日要做的事就是看折子，起草票拟；南书房的票拟，皇上多半是准的；皇上准了，那票拟就是圣上的旨意了。

皇上进了南书房，张善德回头努努嘴巴，四位大臣就站了起来。他们早已大汗淋漓，就着衣袖揩脸。没多时，张善德出来传旨，说是皇上说了，叫你们不要待在日头底下了，都到阴地儿候着吧。

大臣们谢了恩，都去了阶檐下的阴凉处。门前东西向各站着三个御前侍卫，他们各自后退几步，给大臣们挪出地方。大臣们朝侍卫微微颔首道谢，依旧低头站着，却是各想各的事儿。

明珠对谁都是笑眯眯的，可陈廷敬知道他时时防着自己。原来明珠同领侍卫内大臣索额图争权多年，呼朋引类，各植私党，相互倾轧。明珠这边儿的被人叫作明党，索额图这边儿的被人叫作索党。很多王公大臣，不是明党就是索党。明珠和索额图都想把陈廷敬拉在自己身边，但他不想卷进任何圈子，对谁都拱手作揖，对谁都虚与委蛇。到头来，明珠以为陈廷敬是索党，索额图把他当作明党。两边都得罪了。陈廷敬沉得住气，只当没事儿似的。当年他从卫大人和岳父那里学得两个字：“等”和“忍”。这十多年，陈廷敬自己悟出一个字来，那就是“稳”。守着这“稳”字，一时兴许会吃些亏，却不会倒大霉。明珠说来也算得上他的恩人，可十多年几度沧桑，两人早已是恩怨难分。他倒不如把屁股坐在自己的板凳上不动，不管别人如何更换门庭。陈廷敬专为这“等”“忍”“稳”三个字写了篇小文，却只是藏之宝匣，秘不示人。

索额图要倒霉的时候，满朝上下都在落井下石，很多索党爪牙也纷纷倒戈，陈廷敬却是好话歹话都没说半句。明珠就越发拿不准陈廷敬心里到底想的什么。高士奇平日在明珠面前极尽奉迎，可满朝都知道他是索额图的人。高士奇后来虽然得了个监生名分，入了翰林，但在那帮进士眼里，仍矮着半截。高士奇心里窝着气，眼里总见不得陈廷敬这种进士出身的人。陈廷敬同高士奇早年在弘德殿侍候皇上读书时就已结下过节，日后也免不了暗相抵牾，却彼此把什么都闷在肚子里。不到节骨眼上，陈廷敬也不会同高士奇计较去。陈廷敬知道只有张英是个老成人，但他们俩也没说过几句体己话。

忽听得门帘子响了，张善德悄声儿出来，说：“皇上请几位大臣都进去说话。”

大臣们点点头，躬身进去了。皇上正坐在炕上的黄案边看折子，傻子按刀侍立御前。黄案是皇上驾到才临时安放的，御驾离开就得撤下。大臣们跪下请安，皇上抬眼望望他们，叫他们都起来说话。明珠等谢了恩，微微低头站着，等着皇上谕示。

黄案上的御用佩刀小神锋，平日由傻子随身挎着，皇上走到哪儿带到哪儿。傻子名字唤作达哈塔，身子粗黑，看上去憨实木讷，实是眼疾手快，很得皇上喜欢。皇上有日高兴，当着众人说：“别看达哈塔像个傻子，他可机灵着哩，他的功夫朕以为是大内第一！”从此，别人见了他只喊傻子，倒忘了他的大名。傻子之名因是御赐，他听着也自是舒服。

皇上放下手中的折子，长吁一口气，说："朕登基一晃就十七年了，日子过得真快。这些年可真不容易呀！朕差不多睡觉都是半睁着眼睛！鳌拜专权，三藩作乱，四边也是战事不绝。现在大局已定，江山渐固。只有吴三桂仍残喘云南，降服他也只在朝夕之间。"

皇上说他今儿早上独坐良久，检点自省，往事历历，不胜感慨。四位大臣洗耳恭听，不时点头，却都低着眼睛。皇上说着，目光移向陈廷敬，说："陈廷敬，当年剪除鳌拜，你是立了头功的！"

陈廷敬忙拱手谢恩，道："臣一介书生，手无缚鸡之力，实在惭愧哪！都是皇上英明智慧，索额图铁臂辅佐。头功，应是索额图！"

气氛陡然紧张起来，谁也想不到陈廷敬会说起索额图。高士奇瞟了眼明珠，明珠却是低头不语。高士奇跪下奏道："启禀皇上，索额图结党营私，贪得无厌，又颟顸粗鲁，刚被皇上罢斥，陈子端竟然为他评功摆好，不知他用意何在！"

陈廷敬也望望明珠，明珠仍是低着头，装聋作哑。高士奇是想当着众人的面，撇开自己同索额图的干系。高士奇的心思，陈廷敬看得明白，但他碍着大臣之体，有话只能上奏皇上。

陈廷敬跪下奏道："皇上，臣论人论事，功过分明！"

高士奇见皇上不吭声，又说道："启奏皇上，索额图虽已罢斥，但其余党尚在。臣以为，索额图弄权多年，趋附者甚多，有的紧跟亲随，有的暗为表里。应除恶务尽，不留后患！"

高士奇似乎想暗示皇上，陈廷敬很可能就是暗藏着的索党。皇上仍是沉默不言，外头吱呀吱呀的蝉鸣让人听着发慌。屋子里很热，皇上没有打扇子，谁都只能熬着，脸上的汗都不敢去揩。

高士奇想知道皇上的脸色，却不敢抬头。他忍不住抬眼往上瞟瞟，刚望见皇上的膝盖，忙吓得低下头去。但他既然说了，便不愿就此罢休，又说道："朝中虽说人脉复杂，但只要细查详究，清浊自见，忠奸自辨。"

皇上突然发话："陈廷敬，你说说吧。"

陈廷敬仍是跪着，身子略略前倾，低头回奏："索额图当权之时，满朝大臣心里都是有底的，多数只是惧其淫威，或明哲保身，或虚与应付，或被迫就范。皇上宽厚爱人，当年鳌拜这等罪大恶极之臣，仍能以好生之德赦其死罪，何况他人？因此，臣以为索额图案就此了断，不必枝蔓其事，徒增是非。国朝目前最需要的是上下合力，励精图治！"

皇上点头而笑："好！陈廷敬所说，深合朕意！索额图之案，就此作罢。廷敬，在世人眼里，清除鳌拜的头功是索额图，不过朕以为还是你陈廷敬！朕年仅十岁的时候，你就给朕讲了王莽篡汉的故事。朕听了可是振聋发聩哪！从那以后，朕日夜发愤，不敢有须臾懈怠！朕当时就暗自发下誓愿，一定要在十四岁时亲政！廷敬、士奇，都起来吧。"

陈廷敬道："皇上乃天降神人，实是国朝之福，万民之福啊！"

皇上望着陈廷敬点头片刻，目光甚是柔和，说："陈廷敬参与过《清世祖实录》《清太祖圣训》《清太宗圣训》编纂，这些都是国朝治国宝典。朕今日仍命你为《清太宗实录》《皇舆表》《明史》总裁官，挑些才藻特出的读书人，修撰好这几部典籍！"

陈廷敬忙起身跪下："臣遵旨！"

皇上无限感慨的样子，说："陈廷敬多年来朝夕进讲，启迪朕心，功莫大矣！学无止境这个道理人皆知之，但朕小时听廷敬说起这话，还很烦哪！现在朕越是遇临大事，越是明白读书的重要。可惜卫师傅已经仙逝。廷敬，朕命你政务之余，日值弘德殿，随时听召进讲。"

陈廷敬谢恩领旨，感激涕零。皇上这么夸奖陈廷敬，原先从未有过。明珠脸上有些挂不住，皇上觉着了，笑道："明珠你辛苦了，件件票拟都得由你过目。"

明珠忙说："臣的本分而已，唯恐做得不好。"

皇上说："这些票拟朕都看过了，全部准了。怎么只有山东巡抚富伦的本子不见票拟?”

明珠回道:“臣等正商量着，圣驾就到了。富伦奏报，山东今年丰收，百姓感谢前几年朝廷赈灾之恩，自愿把收成的十分之一捐给朝廷!”

皇上大喜:“啊?是吗?富伦是个干臣嘛!明珠，当初你举荐富伦补山东巡抚，朕还有些犹豫。看来，你没有看错人。”

明珠拱手道:“都是皇上慧眼识才!皇上以为可否准了富伦的奏请?”

皇上略加沉吟，说:“山东不愧为孔圣故里，民风淳厚!朝廷有恩，知道感激;粮食丰收，知道报国!好，准富伦奏请，把百姓自愿捐献的粮食就地存入义仓，以备灾年所需!”

皇上正满心欢喜，陈廷敬却上前跪奏:“启奏皇上，臣以为此事尚需斟酌!”

皇上顿觉奇怪，疑惑地望着陈廷敬:“陈廷敬，你以为有什么不妥吗?”

陈廷敬刚要说话，明珠朝高士奇暗递眼色。高士奇会意，抢先说道:“皇上，陈子端对富伦向来有成见!”

陈廷敬仍然跪着，说:“皇上，陈廷敬不是个固守成见的人。”

皇上脸露不悦:“朕觉得有些怪，陈廷敬、高士奇，你们俩怎么总拧着来?”

高士奇也上前跪下，做出诚惶诚恐的样子:“回皇上，陈大人是从二品的重臣，微臣不过六品小吏，怎敢拧着他!臣只是出于对皇上的忠心，斗胆以下犯上。”

陈廷敬不想接高士奇的话头，只说:“皇上，臣还是就事论事吧。山东幅员不算太小，地分南北，山有东西，各地丰歉肯定是不一样的，怎么可能全省都丰收了呢?纵然丰收了，所有百姓都自愿捐粮十分之一，实在不可信。退万步讲，即便百姓自愿捐粮，爱国之心固然可嘉，但朝廷也得按价付款才是。皇上，底下奏上来的事，凡是说百姓自愿的，总有些可疑!”

高士奇却是揪着不放："皇上，陈子端这是污蔑皇上圣明之治！自从皇上《圣谕十六条》颁行天下，各地官员每月都集聚乡绅百姓宣讲，皇上体仁爱民之心如甘霖普降，民风日益淳朴，地方安定平和。山东前任巡抚郭永刚遇灾救助不力，已被朝廷查办，山东百姓拍手称快。而今富伦不负重托，到任一年，山东面貌大为改观。皇上，国朝就需要这样的干臣忠臣！"

陈廷敬语气甚是平和，却柔中带刚："皇上，臣愿意相信山东今年大获丰收，可即便如此，也只是富伦运气而已。到任不到一年，就令全省面貌大变，除非天人！"

皇上冷冷地说："陈廷敬，你读了三十多年的书，在地方上一日也没待过，怎么让朕相信你说的就是对的呢？"

陈廷敬回道："皇上，只要有公心，看人看事，眼睛是不会走神的！怕就怕私心！"

高士奇立马说道："皇上，臣同富伦，都是侍奉朝廷的大臣，无私心可言。"

皇上瞟了眼高士奇，再望着陈廷敬说："朕看陈廷敬向来老成宽厚，今日怎么回事？你同士奇共事快二十年了，得相互体谅才是。"

陈廷敬道："臣不与人争高下，但与事辨真伪。一旦富伦所奏不实，必然是官府强相抢夺，百姓怨声载道，说不定会激起民变。皇上，这不是臣危言耸听哪！"

皇上望望明珠，说："明珠以为如何？"

明珠道："听凭圣裁！"

皇上问张英道："你说呢？"

张英若不是皇上问起，从不多嘴；既然皇上问他了，就不得不说，但也不把话说得太直露："臣以为此事的确应考虑得周全些。"

皇上站起来，踱了几步，说："既然如此，陈廷敬，朕命你去山东看个究竟！"

陈廷敬心中微惊，却只得叩道："臣遵旨！"

皇上不再多说，起身回乾清宫去。皇上似乎有些不高兴了，步子有些急促。送走皇上，高士奇笑眯眯地望着陈廷敬，说：“陈大人，士奇您是知道的，肚子里没有半点儿私心，同您相左，都因公事。”

陈廷敬哈哈一笑，敷衍过去了。明珠在旁边说话：“澹人，我们都是为着朝廷，用得着您格外解释吗？您说是不是，张大人？”

张英也只是点头而笑，并不多说。

天色不早了，各自收拾着回家去。今儿夜里张英当值，他就留下了。陈廷敬出了乾清门，不紧不慢地走着，觉得出宫的路比平日长了许多。从保和殿檐下走过，看见夕阳都挡在了高高的宫墙外，只有前头太和殿飞檐上的琉璃瓦闪着金光。陈廷敬略微有些后悔，似乎自己应该像张英那样，不要说太多的话。

陈廷敬出了午门，家人大顺和长随刘景、马明已候在那里了。大顺远远地见老爷出来了，忙招呼不远处的轿夫。一顶四抬绿呢大轿立马抬了过来，压下轿杠。陈廷敬上轿坐好，大顺说声“走哩”，起轿而行。刘景、马明只在后面跟着，不随意言笑。

陈廷敬坐在轿里，闭上了眼睛。他有些累，也有些心乱。想这人在官场，总是免不了憋屈。大臣又最不好做，成日在皇上眼皮底下，稍不小心就获罪了。

今儿本来幸蒙皇上大加赞赏，不料却因为山东巡抚富伦的折子弄得皇上不高兴了。皇上派他亲去山东，这差事不好办。富伦的娘亲是皇上奶娘，自小皇上同富伦玩在一处，就跟兄弟似的。有了这一节，陈廷敬如何去山东办差？况且富伦同明珠过从甚密。陈廷敬有些羡慕亲家张汧，他早年散馆就去山东放了外任，从知县做到知府，如今正在德州任上，想必自在多了。陈廷敬同张汧当年为儿女订下娃娃亲，如今祖彦同家瑶早喜结连理。

陈廷敬回到家里，天色已黑下来了。他在门外下了轿，就听得壮履在高声念诗：“牡丹后春开，梅花先春坼。要使物皆春，须教春恨释！”

又听月媛在说：“这是你爹九岁时写的五言绝句，被先生叹为神童！你们两个可要认真读书，不要老顾着玩！爹在你们这个年纪，在山西老家早就远近闻名了。”

陈廷敬听得家人说话，心情好了许多。大顺看出老爷心思，故意不忙着敲门。便又听老太爷说道：“外公望你们青出于蓝而胜于蓝啊！”

豫朋说：“我也要二十一岁中进士，像爹一样！”

壮履说：“我明年就中进士去！”

听得老太爷哈哈大笑。陈廷敬也忍不住笑了起来，大顺这才推了门。原来天热，一家人都在院子里纳凉，等陈廷敬回家。月媛领着豫朋、壮履和几个家人早绕过萧墙，迎到门口来了。

陈廷敬进屋，恭敬地向老岳父请了安。月亮刚刚升起来，正挂在正门墙内的老梅树上。

陈廷敬摸着壮履脑袋，说：“明年中进士？好啊，儿子有志气！”

家人掌着灯，一家老小说笑着，穿过厅堂，去了二进天井。这里奇花异石，比前头更显清雅。月媛吩咐过了，今儿晚饭就在外头吃，屋里热得像蒸笼。大顺的老婆翠屏也是自小在陈家的，跟着来了京城，很让月媛喜欢。翠屏早拿了家常衣服过来，给老爷换下朝服。

只留翠屏和两个丫鬟招呼着，大顺同刘景、马明跟轿夫们，还有几十家人，都下去吃饭去了。月媛替陈廷敬夹了些菜，说：“与可弟弟来过，坐了会儿就走了。”

陈廷敬问：“他没说什么事吗？”

月媛说：“他本想等你回来，看你半日不回，就走了。”

陈廷敬不再问，低头吃饭。他心里有些恼这个弟弟，廷统总埋怨自己在工部老做个笔帖式，不知何日有个出头。陈廷敬明白弟弟的意思，就是想让他这个做哥哥的在同僚间疏通疏通。陈廷敬不是没有保举过人，但要他替自己弟弟说话，怎么也开不了口。

二十一

高士奇这几日甚是不安，好不容易瞅着个空儿，去了索额图府上。他担心自己在南书房说给皇上的那些话，让索额图知道了。这宫里头，谁是谁的人，很难说清楚。

高士奇是索额图府上旧人，进府去门包是免了的。门房待他却并不恭敬，仍叫他高相公。去年冬月，皇上设立南书房，高士奇头拨儿进去了，还格外擢升六品中书。索府门房知道了，见他来府上请安，忙笑脸相迎，叫他高大人。往里传进去，也都说高大人来了。索额图听了勃然大怒：“我这里哪有什么高大人？”说话间高士奇已随家人进了园子，索额图破口大骂：“你这狗奴才，皇上让你进了南书房，就到我这里显摆来了？还充什么大人！”高士奇忙跪下，磕头不止：“索相国恕罪！奴才怎敢！都是门上那些人胡乱叫的。”索额图却是火气十足，整整骂了半个时辰。自那以后，阖府上下仍只管叫他高相公。

索额图袒露上身躺在花厅凉榻上吹风，听说高士奇来了也不回屋更衣。高士奇躬身上前跪下，磕了头说：“奴才高士奇拜见主子！”

索额图鼻孔里哼了声，说：“皇上疏远了老夫，你这狗奴才也怕见得老夫了？”

高士奇又磕了头说：“索大人永远是奴才的主子。只是最近成日在南书房当值，分不了身。”

索额图坐了起来，说：“你抬起头来，让老夫看看你！”

高士奇慢慢抬起头来，虚着胆儿望了眼索额图，又赶忙低下眼睛。索额图满脸横肉，眼珠血红，十分怕人。难道他真的知道南书房的事了？高士奇如此寻思着，胸口就怦怦儿跳。他怕索额图胜过怕皇上，这个莽夫没道理讲的。

索额图逼视着高士奇，冷冷说道："你可是越来越出息了。"

高士奇又是磕头："奴才都是索大人给的出身!"

索额图仍旧躺下，眼光偏向别处，问："明珠、陈子端这两个人近儿怎么样?"

高士奇回道："皇上给陈子端派了个差，让他去趟山东。陈子端倒是替索大人说过好话!"

高士奇说罢，又望着索额图的脸色。他这么说，一则到底想看看索额图是否真的知道南书房的事儿了；二则显得自己坦荡，万一索额图听说了，他就咬定有小人在中间捣鬼。

看来索额图并没有听说什么，却也不领陈廷敬的情，说："老夫用得着他说好话?"

高士奇这下就放心了，揩揩额上的汗，说："是是是，陈子端还不是瞧着索大人是皇亲国戚，说不准哪日皇上高兴了，您又官复原职了。"

索额图冷眼瞟着高士奇："你还记得上我这儿走走，是不是也看着这点?"

高士奇又伏下身子："索大人的知遇之恩，奴才没齿难忘！奴才早就说过，此生此世，奴才永远是主子的人！索大人，陈子端同明珠又干上了。"

索额图似乎很感兴趣，问："为着什么事儿?"

高士奇便把山东巡抚富伦上折子的事儿说了，只不过把他自己同陈廷敬的争论安放在了明珠身上。

索额图点着头，说："这个陈子端，别看他平时不多话，不多事，到了节骨眼儿上，他可是敢作敢为啊!"

高士奇问："索大人该不是欣赏陈子端吧?"

索额图哈哈冷笑道："笑话，老夫能欣赏谁?"

高士奇忙顺着杆子往上爬："是是，索大人的才能，当朝并无第二人，可惜奸贼陷害，暂时受了委屈。"

索额图听了这话，更加恼怒，指天指地叫骂半日。高士奇伏在地上，大气不敢出。下人们也都低头哈腰，惶恐不安。只有架上的鹦鹉不晓事，跟着索额图学舌："明珠狗日的，明珠狗日的。"下人们吓得半死，忙取下鹦鹉架提了出去。

索额图骂着，突然问道："听说明珠府上很热闹?"

高士奇不敢全都撒谎，说了句半真半假的话："明珠倒是经常叫奴才去坐坐，奴才哪有闲工夫?"

索额图怒道："狗奴才，你别给我装！哪家府上你都可以去坐，明珠那里你更要去！你最会八面玲珑，我还不知道？老夫就看中你这点!"

高士奇暗自舒了口气，便说："官场上的应酬，有很多不得已之处。索大人如此体谅，奴才心里就踏实了。"

索额图有了倦意，喝道："你下去吧，老夫困了，想睡会儿。"

高士奇这才从地上爬了起来。跪得太久了，起身的时候，高士奇只觉两腿酸麻，双眼发黑。他跌跌撞撞地后退着，直到拐弯处，才敢转过身子往前走。他走过曲曲折折的回廊，大大小小的厅堂，碰着的那些仆役要么只作没看见他，要么只喊他声高相公。高士奇微笑着答应，心里却是恨得滴血。

不承想，高士奇在地上跪着听任索额图叫骂，却让祖泽深撞见了。那祖泽深虽是终年替人家看相算命，却是人算不如天算，自己家里前几日叫大火烧得干干净净。他想找索额图谋个出身，混口饭吃。索额图虽是失势，给人找个饭碗还是做得到的。祖泽深进门时，看见索额图正在大骂高士奇狗奴才。他忙退了出来，好像高士奇跪在地上瞥见他了。祖泽深出门想了半日，就找明珠去了。他原是想让索额图在宫里随便找个差事，却想自己看见了高士奇那副模样，日后高士奇只要寻着空儿不要整死他才怪哩。高士奇其实并没有看见他，只是他自己胆虚罢了。他想不如找明珠帮忙，到外地衙门里去混日子算了。

高士奇回到家里，从门房上就开始撒气，见人就骂狗奴才，直骂到客堂里。高士奇喝着茶，生会儿闷气，把下人全都吼下去，便同夫人说了他在索额图那儿受的气。夫人听着，眼泪都出来了，哭道："老爷，您如今都是六品中书了，这受的哪门子罪？如今他自己也倒了，您是皇上的红人，怕他做什么？"

高士奇叹道："朝廷里的事，你们妇道人家就是不懂啊！俗话说，翻手为云，覆手为雨。咱皇上的心思，谁也拿不准的。今儿索额图倒霉了，明珠得意；说不定明儿明珠又倒霉了，索额图得意。索额图世代功勋，又是当今皇后的亲叔叔，他哪怕是只病老虎，也让人瞧着怕！"

夫人揩着眼泪，说："未必您这辈子只能在这个莽夫胯下讨生不成？"

高士奇摇头而叹，竟也落泪起来。

管家高大满想进来禀事儿，见下人们都站在外头，也不敢进门，低声儿问怎么了。高士奇在里头听见了，喊道："大满，进来吧。"

高大满勾着身子进门，见光景不妙，说话声儿放得更低："老爷，门房上传着，说俞子易来了。"

高士奇说："俞子易？叫他进来吧。"

高大满点点头，出去了。高士奇让夫人进去，她眼睛红红的，让人看着不好。

京城场面上人如今都知道俞子易这个人，不知道他身家几何，反正宣武门外好多宅院和铺面都是他的。外人哪里知道，俞子易不过是替高士奇打点生意的。他俩的生意怎么分红，别人也都不知道。就是高府里头的人，也只有高大满听说过大概，个中细节通通不知。

高大满领着俞子易进来，自己就退出去了。不用高士奇客气，俞子易自己就坐下了，拱手请安："小弟好几日没来瞧高大人了。"

高士奇说："你只管照看生意，家里倒不必常来。老夫是让皇上越来越看重了，你来多了，反而不好。"

俞子易说："恭喜高大人。小弟也是个晓事的人，日后我只在夜里来就是。”

高士奇脸上微露笑容：“子易是个聪明人，知道官场里的讲究。说吧，有什么事？”

俞子易说：“酸枣儿胡同去年盘进来的那个宅子，如今有了下家，价钱还行，是不是脱手算了？”

高士奇笑眯眯地望着俞子易，说：“子易，我是相信你的。”

俞子易迎着高士奇的笑眼，望了会儿，心里不由得发虚。他似乎明白，高士奇说相信他，其实就是不太放心，便赶紧说：“小弟感谢高大人信任，小弟不敢有半点儿私心。”

高士奇点头说：“我说了，相信你，生意上的事，你看着办就是了。”

高士奇不再说生意上的事，抬手朝北恭敬地说起皇上。朝廷里的任何事儿，俞子易听着都像发生在天上，嘴巴张得像青蛙。这位高大人实在是了不起，在他眼里简直就是皇上。高士奇说了许多皇上明察秋毫的事儿，俞子易感觉到的倒不是当今圣上的英明，而是“要使人莫知，除非己莫为”的道理。他暗自交代自己，千万不能糊弄高大人，不然吃不了兜着走。

二十二

陈廷敬照着从二品官钦差仪卫出行，乘坐八抬大轿。官做到陈廷敬的分上，在京城里头准坐四抬轿子，出京就得坐八抬大轿，还得有两人手持金黄棍，一人撑着杏黄伞，两人举着青扇，外加六个扛旗枪的。一行总有二十几人，甚是威风。

陈廷敬不论啥时出门，大顺、刘景、马明三人，总是不离身前左右的。他们仨都是陈廷敬从山西老家带来的，最是亲信。大顺心眼儿细，腿脚儿快，自是不用说的。刘景、马明二人自小习武，身上功夫十分了得。他俩这些年都待在京城里，只是早晚接送老爷，拳脚没地方使，早忍得浑身痒痒的。这回听说要去山东，心里很是欢喜。

大顺背着把仲尼琴，骑马随行在轿子旁边。这把仲尼琴是陈廷敬离不得的物件，他每日总要抚弄几曲。在家的时候，夜里只要听着琴声，合家老小都知道老爷书读完了，快上床歇息了。要是哪日听不见琴声，就知道老爷回家都还在忙衙里的事情。

大顺也高兴这回能出门长长见识，喜不自禁，说："老爷，我随您这么多年，可是头回瞧着您这么威风凛凛！"

陈廷敬在轿里说："这都是朝廷定下的规矩，哪是什么威风！"

大顺又问："那么微服私访，难道只有戏里头才有？"

陈廷敬笑道："古时倒也有过这样的皇帝，不过多是戏里的事。也有人照着戏里学，那是哄人的，欺世盗名而已。"

一路逢驿换马，遇河乘舟，走了月余，到了山东德州府境内。忽见前面路口站着好多百姓，陈廷敬甚是纳闷，问："那些百姓在那里干什么呀？"

大顺提鞭策马，飞跑前去，原来见百姓们都提着竹篮，里面放着鸡蛋、水果、糕点各色吃食。大顺问："老乡，你们这是干什么呀？"

有人回答说："我们在等候巡抚富伦大人！"

大顺正在纳闷，来不及细问，百姓们都跪下了。原来陈廷敬的轿子过来了。百姓们高声喊道："感谢巡抚大人！巡抚大人辛苦了！"

陈廷敬下了轿，问道："乡亲们，你们这是干什么呀？都起来吧！"

百姓们彼此望望，慢慢站了起来。一个黑壮汉子说道："巡抚大人，要不是您筹划得法，救济有方，今年咱们哪有这么好的收成？咱们听说巡抚大人今儿要从这里经过，早早儿就候在这里了。"

一个白脸汉子说："咱们百姓只想看一眼父母官，只想让父母官喝口水，表表我们的心意。”

陈廷敬笑道：“你们怎么知道我是巡抚大人呢？”

黑脸汉子说：“巡抚大人您亲近百姓，经常四处巡访，山东百姓都是知道的。可是您到咱德州，还是头一次。看您这威风，肯定就是巡抚了。”

陈廷敬笑道：“我不是巡抚，我是打京城里来的。”

黑脸汉子听了，又跪下了：“大人，那您就是钦差了，咱们百姓更要拜了！不是朝廷派下富伦大人这样的好官，哪有我们百姓的好日子呀！你们说是不是？”百姓们应和着，齐刷刷跪下。

陈廷敬朝百姓连连拱手：“感谢乡亲们了！我心领了。”

可是百姓们仍旧跪着，不肯起来。黑脸汉子说：“大人，您要是连水都不喝一口，我们就不起来了。”

陈廷敬劝说半日，仍不见有人起身，只得说：“乡亲们如此盼着好官，爱戴好官，本官万分感叹。”又低头望着黑脸汉子和白脸汉子：“你们两位带的东西我收了，也请你们两位随我去说说话。其他的乡亲，都请回吧！”

陈廷敬说罢，拉起黑脸汉子和白脸汉子。这两人不知如何是好，嘴里嘟囔半日，却不知说了些什么。陈廷敬甚是温和，只说：“耽误您二位半晌工夫，随我们走吧。”

陈廷敬上了轿，同乡亲们招招手。黑白两个汉子不敢违拗，低头跟在轿子后面。陈廷敬刚要放下轿帘，忽见有个骑马少年，腰别佩剑，远远站在一旁，面色冷冷的。他忍不住望了望那少年，少年却打马离去。

眼见天色渐晚，赶不到前头驿站了。正好路过一处寺庙，唤作白龙寺。大顺快马向前，先找寺里说去。里头听得动静，早有老和尚迎了出来。

大顺说：“师傅，我们是从京城来的，想在宝刹讨碗斋饭吃。天色已晚，可否在宝刹借宿一夜？”

和尚望望外头，知道来的是官府的人，哪敢怠慢？忙双手合十："老衲早晨见寺庙西北有祥云缭绕，原来是有贵客驾临。施主，快请进吧。"

陈廷敬下了轿，老和尚迎了上去，念佛不止。陈廷敬同老和尚寒暄几句，但见这里风光绝胜，不禁回身四顾。却又见刚才那个骑马少年远远在僻静处驻马而立，朝这边张望。大顺也看见了，待要骑马过去，陈廷敬说："大顺别管，想必是看热闹的乡下孩子。天也不早了。"

大顺仍不放心，说："我见这孩子怪怪的，老跟着我们哩！"

用罢斋饭，陈廷敬回到客寮，大顺随在后面，问道："老爷，您让两个老乡跟着，到底要做什么？"

陈廷敬说："我正要同你说这事哩。你去叫他们到我这里来。"

大顺迷惑不解，陈廷敬却只神秘而笑，并不多说。不多时，两个老乡随大顺来了，陈廷敬甚是客气："两位老乡，请坐吧。有件事想麻烦你们。"

黑脸汉子说："钦差大人请吩咐！"

陈廷敬并不忙着说，只问："两位尊姓大名？"

黑脸汉子说："小的姓向，名叫大龙。他是周三。"

陈廷敬点点头，说："我这手下有两位是山东人，当差离家多年了，我想做个人情，让他们就便回家看看。"

大顺听得纳闷，却不知老爷打的什么算盘。

向大龙问："不知我俩能帮什么忙？"

陈廷敬说："他俩走了，我这手下就少了人手。我见你们机灵，又忠厚，想雇你俩当几日差！"

大顺忍不住说话了，喊道："老爷，您这是……"

陈廷敬摇摇手，朝大顺使了眼色。周三像是吓着了，忙说："这可不行，钦差大人。我家里正有事，走不开呀！"

陈廷敬说："我会付你们工钱的。"

向大龙也急了，说："钦差大人，我俩真的走不开，要不我另外给大人请人去？"

陈廷敬收起笑容，说："这官府的差事也不是谁想当就当的，就这么定了。"

周三仍是不乐意："钦差大人，您这是……"

不等周三说下去，大顺瞪着眼睛吼道："住嘴！你们是瞧我们老爷好说话不是？钦差大人定了的事，你俩敢不从？"

陈廷敬却缓和道："大顺，别吓唬老乡！"

向大龙望望周三，低头说："好吧，我们留下吧。"

陈廷敬缓缓点头，说："如此甚好！"

大顺又说："说好了，既然当了官差，就得有官差的规矩。鞍前马后，事事小心，不要乱说乱动啊！"

两个老乡应诺下去，大顺又问："老爷，您到底要做什么？"

陈廷敬笑道："我自有安排，你只照我说的做就行了。你留点儿神，别让这两位老乡开溜了。去叫刘景、马明过来一下。"

刘景、马明随大顺进来，问："老爷有何吩咐？"

陈廷敬说："你俩明日一早动身去德州府，拜访知府张汧大人。不要让外头知道你是官府里的人。我这里有封信，带给张汧大人。我就不去德州府了，直奔济南。"

刘景、马明两人领了命，准备告退。陈廷敬留住他俩说话，问道："如果地方有灾荒，不用细细查看，我们先见到的应是什么？"

刘景回道："应是流民。"

马明说："还有粥厂。哪怕官府不施粥，也会有积善积德的大户人家施粥。"

大顺说："我们一路上没看见流民，也没有看见粥厂，只看见迎接巡抚大人的百姓。莫不是山东真的丰收了？"

陈廷敬说："山东真是大获丰收，那就好了。"

大顺问："老爷，路上迎接巡抚大人的百姓，莫不是张汧大人调摆好的吧？他是您的亲家，不管论公论私，也应迎接您啊。"

陈廷敬沉默片刻，道："不必多说，我们边走边看。"

次日清早，陈廷敬别过老和尚，起轿上路。忽又看见那个骑马少年远远地跟在后面，便叫过大顺："你去问问他，看他到底有什么事。"

那少年见大顺飞马前去，马上掉转缰头，打马而遁。大顺怕是刺客，愈发紧追。追了好一阵，终于追上了。大顺横马拦住少年问话："你跟踪钦差，有何企图？"

少年说："我才不知道什么钦差哩！大路朝天，各走一边。只许你们走，就不许我走？"

大顺问："那你为什么总跟着我们？"

少年说："那你们为什么总拦在我前头？"

大顺怒道："我正经问你话，休得胡搅蛮缠！"

少年并不惧怕，只说："谁不正经说话了？我们正好同路，见你们老爷是个大官，不敢走到前面去，只好走在后面。这有什么错了？"

大顺听少年说得似乎有理，便道："如此说，你倒是很懂规矩呀！"

大顺教训少年几句，回到陈廷敬轿前，说："回老爷，是个顽皮少年，说话没正经，说是正好与我们同路。"

陈廷敬并不把这事放在心上，便说："不去管他，我们走吧。"

大顺却甚是小心，说："老爷，您还是多留个心眼，怕万一是刺客就麻烦了。"

陈廷敬笑笑说："青天白日的，哪来的刺客！"大顺回头看看，见那骑马少年还是远远地随在后面。他怕老爷担心，没有声张，只不时回头望望。那少年总是不远不近，只在后面跟着。

二十三

刘景、马明寻常百姓打扮，来到德州知府衙门，给门房递上门敬，说了来由。门房收下门包，说："你们呀，见不着知府大人。"

刘景说："我们是知府大人的亲戚，大老远从山西来的，就烦请您通报一下。"门房只是摇头。

马明以为门房嫌门包小了，又要掏口袋。门房摇摇手，说："不是那意思，您二位是老爷的亲戚，我们也都是老爷从山西带来的人。告诉您二位，真见不着我家老爷。"

刘景问："可以告诉我们为什么吗？"

门房抬眼朝门内望望，悄声儿说："我家老爷已被二巡抚请去济南了，听说是来了钦差。"

马明问："二巡抚？怎么还有个二巡抚？"

门房只是摇头，不肯再说半个字。

两人只好出来，不知如何是好。马明说："既然如此，我们赶紧去济南回复老爷吧！"

刘景想想，说："不，你真以为我们是走亲戚来的？老爷是要我们摸清这边情况。既然张大人去了济南，我俩不如暗访民间去。"

马明说："老爷没有吩咐，我俩不好自作主张吧？"

刘景说："我们白跑一趟，回去又有啥用？不如去乡下看看。"

出了城，两人不识南北，只懵懂往前走。见了个村子，两人进去，见了人家就敲门，却总不见有人答应。推门进去看看，都空空如也。终于看见有户人家门前蹲着位老人，刘景、马明忙上前搭话。

刘景说："大爷，我们是生意人，知道你们这儿出产玉米，想收些玉米。"

老头望望他们，说："你们四处看看，看见哪里有半根玉米棍儿吗？我们这几年都受灾荒，乡亲们十有八九都逃难去了！"

马明说："我们生意人，就是耳朵尖。听说山东今年丰收，百姓感谢朝廷前几年救济之恩，自愿捐粮一成给官府呀？"

老头儿长叹一声，说："那都是官府哄朝廷的！"

刘景说："朝廷怎么是哄得了的？没有粮食交上去，怎么向朝廷交差呀!”

老头说:“那还用问?就只有逼百姓了!”

不多时,围过来一些人,尽是老弱之辈。一个老妇人插话说:“如今官府里的人,不知道是吃什么长大的,世上的事理通通不知道。说什么,没有粮食交,就交银子!”

老头儿说:“是啊,真是天大的笑话,地里没有收成,百姓哪来的银子?”

一个中年男子说:“我在外头听人说,现在这位巡抚,自己倒是清廉,不贪不占,就是太严酷了!听说他自小是在宫里长大的,不懂民间疾苦,对自己苛刻,对百姓也苛刻!唉,总比贪官好!”

老头摇头叹道:“是呀,只怪老天不长眼,老降灾荒!这位巡抚啊,我们百姓还真不好怎么怪他!”

马明问:“你们没粮食,还得向上头自愿捐粮。不说你们交不了差,官府也交不了差呀!”

老头儿说:“那也未必。有些大户人家,田亩多,地又好,还是有粮食。”

刘景问:“老伯,您能告诉我哪户人家地最多?我们想看看去。”

老头摇摇头,说:“那还用老汉我说?您瞧哪家院儿大,肯定就是大户人家了。我劝你们不要去。你们是外地人,不识深浅,会吃亏的!”

马明说:“不妨,我们只是做生意,买卖不成仁义在嘛!”

两人辞过老乡,继续往前走。果然看见一家大宅子,高墙朱门,十分气派,便上去叩环。门里有人应了,问道是谁。刘景回道:“做生意的。”

大门边的一个小旁门开了,出来一个人,问道:“做生意的?要做什么?”

马明不知道,乡下这等有钱人家,门房上也是要行银子的,只说:“我们想见见您家主人!”

门人打量着两位来人，说：“见我们家主人？告诉你们，德州知府张大人都比我们家老爷好见！”

刘景见这门人无礼，忍不住来了火气：“你们老爷家大门大户的，应是仁德之家，你说话怎么这么横？就不怕你家老爷知道了打你的屁股？”

门人圆睁双眼：“我先打了你的屁股再说！”

门人说话就擂拳打人，刘景闪身躲过，反手一掌，那门人就趴下了。门人叫道：“你们真是胆大包天了，跑到朱家门前打人来了。来呀，有强盗！”

门里登时闪出四条汉子，个个强壮如牛，不由分说，抡起拳头就朝刘景和马明打来。刘景、马明身手了得，四个汉子不是他俩对手。突然，正门大开，四个汉子且战且退。刘景、马明紧追进门，大门吱地关上，几十个壮汉蜂拥而来，将他两人围了起来。

这时，听得一声断喝：“哪来的刁汉，如此大胆？”

人墙开处，站着一个中年汉子，一看就像主人。门人低头说：“朱爷，这两个人在这里撒野，您看，把我打成这样了！”

这位叫朱爷的望着门人说：“去，你把他打回来！”

门人朝刘景、马明跟前试探着走了几步，不敢上前。朱爷怒道：“真是没用的东西，这么多人替你撑腰，你都是这个熊样儿！还要别人替你打回来？”

刘景朝朱爷拱手说道：“这位老爷想必是主人吧？我们是生意人，上门来谈买卖的。可您家守门的人，恶语相向，出手打人，我只是还手而已。”

朱爷哼哼鼻子，说：“上我朱家大门，敢还手的还真没见过！”

马明听这姓朱的说话也是满嘴横腔，便道：“瞧您家门柱上对联写得倒是漂亮，诗书传千秋，仁德养万福！诗书仁德之家，怎会如此？”

朱爷冷冷一笑：“你俩还敢嘴硬！我们不用动手，只要我吆喝一声，阖府上下每人吐口口水，都会淹死你们！”

刘景说："我想您家不会靠吐口水过日子吧？总得做点儿正经事儿。我俩不过就是上门来谈生意，怎么会招来如此麻烦呢？"

又听得有人喊道："什么人在这里吵闹？"

那个叫朱爷的马上谦卑起来，躬起身子。一个书生模样的中年人走了过来，此人仪表堂堂，器宇不凡。原来这位才是朱家老爷，名叫朱仁。刚才那位叫朱爷的，只是朱家管家朱福。

朱福说："老爷，来了两个撒野的外乡人！"

朱仁和颜悦色："您二位干什么的？"

刘景说："我俩是山西来的商人，想上门谈生意，不想被您家门人打骂，就冲撞起来了。"

朱仁回头望望那些家人，说："你们真是放肆！我交代过你们，凡是上门来的，都是客人，怎么这样无礼？"

朱福赶紧赔罪："老爷，都是我没把他们管教好！"

朱仁拱手施礼："朱某单名一个仁字，读过几年书，下过场，落榜了，就不想试了，守着份祖宗家业过日子。家人得罪两位了，朱某赔罪。两位请里面坐吧。"刘景、马明也各自报了名号。朱仁把两位客人请了进去，看茶如仪。

朱仁问道："朱某同山西商家有过交往。敢问两位是哪家商号？做什么生意？"

刘景信口道："太原恒泰记，主要做铁器，别的生意也做。"

朱仁说："恒泰记啊，你们东家姓王，久仰久仰，失敬失敬！只是我朱家没做过铁器生意，隔行如隔山，不知您二位想同朱某做什么生意？"

马明说："今年山西大旱，收成不好。我们听说贵地今年丰收了，想采买些玉米贩过去，一则救济百姓，二则也可有些赚头！"

朱仁听了，格外警醒："您二位怎么知道我们这儿丰收了？"

刘景笑道："不是到处都在传嘛！都说今年山东大获丰收。我们在济南有分号，在那边就听说百姓要把一成的余粮献给朝廷。"

马明说："是呀，我们打算在山东别的地方采买些麦子，在德州采买些玉米。”

朱仁笑笑，说：“你们耳朵倒是尖得很啊！只是，你们知道吗？巡抚衙门通告，山东的粮食一粒也不得卖到外省！”

刘景很是不解，问：“有余粮又不让百姓卖出去，这是为何？”

朱仁神秘一笑，说：“其实呀，嗨，同你们外乡人说了也无妨，其实山东没有余粮！二位刚才遭遇朱某家人无礼，也是事出有因。我们这儿连年灾荒，很多百姓就聚众为盗。门人喊声有强盗，家丁就闻声赶去了。”

马明吃惊地望望刘景，问道：“没有余粮？难道空穴来风？”

朱仁说：“也可以说，只有像我家这样的大户有余粮，别人饭都没吃的，哪来的余粮？”

马明故意生气起来：“哎，是谁在乱说呀？害得我们辛苦跑一趟。大哥，我们就不打搅朱老爷了，回去吧。”

刘景叫马明别急，回头对朱仁说：“朱老爷，我这兄弟就是性子急。我想既然朱老爷家有余粮，我们可否做做生意？”

朱仁很为难的样子：“我不是说了吗？巡抚衙门通告，不准把粮食卖到外地去！”

刘景说：“朱老爷，我们做生意的，都是同衙门打过交道的。衙门，总有办法疏通的。”

朱仁颇为得意，说：“不瞒两位，要说山东这衙门，再怎么疏通，也没我通。只要价钱好，衙门没问题的。”

刘景甚是豪爽，说：“朱老爷，只要价钱谈得好，粮食您有多少，我们要多少。”

朱仁来了兴趣：“真的？”

一来二去，生意就谈拢了。刘景很是高兴，说：“朱老爷真是爽快人。好，这就带我们去仓库看看货。”

两人说着就要起身，朱仁却摇摇手，说：“我家粮食生意，都是在济南做，那边码头好。玉米都囤在济南朱家粮仓。”

刘景面有难色，说：“我们看不到货，这个……”

朱仁哈哈大笑，说：“二位放心，二位尽管放心！今儿天色已晚，您二位委屈着在寒舍住下，万事明日再说。”

刘景、马明假意推托几句，就在朱家住下了。两人夜里悄悄儿商量，越发觉得朱仁这人非同寻常，明日干脆把他诓到济南去。次日吃罢早饭，朱福已把买卖契约拟好了，送给他家老爷过目。朱仁接过看看，交给刘景。刘景看罢，大惑不解，问：“朱老爷，怎么提货地点在义仓？不是在您朱家粮仓吗？”

朱仁也不多说，只道：“两位放心，你们只管签字，不用管是在义仓还是哪里提货，保管有粮食就行了。”

刘景说：“我当然放心。不过我有个不情之请。”

朱仁拱手道：“但说无妨！”

刘景说：“这么大笔买卖，这契约还得我家老爷签。可这来来去去地跑，又怕耽搁了生意。可否劳朱老爷亲往济南一趟，也好同我家老爷见个面？”

朱福在旁插话说：“两位老板，我家老爷是个读书人，终日里只读读书，吟诗作对，生意上的事都是在下打点，他可是从不出面的。”

刘景说：“我家老爷也是读书人，好交朋友，说不定同朱老爷很谈得来的。”

朱仁笑道：“是吗？既然如此，我倒想会会你们老爷。好，我就去趟济南吧！那边我有许多老朋友，也想会会！”

刘景回头对马明说：“那太好了。马明，你不妨快马回济南禀明老爷，我陪朱老爷随后就到！”

朱仁笑道：“刘兄倒是性急啊！”

刘景说：“我家老爷有句话，商场如战场，兵贵神速！”

朱仁拊掌而笑：“说得好，说得好，难怪你们恒泰记生意做得这么大！”

马明出了朱家，快步赶路，径直去了驿站，出示兵部勘合凭证，要了匹好马，飞赴济南。这边刘景同朱仁等坐了马车，不紧不慢往济南去。

二十四

山东巡抚富伦坐在签押房公案旁用餐，饭菜只是一荤一素，几个大馒头。他一边吃饭，还一边看着公文。掉了粒馒头渣在桌上，富伦马上捡起，塞进嘴里。旁边侍候他吃饭的衙役们虽是见惯不惊，心里总还是感叹不已。

这时，幕僚孔尚达前来禀报："巡抚大人，有个叫何宏远的商人求见您！"

富伦一听，脸就黑了："商人？本抚从来不与商人往来，难道你不知道？"

孔尚达说："我也同他说了，巡抚大人实在忙得很，饭都是在签押房里吃，哪有工夫见你？那人说事关重大，一定要请巡抚大人拨冗相见。"

富伦没好气地说："一个商人，不就是想着赚钱吗？还能有什么大事？"

孔尚达说："庸书以为，您还是见见他，好好儿打发他走就得了。"

富伦叹道："唉，本抚手头事情忙得不得了，钦差要来，我总得理一理头绪呀，还要见什么商人。好吧，让他到客堂等着。"

富伦说着就放下饭碗，孔尚达却说："巡抚大人，您还是先吃完饭再说吧。"

富伦挥挥手："先见了他再来吃饭吧。"

孔尚达摇头半日，说："巡抚大人就像当年周公啊，周公吐哺，天下归心！"

富伦却不爱听这话："老夫子，您就别肉麻了，咱们呀，给百姓干点儿扎扎实实的事情吧！"

富伦去到大堂，何宏远忙迎上来拜道：“小民何宏远拜见巡抚大人。”

富伦不叫他坐，自己也站着：“说吧，什么事？”

何宏远说：“巡抚大人，小民想从外地贩些粮食进来，请巡抚大人准许。”

富伦脸色大变：“今年山东粮食大获丰收，要你贩什么粮食？巡抚衙门早就发了通告，不准私自买卖粮食，你难道不知道？”

何宏远说：“正是知道，小民才专门前来请求巡抚大人。”

富伦冷眼望着何宏远：“你既然知道，还故意同巡抚衙门对着干，是何居心？”

何宏远递上一张银票：“巡抚大人，请您高抬贵手！”

富伦勃然大怒：“大胆！光天化日之下，堂堂衙门之内，你竟敢公然贿赂本抚！来人，打出去！”

立时进来两个衙役，架起何宏远往外走。何宏远自知闯祸，高声求饶。

富伦不管那么多，只对孔尚达说：“老夫子，我说过凡是商人都不见，你看看，果然就是行贿来的！”

孔尚达面有愧色，说：“抚台大人的清廉，百姓是知道的，您对朝廷的忠心，百姓也是知道的。可是上头未必知道。您报了丰年上去，皇上就派了钦差下来。听说陈子端办事一是一，二是二。”

富伦冷冷一笑：“他陈子端一是一，二是二，我就不是了？”

孔尚达说：“可是抚台大人，地方政事繁杂，民情各异，百密难免一疏，就怕陈子端吹毛求疵！”

富伦却道：“本抚行得稳，坐得正，不怕他鸡蛋里挑骨头。本抚要让陈子端在山东好好看看，叫他心服口服地回去向皇上复命！”

孔尚达说：“陈子端同张河清是儿女亲家，按说应去德州府看看。可他直接就上济南来了，不合情理呀。”

富伦说：“那是他们自家的事，我且不管。他不按情理办事，我也不按情理待之。他没有派人投帖，我就不去接他。他摆出青天大老爷的架子，我比他还要青天！就让他在山东好好看看吧。”

却说陈廷敬一行到了济南郊外，远远地看见很多百姓敲锣打鼓，推着推车，很是热闹。陈廷敬吩咐道：“大顺，你骑马前去，看看是怎么回事儿。”

大顺打马前去，不多时回来禀道：“老爷，百姓送粮去义仓，说是这几年大灾，多亏朝廷救济，不然他们早饿死了。今年丰收了，自愿捐粮！”

说话间陈廷敬的轿子走近了送粮百姓，突然领头敲鼓的人大喊一声：“拜见巡抚大人！”

锣鼓声停了，百姓们一齐跪下，喊道：“拜见巡抚大人！”

陈廷敬想自己路上都当了两回巡抚大人了，暗自觉着好笑。他下了轿，朝老乡们喊道：“乡亲们，都起来吧。”

老乡们纷纷起来，原地儿站着。陈廷敬又叫刚才敲鼓的那位，那人却茫然四顾。大顺便指着那人：“钦差大人叫你哪。”

那人慌忙跪下：“原来是钦差大人呀？草民惊动大人了，万望恕罪！”

陈廷敬说：“起来吧，你没有罪。你们体贴朝廷艰难，自愿捐献余粮，本官很受感动。本官想留你叙叙话如何？你叫什么名字？”

那人回道：“小的叫朱七，我……我这还要送粮哪！”

陈廷敬道：“不就少个敲鼓的嘛，不妨！大顺，招呼好这位朱七。乡亲们，你们送粮去吧！”

朱七像是有些无奈，却只好把鼓和槌子给了别人，自己留下了。场面甚是热闹，没人在意有个骑马少年远远地站在那里。

进了济南城，大顺先去巡抚衙门投帖。不多时，大顺回来，说富伦大人在衙里恭候。快到巡抚衙门，却见富伦早迎候在辕门外了。陈廷敬落了轿，富伦迎了上来。

富伦先拱手向天：“山东巡抚富伦恭请皇上圣安！”

再朝陈廷敬拱拜："见过钦差大人！"

陈廷敬也是先拱手向天，然后还礼："皇上吉祥！钦差翰林院掌院学士、教习庶吉士、礼部侍郎陈廷敬见过抚台大人！"

富伦道："富伦有失远迎，万望恕罪！请！"

那个神秘少年骑马站立远处，见陈廷敬随富伦进了衙门，便掉马去了。

进了巡抚衙门客堂，早有果点、茶水侍候着了。陈廷敬坐下，笑道："巡抚大人奏报，山东百姓感谢朝廷前几年救灾之恩，自愿捐粮一成献给国家。皇上听了，可是龙颜大悦呀！可皇上又念着山东连年受灾，担心百姓顾着感激朝廷，却亏待了自己，特命廷敬前来勘实收成。"

富伦面带微笑，说："陈大人，您我都是老熟人，刚才我俩也按朝廷礼仪尽了礼，我就直话直说了。您是来找我麻烦的吧？"

陈廷敬哈哈大笑，说："巡抚大人的确是直爽人。我双脚踏进德州境内，就见百姓沿路迎接，把我当成了巡抚大人。到了济南，遇上去义仓送粮的百姓，又把我当成巡抚大人。富伦大人，您在山东人望如此之高，我哪里去找您麻烦呀！"

富伦笑道："陈大人该不是在说风凉话吧？"

陈廷敬很是诚恳的样子："富伦大人说到哪里去了！我是个京官，地方上一日也没待过。到这里一看，方知百姓如此爱戴一个巡抚，实感欣慰。这其实都是在感谢朝廷啊！"

富伦不由得长叹起来："陈大人真能如此体谅，我也稍可安慰了！地方官难当啊！不是我说得难听，朝中有些京官，总说封疆大吏在下面如何风光，如何阔绰！让他们下来试试，不是谁都干得好的！"

陈廷敬喝了口茶，说："廷敬佩服富伦大人才干，到任一年，山东就如此改观！也不知前任巡抚郭永刚那几年都干什么去了！"

富伦摇摇头，说："前任的事，不说了，不说了。不知陈大人如何安排？我这边也好随时听候吩咐！"

陈廷敬说："俗话说，耳听为虚，眼见为实。我明日想去看看义仓，然后查看一下百姓捐粮账目，就完事了。"

富伦道："如此甚好！只是皇上还没恩准，我们还不敢放开接受捐献，实在压不住的就接受了一些。义仓还没满哪！各地捐粮数目倒是报上来了。"

陈廷敬点头说："这个我知道，全省共计二十五万多石。"

这时，听得外头有喧哗声。富伦吩咐左右："你们快去，看看怎么回事！"

又听得外头有人喊着什么钦差，陈廷敬便说："好像是找我的，我去看看。"

富伦忙劝道："陈大人，下头民情复杂，您不要轻易露面。"

陈廷敬只说无妨，便同富伦一道出去了。原来外头来了很多请愿百姓，有人嚷道："我们要见钦差大人！咱山东百姓好不容易盼来了一位清正廉洁的巡抚，朝廷却不信任，还要派钦差下来查他！这天下还有公理吗？"

见富伦出来了，一个百姓喊道："巡抚大人，您不要怕，我们山东百姓都可为您作证！"

富伦却是怒目圆睁："你们真是无法无天了！什么是钦差你们知道吗？就是皇上派下来的！皇上是天！你们怎敢如此胡闹？你们以为这是在帮我吗？这是帮倒忙！"

陈廷敬朝百姓们拱手道："本官不怪你们，有话你们说吧。"

前几日在巡抚衙门挨了打的何宏远高声喊道："钦差大人，您看看我这头上的伤，这伤就是巡抚大人吩咐手下人打的，巡抚大人可是清官哪！"

突然冒出这么个说话牛头不对马嘴的人，大伙儿都哄地笑了起来。陈廷敬听着也觉得蹊跷，问："这倒是件稀罕事，说来听听？"

何宏远说："我前几日去巡抚衙门送银子，被巡抚大人赶了出来，还挨了棍子。"

富伦睨视着何宏远，道：“你真是无耻！做了这等见不得人的事，还敢当众说出来！”

何宏远低头说道：“小民的确没脸面，可我亲眼见识了您这样的清官，自己受些委屈也心甘情愿了。”

陈廷敬点头不止，说：“巡抚大人您看，山东百姓多么淳朴啊！”

富伦忙拱手向天：“这并非我富伦的功劳，而是我们各级官员每月宣讲皇上《圣谕十六条》，春风化雨，沐浴万物。”

陈廷敬正同富伦赞许民风，不料有人喊道：“钦差大人，我们山东既是孔孟故里，也是宋江家乡。钦差大人如果故意找巡抚大人麻烦，小心自己回不了京城！”

富伦跺脚怒骂：“大胆，真是反了！把这个人抓起来！”

众衙役一拥而上，抓了这个人。陈廷敬忙说：“巡抚大人，还是放了他吧。他这话有些难听，却半个字都没说错。”

富伦不依，道：“钦差大人，这个人竟敢在巡抚衙门前面说这种反话，应按律重罚！请您把他交给本抚处置。带下去！”

“乡亲们，本抚求你们了！你们在此喧闹，成何体统？你们一片好心要帮我，却是在害我呀！你们都回去吧。”富伦说着，突然跪了下来，“百姓是我的衣食父母，本抚今儿就拜拜你们！只要你们各安本业，好好地过日子，本抚就感激万分了！”

百姓们都跪下了，有人竟哭泣起来，说：“巡抚大人，我们都听您的，我们这就回去！”

大家都跪着，只有陈廷敬和他左右几个人站着。他抬眼望去，又见那个骑马少年，脸上露着一丝冷笑，掉马离去。

陈廷敬小声嘱咐大顺：“看见了吗？注意那个骑马少年，他从德州跟到济南来了。”

次日，富伦陪着陈廷敬查看义仓。粮房书吏打开一个粮仓，但见里头麦子堆积如山。接着又打开一个粮仓，只见里头堆满了玉米。

富伦说："皇上未恩准，我们不敢敞开口子收，不然仓库会装不下啊。"

陈廷敬笑道："有粮食，还怕仓库装不下？"

富伦笑笑，回头对书吏说："义仓务必做好四防：防盗、防火、防雨、防鼠。最难防的是老鼠，别看老鼠不大，危害可大。仓库都要留有猫洞，让猫自由出入。一物降一物，老鼠怕猫咪，贪官怕清官！"

书吏低头回道："巡抚大人以小见大，高屋建瓴，小的牢记巡抚大人教诲！"

富伦嘿嘿一笑，说："你一个守仓小吏，别学着官场上的套话。好好地把自己分内的事情一件一件儿做好了！本抚最听不得的就是官场套话！陈大人啊，这官场风气可是到了除弊革新的时候了！"

不等陈廷敬说话，随行在后的孔尚达接了腔："巡抚大人目光高远，居安思危，真令庸书感佩呀！"

富伦朝陈廷敬无奈而笑，说："陈大人您看看，我才说了守仓小吏，他又来了。老夫子，本抚请你这个幕僚，就是见你是个读书人，点子多。你呀，多给本抚出点好主意。山东治理好了，百姓日子一年好上一年，也不枉你我共事一场！"

孔尚达顿时红了脸，说："庸书谨记巡抚大人教诲！"

突然，一支飞镖嗖地直飞陈廷敬。大顺眼疾手快，推开陈廷敬，那飞镖正中粮仓门框。众人高喊抓刺客，却不知刺客在哪里。出了这等事情，富伦慌忙赔罪。陈廷敬淡然一笑，只说没什么。

没多时，刺客被抓了回来，按跪在地。仔细一看，原来正是那个骑马少年。大顺手里提着少年的佩剑，回道："老爷，正是一直跟踪您的那个人！"

富伦指着少年喝道："大胆刁民，竟敢行刺钦差！杀了！"

陈廷敬一抬手："慢！"又低头问那少年："你为何行刺本官？"

少年狠狠横了陈廷敬一眼，低头不语。陈廷敬瞧着这人奇怪，让人掀掉他的帽子，看个仔细。少年挣脱双手，捂住脑袋。衙役们喝骂着掀掉了少年的帽子，众人顿时惊了！原来是个面目姣好的小女子。

陈廷敬也吃惊不小，问：“原来是个小女子。你是哪里人氏，为何女扮男装，行刺本官？”

小女子依然不开口。富伦说：“刺杀钦差可是死罪！说！”

女子仍不开口，只把头埋得低低的。陈廷敬吩咐道：“将人犯暂押本官行辕。一个小女子经不得皮肉之苦的，你们不可对她动刑。”

富伦道：“钦差大人，还是将人犯关在衙门监狱里去吧，怕万一有所闪失呀！”

陈廷敬笑道：“一个小女子，不妨的。此事蹊跷，我要亲自审她。”

富伦只好点头：“遵钦差大人之命。钦差大人，让您受惊了。”

陈廷敬满面春风：“哪里哪里！我看到山东果然大获丰收，十分欣慰！”

衙役将小女子带走了，大顺随在后面。

富伦应酬完陈廷敬，回到衙里，心情大快：“皇上说陈子端宽大老成，果然不错。他不像个多事的人！”

孔尚达却说：“巡抚大人，我可有些担心啊！”

富伦问：“担心什么？”

孔尚达说：“看着陈大人那么从容不迫，我心里就有点儿发虚！”

富伦哈哈大笑：“你心里虚什么？这些京官呀，没在下面干过，到了地方上，两眼一抹黑！下面说什么，他们就信什么；下面设个套儿，他们就得往里钻！何况我山东一派大好，怕他什么呀？”

孔尚达沉默片刻，说：“庸书有种不祥的预兆，今儿那个女刺客，会误大人的事！”

富伦问："怕什么？她是来刺杀陈子端，又不是冲我来的！"

孔尚达说："庸书想啊，还真不知道那刺客是想杀陈大人，还是想杀巡抚大人您哪！如果她要杀陈大人，这就更加叫人纳闷！您想啊，她若是陈子端的仇家，就应该是从京城尾随而来的，沿路都有机会下手，为何要到了济南才下手呢？"

富伦听了这话，也觉得有些奇怪："你怀疑那女子是山东人？"

孔尚达眉头紧锁，说："如果她是山东人，就更不可思议了。陈子端在山东怎么会有仇家？"

富伦问："你是说她可能是我的仇家？那她为何不早对我下手呢？偏要等到来了钦差的时候？"

孔尚达望着富伦说："庸书也想不明白。我说呀，干脆把那女刺客杀了，就什么也不用担心了！"

富伦思忖片刻，点头说："好，此人刺杀钦差，反正是死罪。你去办吧！"

陈廷敬回到行辕，也百思不得其解。一个小女子从德州跟着他到了济南，居然向他行刺！一路上多的是机会下手，她为什么偏要赶到济南来呢？陈廷敬正踱步苦思，突然听得外头一阵哄闹，不知出了什么事情。不多时，大顺跑进来回话，原来是那小女子抢下衙役的刀要自杀，被人救下了。

陈廷敬更觉奇怪："啊？她要自杀？伤着了没有？"

大顺说："那倒没有。"

陈廷敬问："她说什么了没有？"

大顺说："从抓进来那会起，她一句话也没说，饭也不肯吃，水都不肯喝一口。"

陈廷敬沉吟着："真是怪了。带她进来。"

大顺走到门口交代几句，过会儿衙役就带着小女子进来了。小女子很是倔犟，怎么也不肯跪下。两个衙役使劲按住，她才跪下了。

陈廷敬语气平和，道："姑娘，你真把我弄糊涂了。年纪轻轻一个女子，平白无故地要行刺钦差，行刺不成又要自杀。说吧，到底是怎么回事？”

女子低头不语。

陈廷敬笑道：“世上没人会闲着没事干就去杀人。说吧，为何要行刺我？”

小女子冷冷地白了一眼陈廷敬，又两眼低垂，拒不说话。大顺忍不住喊叫起来：“钦差大人问话你听见没有？你是聋了还是哑了？”

陈廷敬朝大顺摇摇手，对小女子说：“我新来乍到，在山东并无仇家，你是从哪里冒出来的？我看你不像个平常人家女子，倒像个大家闺秀。”

小女子仍是不吭声。

大顺说：“老爷，看来不用刑，她是不开口的。”

陈廷敬摇头道：“我相信她要行刺我是有道理的。我只想听她说说道理，何必用刑？”

问了半日，小女子却是只字不吐。

陈廷敬很有耐心，说：“你应该知道，杀人是要偿命的，何况是行刺钦差？假如要治你的罪，不用审问，就可杀了你。可我不想让你冤枉了，一定要查个水落石出。”

这时，马明突然推门进来，陈廷敬便叫人把小女子带下去，等会儿再来审问。大顺递上水来，马明顾不上喝，便把德州所闻如此如此说了。

陈廷敬略加思忖，提笔写了封信：“马明，辛苦你马上去趟恒泰记，请他们看在老乡面上，到时候暗中接应。”

马明带上陈廷敬的信，匆匆出门了。大顺问：“老爷，再把那女刺客带来？”

陈廷敬摇头说：“不忙，先把向大龙和周三叫来。”

大顺带了向大龙和周三进来，陈廷敬目光冷峻，逼视着他们，良久，嘴里才轻轻吐出两个字：“说吧！”

两人脸都白了，面面相觑。向大龙壮着胆子问：“钦差大人，您……您要我们说什么？”

陈廷敬冷冷地说：“你们自己心里明白。”

向大龙小声说：“钦差大人，您可是我们百姓爱戴的钦差呀！我们百姓爱戴好官，这难道做错了吗？”

陈廷敬说：“你俩跟我好几日了，见我没问你们半句话，就以为自己碰上天下头号大傻瓜了是吗？”

向大龙仍是糊涂的样子：“钦差大人，小的真的不知道您要我们说什么呀！”

陈廷敬怒道：“别演戏了！你们早已知道我是钦差了，还要巧言欺诈，就不怕掉脑袋？”

两人扑通跪下，把什么都招了。原来两人真的是德州府的衙役，路上场面都是巡抚衙门那位幕僚孔尚达派人安排的。德州连年灾荒，富伦却不准往朝廷报灾，要的是个太平的面子。德州这边百姓便四处逃荒，还闹了匪患。富伦知道张汧同陈廷敬是亲戚，就先把他请到济南去了。

陈廷敬听罢，气愤已极，骂道：“哼，我就知道你们是衙门里的人！你们想想，你们都是做的什么事呀？花钱买了东西，雇了百姓来做假，百姓背后会怎么说你们？我不想当着百姓的面揭穿你们，是顾着你们的脸面，顾着朝廷的脸面，也是顾着我自己的脸面！你们不要脸，我还要哪！”

审完向、周二人，陈廷敬又让人把那送粮敲鼓的朱七带了进来。那朱七是没见过事的，吓唬几句，就倒黄豆似的全招了。原来义仓里的粮食，既有官府里的，也有朱仁家的。那朱仁同二巡抚孔尚达是把兄弟，凡事全听巡抚衙门的。

事情都弄清楚了，陈廷敬警告说：“朱七你听着。你受人指使，哄骗钦差，已是大罪。如果再生事端，那就得杀头了。你好好在这里待着，如果跑出去通风报信，后果你自己清楚！”

朱七叩头如同捣蒜：“小的知罪！那是要杀头的！”

大顺在旁吓唬道：“要是不老实，当心钦差大人的尚方宝剑！”

朱七被带下去了，大顺替陈廷敬续了茶，说：“老爷，俺头回见您审案，可真神哪！您怎么就知道他们是假扮的百姓呢？”

陈廷敬笑道：“我神什么了？看他们的神态、模样儿，就知道有诈！不是有人指使，哪会有这么多百姓自己跑来迎接官员？哪会有百姓敲锣打鼓送粮食？只有底下人把上头当傻子，上头的又甘愿当傻子，才会有这种事儿！还有书上说的，什么清官调离，百姓塞巷相送，一定要送给清官万民伞，这大都是做假做出来的！”

大顺纳闷：“那我打小就听人说书，百姓送万民伞给清官，皇帝知道了，越发重用这个清官，那都是假的呀？”

陈廷敬说：“历朝历代，也有相信这种假把戏的皇帝。”

大顺问：“那老爷您说，那些皇帝是真傻呢，还是装傻？”

陈廷敬笑笑，说：“大顺，皇帝才聪明哪！这个话，不能再说了。对了，大顺，你不要老乱说我有尚方宝剑，你看见了？那都是戏里头唱的！”

大顺嘿嘿地笑着，替老爷铺好床，下去了。

陈廷敬才要上床睡觉，忽听得外头大喊抓刺客。陈廷敬忙披上衣，抓起身边佩剑，直奔门口，却被大顺拦住了。外头漆黑一片，什么也看不清楚，只听得厮杀声、叫骂声乱作一团。

不多时，人声渐稀，马明跑进来回话：“老爷，我刚从外头回来，正好撞见有人摸着黑往那儿去，像是要杀那姑娘。”

原来马明同恒泰记那边说好了，刚回到行辕。陈廷敬问：“抓住人了没有？”

马明说：“他们有四五个人，天又黑，跑掉了。”

陈廷敬把衣服穿好，说：“去看看那姑娘。”

大顺搬来张凳子，陈廷敬坐下，问：“姑娘，你知道是什么人要杀你吗？”

姑娘冷眼望着陈廷敬，不开口。

陈廷敬说：“姑娘，我在替你担心哪！你不说出真相，我们救了你一次，不能保管救得了第二次！”

姑娘像块石头，大顺忍不住气道：“你这个姑娘，真是不知好歹！钦差大人现在没问你为何行刺，倒是担心你的性命，你还不开口！”

姑娘冷冷一笑，终于说道：“如此说，这位大人就是位好官了？笑话！”

大顺说：“咱钦差大人可是青天大老爷！”

姑娘说：“同富伦之流混在一起的能是青天大老爷？”

陈廷敬点头道：“哦，原来姑娘是位替天行道的侠女呀！”

姑娘怒视陈廷敬：“你别讽刺我！我是侠女又怎么样？”

陈廷敬说：“那么姑娘是在行刺贪官了。”

姑娘说：“你不光是贪官，还是昏官、庸官！”

大顺喝道：“休得无礼！咱钦差大人可是一身正气，两袖什么来着？”

马明笑笑，说：“两袖清风！”

陈廷敬朝大顺和马明摇摇手，对姑娘说：“你说说，陈某昏在何处，庸在何处？”

姑娘说：“你进入山东，明摆着那些百姓是官府花钱雇的，你却乐不可支，还说谢乡亲们呀，真是傻瓜！”

陈廷敬笑了起来：“对对，姑娘说对了，陈某那会儿的确像傻瓜。还有呢？”

姑娘又说：“百姓真有粮食送，推着车送去就是了，敲什么锣，打什么鼓呀？又不是唱大戏！你呢？还说多好的百姓啊！”

陈廷敬又是点头：“对，这也像傻瓜！我更傻的就是称赞义仓里的粮食！”

姑娘说：“你最傻的是看见富伦同百姓们相对而跪，居然还很感动！你那会儿好惭愧的吧？以为自己不该怀疑一个好官吧？”

陈廷敬说：“我的确听山东百姓说，富伦大人是个好官、清官。”

姑娘愤怒起来："哼，你不光贪、昏、庸，还是瞎子！"

陈廷敬又问："姑娘说我昏、庸，又是瞎子，我这会儿都认了。可我这贪，从何说起？你见我收了金子，还是收了银子？"

姑娘说："要不是富伦把你收买了，你甘愿做傻瓜？"

陈廷敬笑道："好吧，依姑娘的道理，贪我也认了！"

姑娘白了陈廷敬一眼，说："你的脸皮真厚！"

陈廷敬并不生气，只说："姑娘，我佩服你的侠肝义胆。可我不明白，你一个年纪轻轻的小女子，哪来这么大的胆量？你独自游侠在外，家里人就不担心你？"

哪知陈廷敬一说到这话，姑娘双眼一红，哭了起来。

陈廷敬问："姑娘有什么伤心事吗？"

陈廷敬这么一问，姑娘反而揩了把眼泪，强忍住不哭了。

马明说："姑娘，你误会了。咱们老爷正是来查访山东百姓自愿捐粮一事的！"

姑娘冷冷地说："知道，钦差大人已经查访过了，他见到百姓敲锣打鼓自愿捐粮，见到义仓粮食堆成了山，很高兴啊！我说你可以回去向皇上交差了。你多在济南待一日，就得多吃三顿饭。那饭钱，到底还是出在百姓头上！"

陈廷敬说："姑娘，我陈廷敬不怪你，恕你无罪！不过你得先待在这里，过了明日，我会给你个交代！"

大顺听了心里不服，忙说："老爷，您怎么能这么同她说话？向她交代个什么？"

姑娘又冷笑起来："钦差大人别抬举我了，你回去向皇上交代吧！"

陈廷敬却是正儿八经说："不，姑娘是百姓，我是朝廷命官。做官的干什么事情，也得向百姓有个交代！"

姑娘鼻子哼了声，说："冠冕堂皇！这话你们做官的都是挂在嘴上的！"

陈廷敬不再多说，起身而去。姑娘仍被带回小屋，门外加了人手看着。不多时，外头传来幽幽琴声，那是陈廷敬在抚琴。姑娘听琴良久，突然起身，过去敲门。门开了，姑娘问门外看守："大哥，你们钦差大人真是位清官吗？"

看守说："废话！咱钦差大人，皇上着他巡访山东，就是看他为官正派！"

姑娘说："可我怎么看他糊里糊涂？"

看守说："你是说，只见他同巡抚大人在一起有说有笑，不见他查案子是吗？"

姑娘说："他除了待在行辕，就是让富伦陪着吃饭喝酒，要么就是四处走马观花，他查什么案子呀？"

看守笑了起来："傻姑娘，钦差大人查案子要是让你都看见了，天下人不都看见了？"

姑娘低头片刻，突然说："大哥，我想见钦差大人！"

看守说："都快天亮了，我们老爷这几日都没睡个囫囵觉。"

姑娘苦苦哀求，看守听得陈廷敬还在抚琴，只好答应了。过去报与陈廷敬，把姑娘带了去。谁知姑娘到了陈廷敬跟前，扑通就跪下了，哭喊道："钦差大人，求您救救我爹吧！"

陈廷敬甚是吃惊："姑娘起来，有话好好说！你爹怎么了？"

姑娘仍是跪着，细细说了由来。原来这姑娘姓杨，小名唤作珍儿，德州陵县杨家庄人氏，她家在当地算是有名的大户。陵县这几年大灾，多数百姓饭都没吃的，县衙却要按人头收取捐粮。珍儿爹爹乐善好施，开了粥厂赈济乡亲，只是不肯上交捐粮。县衙的钱粮师爷领着几个人到了杨家庄，逼着珍儿家交捐粮。珍儿爹只说以赈抵捐，死不肯交。师爷没好话说，气势汹汹地就要拿人。村里人都是受过杨家恩的，呼啦一声围过百十人，把那师爷打了。这下可把天捅了个窟窿，师爷回到县衙，只说杨家庄闹匪祸了。第二日，师爷领着百多号人，刀刀枪枪地拥进了杨家庄。

珍儿哭诉着："衙门里的人把我家洗劫一空，抓走了我爹，说是要以匪首论斩。早几日，我听说朝廷派了钦差下来，就女扮男装，想拦轿告状。可我看到大人您甘愿被下面人糊弄，就灰心了。我一直跟随着大人，想看个究竟。后来我越看越气愤，心想连皇上派下来的钦差都是如此，百姓还有什么活路？小女子这就莽撞起来了。钦差大人，您治我的罪吧！”

“真是无法无天了！”陈廷敬十分气愤。珍儿吓着了，抬眼望着陈廷敬。

大顺忙说：“姑娘，老爷不是生你的气。”

陈廷敬知道姑娘听错话了，便说：“珍儿姑娘，我不怪你，我是说那些衙门里的人。你放心，我会救你爹的。对了，你知道是什么人要杀你吗？”

珍儿说：“我也不知道。”

陈廷敬也觉着糊涂：“这就怪了。衙门里有人认识你吗？”

珍儿说：“他们不可能认识我。”

陈廷敬说：“不管怎样，你要小心。事情了结之前，你得时刻同我们的人在一起。”

珍儿叩头不止，声声言谢。陈廷敬叫人领了珍儿下去，好生看护，自己再同大顺、马明细细商量。

二十五

第二日，陈廷敬约了富伦同游趵突泉，两人都是常服装扮。大顺、孔尚达和陈廷敬的几个亲随跟在后面。

富伦说：“钦差大人，不是您来，我还真难得如此清闲。”

陈廷敬点头说：“官场上的人哪，清闲不清闲，就看头上是否顶着官帽。今日如果依着您，我俩官服出游，就算是把趵突泉游人全部清走，也是清闲不了的！”

富伦点头不止：“钦差大人高论，高论！我在山东可是一日不得清闲，也就一日都没脱过官服哪！”

陈廷敬笑道："朝廷就需要您这样勤勤恳恳的好官啊！"

富伦不无感慨的样子："我来山东赴任前面辞皇上，皇上对我耳提面命，谆谆教诲，我时刻不敢忘记啊！"

陈廷敬说："巡抚大人如此繁忙，拨冗相陪，陈某真是过意不去！"

遇有小亭，两人坐下。陈廷敬说："趵突泉真是造化神奇啊。"

富伦微笑道："是啊，趵突泉三眼迸发，喷涌不息，浪如雪雾，不论冬夏，冷暖如一。"

没多时，下人端上酒菜，两人对饮起来。陈廷敬举杯道："美景美酒，人间至乐呀！巡抚大人，我借贵地美酒，敬您一杯！"

富伦哈哈大笑："不敢不敢！再怎么着也是我敬您哪！同饮同饮！"

两人碰杯，一仰而尽。陈廷敬说："您把山东治理得如此好，就是皇上在此，他也会赏您酒喝啊！"

富伦说："还望钦差大人回京以后在皇上面前多多美言！"

陈廷敬点头道："廷敬自会把眼见耳闻，如实上奏皇上。"

这时，大顺过来同陈廷敬耳语几句，富伦不由得有些紧张，却装得没事儿似的。孔尚达也有些着急，望望富伦。他昨夜派去的人没有杀死珍儿，生怕露了马脚，心虚得很。

陈廷敬同大顺密语几句，回头对富伦说："巡抚大人，那个行刺我的女子，终于肯开口说话了。我属下已把她带了来。"

富伦怒道："如此大胆刁民，不审亦可杀了。"

陈廷敬说："我看此事颇为蹊跷。对了，忘了告诉巡抚大人，昨儿夜里有人想杀死这姑娘，好在我的人手上功夫还行，没让歹人下得了手。"

富伦非常吃惊的样子："竟有这种事？"

说话间，珍儿被带了过来。陈廷敬冷冷地说："招吧！"

珍儿低头道："我想私下向钦差大人招供。"

陈廷敬假言道："你既然愿意招供，还怕多几个人听见？"

珍儿也说得跟真的似的："大人要是不依，小女子死也不说。您现在就杀了我吧。"

陈廷敬显得无奈的样子，对富伦说："抚台大人，您看怎么办呢？回去审呢？我又实在舍不得这无边美景。"

大顺在旁插话道："老爷，那边有一小屋，不如把人犯带到那里去审。"

陈廷敬拱手道："巡抚大人，对不住，我就少陪了。巡抚大人要是不介意，我就让大顺侍候您喝酒。大顺是我家里人，我这里就失礼了。"

富伦甚是豪爽："好啊，大顺请坐。"

大顺忙说："不敢不敢，小的站着陪巡抚大人喝酒。"

陈廷敬带着珍儿进了小屋，匆匆嘱咐："珍儿姑娘，你待在这里，什么都不要怕。外头看着的，都是我的人。我有要紧事办，从后门出去了。"

原来陈廷敬早就派马明寻访张汧下落去了，自己这会儿假扮恒泰记的王老板，去同朱仁见面。他从小门出了趵突泉，外面早有快马候着。

刘景同恒泰记伙计们早对好了口风，这会儿正陪着朱仁喝茶。刘景见陈廷敬半日不来，怕朱仁起疑心，便道："朱老爷，您请喝茶。实在不好意思，让您等这么久了。"

朱仁知道自己要等的人被巡抚请去游园了，哪敢生气，忙说："不妨不妨！你们王老爷同巡抚大人交往可是非同一般啊！"

刘景说："这个自然。巡抚大人还是京官时候，就同我们王老爷亲如兄弟了。"

朱仁说："我同巡抚大人虽然没有交往，可我同孔尚达先生是好朋友。孔先生说，巡抚大人从不同商人往来，济南这边很多商人都想贴着巡抚大人，人家巡抚大人就是不理睬。孔先生在巡抚大人手下当差，同我交往起来，自然也格外小心。百姓心里有杆秤，都说巡抚大人就是治理手段严酷了些，人倒是不贪。"

刘景笑笑，说："朱老爷，咱们也谈得投机，您同我私下说句良心根儿上的话，巡抚大人到底贪还是不贪呢？"

朱仁说："贪这个字，说起来难听。咱们换个说法。人为财死，鸟为食亡，这可是古训哪！是人，他就得爱财！"

刘景点头道："有道理，有道理！我们做生意，说得再多，不就是一个字？财！"

朱仁突然小心起来，说："刘景兄，我说的只是人之常情，可没说巡抚大人半个不字啊！这话，说不得的！"

两人正说着，陈廷敬到了。刘景马上站了起来，喊道："王老爷，您可来了！这位是朱家商号的朱老爷。"

朱仁忙站起来，两人拱手过礼。陈廷敬笑道："朱老爷，幸会幸会！"

寒暄完了，两人开始谈正事儿。陈廷敬接过合同看了，大吃一惊："义仓的粮食，我怎么敢要？"

朱仁笑道："义仓的粮食，就是我朱家的粮食。"

陈廷敬故作糊涂，说："朱老板这话我听不明白。"

朱仁笑道："既然都是朋友，就没什么隐瞒的了。王老爷同我做生意，也就是在同巡抚大人做生意。"

陈廷敬问："此话怎讲？"

朱仁说："山东收成不好，粮食紧缺。巡抚大人不让山东粮食外流，这生意全由我朱家来做。"

陈廷敬说："难怪朱老爷开价这么高，你可赚大了呀！"

朱仁说："随行就市嘛！今年山西灾荒更是厉害，你的赚头也很大。"

陈廷敬忧心忡忡的样子，说："万一朝廷追查义仓粮食下落，怎好交差？我同巡抚大人是多年的朋友了，可不能害了朋友。"

朱仁摇头半日，说："王老爷您请放心，朝廷来人嘛，多半是能糊弄过去的。"

陈廷敬哈哈大笑，说："好，就这么着吧，拿笔来。"

陈廷敬提了笔，不留神就写了半个陈字，忙将错就错，胡诌了“陋巷散人”四字，再在后面签上：王昌吉。

朱仁见了，笑道：“一箪食，一瓢饮，在陋巷。王老板可有颜回之风啊！”

陈廷敬谦虚几句，说：“朱老板，我还得回趵突泉去，巡抚大人还在那里等我哪！若不介意，我给您在巡抚大人那里引见引见？”

朱仁自然喜不自禁，却说：“可是我听孔先生说，巡抚大人从来不见生意人的。”

陈廷敬笑道：“我不也是生意人吗？看谁跟谁啊！”

朱仁拱手作揖不止：“有王老板引见，朱某万分感激！”

正要出门，忽见张汧同马明来了。朱仁是认得张汧的，甚是吃惊，却见陈廷敬拱手而拜：“小民王昌吉拜见知府大人。”

原来马明访遍济南城，终于在大明湖的小岛上找着张汧了，事先已同他备了底。富伦原想先软禁着张汧，等陈廷敬走后再去参他。

朱仁满心狐疑，却也只得恭敬拜了张汧：“小民朱仁拜见知府大人。你们这是……”

马明抢着说：“我家老爷可是朋友遍天下！”

陈廷敬甚是客气：“朱老爷，可否容我同知府大人到里面说句话？”

朱仁低头说：“知府大人在此，朱某还有什么话说？”

去了间僻静房间，张汧依礼而拜，小声道：“德州知府张汧拜见钦差大人。”

陈廷敬忙说：“这是私室，不必多礼。亲家，您受苦了。”

张汧道：“子端兄，富伦在山东口碑极佳，不论做官的，做生意的，还是小百姓，都说他为官正派，只是严酷些。他干吗要如此对我呢？我还是不明白。”

陈廷敬说：“先别管明白不明白，你只告诉我，你同他有什么过节吗？时间紧迫，你先拣紧要的说。”

张汧说：“我们个人之间一直友好，只是最近在百姓捐粮这件事上，我以为不妥，没有听他的。”

陈廷敬问：“山东今年收成到底如何？”

张汧叹道：“各地丰歉不一，德州却是大灾。全省算总账，应该也不算丰年。”

陈廷敬说：“富伦却向皇上奏报，山东大获丰收，百姓自愿向朝廷捐粮一成。”

张汧说：“我仍不相信巡抚大人有意欺君罔上，也许是轻信属下了。还有件事，就是救济钱粮发放之策，我同巡抚大人看法也不一样。”

陈廷敬点头道：“我先明白个大概就行了，富伦还在趵突泉等着我哪。”

却说那富伦让大顺侍候着喝酒，看上去已是酩酊大醉，说话口齿都不清了：“钦差大人审了这么久了，怎么还……没有出来呀？”

孔尚达似乎看出了什么，却不敢造次，问：“要不要庸书进去看看？”

大顺忙说：“外头有人守着，有事钦差大人会吩咐的。”

富伦说话却是牛头不对马嘴：“那小妞长得倒是不错。好好，就让钦差大人慢慢儿审吧，来，大顺，咱俩喝酒！”

富伦其实海量，并没有喝醉，只是假装糊涂。他虽说并不知晓珍儿底细，但昨夜派去的杀手也没留下把柄。

又过了会儿，有人过来同大顺耳语。大顺点点头，说：“巡抚大人，钦差大人请您和孔先生进去！”

富伦满脸酒色，油汗直流，嘻嘻笑着：“我？请我？好，我也去审审那女子！”

富伦摇摇晃晃，让孔尚达搀扶着，往小屋走去。富伦同孔尚达刚到门口，门就打开了。两人刚进去，大顺马上关了门。陈廷敬同张汧、朱仁已在小屋，孔尚达早看出不妙了，富伦却是醉眼蒙眬，笑道：“钦差大人，您可自在啊！”

朱仁顿时蒙了，嘴张得老大：“钦差？”

早有人冲上来，按倒朱仁和孔尚达。富伦愣了半晌，忽然借酒发疯：“陈子端，你他娘的这是在老子地盘上！”

陈廷敬冷冷道：“巡抚大人好酒量！”

富伦神情蛮横：“陈子端，你想怎么样？你扳不倒我！”

陈廷敬不温不火，道：“巡抚大人此话从何而来？我不是为了扳倒你而来的！”

富伦喊道：“皇上是我娘养大的，皇上小时候还叫过我哥哩！”

孔尚达跪在地上着急，知道富伦说的句句都是死罪，有心替他开脱，说：“巡抚大人，您喝多了，您不要说醉话了！”

陈廷敬瞟了眼孔尚达，说：“你倒是很清醒啊！”

孔尚达跪在地上拜道：“学生孔尚达请钦差大人恕罪！”

陈廷敬听着奇怪：“我哪来你这么个学生？”

孔尚达说：“学生曾应会试，可惜落了第。钦差大人正是那一科考官！”

陈廷敬怒道：“如此说，你还是个举人啊。一个读书人，又是孔圣之后，巡抚大人这里好多鬼主意都是你出的！真是辱没了孔圣人！”

孔尚达伏在地上，说：“学生知罪！”

陈廷敬声色俱厉，指着孔尚达骂了起来：“孔尚达，证人证词都在这里。因为你的调唆欺骗，又背着巡抚大人擅行其事，山东可是弄得民不聊生！你至少有七宗罪，休想赖在巡抚大人头上：一，欺君罔上，作假邀功；二，敲诈百姓，置民水火；三，倒卖义粮，贪赃自肥；四，私拘命官，迫害循吏；五，勾结劣绅，压榨乡民；六，弄虚作假，哄骗钦差；七，牧民无方，治理无状！”

大顺、马明、刘景、珍儿等面面相觑，不知陈廷敬此话何来。罪分明都在富伦头上啊！富伦也觉着奇怪，却少不了顺着楼梯下台。

他晃晃脑袋，似乎方才醒过酒来：“哎哎哎，我这酒喝得……”

富伦说着，狠狠瞪了眼孔尚达，愤恨难填的样子。孔尚达先是吃惊，待他望见富伦的目光，心里明了，忙匍匐在地：“这……这……这都是我一个人做下的，同巡抚大人没有半点儿关系！”

陈廷敬转而望着富伦说：“巡抚大人，您的酒大概已经醒了吧？孔尚达背着您做了这么多坏事，您都蒙在鼓里呀！”

陈廷敬说罢，吩咐马明将孔尚达带下去，暂押行辕。富伦痛心疾首：“钦差大人，富伦真是……真是惭愧呀！我刚才喝得太多了。这个孔尚达，还是交给本抚处置吧！”

陈廷敬依了富伦，由他带走孔尚达。富伦满心羞恼，却无从发作，只道：“钦差大人，容本抚先告辞，改日再来行辕谢罪！”又回头好言劝慰张汧：“张大人，孔尚达竟然瞒着我把您关了起来，无法无天！本抚自会处置他的。”

两人其实心里都已明白，话不挑破罢了。富伦说罢，拱手施礼，低头匆匆而去。陈廷敬便命张汧拘捕朱仁，着令陵县县衙立即释放珍儿爹，抄走的杨家财物悉数发还。

珍儿跪下叩头：“钦差大人，珍儿谢您救了我和我爹！珍儿全家向您叩头了！”

陈廷敬请珍儿起来，珍儿却跪着不动，问道：“您为何包庇富伦？”

陈廷敬笑道：“珍儿姑娘，我同你说不清楚。巡抚大人是朝廷命官，我还得奏明皇上。”

珍儿仍是不起来，说：“我可看您处处替富伦开脱罪责！”

陈廷敬不知如何应答，望望张汧。张汧说：“珍儿姑娘，你这会儿别让钦差大人为难，有话以后慢慢说吧。”大伙儿劝解半日，珍儿才起来了。

夜里，陈廷敬同张汧在行辕叙话。陈廷敬说：“你我一别十几载啊！”

张汧长叹道：“家瑶嫁到我家这么多年，我都早做爷爷了，可我还没见儿媳妇一面！真是对不住了。”

陈廷敬说：“家国家国，顾得了国，就顾不了家。我倒是三年前老母患病，回乡探视，见到了女婿跟外孙。家瑶嫁到您张家，是她的福分！”

张汧忙说：“犬子不肖，下过几次场子，都没有长进。委屈家瑶了。”

陈廷敬却道：“话不能这么说，只要他们自己小日子过得好，未必都要有个功名！”

张汧又是摇头叹息：“唉，说到功名，我真是怕了。我怎么也想不到富伦大人是这么个人哪！当年我散馆之后点了知县，年轻无知，不懂官场规矩，手头也甚是拮据，没给京官们送别敬，得罪了他们。从此就在县官任上待着不动。后来富伦大人来了，见我办事干练，保我做了知府。我一直感激他的知遇之恩。没想到他居然勾结奸商倒卖义粮！”

张汧说：“上任巡抚郭永刚大人被朝廷治罪，其实是冤枉的。”

原来地方上受灾，清查灾情，大约需费时三个月。从省里上报朝廷，大约费时三个月。朝廷审查，大约费时四个月。朝廷又命各地复查，又得花三个月时间。再等朝廷钱粮下来，拨到灾民手里，又要大约五个月。如此拖延下来，百姓拿到朝廷救济钱粮，至少得一年半，有时会拖至两年。救火如救火，等到一年半、两年，人早饿死了！灾民没法指望朝廷，只好逃难，更有甚者，相聚为盗。德州还真是闹了匪祸，正是这么来的。

陈廷敬听罢，问道：“河清兄，您认为症结在哪里？”

张汧说：“症结出在京城那些大人、老爷们！户部办事太拖沓，有些官员还要索取好处费。郭大人就是因救灾不力被参劾的，其实该负责任的应是户部！”

陈廷敬又问：“富伦是怎么做的呢？”

张汧说：“我原以为富伦只是迂腐，现在想来方知他包藏祸心！他说得冠冕堂皇，说什么救济之要，首在救地。地有所出，而民有所食；地无所出，民虽累金负银，亦无以糊口也！”

陈廷敬问：“所以富伦就按地亩多少分发救灾钱粮是不是？”

张汧道：“正是如此。山东这几年连续大灾，很多穷人没有吃的，就把地廉价卖掉了。德州劣绅朱仁，十斤玉米棒子就买下人家一亩地！大户人家良田万顷，朝廷的救济钱粮随地亩发放，绝大部分到了大户手中，到穷人手里就所剩无几了！像珍儿爹杨老爷那样的大户也是有的，却会被衙门迫害！”

陈廷敬恍然大悟：“难怪大户人家都爱戴他们的巡抚大人！有些督抚只是专门讨好豪门大户，只有那些豪门大户的话才能左右督抚们的官声！”

张汧继续说道：“正是这个道理，小百姓的话是传不到朝廷去的，督抚就可以完全不顾小百姓的死活。就说富伦，到了分派税赋的时候，他的办法又全部反过来了。他说什么，普天之下，共沐皇恩，税赋均摊，理所当然。结果，税赋却按人头负担。又是大户占便宜，穷人吃亏！子端，我写个折子托您代奏皇上，一定要把富伦参下来！”

陈廷敬摇头半日，说：“河清兄，富伦，您我眼下是参他不下的！”

张汧很是不解，说：“他简直罪大恶极呀！这样的官不参，天理不容！”

陈廷敬悄声儿说：“您还记得富伦醉酒说的那两句胡话吗？那可不是胡话！富伦喝酒是有名的，可以一日到晚不停杯，在京城里号称三日不醉！”

张汧惊问：“富伦他娘真是皇上的奶娘？”

陈廷敬神秘地摇摇头，说：“这话您不该问。另外，富伦还有明珠罩着！”

张汧叹息不已，竟有些伤心。两人良久不语，似乎各有心事。张汧忽又说：“不参富伦，您自己如何向皇上交差呀？”

陈廷敬说：“我是来办事的，不是来办人的。河清兄，行走官场，得学会迂回啊！”

张汧想不到陈廷敬会变得如此圆滑，但碍着亲戚情分，不便直说。陈廷敬似乎看出他的心思，却也顾不上解释，反而说：“我不仅不会参富伦，还会帮他。”

张汧更是吃惊，问：“不参也就罢了，为何还要帮他？”

陈廷敬摇头说：“日后再同您说吧。”

次日，张汧辞过陈廷敬回德州。张汧心里有很多话，都咽了回去。他想尽量体谅陈廷敬，看他到底如何行事。珍儿也要回陵县，正好同张汧同路，便骑马随在他的轿子后面。

陈廷敬送别张汧和珍儿，应了富伦之约，去城外千佛山消闲。两人乘轿上山，清风过耳，满眼苍翠。上了半山腰，望见一座七彩牌坊，上书“齐烟九点”四字，陈廷敬不禁连声赞叹。富伦听得陈廷敬嘴里啧啧有声，便吩咐轿夫歇脚。大顺、刘景、马明等并富伦的随从都远远地跟着。回首山下，村庄、官道、田野，小得都像装在棋盘里。

陈廷敬极目远眺，朗声吟道：“遥望齐州九点烟，一泓海水杯中泻。”

富伦听了，拱手道：“陈大人果然才学过人，出口成章啊！”

陈廷敬忙摇摇手说：“巡抚大人谬夸了，这是李贺的名句，写的正是眼下景色。”

富伦顿时红了脸，自嘲道：“富伦虽说读过几句书，但是在陈大人面前，却是个粗人，哪知道这些啊。倒是听说这里是上古龙潜之地。舜帝为民时，曾躬耕千佛山下。我刚来山东时，专门上山祭拜了舜帝，以鼓励百姓重视农耕。”

“全赖巡抚大人勉励，山东百姓才不忘务农根本啊！”陈廷敬点点头，突然转了话锋，“今儿您我头上没有官帽，又不在官衙，两个老朋友，说说知心话吧。”

富伦故作玩笑，掩饰内心的尴尬：“趵突泉也不是官衙啊！钦差大人，今儿要不是我约您来的，我真会疑心这千佛山也暗藏玄机哩。”

陈廷敬哈哈大笑：“巡抚大人开玩笑了。您是被属下蒙骗，我会向皇上如实奏明的。”

富伦拱手道了谢意，又道：“陈大人您可是火眼金睛哪！我真是糊涂！今年山东有的地方大获丰收，可也有的地方受灾很重，我怎么就轻信了那些小人！税赋按人头分摊，救济钱粮按地亩发放，确实有不妥之处。”

陈廷敬笑道：“巡抚大人，折子还是您自己上，我可以代您进呈皇上。您不妨先为捐义粮一事向皇上请罪，再向皇上提出两条疏请：一是今后税赋按地亩平均负担，二是救灾钱粮按受灾人头分发。”

富伦心里明白，陈廷敬就是要他自己拉的屎自己吃掉，可也没有办法了，便道：“正是正是，我已想好了怎么向皇上进折子。”

陈廷敬点头道：“我想全国各地都会有税赋不均和救济钱粮发放不当的弊病，皇上如果依您所奏，并令全国参照执行，您就立了大功！您认一个错，立两个功，皇上肯定会嘉奖您的！”

两人哈哈大笑，再不谈半句公事，只是指点景色，尽兴方回。入城已是掌灯时分，富伦恭送陈廷敬回到行辕，自己才匆匆回衙里去。进了巡抚衙门，富伦水都顾不上先喝一口，只领着一个亲随，急忙去了大狱。他叫狱卒和亲随远远站着，独自去了孔尚达监舍。

猛然见了富伦，孔尚达两眼放光，扑上来哀求：“巡抚大人，我跟随您这么久，可是忠心耿耿呀！您一定要救我啊！”

富伦唏嘘半日，叹息着说：“尚达啊，摆在你我面前的，只有两条路，一是我俩都掉脑袋，二是您一个人掉脑袋！”

孔尚达听了，脸色大变：“啊？哼，对您是两种选择，对我可是没有选择！”

孔尚达号啕大哭，叫骂不止，只道富伦忘恩负义，落井下石。富伦并不生气，听他哭骂。眼看着孔尚达骂得没有力气了，富伦才说："不是我不肯救你，是救不了你！尚达，假如我俩都死了，你我的妻儿老小怎么办？只要我活着，你的妻儿老小，我是不会撒手不管的！"

孔尚达凄厉哭号："我自己都死了，还管什么妻儿老小！我不会一个人去死！要死我也要拖着你一块儿去死！"

富伦跺脚大怒："你这个糊涂东西！我念你随我多年，一心想照顾着你。不然，我这会儿就可以杀了你！"富伦说着，凑近孔尚达，悄声儿说，"你不听我的，明日狱卒就会向我报告，说你在牢里自尽了！"

孔尚达怒视富伦良久，慢慢低下头去，说："家有八十老母，我真是不孝啊！"

富伦放缓了语气，说："尚达放心，你的老母，就是我的老母，我会照顾好她老人家的。"

孔尚达不再多说，只是低头垂泪。富伦又说："尚达不必如此伤心，大丈夫嘛，砍了脑袋碗大个疤。陈廷敬太厉害了！他让我在皇上面前认一个错，立两个功，说是以功抵过。可我回头一想，这三条都是让我认错！我是吃了哑巴亏，还得感谢他的成全之恩啊！"

孔尚达突然抬起头来，说："巡抚大人，可您想过没有，假如皇上以为您功不抵过，怎么办？"

富伦说："轻则丢官，重则丧命！"

孔尚达眼里露着凶光，说："庸书以为，不如让陈子端先丧命！"

富伦连连摇头："不不不，行刺钦差，这事断不可做。"

孔尚达说："哪能让巡抚大人自己下手？"

富伦问："你有何妙计？"

孔尚达说："我反正是要死的人了，也不怕来世不得超生，最后向巡抚大人献上一计！"

富伦说："假如真让陈子端回不了京城了，你也许就没事了。

快说！”

孔尚达神秘道：“德州不是闹土匪吗？”

富伦问：“老夫子的意思，是让土匪去杀陈子端？”

孔尚达点点头，叫富伦附耳过去，细细密语。

二十六

陈廷敬去巡抚衙门辞行，富伦迎出辕门，两人携手而行，礼让着进了二堂说话。衙役斟上茶来，陈廷敬说：“巡抚大人，这些日子多有打扰，实在抱歉。”

富伦恭敬道：“钦差大人肩负皇差，秉公办事，何来打扰。唉，不是您陈大人真心帮忙，我富伦这回只怕就栽了！”

陈廷敬自是客气，直说岂敢。闲话会儿，陈廷敬说：“既然公事已了，我就不再在您这里碍手碍脚了，明日就启程回京。”

富伦挽留说：“钦差大人何必如此匆忙？不妨多住几日，我陪您在山东好好走走。”

陈廷敬叹道：“唉，没这个福气啊！杜工部有诗道，海右此亭古，济南名士多。他说的那个亭子，应在大明湖吧？我这次看不了啦，只好留下遗憾。”

富伦脸上微露尴尬，说：“那个亭子，正是孔尚达关押您亲家张汧的地方。唉，既然钦差大人急着回京复命，我也不好相留了。”

富伦执意要送上程仪两千两银子，这些早已是惯例了，陈廷敬略作客气，吩咐大顺收下。却又有衙役抬出两个大箱子，陈廷敬惊疑道：“巡抚大人这是为何？”

富伦哈哈大笑，说：“钦差大人是怕我行贿吧？我富伦哪有这么大的胆子！要不是您到山东辛苦一趟，我富伦迟早会沦为罪人哪！为了聊表谢意，我送钦差大人两块石头。这不为过吧？打开让钦差大人瞧瞧。钦差大人，请吧。”

衙役小心打开箱子，只看得见大红绸缎。揭开红绸缎布，原是两块奇石。富伦说：“这是山东所产泰山石，号称天下第一奇石。”

陈廷敬摩挲着奇石，赞不绝口：“真是绝世佳品呀！巡抚大人，这太珍贵了吧？廷敬消受不起啊！”

富伦说：“钦差大人说到哪里去了！再怎么着，它也只是两块石头！”

陈廷敬点头道：“好好，巡抚大人的美意，廷敬领受了！”

次日大早，陈廷敬启程回京。富伦本来说要送出城去，陈廷敬推辞再三，两人就只在辕门外别过了。辞罢富伦，陈廷敬上了马车，一路出城。街上观者如堵，有说这回来的钦差是青天大老爷的，有说照例是官官相护的，有说那骡背上的大箱子装满了金银财宝的。七嘴八舌，陈廷敬他们通通都没听见。

走了十几日，又回到了德州境内。大顺笑道：“老爷，这儿正是您来的时候，百姓跪道迎接您的地方，是吧？”

陈廷敬也笑了起来，说：“百姓耳朵真有那么尖，又该赶来相送了。”

说话间，忽听得喧哗震天。只见山上冲下百多号青壮汉子，个个手持刀棍。刘景、马明等见势不妙，飞快地抽刀持棍，护着陈廷敬的马车。大顺嘴里直嚷嚷：“乖乖，这可不像是来送行的啊！”

刘景喝道：“你们什么人？”

有人回道：“我们要杀贪官，替天行道！”

刘景怒道：“大胆，车里坐的可是钦差！”

那人叫道：“我们要杀的正是钦差。兄弟们，上！”

陈廷敬竟然下了马车，大顺拦也拦不住。刚才搭话的那人喊道：“兄弟们，杀了那个贪官。”

正在此时，远处又赶来一伙人来，呼啦啦叫喊着。大顺慌了：“老爷，怎么办？又来了一伙，这下可完了。”

陈廷敬喊道：“你们都住手，听本官说几句话！”

众人哪里肯听？蜂拥而上。大顺心里正着急害怕，忽然眼睛放亮：“老爷，您看，珍儿！”

只见珍儿飞马前来，大喊：“李疤子，你们快住手，你们瞎眼了！”

原来喊着要杀贪官的那个汉子诨名叫作李疤子，也是杨家庄的人，自然认得珍儿：“啊，珍儿小姐！”这时，珍儿爹带着家丁和杨家庄的百姓赶来了。

珍儿爹跪下拜道：“小民谢钦差大人救了我杨家！”

陈廷敬扶起珍儿爹，说：“老人家不必客气！您有个好女儿啊！”

珍儿爹站了起来，摇头道：“我这闺女，自小不喜女红，偏爱使枪弄棍，没个女儿家模样，让大人见笑了。”

陈廷敬笑道：“未必不好，女侠自古就有嘛。”

珍儿跳下马来，瞪着李疤子说：“你们真是瞎了眼，钦差陈大人，可是你们的救命恩人！”

李疤子喊道：“什么救命恩人？他救了你杨家，可没救我们！他往济南走一趟，巡抚还是巡抚，他自己倒带着两箱财宝回去了！”

珍儿爹望着李疤子说：“李家兄弟，你千万不可在钦差大人面前乱来啊！我们乡里乡亲的，你得听我一句话。”

李疤子说：“杨老爷，您老是个大善人，我们都是敬重的，眼前这个却是坏官！”

陈廷敬微微笑道：“如此说，好汉们今儿是来谋财害命的？”

李疤子说：“我们要杀了你这个贪官，劫下你的不义之财！”

陈廷敬说：“好汉，你们先去取了财宝再杀我也不迟。”

听陈廷敬如此说话，李疤子倒愣了愣。他也懒得多加思量，喊道：“去，把箱子搬过来！”

珍儿抽刀阻拦：“你们敢！”

李疤子说：“杨大小姐，乡里乡亲的，您别朝我们动刀子。您杨家乐善好施，我们敬重，可您也别管我们杀贪官！”

珍儿说：“陈大人他不是贪官。”

陈廷敬道：“珍儿姑娘，你别管，我们自己打开，让他们看看。大顺，打开箱子。”

大顺朝李疤子哼哼鼻子，过去打开了箱子。李疤子凑上去，揭开红绸缎，见里面原来装的只是石头，顿时傻了：“啊！我们上当了！”

听了这话，珍儿心里明白了，问：“李疤子，是不是有人向你们通风报信？”

李疤子说：“正是！济南有人过来说，钦差敛取大量财宝回京，我们在这儿候了几日了。”

这时，张汧也带着人骑马赶到了。张汧下马，拱手拜道：“德州知府张汧拜见钦差大人！”

陈廷敬忙说：“张大人免礼！”

张汧早见着情势不对头了，说：“我专门赶来相送，没想到差点儿出大事了！”

陈廷敬同张汧小声说了几句，回头对众人说：“乡亲们，我陈某不怪罪你们。你们多是为了活命，被迫落草。从现在开始，义粮不捐了，税赋按地亩负担，救济钱粮如数发放到受灾百姓手中。”

李疤了问：“你可说话算数？”

珍儿瞟了眼李疤子，说：“钦差大人说话当然算数！”

陈廷敬正了正嗓子，喊道：“德州知府张汧！”

张汧拱手受命：“卑职在！”

陈廷敬指着李疤子他们，说：“让他们各自回家就是了，不必追究！”

好汉们闻言，都愣在那里！陈廷敬又指指李疤子，说：“张大人，只把这位好汉带走，也不要为难他，问清情由，从宽处置！”

李疤子见手下兄弟们都蔫了，再想强出头也没了胆量，只得束手就擒。

陈廷敬辞过张汧等人，上了马车重新赶路。行走多时，大顺无意间回头，却见珍儿飞马赶来，忙报与陈廷敬："老爷，珍儿姑娘怎么又追上来了？"

陈廷敬叫马车停了，下车问道："不知珍儿姑娘还有什么话说。"

珍儿说："钦差大人，您救了我杨家，我今日也救了您，我们两清了！"

听着这话好没来由，大顺便说："珍儿姑娘怎么火气冲冲的？我以为你还要来送送我们老爷哩！"

珍儿说："刚才那些要取钦差大人性命的人，分明是听了富伦蛊惑。可是，钦差大人死也要护着这个贪官，这是为什么？"

陈廷敬没法同珍儿说清这中间的道理，只道："珍儿姑娘，你请回去吧。"

珍儿眼神有些怨恨，说："您刚才向百姓说的那三条，最后还是得写在巡抚衙门的文告上，富伦今后就真成好官清官了！"

陈廷敬实在不能多说什么，便道："珍儿姑娘，你是个心明眼亮的人，什么都看得清楚。你就继续看下去，往后看吧。姑娘请回吧。"

珍儿突然眼泪哗地流了出来，飞身上马，掉缰而去。陈廷敬望着珍儿渐渐远去，直望得她转过远处山脚，才上了马车。

陈廷敬在官驿住了一宿，用罢早饭，正准备上路，却见一少年男儿骑马候在外面。陈廷敬惊呆了，原来竟是珍儿。

陈廷敬快步上前，不知如何是好："珍儿姑娘，你这是……"

珍儿跳下马来，说："陈大人，我想随您去京城！"

陈廷敬惊得更是语无伦次："去京城？这……"

珍儿两眼含泪，道："珍儿敬重陈大人，愿意生死相随！"

陈廷敬听得脸都白了，连连摇头："珍儿，这可使不得！"

珍儿道："珍儿不会读书写字，给您端茶倒水总是用得上的。"

陈廷敬拱手作揖，如拜菩萨："珍儿，万万不可啊！快快回去，别让家里人担心！”

珍儿铁了心，说：“陈大人别多说了，哪怕您嫌弃我，我也不会回去的！我们乡下女孩子的命，无非是胡乱配个人，还不知道今后过的是什么日子哩！”

大顺在旁笑了起来，说：“得，这下可热闹了！”

刘景、马明两人也抿着嘴巴笑。珍儿噘着嘴说：“我知道你们会笑话我的，反正我是不回去了。”

陈廷敬叹息半日，说道：“珍儿，你任侠重义，我陈廷敬很敬重你。可我就这么带着你回去了，别人会怎么看呢？”

珍儿听了这话，脸上露出苦笑，眼泪却不停地流，说：“原来是怕我诬了您的声名，珍儿就没什么说的了。您走吧。”

陈廷敬道声珍重，登车而去。大顺不时回头张望，见珍儿仍驻马而立，并未离去。他心里暗自叹息，却不敢报与陈廷敬。

二十七

皇上在乾清宫西暖阁进早膳，张善德领着几个内侍小心奉驾。皇上进了什么，张善德都暗自数着。皇上今儿胃口太好，光是酒炖肘子就进了三块。张善德心里有些着急，悄悄使了个眼色，就有小公公端了膳牌盘子过来。张善德接过膳牌盘子，恭敬地放在皇上手边。皇上便不再进膳，翻看请求朝见的官员膳牌。见了陈廷敬的膳牌，皇上随口问道：“陈廷敬回京了？”

皇上没等张善德回话，便把陈廷敬的膳牌仍旧撂在盘子里。张善德摸不准皇上的心思：皇上怎么就不想见陈廷敬呢？皇上看完膳牌，想召见的，就把他们的膳牌留下。

张善德刚要把撂下的膳牌端走，皇上又抬手道：“把陈廷敬膳牌留下吧。”

张善德便把陈廷敬的膳牌递了上去。皇上又说：“朕在南书房见他。”

张善德点头应着，心里却犯糊涂。照理说陈廷敬大老远的去山东办差回来，皇上应在西暖阁单独召见的。

皇上进完早膳，照例去慈宁宫请太皇太后安，然后回乾清门听政。上完早朝，回西暖阁喝会儿茶，再逐个儿召见臣工。召见完了臣工，已近午时。传了碗燕窝莲子羹进了，便驾临南书房。明珠、张英、高士奇早就到了，这会儿统统退到外头。依然是傻子跟张善德随侍御前，旁人都鹄立南书房檐下。天热得人发闷，皇上汗流浃背，却仍是气定神闲。张善德脸上汗水直淌，却不敢抬手揩揩。

突然，皇上重重拍了炕上的黄案，小神锋跌落在地，哐地惊得人心惊肉跳。傻子立马上前，弓腰捡起小神锋，放回皇上手边。张善德大气都不敢出，只屈膝低头站着。皇上生了会儿气，道：“叫他们进来吧。”张善德轻声应诺，退着出去了。

皇上匆匆揩了把汗，听得臣工们进来了，头也没抬，眼睛望着别处，道：“陈廷敬人刚回京，告他的状子竟然先到了。”

明珠说：“启奏皇上，臣以为还是等见了陈子端之后，详加责问，皇上不必动气。”

皇上问道：“你们说说，陈廷敬会不会在山东捞一把回来？”

张英回道：“臣以为陈子端不会。”

皇上听着，一声不吭，瞟了眼高士奇。高士奇忙说：“臣以为，陈子端做人老成，行事谨慎，纵然有贪墨之嫌，也不会让人轻易察觉。这状子是否可信，也未可知。”

皇上说：“你的意思，陈廷敬还是有可能贪啰？”

张善德拱手禀道：“皇上已经把陈大人的膳牌留下了，吩咐南书房见的。”皇上没好心气，说：“朕知道！”

张善德略微迟疑，又道：“陈子端天没亮就在午门外候着了，这会儿正在乾清门外候旨哪。”

皇上冷冷地说：“叫他进来吧。”

张善德朝小公公努努嘴巴。一会儿，陈廷敬跟在小公公后边进了南书房，低头走到皇上面前，行了三跪九拜大礼，道：“臣陈廷敬叩见皇上！”

皇上微微点头：“起来吧。山东一趟，辛苦了！”

陈廷敬说：“臣不觉着辛苦。山东巡抚富伦的折子，臣早送南书房了！”

皇上半日没有吭声，陈廷敬心里暗惊。他的膳牌是昨儿交的，等着皇上今儿听朝之后召见。他从卯正时分开始候着，直到巳时二刻，里头才传过话去，吩咐他到乾清门外候旨。乾清门外站着好几位候召的大臣，他们一个一个进去，又一个一个出来。每有大臣出来，陈廷敬就想着该轮到自己了。可就是不见公公招呼他。直到刚才，才有公公出来传旨，让他去南书房见驾。南书房虽是密勿之地，但皇上召见臣工却通常是在乾清宫西暖阁。陈廷敬隐隐觉着，皇上心里对他不自在了。

皇上半日不说话，突然问道：“陈廷敬，有人告你在山东搜刮钱财，可有此事？”

陈廷敬从容道：“臣去山东，连臣及随从、轿夫，算上臣的家人在内，共二十九人。回来时多了一匹骡子，两口大箱。这多出的一匹骡子和两口大箱，是富伦大人送的。我今儿把两口箱子带来了，想献给皇上一口，自己留一口。”

皇上觉着奇怪，问：“是吗？什么宝贝？”

明珠他们也面面相觑，不知陈廷敬葫芦里卖的什么药。皇上点点头，张善德会意，马上出去了。不多时，四个公公抬了两口箱子进来，打开一看，见只是两块石头。

高士奇道：“皇上，陈子端怎敢带着这么块不入眼的泰山石进宫来，简直戏君！”

皇上不吭声，看陈廷敬如何说去。陈廷敬便把自己去山东办差，富伦的折子，回来时遭土匪打劫，一应诸事挑紧要的奏明了，然后说：“皇上，这两块石头，可是险些儿要了臣的性命！”

陈廷敬说得险象环生，皇上听着脸上却甚是平淡，只疑惑道："告你的状子，落有济南乡绅名款若干，并无一位官员。照理这样的状子是到不了朕手里的。"

陈廷敬道："百姓告官员的御状，朝中无人，没法上达天听。而所谓百姓联名告京官，没人成头，也是做不到的。"

皇上问道："你的意思，有人上下联手陷害你？你在德州遇歹人打劫，也是有人暗通消息？"

陈廷敬回道："臣毫发未损，这事就不去说了。要紧的是山东差事办完了，百姓稍可安心度日。"

皇上冷冷笑道："你真是料事如神啊！你说但凡下面说百姓自愿、自发，多半都是假的。这不，果真如此！"

陈廷敬听出皇上的笑声里似有文章，忙匍匐在地，道："都是皇上英明，没有轻信富伦的疏请。"

皇上目光有些空洞，正襟危坐。眼前跪着的这位翰林院掌院学士，一直让皇上宠也不是，恼也不是。前年盛夏酷热难耐，有大臣奏请往城外择山水清凉之地修造行宫，陈廷敬说什么三藩未平，国事尚艰，不应靡费。读书人满口道德文章，皇上嘴巴给堵住了，只好从善如流。可皇上内心甚是恼火，想朝廷再怎么着也没穷到缺少这几个银子。今夏更是炎热逼人，宫里简直没法让人活。皇上热得再怎么难受，也得在臣工面前呈龙虎之威，汗都不能去揩揩。陈廷敬这回去山东办差，事情办得倒是称意。皇上明知陈廷敬有功无过，可就是心里觉着别扭。陈廷敬若是真把富伦参倒了，皇上脸上也会很不好过。皇上自小同富伦一处玩，心里多少有些护着他。陈廷敬并没有参富伦，可见他是明白皇上心思的。皇上这心思却又不想让陈廷敬看破，心里不由得有股无名之火。

陈廷敬仍跪在地上，豆大的汗珠直往地上滴。皇上见陈廷敬身前金砖湿了大片，竟暗自快意。静默良久，皇上说："拿过来朕看看。"

张善德听得没头没脑，圆溜着眼睛愣了愣，立即明白皇上原是想看看石头，便吩咐小公公把两块石头抬到炕上。皇上站了起来，仔细端详泰山石。陈廷敬微微抬起头来，他也觉得奇怪，先头在济南见到这两块石头，简直叹为神品。如今进了宫，这石头就显得粗鄙不堪了。真不该自作聪明，说要献块石头给皇上。

没想到皇上突然惊奇道：“这多像宫中哪个地方的一棵树！来，你们都来看看。”

原来，有块泰山石通体淡黄如老玉，上头却有黛青树状图案，那树挺拔古拙。明珠等都凑了过来，点头称奇。张善德终于看出蹊跷，跪下长揖，道：“恭喜皇上，这块石头真是天降祥瑞啊！”

皇上回头问道：“如何说？”

张善德说：“回皇上，这石头上的树，同御花园的老楸树一个模子！”

皇上大喜，低头看个仔细，抬手摩挲再三，说：“哦，难怪朕觉着在哪里见过哩！像，真像！看，树下垒的土都像！”

陈廷敬并没有见过御花园的老楸树，那儿是后宫禁苑，不是臣工们去得了的地方。他只听说御花园里有棵老楸树是皇家供奉的神树，每年需从奉天运来神土培在树下。明珠他们自然也没见过那神树，在场的只有内监张善德有缘得见。

大臣们都向皇上道了喜，高士奇说的话最多，无非是天显祥瑞，皇上万福之类。皇上笑道：“高士奇，你刚才还在说陈廷敬戏君啊！”

高士奇嘿嘿笑着，并不觉着难堪。皇上回头望着陈廷敬，说：“陈廷敬，你这块石头，朕收下了。真是祥瑞啊！朕要把它好好儿收藏着，让它时刻给朕提个醒儿！你起来吧。”

陈廷敬谢恩起身，暗暗吐了口气。皇上高兴起来，也就想到了陈廷敬的好处。陈廷敬当年入翰林没多久，就随卫师傅侍候他读书，差点儿让鳌拜要了性命。他亲政之后，陈廷敬依旧朝夕进讲，终年不辍。

皇上没有再坐下，只说：“富伦的折子朕看过了，他还算晓事，知道错了。他这回上的折子看来有理。”

皇上说完，起驾回了乾清宫。恭送了皇上还宫，明珠等方才同陈廷敬道了乏。明珠朝陈廷敬连连拱手，说：“富伦多亏了陈大人，不然他栽了自己都不知道哩！您我同富伦都是老朋友了，真得谢您啊！”

陈廷敬没来得及客套，高士奇在旁说话了：“是啊，陈大人无意间救了富伦大人。”

陈廷敬笑道：“士奇可是话中有话啊！无所谓有意无意，事情弄清楚了，富伦大人就知道怎么做了。毕竟是皇上钦点的巡抚嘛！”

高士奇也笑着说：“我哪是话中有话？陈大人敢指天发誓说您是有意救富伦大人？”

张英出来打圆场：“士奇说话性子直爽，陈大人宅心仁厚。”

陈廷敬本来就不想同高士奇计较，听张英如此一说，打着哈哈就过去了。

这时，张善德领着几个公公回来取石头。张善德望着陈廷敬笑道：“陈大人可真会疼小的，这宫里头稀奇玩意儿多的是，却还要弄块不值钱的石头进来。还真不知道往哪儿搁哩。”

高士奇笑道：“张总管快别说了，这石头可是皇上让留下的，您刚才还说这是天降祥瑞哪！您再多嘴可就是抗旨了。”

张善德内心其实并无怕意，却连忙铁青了脸，说：“高大人，您玩笑可不能这么开啊，小的还要留着脑袋效忠皇上哩！”

说话间，两个小公公已把一口箱子抬出去了。张善德同大伙儿拱拱手，出了南书房。

没人再说石头的事，都坐下来看富伦的折子。好像大家都忌讳提起这石头，生怕朝那箱子瞟上一眼。陈廷敬忽然觉得这箱子放在这里很碍眼，便叫人先抬出去了。他悄声儿吩咐人抬箱子的时候，南书房里的人都只作没看见。陈廷敬揣摸着，也许大家都已猜到，他在德州遇劫必定是富伦在捣鬼。那么皇上肯定也会猜到这层，只是嘴上不说罢了。这正好应了陈廷敬的料想：富伦他是参不倒的。

午后，陈廷敬出了南书房，回到翰林院。出门这么些日子，翰林院自然也积了些事情。回事儿的接二连三，也有无事可回单想说几句体己话的。陈廷敬坐在二堂，见谁都满面春风。翰林们无非做些编书、修史的事，日子过得清苦。可这些玉堂高品，说不定哪天就平步青云了。也很有人小瞧这些翰林，都不拿正眼看他们。陈廷敬是翰林班头，他却从来都是看重他们的。

直忙到日头偏西，陈廷敬方才出了翰林院。出了午门，上轿走了不远，大顺凑到轿帘边说话："老爷，我说件事儿，您可别受惊啊！"

陈廷敬今儿在宫里就是提心吊胆的，不知这会儿又出什么事了？忙问道："什么事？说得这么吓人。"

大顺说："珍儿姑娘真的跟您进京来了！"

陈廷敬可真吓着了，张皇四顾："啊?！在哪里？"

他顺着大顺指的方向望去，却见珍儿游侠装束，不远不近地跟在后面。珍儿见陈廷敬从轿里伸出头来，赶紧扭身跑开。陈廷敬吩咐刘景追上去，说是女儿家的独自在外怎生了得！

刘景追回珍儿，回到轿前。任陈廷敬怎么好言相问，珍儿只低头不语。无奈之下，陈廷敬只好说："先找个地儿说话吧。"

大顺知道附近有家客栈，便领着大伙儿去了。进了客房，陈廷敬说道："珍儿，这叫我怎么办呢？"

珍儿说："我有手有脚，能自己挣吃的，不会连累您的！"

陈廷敬急得直搓手。大顺笑道："老爷，我说您就把珍儿姑娘带回家去算了。人家可是不要命地跟着您啊！有钱有势人家，谁不是三妻四妾的？"

刘景和马明怕珍儿听着生气，朝大顺使着眼色。陈廷敬瞟了眼大顺："什么时候了，你还有心思开玩笑！"

不料珍儿听陈廷敬怪罪大顺，竟伤心起来，低头垂泪。陈廷敬忙说："珍儿，你就在这里暂且住下，别的话先不说。"

陈廷敬回到家里，闷闷不乐。月媛早听大顺说过，富伦本是贪官，老爷不仅不敢参他，还想法子成全他。她以为老爷是为这事儿烦恼，不便多嘴劝慰，只小心侍候着。陈廷敬胡乱吃了些东西，就躲进书房里去了。连连几日，陈廷敬回到家里总是愁眉不展。大顺他们知道老爷的心病，却也只能干着急。

这日大早，皇上照例在乾清门听政，陈廷敬代富伦上了那个奏折。皇上早知道事情原委了，如今只是按例行事。听陈廷敬奏完，皇上降旨："山东巡抚富伦知错即改，朕就不追究了。富伦有两条疏请，朕以为可行。富伦疏言，山东累民之事，首在税赋不均。大户豪绅，田连阡陌，而不出税赋，皆由升斗小户负担。朕准富伦所奏，山东税赋摊丁入亩，按地亩多少负担税赋。这一条，朕以为各省都可参照。富伦还奏请，山东往后遇灾救济，不再按地亩多少发放钱粮，要紧的是活民。救灾就是活民，这本来就是天经地义的事情，却被下面弄歪了，还编出许多堂皇的理由。朕以为这一条，各省都要切记！"

陈廷敬不急着谢恩起身，继续说道："臣在山东看到，从勘灾、报灾、复核、复报，再到救济钱粮发放，逾时得一年半到两年，真是匪夷所思！办事如此拖沓，朝廷钱粮到时，人早饿死了。"

皇上事先没听陈廷敬说到这事，便问道："陈廷敬，你说说症结出在哪里？"

陈廷敬回奏："手续过于繁琐！加之户部有些官员不给好处不办事，故意拖延！"

萨穆哈听着急了："陈子端，你胡说，我户部……"

皇上大怒："萨穆哈，你放肆！陈廷敬，你说下去！"

陈廷敬道："臣以为，灾荒来时，朝廷应严令各省从速勘实上报，户部只需预审一次，就应火速发放救济钱粮。为防止地方虚报冒领，待救济钱粮放下去之后，再行复核，如有不实，严惩造假之人。”

萨穆哈上前跪奏：“启奏皇上，陈廷敬这是书生之见，迂腐之论！如不事先从严核查，下面虚报冒领，放下去的钱粮再多，也到不了百姓手里，都进了贪官口袋！”

陈廷敬道：“启奏皇上，萨穆哈所虑不无道理，蝇营狗苟之徒总是不能杜绝的。但一面是贪官自肥，一面是百姓活命，臣以为利害相权，百姓活命更为重要。要紧的是钱粮放下去之后，严格复核，对那些损民敛财之徒从严惩办！规矩严了，贪官污吏未必敢那么嚣张。”

皇上道：“朕以为陈廷敬所言在理。着萨穆哈速速拿出赈灾之法，力除陈规陋习！你要从严管好户部属下，如有贪污索贿之人，唯你是问！”

萨穆哈叩头谢罪不已，起身退下。陈廷敬也谢恩起身，退回班列。萨穆哈心里恨恨的，冷冷地瞪了眼陈廷敬。

皇上瞟了眼萨穆哈的黑脸，知道此人鲁莽，却也只作糊涂，又道：“山东前任巡抚郭永刚处分失当，责任在朕。准陈廷敬、明珠所奏，郭永刚官复原品，着任四川巡抚！山东德州知府张汧体恤民情，办事干练，甚是可嘉。着张汧回京听用！”

上完早朝，待皇上起驾还宫，臣工们才从乾清门鱼贯而出。明珠找陈廷敬攀谈：“子端，您不在家时，我已奏请皇上恩准，让令弟与可到户部当差，授了个主事。”

陈廷敬一听，知道这是明珠同他在做交易，心里很不是滋味，却也只得拱手道：“谢明珠大人。舍弟与可还少历练，我只望他先把现在的差事当好。”

明珠感叹唏嘘的样子：“子端就是太正直了，自己弟弟的事情不方便说。没事的，我明珠用人，心里面有杆秤！”

夜里，陈廷统过来说话。两兄弟在书房里喝着茶，没多时就争吵起来。陈廷敬说：“我同你说过，不要同明珠往来，你就是不听！”

陈廷统火气很大："明珠大人哪里不好？我从来没有送他半张纸片儿，可人家举荐了我。靠着你，我永远只是个七品小吏！"

陈廷敬很生气，却尽量放缓了语气："你以为他是欣赏你的才干？他是在同我做交易！我没有参富伦，他就给你个六品主事！你知道你这六品主事是哪日到手的吗？就是我向皇上复命的第二日！"

陈廷统冷冷一笑，说："如此说，我官升六品，还是搭帮你这个哥哥？"

陈廷敬大摇其头："我正为这事感到羞耻！"

陈廷统高声大气地说："你有什么好羞耻的？我看你也不是什么包拯、海瑞，你也是个滑头！你要真那么忠肝义胆，你就把富伦罪行全抖出来呀！你不敢！你也要保自己的红顶子！"

陈廷敬气得浑身发抖，指着弟弟道："与可，我把话说到这里，你不肯听我的，迟早要吃亏！做官，你还没摸到门！"

陈廷统忽地站了起来："好，你好好做你的官吧！"

陈廷统说罢，起身夺门而去。月媛送走廷统，赶紧从外头进来说："老爷，你两兄弟怎么到一起就吵呢？你们兄弟间的事，我劝也不是，不劝也不是，左右为难。"

陈廷敬说："你不用管，随他去吧。"

月媛叹了声，说："老爷，我也想不通，连大顺都说，富伦简直该杀，你怎么没有照实参他呢？"

陈廷敬说："月媛，朝廷里的事情，你还是不要问吧。我知道你是替我担心。你就好好带着孩子，照顾好老人。朝廷里事情你知道多了，只会心烦。"

月媛添了茶，见陈廷敬没心思多说话，就叹息着出去了。陈廷敬独自站了会儿，想着廷统跑到家里来吵闹一场，很是窝心，便去看望岳父。

李祖望正在书房里看书，只作什么事儿都没听见。陈廷敬请了安，说："爹，我这个弟弟……唉！"

李祖望笑笑，说："子端，自己弟弟，能帮就帮，也是人之常情。"

陈廷敬摇头道："不是我不想帮，是他自己不争气，老想着走门子。官场上风云变幻，今日东风压倒西风，明日西风压倒东风，他想走门子求得发达，走得过来吗？"

李祖望说："是啊，就像赌博，押错了宝，全盘皆输。"

翁婿俩说着这些话，陈廷敬想到了自己悟出的稳字诀。交人要稳，办事要稳，看风向尤其要稳。官场里最为难测的是风向，万不可稍闻风声就更换门庭。官场中人免不了各有门庭，可投人门下又难免荣损与共，福祸难料。陈廷敬不投任何门庭，这也是稳中要义。

这时，月媛领着翠屏端药进来。陈廷敬同李祖望对视片刻，都不说话了。月媛说："爹，您把药喝了吧。"

李祖望说："好，放在这里吧。"

月媛站了会儿，明白他们翁婿俩有些话不想当着她的面说，就出去了。

陈廷敬望着月媛出门去了，回头说道："爹，月媛怪我有话不肯同她说。官场上的事情，我不想让她知道太多，徒添烦恼。"

李祖望说："她心是好的，想替你分担些烦恼。可有些事情，的确不是她一个妇道人家该问的。你不说就是了。"

陈廷敬说："月媛问我为什么不参富伦，我没法同她说清楚。"

李祖望说："朝中大事我也不懂，但我相信你有你的道理。"

陈廷敬摇头叹气道："爹，我只能做我做得到的事，做不到的事我要是硬去做，就什么事都做不了！"

李祖望问道："富伦就这么硬吗？"

陈廷敬压着嗓子说："参富伦，等于就是参明珠、参皇上，我怎么参？"

李祖望闻言大惊，又是点头，又是摇头。陈廷敬又说道："假如我冒险参了富伦，最多只是参来参去，久拖不决，事情闹得朝野皆知，而山东该办的事情一件也办不成。到头来，吃亏的是百姓！”

二十八

张汧奉命进京，仍是暂住山西会馆。陈廷敬今日难得清静，约了张汧逛古玩街。两人在街上闲步一阵，进了家叫“五墨斋”的店子。掌柜的见来了客人，忙招呼着：“哟，二位，随便看看！我这店里的东西，可都是真品上品！”

陈廷敬笑道：“早听说您这店里东西不错，今儿专门来看看。”

掌柜的打量着陈廷敬跟张汧，说：“二位应是行家，我这里有幅五代荆浩的《匡庐图》。”

陈廷敬听了吃惊，问道：“荆浩的画？果真是他的，那可就是无上妙品了！”

掌柜的从柜里拿出画来，去了一旁几案，小心打开，说：“这东西太珍贵，搁外头太糟践了。”

陈廷敬默然不语，凑上去细细鉴赏。张汧看了看，摇摇头说：“子端兄，就看您的眼力了，我不在行。”

陈廷敬说：“我也只是略知皮毛。”

掌柜的瞧瞧陈廷敬的眼神，又瞧瞧画，小心说道：“很多行家都看过，叹为观止。”

陈廷敬看了半晌，点头道：“观其画风，真有荆浩气象。这句‘瀑流飞下三千尺，写出庐山五老峰’，是元代诗人柯九思的题诗，这上头题的‘荆浩真迹神品’几字，应是宋代人题写的。这幅画并没有画家题款，所谓《匡庐图》，只是后人以讹传讹的说法，叫顺口了。”

张汧问：“何以见得？”

掌柜的也想知道究竟，张嘴望着陈廷敬。陈廷敬说：“荆浩遭逢乱世，晚年隐居太行山，他画的山水都是北方风物，多石而少土，高峻雄奇。河清兄，您我都是太行山人，您仔细看看这画，不正是咱们家乡？”

不待张汧答话，掌柜的早已拊掌赞道：“啊呀，您可真是行家。”

陈廷敬摇头道：“掌柜的别客气。请问您这画什么价？”

掌柜的伸出两个指头：“不二价，两千两银子。”

陈廷敬摇头而笑，闭嘴不言。掌柜的见陈廷敬这般模样，便赌咒发誓，只说您老人家是行家，懂得行情，这个价实在不贵。陈廷敬仍是微笑着摇头，眼睛往柜上看别的东西去了。

掌柜的急了：“要不这样，您出个价？这么好的东西，总得落在行家手里，不然真糟蹋了。”

陈廷敬仍是摇头。掌柜的愈加不甘心：“这位爷，您就说句话，买卖不成仁义在。”

陈廷敬笑笑，说：“我还是不说话吧，说话就会得罪您。”

掌柜的拍胸跺脚甚是豪爽：“这位爷您说到哪里去了。您开个价。”

陈廷敬也伸出两个指头：“二两银子。”

掌柜的勃然作色：“您真是开玩笑！”

陈廷敬却仍是笑着：“我说会得罪您的，不是吗？”

掌柜的似乎突然觉着来客兴许不是平常人，马上嬉笑起来：“哪里的话！我只是说，二两银子，太离谱了。”

陈廷敬说：“只值二两银子，您心里清楚。”

掌柜的圆溜着眼珠子说：“这位爷，您可把我弄糊涂了。”

陈廷敬哈哈大笑：“您哪里糊涂？您精明得很啊。”

张汧小心问道：“子端兄，未必是赝品？”

陈廷敬说：“您问掌柜的！”

掌柜的苦了脸说：“真是赝品，我就吃大亏了！我可是当真品收罗来的！”

陈廷敬笑笑："掌柜的还在蒙我俩。"

张汧看看掌柜的，说："子端兄，您只怕说中了，掌柜的不吭声了。"

陈廷敬说："我还不算太懂，真懂的是高澹人，他玩得多，他是行家。"

掌柜的听说高士奇，忙拱手相问："您说的可是宫里的高大人？"

陈廷敬笑而不答，只问："你们认识？"

掌柜的连忙跪下，叩头道："小的不敢欺瞒两位大人！"

陈廷敬忙扶了掌柜的起来，笑道："我俩没着朝服，脸上又没写着个官字。"

掌柜的站起来，拍着膝头的灰，恭恭敬敬说道："您二位大人既然同高大人相识，肯定就是朝廷命官。高大人看得起小的，小的这里凡有真迹上品，都先请高大人掌眼。这《匡庐图》真品，正是在高大人手里。真品《匡庐图》，还不止值两千两银子。小的卖给高大人，只要了两千两。高大人还买了幅同这个一模一样的赝品，的确只花二两银子。"

张汧问："高大人要赝品做甚？"

掌柜的说："这是高大人的习惯了，他说真货搁外头糟蹋了，世上能识真假的人反正不多。真要碰上行家，他才拿真货出来看。"

陈廷敬同张汧相视而笑。两人出了五墨斋，寻了家馆子，小酌几盅，谈天说地，日暮方回。

几日之后，南书房内，明珠边看奏折，边闲聊着，问大伙儿推举廉吏和博学鸿词的事儿。原来皇上恩准四品以上大员举天下廉吏备选，荐饱学之士入博学鸿词。高士奇虽位不及四品，却是皇上的文学侍从，也奉旨举贤荐能，便道："士奇正在琢磨，还没想好。"

明珠就问陈廷敬想好了没有。陈廷敬说："廷敬以为嘉定知县陆陇其、青苑知县邵嗣尧、吴江知县刘相年，都是清廉爱民之吏。要说饱学之士，廷敬首推傅山。”

听了陈廷敬这话，大家都停下手头活儿，面面相觑。

明珠道：“子端呀，陆、邵、刘三人，虽清名远播，才干却是平平。我掌吏部多年，最清楚不过了。傅山您就不要再说了，他一直寻思着反清复明，天下谁人不知？”

“谁想反清复明？”突然听得皇上进来了，臣工们吓得滚爬在地。

皇上去炕上坐下，说：“朕今儿不让张善德先打招呼，径自就进来了。明珠，你刚才说什么来着？”

高士奇抢着回奏：“回皇上话，原是陈廷敬要保荐傅山入博学鸿词，明珠说不妥，天下人都知道傅山同我清朝不是一条心。”

皇上叹了口气，缓缓说道：“朕自小就听说傅山这个人，他的一首反诗很有名，当年不光在读书人当中流传，就连市井小儿都会背诵。你们有谁还记得？”

一时没人吭声。半晌，陈廷敬回道：“臣还记得，那诗写的是‘一灯续日月，不寐照烦恼。不生不死间，如何为怀抱！’日月为明，此诗的确是反诗。”

皇上微微而笑，说：“你们呀，都是滑头！朕就不相信你们都不记得了。朕当年还是黄口小儿，记住了，几十年都忘不了。只有廷敬敢说自己记得，可见他襟怀坦白！”

陈廷敬拱手递上奏本：“臣想推举陆陇其、邵嗣尧、刘相年三个清廉知县。博学鸿词科，臣首推山西名儒傅山！臣已写好奏本，恭请皇上御览！”

张善德接过折子，放在皇上手边。皇上说：“这个折子照样还是你们先议吧。朕记得很小的时候，就听廷敬说过傅山，知道他是个很注重自己名节的读书人，为了不剃发蓄辫，就披发为道，不顺清朝。”

高士奇听皇上如此说了，马上奏道：“傅山同顾炎武狼狈为奸，曾替苟延残喘的南明朝廷效忠。”

陈廷敬说：“启奏皇上，高澹人所言确是事实，但时过境迁，应摒弃成见。要说傅山，臣比高澹人更为了解。”

高士奇说：“的确如此，陈子端同傅山是多年的朋友。”

陈廷敬听出高士奇弦外之音，便道：“皇上，臣同傅山有过几面之缘，虽然彼此志向不同，却相互敬重。要说朋友，谈不上。从我中进士那日起，他就鼓动我脱离朝廷；而我从同他相识那日起，就劝说他归顺朝廷。”

皇上点头片刻，道：“廷敬，朕准你保举傅山。这傅山多大年纪了？”

陈廷敬忙叩头谢恩，回道：“应在七十岁上下。”

皇上颇为感慨：“已经是位老人了啊！命阳曲知县上门恳请傅山进京，朕想见见这位风骨铮铮的老人。好了，你们也够辛苦的，暂且把手头事情放放，说些别的吧。”

高士奇忙说：“启禀皇上，臣收藏了一幅五代名家荆浩的《匡庐图》，想敬献给皇上！”

皇上大喜：“啊？荆浩的？快拿来给朕瞧瞧。”

高士奇取来《匡庐图》，徐徐打开。皇上细细欣赏，点头不止：“真是稀世珍宝呀！陈廷敬，你也是懂的，你看看，如何？”

陈廷敬上去细细看了看，发现竟是赝品，不由得“啊”了一声。皇上忙问怎么了。陈廷敬掩饰道：“荆浩的画存世已经不多了，实在难得！臣故而惊叹。”

皇上大悦，说：“士奇懂得可多啊！算个杂家。他的字先皇就赞赏过，玩古玩他也在行，当年他还替朕做过弹弓，朕一直藏着那玩意儿哪！”

高士奇忙跪下，谦恭道：“臣才疏学浅，只能替皇上做些小事，尽忠而已。”

皇上笑道：“话不能这么说。要说朕读书呀，真还是士奇领我入的门径。朕年少时读书，拿出任一诗文，士奇便能知其年代，出自谁家。后来朕日积月累，自己也就知道了。”

高士奇拱手道：“皇上天资聪颖，真神人也！”

陈廷敬听着皇上赏识高士奇，心里只有暗叹奈何。当年，高士奇怀里常揣着几粒金豆，寻着空儿就向乾清宫公公打探，皇上这几日读什么书，读到什么地方了。问过之后，就递上一粒金豆子。高士奇回头就去翻书，把皇上正读的书弄得滚瓜烂熟。事后只要皇上问起，高士奇就对答如流。那时候皇上年纪小，总以为高士奇学问很大。殊不知乾清宫公公私下里给高士奇起了个外号：高金豆！一时间，“高金豆”成了公公们的财神，有的公公还会专门跑去告诉他皇上近日读什么书。当年张善德年纪也小，老太监免不了要欺负他。陈廷敬看不过去，有机会就替他说话。张善德便一直感念陈廷敬的好处，知道什么都同他说。

今日皇上十分高兴，在南书房逗留了半日，尽兴而归。送走圣驾，明珠问道：“澹人，您哪来这么多好玩意儿？隔三岔五地孝敬皇上。”

高士奇笑道：“士奇只是有这份心，总找得着皇上喜欢的玩意儿。”

明珠笑笑，回头把陈廷敬拉到角落，说：“陈大人，您既然已面奏皇上，我就不好多说了。可我替您担心啊！”

陈廷敬问：“明大人替我担心什么？”

明珠说：“陆、邵、刘三人，官品自是不错，但性子太刚，弄不好就会惹麻烦，到时候怕连累您啊！”

陈廷敬说：“只要他们真是好官清官，连累我了又何妨？”

明珠本是避着人说这番话的，高士奇却尖着耳朵听了，居然还插言道：“明大人何必替陈大人担心？人家是一片忠心！张大人，您说是吗？”

张英愣了愣，猛然抬起头，不知所云的样子，问：“你们说什么？”

明珠含蓄地笑笑，说：“张大人才是真聪明！”

陈廷敬也望着张英笑笑，没说什么。他很佩服张英的定性，可以成日半句话不说，只是低头抄抄写写。不是猛然间想起，几乎谁都会忘记南书房里面还有个张英。

张汧的差事老没有吩咐下来，很不畅快。夜里，他拜访了陈廷敬。张汧在陈廷敬书房里坐下，唉声叹气："我去过吏部几次了，明珠大人老是说让我等着。他说，我补个正四品应是不用说的，也可破格补个正三品，最后要看皇上意思。我蒙子端兄在皇上面前保举，回京听用，感激不尽。子端兄可否人情做到底，再在皇上面前替我说说？"

陈廷敬颇感为难："河清兄，我不方便在皇上面前开口啊！虽说举贤不避亲，可毕竟您我是儿女亲家，会让别人留下话柄的。我怕替您说多了话，反而对您不好。"

张汧问："子端兄担心明珠？"

陈廷敬摇头道："明珠做事乖巧得很，不会明着对我来的。"

张汧又问："那还有谁？"

陈廷敬道："高澹人！"

张汧不解地问："高澹人同您我都是故旧，他为什么要同您过不去呢？"

陈廷敬长叹道："你久不在京城，不知道这宦海风云，人世沧桑啊！高澹人是索额图门下，索额图同明珠是对头，而索额图又一直以为我是明珠的人。嗨！他们之间弄得不共戴天，却硬要把我牵扯进去，无聊至极！高澹人倒是左右逢源，明珠知道他是索额图的人，待他也还很好的。"

张汧不知道说什么才好，只有叹息。陈廷敬又道："我又不能向人解释。难道我要说清楚自己不是索额图的人，也不是明珠的人吗？我不党不私，谁的圈子都不想卷进去。"

张汧问道："高澹人不过一个食六品俸的内阁中书，所任之事只是抄抄写写，他是哪里来的气焰？"

陈廷敬说："您不知道，高澹人最会讨皇上欢心。您知道高士奇胆子有多大吗？他把赝品《匡庐图》送给了皇上！”

张汧大惊失色，半日说不出话来。陈廷敬说：“这可是欺君大罪啊！我却又只能闭口不言。”

张汧问道：“这是为何？”

陈廷敬叹道：“我说了，不等于说皇上是傻子吗？”

张汧甚是愤恨，道：“高澹人真是胆大包天啊！一个六品小吏！”

陈廷敬摇摇手，道：“唉，好在只是一幅假画，也不至于误君误国，我就装瞎子作哑巴！”

张汧仍觉得奇怪，问道：“子端兄，索额图已经失势，照说按高澹人的人品，就不会紧跟着他了呀？”

陈廷敬说：“高澹人怕的偏不是皇上，而是索额图。索额图是皇亲，说不定哪日又会东山再起。皇上不会杀高澹人，索额图保不定来了脾气就杀了他！”

张汧出了陈家，独自在街上徘徊。犹豫多时，干脆往高士奇家去。心想高士奇虽是小人，但求他办事兴许还管用些。高家门上却不给张汧面子，只说不管是谁，这么晚了，高大人早歇着了。张汧心里着急，想着自己同高士奇多年故旧，便死缠硬磨。门上其实是见张汧不给门包，自然没一句好话。张汧不明规矩，说着说着火气就上来了。

深更半夜的，门上响动传到里头去了。高士奇要是平日里早睡下了，今夜把玩着那《匡庐图》，了无睡意。他听得门上喧哗，便问下话去。不一会儿，门上回话，说有个叫张汧的人，硬要进来见老爷。高士奇听说是张汧，忙说快快请进。门上这才吓得什么似的，恭敬地请了张汧入府。

高士奇见了张汧，双手相携，迎入书房。下面人见老爷径直把张汧领到书房去了，知道来人非同寻常，忙下去沏了最好的茶端上来。高士奇很生气的样子说：“河清兄，我正想托子端请您来家坐坐。老朋友了，回京这么些日子了，怎么就不见您的影子呢？”

张汧说："高大人忙着哩，我怎好打搅！"

高士奇笑道："子端他不能把您弄到京城来，就不管了！"

张汧叹息着，说："这话我不好怎么说。高大人，还是请您给帮帮忙。"

高士奇摇头道："河清兄，我高某虽然日侍圣上，却只是个内阁中书，六品小吏。您这个忙，我可是帮不上啊！"

张汧笑道："高大人，我知道您是个有办法的人。"

高士奇仍是长叹："嗨，难呀……"

张汧说："高大人，您哪怕就是指我一条路也行啊。"

高士奇问道："您找过明珠大人吗？"

张汧不明白高士奇问话的用意，不敢随便回答，便端起茶杯轻啜几口，想好说辞，才道："我去过吏部几次，明大人说我可以派下个四品差事，破格派个三品也做得到，最后得皇上恩准。"

高士奇也端起茶杯，抿了几口，笑道："河清兄，您我多年朋友，话就同您说白了。您得夜里出去走走，有些事情白日里是办不好的！"

张汧忙说："感谢高大人指点迷津！高大人，您我多年朋友，我也就顾不着礼数，深更半夜也寻上门来了。明珠大人每次见我总是笑眯眯的，可我实在摸不清他的脾气啊！"

高士奇笑道："张大人引高某为知己，实在是抬举我了。"

张汧直道高攀了。客气一番，高士奇问道："您是担心自己在德州任上同富伦闹得不快，明珠大人不肯帮忙是吗？不会的！只要您上门去，明珠大人可是海纳百川啊！"

张汧面有难色，道："我很感激高大人实言相告。可是，我囊中羞涩啊！"

高士奇说："子端家可是山西的百年财东，您不妨找找他。"

张汧说："我同他是亲戚，更难于启齿！"

高士奇点头道："倒也是，子端又是个不通世故的人。好吧，难得朋友一场，我替您想个法子。我有个朋友，钱塘老乡俞子易，生意做得不错，人也仗义。我让他先借您三五千两银子。”

张汧拱手长揖道：“高大人，张汧万分感激！”

高士奇笑道：“河清兄，这是在家里，别一口一声高大人的。您我私下还是兄弟相称吧！”

张汧便说：“好好，谢澹人兄不弃，张汧是个知恩图报的人。”

高士奇凑近身子，拍着张汧的手，说：“河清兄呀，我是个没考取功名的人，官是做不得多大的。您是进士，又在地方做过官，这回若是真补了个三品，过不多久，往下面一放，就是封疆大吏啊！”

张汧拱手道：“谢澹人兄吉言，真有那日，您对我可是有再造之恩啊！”

高士奇摇手道：“别客气，到时候我可还要指望您关照呢！”

早过了半夜。高士奇盛情相留，张汧就在高家住下了。

不出几日，张汧的差事就有着落了。那日在南书房，明珠奏请皇上，通政使出缺，推举张汧擢补。皇上似觉不妥，说：“张汧原是从四品，破格擢升正三品，能服众吗？”

明珠回奏：“通政使司掌管各省折子，职官仅是文翰出身则不妥。张汧在地方为官十几载，详知民情，臣以为合适。”

皇上回头问陈廷敬：“廷敬以为如何？”

陈廷敬道：“臣同张河清沾亲，不便说话。”

皇上说：“自古有道，举贤不避亲。不过陈廷敬不方便说，倒也无妨。你们倒是说说，张汧居官到底如何？”

明珠回奏：“张河清办事干练，体恤百姓，清正廉洁。顺治十六年他派去山东，十几年如一日，可谓两袖清风，一尘不染！”

皇上冷冷一笑，说：“明珠说话也别过了头。在地方为官，清廉者自然是有的，但要说到一清二白，朕未必相信。”

陈廷敬这才说道：“张河清为官十几载，身无长物。回京听用，居无栖所，寄居山西会馆。”

皇上不由得点着头：“由此看来，张汧做了十几年的官，同当年进京赶考的穷书生没有什么两样？”

陈廷敬道：“臣看确是如此。”

高士奇也说：“臣亦可以作证。”

皇上终于准了：“好，就让张汧补通政使之职吧。”

明珠忙拱了手：“臣遵旨办理。”

皇上却似笑非笑地说道：“明珠，可别说得恭敬，做的是另外一套。说不定都是你们早设好的套子，只等着朕往里头钻啊！”

明珠忙伏地而跪：“臣诚惶诚恐，只敢体仰上意，奉旨办事，怎敢兜售半点私货！”

陈廷敬、高士奇、张英等也都伏地而跪。

皇上笑道：“好了，我只是提醒你们几句，别我说个什么，你们就如此样子。咦，张英，你怎么总不说话？”

张英回道：“启禀皇上，臣只说自己知道的话，只做自己分内的事！”

皇上点头半晌，说：“好，张英是个本分人。”

当夜，张汧先去了明珠府上致谢，再去了高士奇家，俞子易正好在座。高士奇便说：“河清兄别光顾着谢我，子易可是帮了您大忙啊！”

张汧朝俞子易拱了手：“感谢俞兄，张汧自会报答的！”

俞子易很是谦恭：“高大人吩咐的事，俞某都会办到的，哪里当得起张大人一个谢字！”

闲话半日，高士奇装着突然想起的样子，说：“河清兄，我可有句直话要说。子易是靠生意吃饭，钱是借了，利息您可得认啊！”

张汧忙点头称是：“借钱认息，天经地义！”

俞子易便说：“真是不好意思！”

看看时候不早了，张汧就告辞了。送走张汧，俞子易回头同高士奇说话：“高大人，前几日替您盘下的几个铺子，我找到了下家，您看是不是脱手算了？”

高士奇说：“价钱好就脱手吧。子易，您替我做生意，最要紧的是嘴巴要守得住。”

俞子易小声说：“高大人放心，没谁知道我的生意就是您老人家的生意。”

高士奇问：“子易，你那个管家，靠得住吗？”

俞子易说：“靠得住，他是个死心塌地的人。”

高士奇点头沉吟半日，说：“他随你登门数次，我都不曾见他。既然他为人如此忠厚，就让他进来坐坐吧。”

俞子易说：“我不敢让下面的人在高大人面前放肆！”

高士奇却道：“不拘礼，让他进来吧。叫……他叫什么来着？”

俞子易回道：“邝小毛。”

没多时，邝小毛躬身进来，纳头便拜：“小的拜见高大人，小的感谢高大人看得起小的！小的甘愿为高大人当牛作马！”

高士奇说：“邝小毛，别一口一句小的了。难得你一片忠心，我就喜欢你这样的人。往后你随子易来，不必再那么拘礼，进来坐就是了。”

邝小毛只顾叩头：“小的对高大人忠心耿耿！”

高士奇说：“好了，别只管叩头了，抬起脸来，让老夫看看你。”

邝小毛畏畏缩缩抬起头来，眼睛只敢往高士奇脸上匆匆瞟了一下，慌忙又躲开了。高士奇很随和的样子，可他越是哈哈笑着，邝小毛头埋得越低，很快又伏到地上去了。

二十九

陈廷敬出了午门乘轿回家，遇着位老人家拦轿告状。刘景上前问话：“老人家，皇城之内，天子脚下，您若有冤要告状，上顺天府去便是，为何当街拦轿？”

老人家说："老儿只因房子叫人强占，告到顺天府，被关了十九年，前几日才放出来，哪里还敢再到顺天府去告状？"

陈廷敬掀开轿帘，望了眼老头儿，道："你家房子被人占了，告状竟被顺天府关了，怎会有这等怪事？"

老人家说："我家原本住在石磨儿胡同，房子被一个叫俞子易的泼皮强占了，卖给了朝中一个大官高士奇。我每次上顺天府去告状，都被衙役打了出来。我实在咽不下这口气，干脆睡在顺天府衙门外头，他们就把我抓了进去，一关就是十九年！"

陈廷敬心想真是巧得很啊！那还是顺治十八年冬月，当时京城里正闹天花，有日他早早儿骑马往衙门去，突然从胡同里面钻出个人来。那人惊了马，自己跌倒在地，满脸是血。陈廷敬吓坏了，以为自己伤了人。那人却跪下来请罪，说自己惊了大人的马，又说自己的伤是别人打的，又说有人强占了他家房子，卖给了一个姓高的官人。陈廷敬想起这些，定眼再看，正是二十多年前遇着的那个人，只是人已老态龙钟了。

陈廷敬正想着这桩往事，街上已围过许多人看热闹，他便有些尴尬，问道："老人家，您可有状子？"

马明压低了嗓子说："老爷，这事儿连着高大人，您可不好管啊！"

陈廷敬也悄声说："这么多百姓看着我，我怎能装聋作哑？"

老头儿递上状子："草民感谢青天大老爷！"

陈廷敬回到家里，禁不住唉声叹气，月媛就问他是否遇着什么难处了。陈廷敬说："月媛，你还记得顺治皇帝驾崩那年冬天我说过的一件事吗？有户人家的房子被人强占了，卖给了高澹人。"

月媛说："记得，怎么了？"

陈廷敬说："唉，我同那老人家真是有缘哪！老人家名叫朱启，因为告状，被顺天府关了十九年，前几日才放出来。刚才我回家的路上，叫他给撞上了，一头跪在我轿前。"

月媛问："您想管吗？"

陈廷敬说："这本不是我分内的事情。可是，朱启跪在我轿前，又围着那么多百姓，我怎能视而不见？可是，这实在是件难事呀！"

月媛说："这案子再清楚不过了，没什么疑难呀？我说您应该管！"

陈廷敬叹道："案子本身简单，只是牵涉到的人太多。不光高澹人，同顺天府几任府尹都有干系。十几年前的顺天府尹向秉道，如今已是文华殿大学士、刑部尚书了！"

陈廷敬这么一说，月媛也急了："这可如何是好？"

陈廷敬说："我猜哪怕皇上也不会愿意为一个平常老头子，去查办几个大臣。"

月媛没了主张，说："我毕竟是个妇道人家，您还是自己做主吧。我只是觉得明摆着的事，让坏人嚣张，您这官也做得太窝囊了。"

陈廷敬长叹不已，很是惭愧。他还知道当年趁着闹天花，旗人抢占了很多百姓的房子，这笔旧账是没法算了。

过了几日，陈廷敬先去了翰林院，晌午时分来到南书房。张英跟高士奇早到了，彼此客气地见了礼。陈廷敬今日见着高士奇，觉得格外不顺眼，似乎这人鼻子眼睛都长得不是地方。高士奇却凑过来悄声儿说："陈大人，士奇有几句话，想私下同您说说。"

陈廷敬心里纳闷，便问："什么要紧事？"

陈廷敬随高士奇到了屏风后面。高士奇低声说道："陈大人，令弟与可昨晚送了一千两银子给我，您看这可怎么办呀！"

高士奇说罢，拿出一张银票来。陈廷敬脸色大惊，羞恼异常："这个与可！"

高士奇低声道："陈大人也不必动气。与可是被官场恶习弄糊涂了。他以为是官就得收银子。我为他擢升六品，的确在明大人面前说过话，也在皇上面前说过。可我却是以贤能举人，并无私心。说到底，这都是皇上的恩典。"

陈廷敬说："澹人，与可行贿朝廷命官，这是大罪啊。"

高士奇笑道："如果让皇上知道了，与可的前程可就完了！您还是把银票拿回去，还给他算了。"

陈廷敬想这高士奇如果不想要银子，何必先收下了如今又来同我说呢？他没弄清个中原委，便道："如果与可是个蝇营狗苟之徒，他的前程越大，日后对朝廷的危害就越大。"

高士奇很着急的样子说："话不可这么说。与可还年轻，您回去说说他就行了。银票您拿着。"

陈廷敬真不知道这银票是怎么回事，只是挥手道："这银票廷敬万万不能接，澹人兄就公事公办吧！"

高士奇几乎是苦口婆心了："子端兄，您不要这么死脑筋！朝中人脉复杂，变化多端，只有您我始终是老朋友，凡事都得相互照应才是。我待与可如同亲兄弟，我可是不忍心把他的事情往皇上那里捅啊！"

陈廷敬仍不肯接那张银票，只道："澹人兄，我陈廷敬受两代皇上隆恩，但知报效朝廷，绝无半丝私念。与可的事，请如实上奏皇上！"

高士奇无奈而叹："既然如此，我就如实上奏皇上，陈大人切勿怪罪！"

陈廷敬长叹一声说："我这个弟弟自己不争气，有什么好怪罪的？"

陈廷敬今儿待在南书房，有些神不守舍。世上真有这么巧的事儿？昨儿他接了朱启的状子，里头牵扯着高士奇；今儿就冒出与可给高士奇送银票的事儿。与可家境并不宽裕，哪来这么多银子送人？

夜里，陈廷敬把弟弟叫了来，一问，他还真的给高士奇送银子了。陈廷敬火了，大声斥骂："凭你的俸禄，哪来那么多银子送人？你拿家里银子送人，也是大不孝！父亲快六十岁的老人了，还在为生意操劳！他老人家的钱可是血汗钱！"

陈廷统哼着鼻子说："我没拿家里一文钱!"

陈廷敬更是吃惊："这就怪了，难道你这银子是贪来的？那更是罪上加罪!"

陈廷统说："我也没贪!"

陈廷敬甚是着急，问道："你的银子是天上掉下来的？快告诉我，怎么回事!"

陈廷统并不回答，只道："你只顾自己平步青云，从来不念兄弟之情。我靠自己在官场上混，你有什么好说的？"

陈廷敬气得两眼直要喷血，几乎说不出话。他平息半日，放缓了语气说："你好糊涂！高澹人干吗要把银票送还给我？他不收你的不就得了？他不光要害你，还要害我!"

陈廷统冷冷一笑，说："高大人是想在你那里做人情，可是你不买他的账。"

陈廷敬被弄糊涂了，问："我同他有什么人情可做？"

陈廷统说："我也是今日才听说，你接了桩官司，里头扯着高大人。我承认自己上当了，可这都是因为你!"

陈廷敬惊得两耳嗡嗡作响，跌坐在椅子里。果然是他在南书房猜想到的，可他在街头接了状子，高士奇怎么就知道了呢？陈廷敬这两日手头忙，还没来得及过问这事儿。

陈廷敬低头寻思半日，问道："与可，你告诉我，你的银子到底哪里来的？"

陈廷统说："高澹人有个钱塘老乡……"

陈廷统话没说完，陈廷敬就知道那个人是谁了，问："是不是叫俞子易？"

陈廷统说："正是俞子易。他找到我，说上回我升了六品，高大人为我说过话，要我知恩图报。我说我不懂这里头规矩。俞子易就直话直说，让我送一千两银子给高澹人。我拿不出这么多银子，俞子易也仗义，就借了我银子。"

陈廷敬仰着头，使劲地摇着，半日才说："与可，你真是愚不可及！这个俞子易，正是高澹人豢养的一条狗！他们合伙来害你，你还感激他！”

陈廷统说：“我看高大人根本就不是你说的这种人！”

陈廷敬说：“你真是鬼迷心窍！我终于明白了，高澹人设下圈套，就是想同我做交易！他怕我查他房子的来由！”

陈廷敬同弟弟细细说了高士奇宅子的来历，只是不明白朱启告状的事儿怎会这么快就传到他耳朵里去了？陈廷统这下也后悔了，很是害怕，说：“他要把我逼急了，我就告他高澹人索贿！”

陈廷敬摇摇头说：“高澹人才不怕你告他哩！皇上本来就信任他，况且他把银子交了出来，你告他什么呀？与可，你这会儿急也没用，只管好好儿当差吧。”

陈廷统哪里放心得下，直道：“高澹人真把事情捅到皇上那里去了，我不就完了吗？哥，您就别管这桩官司算了。”

陈廷敬恨恨道：“早知如此，何必当初！”

陈廷统再也没话可说，坐在那里垂头丧气。陈廷敬也犹豫了，真想放下这桩官司不管，不然廷统只怕有祸上身。可那高士奇又实在可恶，这次假如让他得逞，今后不知更要欺人到何等地步。陈廷敬左右寻思，心里终于有了主张，决意把这官司管到底。

第二日，陈廷敬吩咐刘景、马明，查查那个钱塘商人俞子易，看他是怎么把人家房子强占了去的。没几日，两人就回了话。原来朱启家在明朝时候也是个大户，有好几处大宅院儿。可是后人不肖，早在崇祯年间就开始显出败象了。朱启原本有个儿子，名叫朱达福，百事不做，只管嫖赌逍遥，又交上个叫俞子易的泼皮。那泼皮只管调唆朱达福花银子，把祖宗留下的几个宅子都花光了，只余下石磨儿胡同的宅院。俞子易又设下圈套，借高利贷给朱达福。顺治十八年，朱达福突然不见人影儿了，俞子易找上朱启，拿出他儿子六千两银子的借据。朱启还不出银子，就被俞子易赶出了宅院。一转手，朱家宅院卖给了高士奇。那朱达福却再也没谁见到过，街坊都说他准是被俞子易害了。

俞子易干的营生，尽是些伤天害理的事。顺治十八年，京城里头闹天花，俞子易同官府串通，专挑那些软弱好欺的，强占人家宅院。那些宅院原是入了官的，俞子易打点衙门里头的人，很便宜就买下了。街坊都说俞子易胆大包天，全仗着宫里有人。陈廷敬听了，明白街坊说的俞子易宫里有人，那人就是高士奇。

夜里，高士奇约了俞子易和祁小毛到家里来，商量应对之策。原来那日朱启在路上拦了陈廷敬的轿子，俞子易同祁小毛正好在旁边看见了。事情也是巧得很，平常俞子易同祁小毛都不来午门外接高士奇的，偏偏那日有桩生意急着要回复，他俩才匆匆忙忙往午门那边去。俞子易认得朱启，也认得陈廷敬的轿夫。他等高士奇出了午门，头一桩就说了这事儿。高士奇本不怕朱启告状，只是陈廷敬接了状子，就恐事有不妙。他设下圈套让陈廷统借银子送礼，看样子陈廷敬却轻易不会中计。

高士奇交代俞子易："子易，我让你把名下房产、铺面等一应生意，通通过到祁小毛名下，办了吗？"

俞子易到底放心不下，生怕高士奇另有算盘，便说："账都过好了，只是高大人，这样妥吗？"

高士奇哈哈一笑，说："我知道你担心老夫吃了你的银子。"

俞子易忙低了头说："小的哪敢这么想？我能把生意做大，都亏了您高大人！"

高士奇说："老夫都同你说了，银子是你的，终归是你的，跑不了。到时候官司来了，你远走高飞，让那朱老头子告去！你只要回到钱塘老家，就万事大吉了。官府只认契约，马虎一下就过去了。"

嘱咐完了俞子易，高士奇又对祁小毛说："到时候你就一口咬定，你是东家！"

祁小毛点头不止："小的全听高大人吩咐！"

高士奇瞟了眼祁小毛，说："好！你先出去一下，我有话要同子易说。”

邝小毛赶紧起身，退了出去。高士奇却不马上说话，慢慢儿喝着茶。俞子易不知道高士奇要说什么紧要事，心里怦怦儿跳。过了老半日，高士奇小心看看外面，才小声说道：“子易，陈子端哪日真把事情抖出来，就依你说的去做！”

俞子易说：“我明白，干掉朱启。依我说，这会儿就去干掉他！”

高士奇摇头道：“不不不，我们只是为着赚钱，杀人的事，能不做就不做。记住，不到万不得已，手上不要沾血！”

俞子易说：“小的记住了。”

高士奇示意俞子易附耳过来：“记住，要杀朱启，你得让邝小毛下手！”

俞子易使劲儿点头，嘴里不停道谢。他感激高士奇，没有把这等造孽差事派到自己头上。

这时，忽听得高大满在外头报道：“老爷，陈子端陈大人来了。”

高士奇一惊：“这么晚了他跑来干什么？”

他叫俞子易赶紧出去躲着，自己忙跑到大门口迎客。陈廷敬早已下轿候在门外了，高士奇先把门房骂了几句，再说：“啊呀，陈大人，怎敢劳您下驾寒舍？您有事吩咐一声得了，我自会登门听候吩咐！”

陈廷敬笑道：“澹人兄不必客气，我多时就想上您家看看了。”

高士奇恭请陈廷敬到客堂用茶，刘景、马明二人在客厅外面站着。陈廷敬喝了口茶，高士奇寒暄起来：“不知陈大人光临寒舍，有何见教？”

陈廷敬笑道：“何来见教！早听说士奇收罗了不少稀世珍宝，可否让我开开眼界？”

高士奇摇头道：“真是让陈大人笑话了，我哪里有什么稀世珍宝？好，书房请吧。”

书房的博古架上摆满了各色古董，书案上的钧瓷瓶里也插着字画。高士奇打开一个木箱，拿出一幅卷轴，徐徐展开，原来是唐代阎立本的《历代帝王图》。

陈廷敬挑灯细看，赞不绝口："澹人啊，您还说没有稀世珍宝。这么好的东西，宫里都没有啊!"

高士奇忙说："不敢这么说！我把自己最喜欢的都献给皇上了，留下自己玩的，都是些不入眼的。"

陈廷敬望望高士奇，突然说道："我想看看荆浩的《匡庐图》!"

高士奇一惊，却立即镇定了，笑道："子端好没记性，《匡庐图》我献给了皇上，您也在场啊！皇上还让您看了哩!"

陈廷敬摇摇头，笑望着高士奇，不吐半个字。高士奇的脸色慢慢变了，试探着问："子端兄，未必那幅《匡庐图》是赝品?"

陈廷敬并不多说，只道："您心里比我清楚啊!"

高士奇仍是装糊涂："如果真是赝品，我可就没面子了！世人都说我是鉴赏古玩的行家，却被奸人骗了!"

陈廷敬笑笑，低声道："这上头没人骗得了您，您却骗得了皇上!"

高士奇大惊失色，说："啊？陈大人，这话可不是说着好玩的啊！欺君大罪，要杀头的!"

陈廷敬冷冷一笑说："澹人也知道怕啊!"

高士奇语塞半晌，小心问道："陈大人明说了，您到底想做什么?"

陈廷敬没有搭理高士奇的问话，只道："您送给皇上的《匡庐图》，只值二两银子，而您手头的真品，花了两千两银子。"

高士奇心里恨恨的，脸上却没事似的，笑道："陈大人，您一直暗中盯着我?"

陈廷敬也笑道："我没有盯您，是缘分。缘分总让我俩碰在一起。"

高士奇哈哈大笑，说："是啊，缘分！好个缘分！陈大人，您既然什么都清楚了，我不妨告诉您。我向皇上献过很多宝贝，真假都有。太值钱的东西，我舍不得。我高某自小穷，穷怕了，到手的银子不那么容易送出去，哪怕他是皇上。"

陈廷敬同高士奇同朝做官二十多年了，早知道他不是良善之辈，可也未曾想到这个人居然坏到这步田地，胆子比天还大。陈廷敬脸上仍是笑着，说："澹人兄今儿可真是直爽呀！"

高士奇道："子端兄，不是我直爽，只是我吃准您了。不瞒您说，我知道您不敢把这事儿告到皇上那儿去。"

陈廷敬的眼光离开高士奇那张脸，笑着问道："何以见得？"

高士奇不慌不忙，招呼着陈廷敬喝茶，这才慢条斯理地说："咱皇上是神人，文武双全，无所不通，无所不晓。皇上要是连假画都辨不出，他还神个什么？子端兄，您不打算告诉皇上他不是神人吧？"

陈廷敬慢慢啜着茶，叹道："世人都说当今皇上千年出一个，我看您澹人可是三千年才出得了一个。"

高士奇拱手道："承蒙夸奖，不胜荣幸！"

陈廷敬放下茶杯，笑眯眯地望着高士奇说："您就不怕万一失算，我真的禀告了皇上呢？"

高士奇使劲摇着脑袋，道："不不不，您不会。陈大人行事老成，不会因小失大，此其一也；皇上容不得任何人看破他有无能之处，陈大人就不敢以身犯险，此其二也。"

陈廷敬哈哈笑了几声，仿佛万分感慨，说："澹人呀，我佩服您，您真把我算死了。但是，我告诉您，我不会把这事捅到皇上那里去，不是因为怕，而是不值得。"

高士奇问："如何说？"

陈廷敬长舒一口气，说："不过就是几张假字画、几个假瓷瓶，误不了国也误不了君。我犯不着揪着这些小事，坏了君臣和气。"

高士奇又把哈哈打得天响，说：“陈大人忠君爱国，高某钦佩！不过反正都一样，我知道您不会说出去。”

陈廷敬笑笑，又道：“我现在不说，不等于永远不说。世事多变，难以预料呀！”

高士奇问：“陈大人说话从来直来直去，今儿怎么如此神秘？该不是有什么事吧？”

陈廷敬说：“澹人兄，我想帮您。”

高士奇道：“陈大人一直都是顾念我的，士奇非常感谢。可我好好的，好像没什么要您帮的呀？”

陈廷敬说：“您是不想让我帮您吧？”

高士奇有些急了，道：“陈大人有话直说。”

陈廷敬说：“您那钱塘老乡俞子易，他会坏您大事！”

高士奇故作糊涂：“俞子易？高某知道有这么个人。”

陈廷敬笑道：“澹人兄呀，您就不必藏着掖着了，您我彼此知根知底。那俞子易公然游说与可向您行贿，他是在害您！”

高士奇明知陈廷敬早把什么都看破了，嘴上却不承认：“原来是俞子易在中间捣鬼？”

陈廷敬说：“事情要是摊到桌面上说，就是您高澹人索贿在先，拒贿在后，假充廉洁，陷害忠良！”

高士奇假作惭愧的样子，说：“陈大人言重了！我也是蒙在鼓里啊！既然如此，银票您拿回去就得了。唉，我早就让您把银票拿回去嘛。”

陈廷敬笑笑，说：“不，银票您还是自己拿着。反正是您自己的银票，何必多此一举？您只把与可立下的借据还了就得了。与可有俸禄，我陈家也薄有家赀，不缺银子花，不用向别人借钱。”

高士奇说：“原来陈大人故意提起《匡庐图》，是想给我个下马威，让我别把与可行贿的事捅到皇上那里去。犯不着这样嘛，我当初就不愿意把事情闹大。”

陈廷敬说：“不，事情别弄颠倒了。与可本无行贿之意，是有人逼的！"

高士奇忙点头说："行行行，我让俞子易还了借据，再把这银票还给俞子易！"

陈廷敬笑道："我只要借据，银票您是自己拿着，还是交给俞子易，不干我的事。"

陈廷敬说罢告辞，高士奇依礼送到大门外。两人笑语片刻，拱手而别，就像两位要好不过的朋友。高士奇目送陈廷敬轿子走进黑暗里，脸色慢慢恨了起来。回到客堂，高夫人迎了上来："老爷，奴家在隔壁听着，这位陈大人挺厉害呀！"

高士奇道："呸！他厉害，我比他还厉害！他陈子端学问比我强，文名比我大，官职比我高，可又怎么样？我还比他先进南书房！我就不信斗不过他！"

高夫人劝道："老爷，您别着急上火的，先把事儿琢磨清楚。奴家听着，陈大人好像还得找俞子易的碴，怕是对着您来的呀！"

高士奇说："你当我是傻子？陈子端口口声声只说俞子易如何，其实就是想整我。他查呀！我就是要他查！"

高士奇突然高声喊道："来人！"

高大满进来，问："老爷有何吩咐？"

高士奇说道："叫俞子易过来。"

没多时，俞子易同邝小毛进来了。高士奇闭上眼睛说："子易，连夜把陈与可的借据还了，再把该办的事办了！"

俞子易点头称是，便同邝小毛出去了。

高士奇回到书房，仍旧把玩他的那些宝贝儿。高夫人过来看看，见老爷没有歇息的意思，也不敢劝，悄悄儿退回去了。三更天时，高大满打着哈欠来到书房，说是邝小毛来了。高士奇甚是烦躁的样子，说："天都快亮了，他来做甚？"

高大满说："邝小毛说是老爷您吩咐他连夜回话的。"

高士奇说："我几时要他回什么话了？这个狗奴才，让他进来吧。"

邝小毛让高大满领了进来，跪伏在地："回高大人话，事情办妥了。"

高士奇诧异道："什么事情办妥了？"

邝小毛说："小的按高大人吩咐，把朱启杀了！"

高士奇大骇不已，一怒而起："啊！你真是胆大包天！我什么时候让你去杀人了？来人！快把杀人凶犯邝小毛押去报官！"

高大满跑出去吆喝几声，没多时拥进几个家丁，三两下就绑了邝小毛。邝小毛吓得面如土色，胡乱喊了半日高大人，说道："俞子易说这是您的吩咐！"

高士奇怒气冲天："大胆！你杀了人还敢血口喷人，诬赖本官！"

邝小毛跪在地上，苦苦哀求："高大人，小的对您可是忠心耿耿呀！您就饶了我吧！"

高士奇正眼都不瞧他，只道："你杀了人，本官如何饶你？"

邝小毛说："这都是俞子易在害我！他要不说是您的吩咐，给我吃了豹子胆，我也不敢杀人呀！"

高士奇转过脸来，问："果真是俞子易让你干的？"

邝小毛点点头，泪流不止："他说这都是高大人您的意思。"

高士奇吩咐左右："你们都下去吧，我要问个究竟！"

高大满同家丁都出去了，高士奇来回走了老半日，停下来说："我真是瞎了眼哪！没想到俞子易调唆你去杀人，还要往我身上栽赃！"

邝小毛仍被绑着，没法去揩脸上的泪水，脸上污秽不堪，道："高大人，我中了俞子易的奸计，您可千万要救我！"

高士奇仰天而叹："人命关天，叫我如何救你？难道要我隐案不报？我可是朝廷命官哪！"

邝小毛使劲叩头，没了手支撑，三两下就滚爬在地："高大人，您好歹救我一命，我今生今世甘愿替您当牛作马！"

高士奇躬身把邝小毛提了起来，很悲悯的样子，竟然流了泪：

“小毛呀小毛，我平日是怎么告诫你们的？只管好好做生意，干什么要杀人？”

邝小毛道：“俞子易说，高大人您住着朱启家房子，陈子端要查。他说只要杀了朱启，就一了百了。”

高士奇哼哼鼻子，道：“朱启告状，与我何干？这房子我是从俞子易手里买下的，要告也只是告他俞子易。邝小毛呀，你真是糊涂，你让俞子易耍了！你有了命案在他手里捏着，终生都得听命于他！”

邝小毛哀求道：“高大人，小的一时糊涂，您万万救我！”

高士奇哀叹不止，说：“你也不动动脑子！我一个读书人，一个朝廷命官，日日侍候皇上的，怎么会叫你去杀人呢？”

邝小毛后悔不已：“小的没长脑子！”

高士奇问：“我问你，俞子易手里生意，值多少银子？”

邝小毛说：“至少三十万两。”

高士奇又道：“我是为他生意帮过忙的，外头就有些闲话，说我从他那里得了好处。你听说过我同他是怎么分账的吗？”

邝小毛说：“小的没听说过。”

高士奇冷笑道：“你是他管家，半句都没听说过？”

邝小毛回道：“小的不敢说。”

高士奇问：“本官自己问你，也不敢说？”

邝小毛低头道：“不敢说，小的只知道高大人同俞子易生意上没干系。”

高士奇点点头：“好。邝小毛，本官会救你的。你起来吧。”

高士奇亲自给邝小毛松了绑，扶他起来。邝小毛却重新跪下，叩头半日，说：“小的感谢高大人再造之恩。”

高士奇问：“俞子易给你开多少银子？”

邝小毛回道：“月薪五两银子。”

高士奇说：“俞子易三十万两银子的家产已经是你的了！”

邝小毛慌忙拱手低头：“小的不敢！俞子易虽说把家产过到了

我的名下，可那不是我的！”

高士奇逼视着邝小毛：“你真的想死？”

邝小毛再次跪下：“小的是被吓糊涂了，不明白高大人的意思！”

高士奇压低嗓子说道：“俞子易家产是你的，朱启是俞子易杀的！”

邝小毛不由得啊了一声，叩头如捣蒜：“高大人，从今往后，小的这颗脑袋就是高大人您的了！”

高士奇又说：“往后这三十万金，我八，你二！”

邝小毛顿时两眼放光：“啊？高大人，您可是我的亲祖宗呀！好！任他俞子易如何狡辩，任官府如何打屁股，我都按高大人吩咐的说！”

高士奇又流起泪来：“唉！俞子易同我交往多年，我虽为朝廷命官，却并不嫌弃他的出身地位，可谓情同手足！没想到他为着一桩生意，居然指使你去杀人，还要陷害我！我这心里头痛呀！”

邝小毛也哭了起来，说：“高大人，您可是菩萨心肠啊！”

三十

皇上御门听政完毕，摆驾乾清宫西暖阁，召见陈廷敬和高士奇。皇上手里拿着个折子问：“陈廷敬，这本是顺天府该管的案子，怎么径直到朕这里来了？”

陈廷敬听着皇上的口气，就知道自己真不该把朱启的案子奏报皇上。可事已至此，就得硬着头皮做下去。他同高士奇也撕破脸皮了，便不再顾忌许多，只道：“高澹人知道来龙去脉！”

高士奇早就惶恐不已，猜着皇上同时召见他和陈廷敬，肯定就是为他房子的事儿。可转眼一想，皇上心里只怕是向着自己的，才当着他的面问陈廷敬的话。没想到陈廷敬张嘴就开宗明义了，高士奇吓得脸色大变。

皇上问高士奇："你说说，怎么回事？"

高士奇匍匐在地："臣有罪！臣早年贫寒，落魄京师，觅馆为生，卖字糊口。后来蒙先皇恩宠，供奉内廷，侍候皇上读书。但臣位卑俸薄，没钱置办宅子，无处栖身。碰巧认识了在京城做生意的钱塘老乡俞子易，在他家借住。后来，俞子易说他买下了别人一处宅院，念个同乡情谊，照原价卖给臣。臣贪图了这个便宜。"

皇上又问："多大的宅院？"

高士奇回道："宅院倒是不小，四进天井，房屋统共五十多间，但早已很破旧了。"

皇上道："依你现在身份，住这么大的房子，也不算过分。值多少银子？"

高士奇回道："合银三千两。"

皇上说："倒也不贵。"

高士奇道："虽是不贵，臣也拿不出这么多银子。臣只好半借半赊地住着，直到前年才偿清俞子易的债务。"

皇上觉得纳闷："如此说，你一干二净的，为何说自己有罪？"

高士奇突然泪流满面，说道："先皇曾严令朝廷官员不得同商人交往，凡向大户豪绅借银一千两者，依受贿罪论斩！皇上，臣这颗脑袋合该砍三次！皇上，臣辜负皇恩，罪该万死！"

高士奇把头叩在地上砰砰作响，流泪不止。皇上长叹一声，竟也悲伤起来："做国朝的官，是苦了些。士奇呀，你有罪，朕却不忍治你的罪！你出身寒苦，自强不息，不卑不亢，有颜回之风。这也是朕看重你的地方。"

高士奇说："颜回乃圣人门下，士奇岂敢！"

皇上却甚是感慨，说："国朝官员俸禄的确是低了点，可国朝的官员都是读圣贤书的，是百姓的父母官，不是为了发财的。谁想发财，就像俞子易他们，去做生意好了。做官，就不许发财！"

高士奇又叩头道："臣谨记皇上教诲！"

皇上悲悯地望着地上的高士奇，说：“不过，朕看着你们如此清苦，心里也有些不安呀！士奇，朕赦你无罪！”

高士奇拱手谢恩：“臣谢皇上隆恩！”

陈廷敬万万没想到皇上如此草草问了几句，就赦了高士奇的罪，便道：“启禀皇上，国朝官员俸禄的确不高，但有的官员却富逾万金！”

皇上听了陈廷敬的话，有些不悦，问道：“陈廷敬，你家房子多大？”

陈廷敬回道：“回皇上，臣在京城没有宅院，臣住在岳丈家里！”

皇上叹息道：“陈廷敬，朕御极以来，一直宽以待人，也希望你们如此做人做事。朕向来都觉着你宽大老成，可是你对士奇总有些苛刻。”

高士奇忙说：“皇上，陈大人对臣严是严了些，心里却是为臣好，臣并不怪他！”

皇上望着高士奇，甚是满意：“士奇是个老实人。”

陈廷敬说：“启禀皇上，臣同高澹人并无个人恩怨，只是觉着事情该怎么办，就应怎么办。”

皇上问：“俞子易同朱启的官司，本是顺天府管的，你说该怎么办？难道要朕批给刑部办吗？”

陈廷敬奏道：“皇上，朱启因为告状，被顺天府关了十几年，这回是顺天府要他立下保书，不再上告，才放他出来的。因此，臣以为此案再由顺天府去办，不妥！”

皇上脸色黑了下来：“陈廷敬，你的意思是历任顺天府尹都做了昏官？从向秉道到现在的袁用才，已换过四任府尹，有三任是朕手上点的。难道朕都用错了吗？”

陈廷敬再怎么回话都是惹祸，可已没法回旋，他只得顺着理儿说下去：“臣只是就事论事，绝无此意。”

高士奇却很会讨巧，奏道：“禀皇上，臣贪图便宜买了俞子易的房子，但确实不知他这房子竟然来历不明。子端大人以为此案应交刑部去审，也是出于公心。臣也以为，顺天府不宜再审此案。”

皇上冷冷道：“你们大概忘了，现如今刑部尚书向秉道，正是当年的顺天府尹。”

高士奇越发像个老实人了，启奏皇上：“臣以为，此案既然是陈大人接的，不如让陈大人同向秉道共同审理，或许公正些。”

皇上点头道：“既然如此，高士奇也参与，同陈廷敬、向秉道共审这桩案子！”

陈廷敬听得皇上叫高士奇也来审案，更加知道自己不该理这桩官司了。高士奇却拱手道：“禀皇上，臣还是回避的好，毕竟俞子易与臣是同乡，又有私交，况且这房子又是我从他手里买下的。”

皇上应允道：“好吧，你就不参与了。可见高士奇是一片公心啊。”

召见完了，陈廷敬同高士奇一道出了乾清宫。高士奇拱手再三，恭请陈廷敬秉公执法，要是俞子易果真强占了人家房子，务必要俞子易还他银子，他也好另外买几间屋子栖身。陈廷敬明知自己被高士奇耍了，却有苦说不出，只有连连点头而已。

天刚断黑，高士奇就出了门。他打算拜访两个人，先去了刑部尚书向秉道府上。照例是先打发好了门房，方得报了进去。向秉道并没有迎出来，只在客堂里候着。高士奇入了座，没客气几句，就把陈廷敬接了朱启案子的事说了，道：“向大人，皇上本来有意把此案交顺天府，就是陈子端硬要把它往刑部塞！不知他是何居心啊！”

向秉道说：“陈大人之公直，世所尽知。老夫猜不出他有什么私心啊！”

高士奇大摇其头，说：“向大人有所不知！陈子端口口声声说顺天府不宜再办此案，需刑部过问。表面看他是信任刑部，其实是想让您难堪！”

向秉道莫名其妙，问道：“这话从何说起？”

高士奇故作神秘，说道：“这桩案子，正是当年您在顺天府尹任上办下的！”

向秉道这下吃惊不小，一时不知说什么才好。高士奇笑道：“向大人，容下官说句大胆的话。下官这会儿琢磨着，朱启家的案子，很可能就是桩冤案，向大人您当年很可能被下面人蒙蔽了！”

向秉道坐不住了，急得站起身来：“啊？即便是本官失察，后来几任府尹也都过问过，难道他们都没长眼睛？”

高士奇说道：“向大人，您是官运亨通，扶摇直上，如今是刑部尚书、内阁大学士，您办过的案子，谁敢翻过来？”

向秉道重重地跌坐在椅子里，叹道：“知错即改，这才是我的为人呀！我难道以势压人了？”

高士奇说：“向大人的人品官品，世所景仰，不会有人非议。只是朱启家的案子如今再审，不但对您不利，后面几任府尹都难辞其咎啊！我想就连皇上脸上也不好过。”

向秉道低头想了老半日，问道：“澹人有何高见？”

高士奇长叹道：“事情已经到了皇上那里，我还能有什么高见？涉案疑犯俞子易，虽是我的同乡故旧，我却不敢有半丝包庇。我只觉着陈子端用心有些险恶。国朝的大臣们都是贪官庸官，只有他陈子端是包拯、海瑞！”

向秉道摇着头，不再说话。高士奇陪着向秉道叹息半日，也摇着头告辞了。

高士奇出了向府，坐上轿子，便吩咐回家去。长随问道：“老爷，您不是说还要去顺天府吗？”

高士奇笑道：“老爷我改主意了，不去了。我琢磨呀，顺天府尹袁用才会上门来找我的。等他上门来吧。”

高士奇回到石磨儿胡同，人未进门，高大满迎了出来，说：“老爷，顺天府尹袁用才来府上拜见您，已等候多时了。”

高士奇点点头，只回头望望长随。随从也点头笑笑，暗自佩服高士奇料事如神。高士奇进了客堂，忙朝袁用才拱手赔礼，信口胡编道：“皇上夜里召我进宫，不知袁大人大驾光临，失敬失敬！”

袁用才来不及客套，着急地说：“高大人，您的同乡好友俞子易犯案了，您可知道？”

高士奇故作惊诧：“啊？他犯了什么案？”

袁用才便把俞子易杀人被邝小毛告发的事说了，高士奇惊得说不出话来。

袁用才道：“俞子易口口声声说高大人可以替他作证，我只好登门打扰。”

高士奇甚是痛心的样子，说：“我高士奇蒙皇上恩宠，但知报效朝廷，绝无半点私心。俞子易是我的同乡、朋友，但他犯了王法，请袁大人千万不要姑息。别说是我的朋友犯法，哪怕我的家人和我自己犯法，您也要依法办事啊！”

袁用才支吾半日，说：“袁某问案，好像听说俞子易杀人案，同高大人您住的这宅院有些干系。”

高士奇道：“我最近也风闻这房子是俞子易强占百姓的，再卖给了我。袁大人请放心，哪怕牵涉到我高某本人，您也不要有任何顾忌！俞子易杀人案就请袁大人严审严办！”

袁用才听了这话，千斤石头落了地：“高大人高风亮节，袁某敬佩！好，我就不打搅了！”

第二日，袁用才升堂问案，一阵棍棒下去，俞子易只得认了罪。他想反正有高士奇替他出头，何不先少吃些棍棒再说？没想到他刚在供词上画了押，邝小毛又当堂指控，说他顺治十八年害死了朱启的儿子朱达福。俞子易这下蒙了，知道自己的脑袋必定搬家。

向秉道并不知道俞子易早被顺天府拿了，早早儿就吩咐下面去寻人，一边请来陈廷敬商量案情。向秉道本来很敬重陈廷敬，可昨夜听了高士奇那番话，心里有些不快，便对陈廷敬说：“陈大人，就算我被属下蒙蔽，别人也长着眼睛呀！您可不能怀疑朝廷所有官员都是酒囊饭袋啊！”

陈廷敬忙拱手道歉：“万望向大人谅解！我俩还是先切磋一下案情，择日再开堂审案吧。”

向秉道摇头道：“老夫办事一贯雷厉风行，我早已传人去了，即刻就可升堂！”

这时，刑部主事匆匆赶来，神色有些紧张：“向大人、陈大人，俞子易犯杀人大罪，已被顺天府抓起来了！案子已经审结！”

主事说罢，便把顺天府审案卷宗呈给向秉道。向秉道接过卷宗，匆匆翻看着。陈廷敬在旁问道：“被杀的何许人也？”

向秉道把卷宗递给陈廷敬，说：“正是状告俞子易的朱启！”

陈廷敬啊了一声，脸色白了。他猜想朱启之死必定同俞子易有关，说不定就牵涉到高士奇。但他手里无据无凭，哪敢胡乱猜测？只连声叹息，摇头喊天：“天啦，是我害了朱启！若不是我接了他的状子，他不会有杀身之祸！”

向秉道也是摇头道：“没想到俞子易真是个谋财害命的恶人啊！陈大人，我真的失察了！此案不必你我再审，速速上奏皇上吧！”

陈廷敬肚子里有话说不出，只好答应上奏皇上。

皇上当日午后就召见了向秉道和陈廷敬，袁用才同高士奇也被叫了去。向秉道、袁用才、高士奇三人请罪不已，陈廷敬却低头不语。皇上一一宽慰，并不责怪谁。高士奇仍是请罪，说他实在不知俞子易那宅院来路不明，贪图便宜把它买下了，愿将那宅院入官。

袁用才却说：“启奏皇上，俞子易先后杀害朱启父子是事实，但朱达福欠下俞子易六千两银子也是事实。俞子易杀人以性命相抵，朱家欠债以宅院相抵。于法于情，理应如此。因此说，高澹人从俞子易手上买下房子，并没有犯上哪一条。”

皇上听了，觉着袁用才言之有理。

事情莫名其妙弄成这样，陈廷敬大惑不解。他硬着头皮奏道：“启奏皇上，臣以为俞子易杀人案事出蹊跷，应该重审！”

袁用才忙跪下上奏：“启奏皇上，俞子易供认不讳，人证物证俱在，原告也已被杀，陈子端他节外生枝！”

皇上阴沉着脸：“陈廷敬！朕刚才看到各位臣工都有悔罪之意，只有你一干二净！你真的是圣人吗？你要朕把向秉道、袁用才、高士奇和几任顺天府尹都治了罪你才心安吗？”

陈廷敬叩头谢罪：“回皇上，臣绝无此等用心！”

皇上说：“朕时常告诫你们，居官以安静为要。息事宁人，天下太平！不要遇事便闹得鸡飞狗跳！”

大臣们通通低着头，大气不敢出。皇上望着高士奇，很是慈祥：“你那宅院，还是你的，不要再说。不过，你那宅院只怕有些凶气，朕想着便觉不安。朕平日临时有事，召你也不方便。西安门内有个院子，你搬进来住吧！”

听得皇上赐给高士奇宅子，几位大臣不由得暗自惊异。高士奇几乎不敢相信自己的耳朵，愣了会儿才跪地而拜：“皇上，大臣赐居禁城，自古未有先例，士奇手无寸功，不敢受此恩宠！恳请皇上收回成命！”

皇上摇摇头说道：“士奇，你供奉内廷多年，辛勤劳苦，朕心里有数。你不必推辞。民间有句话，家搬三次穷。朕再赐你表里缎十匹、银五百两，作为搬家之用。你就速速搬进来吧。”

高士奇感激得痛哭流涕：“臣虽肝脑涂地，当牛作马都不足以报效皇上！”

皇上又道：“朕昨日写了两个字：平安。今日朕把这两个字赐给你。”

说话间，张善德捧出皇上墨宝。高士奇跪接了，谢恩不止。

召见完了，几位大臣退出乾清宫，免不了向高士奇道贺。

袁用才拱手道：“高大人，皇上赐大臣宅院于禁城之内，可是开千古之例呀！恭喜恭喜！”

高士奇笑道："我皇圣明，他老人家开先例的事可多着哪！以十四岁之冲龄登基御极，威震四海，自古未有；十六岁剪除鳌拜，天下归心，自古未有；削藩平乱，安定六合，自古未有；《圣谕十六条》教化百姓，民风日厚，自古未有！"

这时，张善德追了上来，悄声儿喊道："陈大人，皇上叫你进去说句话哪！"

陈廷敬心里不由一惊。今儿皇上对他甚是不悦，这会儿又有什么事呢？陈廷敬随张善德往回走着，小心问道："总管，皇上召我何事？"

张善德说："小的哪里知道，只听得皇上不停地叹气。"

陈廷敬不再多问，低头进了乾清宫。皇上正在西暖阁背手踱步，陈廷敬上前跪下，叩谢的客套话没说完，皇上就叫他起来。陈廷敬谢恩起身，垂手站着。

皇上站定，望了陈廷敬半晌，才说："朕知道你心里憋气！人命关天，不是小事。但原告已经死了，凶犯杀了就是！难道你真要朕为这件事情处置那么多的大臣？"

陈廷敬说："臣向来与人为善，并未借端整人！"

皇上坐下说道："高士奇只是个六品中书，你是从二品，你要大人不计小人过！高士奇出身寒苦，为人老实，朕确实对他多有怜惜。他当差也是尽心尽力的，你就不要同他计较！"

陈廷敬道："臣不会同他计较！"

皇上长叹一声，似有无限感慨："自古都把官场比作宦海。所谓海者，无风三尺浪。朕却以为，治国以安静平和为要，把官场弄得风高浪急，朕以为不妥。用人如器，扬长避短。你有你的长处，高士奇有高士奇的长处。人非圣贤，孰能无过？求全责备，则无人可用。"

皇上这番话自然在理，但眼下这案子却是黑白颠倒了。陈廷敬心里还有很多话，也不敢再啰唆半句，只好拱手道："皇上用人之宽，察吏之明，臣心悦诚服！"

高士奇盘坐在炕上，抽着水烟袋。夫人喜滋滋地把玩着皇上赐的绸缎，问：“老爷，皇后娘娘和那些嫔妃们用的都是这些料子吧？”

高士奇把水烟袋吸得咕噜作响，说：“往后呀，皇后娘娘用的料子，你也能用！这些都是江宁官造，专供大内。”

夫人大喜，说：“老爷，咱皇上可真是活菩萨，我得天天替他烧高香，保佑他老人家万岁万岁万万岁！”

高士奇哼哼鼻子，说：“你不是担心陈子端会整倒我吗？都看见了？怎么样了？陈子端当面讽刺我，说我高某三千年才出一个！算他说对了！”

夫人更把自家男人看成宝贝似的，道：“我得赶紧做几件衣服，赶明儿住到紫禁城里去，也别让人瞧着寒碜！”

这会儿高大满进来说邝小毛来了，高士奇脸色阴了下来，只叫他先到书房等着。高士奇故意吸烟喝茶半日，才去了书房。

邝小毛见了高士奇，慌忙跪下：“谢高大人救命之恩，贺高大人大喜大喜！”

高士奇故意拿着架子，淡淡地说：“我有什么可喜的？你起来说话吧！”

邝小毛站起来说：“高大人蒙皇上恩宠，在紫禁城内里头赐了宅子，这可是天大的喜事呀！”

高士奇全不当回事似的，说：“我在皇上跟前二十多年了，这种恩宠经常有的，倒是别人看着觉得稀罕。”

邝小毛低头道：“高大人，蒙您再造之恩，小的自此以后，就在您跟前当牛作马！”

高士奇说：“小毛，我知道你的一片忠心。我是个讲义气、够朋友的人。我原本打算这三十万金，我八，你二！今儿我一琢磨呀，还不能让你一下子就暴富了。俞子易就是个教训！”

邝小毛愣住了，问：“高大人您意思？”

高士奇笑道：“富贵得慢慢地来，不然你受不起，就像俞子易那样，要折命的。这三十万金，原本就是我的，俞子易不过是替我打点。俞子易原先给你月薪五两银子，我给你加到十两！”

邝小毛想不到高士奇如此出尔反尔，心里直骂娘，却只好再次跪下：“高大人，小的怎敢受此厚爱？小的今后如有二心，天诛地灭，九族死绝！”

高士奇哈哈大笑道：“小毛何必发此毒誓？我知道你会对我忠心耿耿的！”

这时，丫鬟春梅进来说：“老爷，夫人说了，老爷明儿还要早起，请老爷早些歇息了。”

邝小毛听得这话，忙起身告辞了。高士奇走进卧房，打了个大大的哈欠，对夫人说：“外头只知道我们做官的作威作福，哪知道我们也要起早贪黑？赶明儿住到宫里去，就不用起那么早了。”

三十一

陈廷敬满腹心事，一腔怨愤，却无处说去。他在衙门里成日沉默不语，回到家里就枯坐书房。往日他有心事，总喜欢在深夜里抚琴不止，如今只是两眼望着屋顶发呆。他同高士奇本已撕破脸皮了，可高士奇在众人面前却显得没事似的，口口声声陈大人。陈廷敬反倒不好怎么着，不然显得他鸡肠小肚。这回朱启案子，他明知有血海之冤，自己却无力替人家伸张。他更后悔接了朱启的案子，实是害死了人家。又想当年那些被旗人占了房子赶出京城的百姓，他心里既愤恨又羞愧。人世间太多苦难和沉冤，他怎管得了！皇上蒙在鼓里，他没有办法去叫醒。他要再多嘴，只怕会惹得龙颜大怒。皇上平素目光如炬，怎么就看不出是非呢？

偏是这几日，家里又闹出事来。珍儿姑娘的事，到底让月媛知道了。原来珍儿铁了心要跟着陈廷敬，他只得另寻了一处宅院把她安顿下来。他公务甚是繁忙，无暇顾及，只是偶尔去看看珍儿，并无男女之私。大顺却忍不住把这事儿同老婆翠屏说了，翠屏是月媛的贴身丫鬟，哪有不传话过去的！月媛一声不吭，只暗自垂泪，几日茶饭不进。陈廷敬急了，细细说了原委，只道一千个身不由己。月媛仍是没半句话，流泪不止。大顺跑到月媛面前，先是骂自己不该把这事瞒着太太，再替老爷百般辩解。月媛也不吭声，只当面前没大顺这个人。陈廷敬倒不怎么怪大顺，这事反正是要闹出来的，早些让大家知道兴许还好些。只是月媛不吃不喝，又不理人，叫他不知如何是好。岳父最后出面，说珍儿姑娘到底是好人家出身，又救过廷敬的命，不妨迎进屋来，一起过日子算了。有了爹爹这话，月媛也不好再闹，这事就由他去了。于是，选了个日子，陈廷敬去了花轿，接了珍儿进门。

月媛原本是个贤德的人，她见珍儿懂得尊卑上下，心里慢慢也没气了。倒是陈廷敬总有几分愧疚，又想珍儿那边到底也是有名望的人家，他自己走不开身，就派大顺领着几个人，带了聘金赶去山东德州补了礼数。珍儿爹知道陈廷敬身为京官，又是个方正的读书人，肚子里再多的气也消了。

眼看着到了冬月，明珠称病在家清养，南书房的事都由陈廷敬领着。这日，张英接了个折子，同陈廷敬商量："陈大人，山西巡抚转奏，阳曲知县上报两件事：一是傅山拒不赴京；二是阳曲百姓自愿捐建龙亭，要把《圣谕十六条》刻在石碑上，教化子孙万代。您看这票拟如何写？"

陈廷敬想了想，说："应命阳曲知县说服傅山，务必进京。百姓捐建龙亭，勒石《圣谕十六条》，本是好事。但是，好事在下面也容易办成坏事。此事宜慎。"

高士奇听了，说道："陈大人，傅山是您竭力向皇上举荐的，他拒不进京，您可不好交差啊。百姓捐建龙亭，卑职以为这是好事，怎么到了陈大人眼里，好事都成坏事了？我想这事还是得问问明珠大人。"

张英道："明珠大人在家养病，皇上早有吩咐，让明珠大人静心调养，不必去打搅他，南书房事暂由陈大人做主！”

高士奇笑笑，说：“当然当然，梦敦大人说得是，我们都听陈大人的！”

第二日，明珠突然到了南书房。高士奇忙拱手道：“不知明珠大人身子好些没有？您应好好儿养着才是！”

明珠笑道：“我身子没事了！知道你们日日辛劳，我在家也待不住啊！”

陈廷敬说：“明珠大人身子好了，我就松口气了。”

明珠哈哈大笑，说：“子端可不能推担子啊！”

原来昨日高士奇写了封信，叫人送到明珠府上，把南书房的事细细说了。难免添油加醋，往陈廷敬身上栽了些事情。明珠觉着大事不好，非得到南书房来看看不可。

陈廷敬把今日新来的折子交给明珠过目。明珠笑眯眯的，招呼大伙儿都坐下。他伸手接了折子，突然说要看看最近皇上批过的折子。陈廷敬暗自吃惊，心想皇上批过的折子为何还要看呢？却不好说出来。张英心里也在嘀咕，却只好过去搬来旧折子，摆在明珠面前。

明珠翻了几本，眉头微微皱了起来，说：“子端呀，看折子同读书不一样，各有各的学问！”

陈廷敬道：“明珠大人，廷敬不知哪道折子看错了，这都是皇上准了的。”

明珠脸色和悦起来，说：“大臣们以为妥当的事情，皇上虽是恩准，却未必就是皇上的意思。体会圣意，非常重要！”

陈廷敬说：“明珠大人，每道奏折廷敬都是披阅再三，同梦敦、澹人等共同商量。不知哪里有违圣意？”

明珠笑着，十分谦和：“子端，皇上英明宽厚，大臣们的票拟，只要不至于太过荒谬，总是恩准。正因如此，我们更要多动脑子，不然就会误事！”

陈廷敬问道：“明珠大人，廷敬哪道折子看错了，您指出来，我往后也好跟您学着点儿。”

明珠说：“子端这么说，我就不敢多嘴了。但出于对皇上的忠心，我又不得不说。这些是皇上恩准了的，已成圣旨，我就不说了。单说这阳曲县百姓捐建龙亭的事，您以为不妥，可我琢磨，皇上未必就是这么看的。”

陈廷敬说：“明珠大人请听我说说道理。”

明珠大摇其头，脸上始终笑着：“您想说什么道理，我不用听就明白。那只是您的道理，未必就是皇上的道理！这道折子的票拟要重写。澹人，我口授，你记下吧。”不由陈廷敬再分辩，明珠就把票拟重草了。

次日皇上御门听政，明珠上奏山西阳曲百姓自愿捐建龙亭事，以为此举应嘉许，建议将此疏请发往各省，供借鉴参照。

皇上听着，脸露喜色，说：“朕这《圣谕十六条》，虽说是教谕百姓的，也是地方官员牧民之法，至为重要。朕这些话并不多，总共才十六句，一百一十二个字。只要各地官员着实按照这些管好百姓，百姓也依此做了，不怕天下不太平！”

大臣们都点头不止，陈廷敬却上奏地方捐建龙亭一事不宜提倡。众皆惊讶，暗想陈廷敬可闯大祸了。

皇上果然脸色大变，逼视着陈廷敬说：“陈廷敬，你是朕南书房日值之臣，参与票本草拟。你有话为何不在南书房说，偏要到朕御门听政的时候再说？”

陈廷敬跪在地上，低头奏道：“臣在南书房也说了。”

皇上问：“陈廷敬，朕且问你，百姓捐建龙亭，如何不妥？”

陈廷敬说：“臣怕地方官员借口捐建龙亭，摊派勒索百姓。万一如此，百姓会骂朝廷的！”

皇上大为不快，说：“你不如直说了，百姓会骂朕是昏君是吗？”

陈廷敬叩头不止：“臣虽罪该万死，也要把话说穿了。古往今来，圣明皇上不少，他们都颁发过圣谕。如果古今皇上的圣谕都要刻在石碑上，天下岂不龙亭林立，御碑处处？”

皇上横了眼陈廷敬，说：“朕不想听你咬文嚼字！国朝鼎定天下已三十多年，虽说人心初定，毕竟危机尚在。朕需要的是人心！百姓自愿捐建龙亭，这是鼓舞人心之举，应予提倡！”

陈廷敬道：“启奏皇上，臣曾说过，以臣供奉朝廷二十多年之见识，大凡地方官员声称百姓自愿之事，多是值得怀疑的！山东原说百姓自愿捐献义粮就是明证！”

皇上大怒：“陈廷敬，你存心同朕作对！”

陈廷敬诚惶诚恐道：“微臣不敢！”

皇上拍了龙案，说：“朕说一句，你顶两句，还说不敢？你要知道，当今天下大事，就是安顺人心！”

陈廷敬仍不罢休，道：“臣以为，当今天下最大之事，乃是平定云南之乱。荡平云南，最要紧的是筹足军饷，厉兵秣马。多半文银子，多一个箭镞；多半两银子，多一柄大刀。百姓纵然有银子捐献，也应用在紧要处，充作军饷，而不是建龙亭！”

这时，高士奇上前跪下奏道：“启奏皇上，臣以为陈子端所说，兴许有些道理。龙亭一事，臣还没想明白。只是觉着陈子端执意己见，不会全无道理。臣曾读陈子端诗，有两句写道：纳谏诚可贵，听言古所难。可见陈子端平日凡事都另有主见，只是放在心里没说而已。”

皇上听罢大怒：“啊？纳谏诚可贵，听言古所难！好诗，真是好诗呀！陈廷敬，在你眼里，朕真是位不听忠言的昏君？”

陈廷敬把头叩在地上砰砰响：“臣罪该万死！臣的确写过这两句诗，但那是臣感叹往古之事，并没有诋毁皇上的意思！”

皇上冷冷一笑，说：“陈廷敬，你是朕向来倚重的理学名臣，你治学讲究实用，反对虚妄之谈。在你的笔下，没有蹈高临虚的文字，字字句句有所实指！”

陈廷敬百口莫辩，请罪谢恩而起，呆立班列。陈廷敬刚才叩头半日，额头已经红肿。张善德看着过意不去，悄悄儿朝陈廷敬使着眼色。

皇上下了谕示："山西建龙亭的疏请发往各省参照！各地所建龙亭，形制、尺寸，都要有一定之规，切勿失之粗俗。"

下了朝，张善德悄悄儿跑到陈廷敬面前宽解几句，又说："陈大人，不是小的说您，您也太实在了。叩头哪用得着那么重？看把头都叩坏了。告诉您，这殿上的金砖，哪处容易叩得响，哪处声音总是哑的，我们做公公的心里都有数。下次您要叩头，看我的眼色，我指哪儿您就往哪儿跪下，轻轻一叩头，砰砰地响。皇上听得那响声，就明白您的一片忠心了！"

陈廷敬谢过张善德，回了翰林院。他早听说宫里太监渔利花样很多，就连金銮殿上的金砖都是他们赚钱的窍门。有的大臣放了外任需面辞皇上，叩头总想叩得响亮些。便有公公索银子，再暗中告诉人家应往哪里叩头。今儿听张善德说了，方知果有此事。不过张善德倒是个忠厚人，陈廷敬没见过他对人使坏儿。

几日之后，陈廷敬被皇上定了罪，说他写诗含沙射影，妄诋朝政，大逆不道。本应从重治罪，姑念他平日老成忠实，从轻发落。革去现职，降为四品，戴罪留任，仍在南书房行走，另外罚俸一年。陈廷敬私下想来，到底是自己的忍字功没到家。这回他若是忍住了，不管这闲事，也不会弄到这个地步。

高士奇早搬进西安门内住着了，他把皇上赐的"平安"二字做成个楠木匾，悬于正堂门楣上方，自己又写了"平安第"三字高挂在宅院门首。有日皇上路过高士奇宅外，见着"平安第"三字，说只见世人挂着"状元第""进士第"的匾，不知"平安第"有何说法？高士奇奏道，臣没有功名，皇上所赐"平安"二字就是臣的功名了。臣不求做大官发大财，只愿小心侍候皇上，求过终生平安。皇上听了，直说高士奇老实本分。

高士奇自从搬进宫里，就很少出去。他隔久了不去拜见索额图，心里说不出地慌。这日夜里，猜着皇上那儿不会有事找他，就去了索额图府上。见了索额图，自然是跪伏在地，把请安问候的话说了几箩筐，又道："索大人，这回陈子端可真栽了，降为四品了！"

索额图问："老夫听说是明珠同你联手把他弄下来的。明珠和陈子端原是一条船上的，干吗要整他呀？"

高士奇说："陈子端自己不识相，哪条船都不肯上！"

索额图瞟着高士奇，说："你也别沾沾自喜！不要为了整人去整人，整人不是为了自全，就是为了邀宠！人家陈子端就是降到四品，官职还在你上面！待老夫重新出山之日，你如果还是个六品中书，有何面目见我！"

高士奇低头道："索大人，皇上恩准奴才应试博学鸿词，想必到那时候，会有出头之日的。"

索额图说："明珠这会儿是如日中天，你得贴着他，哄着他。"

高士奇抬头望一眼索额图，又低下头去，说："奴才心里只有主子您哪！"

索额图笑道："你别怕，我说的是真话。你要知道，咱皇上是不会永远让一个大臣炙手可热的！你要好好儿跟着明珠，把他做的每件事情，都暗记在心。只等哪日皇上腻了他了，你就相机行事！"

索额图的笑声，高士奇听着心里发怵。他不敢抬头，只道："奴才明白。"

索额图又说："你对陈子端，也不要手软。既然成了对头，恶人就要做到底！要做绝！记住，官场之上，这是诀窍！"

夜里宫门早关上了，高士奇回不去，便在索额图府上住下了。万万没想到，他偏是今夜外出，险些儿惹下大祸。原来云南八百里加急，星夜送到了皇上手里。皇上连夜召集各部院大臣和南书房日值臣工进宫议事，却找不到高士奇。

张英最早赶到乾清宫，皇上便把云南八百里加急给他先看。张英看着折子，听皇上自言自语："吴三桂聚兵三十万，正蠢蠢欲动。朕原打算来年春后再起兵征讨，不想他倒先动手了。"

张英没看完折子，不敢贸然回话，却又听皇上问道：“高士奇住得最近，怎么还没有来？”

张善德支吾道：“回皇上，高澹人他不在家里。”

皇上甚为恼怒：“啊？他不在家里？岂有此理！朕在禁城里面赐他宅第，就是要他随召随到，他居然不待在家里！”

张英突然奏道：“启奏皇上，臣以为皇上不应治陈子端的罪！”

皇上甚是奇怪：“张英你说话真是文不对题！朕让你看云南八百里加急，大敌当前，你却提什么陈廷敬！”

张英回道：“正因为大敌当前，臣才奏请皇上宽恕陈子端！”

皇上问：“你有话那日怎么不在乾清门说？”

张英说：“皇上御门听政时，正在火头上。臣不敢火上加油！”

皇上长叹道：“如此说来，你也觉得朕过火了？”

张英说：“臣以为，陈子端话说得直了些，却未必没有道理。地方官员向百姓摊派，没有名目还得想方设法自立名目，如今朝廷给了他们名目，就怕他们愈发放肆了。”

皇上不太耐烦：“说来说去，张英同陈廷敬的想法一样？”

张英奏道：“臣以为，百姓如果真的自愿捐建龙亭，的确是件好事。怕就怕被地方官员利用了。这件事关系重大，得有大臣专门管着。”

皇上问谁管这事合适，张英推荐陈廷敬。皇上大惑不解，心想就是陈廷敬反对各地建龙亭，怎能让他管这事？

张英见皇上不吭声，便明白皇上的心思，说道：“正因为陈子端反对建龙亭，就该让他管这事儿。一则陈子端做事谨慎，不会出事；二则让他亲眼看看百姓的热忱，也好让他心服口服。”

皇上还没有说话，明珠等大臣匆匆赶到了。张英不再提起陈廷敬的事，皇上叫张英把云南八百里加急交给明珠。张英四处看看，怎么不见陈廷敬来呢？陈廷敬仍在南书房行走，今夜这事按说他应该参与的。皇上吩咐开始议事，没人问及陈廷敬，张英猜着必有缘由，也不多嘴。

次日凌晨，陈廷敬才赶到乾清门，见里头已经聚着好些人了，甚是奇怪。这时议事已毕，皇上进去稍事休息，臣工们站在殿下闲话，等候早朝。

张英见陈廷敬来了，忙把他拉到僻静处说话。陈廷敬听说了昨夜的事，知道皇上疏远自己了，心里暗自摧伤，脸上却显得很平淡。待张英说到龙亭一事，陈廷敬忙道："这怎么行？我反对建龙亭，自己又去管这事儿！"

张英劝道："陈大人，您就听我一回。你不但要管，而且还要在皇上面前主动请缨！"

陈廷敬只是摇头，叹息不止。张英急了，说："陈大人，皇上也是人，您得顾着他的面子。再说了，您亲自管着这事儿，下面就乱不了！"

说话间，高士奇恰好来了。高士奇见场面有些异样，虽然不明就里，却知道自己昨夜不在宫里犯事了。他没弄清原委，便装糊涂，只作什么都没看出来。高士奇混在人堆里拱手寒暄，慢慢听出原来是云南方面的事情。他心里咯噔一下，想着这回犯的事可大了。高士奇只觉得两耳轰轰作响，背上燥热异常。没多时，棉衣里头就汗透了。

高士奇还没想好辙，皇上驾到了。大臣们忙跪下，依礼请安。皇上请臣工们起来，说道："吴三桂乌合三十万，有北犯迹象。朕昨夜召集各部院大臣紧急商议，决意出兵五十万，全歼逆贼，收复云南。各位臣工请各抒己见。"

明珠把平叛策高声宣读完毕，轮到大臣们说话，他们无非是说皇上如何英明。户部尚书萨穆哈嗓门最粗，喊道："朝廷雄师五十万，只等皇上一声号令，就可席卷云南，直捣吴三桂老巢！"

今日听政时间有些长，轮到陈廷敬说话时，天色已经发白。陈廷敬刚才一直在犹豫，这关头上该不该说说真话。平叛策是皇上领着大臣们通宵起草的，事实上已是皇上的意图了。臣工们众口一词，都说皇上英明，正是这个道理。可吴三桂哪是那么容易剿灭的？陈廷敬左思右想，反正自己已是倒霉的人，再说几句真话，未必就掉了脑袋，便把那等忍稳三字放在一边，说："启奏皇上，臣以为如果能够一举取胜，全歼叛贼，自然是再好不过。但朝廷征剿吴三桂多年，未能根除祸害，因此还应有第二步打算。"

萨穆哈急了，忙说："启奏皇上，陈子端长叛贼志气，灭自己威风！"

陈廷敬道："启奏皇上，叛贼不是我们说几句大话就可剿灭的，得真刀真枪地去打呀！"

皇上点点头，道："陈廷敬，说说你的想法。"

陈廷敬奏道："朝廷需要考虑百姓，吴三桂不用考虑百姓。吴三桂用兵可以无所不用其极，朝廷用兵则不忍陷民于水火。吴三桂可以把云南百姓搜刮得干干净净以充军饷，朝廷需考虑与民休息，军饷仍是拮据。臣方才细细听了平贼方略，这只是个毕其功于一役的方略。"

皇上说："朝廷同吴三桂较量多年，这次朕的意愿就是要毕其功于一役，不能再让吴贼负隅一方。"

陈廷敬道："启奏皇上，臣以为还应筹足更多的军马、刀枪、粮草，以备长期之需。臣以为平定吴三桂，短则要花两三年，长则得花三四年。朝廷应按此筹划军饷方略。"

皇上光火起来："还要三四年？真是丧气！陈廷敬，平乱之事你就不要说了！明珠、萨穆哈，你们按着这个平叛策招兵买马，使我威武之师速速挺进云南！"

云南之事不复再议。又有大臣疏请别的事情，皇上依例准奏。听政完了，皇上没有像平日那样回西暖阁用茶，径直去了南书房。高士奇心里早打鼓了，战战兢兢跟在皇上后边儿。

皇上果然大怒："高士奇，你夜里不待在家里，哪里去了？"

高士奇这会儿已想好应付的法子，慌忙跪地，身子乱颤，说："启奏皇上，臣不知道昨晚有紧急军务，出去淘古董去了。"

皇上骂道："云南烽火连天，你还有心思去淘古董！"

高士奇说："臣自从搬进禁城，还从未出去过。昨儿听说外头见了件王蒙的山水，臣想着皇上应该喜欢，就跑出去看了看。回来时宫门已闭，臣就在外头住了一宿。"

高士奇这么一说，皇上就消了些气，问："画呢？"

高士奇说："假的。"

皇上很是失望，却没了雷霆之怒，只道："今后夜里不得出去！你起来吧！"

高士奇谢恩不止，叩首再三才爬起来。陈廷敬心想哪有这么巧的事情？可高士奇的话皇上就是相信！他只能在心里暗自感叹。

皇上开始看折子了，陈廷敬跪上前去，奏道："皇上，百姓捐建龙亭的事十分紧要，臣愿领这份差使。"

皇上不由得望望张英，心里早明白几成了，却道："咦，陈廷敬，你的脑子怎么转过弯来了？"

陈廷敬道："臣只想把皇上的差使当好。"

原来陈廷敬又后悔在平叛策上不该多嘴，明知皇上主意已定，他还说什么呢？可是不说，他实在又做不到。

皇上沉吟半晌，说："好吧。朕向来以宽服人，不想压服你。朕命你总理地方捐建龙亭之事！阳曲傅山是你保举的博学鸿词，百姓捐建龙亭之事正巧发生在阳曲。朕命你立即赶赴阳曲，一则催促傅山赴京，二则实地察看百姓捐建龙亭的劲头！"

陈廷敬叩首道："臣领旨！不过容臣再禀奏几句。"

皇上并不吭声，只点点头。陈廷敬便说："臣请求，在臣从阳曲回来之前，山西建龙亭的疏请暂缓发往各省。"

皇上没有吭声，点点头算是准奏了。

家里听说陈廷敬要出远门办差，忙乎了几日。临走那日，月媛说："老爷，珍儿机灵，身上又有功夫，您带上她出门吧。"

陈廷敬道："我公差在身，出门带着女眷不太方便。"

月媛说："有什么不方便的？您带的是自己老婆！"不容陈廷敬再说，月媛又笑道，"省得您又带个侠女回来。"

三十二

阳曲知县戴孟雄在五峰观山门外下了轿，望着漫天风雪，他不由得朝手里哈了口气，使劲儿搓着。钱粮师爷杨乃文和衙役们紧跟在后面，都冷得缩了脖子。杨乃文说："老爷，您这可是九上五峰观了！这么冷的天！我看这傅山也太假清高了！"

戴孟雄悄声儿道："不可乱说！皇上的旨意，我也是没有办法啊！"

戴孟雄吩咐大家不要多嘴，恭恭敬敬地走进三清殿。道童见了，忙进去传话。傅山正在寮房内提笔著书，听了道童通报，便说："你照例说我病了！"

道童回到三清殿回话："戴老爷，我师傅一直病着哩！"

戴孟雄笑道："我早猜着了，你们师傅肯定还是病着，我特来探望！"

道童说："戴老爷，我师傅吩咐，他需独自静养，不想别人打搅！"

杨乃文忍不住了，道："你们师傅架子也太大了吧？"

戴孟雄回头责骂杨乃文："老夫子，你怎敢如此说？傅山先生名重海内，皇上都成日价惦记着他！去，看看傅山先生去。"

戴孟雄说着径自往里走，道童阻挡不住。来到傅山寮房，见傅山身背朝外，向隅而卧。戴孟雄走到床前坐下，问道："傅山先生，您身子好些没有？"

任戴孟雄如何说，傅山就像睡着了似的，半句话也不答。戴孟雄忍住满心羞恼，说："戴某惭愧，我这监生功名是捐来的，傅山先生自然瞧不起。可我治县却是尽力，傅山先生应是有所耳闻。百姓自愿捐建龙亭，把《圣谕十六条》刻在石碑上，用它来教化子孙万代。我想这在古往今来都是没有的事儿！我不算读书人，咱山西老乡陈子端大人算读书人吧？您也知道，正是陈子端大人在皇上面前举荐您。皇上可是思贤若渴啊！”

傅山仍纹丝不动睡着，风吹窗纸啪啪作响。这时，一个衙役慌忙进来说：“戴老爷，外头来了顶八抬大轿，几十个人，听说是钦差！”

戴孟雄闻言惊骇，立马起身，迎出山门。原来是陈廷敬一到阳曲，就径直上五峰观来了。珍儿、刘景、马明等随行，另有轿夫、衙役若干。珍儿男儿打扮，像个风流公子。

陈廷敬掀开轿帘，戴孟雄跪地而拜：“阳曲知县戴孟雄拜见钦差大人！”

陈廷敬问：“哦，真巧啊。起来吧。你就是阳曲知县戴孟雄？”

戴孟雄回道：“卑职正是！”

陈廷敬说：“我要独自会晤傅山先生，你们都在外候着吧！”

陈廷敬独自进了傅山寮房，拱手拜道：“晚生陈廷敬拜会傅山先生！”

傅山慢慢转身，坐了起来，怒视着：“陈子端，你在害我！你要毁我一世清名！”

陈廷敬笑道：“皇上召试博学鸿词，我是专门来请先生进京的。您我一别近二十年。这些年，朝廷做的事情，您也都看见了。”

傅山冷冷一笑：“我看见了！顾炎武蹲过监狱，黄宗羲被悬赏捉拿，我自己也被官府关押过！我都看见了！”

陈廷敬说：“此一时，彼一时。现在朝廷也要召顾炎武、黄宗羲他们应试博学鸿词。”

傅山话语虽然平和些了，锋芒却很犀利：“清廷的算盘，天下有识之士看得很真切。刚入关时，他们想利用读书人，便有那钱谦益等无耻之辈，背弃宗庙，甘当贰臣。可是到了顺治亲政，自以为天下稳固了，就开始打压读书人。钱谦益等终究没有落得好下场，自取其祸。如今清廷搞了快四十年了，皇上发现最不好对付的还是读书人，又采取软办法，召试什么博学鸿词！我相信顾炎武、黄宗羲是不会听信清廷鼓噪的！”

陈廷敬说：“傅山先生，晚生知道您同顾炎武交往颇深。顾炎武有几句话，我十分赞同。他以为，亡国只是江山改姓易主，读书人不必太看重了；重要的是亡天下，那就是道德沦丧，人如兽，人吃人。”

傅山道：“这些话贫道当然记得，二十年前你就拿这些话来游说我。”

陈廷敬说：“晚生矢志不改，还是想拿这些话来说服您。帝王之家笼络人才，无可厚非。所谓学成文武艺，货与帝王家。读书人进入仕途，正好一展抱负，造福天下苍生！”

傅山说：“我不知道在你陈子端眼里，阳曲知县戴孟雄算不算读书人。他花钱买了个监生，又花钱捐了个知县。他大肆鼓噪建什么龙亭，对上粉饰太平，对下勒索百姓！”

陈廷敬道：“我这次回山西，正是两桩事，一是敦请傅山先生进京应试博学鸿词，二是查访龙亭一事。”

傅山笑道：“皇上真是大方，为我这病老之躯，派了个二品大员来！不敢当！”

陈廷敬说：“傅山先生，我因为反对建龙亭，已被降为四品官了。”

傅山心里似有所触，却不动声色，冷眼打量陈廷敬的官服，原来真是四品了。陈廷敬的官声，傅山早有所闻，心里倒是敬重。只是进京一事，关乎名节，断断不可应允了。

五峰观外，戴孟雄见天色已晚，甚是焦急。见珍儿从观里出来，戴孟雄上前问道：“这位爷，眼看着天快黑了，是否请钦差大人下山歇息？”

珍儿说：“戴老爷先回去吧，钦差大人说了，他就把五峰观当行辕，不想住到别的地方去了。”

戴孟雄心里犯难，却不敢执意劝说，只好先下山去了。

当夜，陈廷敬同傅山相对倾谈，天明方散。

第二日，陈廷敬用罢早餐，准备下山去。傅山送陈廷敬到山门外，说："陈大人，咱俩说好了，您如果真能如实查清建龙亭的事，我就随您去京城！"

陈廷敬笑道："请您去京城，这是皇上旨意；查访建龙亭的事，这是我的职责。两码事。"

傅山道："可是我去不去京城，就看您如何查访建龙亭的事。"

陈廷敬说："好吧，一言为定！"

傅山拱手道："绝不食言！"

陈廷敬下山便去了县衙，戴孟雄要陪他去乡下看龙亭。出了城，陈廷敬撩开轿帘，外面不见一个人影，心里甚是奇怪。

杨乃文紧跟在陈廷敬轿子旁边，老是冲着刘景笑，样子很是讨好。刘景看着有些不耐烦，说："杨师爷，你得跟在你们县太爷后边，老跟着我们干什么？"

杨乃文笑道："庸书怕你们找不着路。"

马明也忍不住了，道："你到后面去吧，前面有人带路，多此一举！"

杨乃文觉着没趣，这才退到后面去了。

刘景这才隔着轿帘悄声儿同陈廷敬说话："老爷，那年您去山东，沿路百姓跪迎。这回可好，怎么不见半个人影？"

陈廷敬掀开轿帘，再看看外面，点头不语。珍儿说："那会儿我们老爷见百姓跪道相迎，十分高兴。我真以为您是个昏官哩！"

陈廷敬笑了起来，说："要不是我命大，早被你杀了！"

珍儿笑道："我就知道您会记恨一辈子的，人家死心塌地地跟着您，就是来赎罪啊！"说得陈廷敬哈哈大笑。

走了老半日，仍不见半个人影。陈廷敬越发觉着蹊跷，便吩咐道："鸣锣！"

大伙儿都觉得奇怪，不知老爷打的什么主意。刘景说："老爷，一个人都没有，用不着鸣锣开道啊！再说了，老爷您也不喜欢张扬。”

陈廷敬道：“听我的，鸣锣开道。”

刘景同马明对视片刻，只好遵命。一时间，咣当咣当的锣声响彻原野，惊起寒鸦野雀，天地之间更显寂静。路旁的村舍仍悄无声息，不见有人出来探望。

杨乃文悄声儿问戴孟雄：“戴老爷，钦差大人这是玩什么把戏?”

戴孟雄听着锣声，心里也发慌，只得掩饰道：“钦差出巡，鸣锣开道，理所当然。”

陈廷敬放下轿帘，不再注意外面，听凭锣声咣当。沿路走了几十里地，锣声不停地响，只偶尔惊起几声狗叫，就是不见有人出来瞧个热闹。陈廷敬心里明白，戴孟雄早叫人到下面打过招呼了。

听得有人招呼说到了，轿便停了下来。陈廷敬掀起轿帘，叫刘景停止鸣锣。陈廷敬整衣下轿，抬眼望见寒村一处。

戴孟雄也赶紧着下了轿，一个年轻轿夫伸手搀了他，说：“爹，您慢点儿。”

陈廷敬甚是奇怪，问道：“怎么冒出个喊爹的?”

戴孟雄回道：“这个轿夫，就是犬子戴坤。”

陈廷敬打量着戴坤，二十岁上下，眉眼确似其父，便道：“年纪轻轻，正是读书的时候，怎么来抬轿?”

戴孟雄恭敬道：“回钦差大人话，卑职家里并不宽裕，请不起先生。况且县衙用度拮据，我让犬子来抬轿，也省了份工钱。”

陈廷敬点点头，说：“国朝就需要你这样的清官啊!”

戴孟雄笑道：“钦差大人，为官清廉，这是起码的操守，不值得如此夸奖。”

陈廷敬望着戴坤，很是慈祥，说：“不过读书也很要紧，不要误了孩子前程。”

戴孟雄道：“看看再说吧。等几年，阳曲百姓的日子越来越好了，再让犬子去读书吧。”

陈廷敬点点头，不再多说。戴孟雄领着陈廷敬往村子里走，说道："百姓要是知道朝廷钦差巡访，肯定会跪道相迎。百姓可爱戴朝廷啦！可卑职知道，钦差大人讨厌扰民，就没事先让百姓们知道！"

陈廷敬点头笑笑，心想一路上铜锣都快敲破了，鬼都没碰着一个，阳曲百姓不会都是聋子吧？陈廷敬把话都放在肚子里闷着，只拿眼睛管事儿。

戴孟雄边走边说："钦差大人，这就是头一个建龙亭的村子，李家庄。"

陈廷敬早看出这个村子气象凋敝，并不显得富裕，便问："怎么个由来？谁首先提出来的？"

戴孟雄说："村里有个富裕人家，当家的叫李家声，独自出钱，建了龙亭。"戴孟雄说罢，便吩咐衙役快快进村叫李家声出来迎接钦差大人。

陈廷敬听了并不多说，暂且敷衍着："哦，是吗？"

戴孟雄领着陈廷敬走过村巷，忽见一大片宅院，心想这肯定就是李家了。果然有个中年汉子跑出门来，跪伏在地上，叩首道："草民李家声拜见钦差大人跟县官老爷！"

"李家声免礼！"陈廷敬说罢回首四顾，居然没见一个人出来观望。

李家声爬起来，低头道："请钦差陈大人、戴老爷屈就寒舍小坐！"

陈廷敬觉着奇怪，问道："李家声，你怎么知道本官姓陈？"

戴孟雄出来圆场说："钦差大人是当今山西在朝廷做得最大的官，您只要踏进山西，百姓谁人不晓啊！"

陈廷敬说："你不是说不敢让百姓知道我来了吗？"

戴孟雄答话牛头不对马嘴："卑职平日出来，也不敢惊动百姓，这都是跟钦差大人您学的。"

杨乃文忙附和道："我们戴老爷平日暗访民间，布衣素食，很得民心啊!”

陈廷敬含糊着点头，进了李家大院。刘景不经意回头，见不远处有户人家的门开了，一个小孩跑了出来，奇怪地看着外面。一个妇人忙追出来，抱着小孩慌忙往里跑，头也不敢回。

进了李家大门，绕过萧墙，但见里头叠山凿池，佳木葱郁，楼榭掩映，好生气派。池塘里结着冰，隐约可见残荷断梗。想那夏秋时节，李家这园子必定是江南胜景。李家声却连声道：“寒舍简陋，委屈钦差大人了。”

陈廷敬不说话，只随李家声往里走。走过这大大的园子，这才到了李家正堂。陈廷敬想这李家真是奇怪，有钱人家通常都把园子藏在后边儿，他家却进门就是园子。

进了客堂，李家声恭请客人上座。下人低头过来上茶，垂手退下。陈廷敬抿了口茶，说：“李家声，你们戴老爷说，你自家出钱建了龙亭，把皇上《圣谕十六条》刻成龙碑，本官听了很高兴。”

李家声拱手道：“草民我能安身立命，乡亲们能和睦一家，都搭帮了《圣谕十六条》，它好比尧舜之法，必定光照千秋!”

戴孟雄说：“禀钦差大人，这个村子十六岁以上，七十岁以下，无论男女，都能背诵《圣谕十六条》。”

陈廷敬似乎饶有兴趣，说：“是吗？李家声，你背来我听听。”

李家声稍稍红了脸，道：“钦差大人，草民这就背了。一、敦孝悌以重人伦。二、笃宗族以昭睦邻。三、和乡党以息争讼。四、重农桑以足衣食。五、尚节俭以惜财用。六、隆学校以端士习。七、黜异端以崇正学。八、讲法律以儆愚顽。九、明礼让以厚风俗。十、务本业以定民志。十一、训子弟以禁非为。十二、息诬告以全良善。十三、诫匿逃以免株连。十四、完钱粮以省催科。十五、联保甲以弭盗贼。十六、解仇忿以重身命。”

李家声摇头晃脑背诵完，讨赏似的望着陈廷敬笑。陈廷敬称赞几句，问道：“圣谕说，完钱粮以省催科，你们村的钱粮都如数完清了吗?”

李家声道：“回钦差大人话，我们村的钱粮年年完清，没有半点儿拖欠！”

陈廷敬回头望望戴孟雄，戴孟雄忙说：“钦差大人，卑职正要禀报。这个村，全村钱粮都是由李家声代交的，因此年年都不需官府派人催缴。”

杨乃文忘了规矩，在旁插话：“庸书这个钱粮师爷当得最是轻松，不像别的县，成日带着衙役走村串户，弄得鸡飞狗跳！”

陈廷敬顿时来了兴趣：“啊？这倒是个好办法啊！朝廷平定云南，最要紧的就是筹集军饷。如果各地都依这个办法，就不会有税银拖欠之事。”

戴孟雄道：“回钦差大人，阳曲县已有三分之二的村用了这个法子，往后我想让全县各村都按这个法子来做。自从卑职到阳曲任职，银粮年年都是如期如数上缴。”

陈廷敬说：“戴知县，你们完钱粮的办法比建龙亭更好。朝廷现在最关心的就是完钱粮。打仗是要花钱的啊！”

戴孟雄道：“卑职把这个完钱粮的办法叫作大户统筹。原打算等明年全县通行之后，再上报朝廷。而建龙亭不太繁琐，简单易行，已在全县推开了。”

陈廷敬顿时惊了，问：“怎么？已在全县推开了？你在疏请上不是说百姓有此愿望，奏请朝廷恩准吗？”

戴孟雄忙低了头说：“百姓热忱颇高，卑职不好泼冷水啊！”

陈廷敬心里不快，说：“我过后再同你切磋此事。先去看看龙亭吧。”

陈廷敬等随李家声往李家祠堂去。戴孟雄见陈廷敬脸色不太好，心里甚是忐忑。他知道朝廷没恩准，擅自建了龙亭，追究起来是要治罪的。

祠堂正对面有块空坪，长有一棵古槐，古槐旁边便是龙亭。亭有八角，雕梁画栋，飞檐如翅。亭里面立有雕龙石碑，上刻《圣谕十六条》。陈廷敬围着龙亭转了几圈，细细看了碑刻，说：“亭子修得不错。李家声，修这个龙亭花了多少银子?”

李家声回道：“两百多两银子。”

陈廷敬又问：“全村多少人，多少户?”

李家声答道：“全村男女老少二百三十二人，四十六户。”

戴孟雄在旁搭话：“钦差大人，李家声代完钱粮已不止这个村，周围十六个村，一千零八户的钱粮都是李家声代完的。”

陈廷敬点头不语，心里暗自盘算。正在这时，大顺突然赶来了。原来陈廷敬回到山西，没时间转道阳城老家探望父母，便打发大顺回去代为看望。大顺已从阳城回来，先去了阳曲县衙，知道老爷到李家庄来了，这才一路打听着赶了过来。大顺拜道：“老爷，老太爷、老太太、太太跟家里人都好，老太太特意嘱咐，要您好生当差，不要挂念!”

大顺说罢掏出老太爷的信来，递给陈廷敬。陈廷敬读着家书，不觉双泪沾襟。珍儿见了，也忍不住流起泪来。刘景跟马明也都是父母在老家的人，难免跟着伤心。

戴孟雄说：“钦差大人过家门而不入，有禹帝之风，卑职十分敬佩!”

陈廷敬收好家书，叹道：“皇差在肩，身不由己。唉，此话不说了。戴知县，李家庄的龙亭气象威武，很不错。”

戴孟雄见陈廷敬脸上有了笑容，终于松了口气，忙说：“感谢钦差大人夸奖。”

陈廷敬却突然冷冷地抛出一句话：“其他地方的龙亭，暂时停建!”

戴孟雄慌了，问道：“钦差大人，这是为何?”

陈廷敬道：“未经朝廷许可，擅建龙亭，应当治罪！难道你不知道?”

李家声忙跪下，说：“钦差大人，草民这是对朝廷的一片忠心啊!”

陈廷敬说：“李家声，你起来吧。我有话只同你们戴知县说，先不说追不追究你。戴知县，我们回去吧。”

李家声盛情挽留不成，只得恭送陈廷敬等出了李家庄。陈廷敬上轿时，望了戴孟雄说：“去你家吃饭如何？”

戴孟雄支吾着，面有难色。陈廷敬笑道：“怎么？戴知县饭都舍不得给我吃一碗？”

戴孟雄道：“卑职家眷不在身边，我都是在县衙里和衙役们同吃。县衙里的厨子，饭菜做得不好。”

陈廷敬直道无妨，你顿顿能吃，我就不能吃了？戴孟雄只好叫杨乃文速速派人下山报个信儿，叫厨子多做几个菜。陈廷敬却说不用，阳曲烧卖有名，做几个烧卖就够了。

回到县衙，天色渐晚。饭菜尚未做好，戴孟雄请陈廷敬去内室用茶。房间甚是简陋，里头只放着两张床、一张桌子、两张凳子，别无长物。陈廷敬问道：“你父子同住一间？”

戴孟雄回道：“衙役们都是两人一间，我们父子也两人一间。我身子不太好，让儿子同我住着，也好有个照应。”

杨乃文插言道：“县衙里真要腾间屋子出来，还是有的。可戴老爷不愿意。连庸书都是独自住一小间，真是惭愧！”

陈廷敬自从见了戴孟雄儿子抬轿，心里就一直犯疑惑。这会儿见戴孟雄住得如此寒碜，他真有些拿不准这位县太爷到底是怎样的人，嘴上使说道：“戴知县，你太清苦了。”

戴孟雄道：“卑职自小家里穷，习惯了。说起来不就是个官体吗？百姓又不知道我住得到底怎样，也无伤官体啊！”

说话间，衙役进来请吃饭了。陈廷敬说有事要聊，就让厨子端了饭菜进来，两人只在房间里胡乱吃些。戴孟雄说：“我这里有贱内自己酿的米酒，专从老家带来的。钦差大人尝尝？”

陈廷敬说：“我本不善饮，你说是尊夫人亲自酿的米酒，就喝两盅吧。”

戴孟雄先给陈廷敬酌酒，自己再满上。两人碰了杯，并不多说客套话，一同干了。陈廷敬吃了个烧卖，说：“都说阳曲的烧卖好吃，真是名不虚传！”

戴孟雄说：“这几年，阳曲百姓吃饭已无大碍，烧卖却还不是人人都能吃上。百姓哪日都能吃上烧卖，就是小康了！”

陈廷敬酒量不大，几口米酒下去，眼色有些蒙眬了。他不再喝酒，趁着脑子清醒，问道：“戴知县，说说你们县的大户统筹吧。”

戴孟雄说：“年有丰歉，民有贫富，但朝廷的钱粮可是年年都要完的。逢上歉收年成，大户完得了钱粮，小户穷户就难了。他们得向大户去借。大户有仁厚的，也有苛刻的。仁厚人家还好说，苛刻人家就会借机敲诈百姓。”

陈廷敬问道：“你是怎么办的呢？”

戴孟雄说：“县衙每月都会召集乡绅、百姓，宣讲《圣谕十六条》，教化民风。很多大户感激朝廷恩典，自愿先替乡亲们交纳钱粮，等乡亲们有余钱余粮再去还上。”

陈廷敬沉思片刻，点头道：“这倒是个好办法。戴知县，你把大户统筹的办法仔细写好给我，我要奏报朝廷。”

戴孟雄喜形于色，连声应承，又道：“杨师爷那里有现成的详案，待会儿呈交钦差大人。”

用罢晚餐，陈廷敬乘夜赶回五峰观。傅山听说已暂禁捐建龙亭，心里暗自敬佩，却又说：“大户统筹之法，贫道不知详情，不敢妄加评说。只是戴孟雄这等人，料也做不出什么好事。”

陈廷敬也拿不定主意，只道看看再说。傅山道了安，自去歇息了。陈廷敬毫无睡意，大伙儿就陪着他闲聊。聊着聊着，又聊到了阳曲的大户统筹。其实陈廷敬心里老装着这事儿。朝廷平定云南，当务之急就是筹集军饷。这几年，各地钱粮都有拖欠，官府科催又屡生民变。就愁没有个好办法。戴孟雄的法子看上去真的不错，可陈廷敬沿路所见，阳曲百姓都如惊弓之鸟。钦差大人来了，百姓既没有迎接的，也没有拦路喊冤的，连路上行人都没有。虽说是数九寒天，百姓多在家里猫冬，可外头也不会一个人影都看不见。

陈廷敬说：“我本来深感疑虑，可我看了戴孟雄的住房，又见他让自己儿子当轿夫，怎么看不觉得他像个坏官啊!”

马明说：“老爷在路上突然吩咐鸣锣，我猜百姓听见了，都以为县太爷进村要钱要粮来了，躲在屋里大气不敢出。”

大顺道：“老爷，我不懂你们官场上的事儿，可就是琢磨着，他戴老爷再怎么清廉，也犯不着让自己儿子来抬轿啊！除非这是桩肥差!”

刘景说：“咱们不听戴知县说了，连工钱都没有，还肥差哩!”

珍儿道：“有些事情啊，太像真的了，肯定就是假的。那李家声替十六个村、一千多户人家代完钱粮，怎么听着都不叫人相信。”

陈廷敬说：“可这些村子多年都不欠交国家钱粮，那是事实啊!”

珍儿道：“不是珍儿在老爷面前夸口，我家在乡下也是大户，我爹乐善好施，可也总不能太亏待自己。把自己家先败了，今后拿什么去做好事？除非李家声代完钱粮有利可图，不然他没那么傻。要不然他就是佛祖了。”

大伙儿正七嘴八舌，陈廷敬突然说道：“我想好了，速将阳曲大户统筹办法上奏朝廷!”

大伙儿吃了一惊，珍儿更是急了：“老爷，您怎么就不听我们的呢?”

陈廷敬说：“你们且听我说道理。朝廷现在急需纳钱粮的好办法，事关军机，耽误不得。且不问阳曲做得到底如何，也不问戴孟雄是清是贪，我反复思量，觉得这个办法倒是很好。”

马明也说：“光看办法，的确看不出什么破绽。”

陈廷敬说：“刘景、马明，明日一早，吩咐官驿快马送出！还有，明日你俩下山，去阳曲县城看看。我就在这里等候戴知县。”

珍儿见陈廷敬执意要将大户统筹法上报朝廷，闷在心里生气，生生硬硬地问：“我明儿干什么呀?”

陈廷敬笑笑，说：“你呀，待在这五峰观上噘嘴巴吧!”

三十三

第二日，戴孟雄领着杨乃文早早地上了五峰观。陈廷敬吩咐珍儿倒茶，珍儿心里有气，只作没有听见。大顺忙倒了茶，递了上来。

陈廷敬说："我已派人将阳曲大户统筹办法快马奏报朝廷。如果这个办法能解朝廷军饷之急，戴知县功莫大矣！"

戴孟雄喜不自禁道："卑职感谢钦差大人栽培！"

陈廷敬问："李家庄的龙亭到底花了多少银子，戴知县知道吗？"

戴孟雄说："李家声自愿修建的，县衙没派人督办，不知详情。他自己说花两百多两银子，应是不错。"

陈廷敬又问："阳曲全县多少丁口？"

戴孟雄回道："全县男女丁口一万八千四百五十人。"

陈廷敬问："全县每年纳银多少，纳粮多少？"

戴孟雄道："每年纳银两万四千七百二十三两，纳粮六千二百七十三石。"

陈廷敬点点头，十分满意："戴知县倒是个干练之才，账算得很清楚嘛！"

杨乃文忙附和道："戴知县有铁算盘的雅号，算账比庸书这个钱粮师爷还厉害！"

戴孟雄倒是谦虚，道："回钦差大人，卑职食朝廷俸禄，心里就只记住这几桩事儿。"

陈廷敬望着戴孟雄微笑半日，慢条斯理地说："戴知县，我会奏请朝廷，从明年开始，阳曲纳银、纳粮再加一倍！"

戴孟雄听陈廷敬突然这么一说，丈二和尚摸不着头脑。他似乎不相信自己的耳朵，嘴巴张得老大，望了陈廷敬半日，才说：

“钦差大人，此事万万不可啊！阳曲百姓哪有这个财力？您钦差大人也不是苛刻百姓的人啊！”

陈廷敬冷冷地说：“我不苛刻百姓，你已经苛刻百姓了！”

戴孟雄低头问道：“钦差大人，此话从何讲起？”

陈廷敬说：“李家庄丁口两百三十二人，建龙亭花去两百多两银子，差不多人平合一两银子。”

杨乃文急了，忙插话道：“钦差大人，李家庄建龙亭的银子是李家声自家甘愿出的，摊不到百姓头上。”

陈廷敬说：“未必村村都有李家声？这银子最后仍是要摊到百姓头上去的。何况各村攀比，龙亭越建越威武，银子还会越花越多！”

戴孟雄扑通跪下，哀求道：“我戴孟雄替阳曲百姓给钦差大人下跪了！阳曲百姓忠于朝廷，年年如期如数完税纳粮。如再额外加税，那可就是苛政了！”

陈廷敬瞟着戴孟雄，道：“朝廷正举兵平定云南，急需军饷。阳曲百姓既然有财力，又有忠心，就该多多地报效朝廷！”

戴孟雄叩头不止：“钦差大人，此举万万不可啊！”

珍儿同大顺也甚为不解，眼睛睁得鼓鼓的。陈廷敬又道：“戴知县，你阳曲冒出个大户统筹的办法，这是有功。私建龙亭，这是有罪。不管功罪，都得奏报朝廷，由皇上圣裁。”

戴孟雄摇头道：“卑职不敢贪功，只敢领罪！”

陈廷敬说：“路归路，桥归桥。你先将全县捐建龙亭的账目报给我。”

戴孟雄道：“阳曲不大不小也是方圆数百里，账目一时报不上来，请钦差大人宽限几日！”

陈廷敬说：“好吧，限你三日！”

戴孟雄忙爬了起来，点头道：“好好好，卑职这就告辞了！”

送走戴孟雄，珍儿笑了起来，说：“老爷，真有您的！我还真以为您不管百姓死活了哩！”

大顺道："我到最后才看出来，原来老爷是要给那戴知县下马威！"

刘景、马明二人早早就去官驿把奏折交付送京，然后去了阳曲县城。街上积雪很厚，不见几个人影。刘景问："马明，你看出什么没有？"

马明说："冷清。"

刘景说："不光是冷清。我一路走来，没见一个叫花子。但凡县城里头，叫花子是少不了的。偏偏这阳曲县城里没有，就不对劲！"

马明道："早就不对劲了。老爷去李家庄，沿路没见着半个人影！"

刘景笑道："老爷可不是好糊弄的，他心里明白得很！"

这时，忽听锣声哐当，街上仅有的几个行人连忙逃往僻静处躲避。刘景、马明也跑进一家饭铺。

店家问道："二位，吃点儿什么？"

刘景随口答道："来两碗面吧！"

不料店家吃惊地张了嘴，半日不答话。

马明问道："怎么了，店家？"

店家道："二位快走吧，我们不做生意了！"

刘景也觉着奇怪："这可怪了，是你问我俩吃点儿什么。我本来还不想吃的，看你这么客气，才要了两碗面。"

听外头锣声越来越近，店家急得不行："二位，你们快走吧。"

马明问："店家，为什么有生意不做？"

店家道："我不能说，你们快走吧。"

刘景说："店家，我们兄弟俩走南闯北，还没见过你这样莫名其妙的人。你今儿个不说出个子丑寅卯来，我们还就是不走了！"

店家无奈，才说了真话："怕惊了钦差！"

刘景故作糊涂："什么钦差？"

店家道："反正县衙是这么吩咐下来的，客人只要是外地口音，概不招呼，说是怕惊了钦差！"

原来刘景跟马明虽是山西人，在京城里待了十来年，口音有些变了。马明笑笑，说："咱也是山西人。店家，做生意同钦差有什么关系？"

这时，锣声更加近了，刘景、马明二人走到门口，悄悄儿把门帘撩起一条缝儿，原来见戴孟雄的轿子在街上走着，后面跟着杨乃文及几个衙役。

锣声渐渐远了，刘景、马明二人出了饭铺。刘景说："马明，怎么百姓们见了戴知县，就像见了老虎似的？"

马明道："杨乃文还说他们戴知县平日是布衣私访哩！"

刘景说："我看阳曲大有文章！马明，我有个主意。"

马明道："刘兄请讲！"

刘景笑笑，说："我俩一个再去李家庄看个究竟，一个在县城里要饭！"

马明听了不可思议："要饭？"

刘景说："就是扮叫花子啊！"

马明忙摇头说："要扮你扮，我才不扮哩！"

刘景说："这是正经事，我俩划拳吧，谁也不吃亏。"

马明想想，只好同刘景划了拳。三拳划下来，马明输了，扮叫花子。马明很不情愿，也只好认了。

戴孟雄回到县衙，往签押房的椅子上一坐，又神气活现了。杨乃文先是骂了半日脏话，这才说道："这个陈子端，说变脸就变脸！戴老爷，这建龙亭的银子是如实报还是怎么报？"

戴孟雄哼哼鼻子，说："不是怎么报，而是不能报！"

杨乃文道："可人家是钦差呀！"

戴孟雄笑道："钦差怎么了？不是我戴某对钦差轻慢！建龙亭是百姓自愿的，他们出多少银子，不用上报县衙。如今要我三日之内报个数目出来，报得出吗？阳曲这么大，天寒地冻的，跑得过来吗？”

杨乃文问：“那怎么办？”

戴孟雄慢慢儿说：“拖着！”

杨乃文闻言大惊：“您敢拖？”

戴孟雄说：“怎么不敢拖？陈子端急着请傅山赴京，他等不了几日的。”

杨乃文又问：“那下面的龙亭还建不建？”

戴孟雄说：“建，怎么不建？下面是百姓自愿建的，上面折子是巡抚大人转奏的，皇上哪怕怪罪，也怪不到我头上。陈子端说治罪，他治呀！叫他一个一个百姓去治吧。”

杨乃文笑道：“戴老爷真是深谋远虑！”

戴孟雄说：“说不准皇上还就喜欢下面建龙亭哩！皇上他也是人啊。告诉你，对付这京城里来的官呀，样子做得恭敬些，话说得好听些，就糊弄过去了！我们该怎么做，还怎么做！”

杨乃文连连点头，说：“有道理！有道理！庸书见您在五峰观不停地叩头，还以为老爷您怕哩！”

戴孟雄哈哈大笑，道：“怕？你随我这些年，见我怕过谁？上头来的这些官呀，你尽管多磕头，私下里想怎么糊弄就怎么糊弄！我往日听上头那些做官的自己说，他们在皇帝老子那里，也是磕头磕得越响，皇帝老子越高兴！”

杨乃文拊掌而笑，直道：“长见识，长见识！”

这时，忽听外头有人喧哗。衙役进来回话，说有个叫花子硬要撞进县衙来。戴孟雄骂道：“叫花子？阳曲百姓安居乐业，怎么会有叫花子？准是哪里冒出来的刁汉！”

杨乃文叫知县老爷息怒，自己跑了出去。果然见个叫花子破衣烂衫，脸上脏兮兮的，却已撂倒几个衙役，直奔大堂而来。杨乃文厉声喝道：“大胆叫花子，怎敢咆哮县衙！打出去！”

衙役们从地上爬起来，举棍追打过来。那叫花子身手敏捷，闪身躲过，一跳就到了杨乃文面前。叫花子正是马明所扮，杨乃文辨认不出。马明嬉笑着问道："敢问这位可是知县大老爷？"

杨乃文叉腰站在大堂门口："还不老老实实认打！"

马明说："知县老爷，您打人也得讲个道理！"

杨乃文道："谁跟你讲道理？打！"

衙役棍子舞得呼呼响，就是打不着马明。马明见衙役越来越多，一把抱住杨乃文，说："你们别动手啊，伤着了知县老爷可不关我的事啊！"

杨乃文骂道："臭叫花子，大胆放肆！还不快快放手！"

马明说："我只想问个明白！我要了十几年饭了，没见过像你们阳曲的，不准叫花子要饭！我都快饿死了，只好到县衙要饭来了。"

杨乃文被马明抱得喘不过气，只得叫衙役们都退下。马明放了手，望着杨乃文嬉笑。杨乃文道："哼，还说快饿死了，你抱得爷爷我骨头都快散了！"

马明说："幸好我还饿着，不然您的骨头真散了！"

杨乃文朝衙役们使了个眼色，道："你们带他去个地方吃饭！"

衙役们会意，领着马明往衙门左边院子走。杨乃文回到签押房，禀报了知县老爷。戴孟雄骂了几声刁民，回屋歇息去了。杨乃文请老爷尽管放心歇着，衙门里的事他先顶着就是了。

马明见前头是监牢，佯作惊恐，问："你们怎么把我带到这里来？"

狱卒们蜂拥而上，没头没脑将马明推进了牢房。牢门哐当几声锁上了。马明冲着狱卒大叫："我犯了什么法？在阳曲要饭就得坐牢？"

马明不见狱卒们回头理他，却听得身后一片爆笑。有个老叫花子笑道："我们都是叫花子！"

马明定睛一看，见牢房里关的人多半衣衫褴褛，面有菜色，便问道："你们都是要饭的？要饭坐牢，你们还好笑？"

老叫花子又笑道：“你这个人傻不傻？待在里头有吃有喝，有地方睡觉，你还不知足？你得感谢钦差！”

马明说：“我要饭关钦差什么事？”

老叫花子说：“阳曲来了钦差，知县老爷就把我们这些叫花子全部关了起来。我们乐意啊！管吃管住的！我就怕钦差早早地回京城去了！数九寒天的，在外头冷啊！”

马明道：“我还是不明白，我们要饭碍着钦差什么了？天子脚下也有人要饭啊！”

老叫花子说：“人家戴知县是朝廷命官，阳曲百姓过得好好的，怎么会有人要饭？再说了，我们这些人走村串户的，听说的事儿多，人家知县老爷也怕我们嘴巴乱说！”

马明瞥见墙角还有个犯人，衣着整洁，正襟危坐，面无表情。马明想同他打招呼，那人只是不理。马明甚觉奇怪，问老叫花子道：“那个人是谁？一本正经的样子。”

老叫花子说：“人家是县官老爷！”

马明真奇怪了，心想这里怎么又出了个县官老爷呢，就故意说道：“他是知县老爷？知县老爷自己关自己？”

叫花子们又哄然大笑，都说新来这个人真好玩。墙角那个县官老爷却充耳不闻，只把腰板挺得笔直。老叫花子说：“他是阳曲的向县丞，得罪了知县戴老爷！”

马明过去打招呼，向县丞仍是不理。马明便激将道：“我看他不像县丞。县丞怎么同我们叫花子关在一起？”

有人便说：“幸好他同我们叫花子关在一起，不然早被牢头狱霸打死了！当官的，人人都恨！”

老叫花子取笑马明道：“你也不自量，人家是县丞，怎么会理你个叫花子？”

马明笑道：“他还没想清楚自己是谁。他要还是县丞呢，就得听我们百姓说话。他要是犯人呢，就得听我们难兄难弟们说话。”

向县丞终于瞟了眼马明，道：“你有话就说，啰唆什么？”

马明说："戴知县是有名的青天大老爷，你干吗同他老人家过不去呀？我叫花子都听说，戴老爷建龙亭，皇上都知道了。我还听说，戴老爷吩咐大户人家统筹田赋、税粮，年年如数完税纳赋。"

向县丞大觉奇怪，望着马明问："你一个要饭的，怎么知道得这么多？"

马明道："我正是因为要饭，走村串户，道听途说，才见多识广。"

老叫花子说："怪了，我们也是要饭，怎么就不知道这些事情？我们只知道哪里杀了人官府没有捉到凶手，哪家媳妇偷人被男人砍了。"

牢房里笑声震耳，大伙儿都觉着刚才进来的这个叫花子有些怪。

三十四

刘景再上李家庄，已是晌午。村里仍是不见半个人影，只见断壁残垣上积着雪，偶有雪里露出的衰草在寒风中抖索。刘景随意走到一家门前，敲了半日，听得里头有微弱的声音，问道是谁。刘景说是外乡人，冻得不行了，想进来避避风。听得里头说声进来，刘景就推门进去了。里头很阴暗，刘景打量了老大一会儿，才看见炕上坐着位瞎老头。

老翁说："外乡人？炕上坐吧。"

刘景坐了上去，炕上冰冷冰冷的。

刘景问道："老人家，就您一个人在家？"

老翁说："家里人都到祠堂背圣谕去了。"

刘景问："背什么圣谕呀？听着真新鲜！"

老翁长叹道："就怪那钦差！"

刘景问："什么钦差？"

老翁说：“你是外乡人，不知道啊！这几天京城里来了个钦差，昨日还到过我们李家庄，县衙怕我们惊着了他，不准我们出门。”

刘景说：“不瞒您说，我是打京城里来的生意人，皇上出行都是见过的。皇上出行，也不禁百姓出门啊！”

老翁摇头道：“您不知道啊，阳曲是知县说了算，李家庄是李家声说了算。我今年九十五岁了，经过了两个朝代，也从没听说哪位皇上要百姓背圣谕。”

刘景说：“老人家，我刚从京城里来，怎么就不知道朝廷要百姓背圣谕呀？肯定是你们那个李家声在搞鬼！”

老翁道：“这话我可不敢说！”

刘景心里已经有数，猜着李家声很可能是个劣绅，便设法套老翁的话儿。老翁悲叹许久，心想同外乡人说说也无妨，便道：“李家声人面兽心，口口声声为乡亲们好，替乡亲们代交赋银、税粮，暗地里年年加码，坑害乡亲啊！”

刘景故意说：“你们可以自己交呀！”

老翁道：“说来话长。前几年我们这儿大灾，小门小户的都完不起钱粮。李家声就替大家完了。打那以后，家家户户都欠下了李家声的阎王债。账越滚越多，很多人家的田产就抵给李家声了。田产归了李家声，账还是一年年欠下去，没田产的人家，连人都是李家声的了！白白给他家干活！”

刘景道：“这分明是劣绅，你们可以上衙门告他呀！”

老翁说：“上哪里告状？李家声同县衙里的戴老爷是拜了把子的兄弟，戴老爷替他撑腰啊！李家声还养了几十个家丁，谁惹得起！”

刘景道：“全村这么多人，就没有一个人敢出头告他？”

老翁说：“哪只是一个村啊，周围十几个村的田地全都快变成李家声的了！男女老少几千人，没谁敢吱一声！今日李家声又让大家去背圣谕，背不出的要罚三十斤大白面！”

刘景说："我打京城沿路走了上千里地，没听说哪里要百姓背圣谕，还要罚大白面，真是奇了！我说呀，你们真得告他！"

正说着，忽听外头传来哭声。老翁侧着耳朵听听，哭声越来越近，正是往老翁家这里来。这时，门被猛地推开，一个黑瘦小伙子冲进来，原来是老翁的孙子。他哭喊道："爷爷，我娘她吊死了！"

老翁不敢相信，颤颤巍巍地问："老天呀！黑柱，你娘她咋回事？"

黑柱哭道："我娘她背圣谕，背了三次都没背过，李家声说要罚一百斤大白面！娘想不开，跑到祠堂后面的老榆树上吊死了！"

刘景出门一看，黑柱娘的尸体直挺挺放在块木板上，一个中年男人守在旁边痛哭，正是黑柱他爹。刘景听乡亲们劝慰，知道黑柱他爹叫大栓。

突然，黑柱拿着把菜刀从屋子里冲出来。几个女人跑上去死死抱住黑柱，劝道："黑柱，你别做蠢事了，你这是去送死！"

黑柱怒吼道："我要去杀了李家声！"

老翁倚着门，高声喊着："乡亲们行行好，抢了黑柱的刀，他不能去送死啊！"

一个大婶劝住黑柱："他家养了那么多恶狗，你杀得了他吗？"

刘景接了腔，道："杀得了他！"

大伙儿这才发现这里有个陌生人，都惊疑地望着他。刘景说："李家声作恶多端，该千刀万剐！"

有个男人问道："敢问这位是哪来的好汉？"

刘景说："你们先别管我是什么人。李家声借口背诵圣谕，敲诈乡民，逼死人命，其罪当死！"

那个人又问道："听你官腔官调的，莫不是衙门里的人？"

刘景道："我说了，你们不要管我是什么人。李家声应交衙门问罪，乡亲们千万不可鲁莽行事！"

大栓擦着眼泪说："越听你越像衙门里的人，李家声同县衙戴老爷同穿一条裤子，谁去问他的罪？"

刘景只道："我领你们去捉了李家声，送到衙门里去！"

大伙儿将信将疑，有人说道："好汉，你怕是二郎神下凡啊！李家声养着几十家丁！"

刘景说："你们跟我来，我自然拿得了他！"

刘景说罢，掉头往外走。黑柱父子操了家伙，紧跟在后面。旁边几个男人凑在一起嘀咕几句，也都跟上了。几个妇人飞跑着家家户户去报信，不多时全村男人都出来了。大伙儿操着扁担、铁锹、菜刀，跟着刘景往李家声家赶。

祠堂里出了事，李家声并不在意。他早已回到家里，躺在炕上抽水烟袋。下边人听得风声，慌忙报信。李家声一怒而起："李大栓他敢！把人都给我叫上！"

下人又道："老爷，里头还有个人，像是昨儿跟着钦差大人的！"

李家声大惊，问："没看错吗？"

下人道："没看错。"

李家声低头想想，一拍大腿，笑道："好，我叫他乱棍打死！"

李家大门紧闭，几十家丁静候在里头。乡亲们擂门半日，李家声喊道："放他们进来，别把门给弄坏了！看他们敢怎样！"

乡亲们蜂拥而入，朝李家声叫骂。李家声双手叉腰，大声叫喊："你们想怎么样？我可是奉了钦差大人的吩咐办事！"

刘景喝道："李家声！"

刘景正要开口，李家声却指着他大喊起来："乡亲们，这位就是钦差大人手下！你们问问他！"

刘景怒道："李家声，你真是大胆！"

黑柱不分青红皂白，朝刘景圆睁怒眼："原来你是钦差的人？就是你们害死了我娘，我先杀了你！"

黑柱举起刀，高声吼叫着朝刘景砍去。刘景闪身躲过，反手夺了黑柱的刀。乡亲们觉得上了刘景的当，掉转棍棒朝刘景打来。刘景来不及开口，先招架几个回合，跳出圈外，大声喊道："乡亲们，你们听我说！”

大栓血红着眼睛，道：“官府的话我们不相信，今日先杀了你再说！”

大栓说着便往前扑，刘景把他一掌打回，回头怒斥李家声：“你假传钦差旨意，已是死罪！你还鱼肉百姓，逼死人命，该千刀万剐！”

乡亲们停了手中棍棒，不知如何是好，愣在那里。李家声还想挑拨乡亲打死刘景，又喊道：“钦差大人专门来阳曲督造龙亭，命我教乡亲们背诵圣谕。不然，我李家声哪有这么大的胆子？”

刘景道：“你胆子还小吗？你强迫乡亲们背诵圣谕，已逼死人命了！你还包揽赋税，擅自加码，盘剥百姓，胆大包天！”

李家声哈哈大笑道：“包揽赋税？我们戴知县管这叫大户统筹，钦差大人还要把我这个办法上奏朝廷哩！”

刘景说：“你休想煽动乡亲们！我就是要拿你去见钦差大人！”

李家声笑道：“你想拿我？强龙压不过地头蛇！我还要拿你哩！我今儿个先灭了你！”

家丁们黑压压拥了过来，刘景左扑右打，渐渐有些抵挡不住。乡亲们没了主张，不知朝哪边下手。

黑柱喊道：“爹，看样子钦差是个好官！”

大栓道：“他是好官，我们就帮他！”

大栓父子说罢，上前去给刘景助战。乡亲们见状，也吆喝着朝家丁们打去。李家声见乡亲们人多势众，毕竟心里犯怯，正想溜回屋里。刘景飞身上前，擒住了李家声，对家丁喊道：“你们都住手！不然我先斩了这个恶人！”家丁们见势不妙，都收了手。

天色慢慢黑了下来。刘景同大栓、黑柱并几个青壮汉子，连夜带着李家声去了县衙。戴孟雄已经睡下，听得通报，慌忙跑到大堂。他问清缘由，指着李家声鼻子痛骂，吩咐衙役马上把他关进监牢。李家声喊冤不止，戴孟雄黑着脸不理不睬，像个铁包公。

马明见李家声被带了进来，便知刘景已从李家庄回来了。他早已同向县丞悄悄儿露了底细。向县丞名唤向启，因私下说过要参戴孟雄，不料前几日被奸邪小人传了话。正好钦差要来了，戴孟雄便把向启先关了起来，过后再寻法子收拾他去。

三十五

陈廷敬同傅山正吟诗作画，刘景一头撞了进来，见过老爷，匆匆把李家庄的事情说了。陈廷敬听了脸色大变，没想到看上去再好不过的大户统筹，却是劣绅坑害百姓的手段！他上的那个折子，若是叫皇上准了，那就害了天下苍生！陈廷敬痛悔不已，却不知如何处置。倘若再上折子奏请皇上不要准那大户统筹办法，必然获罪。皇上一来会怪他处事草率，形同戏君；二来朝廷正缺钱粮，皇上明知这个办法多有不妥也会照行不误。陈廷敬背着手来回踱步，琢磨再三，说道："我得连夜写个折子，请求皇上不要准那大户统筹之法。"

刘景颇为担心，问："老爷，这成吗？"

陈廷敬叹道："我知道你是担心我获罪。我受责罚事小，天下百姓受苦事大！"

傅山劝慰道："陈大人不必自责，您的心愿是好的。下面奸人弄出来的把戏，你们京官下来，最易上当！"

陈廷敬突然发现不见马明，忙问："马明呢？"

刘景听说马明还没有回来，也着急了，便把他俩如何划拳，马明又如何扮了叫花子的事说了。大家听了，都笑了起来。陈廷敬也忍俊不禁，笑道："你俩怎么像玩孩子把戏？"

刘景道："老爷，您不知道，阳曲街上也是行人稀少，最奇的是不见叫花子。我想这县城里啥都可以少，只有叫花子少不得的。没有叫花子，肯定就有文章。"

陈廷敬道："看来阳曲县衙庙小妖风大，马明不会出事吧？他没说扮了叫花子如何行事？”

刘景说：“他说直接去县衙要饭，看戴孟雄如何处置。”

珍儿说：“我真怕出事呀。戴孟雄是见过他的，认出来了，不要加害他？”

大顺哼着鼻子，说：“我不信他真吃了豹子胆，敢加害钦差的人！”

正在这时，有人进来禀报，说阳曲知县戴孟雄来了。刘景不由得操起了桌上的刀，陈廷敬摇摇手，悄声说：“看他如何说吧。”

戴孟雄进得门来，哭丧着脸，扑通跪在地上，道：“万万请钦差大人恕罪！”

陈廷敬问道：“你何罪之有？”

戴孟雄说：“卑职有失察之罪！属下向启，一直欺瞒我。他同李家声等劣绅暗中勾结，做了很多伤天害理的事情。什么捐建龙亭、大户统筹，都是向启弄出来糊弄上头的鬼花样！其实是借机掠夺百姓！”

陈廷敬说：“朝廷接到的捐建龙亭的奏本，可是你请山西巡抚转奏的！”

戴孟雄叩头道：“卑职罪该万死！卑职上奏以后，才发现其中另有文章。可是，卑职怕丢了乌纱帽，只好顺水推舟，一边想实实在在地把龙亭建好，一边着手查办向启。钦差大人来阳曲之前，卑职已把向启关起来了。”

陈廷敬说：“你答应得好好的，三日之内把建龙亭的捐钱账目交给我，原来是在蒙我啊！”

戴孟雄道：“卑职有苦难言，万望钦差大人恕罪！还有那大户统筹办法，只要管住大户人家不借机敲诈，也未必不是件好事。我想将计就计，干脆把向启盘剥百姓的坏事做成好事，以补失察之罪。”

陈廷敬又问：“今日可曾有个叫花子到县衙要饭？”

戴孟雄道：“听师爷杨乃文说，确有个叫花子到县衙闹事，把他关起来了。”

刘景问道：“这就奇怪了，叫花子要饭也犯法了？”

戴孟雄道：“说到这事，卑职正要禀报，听说钦差要来，向启怕露了马脚，瞒着我把城里的叫花子都抓起来了。我也是刚刚知道此事，已吩咐下去连夜把叫花子放了。钦差大人为何问起那个叫花子？”

陈廷敬笑而不答，只道：“戴知县果然干练，今日事今日毕，绝不过夜啊！”

戴孟雄叩首道：“卑职哪敢受此夸奖！万望钦差大人恕罪，明日请钦差大人和卑职一道同审向启和李家声。”

陈廷敬说：“好，我答应你。你先回去吧。”

戴孟雄走了，陈廷敬说：“这回马明可受苦了。深更半夜，数九寒天，城门紧闭，他上哪里去？”

刘景觉得不好意思，就像他害了马明似的，说：“唉，只怪他运气差，划拳划输了，不然我去扮叫花子。”

陈廷敬道：“阳曲的鬼把戏，到底罪在戴孟雄，还是罪在向启，现在都说不准。”

珍儿道：“我看肯定是戴孟雄搞的鬼！”

陈廷敬说：“我也感觉应是戴孟雄之罪，但办案得有实据！他敢把向启同李家声交到我面前来审，为什么？”

刘景道：“除非他同李家声串通好了，往向启头上栽赃。”

陈廷敬说：“李家声害死人命，反正已是死罪，他犯不着再替戴孟雄担着。我料此案不太简单。天快亮了，你们都歇着去，我自会相机行事。”

刘景、大顺等退去，陈廷敬却还得赶紧向皇上写折子。珍儿看着心疼，又知道劝也没用，就陪在旁边坐着。折子写好已是四更天了，珍儿侍候陈廷敬小睡会儿。天刚亮，陈廷敬匆匆起床用了早餐，下山往县衙去。

陈廷敬在县衙前落轿，戴孟雄早已恭敬地候着了。杨乃文低头站在旁边，甚是恭顺。戴坤仍是轿夫打扮，远远地站在一旁。进入大堂，陈廷敬同戴孟雄谦让再三，双双在堂上坐下。衙役们早在堂下分列两侧，只等着吆喝。

戴孟雄问："钦差大人，我们开始？"

陈廷敬点头道："开始吧。"

戴孟雄高声喊道："带阳曲县丞向启！"

吆喝下去，竟半日没人答应。戴孟雄再次高喊带人，仍是不见动静。戴孟雄便厉声呵斥杨乃文，叫他下去看看。过了好半晌，杨乃文慌忙跑来，回道："回钦差，回戴老爷，典狱说向启昨日夜里跑掉了！戴老爷吩咐放了叫花子，不承想向启跟李家声也混在叫花子里头逃走了！又说李家声已被人杀死，正横尸街头。庸书猜测，这必定是向启杀人灭口。"

陈廷敬顿时急了。他昨夜左右寻思，设想到了种种情形，就是没想到会出现这等变故。陈廷敬料定鬼必是出在戴孟雄身上，不然世上哪有这么巧的事情？说好要审的两个人，一个死了，一个不见了。

戴孟雄见陈廷敬阴沉着脸，便一副请罪的样子，道："钦差大人，卑职也不知道事情会弄成这样呀！这案子就没法审了。"

陈廷敬沉思片刻，缓缓道："我想这案子还得继续审。"

戴孟雄忙点头道："当然审！当然审！可是……审谁呢？"

陈廷敬突然厉声喊道："带阳曲知县戴孟雄！"

戴孟雄顿时傻了，脸色先是发红，旋即发白。刘景一手按刀，大步上前就要拿人。戴孟雄忽地站了起来，咆哮道："钦差大人，我可是朝廷命官，不是你随便可以审的！我戴孟雄堂堂正正，两袖清风，治县得法，牧民有方，年年钱粮如数上缴，山西找不出第二个！"

陈廷敬语不高声，说道："阳曲百姓只知戴老爷，不知向县丞，你休想往他头上栽赃！李家声虽已死无对证，可他早已向刘景一一招供了。"

戴孟雄吼道："李家声已死，你休想拿死人整活人！"

陈廷敬一拍桌子，道："刘景，先把他拿下！"

刘景拿下戴孟雄，推到堂下按跪了。戴坤本是低头站在外头，忽听得老爹被擒，一直弓着的腰板忽地挺了起来，飞快冲进大堂，叫骂着就要抢人。却见外头突然闪进一人，一把揪住了戴坤。此人正是马明，穿得破破烂烂，向启跛着脚随在后面。

向启身上满是血污，上前拜见了陈廷敬。原来，戴孟雄昨夜吩咐放了叫花子，为的就是杀人灭口，蒙混过关。他算准李家声会趁乱逃掉，向启必定要去追赶，便暗嘱戴坤同杨乃文候在外头，只等他们经过，就砍了他们。向启果然中计，见李家声逃了，马上追了出去。马明也紧追而上，却见向启和李家声都已倒在地上。李家声惨叫不止，向启只紧紧按着大腿。戴、杨二人见远处有人赶来，慌忙跑开了。哪知杨乃文毕竟是个书生，下手无力，又没有砍着要紧处，向启竟捡回条性命。李家声是戴坤下的手，叫唤着就咽气了。昨夜戴孟雄从五峰观下来，已猜着那个上县衙闹事的叫花子肯定是马明，又命戴坤和杨乃文满城寻找，定要结果了他。却又发现向启并没有被杀死，更是急了。昨夜阳曲城里通宵狗叫，百姓只知牢里的犯人跑了，县衙正挨家挨户搜查。幸得阳曲大街小巷都在向启肚里装着，他领着马明翻墙潜回县衙，寻了间空屋子躲着，方才逃过大难。天刚亮时，碰巧听外头有人说钦差大人要来审案，两人这才瞅着时辰跑到大堂来了。

三十六

陈廷敬在阳曲正一波三折，朝廷里收到他上奏的大户统筹办法却是如获至宝。明珠看完陈廷敬的折子，点头道："这可真是个好办法！倘能各省参照，必可解军饷之忧！"

高士奇悄声儿说："明珠大人，这折子士奇也看了，是个好办法。可是这么好的办法，该由您提出来才是啊！”

明珠笑道：“澹人，老夫不是个邀功请赏的人，更不会贪天之功。怕只怕百密一疏，出了纰漏。我得再琢磨琢磨。”

明珠说着，就把陈廷敬的折子藏进了笼箱。高士奇点点头不再言语，他早摸透了明珠的脾性，这位武英殿大学士说要再琢磨琢磨的事儿，多半就黄掉了。

两日之后，高士奇又接到陈廷敬的折子，他看过之后，忙暗自报与明珠：“明珠大人，陈子端又火速上了折子，说大户统筹办法不能推行。”

明珠接过陈廷敬的折子，看完问道：“这个折子，梦敦看过了没有？”

高士奇说：“梦敦今儿不当值。”

明珠说：“哦，难怪我还没见着他哩。不是故意要瞒着梦敦，暂且不给他看吧。”

高士奇问：“明珠大人有何打算？”

明珠说：“我这两日都在琢磨，大户统筹未必就不是个好办法，只要官府管束得力，不让大户借端盘剥百姓就行了。阳曲这几年都如期如数完粮纳税，不就是按这个办法做的吗？”

高士奇忙拱手道：“明珠大人高见！《圣谕十六条》教化天下，大户人家多是知书达理的，掌一方风化。他们可都是诵读圣谕的典范啊！”

明珠说：“所以说，陈子端后面这个折子分明没有道理。”

高士奇问：“那么还是把大户统筹办法上奏皇上？”

明珠说：“我会马上奏请皇上发往各省参照！这是陈子端的功劳，你我应该成人之美！”

高士奇见明珠如此说了，再无多话。明珠又说：“梦敦是个老实人，不要把子端后面这个折子让他知道！”

高士奇点头应了，便把折子藏了起来。大户统筹个中曲折，张英通不知晓。

皇上正在乾清宫里召兵部尚书范承运、户部尚书萨穆哈，过问云南战事。范承运甚是焦急，道：“启奏皇上，我进剿云南之师，四川一线被暴雪所阻，无法前行。广西一线遇逆贼顽抗，战事非常紧急。眼下最着急的是粮饷，萨穆哈总说户部拮据，急需补给的粮饷跟不上来！”

萨穆哈道：“启奏皇上，范承运是在诬赖微臣。这几年税银税粮都没有足额入库，朝廷用度又年年增加，户部已经尽力了！”

皇上怒道：“你们跑到朕面前来争吵没用！得想办法！”

范承运说：“今年四川暴雪百年难遇，实在是没有料到的事情。将士们进退两难，只有驻地苦等，眼看着就要坐吃山空了。吴三桂集中兵力对付我广西一路，广西战事就更加激烈。补给不力，战事将难以为继。”

皇上问萨穆哈道：“钱粮未能足额入库，你这个户部尚书就没有半点儿办法？”

萨穆哈说：“为这事儿，皇上去年已摘掉几个巡抚的乌纱帽，还是没有办法！”

皇上火了：“放肆！朕要你想办法，你倒变着法儿数落起朕来了！”

这时，张善德躬身近前，奏道：“皇上，大学士明珠觐见！”

皇上点点头。张善德明白了皇上意思，出去请明珠进来。明珠叩见完毕，皇上问道：“明珠，你是做过兵部尚书的，朕正同他俩商量军饷的事，你有什么好主意？”

明珠道：“启奏皇上，明珠想不出什么好主意，倒是陈子端想出好办法了！”

皇上面有喜色，忙问道：“什么办法？快说来听听！”

明珠道：“陈子端在山西阳曲发现那里推行大户统筹钱粮的好办法，阳曲的钱粮年年如期如数入库！陈子端知道朝廷当务之急是筹集军饷，便写了折子，快马送了回来！陈子端奏折在此，恭请皇上御览！”

张善德接过奏折，呈给皇上。皇上看着奏折，喜得连连拍案，道："好啊，年年如数完粮纳税，却不用官府派人催缴！"

明珠说："正是皇上《圣谕十六条》谕示的，完钱粮以省科催！"

皇上不禁站了起来，在殿上来回走着："朕要好好奖赏陈廷敬！还要好好地赏那个戴孟雄！咦，明珠，你这个吏部尚书，知道戴孟雄是哪科进士吗？"

明珠回道："启奏皇上，戴孟雄的监生、知县都是捐的！"

皇上听了，更是叫好不迭："捐的？你看你看，常有书生写文章骂朝廷，说朝廷卖官鬻爵！难道花钱买的官就没有好官？戴孟雄就是好官嘛！而且是干才，可为大用！"

明珠等三位大臣齐颂皇上英明。皇上又道："眼下朝廷需要用钱，又不能无故向百姓增加摊派。有钱人家，既出钱捐官帮朝廷解燃眉之急，又能好好地做官，有什么不好？"

明珠奏道："皇上，臣以为应把大户统筹的办法发往各省参照！"

皇上搓手击掌，连连点头道："好！准奏！速将这个办法发往各省参照！真是老祖宗保佑啊！陈廷敬此去山西，发现了阳曲大户统筹的好办法！各省都参照了这个法子，就不愁钱粮入不了库，军饷就有了保证！剿灭吴三桂，指日可待！"

明珠瞅着皇上高兴，又道："皇上，臣还有一事要奏。陈子端这回可立了大功，臣以为应准他将功折过，官复原职！"

皇上笑道："岂止官复原职！朕还要重重赏他！百姓捐建龙亭出在阳曲，大户统筹钱粮的办法也出在阳曲，可见戴孟雄治县有方嘛！朕还要重重地赏戴孟雄！"

两日之后，明珠一副诚惶诚恐的样子跑到乾清宫要见皇上。皇上听得张善德奏报，不知又出了什么大事。明珠低头进了宫，径直去了西暖阁，跪在皇上面前，道："皇上万万恕罪！"

皇上问道："明珠，你好好的，有什么罪呀！"

明珠叩头不止，说："那个大户统筹办法，万万行不得！"

皇上大惊，问道："大户统筹是陈廷敬在阳曲亲眼所见，陈廷敬折子上的票拟是你写的，怎么突然又行不得了？"

明珠道："微臣料事欠周，罪该万死！正是陈子端自己说此法不能推行。陈子端谋事缜密，他上奏大户统筹办法之后，发现其中有诈，随即又送了个折子回来。这个折子臣也是才看到，知道大事不好！不能怪陈子端，只能怪微臣！"

皇上把折子狠狠摔在地上，道："这是让朕下不了台！陈廷敬！朕平日总说他老成持重，他怎么能拿大事当儿戏！前日发往各省的官文，今日又让朕收回来作废？朝令夕改，朕今后说话还有谁听！朝廷的法令还有谁听！"

明珠哭泣道："皇上，不收回大户统筹办法，就会贻害苍生哪！"

皇上圆睁龙眼，道："不！不能收回！明珠，你成心让朕出丑？"

明珠叩头请罪，不敢抬眼。皇上消消气，稍稍平和些了，才说："传朕谕旨，各省不得强制大户统筹，全凭自愿；凡自愿统筹皇粮国税的大户，不得借端盘剥百姓，违者严惩！"

明珠领旨而退，仍听得皇上在里头叫骂。

夜里，皇上在乾清宫密召张英，道："朕这几日甚是烦躁！食不甘味，寝不安席！云南战事紧急，朝廷筹饷又无高招。好不容易弄出个大户统筹，却是恶吏劣绅盘剥乡民的坏手段！"

张英奏道："臣以为，完粮纳税科催之法固然重要，最要紧的还是民力有无所取。朝廷轻徭薄赋，与民休息，这是江山稳固之根本。只要民生富足，朝廷不愁没有钱粮。"

皇上虽是点头，心思却在别处，道："朕这会儿召你来，想说说陈廷敬的事儿。陈廷敬前后两个折子，你都没有看见，怎会如此凑巧？"

张英道："正好那几日臣不当值。臣只能说没看见，别的猜测的话，臣不能乱说。”

皇上说：“这里只有朕与你，也不用担心隔墙有耳。你说句实话，真会如此凑巧吗？”

张英道：“南书房里都是皇上的亲信之臣，张英不敢乱加猜测。”

听了这话，皇上有些生气，道：“张英啊张英，朕真不知该叫你老实人，还是叫你老好人！”

张英却从容道：“不是臣亲见亲闻之事，臣绝不乱说！”

皇上说：“阳曲大户统筹也是陈廷敬亲见亲闻，可他又回过头来打自己嘴巴！这个陈廷敬，他让朕出了大丑！”

张英道：“陈子端绝非故意为之！”

皇上怒道：“他敢故意为之，朕即刻杀了他！”

皇上震怒异常，急躁地走来走去。张英注意着皇上的脸色，见皇上怒气稍有平息，便道：“臣斗胆问一句，皇上想如何处置陈子端？”

皇上却道：“朕听出来了，你又想替陈廷敬说情！”

张英说：“臣猜想，皇上召臣面见，就是想让臣替陈子端说情的。”

皇上闻言吃惊，坐下来望着张英。张英又说：“皇上恼怒陈子端，又知道陈子端忠心耿耿。皇上不想处置陈子端，又实在难平胸中怒火，所以才召臣来说说话。”

皇上摇头说：“不！不！朕要狠狠惩办陈廷敬！”

张英道：“皇上知道自己不能惩办陈子端，所以十分烦躁！”

皇上更是奇怪，问：“你怎么知道朕不能惩办陈廷敬？”

张英答道：“皇上没有收回发往各省的大户统筹办法，说明陈子端前一个折子没有错；皇上如果收回了大户统筹办法，就是准了陈子端后一个折子。因此，不管怎样，皇上都没有理由惩办陈子端！”

皇上长叹一声，懒懒地靠在炕背上，道：“张英呀，你今日可是在朕面前说了真话啊！”

张英道：“臣说句罪该万死的话，别人都把皇上看成神了，臣却一直把皇上看成人。以人心度人心，事情就看得真切些，有话就敢说了。”

皇上叹息道：“张英，你这话朕平日听着也许逆耳，今日听着朕心里暖乎乎的。朕是高处不胜寒哪！”

张英又道：“启奏皇上，百姓捐建龙亭的事，也请朝廷禁止！”

皇上默然地望了张英半日，才说：“你是明知陈廷敬会阻止百姓建龙亭的，才故意保举他总理此事。你可是用心良苦啊！”

张英道：“臣的良苦用心，就是对皇上的忠心！”

皇上想了一会儿，说：“好吧，等陈廷敬回来，问问阳曲建龙亭的情形到底如何，再作打算。”

张英叩道：“皇上英明！”

皇上又道：“张英，等陈廷敬回来，你同他说，不要再提收回大户统筹之法的事。”

张英问道：“皇上这是为何？这个办法行不得啊！”

皇上眼睛望着别处道：“朝廷缺银子，先作权且之计！”

张英还想再说，皇上摆摆手，道：“朕身子乏了，你回去吧。”

三十七

陈廷敬回到京城正是午后，他打发珍儿和大顺他们先回家去，自己径直进宫来了。他不知皇上那里情形到底如何，先去了南书房打探消息。张英见了陈廷敬，忙把他拖到另间屋子里说话，话没说完，陈廷敬就急了：“怎么？皇上没有收回大户统筹办法？”

张英说：“皇上已补发谕旨，大户统筹全凭自愿，严禁大户借端盘剥乡民。这件事你就不要再说了。”

陈廷敬紧锁双眉摇头道：“不不不！恶吏劣绅，我若不是亲眼见过，难以想象他们的凶恶！”

张英只好直说：“子端兄，这件事情弄得皇上非常震怒，你最好不要再提！”

陈廷敬早就料到事情会弄到这种地步，他只是心存侥幸，希望皇上能体谅百姓。但这个时候皇上脑子里，平定云南这事儿更为重大。陈廷敬呆坐半日，问道：“梦敦兄，我两个折子先后是什么时候收到的？什么时候进呈皇上的？”

张英小声道：“这个子端兄就不要再问了。”

陈廷敬疑惑道：“难道里头有文章？”

张英说：“两个折子我事先都没见到！我后来查了，您前一个折子是十五日到的，后一个折子是十七日到的。而您前一个折子进呈皇上是十九日。”

陈廷敬大惊，心下明白了：肯定是有人在其中做文章，先是怕他立功，后是故意整他。陈廷敬苦笑着摇摇头，暗自叹息。

张英心领神会，却只附耳道：“子端兄，息事宁人，不要再提！”

张英劝慰几句，便问傅山进京来了没有。陈廷敬又是摇头，道：“这个傅山，进了京城，却死也不肯见皇上！”

张英瞠目结舌，心想陈廷敬怎么如此倒霉？便有意安慰道：“子端兄，倒是建龙亭的事，皇上口气改了。”

陈廷敬听了，心里并无多少欢喜。他心情沉重，说道：“龙亭哪怕停建，我做的仍是件逆龙鳞的事，加上大户统筹，还有傅山虽已进京却不肯面圣，罪都在我哪！何况我本已是罪臣！”

张英知道事态凶险，也只好强加宽慰：“子端兄不必多虑，皇上自会英明决断。您只需把阳曲建龙亭的折子先递进去，大户统筹的事不要再奏，傅山您可千万要劝他面见皇上！”

次日皇上听政之后，陈廷敬应召去了乾清宫。当值的公公们都朝他努嘴摇头，似乎想告诉他什么。陈廷敬只能暗自猜测，不便明着探问。进了殿，张善德迎了过来，悄声儿说：“皇上正出恭哪，陈大人您先请这边儿候着。”

陈廷敬远远地见傻子站在帐幔下，朝他偷偷儿打招呼。他点点头，随着张善德去了西暖阁。张善德又悄声儿说：“陈大人，皇上这几日心里不舒坦，您说话收着些。”

陈廷敬拱手谢了。他这才明白，傻子和那些好心的公公为什么都朝他努嘴摇头的。张善德又道：“陈大人，待会儿磕头，您往这几块金砖上磕。”

张善德说着，抬脚点了点那几块金砖。这时，两位公公抬着马桶恭敬地从里面出来，又有两位公公端着铜盆小心地随在后面。张善德知道皇上出恭完了，只拿眼色招呼了陈廷敬，跑进去侍候皇上去了。却半日不见皇上出来。靠墙的自鸣钟哐地敲打起来，唬得陈廷敬不禁一跳。

陈廷敬正抬手擦汗，忽见皇上出来了，笑容可掬的样子，道：“廷敬来了？”

陈廷敬没想到皇上会笑脸相迎，内心更加紧张了，忙在张善德嘱咐过的地方跪下叩头：“臣叩见皇上！”

果然，头只需轻轻磕在那金砖上，就砰砰作响。皇上从来没有听见陈廷敬把头磕得这么响过，他往炕上坐下，笑着道：“廷敬快坐下说话。”

陈廷敬谢了恩，跪坐在脚后跟上。

皇上道：“廷敬辛苦了。既然回了山西，怎么不回家里看看？”

陈廷敬说：“差事在身，臣不敢耽搁。臣打发人去家里看了看，爹娘都好，只嘱咐臣好好当差，不让臣分心。”

皇上点头感慨，道：“老人家身子好，就是你们做儿女的福分。你走的时候，朕忘了嘱咐一句，让你回去看看老人家。”

陈廷敬又连忙拱手谢恩。皇上脸色突然沉了下来，说：“戴孟雄那个腌臜东西，不就在山西杀掉算了，还带回京城做什么！”

陈廷敬说：“臣以为戴孟雄案应仔细再审，通告各地，以儆效尤！”

皇上摇头道："戴孟雄案不必再审，更不要闹得天下尽知，杀掉算了。准你所奏，各地龙亭停建。"

陈廷敬知道戴孟雄案只能如此了，便道："臣遵旨！臣还有一言！"

皇上问："是不是要朕收回大户统筹办法？"

陈廷敬奏道："恶吏劣绅只恨没有盘剥百姓的借口，如今朝廷给了借口，他们就会大肆掠夺！倘若各省推行大户统筹办法，不出三五年，天下田产，尽归大户。皇上，真到了那日，就会民不聊生，大祸临头啊！"

皇上冷冷道："你在阳曲不是做得很好吗？大户胆敢盘剥百姓，抄没家产入官，侵占的百姓田产物归原主！"

陈廷敬说："查抄大户，朝廷固然可以收罗些钱粮，但毕竟不是长治久安之策。"

皇上嘭地拍了龙案，怒道："陈廷敬，你越说越不像话了！依你所说，朕就是故意设下圈套，听凭大户行不仁不义之事，然后寻端抄家，收罗钱财？朕不成了小人了！"

陈廷敬连忙把头叩得砰砰响："臣绝非此意！"

皇上说："大户统筹办法，朕打算推行一到两年，以保朝廷军饷。待云南平定之后，再行取消，回过头来惩办盘剥乡民的劣绅！"

陈廷敬道："圣明之治，在于使人不敢生不仁之心，不敢行不义之事！"

皇上怒气冲天："放肆！你今日头倒是磕得响！今日不是进讲，你进讲对朕说这番话，朕听得进去。这是奏事，得听朕的！别忘了，大户统筹，你是始作俑者！此事休得再提！"

陈廷敬听皇上说出这番话来，只好低头不言了。陈廷敬等着宣退，却听皇上说道："博学鸿词应试在即，朕会尽快召见傅山。"

陈廷敬又只好如实说来："启奏皇上，傅山虽已进京，却不肯拜见皇上，更不肯应试博学鸿词！"

皇上听了，愣了半晌，道："陈廷敬！你干的尽是让朕出丑的事！"

陈廷敬道："臣以为，也许真的不能再勉强傅山了。人各有志，随他去吧。"

皇上忽地站了起来，说："不！朕偏要见见这个傅山，看他是三头还是六臂！你下去吧。"

陈廷敬站起来，谢恩退去。

傅山寄居山西会馆，陈廷敬已去过好几次了，都不能说服他拜见皇上。张英嘱咐他千万要劝傅山面圣，可见皇上太在意这事了。没准皇上就同张英说过傅山。可傅山水都泼不进，他说自己只答应进京，并没有答应见皇上。陈廷敬在家叹息不止，不知如何是好。

月媛见老爷如此神伤，很是生气，决意去找找傅山，看他是什么神仙！月媛叫上珍儿，瞒着陈廷敬去了山西会馆。会馆管事见辆马车在门前停了，忙迎了出来。翠屏扶了月媛下来，珍儿自己下了车。

管事上前问话："两位太太，有事吗？"

月媛道："我们是陈廷敬家里的。"

管事十分恭敬，道："原来是陈大人两位夫人，失敬失敬。"

月媛说："我要见傅山，他住在哪里？"

管事似乎很为难，说："傅山先生嘱咐过，凡要见他的，先得通报他一声。"

月媛说："不用通报，你只告诉我他住在哪里就是了。"

管事见这来头，不敢多话，赶紧领了月媛等往里去。

管事前去敲了客房，道："傅山先生，陈夫人看您来了。"

里头没有回音，出来一个道童。那道童见来的是三位女人，吓得不知如何答话，忙退进门去。月媛顾不上多礼，招呼着珍儿和翠屏，昂着头就随道童进去了。月媛见一老道端坐炕上，料此人应是傅山，便上前施礼请安："我是陈廷敬的夫人，今儿个特意来拜望傅老前辈！"

傅山忙还了礼，道："怎敢劳驾夫人！您请坐。"

月媛也不客气，就坐下了。傅山同珍儿是见过的，彼此道了安。道童端过茶来，一一递上。

月媛谢了茶，说："傅山先生，我已尽过礼了，接下来的话就不中听了。我家老爷对朝廷、对百姓一片赤诚。他敬重您的人品、学问，因此屡次向朝廷举荐您。这回，为了阻止各地修建龙亭，他被皇上从二品降为四品；他在阳曲惩办恶吏劣绅，回京之后仍深受委屈。您随我家老爷进京却不肯见皇上，皇上更加大为光火，说不定还要治他的罪。我就不明白，您读了几句圣贤书，怎么就这么大的架子？"

月媛这番话劈头盖脸，说得傅山眼睛都睁不开，忙道："夫人切莫误会！贫道也很敬重子端，才答应他进京；可是贫道不想见皇上，不愿应试博学鸿词，这是贫道气节所在！"

月媛听着就来了气，道："什么气节！您祖宗生在宋朝、元朝，到了明朝他们就不要活了！您祖宗要是也像您这样迂腐，早就没您这个道士了！老天让您生在明朝，您就生为明朝人，死为明朝鬼。您要是生在清朝呢？您就躲在娘肚子里不出来？"

翠屏听着，忍不住笑了起来。月媛故意数落翠屏："你笑什么？没什么好笑的！按这位老先生的意思，你的孩子就不能生在当朝！"

傅山暗叹自己诗书满腹，在这位妇道人家面前却开不了口。

月媛又道："按傅山先生讲的忠孝节义，我们都同清朝不共戴天，百姓都钻到地底下去？都搬到桃花源去？再说了，百姓若都去当和尚、做道士，也是对祖宗不孝啊！没有孝，哪来的忠？我不懂什么大道理，只知道凡是违背人之常情的胡言乱语，都是假仁假义！"

傅山无言以对，只好不停地摇头。月媛却甚是逼人："您要讲您的气节也罢，可您害了我家老爷这样一个好官，害了我的家人，您的仁、您的义，又在哪里？”

傅山仰天长叹，朝月媛长揖道：“夫人请息怒！贫道随子端进宫就是！”

陈廷敬从衙门回来，进屋就听大顺说，夫人找了傅山，傅山答应进宫了。陈廷敬吃惊不小，问：“真的？夫人凭什么说服傅山了？”

大顺说：“我听翠屏说，夫人把傅山狠狠骂了一通，他就认输了。”

陈廷敬听了，忙道：“怎能对傅山先生无礼！”

月媛早迎了出来，听得老爷说话，便说：“我哪里是对他无礼啊！我只是把被你们读书人弄得神乎其神的大道理，用百姓的话给说破了！不信你问问珍儿妹妹跟翠屏。”珍儿同翠屏只是抿着嘴儿笑。

第二日，皇上驾临南书房，陈廷敬奏明傅山之事。皇上大喜，道：“好！收服一个傅山，胜过点十个状元！”

明珠、张英、高士奇等都向皇上道了喜。皇上忽又问道：“廷敬，傅山会在朕面前称臣吗？”

陈廷敬回道：“傅山只是一介布衣，又是个道人，称谓上不必太过讲究。”

皇上想想倒也在理，心里却不太舒坦。陈廷敬看出皇上心思，便道：“不管他怎么称呼，皇上就是皇上！宫中礼仪，臣会同他说的。”

皇上说：“朕念他年事已高，可以免去博学鸿词考试，直接授他六品中书，但君臣之礼定要讲究！”

陈廷敬道：“臣明白了！”

高士奇供奉内廷这么多年，才不过六品中书，他脸上便有些挂不住，却是有话说不出口。明珠拱手道：“皇上如此惜才，天下读书人必能与朝廷同心同德。”

皇上点点头，下了谕示：“你们从应试博学鸿词的读书人中，挑选几十个确有才学的名士，朕一并面见。这是件大喜事，诸王、贝勒、贝子并文武百官都要参与朝贺！”明珠等领旨谢恩，皇上起驾还宫。

很快就到年底，朝廷吉庆之事很多。直到次年阳春三月，皇上才召见了应试博学鸿词。那日天气晴和，皇上高坐在太和殿的龙椅上，王公大臣、文武百官班列殿前。傅山等应召的博学鸿词数十人早已立候在太和门外，鸦雀无声。忽听礼乐声起，鸣赞官高声唱道：“宣傅山觐见！”

等了半日，不见傅山人影。殿内王公大臣文武百官依班而列，中间露出通道，正对着殿门。从殿门望去，空旷辽远，直望到太和门上方的天空。皇上从来没有感觉到太和殿到太和门间这般遥远。熬过长长的寂静，终于看见傅山的脑袋从殿外的丹陛上缓缓露出。皇上仿佛松了口气，脸上现出微笑。

傅山慢慢进了殿门，从容地走到皇上面前。他目光有些漠然，站在殿前，缓缓道：“贫道患有足疾，不能下跪，请皇上恕罪！”

皇上脸上刚刚露出的笑容差点儿就要收回了，可他仍是微笑着，说：“礼曰七十不俟朝。傅山先生已是七十老人了，能够奉旨进京，朕非常高兴。你有足疾，就免礼了。赐坐！”

从未有过臣下在皇上前面真的坐下的道理，张善德一时不知如何是好。他略略迟疑，又望望皇上眼色，才吩咐内监搬了椅子过来。傅山坐下，略抬了下手，道：“贫道谢过皇上！”

皇上说：“傅山先生人品方正，文学素著，悬壶济世，德劭四方。朕可是从小就听先皇说起您呀！”

傅山回答说：“贫道只是个读书人，不值得皇上如此惦记。”

皇上又说：“朕念你年过七十，就不用应试博学鸿词了。凭你的学问，也不用再考。朕授你个六品中书，着地方官存问。”

傅山忙低头拱手道：“贫道非红尘中人，官禄万死不受！傅山只想做个游方道人，替人看看病，读几句书，写几个字！官有的是人去做！”

高士奇心想傅山真是不知天高地厚，居然嫌六品中书官小了。他知道此刻说话必定惹得龙颜不悦，只得忍着。没想到莽夫萨穆哈说话了：“启奏皇上，国朝堂堂进士，都得供奉翰林院三年，才能做个七品知县！傅山倨傲无礼，不肯事君，应该治罪！陈子端深知傅山本性难移，却极力保举，用心叵测！”

皇上大怒道：“萨穆哈休得胡说！陈廷敬忠贞谋国，唯才是举，其心可嘉。傅山先生为学人楷模，名重四海，朕颇为敬重。一位七旬老人，抛开君臣之礼，他还是我的长辈。朕今日当着王公大臣、文武百官的面说了，不准你们说傅山先生半个不字！宣其他名士觐见吧！”

没多时，名士们鱼贯而入。见到百官站班，而傅山坐着，颇为惊诧。名士们下跪行礼：“臣叩见皇上，我皇万岁万岁万万岁！”

这些礼数礼部官员事先都细细教过了。皇上叫大家免礼请起，道：“你们还没有经过考试，朕就想先见见你们。朕思贤若渴，望你们好好替朝廷效力，好好替百姓办事！傅山年岁已高，朕恩准他不用考试，已授他六品中书。你们都是很有学问的人，朕等着读你们的锦绣文章！”

朝见完毕，皇上乘着肩舆，出了太和殿。王公大臣、文武百官并众名士恭送圣驾。等到圣驾远去，众人才依次出殿。有位名士攀上傅山说话：“傅山先生，晚生倾慕先生半辈子，今日一睹仙颜，死而无憾！”

傅山却冷冷道：“仙颜不如龙颜！”他抛下这句话，谁也不理，扬长而去。

百官出了太和殿，都说皇上爱才之心，古今无双。傅山那么傲岸，皇上居然仁慈宽待。只有陈廷敬心里忐忑，他看出皇上是强压心头火气。皇上那番话并不是说给傅山听的，那是说给天下读书人听的。

果然，皇上回到乾清宫，雷霆震怒："朕要杀了陈廷敬！他明知傅山是茅坑里的石头又臭又硬，干吗还要保举？真是丢人现眼！一个穷道士，一个酸书生，摆架子摆到朕的太和殿上来了！"

侍卫跟公公们都吓得缩了头，眼睛只望着地上。张善德望望傻子，傻子悄悄儿摇头。他俩心里都明白，皇上发脾气了，奴才们只能装作没听见，保管万事没有。

三十八

皇上在乾清宫发了陈廷敬的脾气，张善德过后嘱咐当值的公公，谁也不准露半个字出去。外头就连陈廷敬自己都不知道皇上说要杀了他。傅山尽管惹得皇上雷霆大怒，这事也总算过去了。傅山回到阳曲，官绅望门而投，拜客如云。这都是后话，不去说了。这会儿陈廷敬仍放心不下的是大户统筹办法，真怕弄得天下民不聊生。他后悔自己料事不周，那么急急地就上了折子。如果天下田产尽为大户所占，他就是百姓的罪人。

陈廷敬终日为这事伤神，弄得形容憔悴。碰巧都察院有位叫张鹏翮的御史，有日到翰林院办事，问起大户统筹到底如何。陈廷敬知道张鹏翮是个急性子，又很耿直，本不想多说。可陈廷敬越是隐讳，张鹏翮越是疑心，便道："说不定大户统筹就是恶人鱼肉百姓的玩意儿，我要上个折子。"

陈廷敬忙劝道张鹏翮："运青大人，不要再奏了，皇上哪怕知道这个办法不妥也是要施行的。朝廷打吴三桂，要钱粮啊！"

张鹏翮哪里肯听，直说回去就写折子，过几日瞅着皇上御门听政就奏上去。

陈廷敬苦苦相劝："运青大人，您上了折子，不光您自己要吃苦头，老夫也要跟着吃苦头啊！"

张鹏翮听了，一怒而起，道："想不到子端大人也成了自顾保命的俗人!”

张鹏翮说罢，拂袖而去。陈廷敬心想这祸真是想躲也躲不掉了。

博学鸿词召试完了，取录者统统授了功名。高士奇授了詹事府少詹事，食四品俸。陈廷敬仍未官复原职，还是四品。高士奇往日多是称陈廷敬陈大人，如今就只叫他子端了。陈廷敬看出高士奇的得意劲儿，并不往心里去。

近些日子皇上住在畅春园里，一日政事完了，来了兴致，要去园子里看看。明珠、陈廷敬、萨穆哈、张英、高士奇等扈从侍驾。

皇上望着满园春色，说：“朕单看这园子，百花竞艳，万木争春，就知道今年必定五谷丰登!”

明珠忙说：“皇上仁德，感天动地，自会风调雨顺，国泰民安!”

萨穆哈在旁奏道：“启奏皇上，自从大户统筹办法施行以来，各地钱粮入库快多了。估计今年可征银二千七百三十万两，征粮六百九十万担。”

皇上望望陈廷敬，说：“这个办法是你上奏朝廷的，你功莫大矣!”

陈廷敬低头谢恩，没多说半句话。皇上明白陈廷敬的心思，却只装糊涂。高士奇故意要把话挑破：“皇上，大户统筹的确是个好办法，可臣最近仍听到有人在背后说三道四。”

皇上本来也不想挑开这事儿，可高士奇如此说了，便问道：“陈廷敬，你听见有人说吗?”

陈廷敬敷衍道：“臣倒不曾听人说起。”

皇上听了，并不在意，只顾观赏着园子。萨穆哈琢磨着皇上心思，又道：“启奏皇上，湖广施行大户统筹办法，不仅去年钱粮入库了，还偿清了历年积欠。朝廷军饷也由湖广直接解往广西，将士们正众志成城，奋勇杀敌哪!”

皇上望望陈廷敬，见他面色忧郁，便道：“廷敬，朕不是听不进谏言的昏君。朕为这事发过火，可也没把你怎么样。朕知道你肚子里还有话想说，今日就不说了。你看这繁花似锦，咱们就好好游园，有话明日乾清门再说。”

皇上笑容可掬，甚是慈和。见皇上这般言笑，陈廷敬心里更觉凶险，愈加忐忑不安。他在皇上跟前二十多年了，彼此的心思都能琢磨透，并不用明说出来。这时，一只梅花鹿从树丛里探出头来，胆怯地朝这边张望。傻子忙递上御用弓箭。皇上满弓射去，梅花鹿应声而倒。臣工们忙恭喜皇上。明珠把皇上历年猎获的野物铭记在心，马上奏道：“皇上之神勇，古来无双。臣都记着，到今日止，皇上共猎虎九十三头、熊九头、豹七头、麋鹿八头、狼五十六头、野猪八十五头、兔无数！”

皇上哈哈大笑，道：“明珠，难得你这么细心！”

当日，皇上还宫。夜里，张英应召入了乾清宫。皇上说：“张英，国朝入关以来，以前明为殷鉴，力戒朋党之祸。可是最近，朕察觉有臣工私下蝇营狗苟，煽风点火，诽谤朝政，动摇人心。”

张英不明白皇上说的是哪桩事，只含糊道：“臣只待在南书房，同外面没有往来，未曾听闻此事。”

皇上沉默半晌，突然说：“朕知道你同陈廷敬很合得来。”

张英听出些意思，暗自吃惊，道：“臣跟陈子端同心同德，只为效忠皇上！”

皇上说：“你的忠心朕知道，陈廷敬的忠心朕倒有些看不准了。”

张英早就看出，为着大户统筹的事，皇上一直恼怒陈廷敬，便道：“正如皇上说过的，陈子端可谓忠贞谋国啊！”

皇上默然不语，背手踱步。突然，皇上背对张英站定，冷冷地说：“明日朕乾清门听政，你来参陈廷敬！”

张英闻言大惊，抬头望着皇上的背影，口不能言。皇上慢慢回过头来，逼视着张英，说：“你想抗旨？”

张英道：“皇上，陈子端实在无罪可参呀！”

皇上闭上眼睛，说："陈廷敬就是有罪！一、事君不敬，有失体统；二、妄诋朝政，居心不忠；三、呼朋引类，结党营私；四……你最了解他，你再凑几条吧！"

张英跪下，奏道："皇上其实知道陈子端是忠心耿耿的！"

皇上怒道："朕不想多说！朕这回只是要你参他！你要识大体，顾大局！不参掉陈廷敬，听凭他蛊惑下去，要么就是朕收回大户统筹办法，让军饷无可着落，叫吴贼继续作恶！要么就是朕背上不听忠言的骂名，朕就是昏君！"

第二日，皇上往乾清门龙椅上坐下，大殿里便弥漫着某种莫名的气氛。风微微吹进来，铜鼎炉里的香烟龙蛇翻卷。臣工们尚未奏事，皇上先说话了："前方将士正奋勇杀敌，督抚州县都恪尽职守，但朕身边有些大臣在干什么呢？眼巴巴地盯着朕，只看朕做错了什么事，讲错了什么话。"

皇上略作停顿，扫视着群臣，又说道："朕并不是昏君，只要是忠言，朕都听得进去。朕也绝非圣贤，总会有错的时候，但朕自会改正。可是，眼下朝廷大局是平定云南，凡是妨害这个大局的，就是大错，就是大罪！"

皇上嗓门提得很高，回声震得殿宇间嗡嗡作响。臣工们都低着头，猜想皇上这话到底说的哪件事哪个人。陈廷敬早听出皇上的意思，知道自己真的要遭殃了。昨日在畅春园，说到大户统筹，皇上分明猜透陈廷敬仍有话说，非但没有怪罪他，反而好言抚慰。他当时就觉得奇怪，这分明不是皇上平日的脾气。

皇上拿起龙案上的折子，说："朕手里有个折子，御史张鹏翮上奏的。他说什么平定云南，关乎社稷安危，自然是头等大事。但因平定云南而损天下百姓，也会危及社稷！因此奏请朕收回大户统筹办法，另图良策！书生之论，迂腐至极！没有钱粮，凭什么去打吴三桂？吴三桂不除，哪来的社稷平安？哪来的百姓福祉？"

陈廷敬听得明白，皇上果然要对他下手了。不过这都在他预想当中，心里倒也安然。身为人臣，又能如何？张鹏翮班列末尾，他看不清皇上的脸色，自己的脸色却早已是铁青了。皇上把折子往龙案上重重一扔，不再说话。一时间，乾清门内安静得让人喘不过气来。

突然，张英上前跪奏："臣参陈廷敬四款罪：一、事君不敬，有失体统；二、妄诋朝政，居心不忠；三、呼朋引类，结党营私；四、恃才自傲，打压同僚。有折子在此，恭请皇上御览！"

陈廷敬万万想不到张英会参他，不由得闭上眼睛，一句话也说不出来。殿内陡然间像飞进很多蚊子，嗡声一片。

皇上道："有话上前奏明，不得私自议论！朕是听得进谏言的！"

张鹏翩上前跪奏道："臣在折子上说的都是自己的心里话，同陈子端没有关系！张梦敦所参陈子端诸罪，都是无中生有！"

张汧也上前跪奏："臣张汧以为陈子端忠于朝廷，张梦敦所参不实！"

殿内许多大臣都站出来替陈廷敬说话，皇上更加恼怒，道："够了！张鹏翮不顾朝廷大局，矫忠卖直，自命诤臣，实则包藏祸心！偏执狭隘，鼠目寸光，可笑可恨至极！"

陈廷敬知道保他的人越多，他就越危险，自己忙跪下奏道："臣愿领罪！只请宽贷张运青！张运青原先并不知大户统筹为何物，听臣说起他才要上折子的。臣也拦过他，没拦得住。臣想他也是一片忠心！"

皇上瞟了眼陈廷敬，道："好一个一片忠心！陈廷敬暗中结交御史，诽谤朝政，公然犯上，罪不可恕！张鹏翮同陈廷敬朋比为奸，可恶可恨！朕着明珠会同九卿议处，务必严惩！"

明珠低头领旨，面无表情。臣工们哑然失语，不再有人敢吭声。

皇上又道："朕向来以宽治天下，对大臣从不吹毛求疵。但朋党之弊，危害至深，朕绝不能容！各位臣工都要以陈廷敬为戒，为人坦荡，居官清明，不可私下里吆三喝四，结党营私，诽谤朝廷！”

皇上谕示完毕，授张英翰林院掌院学士、教习庶吉士、兼礼部右侍郎。张英愣了半晌，忙上前跪下谢恩。他觉得自己这些官职来得实在不光彩，脸上像爬满了苍蝇，十分难受。

陈廷敬回到家里，关进书房，抚琴不止。月媛同珍儿都知道了朝廷里的事，便到书房守着陈廷敬。珍儿很生气，说：“哪有这样不讲道理的皇上？我说老爷，您这京官干脆别做了！”

陈廷敬仍是抚琴，苦笑着摇摇头。月媛说：“我这会儿倒是佩服傅山先生了，他说不做官，就不做官！”

陈廷敬叹道：“可我不是傅山！”

月媛说：“我知道老爷不是傅山，就只好委曲求全！”

陈廷敬闭目不语，手下琴声愈加激愤。珍儿说：“珍儿常听老爷说起什么张英大人，说他人品好，文才好，怎么也是个混蛋？都是老爷太相信人了。”

陈廷敬烦躁起来，罢琴道：“怎么回事！我每到难处，谁都来数落我！”

月媛忙劝慰道：“老爷，我跟珍儿哪是数落您呀，都是替您着急。您不爱听，我们就不说了。翠屏，快沏壶好茶，我们陪老爷喝茶清谈。”

陈廷敬摆摆手，说：“我明白你们的心思，不怪你们。我这会儿想独自静静，你们都去歇着吧。”

月媛、珍儿出去了，陈廷敬独坐良久，去了书案前抄经。他正为母亲抄录《金刚般若波罗蜜经》。前几日奉接家书，知道母亲身子不太好，陈廷敬便发下誓愿，替母亲抄几部佛经，保佑老人家福寿永年。

三更时分，月媛同珍儿都还没有睡下。猛然又听得琴声骤起，月媛叹了声，起身往书房去。珍儿也小心随在后面。月媛推开书房门，道：“老爷，您歇着吧，明日还得早朝呢！”

陈廷敬戛然罢琴，说：“不要担心，我不用去早朝了。”

月媛同珍儿听了唬得面面相觑，她们并不知道事情到底糟到什么地步了，却不敢细问。

天快亮时，陈廷敬才上床歇息，很快呼呼睡去。他睡到晌午还未醒来，却被月媛叫起来了。原来山西老家送了信来。陈廷敬听说家里有信，心里早打鼓了。他最近总有种不祥的预感，就怕接到家书。拆开信来，陈廷敬立马滚下床，跪在地上痛哭起来："娘呀，儿子不孝呀，我回山西应该去看您一眼哪！"

原来老太太仙逝了。月媛、珍儿也都痛哭了起来。哭声传到外头，都知道老太太去了，阖府上下哭作一团。一家人哭了许久，谁都没了主张。陈廷敬恍惚片刻，慢慢清醒过来。他揩干眼泪，一边给皇上写折子告假守制，一边着人去与可家里报信。

话说明珠看出皇上本意并不想重治陈廷敬，而是想让朝野上下不再有人反对大户统筹。可皇上话讲得很严厉，他就不知怎么给陈廷敬定罪。罪定轻了，看上去有违圣意；罪定重了，既不是皇上本意，又显得他借端整人。他琢磨再三，决意重中偏轻，给皇上表示仁德留有余地。明珠云遮雾罩地说了几句，三公九卿们就明白了他的意思。于是，议定陈廷敬贬戍奉天，张鹏翮充发宁古塔。

明珠议完陈廷敬、张鹏翮案，依旧去了南书房。张英刚好接到陈廷敬的折子，知道陈老太太仙逝了。他这几日心里异常愧疚，却没法向陈廷敬说清原委。此乃天机，万万说不得的。如今见陈廷敬家里正当大事，心里倒有了主意。张英见明珠来了，正要同他说起陈廷敬家里的事，忽见张善德进来了，朝他们努嘴做脸。明珠等立马要出门回避，张善德却说皇上让大伙儿都在里头待着。

没多时，皇上背着手进来了，劈头就问："议好了吗？"

明珠知道皇上问的是什么事，便道："九卿会议商议，陈子端贬戍奉天，张运青充发宁古塔！"

皇上沉默片刻，道："朕念陈廷敬多年进讲有功，他父母又年事已高，就不要去戍边了，改罢斥回家，永不叙用！御史张鹏翮改流伊犁，永世不得回京！”

张英一听，心里略略轻松了些。陈廷敬不用去奉天，自会少吃些苦头。虽说永不叙用，但时过境迁仍会有起复的日子。只是张鹏翮实在是冤枉了，可皇上正在气头上，这时候去说情反倒害了他。

高士奇低头奏道：“臣等感念皇上宽宏之德，自当以陈子端为戒，小心当差！”

皇上坐下，又道：“自古就有文官误国、言官乱政之事。国朝最初把御史定为正三品，父皇英明，把御史降为七品。朕未亲政之时，辅政大臣们又把御史升为正四品。朕今日仍要把御史降为七品，永为定制！”

张英待皇上说完，忙上前跪奏：“启奏皇上，陈子端老母仙逝了！”

皇上大惊失色，忙问这是多久的事了。张英奏道：“陈子端折子上说，他这次回山西，因差事紧急，没有回家探望老母。他现在才知道，老母早就卧病在床，怕子端、与可兄弟分心，不让告知！陈子端以不孝自责，后悔莫及，奏请准假三年守制。”

皇上摇头悲叹道：“国朝以忠孝治天下，身为人子，孝字当先。准陈廷敬速回山西料理老母后事，守制三年！”

张英又叩头奏道：“臣奏请皇上宽恕陈子端诸罪，这对老人家在天之灵也是个安慰！”

皇上望望跪在地上的张英，半字不吐，起身还宫了。翌日，皇上在乾清门说：“虽说功不能抵过，但陈廷敬多年进讲，于朝政大事亦多有建言。不幸又逢他老母仙逝，朕心有怜惜，不忍即刻问罪。朕准陈廷敬回家守制三年，所犯诸罪，往后再说！”

陈廷敬自己并不在场，皇上下了谕示，殿内只是安静一片。张英这才明白，昨儿他替陈廷敬求情，皇上并不是不应允，而是不愿意说出来。皇上本是仁德宽厚的，有心宽恕陈廷敬，却不想把这个人情给别人去做。

皇上果然又说道：“不久前陈廷敬奉旨去山西，因差事在身，顾不上回家探望老母。他老母早就卧病在床，却怕儿子分心，不准告知。一念之间，阴阳永隔！每想到此处，朕就寝食难安！朕命张英、高士奇去陈廷敬家里，代为慰问！”

皇上说罢，举殿大惊。张英忙谢恩领旨，高士奇却道：“启奏皇上，皇差吊唁大臣父母，没有先例呀！况且陈子端还是罪臣！”

皇上瞟了眼高士奇，说：“没有先例，那就从陈廷敬开始，永为定例吧！”

下了朝，张英同高士奇商量着往陈家祭母。高士奇说：“张大人，士奇真是弄糊涂了。您同陈子端私交甚笃，却上折子参了他；您既然参了他，过后干吗又要保他？皇上说要严办陈子端，却终究舍不得把他贬到奉天去，只让他回家享清福。如今他老母死了，皇上却开了先例派大臣去祭祀！”

张英道：“感谢皇上恩典吧。正因没有先例，我俩就得好好商量着办。”

见张英这般口气，高士奇自觉没趣，不再多嘴。

三十九

陈廷统领着妻小赶到哥哥家，一家人好结伴上路。张汧专门过来送行，道：“亲家，我动不了身，已修书回去，让犬子祖彦同家瑶代我在老夫人灵前烧炷香吧！”

陈廷敬满脸戚容，拱手谢了。张汧又说：“子端兄，您的委屈，我们都知道。过些日子，自会云开雾散的。”

陈廷敬只是摇头。一家人才要出门，大顺说外头来了两顶官轿，后头还随着三辆马车。陈廷敬走出耳门打望，轿子已渐渐近了，只见张英撩起轿帘，神情肃穆。陈廷敬忙低头恭迎，又吩咐大顺打开大门。张英同高士奇在门前下轿，朝陈廷敬无语拱手。

进了门，张英道：“陈子端听旨！”

陈廷敬唬了一跳，连忙跪下。举家老小也都跪下了。

张英道："皇上口谕，陈廷敬母李氏，温肃端仁，恺恻慈祥，鞠育众子，备极恩勤。今忽尔仙逝，朕甚为轸惜。赐茶二十盒、酒五十坛，以示慰问。钦此！"

陈廷敬叩首道："皇上为不孝罪臣开万古先例，臣惶恐至极！"

礼毕，陈廷敬送别张英、高士奇，举家上路。陈廷敬、月媛同车，珍儿、翠屏同车，豫朋、壮履兄弟同车，廷统一家乘坐两辆马车。刘景、马明、大顺同几个家丁骑马护卫。路上走了月余，方才望见家山。到了中道庄外，所有人都下车落马。家中早是灵幡猎猎，法乐声声。进了院门，家人忙递过孝服换上。却见夫人淑贤同儿子谦吉搀着老太爷出来了，廷敬、廷统慌忙跑过去，跪了下来。老太爷拄着拐杖，颤巍巍的，哑着嗓门说："快去看看你们的娘吧。"

守灵七日，陈老太太出殡，安葬在村北静坪山之紫云阡。

早已赶修了墓庐，陈廷敬在此住下就是三年，终日读书抄经，仿佛把世事忘了个干净。一日，家瑶同女婿祖彦来到墓庐，家瑶说："奶奶病的时候，我同祖彦回来过好几次。每次我们都说写信让您回来，奶奶总是不让。奶奶说，你爹是朝廷栋梁，他是皇上的人，是百姓的人，不能让他为了我这把老骨头，耽误了差事！"

听了这话，陈廷敬想到自己的境遇，不觉悲从中来，泪下如雨。记得康熙四年，陈廷敬省亲完毕回京时，母亲在先天夜里特意同他拉家常，说："敬儿，你好好的回京当差，娘在家为你娶媳妇、嫁女儿。路上的盘缠和你做官服的钱，家里都给你预备足了，你可千万不能要官家的一文钱哪！"从顺治十四年起，陈廷敬当差已有二十几年，时时记得爹娘的叮嘱，干干净净做官做人。可官场上的事，不是你忠廉就有好结果的！

祖彦说："奶奶指望孩儿有个功名，可是孩儿不肖，屡次落榜！孩儿愧对奶奶教诲呀！"

陈廷敬道：“祖彦，官不做也罢，你同家瑶好好持家课子，从容度日吧。”

陈廷统也住在墓庐，他没事就找哥哥闲聊，却总说些不投机的话：“我知道您心里事儿多。朝廷由明珠、高士奇这些人把持着，您是没有办法的。”

陈廷敬说：“与可，我现在不关心朝廷里的事情，只想守着娘。”

陈廷统说：“您不想说这些事，可它偏让您心灰意冷。您其实成日都为这些事苦恼着。明珠他们还干过很多事您都不知道，记得那位京城半仙祖泽深祖仁渊吗？他被弄到无锡做知县去了。”

陈廷敬甚是奇怪，道：“祖仁渊凭什么做知县？他没有功名！”

陈廷统说：“祖仁渊原本没有兴趣做官，去年他家一场大火烧了，只好另寻活路。”

陈廷敬苦笑道：“祖仁渊不是神机妙算吗？怎么就没有算准自家起大火呢？我就不相信他那些鬼把戏！”

陈廷统说：“反正朝廷内外，做官的都围着明珠、高澹人这些人转。只说那高澹人，常年有人往家里送银子，有事相求要送，没事相求也得送，那叫平安钱。”

陈廷敬摇头不语，他太知道高士奇这个人了，却又怎能奈他何？人家宅子门首的“平安”二字可是皇上赐的！他问廷统：“他们这些蝇营狗苟的事，你怎么知道得这么清楚？高澹人现在住在禁城，外头人送钱也不方便呀！”

陈廷统回道：“我哪里想知道这些事，话总有人传到我耳朵里来。他住在禁城人家就送不了钱了？公公们天天在皇帝身边，不照样天天收钱？”

陈廷敬不想听这些了，说：“与可，不要听是非话。听多了是非，会生出是非。”

陈廷统又道：“张河清原来都在您后头的，这回他去湖南任布政使去了，走到您前头了。”

陈廷敬怪弟弟说得不是，道："河清兄是自己亲戚，我们应当为他高兴才是。你这话要是祖彦听了，人家怎么看你！"

眼看着三年丧期到限，陈廷敬便下山陪伴父亲。正是春日，陈廷敬同廷统陪着父亲，坐在花园的石榴树下闲聊。陈廷敬问起家里的生意，陈老太爷说："生意现在都是三金在打理，我不怎么管了。生意还过得去。"

陈三金正好在旁边，便道："老太爷，太原那边来信，这回我们卖给他们的犁铧、铁锅，又没有现钱付。他们想用玉米、麦子抵铜钱，问我们答不答应。"

陈老太爷问："怎么老没有钱付呢？仓库里的粮食都装满了。"

陈廷统不明其中道理，说："粮食还怕多？"

陈老太爷摇头道："虽说粮多不愁，可我们家存太多的粮食，也不是个事儿呀！"

陈廷敬听着蹊跷，问："三金，怎么都付不出钱呢？"

陈三金说："时下铜价贵，钱价不敌铜价，生意人就把制钱都收了去，熔成铜，又卖给宝泉局，从中赚差价！这样一来，市面上的铜钱就越来越少了！"

陈廷敬道："竟有这种事？毁钱鬻铜，这可是大罪呀！"

陈三金说："有利可图，那些奸商就不顾那么多了！朝廷再不管，百姓就没钱花了，都得以货易货了！"

花园的凉亭下，谦吉看着弟弟豫朋、壮履下棋，淑贤同月媛、珍儿坐在旁边闲话。陈廷敬陪着父亲，却不时往凉亭这边打望。想着淑贤母子，他心里颇感歉疚。他去京城二十多年，淑贤在家敬奉公婆、持家教子，吃过不少苦。谦吉的学业也耽搁了，至今没有功名。他想在家还有些日子，要同淑贤母子好好团聚。

四十

明珠快步进入乾清门，侍卫见了，忙拱手道安。明珠顾不得搭理，匆匆进门。进了乾清宫，明珠直奔西暖阁，高声喊道："皇上大喜！"

皇上正在看书，见明珠如此鲁莽，微微皱起了眉头。明珠忙跪下奏道："请皇上恕罪！明珠太高兴了，忘了大臣之体！"

皇上忙放下书卷，道："快说，什么喜事？"

明珠递上云南五百里加急，道："恭喜皇上，云南收复了！"

皇上从炕上一腾而起，双手接过云南五百里加急，哈哈大笑，道："快把南书房的人都叫来！"

张善德马上吩咐下面公公去南书房传旨。没多时，张英、高士奇，还有新入南书房的徐乾学等都到了。皇上笑容满面，道："国朝开国六十七年，鼎定天下已三十八年。而今收复云南，从此金瓯永固！如今只剩台湾孤悬海外，朕决意蓄势克复！这些日子真是好事连连哪。近日召试翰林院、詹事府诸臣，朕非常满意。往日多次召试，都是陈廷敬第一。此次召试，徐乾学第一。"

徐乾学忙拱手谢恩："臣感谢皇上擢拔之恩！"

张英见皇上说到了陈廷敬，赶紧奏道："启奏皇上，陈子端守制三年已满，臣奏请皇上召陈子端回京！"

皇上尚未开言，高士奇道："皇上曾有谕示，陈子端永不叙用！"

皇上仍是微笑着，却不说话。

张英道："启奏皇上，陈子端虽曾有罪，但时过境迁，应予宽贷。皇上多次教谕臣等，用人宜宽，宽则得众！"

明珠暗忖皇上心思，似有召回陈廷敬之意，便顺水推舟："启奏皇上，臣以为应该召回陈子端！"

皇上点头道：“朕依明珠、张英所奏，召回陈廷敬！陈廷统也回京听用！”

张英赶紧替陈廷敬兄弟俩谢了恩。

皇上道：“收复云南，应当普天同庆！你们好好议议，朕要在奉先殿、太庙、盛京祭祖告天，礼仪如何，行期如何，务必细细议定！”

明珠等领旨，出了乾清宫。高士奇瞅着空儿问明珠：“明相国，您怎么替陈子端说话？他可是罪臣啊！”

明珠望望高士奇，轻声笑道：“您在宫里白混这么多年，您真以为陈子端有罪？他根本就没罪！”明珠说罢，径自走开了。

陈廷敬兄弟奉旨回京，轻车上路。一日赶到太原，已是黄昏时分。不愿惊动督抚等地方官员，顺路找了家客栈住下。翌日早起，匆匆吃过些东西就要启程，不想大顺为着结账同店家吵了起来。原来路上用光了铜钱，只剩银子了。店家找不开，道：“客官，您这银元宝十二两，抵得小店整个家当了，我哪里找得开？”

大顺一脸和气，说：“店家，我们铜钱用完了，您给想想办法找开。”

店家却横了脸，道：“我没办法想，反正你得付账，不然就不得走人。”

大顺听了很生气，道：“你这人怎么不讲理？”

店家却说：“我怎么不讲理？住店付钱，天经地义！”

大顺也来火了，说：“不是我不付，是你找不开！”

店家越发刁泼，说：“别寒碜我了，小店虽说本小利薄，银子还是见过的！”

陈廷敬听得外头吵闹，出来看看。那店家脾气不好，越是好言相劝，他调门儿越高。这时，进来个穿官服的人，后头还跟着几个衙役。那人见了陈廷敬就拱手而拜：“太原知府杨先之见过陈大人！”

陈廷敬忙还礼道："不想惊动杨大人了！"

杨先之说："卑府昨日夜里才听说陈大人路过敝地，却不敢深夜打扰！"

店家见这等场面，早缩着脖子站到旁边去了。

杨先之回头骂道："这是京城的陈大人，你怎么不长眼？"

店家忙跪了下来，叩头道："请大人恕小的不知之罪。"

陈廷敬忙叫大顺扶店家起来，说："不妨不妨，你并没有错。"

店家从地上爬起来，慌忙招呼伙计看座上茶。陈廷敬同杨先之礼让着，就在客栈堂内坐下喝茶聊天。陈廷敬又叫来陈廷统同杨先之见过。杨先之恳请陈廷敬再留一日，好尽尽地主之谊，还得报与总督大人跟抚台大人知道。陈廷敬只道奉旨还京，不敢耽搁，请杨先之代向总督大人跟抚台大人请安。

大顺在旁插话："杨大人，店家找不开银子，我们身边又没有铜钱了，请杨大人帮忙想想办法。"

杨先之说："这个好办，你们只管上路就是了。"

陈廷敬忙摇手道："那可不行！"

杨先之笑道："陈大人两袖清风，卑府向来敬仰。您不妨先上路，这客栈的花销卑府代为垫付，陈大人日后还我就是了。"

陈廷敬便要先放些银子，杨先之硬是不肯接，只道日后算账就是了。陈廷敬想想也只好如此，就谢过了杨先之。难免说起铜钱短缺的事，店家便倒了满肚子苦水，只道再这般下去，小店生意没法做了。杨先之说他也觉得奇怪，怎么会见不到铜钱，朝廷得早日想想办法。陈廷敬便问太原这边可有奸商毁钱鬻铜之事，杨先之只道暂时尚未闻晓。

陈廷敬日夜兼程回到京城，才知道皇上赴盛京祭祖去了，尚有二十几日方能回銮。不用即刻面圣，陈廷敬专心在家写了份《贺云南荡平表》，每日便读书课子，或同岳父诗酒唱和，日子很是消闲。

皇上还宫途中，有臣工奏闻民间制钱短缺，多有不便。皇上便召诸臣询问："去年朝廷铸钱多少？"

萨穆哈奏道："回皇上，去年铸钱两亿八千九百一十二万一千零五十文，同上年持平！"

皇上又问："朝廷铸钱并没有减少，如何市面上就缺少铜钱呢？"

明珠道："启奏皇上，臣已着人查访，发现症结在于钱价太贵。朝廷定制，一两银子值铜钱千文，而市面上一两银子只能兑换铜钱八九百文。钱价贵了，百姓不认，制钱就死了，走不动，市面上就见不到了。"

皇上刨根究底："什么原因让钱价贵了？"

明珠又说："旧钱、新钱并行，自古各朝都是如此。但因百姓不喜欢用顺治旧钱，尤其是顺治十年所铸旧钱太轻，百姓不认。旧钱壅滞，新钱太少，市面上铜钱流通就不方便了。铜钱少了，钱价就贵了。"

皇上道："铜钱少了，难免私铸，最终将祸害朝廷跟百姓。你们有什么好法子？"

明珠奏道："臣以为应改铸新钱，更改一文重一钱的定制，加重铜钱的重量。"

皇上略加思忖，道："自古铸钱时轻时重，都视情势而定。朝廷正备战台湾，理顺钱法至为重要。制钱壅塞，则民生不便，天下财货无所出也，最终将危及库银跟军饷！"

明珠道："臣等已经商议，新铸钱币以一文重一钱二分五厘为宜。"

皇上道："好吧，你们既然已经细议，朕准奏。萨穆哈，着你户部火速敦促宝泉局加紧鼓铸，发往民间！"

不几日，萨穆哈便将新母钱进呈御览，皇上细细看过，准了。飞马传旨宝泉局，新铸铜钱很快上市了。但新钱才在市面上现身，旋即不见了踪影。原来全都叫奸人搜罗走了。

京城西四牌楼外有家钱庄，叫全义利记，老板唤作苏如斋，干的便是毁钱鬻铜的营生。这日黑夜，有三辆马车在全义利记钱庄前停下，门左走车马的侧门轻轻开启。马车悄悄儿进去，侧门马上关闭。苏如斋从游廊处走过来，轻声问道："没人看见吗？"

伙计回道："我们小心着哪，没人看见。"

苏如斋努努嘴，伙计打开马车上的箱子，满满装的都是新铸铜钱。苏如斋问："多少？"

伙计说："三千六百斤。"

苏如斋点头道："好，入炉！"

伙计跟着苏如斋进了账房，悄声儿道："东家，今日拉回来的便是朝廷铸的新钱，一文重一钱二分五厘！"伙计说罢，从口袋里摸出一枚铜钱来。

苏如斋接过铜钱，两眼放光，笑道："好啊，朝廷真是替我们百姓着想啊！我原先毁钱千文，得铜八斤十二两，现在我毁新钱千文，可得铜十斤！比原先多赚了三钱银子！一两银子收进来的铜钱，可足足赚上六钱银子啊！"

伙计奉承道："银子变成铜钱，铜钱又变成银子。这么变来变去，您可发大财了。东家，您的账可算得精啊！"

苏如斋甚是得意，道："朝廷里头那些当官的也在算账，皇帝老子也在算账，他们不知道我苏如斋也在算账！"

苏如斋正在账房里如此吩咐伙计，外头有人说满堂红记钱庄的陈老板来了。苏如斋去了客堂，打着哈哈迎了过去，道："陈老板啊，这么晚了有何见教？"

陈老板忙拱手道："苏老板，恭喜发财！"

苏如斋笑道："大家发，大家发。看茶！"

伙计倒茶上来。陈老板喝着茶说："苏老板，如今朝廷的制钱又加重了，您可是越赚越多呀！"

苏如斋哈哈大笑，道："这都是托朝廷的福啊！"

陈老板道："您赚得越来越多，您看给我的价格是不是也该加一点儿?"

原来，京城很多钱庄都把搜罗到的铜钱卖给苏如斋，宝泉局钱厂只认全义利记的铜。苏如斋却说："陈老板，说好的规矩，不能说变就变的。"

陈老板哭丧着脸说："苏老板，私毁制钱的事，闹出来可是要杀头的啊！您让我提着脑袋干，也得让我多有些赚头，死了也值啊！"

苏如斋哼哼鼻子说："别说这些丧气的话！陈老板，您要是眼红我赚得多了，您就自己去找钱厂的向爷，把铜直接卖给他，不用我过手！"

苏如斋说的向爷，原是炉头向忠。宝泉局钱厂有炉百座，每炉役匠十三人，加上各色杂役，总共一千四百多人，统统由向忠管着。炉头无品无级，只靠手上功夫吃饭。这向忠是个心狠手辣的爷，钱厂役匠全在他手里讨饭吃，就连宝泉局衙门里头的人都让着他几分。

陈老板也是听说过向忠大名的，道："看您苏老板说的，向爷他老人家只认您啊！"

苏如斋冷冷一笑，说："您不妨去试试，说不定向爷也认您呢?"

陈老板不晓事，出了苏如斋的钱庄，真的就去了向忠府上。他在向忠家的四合院外徘徊良久，壮着胆子扣了门环。门人听说他是开钱庄的，便引他进去了。陈老板见着向忠那脸横肉，不由得膝头发软，说自己收了很多制钱，打算熔了铜，卖给钱厂。不料向忠大怒，一脚踢翻了他，呵斥道："哪里来的混账东西？竟敢私毁制钱?"

陈老板忙叩头求饶："向爷饶命！苏如斋对我盘剥太多，我想直接把铜卖给向爷，不如让向爷您多赚些，小的也多赚些。"

向忠圆睁双眼，道："什么苏如斋？老子不认识这个人！来人，把这个混账东西拉出去！"

立马进来两条大汉，倒提着陈老板拖了出去。

差不多已是四更天了，全义利记的门被敲得像打雷。门人骂骂咧咧地开了门，却被来人打了一掌，扑通倒地。原来是向忠领着贴心匠头刘元和两条汉子进来了。向忠直奔客堂，吆喝着叫苏如斋快快起来。苏如斋边穿衣服边从里屋出来，见来的竟是向忠，惊慌道："向爷，您这么晚了……"

不等苏如斋说完，向忠拍了桌子，打断他的话，喝道："苏如斋，你混账！"

刘元砰地把个布袋丢在苏如斋跟前，狠狠地望着他。苏如斋不知布袋里是什么东西，怯生生地上去打开，吓得尖叫起来。原来里面包着的是陈老板的人头！苏如斋吓得瘫软在地，浑身发抖。

向忠道："老子虽然只是宝泉局一小小炉头，干的却是替朝廷铸钱的大事儿！十三关办铜不力，宝泉局不得已才向民间收取铜料。这也都是朝廷许可的。谁敢公然私毁制钱，他就得死！"

苏如斋连连叩头道："小的明白，小的明白。"

向忠压低了嗓子道："你的嘴要紧些！再向别人说起老夫，小心你的脑袋！"

向忠说罢撩衣而起，大步出门，苏如斋瘫在地上仍起不来。向忠出门半日，苏如斋才知道叫喊伙计："快把人头拿出去扔了！这个姓向的，手段真叫狠呀！"

向忠正在巡视役匠们铸钱，刘元过来说科尔昆大人来了。向忠忙跑去钱厂客堂，恭恭敬敬地请了安，吩咐快快上茶。科尔昆喝着茶说："这次鼓铸重钱，事关百姓生计，朝廷安危，不可小视！你虽然只是个炉头，可宝泉局四个厂，炉头一百，我把这些都给你管着。你可要多多尽力，不许偷懒。"

向忠点头道："小的谨记科大人吩咐！多谢科大人栽培！"

科尔昆笑道："不必客气，大伙儿服你，你就多受累吧。样钱都出来了吗？"

向忠道：“样钱都铸好了，请科大人过目。”

科尔昆却说：“我就不看了。你把进呈的样钱准备好，只等明相国、萨穆哈大人他们回京，我就得送去。”

刘元进来说：“回科大人，样钱都准备好了，已放在科大人轿子里了。”

科尔昆笑笑，放下茶盅，说：“好，本官这就告辞了！”

往朝中大员家送样钱，早已是宝泉局陋规。平日铸了新钱，都是先送样钱给那些手握重权的大臣，再把新钱往民间发放。这回情势急迫，大员们都扈从皇上去了盛京，就先把新钱发往民间，样钱过后再送。

过了几日，皇上还京。当日夜里，科尔昆便上萨穆哈府上拜见，送上样钱。

科尔昆从袋里抓出几枚制钱，道：“萨穆哈大人，您看这新钱，可逗人喜欢啦！”

萨穆哈接过钱币，细细看看，说：“这回铸钱，可让皇上操心了。路上顾不得歇息，就下了圣旨。”

科尔昆说了些皇上圣明之类的套话，道：“大人，这新钱虽说只比旧钱重二分五厘，拿在手里可是沉甸甸的。”

萨穆哈笑道：“沉甸甸的就好！不怕百姓不喜欢！科尔昆，你督理钱法有功，我已同明相国说了，会重重赏你的！”

科尔昆忙起身恭敬地拜了，道：“谢萨穆哈大人栽培之恩！”

科尔昆从萨穆哈府上出来，又马不停蹄去了明珠府上。明珠凑在烛火下，仔细把玩着新铸的制钱，点头而笑：“科尔昆，老夫看准了，你不是个只会读死书的书呆子，可为大用啊！”

科尔昆喜不自禁，道：“卑职多谢明相国夸奖！”

明珠放下铜钱，笑眯眯地望着科尔昆，说：“老夫已琢磨多日，想奏请皇上，特简你为户部侍郎！”

科尔昆连忙跪下，拜了三拜，道：“卑职牢记明相国知遇之恩，如有二心，天诛地灭！”

明珠忙扶起科尔昆，说：“科尔昆，起来起来，不必如此。你我都是国朝臣子，心里应只装着皇上才是！”

科尔昆再次叩头，爬了起来。明珠把茶几上的钱袋提起来，说：“科尔昆，我也不留你了。样钱你带回去吧。”

科尔昆忙说：“明相国，这些样钱都打在损耗里了，您就留着吧。这可是我朝开国以来的规矩。”

明珠笑着问道：“你这袋样钱有多少？”

科尔昆回道：“八千文。”

明珠哈哈大笑，说：“八千文，不足十两银子。科尔昆哪，你这个户部侍郎，可不是十两银子能买下来的啊！”

科尔昆赶紧说：“卑职怎敢如此轻慢明相国，日后自会另有孝敬！”

明珠又是哈哈大笑，说：“你看你看，开句玩笑，你就当真了！科尔昆可是个老实人。好吧，样钱我就收下了！”

陈廷敬在乾清宫西暖阁觐见皇上，进呈《贺云南荡平表》。龙颜大悦，说：“廷敬回家三年，朕甚为想念。家中老父可好？”

陈廷敬叩头谢恩，泪水不由得夺眶而出，奏道：“老父六十有一，身子骨倒还硬朗。臣谢皇上体恤之恩！”

皇上眼睛也有些湿润了，说：“走近些，让朕瞧瞧你。”

陈廷敬低头向前，仍旧跪下。皇上下了炕，扶了陈廷敬起来，执手打量，叹道：“三年不见，你添了不少白发，真是岁月不饶人啊！”

陈廷敬忙道：“臣身子骨还行，皇上不必替臣担心。”

皇上拍拍陈廷敬的手，道：“朕在路上就想好了，你仍复翰林院掌院学士之职，兼礼部侍郎，教习庶吉士，经筵讲官。”

陈廷敬又叩头谢恩，口呼万岁。原来上月张英因老父仙逝，回家居丧去了，正空着翰林院掌院学士之职。皇上回炕上坐下，陈廷敬在御前站着。三年前，皇上在乾清门斥骂陈廷敬妄诋朝政，只因他老母突然仙逝，暂不追究。现如今皇上起复了他，却并没有说赦免他的罪。皇上只谈笑风生，陈廷敬心里终究没有个底。觐见完了，皇上传明珠同萨穆哈奏事。陈廷敬谢恩退下，顺道往南书房寒暄去了。

明珠同萨穆哈已在宫门口等候多时，听得里头宣了，忙低头进去。萨穆哈先奏道："启奏皇上，新钱发出去，就像雪落大江，不见踪影。臣等已派人查访，尚未弄清眉目。"

皇上问道："明珠，你是做过钱法监督的，这是什么道理?"

明珠说："臣虽做过钱法监督，却从未碰到过这种怪事。臣琢磨着，可能还是钱不够重量，百姓不用，市面上就见不到。"

萨穆哈说："臣想只怕也是这个理儿。"

明珠奏道："臣以为还应再把钱加重些!"

皇上有些不悦，说："明珠推科尔昆任户部侍郎，朕已准了。可这会儿想来，他在宝泉局任上并没有做好呀。"

明珠道："科尔昆任钱法监督已三年有余，原是做得不错的，只是近来市面上见不到制钱，应是另有缘由。臣等推户部主事许达擢任钱法监督，此人心细过人，精于盘算，说不定于钱法督理有好处。"

皇上仍是眉头不展，说："也罢，这两个人就这么用了。新铸制钱的事，你们要好好议议。此事当快，不然会出大麻烦的!"

四十一

科尔昆领着新任钱法监督许达来到宝泉局钱厂，向忠迎出大门请安："给科大人请安！恭喜科大人升任户部侍郎!"

科尔昆道："免礼！向忠，这位是新任钱法监督许达大人。来，见过许大人。"

向忠忙朝许达施礼，道："小的见过许大人!"

许达说：“许某表字之通，向师傅不必拘礼。我对钱法不太熟悉，往后还望你多多指点。”

向忠忙拱手道：“岂敢岂敢！”

科尔昆说：“之通，向忠在宝泉局师傅中很有威望，遇事你找他就是了。”

许达朝向忠点点头，向忠憨笑着，老实巴交的样子。见过礼了，向忠恭请两位大人进去用茶。向忠恭敬地上下招呼。用过茶，科尔昆说：“向忠，我同许大人去宝泉局衙门交接账本，你也同着去吧。”

向忠受宠若惊，忙点头应了。科尔昆同许达各自乘轿，向忠骑马随着，去了宝泉局衙门。进了客堂，见八仙桌上早堆着几叠账本。原来科尔昆已吩咐过这边了。科尔昆叫来宝泉局小吏们见过许达，吩咐他们往后要好生听许大人差遣。小吏们应诺过，都站在堂下。科尔昆指着桌上账本，说：“去年十三关共办铜二百六十九万二千三百零九斤六两，尽入宝泉局仓库。到上月为止，铸钱共耗铜一百五十八万四千二百三十二斤五两，库存铜一百一十万零八千零七十七斤一两。所铸钱卯也都有详细账目。之通，请您仔细过目。”

许达翻开账本细细看了，说：“科大人，我们去仓库盘点一下铜料、制钱？”

科尔昆笑道：“之通要是放心不下，那就去仓库盘点吧。不过今日就交接不完了，户部那边催我早些到职。”

向忠插话说：“许大人，小的在宝泉局当差三十多年了，从顺治爷手上干起的，送走的钱法监督不下十人。向来规矩都是如此，官员交接库存，只凭账册，盘点实物另择日期。”

科尔昆摇头道：“不不不，既然之通提出盘点实物，那就去仓库一斤一两过秤吧。向忠，我得马上去户部，你就代我盘点。”

向忠略作迟疑，点头应承了。许达倒有些不好意思了，说：“科大人，既然向来都是只凭账册交卸，我又何必节外生枝呢？不必了，不必了。”

科尔昆却道：“我就怕之通信不过，日后万一亏空了，不好说啊！”

许达忙说：“科大人说到哪里去了！卑职得罪了！”

科尔昆笑道：“哪里的话。既然之通信得过，我俩就各自签字？”

许达点点头，请科尔昆先签字，自己再签了。许达签字时，科尔昆直道许大人一笔好字，真是爱煞人了。许达却说科大人的字好，满大臣中书法最好的当是明珠大人和科尔昆大人。

两人交接算是完结，言笑甚欢。向忠知道所谓实物盘点另择时日，都只是一句话而已。向忠见过那么多宝泉局郎中离任，还没谁回头盘点过库房铜料。离任的多是升官了，哪里还愿意去管旧事。继任的品衔总低些，又不敢再请前任回来斤斤两两地过秤。

科尔昆喝了会儿茶，起身告辞，道：“之通兄，鼓铸新钱的担子就落在您肩上了。赶紧吩咐下去，鼓铸一钱四分的新钱。”

许达俯首领命，恭送科尔昆出了宝泉局衙门。

许达没来得及理清宝泉局的头绪，就奉旨先鼓铸了一钱四分的重钱。可重钱发了出去，市面上的制钱仍是吃紧。皇上闻奏，急召大臣们去畅春园问事。

徐乾学早跟着皇上到畅春园了，才从澹宁居出来，迎面遇着陈廷敬，忙上前请安：“晚生徐乾学见过子端大人！”

陈廷敬笑道：“哦，原一啊！我一回京城，就听说您这次馆试第一，龙颜大悦啊！”

徐乾学摇头道：“晚生不才，只因子端大人没参与考试，我才获第一啊！”

陈廷敬摇手道：“不是这个理儿，不是这个理儿，原一兄客气了！”

徐乾学又道：“子端大人，晚生有句话，放在心里憋不住。三年前参您的是梦敦大人，这回在皇上面前力保召您回京的也是梦敦大人。这几年，满京城都说您同张梦敦大人不和，晚生看不懂啊!”

陈廷敬笑道：“原一，梦敦大人我向来敬重。我得去面见皇上，失陪了。”

徐乾学直道惭愧，拱手而去。陈廷敬早已猜着，张英参他必定另有缘由。陈廷敬赶到澹宁居，明珠等大臣们已为铸钱之事商议多时。陈廷敬请过安，皇上问道：“廷敬，钱法之事，你有什么办法?”

陈廷敬道：“臣已写了个折子，恭请皇上御览!”

皇上看罢折子，站起来踱步半日，道：“满朝臣工都主张加重铸钱，唯独陈廷敬奏请改铸轻钱。你们议议吧。”

萨穆哈说：“铜钱短缺，都是因为百姓觉得铜钱太轻，钱不值钱。如果再改铸轻钱，百姓越发不认制钱了。陈子端的主意太迂腐了!”

陈廷敬道：“启奏皇上，臣以为，铜钱短缺，不在百姓不认制钱，而是百姓见不到制钱。臣在山西就查访过此事，原来制钱都到奸商手里去了。臣想京省情形同山西也差不多。奸商毁钱鬻铜，才是症结所在!”

萨穆哈听了不服，说：“皇上，陈子端混淆视听，颠倒黑白!”

皇上并不说话，听凭臣工们争论。

陈廷敬说：“启奏皇上，臣算过账，依一文制钱重一钱二分五厘算，奸商毁钱千文，可得铜十斤！按时下铜价，一两银子收进来的铜钱，销毁变铜之后，可足足赚六钱银子！现在新钱一文又加重到一钱四分，奸商花一两银子收铜钱，可赚七到八钱银子！如此厚利，奸商难免铤而走险!”

皇上望了望明珠和萨穆哈，说：“朕怎么没听你们算过这笔账?”

明珠支吾着，萨穆哈却说：“陈子端妄自猜测，并无依据!”

这时，一直默不作声的高士奇说话了：“启奏皇上，臣近日听到一种新的说法，说是铜钱短缺，都因市面凋敝；市面凋敝，都因民生疾苦；民生疾苦，都因大户统筹！”

皇上冷笑道：“陈廷敬，你听说过这话吗？”

陈廷敬知道高士奇故意整人，却只好说：“臣没听说过。”

明珠奏道：“启奏皇上，朝廷平定云南，大户统筹功莫大矣！如今备战台湾，仍需充足的军饷，大户统筹断不可废！”

皇上仍回炕上坐下，摇手道：“大户统筹朕无废止之意，不要再说。眼下钱法受阻，则民生不便；民生不便，则无处生财；无处生财，则库银难继。最终是军饷难以筹集，备战台湾就会流于空谈！因此说，眼下最大的事情就是理顺钱法！”

钱法议了多时，仍是莫衷一是。陈廷敬奏道：“启奏皇上，臣有三计，请皇上圣裁！一、理顺钱法，改铸轻钱，杜绝奸商毁钱鬻铜；二、轻徭薄赋，与民休息，让天下百姓安居乐业；三、调整盐、铁、茶及关税，防止偷漏，以充库银！”

皇上点头道：“听上去倒是头头是道啊！朕命明珠召集九卿会议详加商议！”

明珠俯首领旨，心里却颇为不快。皇上若依了陈廷敬改铸轻钱，就等于打了明珠的嘴巴。

陈廷敬又道：“臣还有一言奏明皇上！京省铸钱，户部管着宝泉局，工部管着宝源局。臣以为，积弊皆在户、工二部，应避开这二部另派钱法官员督理！”

萨穆哈听了陈廷敬这话，立时火了，道：“陈子端，你事事盯着户部，是何居心！”

皇上拍了龙案怒道：“萨穆哈，你在朕面前公然与人争吵，殊非大臣之体！”

萨穆哈忙跪下道：“启奏皇上，臣因参劾过陈子端，他记恨在心，处处同臣过不去！”

皇上闭上眼睛，不予理睬，只道：“钱法之事，你们再去议议，朕以为陈廷敬所说不无道理，不妨一试。朕还有个想法，命陈廷敬任钱法侍郎，督理京省铸钱之事。”

明珠明白了皇上的意思，再开九卿会议就只是过场了。陈廷敬便兼了钱法侍郎，督理京省铸钱大事。萨穆哈是个憋不住的人，找上明珠，满肚子委屈，说：“明相国，皇上准了陈子端铸钱之法，我们就得打落了牙往肚里吞啊！”

明珠却说得冠冕堂皇，道：“萨穆哈，我们身为朝廷大臣，心里不要只装着自己的得失荣辱，要紧的是国家钱法！只要陈子端在理，我们都得帮着他！”

萨穆哈道：“自然是这个道理。可皇上并没有说赦免陈子端的罪，他仍是戴罪在身，皇上干吗总向着陈子端？”

明珠冷冷一笑，说：“高澹人也说过这种傻话！你以为陈子端真的有罪？他根本就没罪！”

萨穆哈眼睛瞪得像灯笼，说：“明相国，下官这就不明白了。陈子端有罪，那可是三年前皇上说的呀！”

明珠笑道：“这就是咱皇上的英明之处。皇上得让你觉得自己有罪，然后赦免你的罪，你就更加服服帖帖，忠心耿耿！做皇上的，不怕冤枉好人。皇上冤枉了好人，最多是听信了奸臣谗言，坏的是奸臣，皇上还是好皇上。”

萨穆哈点点头，却仍是木着脑袋，半日想不明白。明珠见萨穆哈这般模样，暗叹满臣的愚顽无知，嘴上却不说出来，只道：“萨穆哈，陈子端精明得很。他提出绕开户部、工部，另派官员督理钱法，只怕是算准了什么。宝源局不关你的事，宝泉局可是你户部管的啊！”

萨穆哈只知点头，胸中并无半点主张。

向忠听说朝廷又新派了钱法侍郎，做事越发小心了。一日夜里，苏如斋正在账房里把算盘打得啪啪儿响，刘元押着辆马车进了全义利记。原来，向忠让他把新铸的制钱直接送到苏如斋这儿来了。苏如斋倒是吓着了，刘元却说：“向爷想得周全，怕你四处收罗铜钱惹出麻烦，干脆把新铸的铜钱往你这里拉！”

苏如斋愣了半日，才道："这可是好办法啊！只是宝泉局那边好交代吗？"

刘元笑道："新任宝泉局郎中监督许大人是个书呆子，很好糊弄！只是听说新任钱法侍郎陈子端是个厉害角色。"

刘元反复嘱咐苏如斋多加小心，悄然离去。

过了几日，陈廷敬去宝泉局上任，科尔昆依礼陪着去了。刘景、马明二人自然是随着的。许达早接到消息，领着役吏及向忠等恭候在宝泉局衙门外。彼此见过礼，陈廷敬说道："天下之钱，皆由此出。我今日指天为誓，不受一钱之私，愿与诸公共勉！"

科尔昆慷慨道："我愿同陈大人一道，秉公守法，共谋铸钱大事！"

许达拱手道："卑职身为宝泉局郎中监督，职守所在，不敢有丝毫贪念。"

陈廷敬点头道："皇上着我督理钱法，可我对铸钱一窍不通，愿向各位请教！我想从头学起，先弄清库存多少铜料，再弄清每年铸钱耗铜多少。"

科尔昆朝陈廷敬拱了手，道："陈大人，下官以为当务之急是改铸新钱，而不是清理库存啊。"

向忠看看科尔昆眼色，道："禀陈大人，历年陈规，都是炉头到宝泉局领铜，铸好制钱，再如数交还。账实两清，不用盘存。"

陈廷敬打量着向忠，回头问科尔昆："这位是谁？"

科尔昆说："回陈大人，他是炉头向忠。宝泉局炉头共百名，都由他管着。"

陈廷敬问道："管炉头的炉头，有这个官职吗？"

向忠道："回陈大人，小的并不想多管闲事，只是历任钱法监督都信任小的，钱厂师傅们也都肯听小的差遣。"

向忠虽是低眉顺眼，语不高声，口气却很强硬。陈廷敬瞟了眼向忠，发现这人眉宇间透着股凶气。

科尔昆似乎看出陈廷敬的心思，道："陈大人，向师傅是个直爽人，说话不会绕弯子，请您多担待。”

陈廷敬只朝科尔昆笑微微点头，并不搭理，只回头问许达：“之通，怎么不听您说话？”

许达略显窘状，说：“卑职到任之后，忙着鼓铸一钱四分的新钱，别的还没理出头绪。”

陈廷敬望望许达，觉得此人稍欠精明，任钱法监督只怕不妥。他同许达平日不太熟悉，只听说此君写得一笔好字。

陈廷敬环顾诸位，道：“我以为宝泉局诸事，千头万绪，总的头绪在铜不在钱。朝廷对民间采铜、用铜，多有禁令和限制，天下铜料，大多都在宝、源二局。铜价或贵或贱，原因也在宝、源二局。”

许达拱手低头，道：“陈大人这么一指点，卑职茅塞顿开。”

陈廷敬起身说：“我们去仓库盘点吧。”

科尔昆忙说：“回陈大人，我已同许大人交卸清楚，请许大人出示账目。”

陈廷敬却道：“先不管账目，要紧的是盘准实物。”

科尔昆心里不由得暗惊。历任宝泉局钱法郎中交接都没有盘点仓库，他料定那里头必是一笔糊涂账。他刚刚卸任，如果盘出铜料亏空，自是吃罪不起。可是陈廷敬执意盘点实物，他也没有话说。

仓库为头的役吏唤作张光，他见这么多大人来了，只管低头站着，不敢正眼望人。进门处堆放着古旧废钱，科尔昆抓了些摊在手里，说：“陈大人，这些都是历朝旧钱，掺些新铜，就可铸钱。”

陈廷敬凑上去看看，点头不语。

科尔昆挑出一枚古钱，说：“陈大人，这是秦钱的一种，叫半两钱。”

张光忙凑上来插话，说：“佩戴古钱，可以避邪。”

科尔昆便说：“陈大人不妨佩上这枚半两钱。”

陈廷敬笑道：“我刚才指天为誓，不受一钱之私啊。”

科尔昆道：“陈大人如此说，下官就真没有脸面了。督理钱法的官员，都会找枚古钱佩戴，大家都习惯了。”

陈廷敬看看科尔昆和许达，见他俩腰间都佩着一枚古钱。

许达也说：“陈大人就请随俗吧。”

陈廷敬不便推辞，说：“好吧，既然说可以避邪，我就受领了。”

向忠忙找来一根丝带，穿了那枚半两钱，替陈廷敬佩上。

张光依着吩咐，领着役吏们过秤记账去了。科尔昆很担心的样子，说：“陈大人，这么多铜料和制钱，盘点起来颇费周章，怕耽误了铸钱啊。”

陈廷敬道：“不妨，吩咐下去，这边只管盘点，另外让造母钱的师傅加紧刻出新钱样式，尽快进呈皇上。”

许达应道：“卑职这就吩咐下去。陈大人，库存制钱怎么办？”

陈廷敬说：“盘点之后封存，待新钱样式出来后改行鼓铸！”

许达领命，跑到旁边如此如此吩咐张光。陈廷敬在仓库里四处巡视，发觉里头堆着的块铜都是一个模子出来的，亦是同一颜色，暗自觉得蹊跷。他猜这些块铜只怕就是毁钱重铸的，不然哪会形制相同，成色无异？他心中拿定主意，吩咐道：“许大人，先把仓库里的块铜登记造册，从即日起，宝、源二局不得再收购块铜！”

许达只道遵命，向忠却暗自惊骇。当日夜里，向忠把苏如斋叫到了家里。苏如斋在客堂里站了半日，向忠并不说话，只是闭着眼睛坐在炕上，咕噜咕噜抽着水烟袋。向忠抽完了烟，眼睛慢慢睁开了，苏如斋才敢说话：“向爷，不知您深夜叫我，有何要紧事？”

向忠脸色黑着说：“天大的事！”

苏如斋望着向忠不敢出声。向忠见苏如斋这副样子，冷笑道：“看把你吓的！还没那么可怕。告诉你，宝泉局往后不收块铜了。”

苏如斋顿时慌了：“啊？向爷，您不收块铜了，我可怎么办呀？”

向忠道："苏如斋，现在不是收不收块铜的事了，你得摸摸自己的脑袋！"

苏如斋着急地说："向爷，这可是我们两人的生意啊！您撒手不管了，只是少赚几个银子，我可要赔尽家产啊！您怎么着也得想个法子。"

向忠说："逆着朝廷办事，那是要掉脑袋的！"

苏如斋又怕又急，额上渗出汗来。向忠缓缓道："不着急，我已想了个法子。你就改铸铜器，然后损坏、做旧。民间废旧铜器，宝泉局、宝源局还是要收的。"

苏如斋面呈难色，道："重铸一次，我们的赚头就少了！"

向忠瞪了眼睛说："少赚几个银子，总比掉脑袋好！新任钱法侍郎陈廷敬，看上去斯斯文文，办事却不露声色，十分厉害！好了，你回去吧。"

苏如斋恭恭敬敬施了礼，退了出去。

萨穆哈知道陈廷敬去宝泉局并不急着铸钱，却先去仓库盘点，心里颇为不安。他也是任过钱法郎中的，知道铜料仓库的账是万万查不得的。他深夜跑到明珠府上，甚是焦急，道："陈子端胡作非为，明相国，您可要出面说话呀！"

明珠缓缓问道："陈子端如何胡作非为了？"

萨穆哈说："皇上着陈子端赶紧鼓铸新钱，他却不分轻重缓急，去了宝泉局就先盘点仓库，用意在于整人，动机不良，此罪一也；未经朝廷许可，擅自禁收块铜，必使铜料短缺，扰乱钱法，此罪二也！"

明珠摇摇头，半字不吐。萨穆哈又道："明相国，陈子端分明是冲着科尔昆来的，实际上就是冲着您和我呀！"

明珠虽未做过钱法郎中，却督理过钱法，铜料仓库真有亏空，他也难脱干系。可他见不得萨穆哈遇事就慌里慌张的样子，很有些不耐烦，说："萨穆哈，您说的我都知道了。您先回去吧。"

萨穆哈没讨到半句话，仍直勾勾望着明珠。明珠只好微微笑道："别着急，别着急！"

萨穆哈叹息着告辞，出门就气呼呼地骂人。他回到家里，见科尔昆已在客堂里候着他了，不免有些吃惊，问道："科尔昆，这么晚了你为何到此？"

科尔昆说："萨穆哈大人，陈子端日夜蹲在宝泉局，只顾盘点仓库，别的事情他概不过问。看来陈子端是非要整倒我才罢手啊！您可得救救我呀！"

萨穆哈安慰道："你怕什么？你既然已向许达交了账，仓库亏空，责任就是他的了！"

科尔昆说："仓库到底是否亏空，谁也不清楚。我从大人您那儿接手，就没有盘点过库存。"

萨穆哈作色道："你这是什么意思？你是说我把一个亏空的摊子交给你了？"

科尔昆说："下官接手宝泉局的时候，听大人您亲口说的，您从上任郎中监督那里接手，也没有盘点库存。"

萨穆哈冷冷道："科尔昆，你不要把事情扯得太宽了！"

科尔昆却说："禀萨穆哈大人，下官以为，眼下只有把事情扯宽些，我才能自救，大人您也才能安然无恙！"

萨穆哈听了不解，问："此话怎讲？"

科尔昆笑了起来，说："万一陈子端查出铜料亏空，历任户部尚书、钱法侍郎、郎中监督，包括明相国，都跟铜料亏空案有关，我们这些人就都是一根藤上的蚂蚱，陈子端就单枪匹马了！"

萨穆哈怒道："放屁！老夫才不愿做你的蚂蚱！"

科尔昆嗓子压得很低，话却来得很硬："大人息怒！您不愿做蚂蚱，可陈子端会把您拴到这根藤上来的！"

萨穆哈点着科尔昆的鼻头，道："科尔昆，你休想往老夫身上栽赃！我向你交卸的时候，仓库并没有亏空！"

科尔昆却不示弱，道："大人，您不是没有亏空，而是不知道有没有亏空。历任宝泉局郎中监督交接，都没有盘点库存，这是老习惯。只是如今碰上陈子端，我同许达就倒霉了！”

萨穆哈瞟了眼科尔昆，说：“那你们就自认倒霉吧！”

科尔昆叫了起来，说：“不行！只能让许达一个人倒霉！如果搞到我的头上，我就要把大家都扯进去！”

萨穆哈骂道：“科尔昆，你可是个白眼狼呀！”

科尔昆听着并不生气，慢慢儿说道：“萨穆哈大人，救我就是救您自己啊！请大人明白下官一片苦心！宝泉局已经着火了，大人您得让这火烧得离您越远越好。只烧死许达，火就烧不到您身上；我若是烧死了，您就惹火上身了！”

萨穆哈虽是怒气难捺，可想想科尔昆的话，也确实如此，便按下胸中火头，问道：“要是许达一口咬定没有盘存，你怎么办？”

科尔昆笑道：“萨穆哈大人，只要您答应救我，许达，我去对付！”

萨穆哈眼睛偏向别处，厌恶道：“好，你滚吧！”

科尔昆却硬了脖子说：“大人，下官也是朝廷二品大员，您得讲究官体啊！”

萨穆哈破口骂道：“去你娘的，官体个屁！”

科尔昆狡黠而笑，拱手告辞了。他知道事不宜迟，从萨穆哈府上出来，又径直跑到许达家里。许达还未睡下，正在书房里检视新式母钱。听说科尔昆来了，不知出了什么大事，忙迎了出来。许达领着科尔昆进了书房，吩咐下人上了茶。科尔昆看着桌上的母钱，却视而不见。他这会儿心里哪还有母钱，有一搭没一搭地说了些体谅许达难处的漂亮话。

许达慢慢就听出些意思来，原来是要他替铜料亏空背黑锅。许达惊恐道：“我不知道是否亏空铜料，倘若真的亏空很多，说不定要杀头的啊！”

科尔昆这时候便说了真话：“我可以猜想到，仓库肯定是亏的。大清铸钱三十多年，历任宝泉局官员几十人，交接时都没有盘点仓库，哪有没人捣鬼的？”

许达更加害怕，道："若是这样，我死也不会替大家背黑锅。"

科尔昆却只道替许达着想，苦口婆心的样子，说："之通兄，说句实话，我也不知道会亏空多少铜料，但我猜想亏空的数目肯定不会太小，都是历任钱法官员积下来的，不是哪一个人的罪过。那些钱法官员，如今早扶摇直上了，大学士、尚书、巡抚，最小的官也是侍郎了。您有本事扳倒他们，您就可以不认账。"

许达听了，垂头半日，哭了起来，道："科大人，您这是把我往死里整呀!"

科尔昆拍着许达肩膀，说："你认账了，大家都会记你的恩，保你免于一死，等风声过了，你总有出头之日；要是你想把事情往大伙儿头上摊，你就死路一条!"

许达怔怔地望着科尔昆，甚是恐惧。科尔昆摇头道："之通兄，您别这么望着我。您要恨，就去恨陈子端!"

天色都快亮了。这时，科尔昆忽见墙上挂着些字画，连声赞道："原来只知子通兄的字好，不想画也如此出色!"

许达叹道："都什么时候了，还有心思谈字说画!"

科尔昆笑道："之通兄不必灰心，事情不会糟到哪里去的。老实同您说吧，原是明相国、萨穆哈大人有所吩咐，我才上门来的!"

许达便道："也就是说，明相国和萨穆哈大人都想把我往死路上推?"

科尔昆连连摇头，说："误会了，之通兄误会了！明相国跟萨穆哈大人都说了，只要您顶过这阵子，自会峰回路转的!"

许达如丧考妣，科尔昆却在细细观赏墙上许达的字画。突然想到许达在交接账册上的签字，科尔昆心中忽生暗计，客客气气地告辞了。

四十二

陈廷敬最近没睡过几个安稳觉，昨夜又是通宵未眠。仓库盘点结果出来了，居然亏空铜料五十八万六千二百三十四斤。许达到任不过三月，竟然亏空这么多铜料？其实只要让许达同科尔昆对质，就水落石出了。可陈廷敬反复琢磨，事情可能没这么简单。眼下要紧的是铸钱，铜料亏空案只要抖出来，就会血雨腥风，必定耽误了铸钱。理顺钱法已是十万火急，不然贻害益深。可是，如果陈廷敬查出铜料亏空而没有及时上奏朝廷，追究起来也是大罪。

天亮了，宝泉局二堂头的简房里传出琴声。大顺同刘景、马明也未曾睡觉，一直在大堂里候着。听得老爷在里头抚琴，刘景朝大顺努嘴，叫他进去看看。大顺出去打了水，送了进去。陈廷敬洗漱了，胡乱用了早餐，又埋头抚琴。大顺他们都知道，老爷不停地弹琴，不是心里高兴，就是心里有事儿。这回老爷只怕是心里有些乱。

许达早早儿来到宝泉局衙门，他下了轿，听得里头传来琴声，不由得放慢脚步。大顺迎了出来，道："见过许大人。"

许达轻声笑道："你们家老爷好兴致啊！"

大顺说："老爷昨晚通宵未睡，弹弹琴提神吧！"

许达听着心里暗惊，试探道："通宵未睡？忙啥哪？"

大顺迟疑道："我只管端茶倒水，哪里知道老爷的事！"

许达轻手轻脚进了简房，站在一边儿听琴。陈廷敬见许达来了，罢琴而起："之通，您早啊！"

许达道："陈大人吃住都在宝泉局，我真是惭愧啊！"

陈廷敬笑道："钱法，我是外行，笨鸟先飞嘛。"

许达笑道："陈大人总是谦虚！"

大顺沏了茶送进来，仍退了出去。许达掏出个盒子，打开，道："陈大人，母钱样式造好了，请您过目！"

陈廷敬接过皇上通宝母钱，翻来覆去地看，不停地点头。这母钱为象牙所雕，十分精美。陈廷敬说："我看不错，您再看看吧。"

许达说："我看行，全凭陈大人定夺！"

陈廷敬道："既然如此，我们赶紧进呈皇上吧。"

许达望了眼桌上的账本，心里不由得打鼓。他猜想账只怕早算出来了，陈廷敬没有说，他也不便问。科尔昆嘱咐，万一仓库铜料亏空，要他暂时顶罪。他嘴上勉强答应了，心里并没有拿定主意。毕竟是性命攸关，得见机行事。

第二日，陈廷敬领着许达去乾清门奏事。皇上细细检视了母钱，道："这枚母钱，式样精美，字体宽博，纹饰雅致，朕很满意。明珠，你以为如何？"

明珠奏道："臣已看过，的确精良雅致。请皇上圣裁！"

皇上颔首道："朕准陈廷敬所奏，赶紧按母钱式样鼓铸新钱！禁止收购块铜一事，朕亦准奏！"

陈廷敬领了旨，萨穆哈却唱起了反调："启禀皇上，陈子端奏请禁止收购块铜一事，臣有话说。且不问禁收块铜有无道理，其实陈子端早在奏请皇上之前，已经下令宝泉局禁止收购了。铜料供应，事关钱法大计，陈子端私自做主，实在胆大妄为。"

皇上道："朕看了陈廷敬的折子，禁收块铜，为的是杜绝奸商毁钱鬻铜，朕想是有道理的。但如此大事，陈廷敬未经奏报朝廷，擅自做主，的确不成体统！"

陈廷敬奏道："启奏皇上，臣看了宝泉局仓库，见块铜堆积如山，心中犯疑。宝泉局还有很多事情，看上去都很琐碎，却是件件关乎钱法。容臣日后具本详奏，眼下当务之急是加紧鼓铸新钱。"

萨穆哈仍不心甘，道："启奏皇上，臣以为陈子端的职守是督理钱法，而不是去宝泉局挑毛病。皇上曾教谕臣等，治理天下，以安静为要，若像陈子端这样锱铢必较，势必天下大乱。"

科尔昆暗自焦急，唯恐萨穆哈会逼得陈廷敬说出铜料亏空案。

事情迟早是要闹出来的，但眼下捂着对他们有好处。科尔昆暗递了眼色，萨穆哈便不说了。

不料高士奇却说道：“陈子端行事武断，有逆天威！”

明珠明白此事不能再争执下去，便道：“皇上，臣以为高澹人言重了，萨穆哈的话也无道理。铸钱琐碎之极，若凡事都要先行禀报，钱法不知要到猴年马月才能理顺。”

皇上心想到底是明珠说话公允，便道：“明珠说得在理。朕相信陈廷敬，铸钱一事，朕准陈廷敬先行后奏！”

皇上准陈廷敬先行后奏，却是谁也没想到的。出了乾清门，萨穆哈同科尔昆去了吏部衙门。科尔昆道：“仓库盘点应该早算清账了，今日陈子端只字未提，不知是何道理？”

明珠说：“幸好陈子端没提这事，不然看你们如何招架！萨穆哈你太鲁莽了！陈子端不说也就罢了，你还要去激将他！”

萨穆哈愤然道：“陈子端总是盯着户部，我咽不下这口气！”

明珠道：“你们现在有事捏在他手里，就得忍忍！你们真想好招了？许达真愿意一肩担下来？此事晚出来一日，对你们只有好处！”

萨穆哈仍没好气，说：“明相国您是大学士、吏部尚书、首辅大臣，陈子端督理户部钱法，既不把我这户部尚书放在眼里，也没见他同您打过招呼。明相国宰相肚里能撑船，我没这个度量！”

明珠哈哈大笑，说：“萨穆哈，光发脾气是没用的，你得学会没脾气。你我同事这么多年，几时见我发过脾气？索额图权倾一时，为什么栽了？”

萨穆哈跟科尔昆都不得要领，只等明珠说下去。明珠故意停顿片刻，道：“四个字：脾气太盛！”

萨穆哈忙摇头道：“唉，我是粗人，难学啊！”

科尔昆心里总放心不下，问道：“明相国，陈子端打的什么主意？”

明珠笑道：“不管他玩什么把戏，只要他暂时不说出铜料亏空案，就对你们有利。你们得让他做事，让他多多地做事！”

萨穆哈这回聪明了，说：“对对，让他多做事，事做得越多，麻烦就越多。他一出麻烦，我们就好办了！”

明珠苦笑道：“萨穆哈大人的嘴巴真是爽快。”

萨穆哈不好意思起来，说：“明相国是笑话我粗鲁。我生就如此，真是惭愧。”

明珠又道：“皇上对陈子端是很信任的，你们都得小心。皇上私下同我说过，打算擢升陈子端为都察院左都御史。”

萨穆哈一听急了：“啊？左都御史是专门整人的官儿，明相国，这个官千万不能让陈子端去做啊！”

明珠叹道：“圣意难违，我只能尽量拖延。一句话，你们凡事都得小心。先让陈子端在钱法侍郎任上多做些事吧。”

科尔昆突然歪了歪脑袋，说：“明相国，陈子端今日已经有麻烦了！”

明珠听着，微笑不语。萨穆哈疑惑不解，问道：“皇上准他先行后奏，权力大得很啊！他有什么麻烦？”

科尔昆道：“陈子端知道铜料亏空案，却隐匿不报，这可是大罪啊！”

明珠听了，仍是微笑。科尔昆心里其实比谁都害怕，他料定仓库必是亏空不小，自己又是刚刚离任。

一大早，陈廷敬约了科尔昆、许达商议，打算另起炉灶，会同宝泉局上下官吏监督铸造，看看每百斤铜到底能铸多少钱，用多少耗材，需多少人工。科尔昆知道陈廷敬的用意仍是想弄清宝泉局多年的糊涂账，心里是一万个不情愿，却也只好说：“听凭陈大人定夺！”

陈廷敬便问许达：“之通，一座炉需人工多少？”

许达道：“回陈大人，一座炉，需化铜匠一名、钱样匠两名、杂作工两名、刷灰匠一名、锉边匠一名、滚边匠一名、磨洗匠两名、细钱匠一名，八项役匠，通共十一名，另外还有炉头一名、匠头两名。”

陈廷敬略微想了想，说：“好，你按这个人数找齐一班役匠。人要随意挑选，不必专门挑选最好的师傅。那个炉头向忠就不要叫了吧。”

宝泉局衙门前连夜新砌了一座铸钱炉。第二日，十几个役匠各自忙碌，陈廷敬、科尔昆、许达并宝泉局小吏们围炉观看。铸炉里铜水微微翻滚，役匠舀起铜水，小心地倒进钱模。科尔昆忙往后退，陈廷敬却凑上去细看。

大顺忙说：“老爷，您可得小心点儿。”

陈廷敬笑道：“不妨，我打小就看着这套功夫。”

科尔昆听着不解，问道：“陈大人家里未必铸钱？”

陈廷敬哈哈大笑，说：“哪有这么大的胆子？我家世代铸铁锅、铸犁铧，工序似曾相识啊！”

时近黄昏，总共铸了三炉。陈廷敬吩咐停铸，请各位到里面去说话。往大堂里坐下，许达先报上数目，道：“陈大人、科大人，今日鼓铸三炉，得钱三十四串八百二十五文。每百斤铜损耗十二斤、九斤、八斤不等。”

陈廷敬道：“我仔细观察，发觉铜的损耗并无定数，都看铜质好坏。过去不分好铜差铜，都按每百斤损耗十二斤算账，太多了。我看定为每百斤折损九斤为宜。”

科尔昆说：“陈大人说的自然在理，只是宝泉局收购的铜料难保都是好铜啊！”

陈廷敬道：“这个嘛，责任就在宝泉局了。朝廷允许各关解送的铜料，六成红铜，四成倭铅，已经放得很宽了。如果宝泉局收纳劣质铜料，其中就有文章了。”

陈廷敬又大致说了几句，嘱咐各位回去歇息，只把许达留下。科尔昆也想留下来，陈廷敬说不必了。科尔昆生怕许达变卦，心里打着鼓离去了。

大伙儿就在衙门里吃了晚饭，紧接着挑灯算账。陈廷敬自己要过算盘，噼里啪啦打了会儿，道："过去的铜料折损太高了，每百斤应减少三斤，每年可节省铜八万零七百多斤，可多铸钱九千二百三十多串。"

刘景插话道："也就是说，过去这些钱都被人贪掉了。"

马明也接了腔，说："仅此一项，每年就被贪掉九千二百多两银子。"

陈廷敬不答话，只望着许达。许达脸刷地红了，说："陈大人，卑职真是惭愧，来了几个月，还没弄清里面的头绪啊！"

陈廷敬笑道："不妨，我们一起算算账，您就弄清头绪了。"

陈廷敬一边看着手头的账本，一边说道："役匠工钱也算得太多了。每鼓铸铜一百斤，过去给各项役匠工钱一千四百九十文。我算了一下，每项都应减下来，共减四百三十五文。比方匠头两名，过去每人给工钱七十文，实在太多了。这两个人并不是铸钱的人，只是采买材料、伙食，雇募役匠。他们的工钱每人只给四十文，减掉三十文。炉头的工钱，从九十文减到六十文。"

许达小心问道："陈大人，役匠们的工钱，都是血汗钱，能减吗？"

陈廷敬说："这都是按每日鼓铸一百斤铜算的工钱，事实上每日可鼓铸两三百斤。我们今日就铸了三百斤嘛。每个炉头一年要向宝泉局领铜十二万斤，就按我减下来的工钱算，每年也合七十二两银子，同您这个五品官的官俸相差无几了！"

许达恍然大悟的样子，道："是啊，我怎么就没想过要算算呢？"

陈廷敬又道："其他役匠们的工钱还要高些，化铜匠过去每化铜百斤，工钱一百八十文，减掉六十文，他一年还有一百四十四两银子工钱，仍比三品官的官俸要多！"

许达禁不住拱手而拜："陈大人办事如此精明，卑职真是佩服！惭愧，惭愧呀！"

陈廷敬拱手还礼道："不不，这不能怪您。您到任之后，正忙着改铸新钱，皇上就派我来了。您还没来得及施展才干啊!”

听陈廷敬如此说，许达简直羞愧难当，道：“我一介书生，勉强当此差事，哪里谈得上才干。”

陈廷敬道：“之通不必过谦了。降低役匠工钱，每年可减少开支一万一千七百多两银子。”

许达没想到光是工钱就有这么大的漏洞，假使仓库铜料再有亏空，那该如何是好？他拿不准是早早儿向陈廷敬道明实情，还是照科尔昆吩咐的去做。

许达正暗自寻思，陈廷敬又道：“之通，我想看看役匠们领取工钱的名册。”

许达说：“宝泉局只有每项工钱成例，并无役匠领工钱的花名册。”

陈廷敬问道：“这就怪了！那如何发放工钱?”

许达说：“工钱都由炉头向忠按成例到宝泉局领取，然后由他一手发放。”

陈廷敬点头半晌，自言自语道：“这个向忠真是个人物!”

许达听着，不知怎么回答才好。夜已很深，许达就在宝泉局住下了。

陈廷敬嘱咐道：“之通，今日我们算的这笔账，在外头暂时不要说。尤其是减少役匠工钱，弄不好会出乱子的。”

许达点头应着，退下去歇息了。

四十三

夜里，苏如斋背了两个钱袋去向忠家里孝敬。向忠只顾抽着水烟袋，瞟了眼几案上的钱袋，脸上并无半丝笑意，只道：“好好干，大家都会发财!”

苏如斋说：“小的全听向爷您的。”

向忠道："嘴巴一定要紧，管好下面的伙计。"

苏如斋说："小的知道。小的听说陈大人不好对付?"

向忠黑了脸说："老子在宝泉局侍候过多少钱法官员，我自己都数不清了！没有一个不被我玩转的！他陈子端又怎么了？老子就不相信玩不过他!"

这时，家人进来耳语几句，向忠连忙站了起来，打发走了苏如斋。家人领着苏如斋从客堂里出来，说："苏老板，大门不方便，您往后门走吧。"

苏如斋哪敢多说，跟着家人往后门去。向忠匆忙往大门跑去，迎进来的竟是科尔昆。向忠慌忙请安，道："科大人深夜造访，小的哪里受得起!"

科尔昆轻声道："进去说话。"

进了客堂，科尔昆坐下，向忠垂手站着。科尔昆道："坐吧。"

向忠低头道："小的不敢!"

科尔昆笑了起来，说："你向爷哪有什么不敢的?"

向忠忙说："科大人折煞小的了!"

科尔昆道："向忠，这不是在宝泉局衙门，不必拘礼。你坐下吧。"

向忠这才谢过科尔昆，侧着身子坐下。科尔昆哈哈大笑道："向忠，你不必在我面前装孙子。你钱比我赚得多，家业比我挣得大。"

向忠站了起来，低头拱手道："科大人别吓唬小的了。科大人有何吩咐，尽管直说。"

科尔昆道："好，痛快！陈子端不光是要整我，还会整你的!"

向忠说："你们官场上的事情，我不掺和。小的只是个匠人，他整我干什么?"

科尔昆笑道："你别装糊涂了！你是宝泉局铸钱的老大，你做的事情，经不起细查的。"

向忠小心问道："科大人意思，要我在陈子端身上打打主意?"

科尔昆说："陈子端身上，你打不了主意的。"

向忠哼哼鼻子，说："官不要钱，狗不吃屎！"

科尔昆立时作色，怒视向忠。向忠自知失言，连忙赔着不是，道："当然当然，像科大人这样的好官，天下少有！"

科尔昆冷笑道："我也不用你戴高帽子。告诉你，陈子端家里很有钱。"

向忠道："您是说，他真不爱钱？做官的真不爱钱，我就没辙了。"

科尔昆说："你别老想着打陈子端的主意，他正眼都不瞅你！"

向忠心里恨恨的，骂了几句陈廷敬，问："科大人有什么妙计，您请吩咐！"

科尔昆说："我这里另有一本仓库盘点的账簿，同账面是持平的。"

向忠满脸不解，问："科大人什么时候盘点过仓库？"

科尔昆笑道："我同许大人交接的时候，你带人参加了盘点。"

向忠听着云里雾里，半日才明白过来，说："科大人意思，让我做个证人？可这是假的呀！"

科尔昆说："人家许达大人自己都签了字，你怕什么？"

原来科尔昆料想许达必定不肯心甘情愿背黑锅，那日夜里他在许达家突然想起交接账册上有两人的签名，回去造了个仓库盘点的假账册。向忠根本想不到许达签名是真是假，只道："科大人，小的说句没良心的话，仓库是否亏空，同小的没关系啊！"

科尔昆冷笑道："你别说得那么轻巧！你做的事情，我是有所耳闻的！你得记住了，我没事，你就没事。我倒霉，就没人救你了！"

向忠低头想了半日，叹道："小的听科大人吩咐！"

科尔昆道："这件事我只交给你去周全，别的我不管了。"

向忠道："科大人放心，小的自有办法。"

第二日，向忠约了库吏张光喝酒。酒喝下半坛，向忠便掏出个钱袋，道：“张爷，这些银子是孝敬您的。”

张光笑道：“向爷总是这么客气。好，我收了。”

向忠举了杯，道：“兄弟嘛，有我的，就有您的！张爷，光靠您那点儿银子，养不活您一家老小啊！”

张光叹道：“是啊，衙门里给的银子太少了。这些年都靠向爷成全，不然这日子真没法过啊！”

向忠忙说：“张爷这是哪里的话，我向某都搭帮您罩着啊！”

张光道：“这回来的许达大人，是个书呆子，好对付。今后啊，我们更好赚钱。”

向忠举杯敬了张光，说：“可是陈子端不好对付啊。”

张光摇头道：“陈子端是大官，管不得那么细的。大官我也见得多了，他们高高在上，只会哼哼哈哈打几句官腔。”

向忠说：“我看陈子端厉害得很！”

张光笑道：“大官再厉害，我们也不用怕。他们斗来斗去，都是大官之间的事。”

向忠又举杯敬酒，说：“张爷，万一有什么事，您愿像亲兄弟一样帮忙吗？”

张光酒已喝得差不多了，豪气冲天，道：“咱们兄弟俩一家人不说两家话！”

向忠便把仓库假账的事说了。张光顿时吓得酒杯落地，酒也醒了大半，道：“向爷，您往仓库进出铜料，我能关照的都尽量关照，只是这做假账，我死也不敢。”

向忠笑道：“张爷，您是糊涂了吧？陈子端已把仓库盘点过了，肯定账实不符，您逃得脱罪责？”

张光道：“向爷您别想吓唬我，我接手以来仓库进出都有账目，我一干二净！”

向忠笑道：“说您糊涂您还不认！仓库里到底有多少铜料，您清楚吗？”

张光道：“历任库吏都没有盘点，已是成例，就算亏了，也不干我的事，我也只认账本！再说了，我如今作证，说科大人同许大人交接是盘点了的，账实相符，那么陈大人盘点时亏了，这亏下来的铜料不明摆着是我手里亏的吗？我自己把自己往死里整？”

向忠听张光说完，轻轻问道：“张爷，我孝敬过您多少银子，您大概不记得了吧？”

张光脸色青了，说：“向爷，您这话可不像兄弟间说的啊！”

向忠黑着脸道：“兄弟？兄弟就得共生死！您不记得了，我可都记着账。这么多年，我孝敬您银子九千多两。九千多两银子，在那些王公大臣、豪商大贾那里不算个数，在您就是个大数了。不是我寒碜您，您一个九品小吏，年俸不过三十两银子。九千两银子，等于您三百年的俸禄了！”

张光拍案而起，道：“向忠，您在害我！”

向忠倒是沉得住气，招手请张光坐下。张光气呼呼地坐下，骂个不止。向忠并不理他，独自喝酒。张光骂得没趣了，向忠才放下筷子道：“说白了，都因碰着陈子端，大家才这么倒霉。历任宝泉局郎中监督交接，都不兴盘点实物，偏偏这回冒出个陈子端，科大人就背时了，您也会跟着获罪。您要想想，不管科大人有没有事，您都是脱不了干系的。不如您认下来，科大人会从中周全。再说了，许大人都认了，您何必不认？上头追下来，是相信五品大员许大人，还是相信您这个九品小吏？”

张光自己满满倒了杯酒，咕噜咕噜喝下，垂头想了半日，眼泪汪汪地说：“他娘的，我答应您吧。”

向忠哈哈笑道：“这就是好兄弟了！来来来，喝酒喝酒！”

四十四

许达在宝泉局衙门前下轿，抬头望了眼辕门，不禁停下脚步。今儿大早许达回了趟户部，科尔昆问他陈廷敬都说了些什么，他只是搪塞。科尔昆不信，言语间颇不高兴。许达这几日心里总是七上八下，没有主张。他怕见科尔昆，也怕见陈廷敬。他站在轿前犹豫片刻，不由得长叹一声，低头进了衙门。

陈廷敬正在二堂埋头写着什么，许达上前拱手施礼："陈大人，我回了趟户部。"

陈廷敬道："哦，之通，请坐吧。科大人没来？"

许达道："科大人部里有事，今日就不来了，让我给陈大人说一声儿。"

陈廷敬直道不妨，吩咐大顺上茶。许达接过茶盅，不经意瞟了眼桌上的账本。陈廷敬看在眼里，道："许大人，有句话我想点破，其实你我心里都明白。"

许达说："请陈大人明示。"

陈廷敬笑道："你很想知道仓库盘点结果？"

许达说："陈大人不说，我不敢相问。"

陈廷敬又问："科大人也很关心？"

许达望着陈廷敬，不知说什么才好。

陈廷敬道："我们现在先把钱铸好，暂时不管仓库盘点的事。到时候我自会奏明皇上，白的不会变成黑的。"

许达叹道："陈大人，其实这几年您受了很多委屈，就因为白的变成了黑的，我们在下面都知道。"

陈廷敬也不禁长叹一声，道："朝廷里头，有时候是说不清。不过，黑白最终还是混淆不了的。我们不说这些话了，看看钱厂去。"

钱厂里，向忠正吩咐役匠们化钱，老师傅吴大爷跑过来问道："向爷，您这是干吗？"

向忠说："熔掉！"

吴大爷忙说："这不是才铸的新钱吗？可使不得啊！"

向忠横着脸说："上头让毁的，如何使不得！"

吴大爷喊道："毁钱可是大罪！要杀头的啊！"

向忠斥骂道："你这老头子怎么这么傻？把铜变成钱，把钱变成铜，都是上头说了算！"

吴大爷说："铜变成了钱，就沾了朝廷仙气，万万毁不得的！"

向忠讪笑起来，道："你这老头子，就是迂！"

向忠说罢，又骂役匠们手脚太慢。吴大爷突然扑了上去，护着地上的铜钱，喊道："使不得，使不得！天哪，这会断了朝廷龙脉啊！"

正在这时，陈廷敬跟许达进来了。陈廷敬问道："老人家，您这是干什么？"

吴大爷打量着陈廷敬，问："大人，是您让他们毁钱的吧？"

陈廷敬说："是呀，怎么了？"

许达道："这位是朝廷派来专管钱法的陈大人。"

吴大爷哭着说："陈大人，我从明朝手上就开始铸钱，只知道把铜变成钱，从来没有干过把钱变成铜的事啊！崇祯十七年，铜价高过钱价，有人私自毁钱变铜，眼看着大明江山就完了！大人，这不吉利啊！"

陈廷敬让人扶起吴大爷，说："老人家，那是明朝气数已尽，到了亡国的时候了，不能怪谁毁了钱。我们现在毁旧钱铸新钱，就是不让奸商有利可图。听任奸商扰乱钱法，那才是危害百姓，危害朝廷啊！"

陈廷敬说罢，铲了一勺铜钱，哐地送进了熔炉。吴大爷仆地而跪，仰天大喊："作孽啊，作孽啊！"

向忠不耐烦地吼道："把老家伙拉走！"

刘元领着几个役匠，架着吴大爷走了。役匠们推着推车进来，有的拉着块铜，有的拉着一钱四分的新钱，有的拉着旧铜器。陈廷敬上前捡起一个旧铜鼎，仔细打量，道："旧铜器铜质参差不一，收购时要十分小心。"

许达说："我们都向仓库吩咐过，只收铜质好的旧铜器。"

陈廷敬擦拭着铜鼎上的锈斑，吩咐刘景、马明："随便拿几件旧铜器，仔细洗干净，看看铜质如何！”

没多时，旧铜器被洗得闪闪发光，拿了进来。陈廷敬说：“我们到外头去看吧。”往外走时，马明悄悄儿对陈廷敬说：“老爷，刚才那位老师傅好像嚷着要把向忠做的事都说出来，叫那些人捂着嘴巴拖走了。”

陈廷敬问：“你真听到了？等会儿再说。”

露天之下，几坨块铜、几件洗干净的旧铜器、一堆准备改铸的制钱，并排放在案板上。陈廷敬过去仔细查看，大家都不说话。向忠在旁偷偷儿瞟着陈廷敬，神情不安。陈廷敬神色凝重，继而微笑起来。

大顺问道：“老爷，这些盆盆罐罐的颜色怎么都一样呀？对了，同块铜、制钱的颜色也差不多。”

陈廷敬笑道：“都一样就好呀。好，好！我原本担心旧铜器铜质会很差。这下我放心了。你们看，这些铜器的成色同制钱相差无二，直接就可以拿来铸钱了。这些块铜也跟制钱成色一致，都可直接铸钱。”

向忠暗自松了口气，心想这些只会吃墨水的官儿都是傻瓜。陈廷敬又说：“块铜是不能再收了，这些旧铜器，多多益善，可以多收！”

出了钱厂，回到宝泉局衙门，陈廷敬吩咐刘景：“旧铜器同块铜一样，都是毁钱的铜造出来的。明日开始，你就在宝泉局仓库附近盯着，查出送旧铜器来的是什么人。”

大顺说：“原来老爷早看出问题了，我还纳闷儿哩！”

陈廷敬笑道：“大顺还算眼尖，一眼就看出来了。可你要记住，有些事不妨先放在心里。”

大顺点头称是。陈廷敬又嘱咐马明：“你暗自找找那位吴大爷，查查向忠这个人。我们眼下要查清两桩事：一是仓库铜料亏空，二是奸商毁钱鬻铜！”

四十五

陈廷敬擢升了都察院左都御史，仍管钱法事，弟弟陈廷统也放了徐州知府。这都是天大的喜事。陈廷敬办完宝泉局公事，晌午回到了家里。明珠、萨穆哈、科尔昆、高士奇、徐乾学、许达等同僚，并几十位同寅、门生、同乡上门道贺。府上热闹了半日，天黑才慢慢散了。

客人都送走了，马明过来回话："老爷，我到过吴大爷家里，真问起来，他老人家又不敢说向忠半字了。"陈廷敬越发觉得向忠可疑，嘱咐马明再去找找吴大爷。刘景过来，说他在宝泉局仓库外头候了一整日，没见有送旧铜器的，只好再守几日。

正说着，大顺进来说二老爷来了。陈廷敬便招呼弟弟去了书房，家人送了茶上来。陈廷统家里自然也到了许多客人，都是来道贺的，方才散了去。兄弟俩说了些皇恩浩荡、光宗耀祖的话，拉起了家常。陈廷敬忽见弟弟叹气，便问他什么事。陈廷统只好说："我手头有些紧。"

陈廷敬说："你一大家子，官俸确实不够用，可家里每年也都给了你不少钱呀！"

陈廷统说："我不同你，你岳父家在京城有生意。"

陈廷敬便说："与可，我明日让大顺拿二百两银子，送到你家里去。"

陈廷统道："二百两银子哪里够？官场规矩您是知道的，我放了外任，得给两江在京的官员，还有些别的要紧人物奉上别敬，没有几千上万两银子怎么对付得了！"

陈廷敬听了，唯有摇头而已。此等陋规，陈廷敬自然是知道的，他也收过人家送的各种孝敬。京城做官实是清苦，离开那些炭敬、冰敬、别敬、印结银等进项，日子是过不下去的。陈廷敬家还算殷实，并不指望别人送银子，但你若硬不收别人银子，在官场又难混得下去。不伸手问别人要银子，就已经是讲良心了。

陈廷敬沉默半日，说："你就免俗，不送别敬如何？总不能为着这个又去借银子吧？"

陈廷统听了，只不作声。陈廷敬却想起当年高士奇诈弟弟送银子，差点儿惹出大祸。这几日，他想着弟弟又出息了，心里且喜且忧。喜的事自不必说，忧的是廷统到底不怎么稳重。陈廷敬轻声叹息，说："与可，官场自古就是大染缸，地方官场恶风尤烈。你放外任自是好事，可我还是有些揪心。别怪为兄多嘴，我前日为你写了几句诗，算是给你提个醒吧。"

陈廷敬起身，从案头取了信笺。廷统双手接了，小心打开哥哥的诗章，但见写的是："落叶满征衣，鞭丝挂夕晖。壮游非寂寞，归兴却翻飞。白发一茎蚤，黄金万事违。宦途怜小弟，慎莫爱轻肥。"

读罢，陈廷统朝哥哥恭敬地点了点头，说："宦途怜小弟，慎莫爱轻肥。哥哥，这两句我听进去了，您就放心吧。"

过了几日，刘景查明往宝泉局送旧铜器的原来是全义利记钱庄。陈廷敬嘱咐暂时不要打草惊蛇，只命宝泉局不再收购旧铜器。向忠当日夜里就把苏如斋叫到家里，交代他不要再往宝泉局送旧铜器了，不然会出大事。

苏如斋急了，道："向爷，我的那些铜怎么办呀？"

向忠淡淡说道："铸钱！"

苏如斋却吓得半死，望着向忠大气都不敢出了。

向忠笑道："你苏老板敢毁钱，难道就不敢铸钱了吗？"

苏如斋哭丧着脸道："话虽是这么说，但铸钱毕竟罪重几等，想着都怕啊。"

向忠道："我料陈子端改铸轻钱之后，新钱会大行于市。你是开钱庄的，手头铜钱还怕多？要是不敢，你就留着那些铜壶铜罐自己慢慢玩儿吧。"

苏如斋想了会儿，咬牙道：“好，小的就铸钱！小的背后有您向爷撑着，我没什么不敢的。”

向忠道：“敢做就好。宝泉局的新钱模子，我给你送过来，再叫些信得过的师傅帮你。你只在工钱上不亏待他们，就保管没事。”

向忠不再说话，吸了半日水烟袋，又道：“你还得替我去做件事。”

苏如斋见向忠甚是神秘，料是大事，不敢多问，只等着听吩咐。向忠道：“你去找找陈子端的弟弟陈与可，大名廷统！”

原来，前几日陈廷统依例去萨穆哈府上辞行，带去的尺寸很见不得人。萨穆哈十分气恼，说给科尔昆听。科尔昆这人很诡，猜着陈廷统必定囊中羞涩，不然哪会破了官场规矩？他密嘱向忠从中凑合，叫苏如斋借钱给陈廷统。向忠把话细细说了，见苏如斋半日不语，便道：“难道怕陈与可没钱还你不成？三年清知府，十万雪花银啊！”

苏如斋道：“不是担心这个，只是不懂向爷您的意思。陈子端处处为难我们，干吗还要借钱给他弟弟？”

向忠道：“你只把这当桩生意去做，别的不用管了。”

第二日，苏如斋上门拜访陈廷统，见面就恭恭敬敬叩首道：“小的苏如斋向知府大人请安！”

陈廷统头回听人喊知府大人，心中好生欢喜，脸上却装作淡然，道：“坐吧。看茶！”

尽过礼数，陈廷统问道：“您我素昧平生，不知您有什么事呀？”

苏如斋笑道：“小的开着家钱庄，叫全义利记。小的是个做生意的，官场上的朋友也认识一些。近日听说陈大人放了外差，特来恭喜。”

陈廷统道：“哦，是吗？谢了。”

苏如斋很是讨好，说：“小的听朋友们说起知府大人，很是敬佩。知府大人将来必为封疆大吏。”

陈廷统听着心里很受用，嘴上却甚是谦逊，道：“哪里哪里，陈某这回蒙皇上隆恩，外放做个知府，只图把徐州的事情做好就万幸了！”

苏如斋说了几箩筐拍马屁的话，才转弯抹角绕到正题上，道：“知府大人要有用得着小的之处，尽管开口。小的别的帮不上，若是要动些银子，还可效力。”

陈廷统道：“苏老板如此仁义，陈某非常感谢。只是您我并无交道，我哪敢动您的银子？”

苏如斋笑道：“不怕陈大人小瞧，小的就是想高攀大人您！咱们做生意的不容易，难免有个大事小事的，多个朋友多条路。再说这钱庄里的钱，反正是要借出去的。”

陈廷统自然知道，依着先皇遗训，官员向大户人家借银千两，可是要治罪的。但穷京官外放，谁又没有向人借过银子呢？便有钱庄专做此等生意，听说哪位京官放了外任，就上门去放贷。陈廷统原来听了哥哥的话，不想借钱充作别敬。可他这两日拜了几位大人，那脸色实在难看。今日见有人上门放贷，想也许就是天意，便道：“苏老板倒是个直爽人，我就向你借一万两银子吧。”

苏如斋作揖打拱不迭，道：“感谢陈大人看得起小的，待会儿就把银子送到您府上。”

四十六

陈廷敬早早来到南书房，徐乾学见了，忙施礼道：“哦，陈大人，您最近可忙坏了。”

陈廷敬道：“哪里哪里。徐大人，趁这会儿没人，我有事要请您帮忙！”

徐乾学从未见陈廷敬这么同他说话，不由得小心瞧瞧外头，低声道："陈大人快请吩咐！"

陈廷敬说："我这里给皇上上了密奏。"

徐乾学说："陈大人可是从来不写密奏的呀！那可能就是天大的事了。乾学也不问，您快把折子给我封了。"

原来有日南书房的臣工们闲聊，突然想起陈廷敬供奉内廷二十多年，从来没有上过密奏，便问了起来。陈廷敬说自己有事明明昭昭写个折子就是了，何须密奏？这话被人添油加醋，传到了皇上耳朵里，弄得龙颜不悦，寻个碴儿斥骂了陈廷敬。皇上原是需要有人上密奏的。从此陈廷敬不上密奏的名声便传出去了。徐乾学取来南书房的密封套，飞快地把折子封好，写上"南书房谨封"的字样。陈廷敬还得去宝泉局，茶都没顾得上喝就匆匆告辞了。

科尔昆早早儿去了吏部衙门，向明珠密报陈廷统借银子的事。明珠问道："陈与可真借了这么多银子？"

科尔昆道："事情确凿。明相国，我看这事对我们有利。"

明珠颔首道："京官外放，向有钱人家借银子送别敬、做盘缠，虽说朝廷禁止，却也是惯例了。是否追究，全看皇上意思。"

科尔昆问道："明相国意思，我去找陈子端把话点破了，还没法让他收手？"

明珠道："不妨试试。你得在皇上知道之前，先让陈子端知道他弟弟借了一万两银子。"

科尔昆说："那我干脆去找陈子端当面说。"

明珠摇头道："不不，你这么去同陈子端说，太失官体。你得公事公办，上奏皇上。"

科尔昆真弄不懂明珠的意思了，道："明相国，您可把我弄糊涂了。要么我上个密奏？"

明珠哈哈大笑，道："你不必密奏，得明明昭昭地上折子。折子都得经徐原一之手。"

科尔昆想想，道："徐大人口风紧得很，他未必会告诉陈子端？"

科尔昆见明珠笑而不答，便道："好，科尔昆这就写折子去！明相国，告辞了！"

科尔昆从吏部衙门出来，碰上高士奇，忙拱手道："哟，高大人。"

高士奇笑道："科大人，这么巧。明相国有事找我哩。"

科尔昆说："我也正从明相国那儿出来。"

两人道了回见，客客气气分手了。高士奇进了吏部二堂，给明珠请了安，说有要事禀告。明珠见高士奇如此小心，便屏退左右，问道："澹人，什么要紧事？"

高士奇道："今儿一早我去南书房，碰上陈子端才从里头出来。我进去一看，就见徐原一手里拿着封密奏，我猜八成就是陈子端上的。"

明珠道："陈子端上了密奏？这倒是件稀罕事！"

高士奇说："是呀，陈子端曾反对大臣上密奏，说天下没有不可明说之事，皇上还为此骂过他。没想到他这回自己也上密奏了。"

明珠略微想了想，说："行，我知道了。澹人，此事不可同任何人说啊！"

高士奇点头道："士奇明白。"

高士奇回到南书房，见密奏已送进乾清宫了。他装作没事似的，也没问半个字。到了午后，有人送进科尔昆的折子，参的是陈廷统。徐乾学见了，吃惊不小。高士奇见徐乾学脸色大变，便问："徐大人，科尔昆奏的是什么事呀？"

这是不能相瞒的，徐乾学只好道："科尔昆参陈与可向钱庄借银万两！"

高士奇倒抽一口凉气，问："真有这事？"

徐乾学道："科尔昆可是说得字字确凿。高大人，这如何票拟？"

高士奇叹道："真按大清律例，可是要问斩的！徐大人，看在子端面上，您是否去报个消息？”

徐乾学说：“我怎好去陈大人那里报消息？我们只想想如何票拟，别真弄得皇上龙颜大怒。”

徐乾学说着，叫过南书房所有臣工商议。大伙儿七嘴八舌，都说此案尚须细查，明辨真相之后再作道理。徐乾学依着大伙儿商量的，起草了票拟，再送明珠审定去。

徐乾学嘴上不答应去陈廷敬那里报信，夜里却悄悄儿就去了宝泉局衙门。他自然知道陈廷敬同高士奇只是面上和气，猜想高士奇那话多半是假的。陈廷敬万万想不到徐乾学会夜里跑到宝泉局来，他想肯定是今儿上的密奏有消息了，不料却是陈廷统出了大事，忙问：“谁参的？哪家钱庄？”

徐乾学说：“科尔昆参的，与可兄借银子的钱庄是全义利记，老板姓苏。”

陈廷敬马上就明白了，道：“这是有人做的圈套！与可做事就是不过脑子，不长记性。这种把戏，有人已在他身上玩过一次了。”

徐乾学说：“折子我不能压着，已到皇上那儿去了。我就猜中间必有文章，不然我也不会告诉您的。我只好起草了票拟，奏请皇上派人细查此案。”

陈廷敬仰天浩叹，道：“这可是要杀头的啊！”

徐乾学也陪着叹气，道：“陈大人，事情出了，您急也没用。先看看到底是怎么回事，再作道理吧。”

送走徐乾学，陈廷敬忙叫大顺去弟弟家里报信，嘱咐他千万别拿这银子去送人了，到时候银子赔不出来，罪越发重了。陈廷敬万万没想到与可又做出这等事来，他惊恐万状，通宵未眠。

第二日，乾清宫公公早早儿到了宝泉局衙门传旨：“陈大人，皇上召您去哪！”

陈廷敬吓了一大跳，不知皇上召他是为宝泉局铜料亏空案，还是为陈廷统的事情。容不得多想，陈廷敬忙随公公入宫。他一路惴惴不安，皇上若是为陈廷统的事宣他进宫，他真没辙了。他只能请求皇上派人查清缘由，别的不便多说。

皇上已听政完毕，回到乾清宫西暖阁，正面壁而立，一声不吭。陈廷敬小心上前，跪下请安："臣陈廷敬叩见皇上。"

皇上头也不回，问道："宝泉局铜料亏空之事，都属实吗？"

陈廷敬见皇上问的是宝泉局事，略略松了一口气。他听出了皇上的怒气，说话甚是小心，道："臣同科尔昆、许之通等亲自监督，一秤一秤称过，再同账面仔细核对，准确无误。"

皇上回过头来，说："许达到任几个月，怎么会亏空这么多铜料？"

陈廷敬回道："臣算过账，按许达到任日期推算，他每日得亏铜五千斤左右。"

皇上说："是呀，他得每日往外拉这么多铜，拉到哪里去呀？这不可能！廷敬你说说，你心里其实是清楚的。你起来说话吧。"

陈廷敬谢恩起身，说："臣明察暗访，得知宝泉局历任郎中监督交接，都只是交接账本，仓库盘存都推说另择日期，其实就是故意拖着不作盘点。而接任官员明知上任有亏空，都糊涂了事，只图快些混过任期，又把包袱扔给下任。反正各关年年往宝泉局解铜，只要没等到缺铜停炉，事情就败露不了。年月久了，就谁也不负责了。"

皇上拍着宫柱，大骂："真是荒唐！可恶！陈廷敬，你明知铜料不是在许达手上亏空的，如何还要参他？"

陈廷敬回道："许达只是办事有欠干练，人品还算方正。臣估计铜料亏空，各任郎中监督都有份儿。但要查清谁亏多少，已没有办法了。"

皇上问道："你说应该怎么办？"

陈廷敬道："参许达只是个由头，为的是把事情抖出来。臣以为，治罪不是目的，要紧的是把铜料亏空补回来。从此以后，严肃纲纪，不得再出亏空。"

皇上又问："怎么补？"

陈廷敬说："令历任郎中监督均摊，填补亏空，不管他们现在做到什么大官了。"

皇上断然否决："不，这办法不妥！你的建议看似轻巧，实则是让国朝丢丑！"

陈廷敬奏道："皇上，督抚州县亏空皇粮国税，都有着令官长赔补的先例。臣建议历任郎中监督赔补铜料，只是沿袭祖制。"

皇上道："历任郎中监督，现在都是大学士、尚书、总督、巡抚！你想让天下人看大清满朝尽是贪官？"

陈廷敬说："亏空不赔补，不足以儆效尤，往后宝泉局仓库还会亏空下去！"

皇上叹息半日，连连摇头道："不，朕宁愿冤死一个许达，也不能放弃朝廷的体面！"

陈廷敬重新跪下，道："启奏皇上，朝廷必须惩治贪官才有体面，袒护贪官只会丧失体面！"

皇上怒道："放肆！贪官朕自会处置的。有人参了陈廷统，他向百姓借银万两，情同索贿，这就是贪官，这就是死罪！"

陈廷敬大惊失色，忙往地上砰砰磕头，只说自己管教弟弟不严，也是有罪的。皇上见陈廷敬这般样子，劝慰道："廷敬，你也不必太自责了。陈廷统固然有罪，但南书房的票拟说，此案还应细查，朕准了。可见明珠是个宽厚人。"

皇上哪里知道，这都是徐乾学在其中斡旋。陈廷敬出了乾清宫，只觉得双脚沉重，几乎挪不动步子。他不打算即刻回宝泉局，干脆去了都察院衙门。他独自呆坐二堂，脑子里一团乱麻。他知道肯定是全义利记设下的圈套，却不能这会儿奏明皇上。说话得有实据，光是猜测不能奏闻。他料全义利记必定还有后台，也得拿准了再说。

陈廷敬胸口堵得慌，哪里也不想去，一直枯坐到午后。这时，许达领着个小吏送样钱来了，道："陈大人，我把这两日铸的样钱送来了，请您过目。”

陈廷敬道了辛苦，接过一串样钱走到窗口，就着光线细看，不停地点头，道：“好，马上将新铸的制钱解送户部！”

许达说：“我明儿就去办这事儿。陈大人，我有句话不知当不当讲。”

陈廷敬道：“之通，我这里你什么话都可以说。”

许达说：“宝泉局成例，新铸制钱都得往朝中大员那儿送样钱，打入铸钱折耗。我不知应不应该再送。”

陈廷敬低头想了半日，问：“往日都送往哪些人，得送多少？”

许达说：“我查了账，送往各位王爷、大臣共两百多人，每次送得也不多，八千文上下，每年送十次左右。”

陈廷敬道：“这还不算多？一年下来，每人得受一百两左右银子，相当于一个四品官的年俸！宝泉局一年得送出去近两万两银子！”

许达问：“陈大人，要不要我把这个受礼名单给您？”

陈廷敬想了想，摇头长叹一声，道：“我不想知道这个名单。这是陋习，应该革除！”

陈廷敬正说着话，串绳突然断了，制钱撒落一地。许达忙同小吏蹲在地上捡钱，陈廷敬也蹲了下来。捡完地上的钱，陈廷敬拍拍手道：“之通请回吧。”

许达拱手告辞，才走到门口，又听陈廷敬喊道：“许大人留步！”

许达回来问道：“陈大人还有何吩咐？”

原来陈廷敬见墙角还有一枚铜钱，便捡了起来，说：“这里还有一钱。我初到宝泉局衙门，曾指天为誓，不受一钱之私。可我当日就入行随俗，受了这枚秦钱；刚才差点儿又受了一钱。许大人，我今日把这两枚钱一并奉还。”

陈廷敬说着，便从腰间取下那枚古钱，放进小吏的钱袋。许达面有愧色，也取下腰间古钱，放入钱袋。陈廷敬笑笑，示意许达请回。许达才要出门，陈廷敬又叫住他。

许达回头道：“陈大人还有事吗？”

陈廷敬欲言又止，半日才说：“许大人，不论发生什么事情，你要记住我那日说过的话，白的不会变成黑的。”

许达颇感蹊跷，问：“陈大人，您今儿怎么了？”

陈廷敬忙说：“没没，没什么，没什么。您请回吧。”

望着许达的背影，陈廷敬内心异常愧疚。他在都察院待到日暮方出衙门，没有马上回家，出城找徐乾学问计。徐乾学说：“皇上面前，您不能硬碰硬。您暂时只参许达，很是妥帖。我们设法保住他的性命，徐图良策！”

陈廷敬说：“原一兄啊，凡是跟铜料亏空案有关的官员，都巴不得许达快些死，他的命只怕保不住。”

徐乾学说：“既然如此，您越是不放过那些人，他们越发想快些置许达于死地！”

陈廷敬小声道：“皇上特意提到与可的事，说要处置他。原一兄，我说句大逆不道的话，皇上这分明是在同我做交易呀！”

徐乾学叹道：“唉，皇上真要杀与可，谁也没有办法啊！”

陈廷敬道：“原一兄，您可得从中斡旋，万万不能让与可出事啊！这分明是科尔昆故意设下的圈套，是我连累了与可。廷敬拜托您了！”

徐乾学拱手道：“陈大人，乾学会尽力的。我倒有句话想说，陈大人在皇上身边这么多年，深得皇上信任。遇着这等性命攸关的事，您不妨找皇上说说情。况且，明知道这是歹人作的圈套。”

陈廷敬摇头道：“原一兄，我怎能替舍弟在皇上面前去说情？辜负皇上信任的事，廷敬断不可做！我还是相信，白的变不了黑的。”

陈廷敬回到家里，已是小半夜了。月媛和珍儿见他脸色不好，知道他必是心里有事。也不多问，只侍候他吃了饭。稍作洗漱，便往书房里枯坐。月媛着大顺过来看过几次，催老爷早点歇息。陈廷敬也不看书，也不抚琴，两眼直直的。他已经好几夜未能合眼，人消瘦了许多。窗外风高摧木，咔嚓作响。间或又传来猫头鹰的叫声，煞是凄凉。很晚了，陈廷敬提笔伏案，写道：“闻弟与可向商家借银被参，日夜忧惧，神志摧伤，感怀而作。岂因宝玉厌饥寒，愁病如予那自知。憔悴不堪清镜照，龙钟留与万人看。囊如脱叶风前尽，枕伴栖乌夜未安。凭寄吾宗诸子姓，清贫耐得始求官。”

陈廷敬搁笔少许，又取纸把刚写的诗誊抄了几份。他打算给自家宗亲都去一函，把这首诗传与自家子侄们。

四十七

第二日大早，陈廷敬嘱咐刘景、马明等依计而行，自己赶去乾清门奏事。皇上上朝就说今儿只议宝泉局案，其他诸事暂缓。陈廷敬便奏道：“启奏皇上，臣会同户部侍郎科尔昆、宝泉局郎中监督许达等，在宝泉局衙门前别立炉座，看铸三炉，将铜料、役匠、需费物料等逐一详加查核，发现各项耗费过去都有多报冒领，应加以核减。一、每铸铜百斤，过去都按耗损十二斤上报，事实上九斤就够了。减掉三斤耗损，每年节省铜八万零七百多斤，可多铸钱九千二百多串。二、役匠工钱也给得太多，可减去一万一千七百多串。三、物料耗费应减掉一万一千八百多串。臣的折子里有详细账目，恭请皇上御览！”

科尔昆接过话头，道：“启奏皇上，臣虽参与看铸，但陈廷敬所算账目，臣并不清楚。”

皇上责问陈廷敬：“你督理户部钱法，科尔昆是户部侍郎，你们理应协同共事。你们算账都没有通气，这是为何？”

陈廷敬道：“启奏皇上，科尔昆任宝泉局郎中监督多年，铸钱的各种细节都应清楚，不用我算给他听。”

科尔昆说：“皇上经常教谕臣等体恤百姓，宝泉局役匠也是百姓。陈廷敬在役匠工钱上斤斤计较，实在有违圣朝爱民之心。况且，宝泉局有成千役匠，一旦因为减钱闹起事来，麻烦就大了。”

科尔昆说完，望了眼许达，示意他说话。许达却并不理会，沉默不语。皇上想想，道：“科尔昆讲得也有道理，一万一千多串工钱，也就一万一千多两银子。犯不着为这点儿钱惹得役匠们人心不稳。”

陈廷敬道：“启奏皇上，工钱算得太离谱了。宝泉局到户部不过六七里地，解送一百斤铜所铸的钱，车脚费得五十文，岂不太贵了？应减去一半！”

科尔昆说：“启奏皇上，我真担心核减役匠工钱，激起民变啊！”

陈廷敬道：“启奏皇上，事实上役匠到手的工钱，早被人减下来了！”

皇上问道：“这是什么意思？”

陈廷敬回道：“化铜匠每化铜百斤，核定工钱是一百八十文，其实化铜匠只得六十文。”

皇上又问：“钱哪里去了？”

陈廷敬奏对：“臣查访过，发觉工钱被炉头克扣了。”

皇上大怒：“放肆！这等炉头实在可恶！何不尽早拿了他？”

陈廷敬从容奏道：“情势复杂，容臣一件件奏明！臣这里还有一本，参宝泉局郎中监督许达，亏空铜料五十八万六千二百三十四斤！”

许达大惊失色，惶恐地望着陈廷敬。殿内立时嗡声一片，臣工们有点头的，有摇头的。皇上轻轻地咳嗽一声，殿内立即安静下来。

许达上前跪下，奏道：“启奏皇上，陈子端所参不实呀！陈子端的确盘点过铜料仓库，但算账臣同科尔昆等都没有参与，并不知道亏空一事。”

陈廷敬道：“许之通的确不知道仓库是否亏空！”

许达道：“启奏皇上，臣任宝泉局郎中监督至今方才半年，怎会亏空这么多铜料？臣的确不知道有无亏空，臣从科尔昆那里接手，只交接了账本，仓库没有盘存。”

科尔昆马上跪了下来，道：“启奏皇上，许之通他在撒谎！臣同他账本、库存都交接清楚了，账实相符，并无亏空。臣这里有盘存账本！”

陈廷敬同许达都很吃惊，望着科尔昆把账本交给了张善德。皇上接过账本，说：“一个说没盘存，一个说有盘存账本为证。朕该相信谁？”

许达哭奏道：“启奏皇上，科尔昆欺蒙君圣呀！”

科尔昆却是镇定自若：“启奏皇上，臣有天大的胆子，也不敢做出个假账本来！那上面有许之通自己的亲笔签名。”

许达连连叩头喊冤：“那是假的！我没有签过名！我只在账本交接时签了名，并没有在仓库盘点账册上签名！压根儿就没有盘点过库存，臣不知道这账册是哪里来的！”

陈廷敬道：“皇上，臣到宝泉局督理钱法几个月，从未听说科尔昆同许达盘点过仓库。”

萨穆哈终于沉不住气了，上前跪道：“启奏皇上，臣暂且不管陈子端所奏是否属实，只是以为，他督理钱法，就是要铸好钱，而不是去盘存仓库。此举意在整人，有失厚道。既然有失厚道，是非曲直就难说了。”

高士奇站出来节外生枝，道：“启奏皇上，臣听说宝泉局每铸新钱，都要给有些官员送样钱。不知陈子端把样钱送给哪些人了？”

原来自陈廷敬去了宝泉局督理钱法，高士奇再也没有收到过样钱，暗自生恨。明珠听了高士奇这话，知道不妙。果然皇上问道：“送什么样钱？难道样钱还有什么文章？”

陈廷敬奏道：“高澹人讲的样钱，同皇上知道的样钱是两回事。臣到宝泉局之前，未曾听见有送样钱一说。皇上，臣可否问问高澹人收过样钱没有？”

高士奇顿时慌了，说：“臣从未收过样钱！”

陈廷敬说：“既然从未收过样钱，怎会知道样钱一说！”

皇上怒道：“你们真是放肆！只顾在朕面前争吵，为何不告诉朕这样钱是怎么回事？”

陈廷敬奏道：“启奏皇上，以往宝泉局每铸新钱，都要往有些王公大臣家送样钱，每年要送出近两万两银子，打入折耗。臣以为这是陋规，已令宝泉局革除！”

皇上恼怒至极，却冷笑起来，道：“哼，好啊！朕看到的样钱是象牙雕的，是看得吃不得的画饼，你们收的样钱可是嘣嘣响的铜钱！宝泉局是替朝廷铸钱的，不是你们自己家蒸饽饽，想送给谁尝尝就送给谁！”

听得皇上斥骂完了，科尔昆小心道：“启奏皇上，臣有事奏闻。”

皇上瞟了他一眼，未置可否。科尔昆琢磨皇上心思，好像可以让他讲下去，便道：“新任徐州知府陈与可，向京城全义利钱庄借银万两，按大清例律，应属索贿，其罪当诛！”

陈廷敬虽早已心里有底，听着仍是害怕。徐乾学站出来说话：“启奏皇上，全义利是钱庄，不管官绅民人，皆可去那里借钱。陈与可向钱庄借钱，跟勒索大户是两码事。请皇上明鉴！”

皇上道：“刚才说到这么多事，你一言未发。说到陈廷统，你就开腔了。徐乾学，你是否有意袒护陈廷统？”

徐乾学道：“臣不敢枉法偏袒。刚才议到诸事，这会儿容臣说几句。”

皇上抬手道：“不，这会儿朕不想听你说。明珠，你怎么一言不发？”

明珠道：“臣正惶恐不安哪！”

皇上问道：“你有什么不安的？”

明珠低头道：“臣虽未曾做过钱法郎中监督，却督理过户、工二部钱法。宝泉局一旦有所差池，臣罪在难免。”

皇上点头道：“明珠向来宽以待人，严以责己，实在是臣工们的楷模。刚才陈廷敬等所奏诸事，牵涉人员甚多，得有个持事公允的人把着。明珠，朕着你召集九卿詹事科道，共同商议，妥善处置！”

明珠喊了声“喳”，恭恭敬敬领了旨。

“许达不必回宝泉局了，陈廷统也不必去徐州了，科尔昆朕料他也没这么大的胆子做假账！”皇上说得淡淡的，陈廷敬听了却如炸雷震耳。许达早已脸色青白，呆若木鸡。科尔昆且惊且喜，只愿菩萨保佑他侥幸过关。

乾清门这边唇枪舌剑，宝泉局钱厂那边却正在闹事。一大早，役匠早早地起床生炉，刘元过来喊道：“今日不准生炉。”

役匠问道：“为什么呀？”

刘元说：“咱们不铸钱了！”

役匠又问：“好好的，怎么不铸钱了？”

刘元好不耐烦，说：“问这么多干吗？向爷说不铸了就不铸了。听你的还是听向爷的？”

役匠们听说是向忠发了话，谁也不敢生炉了。

苏如斋不知道刀已架在他的脖子上了，他的全义利记正在热火朝天铸钱。苏如斋拿起刚铸好的铜钱，道：“去，拿宝泉局的钱来看看。”

伙计跑进屋子，拿了串官铸制钱出来。苏如斋反复验看好半日，笑道：“你们谁能认出哪是宝泉局的钱，哪是全义利的钱？”

伙计道：“分不清，分不清！”

这时，一个伙计匆匆跑了过来，惊慌道：“东家，来了许多官军！”

苏如斋还没来得及问个究竟，却见百多号官军冲进来了。原来领人来的正是刘景，只见他厉声喝道：“都不许动！把这些假钱、铜器、块铜，统统查抄！”

苏如斋愣了半日，突然大喊大叫：“我朝廷里有人！你们不准动我的东西！”

刘景冷笑道：“哼，朝廷里有人？谁是你的后台谁就完蛋！”

苏如斋喊道：“陈子端、陈与可两位大人，都是我的朋友！”

刘景喝道：“今日派人来抓你的正是陈子端大人！把这个人绑了！”

几个官军立即按倒苏如斋，把他绑得像端午节的粽子。

马明同宝泉局小吏们来到钱厂，见役匠们都歇着，便问：“怎么回事？”

一个役匠道：“我们不干了。”

马明又问：“怎么不干了？”

役匠道：“功夫手上管，干不干是我们自己的事！”

向忠正躺在炕上，眯着眼睛抽水烟袋。外头有人嚷嚷，他只当没听见。刘元慌忙跑进来报信：“向爷，有人从外头回来，说全义利记被衙门抄了，苏如斋跟伙计们都被抓起来了！”

向忠惊得坐了起来，问：“啊？知道是哪个衙门吗？”

刘元道：“听说领头的是陈子端的人。”

向忠摔了水烟袋，骂道：“奶奶的陈子端！”

刘元说：“向爷，同衙门，我们可不能硬碰硬啊！”

向忠站了起来，拍桌打椅道：“陈子端敢把咱一千多号役匠都抓起来？咱还不相信有这么大的牢房关咱们！老子就是要同他玩硬的！”

散了朝，明珠立马在吏部衙门召集九卿詹事科道会议。萨穆哈同科尔昆先到了，径直进了二堂。科尔昆说：“明相国，我琢磨着，宝泉局铜料亏空案，咱皇上可并不想按陈子端的意思办。”

明珠点点头，又摇摇头，谁也弄不清他的心思。

萨穆哈见明珠这般样子，心中暗急，说：“明相国，陈子端是想借铜料亏空案，整垮满朝大臣哪！”

明珠道：“我等只管遵循皇上意思办事，不用担心！”

科尔昆见明珠说话总是隔着一层，心中不快，却只好拿陈廷敬出气：“他陈子端总把自己扮成圣人！”

明珠道：“陈子端有他的本事，你得佩服！钱法还真让他理顺了。新钱铸出来，已经没有奸商毁钱了。好了，你俩先去正堂候着吧。各位大人马上就到了。”

萨穆哈、科尔昆从二堂出来，正好陈廷敬、徐乾学也到了。官场上的人，暗地里恨不得捅刀子，面子上还是要过得去的。萨穆哈拱手朝陈廷敬道：“陈大人会算账、善理财，我这户部尚书，还是您来做算了。”

萨穆哈这话虽是奉承，陈廷敬却听出弦外之音，轻轻地顶了回去，笑道：“我们都是替朝廷当差的，哪里是萨穆哈大人让谁做什么官，他就做什么官！”

萨穆哈听了只好赔笑。人都到齐了，各自寻座位坐下。这时，明珠才从里面笑眯眯出来，大家忙站了起来，都道着明相国好。明珠先坐下，再招呼道：“坐吧，坐吧，大家坐吧。”

大家坐下，都望着明珠，等他发话。明珠道：“皇上着我同诸公会审宝泉局仓库亏空一事，望各位开诚布公，尽抒己见。陈大人办事精明，大家有目共睹。满朝臣工都办不好的钱法，陈大人一接手，立即有了起色。”

萨穆哈接了腔：“明相国，如此说来，我们在座的都是饭桶，只有陈大人顶天立地了？”

明珠笑道：“我这是就事论事。陈大人治理钱法有他一套本事，我们都是看到了的。”

明珠越是向着陈廷敬说话，别人对陈廷敬就越是嫉恨。萨穆哈又道：“听说陈大人奏请皇上，宝泉局亏空的铜料，要我们历任郎中监督赔补。”

一时满堂哗然，都朝陈廷敬摇头。科尔昆道：“敢问陈大人，我们这些任过郎中监督的人，任期有长有短，不知是该均摊亏空，还是按任期长短摊？”

陈廷敬道：“如果谁能拿出仓库交接账簿，确认没有亏空的，可以一两铜都不赔。”

萨穆哈道：“科尔昆大人有仓库交接账簿，说明我们各任郎中监督都没有亏铜，都是在许之通手里亏的。”

陈廷敬道：“萨穆哈大人，您得相信一个道理，白的不可能变成黑的。”

科尔昆说道：“陈大人意思，我科尔昆是做了假账？皇上都量我没有这么大的胆子，陈大人实在是抬举我了。”

萨穆哈道：“我们信了陈大人，历任郎中监督都是贪官；信了科大人，就只有许之通是贪官。”

明珠道：“话不能这么说嘛，我们相信事实！”

在座好些人都是当过宝泉局差事的，有话也不便直说。场面僵了片刻，高士奇道：“从顺治爷手上算起，至今四十多年，宝泉局经历过这么多郎中监督，若都要一追到底，我体会这该不是皇上的意思。”

徐乾学说：“皇上宽厚仁德，但宝泉局亏下的是朝廷的银子，这个窟窿也不应瞅着不管。陈大人的想法是务必填补亏空，至于如何填补，我们还可想想办法。”

明珠问：“原一有何高见？”

徐乾学说：“我粗略算了一下，宝泉局亏空的铜料，大约合六万一千多两银子。”

徐乾学话没说完，科尔昆打断他的话头，说：“我也算了账，如果要我们历任郎中监督赔，每人要赔四千五百多两银子。”

萨穆哈马上嚷了起来：“我居官几十年，两袖清风，赔不起这么多银子。”

明珠道：“道理不在是否赔得起，而在该不该赔。如果该赔，赔不起也要赔，拿脑袋赔也要赔。”

科尔昆道："我相信历任郎中监督都是清廉守法的，拿不出银子来赔补。赔不起怎么办？统统杀掉？"

高士奇道："国朝做官的，俸禄不高。陈与可外派做知府，不是还得借盘缠吗？"

陈廷敬听高士奇这么说话，便道："明珠大人，我们还是先议宝泉局亏空案。如果说到舍弟与可，我就得回避了。"

明珠点头道："陈大人说得在理，我们一件件儿议。先议定铜料亏空案吧。"

向忠叉腰站在一张椅子上喊道："弟兄们，陈子端要减我们的工钱。我们是靠自己的血汗挣钱，他凭什么要减我们的？"

役匠们愤怒起来，吼道："不能减我们的工钱！我们要吃饭！我们要活命！"

马明喊道："各位师傅，你们听我说，你们听我说！"

场面却甚是混乱，没人听马明的。向忠又喊道："弟兄们，这些炉座是谁砌的？"

役匠们叫道："我们砌的！"

向忠说："我们自己砌的，我们想怎么着就怎么着，是不是？"

役匠们高喊："我们听向爷的！"

马明大声喊道："师傅们，盘剥你们的是向忠！"

向忠哈哈大笑，道："我盘剥他们？你问问，谁说我盘剥他们了？"

一个役匠说："我们都是向爷找来做事的，没有向爷，我们饭都没吃的！我们不听你的，我们相信向爷！"

刘元扛着把大锤，说："我们自己的东西，今儿把它砸了！"

刘元说罢，抡起锤子就往炉子砸去。役匠们一窝蜂地跑去找行头，锤子、铲子、铁棒，找着什么算什么，噼里啪啦朝铸钱炉砸去。

马明急得没法子，连声喊道："师傅们，你们上当了！你们别上当呀！”

刘元凶狠地朝马明叫道：“你还要叫喊，我们连你的脑袋一起砸！”

役匠们听见了刘元的喊话，又一窝蜂朝马明他们拥来。马明抽出刀，横眼向着众人，道：“各位师傅，你们不要过来！”

刘元冷笑道：“过来又怎么样？你还敢杀了我们不成？”

马明喝道：“谁带头造反，自有国法处置！”

向忠这会儿又躺在里头抽水烟袋去了，由着外头去打打杀杀。宝泉小吏悄声儿招呼马明：“马爷，他们人太多了，我们硬斗是斗不过的！”

马明同宝泉小吏们只得退了出来，远远地站在钱厂外头。钱厂早已被砸得稀烂。刘元领人拥到门口，喊道：“有种的，你们进来呀！砸烂你们狗头！”

马明又急又恨，道：“我这可怎么向老爷交代！我真是无能呀！”

小吏道：“马爷，你不必自责，这种情形谁来了都不顶事的。”

马明道：“快快派人送信出去！”

这个小吏道：“哪里去另外找人？我去算了。”

宝泉小吏飞马进城，寻了半日才知道陈廷敬去吏部衙门了。小吏又赶到吏部衙门，同门首衙役耳语几声。吏部衙役大惊，忙跑进二堂，顾不得规矩，急急喊道：“明相国，外头来了个宝泉局的人，有要紧事禀报。”

明珠问：“什么大事？叫他进来当着各位大人的面说。”

宝泉小吏被领了进来，道：“明相国，各位大人，大事不好了！钱厂役匠们听说要减工钱，造反了，把钱厂砸了个底朝天。”

萨穆哈立马横了一眼陈廷敬，对明珠说：“明相国，果然不出所料，役匠们反了吧？这都是陈子端做的好事！”

陈廷敬甚是奇怪，问：“役匠们怎知减工钱的事？”

萨穆哈道：“没有不透风的墙！”

陈廷敬说："我想知道是哪堵墙透了风！"

科尔昆阴阳怪气地说："减工钱是陈大人您奏请皇上的，您该知道是谁透了风。"

陈廷敬知道事不宜迟，在这里争吵徒劳无益，便道："明相国，各位大人，皇上说过，钱法之事，我可以先行后奏。"

明珠点头说："皇上确实有过这道口谕。"

陈廷敬拱手道："那么我今日就要先行后奏了。"

明珠问："陈大人您想如何处置？"

陈廷敬说："我要立刻去钱厂，请科大人随我一道去。"

明珠道："这样啊，行行。科大人，你随陈大人去宝泉局吧。"

科尔昆本不想去，却又不能推辞。陈廷敬便说："各位大人先议着，我少陪了。"

陈廷敬同科尔昆各自骑了马，往钱厂飞奔。刘景早已把苏如斋等关了起来，这会儿也同衙役们跟着陈廷敬往钱厂去。

陈廷敬赶到钱厂的时候，向忠正在那里向役匠们喊话："弟兄们，我们都是一条船上的人了，砸钱厂人人有份，谁也不许做缩头乌龟！只要弟兄们齐心协力，陈子端就没办法把我们怎么样！要把我们全部杀了吗？皇帝老子都没这个胆量！要把我们都抓起来吗？真还没这么大的牢房！"

向忠正说着，见陈廷敬领着人进来了，便恶狠狠地咬着牙齿，喊道："弟兄们，操家伙！"

役匠们手里的锤子、棍子攥得紧紧的，个个瞪眼伸脖形同斗鸡。

陈廷敬望了眼役匠们，回头冷冷说道："把科尔昆绑了！"

陈廷敬此言一出，所有人都被唬住了。科尔昆愣了半日，突然大叫起来："陈子端，我可是朝廷二品命官，你真是胆大包天了！"

陈廷敬又厉声喊道："你们还站着干吗？绑了！"

刘景、马明立马上前，按倒科尔昆，把他绑了起来。陈廷敬心里有数，不管科尔昆自己三年任内是否亏空了铜料，但他是刚卸任的钱法郎中，罪责是逃不脱的，不如干脆抓了他，镇镇眼前阵势。役匠们见绑这么大的官，果然慌得不知如何是好。向忠也被镇住了，呆立不语。

陈廷敬道："师傅们，你们上当了！科尔昆这样的贪官勾结炉头向忠，长年盘剥你们！"

向忠叫道："兄弟们，陈子端胡说！没我向忠，你们饭都没地方吃！"

毕竟见陈廷敬绑了科尔昆，役匠们不敢胡来。向忠却是个不怕死的，突然挥棍朝陈子端劈去。向忠手中的棍子才举到半空，自己不知怎么就哎呀倒地。原来珍儿飞身过来，拿剑挑中向忠的手臂。几个衙役拥上前去，绑了向忠。

这时，吴大爷从人群中钻了出来。这几日，马明找遍北京城，都没有找着吴大爷，却叫珍儿找着了。吴大爷朝役匠们喊道："师傅们，向忠一直在喝我们的血，我们都蒙在鼓里不知道啊！陈大人派人找到我问话，我才知道宝泉局发给我们的工钱，叫向忠吃掉大半！向忠怕我把钱厂里的事情说出去，叫刘元杀我灭口！我幸亏躲得快，不然就没这把老骨头了！"

向忠趴在地上，仍在叫嚣："吴老头你找死！"

有个役匠问道："陈大人，您为什么要减我们的血汗钱？"

陈廷敬反问他："谁告诉你要减工钱？"

役匠说："向爷！"

陈廷敬说："减你们工钱的，正是你们这个向爷！他同科尔昆这种贪官暗中勾结，克扣你们的工钱！"

吴大爷道："师傅们听我说几句。陈大人不仅不减大家的钱，还要加钱！陈大人要减的只是被向忠盘剥的钱。化铜匠工钱从六十文加到一百二十文，样钱匠工钱从八十文加到一百八十文，反正大家都有加的！"

刚才问话的役匠又问道："我们洗磨匠加到多少？"

陈廷敬道："洗磨匠甚是要紧，加到二百六十文。"

洗磨匠高声喊道：“弟兄们，我们真的上当了，我们听陈大人的！”

役匠们这才丢掉手中家伙，骂向忠真是狗娘养的。

陈廷敬又正色道：“我还要说几句话。师傅们听信恶人调唆，砸坏钱厂，按律是要治罪的。念你们受了蒙蔽，罪就免了。但你们要把钱厂按原样修整好，不领工钱！”

役匠们安静片刻，嗡嗡起来，有愿意的，有不情愿的。

吴大爷说：“师傅们，陈大人说得在理，我们得听陈大人的。”

洗磨匠应承说：“好吧，我们把钱厂修整好！”

四十八

第二日，明珠赶往畅春园奏事。皇上听明珠说完，神色不悦，道：“如此说来，陈廷敬所奏件件属实？”

明珠道：“件件属实。宝泉局铜料仓库历年账实不符，所任官员都有责任。科尔昆听任炉头向忠蒙混，自己也从中渔利，也是事实。最可恨的是炉头向忠，把持钱厂三十多年，作恶多端。奸商苏如斋扰乱钱法，罪大恶极。”

皇上摇头叹道：“既然如此，铜料亏空案不论牵涉到谁，一查到底。该抄家的抄家，该夺官的夺官，该杀头的杀头！那些个奸商恶棍，不用多说，把案子问明白严办就是了。”

皇上其实并不想处置太多官员，但他嘴上得顾及大清例律。明珠摸透了皇上心思，便说：“皇上从严执法，这是国家大幸。宝泉局铜料亏空案，虽然事实确凿，但牵涉人员太多，而且年月久远，很难分清子丑寅卯。追查起来，弄不好就会冤枉好人，难免引起朝野震动。”

明珠说到这里，故意停下来，暗窥皇上神色。皇上问：“你说如何处置？”

明珠道："臣以为，这件事只追到科尔昆和许之通为止。"

皇上问："只追他俩，亏空的铜料怎么办？"

明珠道："皇上，臣料想，亏空的铜料不仅已经补上了，而且大有盈余。"

皇上大为疑惑，问："谁有这么多银子赔补？"

明珠道："陈子端已抄了炉头向忠和奸商苏如斋的家，查获了大量赃物。只要皇上准了，科尔昆跟许之通的家也可查抄。"

皇上心想陈廷敬倒是揣透了自己的心思，最要紧的是把宝泉局亏空补上，不必处置太多的人。皇上点头半日，问道："科尔昆、许达两人如何处置？"

明珠说："科尔昆罢官，许达杀头。"

皇上不说话，只微微点头。过了好半日，皇上才说："钱法倒是让陈廷敬弄顺了。自从改铸轻钱，奸商毁铜无利可图，百姓手里就有制钱用了。"

几日以后，皇上在乾清门听政，议到许达之罪，说是当斩。

陈廷敬立马跪下，奏道："许之通不能杀！"

皇上沉着脸，不说话。明珠道："启奏皇上，许达办差不力，听任奸商胡作非为，宝泉局损失极大，应予严惩！"

陈廷敬说："该杀的是科尔昆！他勾结奸商倒卖铜料，从中渔利。更有甚者，炉头向忠把新铸制钱直接送到奸商苏如斋那里，熔铜之后又卖给宝泉局。苏如斋还用毁钱之铜假造旧铜器，后来胆大包天干脆鼓铸假钱。向忠、苏如斋这等奸人如此大胆，都因仗着科尔昆这个后台！"

皇上怒道："不要再说了！朕听着这帮奸人干的坏事，会气死去！"

殿内安静下来，一时没人再敢奏事。

皇上只好望着陈廷敬说："你还没说完吧？"

陈廷敬便道："许之通任宝泉局郎中监督不久，臣就去督理钱法了。如果只要在宝泉局任上就是有罪，臣也有罪，臣与许之通同罪，该杀！”

皇上愈发气恼，拍了龙案道：“陈廷敬，你说这等气话何意？骂朕昏君是吗？别忘了大臣之体！”

这时，萨穆哈上前跪道：“请皇上息怒！臣以为陈子端话说得冲撞了些，却也在理。臣也以为许之通可以宽大处置，科尔昆该斩！”

原来萨穆哈巴不得科尔昆快死，以免引火烧身。萨穆哈又道：“原先新钱屡次增加重量，钱铸出来却见不到，都是科尔昆伙同炉头向忠和奸商苏如斋在中间捣鬼！”

皇上闭上眼睛，甚是难过，说：“向忠、苏如斋、张光那帮奸人，统统杀了！”

明珠又道：“启奏皇上，科尔昆案，臣以为可以再审。倘若罪证属实，按律当斩！”

萨穆哈却道：“臣以为事实已经很清楚了，不必再审。”

皇上说：“朕以为科尔昆案已经很清楚，不用再审了。杀掉吧。许达，改流伊犁！”

皇上话说得很硬，没谁敢多说了。皇上疲惫不堪，闭目靠在龙椅上，轻声问道：“陈廷统怎么处置？”

毕竟碍着陈廷敬，半日没人吭声。高士奇干咳一声，小心道：“按律当斩！但此事颇为奇怪，应慎之又慎。”

徐乾学奏道：“启奏皇上，现已查明，科尔昆为了牵制陈子端办案，同炉头向忠合谋，指使苏如斋给陈与可借银子。陈与可原先并不认识苏如斋。”

皇上气极，道：“这个科尔昆，没有丝毫读书人的操守，实在可恶。可陈廷统毕竟向人家借了钱！民间有句话，苍蝇不叮无缝的蛋！”

陈廷敬道：“舍弟陈与可辜负皇上恩典，听凭发落！”

皇上冷冷道：“陈廷敬，朕这里说的不是你的什么弟弟，而是朝廷命官。”

陈廷敬不便再说话，心里只是干着急。徐乾学又道："如果不赦免陈与可，就真中了科尔昆的奸计。再说了，臣先前曾经奏明皇上，陈与可向钱庄借钱，同向一般民人借钱应是两码事。"

皇上沉吟思索片刻，道："科尔昆斩立决，许达流放伊犁。向忠、苏如斋、张光等统统杀了。上述人等家产抄没，一概入官。陈与可案事出有因，从轻发落。放他下去做个知县吧。"

臣工们便道了皇上英明，都放下心来。陈廷敬还想说话，见徐乾学使了眼色，只好不说了。

皇上道："科尔昆品行如此糟糕，竟然连年考成甚优，此次又破格擢升侍郎。明珠，我要问问你这吏部尚书，这是为何？"

明珠忙上前跪下，道："臣失察了，请皇上治罪。"

皇上说："明珠，你不要做老好人，什么事都自己兜着。"

一时没人说话，皇上便说："看样子没人敢承认了？"

萨穆哈脸上冒汗，躬身上前跪下："皇上恕罪！臣被科尔昆蒙蔽了！"

皇上道："算你还有自知之明。你在户部尚书任上贪位已久，政绩平平。钱法混乱，你也难辞其咎。念你年事已高，多次奏请告老，准你原品休致！罚俸一年！"

萨穆哈其实从来没有说过告老乞休的话，皇上这么说了，他也只好认了，忙把头磕得砰砰响，道："臣领罪，臣谢皇上恩典！"

这日衙门里清闲，陈廷敬请了徐乾学，找家酒楼喝酒。陈廷敬高举酒杯，道："原一兄，多亏您从中周旋，不然廷统这回就没命了。来，我敬您！"

徐乾学道："陈大人不必客气，同饮吧。"

陈廷敬说："科尔昆的交接账簿，再也没人过问了。"

徐乾学说："明眼人都知道那个账簿是假的，皇上难道不知道？皇上不想过问，你就不要再提了。皇上只需仓库铜料补上，几十年的糊涂账就让它过去算了。"

陈廷敬摇头叹息，独自喝了杯闷酒。

徐乾学说：“我们身为人臣，只能尽力，不可强求。”

陈廷敬道：“是呀，我看出来了，皇上很多事情都装糊涂。罢萨穆哈官，也只是表面文章，认真追究起来，只怕该杀。平日替科尔昆鼓噪的也并非萨穆哈一人。还有那些多年收取宝泉局样钱的王公大臣，皇上也不想细究。”

徐乾学道：“皇上有皇上的想法，他不想知道自己朝中尽是贪官。”

陈廷敬说：“许达流放伊犁，处罚太重了。他只是书生气重了些，办事有欠精明。”

徐乾学说：“先让皇上顺顺气，就让他去伊犁吧。告诉您一个好消息。”

陈廷敬忙问：“什么好消息？”

徐乾学说：“御史张鹏翮运青兄很快回京了！”

陈廷敬甚是欢喜，问：“真的？这可太好了！”

徐乾学道：“还能有假？这都搭帮张梦敦大人，他回家守制之前，寻着空儿找皇上说了，皇上就准了。皇上也是人嘛，让他消消气，就没事了。放心，许之通过个一年半载，我们让他回来。”两人喝酒聊天，日暮方散。

没过几日，张鹏翮真的回来了，授了刑部主事。张鹏翮当日夜里就登门拜访了陈廷敬。两人执手相对，不禁潸然落泪。

陈廷敬道：“运青兄，您可受苦了！”

张鹏翮倒是豪气不减当年，道：“哪里啊，不苦不苦！我这几年流放在外，所见风物都是我原先从未听闻过的，倒让我写了几卷好诗！唉，陈大人，我早听说了，您这几年日子也不好过啊。”

陈廷敬苦笑道：“没办法啊，真想好好做些事情，难。”

张鹏翮道：“明珠口蜜腹剑，操纵朝政，很多人都还受着蒙蔽啊。”

陈廷敬说：“您出去这些年，朝廷已物是人非。凡事心里明白就得了，言语可要谨慎。”

张鹏翮笑道：“我反正被人看成钉子了，就索性做钉子。下回呀，我就参掉明珠！”

陈廷敬摇手道：“此事万万不可！”

张鹏翮问：“为什么？”

陈廷敬说：“皇上这会儿还需要明珠，你参不动他！”

张鹏翮摇头而笑，道：“我这个人的毛病，就是总忘记自己是替皇上当差！”

很快就是深秋了。两个解差押着许达，走着出了京城。到了郊外，解差要替许达取下木枷，许达道：“这怎么成？”

他真是有些迂，心想既然皇上定了他的罪，纵然冤枉也是罪臣，就该戴着枷。解差说：“许大人，陈大人吩咐过，出了北京城，就把您的木枷取下，不要让您受苦。”

许达这才让解差取下木枷，也不去多想陈廷敬好意。许达双腕早被磨出了血痕，他轻轻揉着手腕，仰望灰蒙蒙的天空。

解差又道：“许大人，请上车吧。”

原来不远处停着一辆马车。解差说：“这也是陈大人替您雇的车。陈大人反复叮嘱，让我们一路上好好儿照顾您！今儿巧得很，陈大人弟弟要去凤阳做知县，不然陈大人自己会来送您的。”

许达摇头苦笑道：“今儿是什么好日子？一个流放伊犁，一个发配凤阳。”

陈廷敬总觉得自己愧对许达，本预备着要来送行的。只是陈廷统也正是这日启程，他就顾不过来了。陈廷敬在城外长亭置了酒菜，同弟弟相对而饮。亭外秋叶翻飞，几只乌鸦立在树梢，间或儿叫上一两声。珍儿跟大顺、刘景、马明都随了来，他们都远远地站在一边。

陈廷敬举了酒杯说：“与可，你这么愁眉苦脸地去做知县，我放心不下啊！”

陈廷统说：“哥，我实在高兴不起来。”

陈廷敬说：“你这回是从刀口上捡回性命，应该庆幸才是！”

陈廷统摇头叹息，道：“只怪自己糊涂！”

陈廷敬说：“凤阳地瘠民穷，做好那里的知县，很不容易。过去的事情就不要再想，只管把这个七品芝麻官做好。喝了这杯酒，你好好上车吧。”

兄弟俩干了杯，出了亭子。陈廷统说了些哥哥珍重的话，上了马车。马车渐行渐远，陈廷敬突然悲从中来，背过身去。

四十九

钱市总算平稳了，皇上仍是放心不下，怕有反复。近两年钱市一波三折，弄得朝廷疲于应付。这日晌午，皇上来到南书房，进门就问宝泉局近日是否有事。不等陈廷敬开口，高士奇抢着说话：“启奏皇上，臣等接了户部一个折子，宝泉局告急，仓库里快没铜了，钱厂眼看着要停炉。原是十三关办铜不力，而陈子端又下令不准收购民间铜料、铜器，宝泉局难以为继。”

皇上便问陈廷敬：“为何弄成这个局面？”

陈廷敬道：“臣等刚才正在商议票拟，原想奏请皇上：一、今后各关办铜，不管块铜、旧铜、铜器，只要是好铜，都解送入库；二、令天下产铜地方听民开采，蠲免铜税，给百姓以实惠，给官员以奖励。”

高士奇道：“皇上，陈子端起初禁止收购块铜，只令收购铜器，后来连铜器都不准收了。这会儿他又说块铜、旧铜、铜器都可收购。朝令夕改，反复无常，百姓无所适从，朝廷威严何在？”

徐乾学等也都自有主张，纷纷上奏。几个人正争执不下，明珠道：“想必陈子端自有考虑。但开采铜矿一事，因地方官衙加税太重，百姓不堪重负，早已成为弊政！”

皇上想陈廷敬能把钱法理顺，此时必定自有想法，便道：“廷敬，朕想听你说说。”

陈廷敬道：“启奏皇上，收购铜料一事，此一时彼一时。起初钱重，奸商毁钱有利可图，所以禁止收购铜块；奸商既然可以毁钱铸成铜块，同样可以毁钱造作旧铜器，因此旧铜器也不能收购；臣曾故意鼓励收购旧铜器，为的是查出奸商苏如斋。现在钱价已经平稳，奸商毁铜无利可图，只要是好铜，宝泉局都可收购！”

皇上点头道：“廷敬有道理！”

陈廷敬又道：“但民间旧铜毕竟有限，要紧的是开采铜矿，增加铜的储备。明珠大人所言，开采铜矿，只是让地方多了个敲诈百姓的借口，的确是这回事。因此，臣奏请皇上，取消采铜征税，听任百姓自行开采！”

高士奇马上反驳：“皇上，陈子端这是迂腐之论！取消采铜税收，会导致朝廷税银短少！”

陈廷敬不急不躁，缓缓道来：“启奏皇上，按理说，采铜税征得多，铜就应该采得多。但各地解送入库的铜并不见增加，原因在哪里呢？因为税收太重，采铜不合算，百姓并没有采铜。官府却不管你百姓是否采铜，铜税照收，其实是压榨百姓。”

皇上击掌道：“朕以为廷敬说到点子上了。廷敬，你说下去。”

陈廷敬说：“更何况，天下有铜十分，云南占去八九。取消采铜税，只对云南税收有所影响，对其他各省并无大碍。”

皇上再次击掌道：“既然如此，朕准陈廷敬所奏：一、各关办铜，不管块铜、旧铜、铜器，只选好铜解送；二、令天下产铜地方听民开采，取消采铜税，地方官员督办采铜有功者记录加级，予以奖励。着明珠、陈廷敬会同九卿会议提出细则。”

明珠同陈廷敬领了旨，皇上又道：“陈廷敬督理钱法十分得力，所奏办铜之策亦深合朕意。你做事心细，账也算得很清，朕特简你做工部尚书。”

陈廷敬诚惶诚恐跪下谢恩，连呼肝脑涂地在所不惜。皇上请陈廷敬起来，又说：“朕知道你平日喜欢个琴棋书画，今日赐你西洋所进玻璃象棋一副！”

张善德早预备着盘子站在旁边，马上递了过来。陈廷敬接过玻璃象棋，再次跪下谢恩。皇上见臣工们对那玻璃象棋艳羡不已，便道：“各位臣工尽心尽力，朕都很满意。明珠是朕首辅之臣，自不用多说。陈廷敬的干才、徐乾学的文才、高士奇的字，朕都十分看重！”

听了皇上这番话，臣工们都跪下谢恩。皇上移驾还宫，时候已是不早，臣工们各自散去。徐乾学今儿当值，夜里得睡在这儿。高士奇住在禁城，走得晚些。高士奇见没了人，便道：“徐大人，您做尚书做在前头，如今陈大人眼看着就要到您前面去了啊！”

徐乾学道：“高大人这是哪里的话？陈大人人品才学，有口皆碑，得到皇上恩宠，应是自然。按辈分算，我还是陈大人的后学哪！”

高士奇道：“徐大人生就是做宰相的人，肚量大得很啊！今儿皇上一个个儿说了，我只会写几个字，您徐大人好歹还有一笔好文章，人家陈大人可是干才啊！俗话说，百无一用是书生，文章再好，字再好，比不上会干事的！”

徐乾学道：“得到皇上嘉许，乾学已感激不尽，哪里想这么多！”

高士奇道：“我琢磨皇上心思，因为这次督理钱法，陈子端在皇上那里已是重如磐石了！今儿皇上那话，不就是给我们几个排了位吗？我只是以监生入博学鸿词，总被那些读书人私下里小瞧，这就是命了。您徐大人呢？堂堂进士出身啊！”

徐乾学便道：“澹人，我们不说这个，不说这个！”

高士奇仍笑着说：“徐大人，这里没有别人，士奇只是想同你说几句体己话。您想陈子端文才、干才都是不错的，为什么官儿反而升得慢呀？张梦敦大人、您徐大人，都是陈子端后面的进士，尚书却做在他前头！”

徐乾学道："皇上用人，我们做臣子的怎好猜度？"

高士奇笑道："想您徐大人也是看在眼里的，只是口风紧。我说呀，就是他陈子端不够朋友，不讲义气！当年因为科考，陈子端惹上官司，差点儿要杀头的，全仗明相国暗中相助，他才保住了性命。可您看他对明相国如何？离心离德！"

徐乾学这几年可谓扶摇直上，名声朝野皆知。他事事肯帮陈廷敬，一则因为师生之谊，一则因为自己位置反正已高高在上。今儿听皇上说到几位大臣，倒是把陈廷敬的名字摆在前边儿，徐乾学心里颇不自在。只是他不像高士奇那样沉不住气，凡事尽可能放在心里。如今高士奇左说右说，他也忍不住了，笑道："待哪日陈大人做到首辅大臣，我们都听他的吧。"

高士奇听出徐乾学说的是气话，知道火候够了，便不再多说，客气几句告辞回家。

五十

时近年关，紫禁城里张灯结彩，一派喜气。原是早几日传来捷报，台湾收复了。皇上选了吉日，摆驾畅春园澹宁居，各国使臣都赴去朝贺。皇上吩咐使臣们一一上前见了，各有赏赐。

礼毕，明珠奏道："启奏皇上，而今正是盛世太平，万国来朝。台湾收复，又添一喜。臣综考舆图所载，东至朝鲜、琉球，南至暹罗、交趾，西至青海、乌思藏诸域，北至喀尔喀、厄鲁特、俄罗斯诸部，以及哈密番彝之族，使鹿用犬之区，皆岁岁朝贡，争相输诚。国朝声教之远，自古未有。"

皇上颔首笑道："朕已御极二十二年，夕惕朝乾，不敢有须臾懈怠。前年削平三藩，四边已经安定；如今又收复了台湾，朕别无遗憾了！"

俄罗斯使臣跪奏道："清朝皇上英明，虽躬居九重之内，光照万里之外。”

朝鲜使臣也上前跪奏：“朝鲜国王恭祝清国皇上万寿无疆！”

使臣们纷纷高呼：“恭祝皇上万寿无疆！”

皇上笑道：“国朝德化天下，友善万邦，愿与各国世代和睦，往来互通。赐宴！”

没多时，宴席就传上来了。皇上就在御座前设了一桌，使臣跟王公大臣通通在殿内席地而坐。皇上举了酒杯，道：“各位使臣，各位臣工，大家干了这杯酒！”

众人谢过恩，看着皇上一仰而尽，才一齐干杯。张善德剥好了一个石榴，小心递给皇上。皇上细细咀嚼着石榴，道：“京城冬月能吃上这么好的石榴，甚是稀罕。这石榴是暹罗贡品，朕尝过了，酸甜相宜，都尝尝吧。”

使臣跟王公大臣们又是先谢了恩，才开始吃石榴。皇上忽见陈廷敬望着石榴出神，便问：“廷敬怎么不吃呀？”

陈廷敬回道：“臣看这石榴籽儿齐刷刷地成行成列，犹如万国来朝，又像百官面圣，正暗自惊奇。”

皇上哈哈大笑，道：“说得好！陈廷敬是否想作诗了？”

陈廷敬忙拱手道：“臣愿遵命，就以这石榴为题，作诗进呈皇上。”

皇上大喜，道：“好，写来朕看看。”

张善德立马吩咐下面公公送来文房四宝，摆在陈廷敬跟前。陈廷敬跪地而书，很快成诗。公公忙捧了诗稿，呈给皇上。

皇上轻声念了起来：“仙禁云深簇仗低，午朝帘下报班齐。侍臣密列名王右，使者曾过大夏西。安石种栽红豆蔻，火珠光迸赤玻璃。风霜历后含苞实，只有丹心老不迷。”

皇上吟罢，点头半晌，大声道：“好诗，好诗呀！朕尤其喜欢最后两句，风霜历后含苞实，只有丹心老不迷。这说的是老臣谋国之志，忠心可嘉哪！”

陈廷敬忙跪了下来，道：“臣谢皇上褒奖！”

皇上兴致甚好，道："今日是个大喜的日子，朕命各位能文善诗的大臣，都写写诗，记下今日盛况！"

众臣高喊遵旨。高士奇还得接收南书房送来的折子，喝了几杯酒就先出来了。正好碰上索额图急急地往澹宁居赶，忙站住请安："奴才见过索大人！皇上又要重用大人了，恭喜恭喜！"

索额图冷冷地问道："你怎么不在澹宁居？"

高士奇道："南书房每日都要送折子来，奴才正要去取哪！"

索额图又问："今儿皇上那儿有什么事吗？"

高士奇回道："见了各国使臣，赐了宴，又命臣工们写诗记下今日盛况。皇上正御览臣工们的诗章。陈子端写了几句咏石榴的诗，皇上很喜欢。"

索额图哼着鼻子说："我就看不得你们读书人这个毛病，写几句诗，尾巴就翘到天上去了！"

高士奇忙低头道："索大人教训得是！"

索额图瞟了眼高士奇，甩袖而去。高士奇冲着索额图的背影打拱，暗自咬牙切齿。

索额图到了澹宁居外头，公公嘱咐说："皇上正在御览大臣们的诗，索大人进去就是，不用请圣安了。"

公公虽是低眉顺眼，说话口气儿却是棉花里包着石头。索额图心里恨恨的，脸上却只是笑着，躬着身子悄声儿进去了，安静地跪在一旁。

皇上瞟了眼索额图，并不理他，只道："朕遍览诸臣诗章，还是陈廷敬的《赐石榴子诗》最佳！清雅醇厚，非积字累句之作也！"

陈廷敬再次叩头谢恩，内心不禁惶恐起来。皇上今日多次讲到他的诗好，他怕别人心生嫉妒，日后不好做人。

皇上又道："陈廷敬督理钱法，功莫大矣！倘若钱法还是一团乱麻，迟早天下大乱，哪里还谈得上收复台湾！"

陈廷敬愈加惶惶然，叩头道："臣遵旨办差而已，都是皇上英明！”

皇上同臣工们清谈半日，才望了眼索额图说：“索额图，你也闲得差不多了，仍出来当差吧。”

索额图把头叩得砰砰响，道：“臣愿为皇上肝脑涂地！”

皇上又道：“你仍为领侍卫内大臣，御前行走！”

索额图叩头不已：“臣谢主隆恩！”

明珠心里暗惊，却笑眯眯地望着索额图。索额图不理会明珠的好意，只当没有看见。

过了几日，索额图抽着空儿把高士奇叫到府上，问道：“说说吧，皇上怎么想起让老夫出山的？”

索额图靠在炕上，闭着眼睛抽水烟袋。高士奇垂手站着，望着前面的炕沿儿，索额图并没有叫他坐的意思。他就只好站着，说：“皇上高深莫测，士奇摸不准他老人家的心思。”

索额图仍闭着眼睛，问：“士奇？士奇是个什么劳什子？”

高士奇忙低头道：“士奇就是奴才，奴才说话不该如此放肆！”

索额图睁开眼睛骂道：“你在皇上面前可以口口声声称士奇，在老夫这里你就是奴才！狗奴才，放你在皇上身边，就是叫你当个耳目，不然老夫要你何用！”

高士奇忙跪下，道：“奴才不中用，让主子失望了！”

索额图拍着几案斥骂道：“滚，狗奴才！”

高士奇回到家里，气呼呼地拍桌打椅。侍女递上茶来，叫他反手就打掉了。侍女吓得大气不敢出，忙跪下去请罪。

高士奇厉声喝道：“滚，狗奴才！”

侍女吓得退了出去。高夫人道：“老爷，您千万别气坏了！老爷，我就不明白，您连皇上都不怕，为什么要怕索额图呀？”

高士奇咬牙道：“说过多少次了你还不明白，皇上不会随便就杀了我，索额图却可以随便搬掉我的脑袋！”

高夫人道：“索额图哪敢有这么大的胆子？”

高士奇说：“索额图是个莽夫！以索额图的出身，他杀掉我，皇上是不会叫他赔命的。”

高夫人说：“既然如此，咱趁皇上现在宠信你，不如早早把索额图往死里参！”

高士奇摇头道：“妇人之见！咱们这皇上呀，看起来好像是爱听谏言，其实凡事都自有主张。只有等他老人家真想拿掉索额图的时候，我再火上加油，方才有用。”

高夫人哭了起来，说：“怕就怕没等到那日，您就被索额图杀掉了！”

高士奇听了夫人这话，拍桌大叫：“索额图，我迟早有一日要食其肉，寝其皮！”

徐乾学从户部衙门出来，正要往乾清宫去，碰上了高士奇。两人见了礼，并肩而行。高士奇悄声儿问道：“原一大人，咱皇上怎么突然起用索额图了？”

徐乾学笑道：“澹人兄入值南书房日子比我长多了，您看不出来，我怎么看得出来？”

高士奇说：“徐大人不必谦虚，您入值南书房后连连擢升，做了刑部尚书又做户部尚书。为什么？您脑子比我好使，皇上宠信您！”

徐乾学忙道：“哪里哪里！既然高大人信得过，我不妨瞎猜。我想，许是明相国要失宠了。”

高士奇问道：“难道皇上想搬掉明珠，重新重用索额图？”高士奇见徐乾学点了点头，他恨恨道，“我倒宁愿明相国当权！”

徐乾学笑道：“高大人此话，非丈夫之志也！”

高士奇歪头望了徐乾学半日，问：“徐大人有何打算？”

徐乾学悄声儿说：“既不能让明珠继续把持朝政，又不能让索额图飞扬跋扈。”

高士奇问道：“那我们听谁的？”

徐乾学摇头笑笑，叹息起来。

高士奇知道徐乾学肚里还有话，便问：“请徐大人指教!”

徐乾学停了半晌，一字一句悄声儿说道：“你我取而代之!”

高士奇怔了会儿，长叹了口气道：“唉，士奇真是惭愧！我殿前行走二十多年，蒙皇上宠信，得了些蝇头小利，就沾沾自喜。真没出息!”

徐乾学说：“只要你我同心，一定能够把皇上侍候得好好的!”

高士奇点头道：“好，我就跟徐大人一块儿，好好地侍候皇上!”

徐乾学说：“对付明珠和索额图，不可操之太急，应静观情势，相机而行。眼下要紧的是不能让一个人出头。”

高士奇问：“谁?”

徐乾学笑道：“不用我明说，您心里明白。”

高士奇立马想到了陈廷敬，便同徐乾学相视而笑。两人正说着话，突然望见前头宫门高耸，忙收起话题，躬着身子，袖手而入。两人进了南书房，陈廷敬等早在里头忙着了。见过礼，各自忙去。

过了晌午，皇上召南书房大臣们去乾清宫奏事。明珠、陈廷敬、徐乾学、高士奇赶紧进宫去了。南书房自然是收到折子若干，连同票拟一一扼要奏闻。皇上仔细听着，准了的就点点头，不准的就听听臣工们怎么说。念到云南巡抚王继文的折子，皇上甚是高兴。原来王继文上了折子说，云南平定以来，百姓安居乐业，民渐富足，气象太平，请于滇池之滨修造楼阁，拟称“大观楼”，传皇上不朽事功于千秋!

皇上点头不止，道：“王继文虽然是个读书人，五年前随军出征，负责督运军饷、粮草，很是干练。云南平定不出三年，竟有如此气象，朕甚为满意。不知这大观楼该不该建?”

明珠听皇上这意思，分明是想准了王继文的折子，便说：“启奏皇上，王在燕疏浚滇池，不仅治理了滇池水患，利于云南漕运，又得良田千顷，一举多利。王在燕真是难得的人才，臣以为他折子所奏可行。”

陈廷敬当然也听明白了皇上的意思，却道：“按朝廷例制，凡有修造，动用库银一千两以上者，需工部审查，皇上御批。因此，臣以为，大观楼建与不建，不应贸然决定。”

徐乾学说：“臣以为，我皇圣明之极，并非好大喜功之人主。然而，修造大观楼，不仅仅是为了光昭皇上事功，更是为了远播朝廷声教。”

陈廷敬道：“大观楼修与不修，请皇上圣裁。只是臣以为云南被吴三桂涂炭多年，元气刚刚恢复，修造大观楼应该慎重！”

陈廷敬说得虽然在理，皇上听着却是不快，但又不便发作，只得叫大臣们好生议议。可是没几日就快过年了，衙门里都封了印，待议诸事都拖了下来。

五十一

很快就到阳春三月，皇上驾临丰泽园演耕。御田旁设了黄色帷帐，皇上端坐在龙椅上，三公九卿侍立在侧。四个老农牵着牛，恭敬地站在御田里。明珠领着四个侍卫抬来御犁架好，然后上田跪奏：“启奏皇上，御犁架好了。”

皇上点点头，放下手中茶盅。索额图拿盘子托着御用牛鞭，恭敬地走到皇上面前，跪奏：“恭请皇上演耕！”

皇上站起来，拿起牛鞭，下到田里。四个老农低头牵着牛，四个侍卫扶着犁，皇上只把手往犁上轻轻搭着，挥鞭策牛，驾地高喊一声。高士奇提着种箱紧随在皇上后头，徐乾学撒播种子。皇上来回耕了四趟，上田歇息。公公早端过水盆，替皇上洗干净脚上的泥巴，穿上龙靴。明珠、索额图、陈廷敬等三公九卿轮流着耕田。

皇上望着臣工们耕田，又同明珠、陈廷敬等说话，道：“如今天下太平，百姓各安其业，要奖励耕种，丰衣足食。去年受灾的地方，朝廷下拨的种子、银两，要尽快发放到百姓手里。速将朝廷劝农之意诏告天下。”

明珠低头领旨。皇上又道：“治理天下，最要紧的是督抚用对了人。朕看云南巡抚王继文就很不错，云南百姓都喊他王青天。”

明珠道：“皇上知人善任，苍生有福。”

皇上突然想起王继文的折子，问：“王继文奏请修造大观楼，折子都上来几个月了，怎么还没有着落?”

陈廷敬奏道：“启奏皇上，臣等议过了，以为应叫王在燕计算明白，修造大观楼得花多少银两，银子如何筹得。还应上奏楼阁详图，先请皇上御览。”

皇上说：“即便如此，也应早早地把折子发还云南。”

陈廷敬回道：“启奏皇上，折子早已发还云南，臣会留意云南来的折子。”

皇上不再多问，陈廷敬心里却疑惑起来。他见朝廷同各省往来文牒越来越慢，往日发给云南的文牒，一个月左右就有回音，最多不超过两个月，如今总得三个月。王继文上回的折子，开年就发了回去，差不多三个月了，还没有消息。

原来，各省往朝廷上折子、奏折的，都必须事先送到明珠家里，由他过目改定，再发回省里，重新抄录，加盖官印，再经通政使司送往南书房。明珠只道这是体会圣意，省里官员也巴不得走走明珠的门子。这套过场，南书房其他人统统不知道。

这日夜里，明珠府上客堂里坐了十来个人，都是寻常百姓穿着，正襟危坐，只管喝茶，一言不发。他们的目光偶尔碰在一起，要么赶紧避开，要么尴尬地笑笑。他们都是各省进京奏事的官差，只是互不透露身份。明珠的家人安图专管里外招呼，他喊了谁，谁就跟他进去。他也不喊客人的名字，出来指着谁，谁就站起来跟着他走。

安图这会儿叫的是湖南巡抚张汧的幕僚刘传基，表字承祖。刘传基忙应声而起，跟着安图往里走。安图领着他走到一间空屋子，说：“你先坐坐吧。”

刘传基问：“请问安爷，我几时能见到明相国？”

安图说：“老爷那边忙完了，我便叫你。”

刘传基忙道了谢，安心坐下。安图又道：“我还得交代你几句。你带来的东西老爷都收下了，我家老爷领了你们巡抚的孝心。只是等会儿见了老爷，你千万别提这事儿。”

刘传基点头道：“庸书明白了。”

安图出去一会儿，回来说：“你跟我来吧。”

刘传基起身跟在安图后面，左拐右拐几个回廊，进了一间屋子。明珠坐在炕上，见了刘传基，笑眯眯地点头。

刘传基施了大礼，道：“湖南巡抚幕宾刘传基拜见明相国。”

明珠笑道：“你们巡抚张汧大人，同我是老朋友。他在我面前夸过你的文才。快快请坐。到了几日了？”

刘传基道：“到了三日了。”

明珠回头责怪安图：“人家从湖南跑来一趟不容易，怎么让人家等三日呢？”

安图低头道：“老爷要见的人太多了，排不过来。”

明珠有些生气，道：“这是处理国家大事，我就是不吃不睡，也是要见他们的。”

刘传基拱手道：“明相国日理万机，甚是操劳啊！庸书新到张汧大人幕下，很多地方不懂礼，还望明相国指教。”

明珠摇头客气几句，很是感慨的样子说：“替皇上效力，再辛苦也得撑着啊！皇上更辛苦。我这里先把把关，皇上的担子就没那么重了。”

刘传基连忙点头称是。明珠道：“闲话就不多说了。湖南连年灾荒，百姓很苦，皇上心忧如焚哪！你们巡抚奏请蠲除赋税七十万两，我觉得不够啊！”

刘传基大喜道：“明相国，如果能够多免掉些，湖南百姓都会记您的恩德啊！”

明珠说：“免掉八十万两吧。”

刘传基跪了下来，说：“我替湖南百姓给明相国磕头了！”

明珠扶了刘传基，道：“快快请起！折子你带回去，重新起草。你们想免掉八十万两，折子上就得写一百万两。”

刘传基面有难色，道：“明相国，救灾如救命，我再来回跑一趟，又得两个月。”

明珠道：“这就没有办法了。你重新写个折子容易，可还得有巡抚官印呀！”

刘传基想想，也没有办法，道：“好吧，我只好回去一趟。”

明珠道：“折子重写之后，直接送通政使司，不要再送我这里了。要快，很多地方都在上折子奏请皇上减免赋税。迟了，就难说了。”

刘传基内心甚是焦急，道：“我就怕再回去一趟赶不上啊。”

明珠不再说什么，和蔼地笑着。刘传基只好连连称谢，告辞出来。

安图领着刘传基，又在九曲回廊里兜着圈子。

安图问道：“下面怎么办，你都懂了吗？”

刘传基说：“懂了，明相国都吩咐了。”

安图摇摇头，道：“这么说，你还是不懂。”

刘传基问：“还有什么？安爷请吩咐！”

安图道：“皇上批你们免一百万两，但湖南也只能蠲免八十万两，多批的二十万两交作部费。”

刘传基大吃一惊，道：“您说什么？我都弄糊涂了。”

安图没好气，说：“清清楚楚一笔账，有什么好糊涂的？你们原来那位师爷可比你明白多了。告诉你吧，假如皇上批准湖南免税一百万两，你们就交二十万两作部费。”

刘传基问道：“也就是说，皇上越批得多，我们交作部费的银子就越多？”

安图点头道：“你懂了。”

刘传基性子急躁，顾不得这是在什么地方，直道：“原来是这样？我们不如只请皇上免七十万两。”

安图哼了一声，说：“没有我们家老爷替你们说话，一两银子都不能免的！”

刘传基摇头叹道：“好吧，我回去禀报巡抚大人。”

三日之后，明珠去南书房，进门就问：“陈大人，云南王继文的折子到了没有？”

陈廷敬说：“还没见到哩，倒是收到湖南巡抚张汧的折子，请求蠲免赋税一百万两。”

明珠听着暗自吃了一惊，不相信刘传基这么快就回了趟湖南，肯定是私刻官印了。他脸上却没事似的，只接过折子，说：“湖南连年受灾，皇上都知道。只是蠲免赋税多少，我们商量一下，再奏请皇上。”

夜里，明珠让安图去湖南会馆把刘传基叫了来。原来刘传基担心再回湖南跑一趟蠲免赋税就会落空，真的就私刻了巡抚官印。刘传基自然知道这是大罪，却想那明珠伸手要了二十万两银子，他知道了也不敢说的。

安图领着刘传基去见明珠，边走边数落道：“刘师爷，你也太不懂事了。咱家老爷忙得不行了，你还得让他见你两次！咱老爷可是从来不对人说半句重话的，这回他真有些生气了。”

刘传基低头不语，只顾跟着走。明珠见刘传基进了书房，劈头就骂了起来：“承祖呀，你叫我说你什么好呢？你竟敢私刻巡抚官印，你哪来这么大胆子？张汧会栽在你手里！”

刘传基心里并不害怕，却故意苦着脸道：“庸书只想把差事快些办好，怕迟了，皇上不批了。不得已而为之。”

明珠摇头不止，道：“你真是糊涂啊！你知道这是杀头大罪吗？事情要是让皇上知道了，张汧也会被革职查办！”

刘传基道：“这事反正只有明相国您知道！求您睁只眼闭只眼，就没事。”

明珠长叹道：“张汧是我的老朋友，我是不会把这事禀报皇上的。皇上已经恩准，蠲免湖南赋税一百万两，你速速回湖南去吧。”

刘传基跪下，深深叩了几个头，起身告辞。明珠又道：“承祖不着急，我这里还有封信，烦你带给张河清大人。”

刘传基接了信，恭敬地施过礼，退了出来。安图照明珠吩咐送客，刘传基犹豫再三，吞吞吐吐地说：“安爷，请转告明相国，二十万两部费，我们有难处。”

安图生气道：“你不敢当着咱老爷的面说，同我说什么废话？我正要告诉你哩，部费如今是三十万两了！”

刘传基惊得合不拢嘴，原来明珠抓住他私刻官印的把柄，又多要了十万两银子。刘传基瞪着安图道：“皇上要是只免七十万两，湖南这两年一两银子也不要向百姓要。如今皇上免我们一百万两，我们就得向百姓收三十万两。哪有这个道理？”

安图道：“张河清怎么用上你这么个不懂事的幕僚！别忘了，你私刻官印，要杀头的！”

刘传基本来就是个有脾气的人，他这会儿再也忍不住心头之火，拂袖而出。

第二日，刘传基并不急着动身，约了张鹏翮喝酒。原来刘传基同张鹏翮是同年中的举人，当年在京城会试认识的，很是知己，又一直通着音信。张鹏翮后来中了进士，刘传基却是科场不顺，觅馆为生逍遥了几年，新近被张汧请去做了幕宾。刘传基心里有事，只顾自个儿灌酒，很快就醉了，高声说道：“明珠，他是当朝第一贪官。”

张鹏翮忙道：“承祖兄，你说话轻声些，明珠耳目满京城呀！”

刘传基哪管那么多，大声说道：“我刘某无能，屡试不第，只好做个幕宾。可这幕宾不好做，得昧着良心做事！”

刘传基说着，抱着酒壶灌了起来，又嚷道：“为着巡抚大人，我在明珠面前得装孙子，可是我打心眼里瞧不起他！我回去就同巡抚大人说，三十万两部费，我们不出！”

张鹏翮陪着刘传基喝酒直到天黑，送他回了湖南会馆。从会馆出来，张鹏翮去了陈廷敬府上，把刘传基的那些话细细说了。陈廷敬这才恍然大悟，道：“难怪朝廷同各省的文牒往来越来越慢了！”

张鹏翮道：“现如今我们言官如有奏章，也得先经明珠过目，皇上的耳朵都叫明珠给封住了！陈大人，不如我们密参明珠。”

陈廷敬道：“鲁莽行事是不成的，得先摸摸皇上的意思。平时密参明珠的不是没有，可皇上都自有主张。”

张鹏翮摇头长叹，直道明珠遮天蔽日，论罪当死。

五十二

皇上那日在畅春园，南书房送上王继文的折子。皇上看罢折子，说：“修造大观楼，不过一万两银子，都是由大户人家自愿捐助。准了吧。”

陈廷敬领旨道：“喳！”

皇上又道：“王继文的字倒是越来越长进了。”

陈廷敬说：“回皇上，这不是王在燕的字，这是云南名士阚祯兆的字。”

皇上吃惊道：“就是那个曾在吴三桂手下效力的阚祯兆？”

陈廷敬道：“正是。当年吴三桂同朝廷往来的所有文牒，都出自阚祯兆之手。臣叹服他的书法，专门留意过。”

皇上叹道：“阚祯兆，可惜了。”

陈廷敬说：“阚祯兆替吴三桂效力，身不由己。毕竟当时吴三桂是朝廷封的平西王。”

皇上点点头，不多说话，继续看着折子。

明珠奏道：“启奏皇上，噶尔丹率兵三万，渡过乌伞河，准备袭击昆都伦博硕克图、车臣汗、土谢图汗，且声言将请兵于俄国，会攻喀尔喀。”

皇上长叹一声，道：“朕料噶尔丹迟早会反的，果然不出所料。”

皇上说罢下了炕，踱了几步，道：“调科尔沁、喀喇沁、翁牛沁、巴林等部，同理藩院尚书阿喇尼所部会合。另派京城八旗兵前锋二百、每佐领护军一名、汉军二百名，携炮若干，开赴阿喇尼军前听候节制。”

明珠领了旨，直道皇上圣明。皇上又道：“噶尔丹无信无义，甚是狡恶，各部不得轻敌。粮饷供给尤其要紧，着令云贵川陕等省督抚筹集粮饷，发往西宁。”

明珠领旨道：“喳，臣即刻拟旨。”

皇上沉吟半晌，又道：“徐乾学由户部转工部尚书，陈廷敬由工部转户部尚书。”

陈廷敬同徐乾学听了都觉突兀，双双跪下谢恩。

皇上道：“朕不怕同噶尔丹打仗，只怕没银子打仗。陈廷敬善于理财，你得把朕的库银弄得满满的！”

陈廷敬叩头领旨，高喊了一声“喳”。

陈廷敬同徐乾学择了吉日，先去工部，再到户部，交接印信及一应文书。徐乾学说：“这几年南方各省连年灾荒，皇上给有些省免了税赋；而朝廷用兵台湾，所耗甚巨。如今西北不稳，征剿噶尔丹必将动用大量钱粮。陈大人，您责任重大啊！”

陈廷敬道：“我粗略看了看各清吏司送来的文书、账目，觉着云南、四川、贵州、广西等没有钱粮上解之责的省，库银大有文章。”

徐乾学道：“陈大人，这个猜测我也有过。这些省只有协饷之责，库银只需户部查点验收，不用解送到京，全由督抚支配。我到户部几个月，还没来得及过问此事。”

陈廷敬道：“大量库银全由地方支配，如果监督不力，必生贪污！”

徐乾学含含糊糊道：“有可能，有可能。”

王继文同幕僚阚祯兆、杨文启在二堂议事。杨文启说：“抚台大人，免征铜税是陈子端的主意，修造大观楼陈子端也不同意。陈子端真是个书呆子！”

阚祯兆却道：“抚台大人，我以为皇上准了陈大人的奏请，不征铜税，自有道理。铜税重了，百姓不肯开采，朝廷就没有铜铸钱啊。”

杨文启说：“可是没了铜税，巡抚衙门哪里弄银子去？还想修什么大观楼！”

阚祯兆道：“抚台大人，大观楼不修也罢。”

王继文听任两位幕僚争了半日，才道：“阚公，您可是我的幕宾，屁股别坐歪了呀！”

阚祯兆道：“抚台大人花钱雇我，我理应听命于您。但我做事亦有分寸，请抚台大人见谅！”

杨文启说起风凉话来，道：“同为抚台大人幕宾，阚公为人做事，却是杨某的楷模！”

王继文听出杨文启的意思，怕两人争吵起来，便道：“好了好了，两位都尽心尽力，王某感激不尽。阚公，我王某虽无刘备之贤，却也是三顾茅庐，恳请您出山，就是敬重您的才华。修造大观楼，皇上已恩准了，就不是修不修的事了，而是如何修得让皇上满意！”

阚祯兆只好道：“阚某尽力而为吧。”

王继文命人选了个好日子，携阚祯兆、杨文启及地方乡绅名士在滇池边卜选大观楼址。众人沿着滇池走了半日，处处风光绝胜，真不知选在哪里最为妥当。

王继文说：“皇上恩准我们修造大观楼，此处必为千古胜迹，选址一事，甚是要紧。”

杨文启道：“湘有岳阳楼，鄂有黄鹤楼，而今我们云南马上就有大观楼了！可喜可贺！”

乡绅名士们只道天下升平，百姓有福。阚祯兆却沉默不语，心事重重的样子。

王继文问道：“阚公，您怎么一言不发？”

阚祯兆道：“我在想筹集军饷的事。”

王继文说：“这件事我们另行商量，今日只谈大观楼卜选地址。”

阚祯兆点点头，心思仍不在此处，道：“朝廷令云南筹集粮饷军马从川陕进入西宁，大有玄机啊！”

王继文问：“阚公以为有何玄机？”

阚祯兆道：“只怕西北有战事了。”

王继文说：“我也是这么猜想的，但朝廷只让我们解粮饷，别的就不管了。阚公，您看这个地方行吗？”

阚祯兆抬眼望去，但见滇池空阔，浮光耀金，太华山壁立水天之际，其色如黛。阚祯兆道：“此处甚好，抚台大人，只怕再没这么好的地方了。”

王继文极目远眺，凝神片刻，不禁连声叫好。又吩咐风水先生摆开罗盘，作法如仪。从者亦连连附和，只道是形胜之地。大观楼址就这么定了。

真正叫人头痛的事是协饷。一日，王继文同阚祯兆、杨文启商议协饷之事，问道：“阚公，库银还有多少？”

阚祯兆说：“库银尚有一百三十万两。”

杨文启很是担忧，说：“抚台大人，今后没了铜税，真不知哪里弄银子去。”

阚祯兆道：“只有开辟新的财源了。”

王继文叹道：“谈何容易！”

阚祯兆说：“我同犬子望达琢磨了一个税赋新法，现在只是个草案。改日送抚台大人过目。”

王继文听了并不太在意，只道："多谢阚公操心了。我们先商量协饷吧，朝廷都催好几次了。我云南每次协饷，都是如期如数，不拖不欠，皇上屡次嘉赏。这回，我们也不能落在别人后面！"

阚祯兆说："要在短期内筹足十七万两饷银、十三万担粮食、两千匹军马，非同小可啊！抚台大人，以我之见，不如向朝廷上个折子，说说难处，能免就免，能缓就缓。"

王继文摇头道："不，我从随军削藩之日起，就负责督办粮饷，从未误过事。不是我夸海口，我王某办事干练，早已名声在外，朝野尽知。"

杨文启奉承道："是啊，皇上很器重抚台大人的才干。"

阚祯兆说："抚台大人，我真是没法着手啊！"

王继文想想，道："既然阚公有难处，协饷之事就由文启办理，您就专管督建大观楼。建楼也难免有些繁琐事务，也由文启帮您操持。"

杨文启在旁边点头，阚祯兆却惭愧起来，说："阚某才疏力拙，抚台大人还是放我回家读书浇园去吧。"

王继文笑道："阚公不必如此。您虽然未有功名，却是云南士林领袖，只要您成日坐在巡抚衙门，我王某脸上就有光啊！"

阚祯兆连连摇头："阚某惭愧，实不敢当！"

王继文道："大观楼必为千古胜迹，需有名联传世才是。劳烦阚公梦笔生花，撰写佳联。"

杨文启朝阚祯兆拱手道："文启能为阚公效力，十分荣幸。"

阚祯兆叹道："阚某无用书生，只能写几个字了！"

王继文自嘲道："王某才真叫惭愧，徒有书生之名，又有平藩武功，其实是书剑两无成。听京城里来的人说，皇上看了云南奏折，直夸王继文的字写得好。我无意间掠人之美，真是无地自容！"

王继文虽然直道惭愧，言语间却神色暧昧。阚祯兆自然听明白了，他对名声本来就看得很淡，乐意再做个顺水人情，笑道：

“既然皇上说那是抚台大人的字，就是抚台大人的字。从今往后云南只有抚台大人的字，没有阚某的字。”

王继文正中下怀，却假意道：“不是这个意思，不是这个意思啊！”说罢大笑起来。

五十三

刘传基回湖南见了张汧，不敢先说自己私刻巡抚官印的事儿，连蠲免赋税的事都不忙着说，只赶紧把明珠的信交了。张汧本来惦记着蠲免赋税的事，可他拆开明珠的来信，不由得大喜过望。原来湖广总督出缺，明珠有意玉成张汧。张汧高兴得直在屋里踱步，道：“到底是故旧啊，明相国有好差事总想着我！承祖你知道吗？明相国要保我做湖广总督！”

刘传基忙道了恭喜，心里却愈加沉重。他见张汧这般模样，更不便把蠲免赋税的事马上说出来。他只叹明珠为人贪婪，口蜜腹剑，居然没人看穿！难怪皇上都叫他蒙蔽了！

张汧春风得意，高兴了半日，才想起蠲免赋税的事来。刘传基便一五一十地说了，却仍不敢讲他私刻官印的事。

张汧听着，脸色愈来愈难看，问道：“三十万两？”

刘传基点头道：“正是！”

张汧叹息一声，半日无语。这明摆着是要他拿三十万两银子买个总督做，明珠也太黑了。可天下哪个督抚又不是花钱买来的呢？他当年被皇上特简做了巡抚，私下里少不得也花了银子，却没有这么多啊！

刘传基说：“庸书在京城里探得明白，这在明相国那里，已是多年规矩了。”

张汧说：“规矩我自然知道，可三十万两，也太多了。”

刘传基又道：“所谓侯门深似海，往日只是在书上读到，这回往京城里跑一趟，方知官府家的门难进哪！”

张汧仍是叹息，道：“银子肯定要给的，就少给些吧。十万两，总够了吧？”

刘传基道：“抚台大人，不给三十万只怕不行。”

张汧说：“我明白承祖的意思，不如数给银子，我的总督就做不成。人在官场，身不由己，里头规矩是要讲的。但太昧良心，我也做不来。湖南近几年都遇灾，怎能再往百姓那里摊银子？”

刘传基道：“抚台大人，传基敬佩您的官品，但这三十万两银子您是要给的。”

张汧摇头道：“我体谅你的一片苦心，我这总督做不成就不做罢了，只给十万两！”

刘传基突然跪了下来，流泪道：“抚台大人，传基害了您！”

张汧被弄得丈二和尚摸不着头脑，忙问：“承祖你这是为何？”

刘传基这才说道：“送给明珠大人的折子，都让他一字一句改了，我得重新抄录，却没有官印。我怕来回耽搁，误了时机，免不了赋税，就私刻了巡抚官印。这事让明相国知道了。”

张汧大骇而起，连声高喊：“承祖误我！承祖误我！”

刘传基既愧又悔，说：“我原想，光是为了进明相国的门，就送了上万两银子。明相国开口就要二十万两银子，我想他哪怕知道我私刻官印，料也不会有事。哪知他反过来还多要十万两，变成三十万两！”

张汧跺着脚，连连叹气，直道奈何。过了好一会儿，张汧才道：“承祖你起来，事已至此，你跪着又有何用！如此说，这三十万两银子是一两也少不得了。我刚收到朝廷官文，湖南需协饷十九万两。这里又冒出明相国部费三十万两，银子哪里来！”

刘传基说：“我在京城风闻西北有人反了，可能协饷就为这事。”

张汧这会儿脑子里只想着银子，没在意刘传基说的西北战事，问道：“藩库还有多少银子？”

刘传基回道："八十万两。库银是不能动的。"

张汧道："我们湖南需上交钱粮的有二十三个富县，仍向他们征收吧。没有别的办法啊！"

刘传基道："这几年湖南几乎处处有灾呀！"

张汧道："正常年份，这二十三个富县需负担漕粮十五万担，田赋银九十万两。姑念这两年灾害，今年只征协饷十九万两、部费三十万两，总共四十九万两，比往年还是减少了许多。承祖，没有办法，就这么定了。"

刘传基道："抚台大人，您巡抚湖南几年，深受百姓爱戴。如今百姓有难处，理应体恤才是。再向百姓伸手，会毁大人英名啊！祸由我起，就由我担着好了。抚台大人，我甘愿承担私刻官印之罪，要杀头就杀头，不能害了您！"

张汧缄默良久，摇头道："承祖，你担得起吗？就算砍掉你的头，我这做巡抚的也难逃罪责！"

刘传基痛哭流涕，悔恨交加，只道自己白读了几十年书。张汧也不觉落泪，道："我今后哪怕想做个好官也做不成了！"

五十四

南书房大臣们都去了畅春园侍驾，近日皇上为征剿噶尔丹调兵遣将，甚是繁忙。大臣们不时被叫到澹宁居，问长问短。皇上心思缜密，细枝末节通要过问。大臣们更是警醒，凡是关乎西北的事，不敢稍怠，即刻奏闻。

这会儿，南书房收到几个协饷的折子，明珠便叫上陈廷敬和徐乾学，去了澹宁居面奏皇上。明珠奏道："收到理藩院尚书阿喇尼的折子，奏报云南巡抚王在燕协饷甚是卖力，云南所征饷银、饷粮、军马已全部运抵西宁！阿喇尼专此替王在燕请功。"

皇上大喜，道："朕早就说过，王继文可不是个只会读死书的人，他随军入滇，为平息吴三桂叛乱出过大力的！廷敬哪，这么个当家理财的好巡抚，朕怎么从来没听你说过他半个好字？”

陈廷敬说：“王在燕协饷如此之快，的确出臣意料。臣一直担心云南协饷会有困难。云南本来不富，又兼连年战乱，如今又取消了铜税。臣原本以为，王在燕应奏请朝廷减免协饷才是。”

皇上道：“可人家王继文到底还是如期如数完成协饷了呀。”

陈廷敬说：“臣以为，国朝的好官，既要效忠朝廷，又要爱护百姓。如果只顾向朝廷邀功，不管百姓疾苦，也算不上好官。臣说这话并非评说王在燕。”

皇上非常不快，道：“朕真不知道陈廷敬同王继文的过节打哪儿来的。”

陈廷敬道：“启奏皇上，臣同王在燕没有过节，臣只是据理推测，就事论事。”

皇上知道陈廷敬的话自有道理，但朝廷目前就需要鼓励各省协饷。皇上略作沉吟，便升了王继文的官，道：“着王继文署理云贵总督，仍巡抚云南事务！”

明珠领旨道：“臣即刻拟旨。”

皇上又问：“湖广总督谁去合适？”

明珠道：“九卿会议遵旨议过，拟推湖南巡抚张汧擢补！”

陈廷敬昨日参与了九卿会议，当然巴不得张汧出任湖广总督。可他毕竟同张汧沾亲，会上没有说话。

皇上道：“张汧也是个能办事的人，为官也清廉，准了。”

徐乾学又奏道：“启奏皇上，这里正好有王在燕的折子，大观楼即将落成，奏请皇上御笔题写楼名！”

皇上道：“王继文巡抚云南有功，这千古留名的美事，就让给王继文去做吧。”

王继文升任云贵总督，同僚、属官、幕宾、乡绅自要庆贺一番。这日，巡抚衙门摆了宴席，黑压压地到了上百宾客。王继文高举酒杯，道："我王继文能得皇上赏识，多亏诸公鼎力相助！我这里谢了！"

王继文先举了杯，一饮而尽。众宾客连声道贺，仰首干杯。喝了半日酒，王继文突然发现没见着阚祯兆，便悄声儿问杨文启："咦，怎么不见阚公？"

杨文启道："回制台大人，阚公一早就出门了，没准又在大观楼。"

王继文心里不快，嘴上却道："阚公为大观楼日夜操劳，真是辛苦了。"

杨文启说："制台大人，庸书说句难听的话，他阚祯兆也太清高了！这么大喜的日子，他再忙也要喝杯制台大人的喜酒才去嘛！"

王继文拍了拍杨文启的肩膀说："文启不可这么说，阚公不拘礼节，正是古名士之风。这里且让他们喝着，你随我去大观楼看看。"

王继文同杨文启出了巡抚衙门，策马去了滇池之滨。远远地望见大观楼，王继文颇为得意，心想自己平生功业将以此楼传世，真可以名垂千古！到了大观楼下，见两个衙役站在楼外，躬身道："制台大人，阚公吩咐，谁也不许上去。"

王继文回头道："文启在这里候着吧，我上去看看。"

王继文独自上得楼来，只见阚祯兆一手捧着酒壶，一手挥毫题写：大观楼。

阚祯兆自个儿端详半日，略为点头，又笔走龙蛇，写下一副对联：

天境平涵，快千顷碧中，浅浅深深，画图得农桑景象。

云屏常峙，看万峰青处，浓浓淡淡，回环此楼阁规模。

阚祯兆全神贯注，不知道王继文已悄悄站在他身后了。王继文不由得又是摇头又是点头，拊掌道：“好，好，好字好联啊！”

阚祯兆回头望望王继文，并不说话，仰着脖子喝了口酒，又提笔写道：云南巡抚王继文撰联并题。

王继文故作吃惊，望着阚祯兆道：“阚公，不可不可，如此沽名钓誉的事，王某不敢做，恐后人耻笑。”

阚祯兆满口酒香，哈哈笑道：“阚某不过山野村夫，不会留名于世的。后人只知有制台大人，不会知道有我阚某。”

王继文闻得此言，朝阚祯兆深深鞠了一躬，道：“阚公美意，继文多谢了！请阚公受我一拜！”

阚祯兆已是酩酊大醉，似笑非笑地望着王继文，也没有还礼，仍端着酒壶狂饮。一群白鸥从楼前翩然飞过，渐渐远去。

五十五

皇上在乾清门听政，陈廷敬上了折子奏道：“臣以为，没有上解库银之责的省份，每年税赋收入只需户部派员查验，全由地方自行支配。这个办法已执行多年，倘若监督不力，必生贪污。因此，臣奏请皇上准予户部随时查验各省库银！”

皇上道：“陈廷敬的担心似乎亦有道理，只是朕不想做个无端猜忌的皇上。督抚都是朕亲点的，朕岂能不信任他们？”

陈廷敬道：“国有国法，家有家规。倘若皇上把户部查验地方库银作为例行之规，也就名正言顺了。”

皇上问明珠：“明珠，你以为如何？”

明珠道：“子端的提议出自公心，无可厚非。只是挨个儿查起来，难免弄得人心惶惶。臣以为此事应该谨慎。”

皇上似有不快，道：“明珠说话越来越模棱两可了。”

陈廷敬又道：“督抚亏空库银的事过去也是发生过的，都因监督不力。与其等到出了事再去查办官员，倒不如先行查验，敲敲警钟。法之为法，要紧的是不让人犯法。”

皇上听了陈廷敬这番话，微微点头。徐乾学见皇上点了头，忙道：“启奏皇上，子端奏请之事，正是臣在户部任上想做而没来得及做的。臣以为此法当行。”

皇上道：“好吧，朕准陈廷敬所奏。你想从哪个省查起？”

陈廷敬道：“回禀皇上，臣打算先查云南。”

皇上脸色骤变，道：“啊？先查云南？好啊，陈廷敬，朕到底看出来了。朕赏识王继文，刚升了他云贵总督，你就偏要查云南。你不给朕安上个失察的罪名，心里就不舒坦！”

陈廷敬忙叩头道：“启奏皇上，臣无意逆龙鳞犯天威。臣以为查王在燕理由有三条：倘若王在燕聚财有方，可为各省借鉴，朝廷库银将更加充足，此其一也。倘若云南真的富裕，就应担负上解库银之责，可为朝廷出更大的力，此其二也。万一王在燕玩了什么花样，就该及早阻止，免得酿成大祸，此其三也。”

皇上叹道：“朕尽管心里很不痛快，还是准予户部去云南查验。既然如此，陈廷敬就亲赴云南吧。”

陈廷敬领旨谢恩。

大观楼的匾额和对联刚挂了上去，鞭炮声震耳欲聋。几个读书人扯着喉咙同王继文攀谈，都说制台大人的书法、联句与大观楼同成三绝，制台大人不愧为天子门生，真是云南士林楷模。王继文听着很是受用，连连点头而笑，请各位上楼览胜。众人都想凑在前头同王继文套近乎，阚祯兆却故意落在人后。

上了大观楼，却见这里早已布置好酒席。王继文招呼大家入座，道：“云南清明太平，百姓叫好，都因诸位同心协力。没有你们帮衬着，我王某纵有三头六臂，也是不成事的。今日趁这大观楼落成典礼，本官略备菲酌，请诸位尽兴！来，干了这杯酒！”

豪饮半日，几个读书人就风雅起来。有人说道：“今日会饮大观楼，实乃盛事，应有诗文记述盛况。制台大人为云南士林领袖，必有美文佳句，可否让学生开开眼界？”

又有人说：“制台大人的书法可是卓然一家啊！”

王继文谦虚道：“阚公在此，本官岂敢班门弄斧！”

阚祯兆喝着酒，听王继文说起他，忙说：“制台大人过谦了。阚某已是老朽，早江郎才尽了。制台大人是文韬武略之全才，深得皇上宠信。制台大人为云南士林领袖，实至名归。”

王继文高举酒杯，道：“今日我们只管喝酒，饱览滇池胜景，客气话就不再说了。来来，喝酒！”

正在兴头上，一个小吏走到阚祯兆面前，耳语几句，交给他一封信函。阚祯兆起身走到外面廊檐下，拆信大惊，道：“快请制台大人出来说话。”

小吏应声进去，伏在王继文耳边密语。王继文放下筷子，说：“各位请喝好，兄弟去去就来。”

王继文赶紧来到廊檐下，直问阚公何事。阚祯兆说：“制台大人，明相国来了密信，朝廷已派陈子端大人赶来云南，查验库银。”

王继文看着明珠的信，心跳如鼓，甚是慌乱，脸上却只作没事似的，说：“阚公，暂且放下，我们进去喝酒吧。”

阚祯兆说：“您不着急，我可替您着急啊！”

王继文摆摆手，道：“急也没用，先应付了今日场面再说吧。走，进去喝酒！”

王继文心里有事，更是豪饮，喝得大醉。夜里，阚祯兆守在王继文府上客堂里，三番五次问制台大人酒醒了没有。家人只道还没有哩，正说着胡话哩。王继文的夫人急得没法子，守在床边催着：“老爷您醒醒，阚公一直等着您哪！”

王继文哪里听得见夫人说话，只顾胡言乱语：“陈子端他查呀，老子怕他个屁！云南天高皇帝远，吴三桂能在这儿同皇帝老子分庭抗礼三十多年，我王某就不能自雄一方？”

夫人吓坏了，告祖宗求菩萨的，道：“老爷求您快别胡说了，这话传出去可是杀头的啊!”

王继文直睡到第二日早上，酒才醒来。听夫人说阚祯兆在客堂里候了个通宵，忙从床上爬起，说：“怎可怠慢了阚公，为何不叫醒我呢?”

王继文草草洗了把脸，匆匆来到客堂，见阚祯兆已窝在椅子里睡着了。他放轻脚步，阚祯兆却闻声醒来。

王继文拱手道：“阚公呀，我真是失礼。不承想就喝醉了!”

阚祯兆望望王继文的家人，王继文会意，道：“你们都下去吧。”

王继文等家人们退下，才道：“大事不好，阚公，您替我想个法子吧。”

阚祯兆问道：“制台大人，我不知道您到底有什么麻烦。”

王继文奇怪地望着阚祯兆，问道：“阚公真不知我有什么麻烦，您为何急成这样?”

阚祯兆说：“水至清则无鱼。不论哪省巡抚衙门，只要朝廷想查，总会查出事来的。我急的是这个。”

王继文点点头，叹道：“阚公所言极是。陈子端是来查库银的，我们云南库银账面上尚有一百三十多万两，实际库存只怕没这么多。”

阚祯兆问道：“这是为何?”

正说着，杨文启进来了。王继文请杨文启坐下，说道：“阚公您是知道的，云南过去靠朝廷拨银两，撤藩之后不拨了，虽说不需上解朝廷库银，但协饷每年都不能少。我王继文之所以受皇上恩宠，就因能办事。我每年协饷都不敢落于人后。”

阚祯兆这下明白了，问：“所以您就挪用了库银?”

王继文低头叹道：“正是!”

阚祯兆急得直拍双膝，道：“这可是大罪啊!”

王继文说：“我原本想，各省库银朝廷不会细查，我一则可以拆东墙补西墙，二则今后设法增加税赋来填补，朝廷不会知道的。”

阚祯兆问：“藩库里的银子，到底还有多少，制台大人心中有数吗？”

王继文望望杨文启，杨文启说：“估计还有四十万两。”

阚祯兆惊得合不拢嘴：“天哪，差九十万两？制台大人，我替您效力快三年了，您可从来没有向我交过底啊！”

王继文摇头道：“王某惭愧！我知道阚公是个正直人，不敢让您知道这些事情。”

阚祯兆长叹一声，说：“如此说来，制台大人只是把阚某当个摆样。”

王继文道：“圣人有言，君子不器。阚公您是高洁清雅之士，钱粮俗务都是杨文启在操办。”

阚祯兆说：“好个君子不器！既然如此，你三番五次请我到巡抚衙门里来干什么！”

王继文道：“王某坦言，巡抚衙门有了阚公就有了清誉。我虽然把您请进来做幕宾，但官场总得按官场的规矩来做。”

阚祯兆甚是愤然，却禁不住哈哈大笑，道：“我阚某自命聪明，不料在制台大人面前却是个聋子、瞎子、摆设！想那吴三桂，对朝廷不忠不义，对我阚某却是至诚至信。”

王继文羞愧道：“阚公切勿怪罪，王某不是有意相欺！还请阚公万万替我想个法子，暂且躲过此难。日后您怪我骂我都行。”

阚祯兆起身道：“制台大人既然另有高明相托，您还是让我回家去吧。”

王继文站起来央求道：“真正遇临大事，非阚公不可。阚公不能见死不救啊！”

阚祯兆拱手道：“制台大人，您还是让我遁迹江湖算了。不然，等陈子端到了，我知情不报，有负朝廷；实情相告，有负制台大人。”

阚祯兆说罢，拂袖而去。

陈廷敬的马车快近昆明，天色渐晚。他吩咐不去巡抚衙门打扰了，就在官驿住下。马明飞马前去，没多时打探回来，说进城处就是盐行街，官驿也正在那里。十几个人都是百姓打扮，径直往盐行街去。珍儿男子打扮，仗剑骑马，随着陈廷敬马车走。刘景支吾道："老爷，我同马明有个不情之请。"

陈廷敬问："什么不情之请？说吧！"

刘景望着马明，马明只是笑。两人都不敢说，望望珍儿。

珍儿笑道："他俩呀，想请老爷教他们下象棋！"

陈廷敬听了很是高兴，道："你们感兴趣？好啊，我正愁出门没人陪我下棋哪！"

大顺笑了起来，说："他俩哪是什么感兴趣啊，是稀罕皇上赐的玻璃象棋，说那不知是怎么做的，光溜光溜，清凉清凉。"

陈廷敬哈哈大笑。说话间到了盐行街，但见铺面林立，多是盐行、钱庄、茶庄、客栈。陈廷敬掀帘望去，却见店铺少有几家开门的，甚是奇怪。

马明说："刘景兄，店铺这么早就关门了？"

刘景道："我也不明白，兴许是此地风俗。"

马明说："盐行、钱庄早些关门还说得过去，客栈怎么也早早关门？正是鸟投林人落店的时候啊。"

到了官驿前，陈廷敬等落车下马。驿丞听得动静，出门打望。

刘景问："官爷，我们可否在贵驿留宿一晚？"

驿丞问："不知你们是哪方贵客？"

马明道："我们是生意人。"

驿丞拱手道："这是官驿，只留宿官差，生意人不敢留宿，对不住了。"

刘景说："客栈都关门了，我们没地方可去啊。"

驿丞很为难的样子，说："我实在没有办法。"

马明道："我们没地方可住，官爷，您就请行个方便吧。"

大顺说："我们照付银钱就是。"

任他们七嘴八舌，驿丞只是不肯通融。珍儿刺地抽出剑，朝剑上吹了口气，也不望人，只问："你是驿丞吧？"

驿丞抬眼望了一下马背上这位白脸侠士，慌忙说："在下正是。"

珍儿把剑往鞘里哐地送了进去，道："你是驿丞就做得了主。我们进去吧，就住这里了。"

驿丞见这势头，不敢再多说，只得点头道："好吧，各位请进吧。"

见珍儿这般做派，陈廷敬忍俊不禁，笑了起来。陈廷敬回头问驿丞："敢问驿丞如何称呼？"

驿丞道："在下唤作向保！"

陈廷敬哦了一声，背着手进了驿站。驿站里没啥好吃的，都草草对付了，回房洗漱。陈廷敬让珍儿叫了刘景、马明过来，吩咐道："我们出去走走。这盐行街是昆明去往京城的要道，铺面林立，应是十分热闹的地方，如今却如此冷清，必有蹊跷。"

陈廷敬领着珍儿、刘景、马明、大顺出了驿站，天已完全黑下来了。铺面前的灯笼都熄着，大顺说："黑灯瞎火的，真不对劲儿！"

没有灯火，却反衬得月朗天清。陈廷敬不说话，往前随意走着。忽听不远处传来幽幽乐声。

刘景问："这是吹的什么呀？从来没听见过。"

陈廷敬倾耳而听，道："我也没听过，可能就是人们说的葫芦丝吧。"

循声而去，便到一个园子门前，却见园门关着。刘景刚想敲门，又怕惊着正在吹乐的人，试着轻轻一推，门居然开了。

陈廷敬犹豫片刻，轻手轻脚进了园子。月色下，但见庭树古奇，有亭翼然。亭内有人正低头吹着一样葫芦状的乐器，声音婉转幽细。陈廷敬停下脚步，正要好好欣赏，猛然间只听得唰的一声抽刀的声音，十几条汉子不知从哪儿一闪而上，围了过来。珍儿见状刺地抽出剑来，闪身跳到吹乐人前面，拿剑抵住他的脖子。那人并不惊慌，乐声却停了。

那人声音低沉，问道：“你们是什么人呀？”

陈廷敬忙说：“我们是外乡人，打北边来。听得先生吹的乐器，我未曾见识过，忍不住想进来看看，并非有意打扰先生。珍儿，快把剑拿开。”

那人道：“原来只为听葫芦丝啊！”

陈廷敬又道：“珍儿，快把剑拿开。”

珍儿喊道：“叫他们的人先退下。”

大顺道：“老爷，果然是葫芦丝哩，您猜对了。”

那人说：“如此说，还真是为听葫芦丝来的。你们都下去吧。”

家丁们收刀而下，珍儿也收了剑。那人站了起来，说：“我们这里民风蛮悍，做生意十分不易，家中定要有壮士看家护院。失礼了，失礼了。”

陈廷敬拱手道：“哪里哪里，原是我们打搅了！”

那人客气起来，道：“既然来了，各位请入座吧。看茶！”

陈廷敬坐下了，珍儿等都站在旁边。说话间有人倒茶上来，陈廷敬谢过了，道：“在下姓陈，来云南做茶叶、白药生意。敢问先生尊姓大名？”

那人道：“在下阚望达，世代盐商，到我手上已传五世。”

陈廷敬道：“先生姓阚？原来是阚祯兆先生的本家。”

阚望达欠了欠身子，道：“阚老先生是云南名士，晚生只知其名，并无交往。”

陈廷敬说：“阚先生的人品学问，尤其是他的书法，可是名播京师。”

阚望达道：“晚生也仰慕阚先生，没想到他老人家的大名，你们北方人都知道。”

陈廷敬笑道：“阚先生被云贵总督、云南巡抚王在燕大人尊为幕宾，天下人都知道啊。”

阚望达道："据我所知，早在半年前，阚先生便辞身而去，退隐林泉了。"

陈廷敬惊问道："原来这样？"

这时，阚家管家过来道："大少爷，时候不早了，老夫人吩咐，您得歇着了。"

阚望达说："我今日遇着贵客，想多聊几句。"

管家又说："大少爷，老爷吩咐过，您不要同……"

阚望达打断管家的话，说："知道了，你去吧。"

陈廷敬便道："阚公子早些歇着吧，我们不打搅了。"

阚望达道："不妨，且喝了茶再走。"

陈廷敬说："我们今儿来时，天色还不算太晚。我本想赶早找几家店打听打听生意，却见店铺早早就关门了。"

大顺插话说："就连客栈都关门了，奇怪。"

阚望达笑道："我也不好说。生意是人家自己的事，店门早关晚关，也没有王法管着。"

陈廷敬问："您家的店铺也早早关了吗？"

阚望达笑道："大家都早早关了，我不敢一枝独秀啊，只好也关了。"

陈廷敬道："那倒也是。"

大顺见阚望达说话有些吞吞吐吐，便道："我家老爷诚心讨教，可阚公子说话却总绕弯子。"

阚望达抬眼道："这位兄弟说话倒是直爽。"

陈廷敬便道："大顺不得无礼。"

阚望达又问："客栈都关门了，你们住在哪里？"

陈廷敬说："我们住在官驿。"

阚望达警觉起来，问："官驿？你们是官差？"

陈廷敬说："我们是生意人。"

阚望达说："官驿可不留宿生意人啊。"

大顺道："我们死缠硬磨，答应多给银钱，官驿才让我们住的。”

阚望达点点头，仍是疑惑。刘景说：“阚老板，我们觉着昆明这地方，总有哪儿不对劲啊。”

阚望达哈哈大笑，说：“天南地北，风物迥异，肯定觉着大不一样啊。就说这葫芦丝，你们北方人听都没听说过！”

大顺道：“你看，阚老板又打哈哈绕弯子了。”

阚望达听了，愈发哈哈大笑。陈廷敬顺手拿起石桌上的葫芦丝，就着月光，仔细看着。

阚望达问：“先生感兴趣？”

大顺说：“我家老爷可是琴棋书画，无所不精！”

阚望达忙拱手道：“失敬，失敬！”

陈廷敬笑道：“哪里，您别听他瞎吹。我可否试试？”

阚望达说：“先生您请。”

陈廷敬试着吹吹，没多时便吹出了曲调。阚望达甚是佩服，点头不止。珍儿瞟了眼阚望达，一脸的傲气。

夜色渐深，陈廷敬道了打搅，起身告辞。阚望达送客到园门口，道：“幸会幸会！你们在昆明如有不便，找我就是。”

陈廷敬道：“谢了，若有要麻烦您的地方，我就不讲客气了。”

陈廷敬往回走时，方看出刚才进去的是阚家后院，正门另外开着。

回到驿站，陈廷敬百思不解，道：“昆明的确太安静了。”

珍儿说：“老爷，那阚望达言辞闪烁，您怎么不细问下去？”

陈廷敬说：“一不是公堂之上，二又不知阚望达底细，如何细问？我们得慢慢儿摸。”

马明说：“我看这阚望达倒像个知书达理的儒生。”

刘景道：“未必！我们当年在山东德州遇着的朱仁，在山西阳曲遇着的李家声，不都是读书人吗？结果怎么样？恶霸！”

马明问道：“陈大人，您猜王在燕知道您到昆明了吗？”

陈廷敬说：“他哪会不知道！我一路便装而行，只是为了少些应酬，快些赶路，并没有效仿皇上微服私访的意思。人过留名，雁过留声，所谓微服私访都是假的！”

陈廷敬说话间，无意中望见墙角的箱子，似觉有些异样。珍儿上前打开箱子看看，道：“老爷，好像有人动过箱子哩。”

陈廷敬忙问：“象棋还在吗？”

珍儿说：“象棋还在。”

陈廷敬松了口气，说：“御赐象棋还在就没事。不过几套官服，他动了也白动，还敢拿去穿不成？王在燕肯定知道我来了。”

刘景说：“王在燕知道您来了，却装作不知道，肯定就有文章了。”

马明说：“是啊，当年去山东，巡抚富伦也装作不知道您来了，结果怎样？”

陈廷敬说：“不要先把话说死，也不要急着去找王在燕。明儿珍儿跟大顺陪我去游滇池，刘景、马明就在昆明城里四处走走。”

珍儿听说游滇池，甚是高兴，道：“那可是天下名胜啊！太好了！”

五十六

翌日，刘景、马明去盐行街看看，店铺都关着门。刘景道：“日上三竿了，怎么店铺还没开门呢？”

马明说：“传闻南方人懒惰，也许真是民风如此。”

却见有家叫和顺盐行的铺面开着门，仔细瞧瞧，原来这家铺子同昨日进去的那个园子连着，肯定就是阚家的了。

马明说：“进去看看？”

刘景说：“不去吧，免得人家疑心。”

两人正在犹豫，里面却走出个黑脸汉子，凶着脸问话：“你们鬼鬼祟祟，什么人？”

刘景道："这就怪了，我俩站在街上说话，关你什么事了？"

黑脸汉道："站远些说去，别站在店门口！"

马明道："不许别人在你们门口停留，你们做什么生意？你们这是盐行，又不是皇上禁宫！"

黑脸汉很是蛮横，道："关你屁事！"

两人离开和顺盐行，继续往前走。刘景说："昨夜我们见着阚望达，可是位儒雅书生呀。"

马明道："未必我们又碰着假模假样的读书人了？"

他俩正说着，忽听得喧哗之声，原来一些衙役正在擂门捶户。和顺盐行对面的大理茶行门开了，伙计打着哈欠问道："干啥呀？"

衙役大声喊道："快快把店门打开！从今日起，各店必须卯时开门，不得迟误！"

伙计说："没有生意做，开门干什么？"

衙役喝道："不许胡说，当心吃官司！"

只见衙役们一路吆喝过去，店门一家一家开了。

刘景说："我还以为王在燕怕店家乱说话，不许他们开门哩，原来是没有生意。"

马明说："王在燕强令店家开门，原来是做给钦差看的！可怎么会没有生意呢？"

两人已走到了盐行街尽头，刘景道："我俩上大理茶行去坐坐，那里正好对着和顺盐行。"

大理茶行里头空荡荡的，货柜上稀稀落落放着些普洱茶饼。伙计见了客人，忙递上茶来，道："两位客官，请喝口茶吧，生意是没法做。"

刘景问："我们想要普洱茶，为什么你们有生意不做？"

伙计道："二位看看我们这店，像做生意的吗？没货！"

马明问："云南普洱茶，天下绝无仅有，怎会没货呢？"

伙计摇头道："整条街上，已经三四个月没做生意了！"

这就奇怪了，刘景赶紧问道："为什么呀？"

伙计支吾道："我们不敢多说，怕吃官司。"

马明道："做生意，怎么会吃官司？"

伙计道："不敢说，我们不敢说。"

刘景道："如此说，我们这回来云南，空跑一趟啰？"

伙计说："你们要是做盐生意，可去和顺盐行看看。整条盐行街，只有阚家还能撑着。"

马明问："为何单单阚家还能做生意？"

伙计悄声儿道："阚家阚祯兆老爷是巡抚衙门里的人，他家当然不一样！"

刘景、马明二人听了，甚是吃惊。伙计掀起竹帘，说："你们看，整条街冷火秋烟，只有和顺盐行门前车来车往。"

刘景、马明透过竹帘望去，果然见几辆马车停在阚家铺子门口。

伙计又道："二位上他家去可得小心啊。"

刘景问："小心什么？"

伙计说："阚家少当家阚望达，一个白面书生，我们谁也看他不懂。前不久，他家突然新雇了百十号家丁，个个都是好身手。"

这里正说着，突然听得阚家门前哄闹起来。伙计望望外头，说："准是福源盐行大少爷向云鹤又来闹事了。向云鹤本是阚望达的同窗好友，近日隔三岔五到和顺行门前叫骂。"

刘景起身说："马兄，我们看看去！"

伙计道："二位，阚家门前的热闹可不是好看的，你们可要当心啊！"

和顺盐行前面渐渐围了许多人，刘景、马明站在人后观望。

向云鹤在和顺盐行铺前高喊道："阚望达，你给我滚出来！"

那个黑脸汉子叉腰站在铺门前，道："向云鹤，我们东家念你是同窗好友，不同你计较，你为何每日来此撒野？"

向云鹤喊道："阚家坑害同行，独霸盐市，豢养恶奴，欺小凌弱，真是丧尽天良！"

黑脸汉凶狠地说：“你满口疯话，小心你的狗头！”

这时，阚家管家出来，同黑汉耳语几句。黑脸汉放缓语气，对向云鹤说：“向公子，我家少爷请你里面说话。”

向云鹤道：“我才不愿踏进阚家门槛，阚望达有种的就给我滚出来！”

黑脸汉再没说话，只做了个手势，便有几个汉子拥上来，架走了向云鹤。向云鹤拼命挣扎着，喊道：“你们休得放肆！”

马明道：“刘景兄，我们又碰上恶霸了。进去救人！”

刘景说：“不忙，先看看动静。”

两人回到大理茶行，喝了几盅茶，忽听外头又哄闹起来。掀帘看时，却见向云鹤满身是血，叫人从阚家里头抬了出来。

马明急了，责怪刘景，说：“我说要出事的，你还不信！”

刘景也慌了，道：“看来阚家不善，我们快去报告老爷！”

陈廷敬来到滇池，但见一位老者正在水边钓鱼。此人正是阚祯兆。他身着白色粗布褂子，一顶竹笠，须发飘逸，宛如仙君。

陈廷敬上前拱手道：“和风丽日，垂钓林下，让人好生羡慕呀！老先生，打搅了！”

阚祯兆头也不回，应道：“村野匹夫，钓鱼只为糊口，哪里顾得上这满池波影，半池山色！”

陈廷敬哈哈大笑道：“听先生说话，就不是靠钓鱼为生的人。在下刚打北边来，对云南甚是生疏，可否请教一二？”

阚祯兆眉宇稍稍皱了一下，似有警觉，道：“老朽孤陋寡闻，只知垂钓，别的事充耳不闻，没什么可以奉告呀！”

陈廷敬说：“两耳不闻窗外事的人，说不定心里恰恰装着天下事。”

阚祯兆这才回头望望陈廷敬，问道：“不知先生有何事相问？”

陈廷敬道：“云南风物、官场风纪，我都想知道。”

阚祯兆暗自吃惊，问道：“官场风纪？难道您是官差？敢问大人尊姓大名，老朽该如何称呼？”

陈廷敬笑道：“本人姓陈名敬，是个生意人。生意人嘛，怎可不问官场上的事？请教先生尊姓大名。”

阚祯兆便猜着这人就是陈廷敬了。陈廷敬原名陈敬，当年被顺治皇帝赐名，早已是士林美谈。

阚祯兆答道：“老儿免贵姓阚，您叫我阚老头子便是！”

大顺在旁说道：“真是巧了，昨儿一进昆明就遇着位姓阚的，今儿又遇着一位。”

陈廷敬也猜着此人就是阚祯兆，便说：“我倒是知道贵地有位阚祯兆先生，学问书法十分了得，我是倾慕已久啊。”

阚祯兆却说：“老儿还真没有听说过这位本家。”

陈廷敬并不把话挑破，只说：“阚祯兆先生的大名可是远播京师，您这位本家反倒不知道啊！”

阚祯兆说：“惭愧惭愧！”

这边珍儿同大顺悄悄说话：“大顺，敢情姓阚的人说话都这么别扭？”

陈廷敬也不管阚祯兆乐不乐意，就在他近处的石头上坐了下来。攀谈半日，阚祯兆方才讲到云南官场人事，道：“王在燕任巡抚这几年，云南还算太平，百姓负担也不重。只看这太平日子能过多久。”

阚祯兆同陈廷敬说着话，眼睛却只望着水里的浮标。陈廷敬问：“阚先生是否看破什么隐情？”

阚祯兆笑道：“我一个乡下糟老头子，哪有那等见识？只是空长几十岁，见过些事儿。当年平西王吴三桂镇守云南，头几年百姓的日子也很好过啊。”

正说着话，忽听后面又有人声。回头一看，原来是王继文赶到了。王继文匆匆上前，朝陈廷敬拱手而拜：“云贵总督、云南巡抚王继文拜见钦差陈大人！恭请皇上圣安！”

陈廷敬忙站起来还礼：“见过制台王大人。皇上龙体康健，皇上想着你们哪！”

阚祯兆也站了起来，微微向陈廷敬低了头，道：“原来是钦差大人，老儿失礼了。”

王继文心下大惊，却只当才看见的样子，说：“哦，阚公也在这里！”

陈廷敬故意问道：“哦，你们认识？”

王继文刚要开口，阚祯兆抢先说话了：“滇池虽水阔万顷，来此垂钓者并不太多。巡抚大人有时也来垂钓，因此认得老儿。”

王继文听阚祯兆这么一说，忙借话搪塞：“正是正是，下官偶尔也来滇池垂钓，故而认识阚公。”

这时，刘景、马明飞马而至。刘景道：“老爷，我们有要事相报！”

陈廷敬问：“什么事如此紧急？”

马明望望四周，道：“老爷，此处不便说话。”

王继文忙说：“钦差大人，下官后退几十步静候！”

陈廷敬便道：“好，你们暂且避避吧。”

王继文边往后退，边同阚祯兆轻声说话：“阚公，您可是答应我不再过问衙门里的事啊！”

阚祯兆说：“老朽并没有过问。”

王继文说：“陈大人昨夜上和顺盐行同贵公子见面，今日又在此同您会晤，难道都是巧合？”

阚祯兆道：“老夫也不明白，容老夫告辞！”

阚祯兆扛着钓竿，转身而去。望着阚祯兆的背影，王继文心里将信将疑，又惊又怕。回头一看，又不知刘景、马明正向陈廷敬报告什么大事，心中更是惊慌。

陈廷敬听了刘景、马明之言，心里颇为疑惑。难道阚家真是昆明一霸？阚祯兆名播京师，世人都说他是位高人雅士啊。

刘景见陈廷敬半日不语，便道：“我俩眼见耳闻，果真如此。”

马明说：“我还真担心向云鹤的死活！”

陈廷敬略作沉吟，说：“你们俩仍回盐行街去看看，我这会儿先应付了王在燕再说。”

陈廷敬打发两人走去了，便过去同王继文说话。王继文忙迎了上来，说：“钦差大人，云南六品以上官员都在大观楼候着，正在等您训示。”

陈廷敬笑道：“我哪有什么训示！我今日是来游滇池的。听说大观楼气象非凡，倒是很想去看看。”

一时来到大观楼，见楼前整齐地站着云南六品以上官员。王继文喊了声见过钦差陈大人，官员们齐声刷袖而拜。陈廷敬还了礼，无非说了些场面上的话，便请大家随意。

陈廷敬这才仰看楼阁，但见“大观楼”三字笔墨苍古，凌云欲飞。陈廷敬朝王继文拱手道：“制台大人，您这笔字可真叫人羡慕啊！”

王继文连连摇头：“涂鸦而已，见笑了。”

陈廷敬复又念了楹联，直夸好字佳联。王继文便道：“献丑了！钦差大人的书法、诗文在当朝可算首屈一指。早知道钦差大人会来云南，这匾额、对联就该留着您来写。”

陈廷敬摇头道：“岂敢岂敢！这千古留名的事，可是皇上赐予您的，别人哪敢掠美？”

王继文便拱手朝北，道：“继文受皇上厚恩，自当效忠朝廷，肝脑涂地，在所不惜！”

上了楼，陈廷敬极目远眺，赞叹不已，道：“您看这烟树婆娑，农舍掩映，良田在望，正是制台大人对联里写到的景象！”

王继文说：“滇池之美，天造地设，下官纵有生花梦笔，也不能尽其万一。”

陈廷敬想着自己家乡山多林密，可惜少水。这滇池胜景人间罕见，又是四季如春，真赶得上仙境了。陈廷敬回身，见廊柱上也有王继文题写的对联，便道：“制台大人，您的字颇得阚祯兆先生神韵啊！”

王继文有些尴尬，便道：“钦差大人目光如炬啊！阚祯兆先生是云南名流，他的书法誉满天下。阚公曾为下官幕宾，同他终日相处，耳濡目染，下官这笔字就越来越像他的了。钦差大人的字取法高古，下官惭愧，学的是今人。”

陈廷敬笑道：“制台大人这么说就过谦了。古人亦曾为今人，何必厚古薄今呢？”

王继文直道惭愧，摇头不止。下了楼，王继文说：“钦差大人，轿子已在楼下恭候，请您住到城里去，不要再住驿馆了。”

陈廷敬道：“驿馆本来就是官差住的，有什么不好？”

王继文说：“那里太过简陋，下官过意不去啊！”

陈廷敬笑道：“制台大人不必客气，三餐不过米面一斤，一宿不过薄被七尺，住在哪里都一样。”

王继文见陈廷敬执意要住在驿馆，便不再多说了。回城的路上，却见刘景、马明策马过来。刘景下马走到陈廷敬轿边，悄声儿说：“回陈大人，阚望达已被巡抚衙门抓走了！”

陈廷敬问：“向云鹤呢？”

马明说：“向云鹤被抬回家去了，死活不知。”

王继文隐约听得陈廷敬他们在说阚望达，知道瞒不过去，便道：“看来钦差大人刚到云南，就对阚望达有所耳闻了。阚望达豢养恶奴，欺行霸市，同行愤恨，屡次到巡抚衙门联名告状。今日他又纵容家丁行凶，打伤同行商人向云鹤。刚才在滇池边，下官接到报信，立即着人将阚望达捉拿，不承想惊动了钦差大人。”

陈廷敬问：“听说和顺盐行的东家，就是制台大人原来的幕僚阚祯兆？”

王继文叹道：“下官不敢再让阚祯兆做巡抚衙门的幕僚，正为此事。不过，这都是阚祯兆的儿子阚望达做的事，玷污了他父亲的清誉，真是让人痛心！请钦差大人放心，此案我自会查个水落石出，秉公办理！”

陈廷敬道：“好吧，这事我不过问。制台大人，皇上命我来云南查看库银，纯属例行公事，并没有其他意思。朝廷已把查看各省库银定为常例，有关省份都要查看的。”

王继文道：“下官知道，钦差大人只管清查，需下官做什么的，但请吩咐！”

陈廷敬却是说得轻描淡写，道：“此事简单。请制台大人先把库银账目给我看看，我们再一道去银库盘存，账实相对，事情就结了。”

王继文说：“我马上吩咐人把账本送到官驿！”

夜里，陈廷敬看着账簿，珍儿同大顺在旁伺候。

大顺说：“我总觉得盐行街不对劲儿。店铺林立，却没人做生意。原来还有阚家的和顺盐行做生意，这会儿和顺盐行也关门大吉了。”

陈廷敬想那阚家的事委实蹊跷，只是不知症结所在。

又听珍儿在旁边说：“老爷，我觉着制台大人也有些怪怪的。”

陈廷敬问：“怎么怪怪的？”

珍儿说：“我在您背后一直看着制台大人，他的脸阴一阵阳一阵。您在大观楼看他写的字，我瞧他大气都不敢出。等您夸他字写得好，他才松了口气。后来您说他的字很像阚祯兆的字，他又紧张了。”

陈廷敬哈哈大笑，说：“那字本来就不是他写的，是阚祯兆写的。”

珍儿吃惊道：“原来老爷一眼就看出来了？”

陈廷敬说：“读书人都能一眼看出来。”

珍儿说：“王继文也是读书人，他怎么可以请别人写字，自己留名？”

陈廷敬说：“读书人跟读书人，也不一样。”

大顺乐了，笑道：“这么说，我要是做了大官，我也是想写字就写字，想作画就作画了？”

陈廷敬摇头苦笑，仍埋头看着账本。忽听得外头有响动，大顺出去看看，不曾见着什么。

陈廷敬道："你们得留神那位驿丞。照说他应该知道我们是什么人了，他却假装不知道，大可怀疑。"

珍儿说："我想昨日就是他动了老爷的箱子。"

阚祯兆星夜造访王继文，一脸怒气，问道："我阚家犯了什么王法？我儿子做了什么恶事？"

王继文道："阚公息怒！向云鹤差点儿被您家打死啊！"

阚祯兆愤然道："向云鹤的伤根本就不是我们家里人打的，这是栽赃陷害！"

王继文说："阚公呀，向云鹤好好的，被您家家丁强拉进院里去，又被打得半死从您家抬出来，街坊邻居都可作证，难道还能有假？"

阚祯兆说："制台大人，向云鹤是你们衙门里去的人打的，我不愿相信这是您的吩咐！"

王继文说："阚公，这件事我会盘查清楚，但请您一定体谅我的苦心。我也是为您阚家着想。钦差在此，我不把望达弄进来，难道还要钦差亲自过问此案不成？真把望达交到陈子端手里，就祸福难测啊！"

阚祯兆怒道："笑话！我家望达并没有犯法，怕他什么钦差？"

王继文说："这种大话阚公就不要说了。您家生意做得那么大，就挑不出毛病？无事还会生非哩！文启，你送送阚公！"

杨文启应声进来，说："阚公，您请回吧，我送送您！"

阚祯兆甩袖起身道："告辞，不必送了。"

杨文启仍跟着阚祯兆出了巡抚衙门，一路说着好话。到了门外，阚祯兆没好气，说："不必送了，我找得着家门！"

杨文启道："阚公不必这么不给面子嘛，你我毕竟共事一场。请吧。"

阚祯兆理也不理，走向自家马车。杨文启赶上去，扶着马车道："阚公，制台大人碍着情面，有些话不好同您直说。阚公，衙门里的事，您就装聋作哑吧。"

阚祯兆说："我是百姓一个，并不想过问衙门里的事。"

杨文启道："可陈子端一到昆明，就同你们父子接了头呀。"

阚祯兆这才明白过来，问道："制台大人捉拿我家望达，就为此事？"

杨文启并不回答，只道："您保管什么都不说，您家望达就没事儿。您要是说了什么，您家望达我就不敢担保了。何况，阚公您别忘了，昆明商家关门大吉，可都是您阚公的责任啊！"

阚祯兆呸了声，道："杨文启，你们怎敢把这事都栽在我身上？"

杨文启嘿嘿一笑，不再答话。阚祯兆大骂几声小人，叫家人赶车走了。一路上，阚祯兆愤懑难填，思来想去痛悔不已。半年前，他本已离开巡抚衙门，可王继文又找上门来，求他最后一次帮忙。他碍着面子，只得答应。没想到，终究铸成大错！

当日夜里，刘景、马明摸黑来到向家福源盐行，敲了半日门，才有人小声在里头问道："什么人？我们夜里不见客！"

刘景道："我们是衙门里的人！"

听说衙门里的人，里头不敢怠慢，只好开了门。向家老爷向玉鼎出来见过了，听说两位是钦差手下，便引他们去了向云鹤卧房。向云鹤躺在床上，闭目不语。

刘景问道："向公子，阚家为什么要打你？"

向云鹤微微摇头，并不说话。

向玉鼎说："两位见谅，小儿没力气说话。"

马明道："令公子身子有些虚，我们还是出去说话吧。"

客堂里，刘景问道："向老板，听说阚望达打伤了令公子，就被巡抚衙门抓走了，原是同行告他恶行种种。阚望达都做过哪些坏事？"

向玉鼎叹道："我家云鹤同阚望达本是同窗好友，但几个月前阚望达同他父亲阚祯兆设下毒计，坑害同行，弄得我们生意都做不成。众商敢怒不敢言，只有我家云鹤，性子刚直，写了状子，跑去各家签名，联名把阚家告到巡抚衙门。"

马明问："阚家怎么坑害你们？"

向玉鼎只是摇头，道："不敢说，我不敢说啊！"

刘景说："你们既然已把阚家告到衙门里去了，还有什么不敢说的？"

向玉鼎道："谁都不敢出头，只有我家云鹤鲁莽！"

刘景道："俗话说得好，有理走遍天下，你怕什么？"

向玉鼎说："谁跟我们讲理？人家阚家是什么人？阚祯兆早在平西王手里就是衙门里的幕僚，官官相护啊！"

刘景说："我们钦差大人是皇上派来的，办事公道，你但说无妨。"

向玉鼎摇头半日，说："就是皇帝老子自己来了，下道圣旨也就拍屁股走人了，我们祖祖辈辈还得在云南待下去，衙门还是这个衙门，恶人还是这些恶人！我是不敢说的，你去问问别人，看他们敢不敢说。"

向玉鼎半字不吐，刘景、马明只得告辞。两人从福源盐行出来，忽见前面有个黑影闪了一下不见了。

刘景悄声道："马兄，有人盯着我俩。"

马明不动声色，也不回头。两人忽快忽慢，施计甩掉那个影子，躲进暗处。那人踌躇片刻，返身往回走了。

刘景轻声道："跟上，看看他是什么人。"

两人悄悄儿跟着那个黑影，原来那人进了城，去了巡抚衙门。衙门前灯笼通亮，照见那人原是驿丞向保。

陈廷敬听说了向保跟踪的事，心想等到明儿他如仍假装不知道驿站里住着钦差，就真不寻常了。又想这向保只是个无品无级的驿丞，竟然直接听命于巡抚大人，太不可思议了。

大顺还在说王继文要人家替自己写字的事，道：“老爷您可真沉得住气，知道大观楼上的字不是王大人写的，还直夸他的字写得好。”

刘景、马明莫名其妙，听珍儿说了，才知道大观楼上的字其实是阚祯兆写的。刘景便说：“如此说，王在燕真是个小人。”

陈廷敬摇头道：“仅凭这一点，便可想见王在燕是个沽名钓誉的人。但我此行目的，不是查他字写得怎么样，而是看他仓库里的银子是否短少。”

第二日，陈廷敬身着官服，出了驿站门口。向保慌张追了出来，跪在陈廷敬面前道：“小的不知道大人是官差，冒犯之处，万望恕罪！”

陈廷敬说：“你不知道我是官差，哪来的罪过？起来吧。”

向保仍是跪着，不敢起来。

珍儿说：“这位是钦差陈大人。从今日起，谁也不准进入钦差大人房间。里面片纸点墨，都是要紧的东西，你可要小心啰！”

向保叩头道：“小的派人成日守着，蚊子也不让飞进去！”

珍儿说：“丢了东西，只管问你！”

向保叩头如捣蒜，道：“小的知道，小的知道！”

陈廷敬径直去了藩库，王继文早已领着官员们候着了。王继文上前拜道：“下官未到驿馆迎接，望钦差大人恕罪！”

陈廷敬笑道：“繁文缛节，不必拘泥。”

王继文说：“藩库里的银子，下官只有看守之责，收支全由朝廷掌握。陈大人，您请！”

王继文领着陈廷敬进了藩库，但见里面装银锭的箱子堆积如山。王继文说：“账上一百三十万两库银全在这里。下官已安排好库兵，可一一过秤，请陈大人派人监督就是。”

陈廷敬笑道：“我管过钱法，一万两银子堆起来该有多少，心中大致有谱，也不一定一一过秤。”

王继文一听，千斤石头落地，忙道：“听凭钦差大人安排。”

陈廷敬忽然停下脚步，说：“把这堆银子打开看看吧。”

王继文命人抬来箱子，道：“请钦差大人过目。”

陈廷敬拿起一块银锭，看看底部，一个“云”字。陈廷敬放下银锭，并不说话。王继文望望陈廷敬眼色，吩咐库兵继续开箱。陈廷敬又拿起一个银锭，仍见底部有个“云”字。打开十来箱后，陈廷敬见银锭底部竟是一个“福”字；再打开一箱，银锭底部是个“和”字。

王继文脸上开始冒汗，不敢多话，只低头站着。陈廷敬道：“制台大人，这可不是官银呀？”

王继文马上跪了下来，道：“下官有事相瞒，请钦差大人恕罪！”

陈廷敬见王继文这般模样，实在想给他在下属面前留点面子，便道：“你们都下去吧，我同制台大人有话说。”

藩库里只有他俩了，陈廷敬请王继文起来说话。王继文爬起来，拱手谢过，说：“继文有罪，事出有因。云南被吴三桂蹂躏几十年，早已满目疮痍，民生凋敝。继文见百姓实在困苦，冒着背逆朝廷之大罪，私自把库银借给商家做生意，利息分文不取，只待他们赚了钱，便还上本钱。还算老天有眼，三年过去了，商家们都赚了钱，刚把本钱如数还上。银子尚未来得及重新翻铸，打上官银字号。不承想，钦差突然来到，下官未能把事做周全。”

陈廷敬不太相信事情真有如此凑巧，便问道：“所有商家都把银子还上了吗？”

王继文说：“回钦差大人，都还上了。”

陈廷敬越发疑心了。生意场上有发财的，有亏本的，哪有家家都赚钱的？他一时又抓不住把柄，便说：“在燕兄一心爱民，朝廷的银子也没什么损失，我还有什么话说呢？”

王继文又跪下来说：“虽然如此，也是朝廷不允许的，下官仍是有罪！”

陈廷敬说：“你写道折子，把事情原委说清楚，我自会在皇上面前替你说话的。”

王继文支吾着，不知如何答话。

陈廷敬问：“在燕有难处吗？”

王继文道：“既然朝廷银子丝毫无损，可否请钦差大人替我遮掩！继文当万分感谢！”

陈廷敬摇头道：“兄弟纵有成全之意，却也不敢欺君呀！”

王继文长跪不起，言辞凄切：“继文实在是爱民有心，救民无方，不然哪会出此下策！钦差大人可去问问云南百姓，我王继文是否是个坏官！”

陈廷敬不能让王继文就这么跪着，便说：“在燕请起，这件事容我再想想，今日不说了。”

出了藩库，陈廷敬同王继文别过，仍回驿馆去。一路走着，刘景说：“难道这位制台大人真是王青天？”

马明道：“我们辛苦地跑到云南一趟，居然查出个清官！”

陈廷敬掀开车帘，道：“话不能这么说。我们查案的目的，不是要查出贪官。真能查出清官，这才真是百姓之福，朝廷之幸。”

珍儿道：“可我看王在燕不像清官。”

陈廷敬说：“如果真像王在燕自己所说，他所作所为虽然有违朝廷制度，却也实在是为云南百姓做了件好事。”

说话间已到盐行街。大顺道：“可你们瞧瞧，店铺门是开着，却冷冷清清，哪像做生意发大财的样子？”

陈廷敬吩咐下车，道：“刘景、马明，你们二位走访几户商家，问问巡抚衙门向他们借银子的事儿。”

刘景说：“好吧，老爷您先回去歇息吧。”

马明道：“大顺，昆明也许暗藏杀机，你得寸步不离老爷！”

大顺笑道：“您二位放心，我跟着老爷几十年了，从来还没有过闪失哩！”

珍儿啥也不说，只拍拍腰间的剑。

陈廷敬笑道：“我没事的。大顺你也不能跟我闲着，你去趟阚祯兆乡下庄上，请他来驿馆叙话。”

杨文启却赶在大顺之前就到了阚家庄上，找到阚祯兆说：“藩库之事差点儿被陈廷敬看破，幸好制台大人急中生智，敷衍过去了。”

阚祯兆不冷不热，道：“陈大人是那么好敷衍的人？”

杨文启说：“制台大人就怕陈子端来找您，吩咐我专此登门，同阚公商讨对策。”

阚祯兆道：“纸是包不住火的！”

杨文启笑笑，喝了半日茶，说：“阚公，您家望达性子刚烈，在狱中多次都要寻死，我吩咐狱卒日夜看守，不得出任何差池。”

阚祯兆拍了桌子，道：“你这是什么意思？你在要挟我！”

杨文启说：“阚公，话我已经说得很明白了，您看着办吧。”

杨文启说罢，放下茶盅，甩手而去。杨文启走了没多久，大顺到了阚家庄上。家人先给大顺上了茶，才去请了阚祯兆出来见客。

大顺深深施了礼，说：“阚公，我家老爷、钦差陈子端大人恭请您去驿馆叙话。”

阚祯兆冷冷道：“我同您家老爷并无交往，我也早不在衙门里做事了，恕不从命。”

大顺抬头一看，大吃一惊，问道：“您不是那位在滇池钓鱼的阚先生吗？”

阚祯兆道：“是又如何？”

大顺说：“阚公葫芦里卖的什么药呀？那日您硬说不认识阚祯兆先生！”

阚祯兆叹道：“我并没有胡说，当年那个声闻士林的阚祯兆已经死了，现如今只有一个垂钓滇池的落魄渔翁！”

大顺道：“阚公您这都是读书人说的话，我是个粗人，不懂。我只是奉钦差之命，请阚公去驿馆一叙。”

阚祯兆笑道：“我若是官场中人，钦差寅时召，不敢卯时到。可我是乡野村夫，就不用管那么多了。您请回吧，恕我不送！”

阚祯兆说罢，转身进去了。大顺被晾在客堂，只好怏怏而回。

刘景、马明头一家就去了大理茶行，伙计知道二位原是钦差手下，毕恭毕敬。刘景问：“你们家向巡抚衙门借过多少银子？”

伙计说：“这得问我们东家。”

马明问：“你们东家呢？”

伙计说：“东家走亲戚去了，两三日方能回来。”

问了半日，伙计只是搪塞，又道：“您二位请走吧，不然东家怪罪下来，我这饭碗就砸了！”

刘景说：“官府问案，怎么就砸了你饭碗了？就是你东家在，也是要问的！”

伙计作揖打躬的，说：“你们只是不要问我。我只想知道，钦差大人什么时候离开昆明？”

刘景道：“案子查清，我们就回京复命！”

伙计说：“拜托了，你们快快离开昆明吧！”

马明生气起来，说：“你什么都不肯说，案子就不知道何时查清，我们就走不了！”

伙计说：“你们不走，我们就没法过日子了。钦差早走一日，我们的倒霉日子就少一日。”

刘景要发火了，道：“钦差大人奉皇上之命，清查云南库银开支，这都是替白姓办事，你们怎么只希望钦差大人早些走呀？”

伙计说：“这位官老爷的话小的答不上来，我只想知道钦差何日离开。”

马明圆睁怒眼，道：“荒唐，钦差大人倒成了你们的灾星了！”

伙计吓得跪了下来，仍是什么都不肯说。

两人出门，又走了几家，大家都是半字不吐，只问钦差大人何时离开。

大顺飞快地跑了回来，把阚祯兆不肯进城叙话的事细细说了。陈廷敬其实早有预感，那位在滇池垂钓的老汉，果然就是阚祯兆。阚祯兆在云南算个人物，那日王继文竟没有引见，其中必有隐情。

刘景和马明也回来了，把街上所见一一报与老爷。陈廷敬心想，巡抚给商家借银一事，谁都守口如瓶，蹊跷就更大了。

大顺心里憋着气，便又说道："我看这姓阚的鬼五神六，肯定不是什么好东西！"

刘景说："我们原以为只有向云鹤家不敢说，我们走了这么多家，谁都不敢说。"

大顺道："我说呀，别这么瞻前顾后的，不如明儿到巡抚衙门去，找王在燕问个明白！"

陈廷敬笑道："我是去巡抚衙门审案，还是干啥？审个巡抚、总督，还得皇上御批哩！你们呀，得动脑子！"

珍儿问道："老爷，王在燕说他为商家们做了那么大的好事，可商家们却是闭口不提，这不太奇怪了吗？"

马明道："岂止是闭口不提！他们听见巡抚衙门几个字脸就变色！"

珍儿说："那许是王在燕并没有给商家借过银子！可商家的银子怎么到了藩库里呢？"

陈廷敬眼睛顿时放亮，拍掌道："珍儿，你问到点子上了！"

珍儿恍然大悟，说："我明白了！"

陈廷敬点头道："珍儿猜对了。"

刘景同马明面面相觑，拍拍脑袋说原来是这么回事。大顺一时没想清楚，问："你们都说明白了，明白什么了呀？"

大伙儿哈哈大笑起来，直指着大顺摇头。

陈廷敬道："珍儿，你说说。"

珍儿说："王在燕并没有借过银子给商家，而是他亏空了库银，临时借了商家的银子放在藩库里凑数，想蒙混过关！"

陈廷敬点头道："这就是为什么盐行街关门的原因。商家那里银子盘不过来，要么就进不了货，要么就欠着人家的款，哪有不关门的？王在燕知道朝廷有钦差要来，就早早地把商家的银子借来了。谁家做生意的能熬得过几个月没银子？"

大顺拍拍后脑勺，直道自己是木鱼脑袋，又说：“知道是这样，那不更好办了？把商家们召到巡抚衙门里去，同王在燕当面对质，真相大白！”

马明朝大顺摇头，道：“商家们在自己家里都不敢说，到了巡抚衙门还敢说？”

珍儿说：“老爷，我有个办法，不用审案，就会真相大白！”

陈廷敬忙问：“什么办法？快说说。”

珍儿说：“放出消息，告诉商家，只说借给巡抚衙门的银子，限明儿日落之前取回，不然充公！”

陈廷敬连说这真是个好法子，便吩咐大顺连夜出去放风。

五十七

王继文心想陈廷敬那里怕是通融不了，仍要如实奏明皇上的。他只好自己上个折子请罪。王继文同杨文启忙了个通宵，终于写好了折子，言辞哀婉，诚惶诚恐。王继文自己都快被这个折子感动了，想那皇上的心也是肉长的，必定会赦了他的罪。

第二日大早，陈廷敬到了巡抚衙门。王继文迎出仪门外，领着陈廷敬去了衙门后庭喝茶。

闲话半日，王继文放下茶盅，叫杨文启拿来折子，道：“钦差大人，我已写好折子，请代呈皇上。”

陈廷敬接过折子说：“在燕啊，我要您写这个折子，也是万不得已。皇上仁德之极，最能体谅下面难处，不会太怪罪的。”

王继文说：“还请钦差大人替我在皇上面前多多美言。”

陈廷敬如今心里早有了底，便觉王继文一言一行都在演戏。只是时候未到，陈廷敬仍是虚与委蛇，说：“我还是那句话，只要库银没有损失，又帮了百姓，皇上那里就好交代。说不定，皇上还会嘉奖你哪！”

王继文满脸悲气，道："能开脱罪责，我就万幸了！话又说回来，万一因为救民而获罪，我也没有遗憾！"

陈廷敬点头称许，只道制台大人真是爱民如子。忽听外面传来喧哗声，王继文问杨文启道："老夫子，怎么如此吵闹？"

杨文启说去看看，忙往外走。到了衙门外，吃了一大惊。原来盐行街的商家们都来了，说巡抚衙门要还银子。杨文启顿时慌了，不知如何应付，便想进去商量对策，却已脱不了身。一个商家问道："杨师爷，不是说今日巡抚衙门还我们银子吗？我们去了藩库，他们说没这回事！"

杨文启支吾道："从何说起，从何说起。"

商家们登时傻了眼，静默片时立刻又哄闹起来。有人厉声喊道要制台大人出来说清楚，有人又说杨文启自己上门借的银子竟敢不认账。杨文启心里害怕，脸上故作镇定，说："休得错怪制台大人。你们拿借据出来好生看看，制台大人签名了吗？巡抚衙门盖印了吗？"

这时，大理茶行东家拿出借据念道："今借到大理茶行白银八万两，阚祯兆。"

杨文启赶忙说："是呀，明明是阚祯兆留的借据，怎么找到巡抚衙门来了？"

大理茶行东家喊道："找我们借银子的，可是阚师爷同你杨师爷两个人，说只等钦差一走，就还给我们。我们是相信阚祯兆的人品，才答应借银子给巡抚衙门！要是你杨师爷一人上门，一两银子都借不着！"

杨文启笑道："是呀！我是一两银子也没借着呀！你们去找阚祯兆！"

立时骂声震天，商家们直往衙门里拥，说要打死这个睁眼说瞎话的杨文启。这时，福源盐行的向玉鼎跳上台阶，高声大喊："各位街坊，我相信杨师爷的话，阚祯兆坑了我们！为什么这几个月我们生意都做不成，他阚家做独家生意？我们本钱没了，他家还有！我家云鹤写了状子让大家签字，把阚望达告到巡抚衙门，不承想遭了阚家毒手！那日若不是巡抚衙门的人去得快，我儿子早被阚家打死了！阚家一门狡恶，如狼似虎，我们要擦亮眼睛哪！”

大理茶行东家说：“阚祯兆是巡抚衙门的师爷，他出面借银子，等于替衙门借银子。”

杨文启道：“你们有所不知啊，他问你们借银子的时候，早不在巡抚衙门当差了！”

大理茶行东家恨恨道：“杨师爷，你真是小人！借银子时你分明在场，这会儿却说同自己没有干系！”

正吵闹着，陈廷敬同王继文从里头出来了。原来陈廷敬听得外头吵闹声越来越大，知道时候到了，便说出去看看到底怎么回事。王继文劝阻不住，只好跟了出来。商家们见了王继文，都喊着要巡抚衙门还银子。王继文哪里料到会弄成这种局面，一时乱了方寸。

陈廷敬问道：“制台大人，这是为何？”

王继文回头问杨文启：“这是为何？”

杨文启道：“回钦差大人跟制台大人，阚祯兆向商家借了很多银子，谎称是巡抚衙门借的。阚家弄得众商家生意都做不成了，商家们不明真相，把气都撒在制台大人身上。”

王继文故作糊涂，问：“阚祯兆借那么多银子干什么？”

杨文启还没答上话来，却听得大理茶行东家在下面高声问道：“这位大人可是钦差？”

陈廷敬拱手道：“本官陈廷敬，奉钦命来云南。你们有什么话，可在这里说说。”

大理茶行老板便说：“钦差大人，几个月前，阚师爷、杨师爷上我家来，说王大人是个好官，这几年没有给云南百姓添一两银子的负担，只是为了应付朝廷摊派，把库银亏空了。朝廷派了钦差下来查账，王巡抚眼看就要倒霉，要我借出银子给巡抚衙门凑数，好歹让巡抚大人过了这关再说。”

王继文很是惊讶的样子，问杨文启："什么？藩库里的银子是你们找商家借的？"

下面闹哄哄的，没人听清王继文的话。有人又道："可是，银子借出去了，杨师爷又上门来传话，说绝不能对钦差大人说出实情，不然这银子就充公了。"

杨文启斥责道："你胡说！"

陈廷敬瞟了一眼杨文启，这位师爷就不敢多说了。大理茶行东家又道："杨师爷还说，衙门里亏空的这些银子，本来就该从你们商家税赋里出的。你要是在钦差面前乱说，我就把你家银子充公了，也不是没有道理的。我们担心银子充公，半句话都不敢说。"

王继文突然跺脚大怒："杨文启，你同阚祯兆误我清名！"

杨文启跪倒在地，匍匐而泣："制台大人，小的有罪！小的害了您哪！"

王继文喊道："把杨文启拿下，本官同钦差大人亲自审问！"

陈廷敬安抚了众商家，便回衙门里审案。杨文启跪在堂下，随口编出许多话来："回钦差大人，巡抚衙门里的钱粮事务，都是阚祯兆管着，小的只替他打下手。他是云南本地人，重一地小私，忘天下大公。朝廷每有摊派，阚祯兆都说云南民生疾苦，私自动用库银交差。巡抚大人对此并不知晓，总以为阚祯兆办事得力。"

陈廷敬此时也难辨真假，便问："你倒是说说，阚祯兆共动用了多少库银？"

杨文启回道："动用了九十万两！"

陈廷敬想了想，说："可我查过这几年云南巡抚衙门账务，连同协饷、赈灾，不过七十八万两银子。另外还有十二万两呢？"

杨文启说："小的没有实据，不敢乱说，我猜只怕也是被阚祯兆落了腰包！"

陈廷敬道："你本是同阚祯兆一起向商家们借的银子，如今人家找上门来，你竟一口咬定是阚祯兆一人所为。可见你的话也信不得。这个我再同你算账。我这里只是问你，你们分明是借了商家银子，如何还呀？原样还回去，亏掉的库银怎么办？”

杨文启道：“阚祯兆老谋深算，早想好办法了。他父子俩炮制了一套税赋新法，想让商家用借出的这些银子抵税，账就可以赖掉了。”

陈廷敬没想到会冒出个税赋新法来。他一时不明就里，得先弄清了再说，便问：“制台大人，您可知道阚家父子弄的税赋新法？”

王继文道：“阚家父子的确炮制过这么个税赋新法，想让我在云南实施。我仔细看了，实在是苛刻乡民，荒唐之极，不予理睬。”

陈廷敬略加思忖，道：“制台大人，先把杨文启押下去，速带阚祯兆来问话如何？”

王继文想这会儿如把阚祯兆找来，就什么都捅穿了，便施缓兵之计，道：“听凭钦差大人安排。只是去阚家乡下庄上打个来回就天晚了，不如明日再审阚祯兆？”

陈廷敬点头应允，正中下怀。原来陈廷敬早叫刘景跟马明两人一个去乡下，一个去监牢，把阚家父子藏起来了。

陈廷敬离开巡抚衙门没多久，就有衙役来报，乡下庄上找不着阚祯兆，阚望达也被人劫走了。王继文猜着是陈廷敬干的，暗中叫苦不迭。

刘景等人回到驿馆，各自向陈廷敬回话。刘景说：“老爷，我们已把阚家父子送到滇池对岸华亭寺去了。可我想，等他们同杨文启当面对质的时候，无非是公说公有理，婆说婆有理。”

马明说：“是啊，那杨文启一看就不是好东西，可阚家父子我也看不出他们好在哪里。”

大顺道：“我看也是的，阚祯兆整个儿假仁假义！阚望达嘴上附庸风雅，暗地里心黑手辣！”

陈廷敬道：“我叫你们先把阚家父子藏起来，就是想先问问他们。不管如何，黑的变不了白的。”

珍儿从外头进来，说：“老爷，刚才向保在外偷听，见我来了，一溜烟跑了。我听得驿馆门响，估计是出去了。”

陈廷敬笑道：“肯定是向王在燕报信去了。他去报吧。明日巡抚衙门里闹翻天都不关我的事，我们上华亭寺拜菩萨去！”

一大早，陈廷敬便服装束，准备上华亭寺去。向保垂手站在一旁，低头听命。

陈廷敬刚要上马车，刘景说话了：“钦差大人，我有个想法。”

刘景说了半句，却欲言又止。

陈廷敬问：“什么呀？说呀！”

珍儿望望刘景似笑非笑的样子，就猜着他的打算了，道：“我知道，他俩想把玻璃象棋带上。”

陈廷敬笑道：“那有什么不好说的？带上吧。”

马明道：“上了华亭寺，临着滇池，下几回棋，好不自在。”

珍儿下了马，说：“我给你们去取棋！”

珍儿回到房间，打开箱子，顿时傻了。原来玻璃象棋不见了。珍儿吓得箱子都来不及盖上，慌忙跑了出来。她跑到陈廷敬身边，耳语几句。陈廷敬脸色大惊，回身往驿馆里面走。刘景、马明不知发生什么事了，也随了进去。

陈廷敬看着打开的箱子，惊慌道：“御赐之物，丢失可是大罪啊！”

大顺说：“肯定是王在燕捣鬼，他想把水搅浑了！”

陈廷敬急急道：“速速查找，务必把玻璃象棋找回来！”

刘景道：“老爷，在下以为，玻璃象棋只可暗访，不可明察。不然，恐怕棋没找到，就先连累您获罪了！”

陈廷敬长叹道：“眼看着云南之事就要水落石出了，却又节外生枝！”

刘景道：“不妨这样，马明随钦差大人去华亭寺，我留下来暗访玻璃象棋。”

刘景见陈廷敬的马车渐渐远了，突然对向保喝令道：“到我房间来！”

向保不知何事，大气不敢出，跟在刘景后面进门去。刘景进屋坐下，端起桌上的茶，只管慢慢喝。向保低着头，战战兢兢。过了好半日，刘景大声喝道：“跪下！”

向保并不明白是什么事情，先就扑通跪下了，道：“大人，小的不知何罪呀！”

刘景厉声道：“快把玻璃象棋交出来！”

向保吓傻了，半日才说出一句整话来：“什么玻璃象棋？小的听都没听说过！”

刘景冷冷道：“你还装蒜？”

向保哭丧着脸道：“小的真的不知道啊！”

刘景道：“不要以为你做的事神不知鬼不觉！钦差大人住进驿馆头一日夜里，你就摸进房间翻箱倒柜。我去向云鹤家，你也鬼鬼祟祟跟在后面，随后又去王在燕那里密报！你以为自己做的事情我不知道？”

向保浑身乱颤，叩头不止，道：“大人说的这些，小的不敢抵赖。但那玻璃象棋，小的的确没有偷呀！”

刘景道：“我早就同你说过，钦差大人房里片纸点墨，都是要紧东西，丢失了只管问你要！这玻璃象棋是御赐之物，不交出来就是死罪！”

向保哀哭起来，道：“大人这会儿就是把我脑袋搬下来，我也交不出玻璃象棋呀！”

刘景骂道：“别猫哭老鼠了！东西是在你这里丢的，只管问你要！”

向保朝刘景作揖不迭，口口声声喊着大人冤枉。刘景道：“别抬举我了，我也不是什么大人。你一个无品无级的驿丞，凭什么同制台大人往来如此密切？快快把你知道的都说了，或可饶你死罪！”

向保道："大人，制台大人只是嘱咐小的盯着你们，其他事情我都不知道呀！"

刘景道："你不说也行，单是玻璃象棋失盗一事，就足以治你死罪！我这里先斩了你！"

刘景说着就把刀抽了出来，架在向保脖子上。向保吓得趴在地上直喊冤枉。

刘景道："冤枉？玻璃象棋好好的在你驿馆里丢了，不是你偷的是谁偷的？别人不敢进钦差大人房间！你要是把自己知道的说了，玻璃象棋失盗一事，我可在钦差大人面前替你周旋。"

向保早吓得汗透了衣服，道："小的说，小的全都说了。"

刘景放下刀，拿了笔纸，道："你可要说得句句是实，我这里白纸黑字，翻不了供的！"

王继文在二堂等候陈廷敬，心里急得快着火，却仍从容地摇着扇子。忽有衙役来报："制台大人，钦差大人上华亭寺去了。"

王继文吃惊不小，猜着阚家父子肯定就在华亭寺。毕竟是见过大世面的人，王继文明知遇着劫数了，却仍要拼死相搏。他吩咐衙役把杨文启带来。衙役才要出门，王继文道："算了，还是我去牢里见他吧。"

杨文启坐在牢房里没事似的打扇喝茶，王继文见了就想发火。不料杨文启先站了起来，给王继文施了礼，说："庸书知道制台大人肯定急坏了。制台大人，不用急，不用怕！"

王继文问道："你还真稳坐钓鱼台呀？"

杨文启笑道："银子是哑巴，会说话的就是我跟阚祯兆。他有一张嘴，我有一张嘴，况且借据是他签的字。"

王继文道："别想得那么轻巧，陈子端看样子不好对付！"

杨文启眯眼一笑，道："制台大人，庸书有一计，既可让阚家父子腹背受敌，又可让陈子端乱了阵脚，没法在云南查下去！"

王继文忙问："什么计策？快说！"

杨文启说："商家们为什么突然憎恨阚家？"

王继文着急道："什么时候了，还卖关子！你快说吧。"

杨文启道："不光因为阚祯兆替您找商家借银子，更因为那个税赋新法漏了风出去！商家们知道那个税赋新法肯定是要从他们腰包里掏银子的！现在不妨让人去外头放风，说钦差大人赞许阚家父子的税赋新法，准备上奏朝廷恩准，今后云南商家就别想有好日子过了。"

王继文点头不止，连声道："好！好！有了这个法子，我就不会是等死了！"

杨文启道："制台大人，庸书还有一计。到时候真乱起来，就是把陈子端趁乱杀了，也是做得的！云南天高皇帝远，您上了折子去，只说陈子端办事不力，激起民变，死于非常，皇上又能怎样？无非是再派钦差下来查查陈子端到底是怎么死的，还不是由我们说去？"

王继文点点头，嘱咐这话到此为止，依计行事就是了。

陈廷敬上了太华山，直奔华亭寺。见过了方丈，往殿里烧了几炷香，便顾不得客气，吩咐马明去请阚家父子。没多时，阚家父子来了，都是面带羞愧。

陈廷敬笑道："我同阚公合该有缘哪！"

阚祯兆摇头道："阚某不是有意隐瞒身份，实是不想再过问巡抚衙门里的事，得罪钦差大人了。"

阚望达拱手道："晚生也欺瞒了钦差大人，听凭责罚。"

陈廷敬望了一眼阚望达，回头仍同阚祯兆说话："你不问事，事得问你啊！"

阚祯兆道："我自命聪明，却干了两件后悔不及的糊涂事！"

陈廷敬猜着他出面替王继文找商家借银子算是件糊涂事，却不知还有别的什么事。阚祯兆道："一是替巡抚衙门向商家借银子，一是督造大观楼。王在燕最初让我办理协饷，我没有受命。需在短短的时间内筹集十七万两银子、十三万担粮食、两千匹军马，实有难处。我要王在燕向朝廷上个折子，能免就免，能缓就缓。可他好大喜功，定要按时完成朝廷差事。”

陈廷敬问：“王在燕的确按时完成了差事，就是拿库银抵交的，是吗?”

阚祯兆点头道：“正是！后来听说钦差要来查库银，王在燕向我讨计，我方知他同杨文启瞒着我做了很多违反朝廷例制的事情。我在衙门里头仅仅只是个案头清供，一个摆设！我想这王在燕的衙门不是自己可以待的地方，便拂袖而去。可是过了不久，约莫四个月前，王在燕又找上门来，巧舌如簧，让我出面求商家借银子，暂填藩库亏空。”

阚望达插话说：“我爹他耳朵软，毕竟同王在燕有多年交情，就答应了。”

陈廷敬问：“为什么王在燕非得求您去找商家呢?”

阚祯兆道：“阚某在云南还算有个好名声，阚家也世代为商，颇得同行信赖。”

陈廷敬又问：“您说督造大观楼也是一桩糊涂事，这是为何?”

阚祯兆道：“名义上是我督造，但我只管施工，账都是杨文启管的。杨文启筹募银两十多万两，都算在大观楼建造上面了，实际大观楼耗银不过万两!”

陈廷敬点头不语，听他们父子讲下去。阚望达说：“可我爹拿不出杨文启贪污的证据，没法告他!”

陈廷敬觉得奇怪，问：“这是为何?”

阚祯兆说：“我督造大观楼那些日子，同王在燕闹得不愉快，成日只知喝酒。杨文启每有收支，专趁我酒醉时来签字。现在真要查起大观楼的账，罪责都在我头上，反倒成了我贪污!”

阚望达说：“我家没有借银子给衙门，盐行仍开得了门。别的商家只道我父子俩同巡抚衙门联手坑他们，因此生恨。向云鹤那日到我家吵闹，巡抚衙门早有人候在里头。衙役们把向云鹤骗进去打了个半死，反赖我打的，又说商家们联名告我，把我抓了起来。”

阚祯兆又道：“我弄得商家们没法做生意，我还同望达琢磨了一个税赋新法，商家们不明白其中细节，自然恨我阚家!”

陈廷敬很有兴趣，道：“您说说这个税赋新法吧。”

阚祯兆说：“钦差大人奏请朝廷废除了云南采铜税收，减轻了百姓负担，自然是好事。但云南铜税是衙门里的主要进项，现在没了。如不再辟新的财源，长此以往，终究要坐吃山空的。”

陈廷敬问：“您有什么好办法?”

阚祯兆道：“钦差大人有所不知，云南多山少地，百姓穷苦，要在黎民百姓头上均摊税赋，非常之难。但云南除铜之外，还产盐，产茶，还有大量马帮、商行。目前朝廷对云南盐、茶管得过松，马帮、商行也多不交税。”

陈廷敬点头道：“哦，对了，只要把盐、茶、马帮、商行管好，合理征税，财源就不愁了。”

阚祯兆说：“我家望达也是个心忧天下的读书人，我们父子俩合计，写了个税赋新法的策论，想请制台大人转呈皇上。”

陈廷敬说：“我来云南之前，皇上并没有收到这个折子。”

阚祯兆使劲儿摇头，说：“王在燕根本就没有上呈皇上！他想多一事不如少一事，只图在云南做些表面文章，等着升官，拍屁股走人！可是，皇上不知道，商家们先知道了。他们并不知晓详情，只听说阚家父子给朝廷出了个馊主意，要从他们腰包里掏钱。向云鹤带头状告阚家，就为这件事!”

陈廷敬低头寻思半日，说：“我算了账，动用藩库里的银子作协饷，也只是现银部分，另外采办粮草和马匹的银子是哪里来的?”

阚祯兆道：“我也在算这个账，摸不着头绪。库银除了挪作协饷的七十八万两，还有十二万两对不上号，杨文启赖我贪了，也没说这些银子用作采办粮草和马匹了。”

陈廷敬说：“这十二万两银子并不够采办粮草和马匹之用。王在燕还有银子哪里来的呢?”

阚望达道:“我也想不清楚。王在燕做巡抚这几年,倒确实没有向百姓摊派一两银子,大家都叫他王青天。他的那些银子是从哪儿来的呢?”

很快就日暮了,回城已晚。陈廷敬也不着急,吩咐就在寺里住下。方丈这才知道陈廷敬原来是钦差,便跟前跟后,念佛不止,还非得求了墨宝不可。

第二日,用过斋饭,陈廷敬携阚家父子登舟回城。船过滇池,水波不惊,白鸥起起落落,忽远忽近。

船渐近码头,岸上却已聚着很多人。阚望达眼尖,认出那些人来,便道:“糟了,都是盐行街的商家,肯定是冲着我们来的!”

原来前日陈廷敬说了,第二日巡抚衙门还银子。昨日商家们便拥到巡抚衙门去了,衙门里的人说需得找着阚祯兆,借据是他签的字。商家们又赶到阚家盐行,差点儿同阚家家丁打了起来。这时,不知又听谁说陈廷敬要把阚家父子的税赋新法上奏朝廷,不光这回借出去的银子要抵税,今后大家也别想有好日子过。商家们更是火了,说干脆杀了这狗官算了。他们听说陈廷敬上了华亭寺,便早早儿赶到这里候着。

船离岸还有丈余,岸上几个人就伸出竹竿,使劲往船上戳,船便摇晃着往后退去。三只船碰在一起,差些儿翻了。岸上人高声喊道:“不还我们银子,你们休想上岸!废了那个狗屁税赋新法!不许他们上岸!”

陈廷敬站在船上并不说话,等岸上稍微安静些,才喊道:“各位东家,你们听我说!”

陈廷敬才说了半句,岸上又哄闹起来。

阚祯兆喊道:“各位街坊,你们被王在燕骗了!”

阚祯兆刚开口,辱骂声铺天盖地而来,容不得谁说半句话。这时,刘景领着阚家家丁们跑了来,刀刀枪枪地围住了众商家。几个年轻东家受不了这口气,正欲动手,就被阚家家丁打翻在地。没人再敢动了，只是嘴里骂骂咧咧。

陈廷敬这才上了岸，连忙吩咐不得伤了百姓。

向玉鼎喊道："朝廷钦差，怎可官匪一家呀！"

陈廷敬道："我陈某是官，阚家可不是匪，他家同你们一样，都是大清的子民。"

向玉鼎道："你不同巡抚衙门一起查案子，同奸商恶人混在一起，算什么好官！"

陈廷敬笑道："谁借了你们银子不还，就是坏官，就是奸商，是吗？这样就好说了。你们息息火气，马上随我去藩库，领回你们的银子！"

商家们不敢相信，半日没人答腔。

阚祯兆说："钦差大人说话算数！"

向玉鼎怒道："你休得开口！"

陈廷敬说："老乡们，你们误会阚公了！"

向玉鼎道："谁误会他了？他家平日里满口仁义道德，到头来把我儿子差点儿打死！"

阚望达说："向老伯，云鹤真不是我阚家打的！"

正在这时，向云鹤突然从人群中钻了出来。向玉鼎吃惊道："云鹤，你怎么来了？"

向云鹤道："我是钦差的人带来的。爹，我的伤真不是阚家打的！"

向玉鼎傻了眼，问："云鹤，怎么回事？"

向云鹤低头道："那日巡抚衙门里的人说，为了不让朝廷盘剥我们，就得阻止阚家把税赋新法报上去，就得把阚家告倒！他们把我打伤，然后污赖阚家！"

阚望达摇头道："云鹤，你这苦肉计，差点儿要了我的命啊！"

向云鹤拱手拜道："望达兄，我对不住你！"

阚向两家恩怨刚刚了结，人堆里又有人喊了："你们两家和好了，我们怎么办？我们认缴税赋？"

人堆里又是哄声一片，直道不交。

陈廷敬道：“老乡们，我们先不说该不该纳税缴赋，我先问你们几个问题。云南地处关边，若有外敌来犯，怎么办？”

有人回道：“朝廷有军队呀！”

陈廷敬又问：“云南地广人稀，多有匪患。若有土匪打家劫舍，怎么办？”

有人又回道：“衙门派兵清剿呀！”

陈廷敬继续问道：“衙门里的人和那些当兵的吃什么穿什么呀？”

这下没人答话了。陈廷敬说：“缴纳皇粮国税，此乃万古成例，必须遵守。阚家父子提出的税赋新法，你们只是道听途说，我可是细细请教过了。告诉你们，我家也是做生意的，这个税赋新法，比起我老家山西，收的税赋少多了！”

仍是没人说话。陈廷敬又说：“阚公跟阚望达，实在是为云南长治久安考虑。不然，他们操这个心干吗？按照税赋新法，他们自己也得纳税缴赋呀！”

阚望达拱手道：“各位前辈，同行，听我说几句。云南现在的税赋负担，已经是全国最轻的。富裕省份每年都需上解库银，云南不需要。我们云南只是朝廷打仗的时候需要协饷。王在燕是怎么协饷的呢？他一面要在皇上那里显得能干，一面要在百姓面前扮演青天，他虽不向百姓收税赋，却是挪用库银办协饷。”

阚祯兆接过话头，说：“他王在燕博得了青天大老爷的好官声，飞黄腾达了，会把一个烂摊子留给后任。到头来，历年亏空的库银，百姓还得补上。百姓不知道的，以为王巡抚不收税赋，改了张巡抚、李巡抚就收税赋了，还收得那么重。百姓会说巡抚衙门政令多变，说不定还要出乱子！天下乱了，吃亏受苦的到底还是我们百姓！”

陈廷敬道：“各位东家，道理我们讲得很清楚了，你们一时想不通的，可以回去再想想。现在呢，就随我去藩库取回你们的银子。”

陈廷敬说罢上轿，阚家自己的轿子也早候着了。商家们边议论纷纷，边跟在陈廷敬后面，往藩库取银子去。

这时，刘景才把驿丞向保的供词递给陈廷敬，说：“老爷，您快看看，还有惊天大案。”

陈廷敬接过供词，果然过目大惊。原来吴三桂兵败之后，留下白银三千多万两、粮食五千多万斤、草料一千多万捆，都被王继文隐瞒了。向保原是王继文的书童，跟了他二十多年。向保不过粗通文墨，官场里头无法安插，就让他做了个驿丞。向保做驿丞只是掩人耳目，他实是替王继文看管着吴三桂留下的钱粮。每次需要协饷，银子就从藩库里挪用，粮草就由向保暗中凑上，这事连杨文启都不知道。吴三桂留下的那些钱粮，王继文最初舍不得报告朝廷，后来却是不敢让朝廷知道了。

阚祯兆恍然大悟，说：“这下我就明白了！唉！我真是个瞎子呀！王在燕就在我眼皮底下玩把戏，我竟然没看见！”

陈廷敬吩咐马明：“速去请一请制台大人，毕竟是云南藩库，我不能说开就开啊！”

到了藩库，等了老半日，王继文乘轿来了，下轿便道：“钦差大人，这么大的事情，您得事先同我商量一下。”

陈廷敬笑道：“我这不正是请您过来商量吗？”

却有商家喊道：“我们取回自家银子，还有什么需要商量的！”

王继文软中带硬道：“假如造成骚乱，官银被哄抢了，可不是我的责任。”

向玉鼎道：“放心吧，制台大人，我们只要自家的银子！”

藩库开始发还银子，商家们都喊陈廷敬青天大老爷。陈廷敬频频还礼，王继文却是急得火烧火燎。忽然，又听得陈廷敬漫不经心地说：“制台大人，我已查明，吴三桂曾留下巨额银子、粮食跟草料，都不知哪里去了。”

王继文顿时脸色铁青，两眼发黑，说不出话来。

陈廷敬却不温不火，道："制台大人，您随我进京面圣吧！"

回到驿馆，刘景把玻璃象棋拿了出来。陈廷敬问是怎么找到的，大家都笑而不答。

终于大顺说了："老爷，我才知道，玻璃象棋本来就没有丢！"

原来刘景他们看出向保不寻常，却又无从下手，就故意拿丢失玻璃象棋去唬他。陈廷敬听了哭笑不得，道："今后查案子，可不许先给别人栽赃啊！下不为例。"

刘景应了，却仍是笑。陈廷敬便问："笑什么呀？是否还有事瞒着我？"

刘景笑道："老爷，这都是珍少奶奶的主意！"

陈廷敬对珍儿便有责怪之意，珍儿道："我早就觉着向保同王在燕关系非同寻常，却抓不住把柄。"

陈廷敬板着脸说："抓不住把柄，你就强加他一个把柄？"

珍儿嗔道："老爷也真是的，向保这种人，你不给他个下马威，先吓唬他，他肯说实话？"

刘景道："还多亏了珍少奶奶，不然向保哪肯招供王在燕隐瞒吴三桂钱粮的事？"

陈廷敬终于笑了起来，却仍说今后再不能这样办案。

第二日，陈廷敬押着王继文回京。王继文尚未定罪，仍着官服，脸色灰黑，坐在马车里。陈廷敬仍是以礼相待，王继文却并不领情。

快出城门，忽见街道两旁站满了百姓。仔细听听，原来都是来送王继文的。有的百姓痛哭流涕，说王大人是个好官哪，这几年没问百姓要一两银子，却被奸臣害了。又有人说，王大人得罪了云南有钱的商家，被他们告到京城，朝廷就派了钦差下来。

出了城门，却见城外还黑压压地跪着很多人，把道都给挡了。一个百姓见了王继文，忽地站起来，扑上前哭道："王大人，您可是大青天啊，您走了，我们的日子不知怎么过呀！"

王继文也仿佛动了感情，说："你们放心，阚家父子提出的税赋新法，钦差大人虽说要上奏朝廷，但皇上不一定恩准哪！”

那人扭头怒视陈廷敬：“你就是钦差吗？你凭什么要抓走我们的父母官？王大人可是云南自古以来从未有过的好官哪！”

陈廷敬高喊道：“老乡们，王大人有没有罪，现在并无定论，得到了京城，听皇上说了算数！”

那人道：“朝廷有你这样的奸臣，王大人肯定会吃苦头的！”

突然有人高喊杀了奸臣，百姓哄地都站了起来，蜂飞蚁拥般扑了过来。刘景和众随从拼命挡住人流。珍儿跳下车来，挥剑护住陈廷敬。

马明闪到王继文马车前，耳语道：“你赶快叫他们退下去，不然砍了你！”

王继文瞪眼道：“你敢！”

马明抽出刀来，说：“你别逼我！快，不然你脖子上一凉，就命赴黄泉了！”

王继文同马明对视片刻，终于软了下来，下车喊道：“乡亲们，乡亲们，你们听我说！”

却有人叫道：“王大人您不要怕，我们杀了奸臣，朝廷要是派兵来，我们就拥戴您，同他们血战到底！”

王继文厉声喊道：“住口！”百姓马上安静下来。王继文突然跪了下来，朝百姓拜了几拜。百姓们见了，又齐刷刷跪下，哭声一片。

王继文道：“我王某拜托大家了，千万不要做不忠不义之事！我在云南克勤克俭，不贪不占，上不负皇天，下不负黎民。这次进京面圣，凶吉全在天定。天道自有公正，乡亲们就放心吧！”

再无人说话，只闻一片哭声。王继文又道：“乡亲们请让出一条道来，就算我王继文求大家了。”

百姓们慢慢让出道来，他们都恨恨地望着陈廷敬。

珍儿说：“王大人把自己都感动了，还真哭了哩。”

陈廷敬叹道：“这回夹道哭送王大人的百姓，倒是自己闻讯赶来的。可怜这些善良的百姓啊!”

五十八

回京路上，陈廷敬接到家书，报喜说豫朋中了进士。陈廷敬喜不自禁，便吩咐快马加鞭，巴不得飞回家去。豫朋、壮履兄弟自小是外公发蒙，陈廷敬忙着衙门里的事，向来疏于课子。陈廷敬正日夜往家飞赶，不料数日之后又获家书，岳父大人仙逝了。陈廷敬痛哭不已，更是催着快些赶路。

云南毕竟太远了，回到京城已是次年七月。屈指算来，一来一去几近一年。陈廷敬先把王继文交部，顾不得进宫，急忙往家里赶。一家人见了面，自是抱头痛哭。陈廷敬径直去岳父灵位前点香叩头，哭了一场。回到堂屋坐下，月媛细细说了父亲发的什么病，什么时候危急，请的什么医生，临终时说过什么话，举丧时都来了什么人。陈廷敬听着，泪流不止。

陈廷敬进门就见家瑶同祖彦也在这儿，心里甚是纳闷，只因要先拜老人，不及细问。这会儿祖彦同家瑶走到陈廷敬跟前，扑通跪下，泣不成声。

陈廷敬忙问：“祖彦、家瑶，你们这是怎么了?”

祖彦哽咽道：“爹，您救救我们张家吧!”

陈廷敬又问：“你们家怎么了?”

家瑶哭道：“我家公公被人参了，人已押进京城!”

陈廷敬听了，惊得跌坐在椅子里。说起来都是故旧间的纠葛。京城神算祖泽深宅院被大火烧掉，便暗托明珠相助，花钱捐了官，没几年工夫就做到了荆南道道台。去年张汧升了湖广总督，他那湖南巡抚的位置让布政使接了。祖泽深眼睛瞅着布政使的缺，便托老朋友张汧举荐。张汧答应玉成，可最终并没能把事情办妥。祖泽深心里怀恨，参张汧为做成湖广总督，贪银五十多万两去场面上打点。张汧又反过来参祖泽深既贪且酷，治下民怨沸腾。两人参来参去，如今都下了大狱。

听月媛仔细说来，陈廷敬才知道亲家张汧的案子，皇上先派人查了说是没事，后来又派于成龙去查，却查出事来了。月媛满眼是泪，说："亲家的案子已是满城风雨，朝野皆知了。"

陈廷敬低头叹道："于北溟办事公直，他手里不会有冤案的。唉，我明儿先去衙门打听再说。世事难料啊！当年给我们这些读书人看相的正是这个祖仁渊。他自己会算命，怎么就没算准自己今日之灾？"

祖彦道："请岳父大人救我张家。现在里头的消息半丝儿透不出来，不知如何是好。我已多方打点，过几日可去牢里看看。"

陈廷敬只得劝女儿、女婿心放宽些，总会有办法的。他心里却并没有把握，张汧果真有事，皇上如不格外开恩，可是难逃罪责的。

第二日，陈廷敬先去了南书房，打探什么时候可以觐见。他的折子早交折差进京了，料皇上已经看过。一进南书房的门，只见臣工们都围着徐乾学说事儿。见这场面，陈廷敬便知事隔十余月，徐乾学越发是个人物了。只是不见明珠和索额图。

徐乾学回身望见陈廷敬，忙招呼道："哟，陈大人，辛苦了，辛苦了。您这回云南之行，人还没回来，京城可就传得神乎其神啊！都说您在云南破了惊天大案！"

陈廷敬笑道："尚未圣裁，不方便多说。"

闲话几句，徐乾学拉了陈廷敬到旁边说话，道："陈大人，皇上近些日子心情都不太好，您觐见时可得小心些。征剿噶尔丹出师不利，又出了张汧贪污案，如今您又奏报了王在燕贪污案。皇上他也是人啊！"

陈廷敬听罢，点点头又摇摇头，叹息良久，道："我会小心的。不知皇上看了我的折子没有？"

徐乾学道："皇上在畅春园，想来已是看了。我昨日才从畅春园来，今日还要去哩。陈大人只在家等着，皇上自会召您。”

两人又说到张汧的官司，徒有叹息而已。陈廷敬在南书房逗留会儿，去了户部衙门。满尚书及满汉同僚都来道乏，喝茶聊天。问及云南差事，陈廷敬只谈沿路风物，半字不提王继文的官司。也有追根究底的，陈廷敬只说上了折子，有了圣裁才好说。

徐乾学其实是对陈廷敬说一半留一半。那日皇上在澹宁居看了陈廷敬的奏折，把龙案拍得就像打雷。张善德忙劝皇上身子要紧，不要动怒。

皇上问张善德：“你说说，陈廷敬这个人怎么样？”

张善德低头回道：“陈子端不显山不显水，奴才看不准。”

皇上冷笑一声：“你是不敢说！”

张善德道：“皇上，奴才的确没听人说过陈子端半句坏话。”

皇上又冷笑道：“你也觉着他是圣人，是吗？”

张善德慌忙跪下，道：“皇上才是圣人！”

皇上道：“陈廷敬可把自己当成圣人！别人也把他看作圣人！”

当时徐乾学正在外头候旨，里头的话他听得清清楚楚。又听得皇上在里头说让徐乾学进去，他故意轻轻往外头走了几步，不想让张公公知道他听见了里头的话。

陈廷敬每日先去户部衙门，然后去南书房看看，总不听说皇上召见。倒是他不论走到哪里，大伙儿不是在说张汧的官司，就是在说王继文的官司。只要见了他，人家立马说别的事去了。皇上早知道陈廷敬回来了，却并不想马上召见。看了陈廷敬的折子，皇上心里很不是味道。皇上不想看到王继文有事，陈廷敬去云南偏查出他的事来了。

有日夜里，张汧被侍卫傻子秘密带到了畅春园。见了皇上，张汧跪下哀哭，涕泪横流。皇上见张汧蓬头垢面，不忍相看，着令去枷说话。傻子便上前给张汧去了枷锁。

皇上说：“你是有罪之臣，照理朕是不能见你的。念你过去还是个好官，朕召你说几句话。”

张汧听皇上口气，心想说不定自己还有救，使劲儿叩头请罪。

皇上道："你同陈廷敬是儿女姻亲，又是同科进士，他可是个忠直清廉的人，你怎么就不能像他那样呢？如今你犯了事，照人之常情，他会到朕面前替你说几句好话。他已从云南回来了，并没有在朕面前替你说半个字。"

张汧早嘱咐家里去求陈廷敬，心想兴许还有线生机。听了皇上这番话，方知陈廷敬真的不近人情，张汧心里暗自愤恨。

皇上又道："朕要的就是陈廷敬这样的好官。可是朕也琢磨，陈廷敬是否也太正直了？他就没有毛病？人毕竟不是神仙，不可能挑不出毛病。"

张汧尽管生恨，却也不想违心说话，便道："罪臣同陈廷敬交往三十多年，还真找不出他什么毛病。"

皇上冷冷道："你也相信他是圣人？"

张汧道："陈廷敬不是圣人，却可称完人。"

皇上鼻子里轻轻哼了哼，嘴里吐出两个字："完人！"

皇上许久不再说话，只瞟着张汧的头顶。张汧低着头，并不曾看见皇上的目光，却感觉头皮被火烧着似的。张汧的头皮似乎快要着火了，才听得皇上问道："你们是亲戚，说话自然随意些。他说过什么吗？"

张汧没听懂皇上的意思，问道："皇上要臣说什么？"

皇上很不耐烦，怒道："朕问你陈廷敬说过朕什么没有！"

张汧隐约明白了，暗自大惊，忙匍匐在地，说："陈子端平日同罪臣说到皇上，无不感激涕零！"

皇上并不想听张汧说出这些话来，便道："他在朕面前演戏，在你面前还要演戏？"

张汧脑子里嗡嗡作响，他完全弄清了皇上的心思，便道："皇上，陈子端尽管对罪臣不讲情面，他对皇上却是忠心耿耿，要罪臣编出话来说他，臣做不到！"

皇上拍案而起："张汧该死！朕怎会要你冤枉他？朕只是要你

说真话！陈廷敬是圣人、完人，那朕算什么？”

张汧连称罪臣该死，再说不出别的话来。

皇上又道：“你是罪臣，今日有话不说，就再也见不到朕了！”

张汧伏地而泣，被侍卫拉了出去。

祖彦去牢里探望父亲，便把皇上的话悄悄儿传了回来。陈廷敬跌坐在椅子里，大惊道：“皇上怎能如此待我！”

祖彦说：“我爹的案子只怕是无力回天了，他只嘱咐岳父大人您要小心。”

陈廷敬仍不心甘，问：“皇上召见你爹，案子不问半句，只是调唆你爹说出我的不是？”

祖彦道：“正是。我爹不肯编出话来说您，皇上就大为光火！”

皇上如何垂问，张汧如何奏对，祖彦已说过多次，陈廷敬仍是细细询问。

几日下来，陈廷敬便形容枯槁了。人总有贪生怕死之心，可他的郁愤和哀伤更甚于惧死。凭着皇上的聪明，不会看不到他的忠心，可皇上为什么总要寻事儿整他呢？陈廷敬慢慢就想明白了，皇上并不是不相信王继文的贪，而是不想让臣工们背后说他昏。陈廷敬查出了王继文的贪行，恰好显得皇上不善识人。

过几日，皇上召陈廷敬去了畅春园，劈头就说：“你的折子朕看了。你果然查清王继文是个贪官，朕失察了。你明察秋毫，朕有眼无珠；你嫉恶如仇，朕藏污纳垢；你忠直公允，朕狭隘偏私；你是完人、圣人，朕是庸人、小人！”

陈廷敬连连叩头道：“皇上息怒，臣都是为了朝廷，为了皇上！”

皇上冷冷一笑，道：“你为了朕？朕说王继文能干，升了他云贵总督，你马上就要去云南查他。你不是专门给朕拆台，千里迢迢跑到云南去，来回将近一年，这是何苦？”

陈廷敬只得学聪明些，他早想好了招，道：“启奏皇上，现在还不能断言王在燕就是贪官。”

皇上从陈廷敬进门开始都没有看他一眼，这会儿缓缓抬起头来，说：“咦，这可怪了。你起来说话吧。”

陈廷敬谢过皇上，仍跪着奏道：“臣在云南查了三笔账：一、库银亏空九十万两，其中七十八万两挪作协饷，十二万两被幕僚杨文启贪了；二、吴三桂留下白银三千多万两、粮食五千多万斤、草料一千多万捆，都被王在燕隐瞒，部分粮草充作协饷，银两却是分文不动。但朝廷每年拨给云南境内驿站的银钱，都被驿丞向保拿现成的粮草串换，银子也叫他贪了；三、建造大观楼余银九万多两，也被幕僚杨文启贪了。倒是王在燕自己不见有半丝贪污。”

皇上冷冷地瞟了眼陈廷敬，独自转身出去，走到澹宁居外垂花门下，伫立良久。皇上这会儿其实并不想真把陈廷敬怎么样，只是想抓住他些把柄，别让他太自以为是了。大臣如果自比圣贤，想参谁就参谁，想保谁就保谁，不是个好事。识人如玉，毫无瑕疵，倒不像真的了，并不好看。张善德小心跟在后面，小心听候皇上吩咐。

皇上闭目片刻，道：“叫他出来吧。”

张善德忙回到里头，见陈廷敬依然跪在那里。张善德过去说：“陈大人，皇上召您哪。”

陈廷敬起了身，点头道了谢。张善德悄声儿说：“陈大人，您就顺着皇上的意，别认死理儿。”

陈廷敬默然点头，心里暗自叹息。他还没来得及叩拜，皇上说话了：“如此说，王继文自己在钱字上头，倒还干干净净？”

陈廷敬说：“臣尚未查出王在燕自己在银钱上头有什么不干净的。”

皇上叹道：“这个王继文，何苦来！”

陈廷敬私下却想，做官的贪利只是小贪，贪名贪权才是大贪。自古就有些清廉自许的官员，为了博取清名，为了做上大官，尽干些苛刻百姓的事。王继文便是这样的大贪，云南百姓暂时不纳税赋，日后可是要加倍追讨的。这番想法，陈廷敬原想对皇上说出来的；可他听了张善德的嘱咐，便把这番话咽下去了。

皇上心里仍是有气，问道：“王继文毕竟亏空了库银，隐瞒吴三桂留下的银粮尤其罪重。你说朕该如何处置他？”

陈廷敬听皇上这口气，心领神会，道：“臣以为，当今之际，还不能过严处置王在燕。要论他的罪，只能说他好大喜功，挪用库银办理协饷，本人并无半点儿贪污。还应摆出他在平定吴三桂时候的功绩，摆出他治理滇池、开垦良田的作为，替他开脱些罪责。”

陈廷敬说完这番话，便低头等着皇上旨意。皇上却并不接话，只道：“廷敬，你随朕在园子里走走吧。”

今儿天阴，又有风，园子里清凉无比。皇上说：“廷敬，朕原想在热河修园子，你说国力尚艰，不宜大兴土木。朕听了你的话，不修了。这里是前明留下的旧园子，朕让人略作修缮，也还住得人。”

陈廷敬回道：“臣每进一言，都要扪心自问，是否真为皇上着想。”

皇上又道：“廷敬，你是朕的老臣忠臣。朕知道，你办的事情，桩桩件件，都是秉着一片忠心。可朕有时仍要责怪你，你知道为什么吗？”

皇上说罢，停下来望着远处。陈廷敬拱手低头，一字一句道：“臣不识时务！”

皇上笑道：“廷敬终于明白了。就说这云南王继文的案子，你一提起，朕就知道该查。可是现在就查，还是将来再查？这里面有讲究。朕原本打算先收拾了噶尔丹，再把各省库银查查。毕竟征剿噶尔丹，才是当前朝廷最大的事情！热河的园子，现在不修，将来还是要修的！”

听了皇上这些话，陈廷敬反而真觉得有些羞愧了。陈廷敬不多说话，只听皇上谕示：“王继文的确可恶，你说不从严查办，很合朕的心意。才出了张汧贪污大案，尚未处理完结，又冒出个更大的贪官王继文，朝廷的脸面往哪里搁？王继文朕心里是有数的，他这种官员，才干是有的，只是官瘾太重，急功近利。他对上邀功请赏，对下假施德政。这种人官做得越大，贻祸更是深远。”

陈廷敬道：“皇上明鉴！且这种官员，有的要到身后多年，后人才看出他的奸邪！”

皇上长叹道：“朕的确失察了呀！”

听着这声叹息，陈廷敬更明白了皇上的确不易，便道：“皇上不必自责，好在王在燕的面目已被戳穿了。皇上，臣还有一条建议。”

陈廷敬抬头看看皇上脸色，接着说道：“吴三桂留下的三千多万两银子，念云南地贫民穷，拨一千万两补充云南库银，另外两千万两速速上解进京！所余粮草就地封存，着云南巡抚衙门看管，日后充作军饷。”

皇上想了想，道：“朕就依你的意思办。只是吴三桂所留银粮的处置，必须机密办理，不要弄得尽人皆知！”

因又说到云南税赋新法，皇上道：“朕细细看了，不失为好办法，可准予施行，其他相似省份都可借鉴。廷敬理财确有手段。”

陈廷敬说：“臣不敢贪天之功，这个税赋新法，是阚祯兆父子拿出来的。臣只是参照朝廷成例，略作修改而已。”

皇上问道：“阚祯兆父子？”

陈廷敬便把阚家的忠义仁德粗略说了，皇上听罢唏嘘良久，道：“他们倒真是身远江湖，心近君国啊！”

月媛同家瑶、祖彦、壮履在堂屋里镇日相对枯坐，尖着耳朵听门上动静。忽听得外头有响动，好像是老爷回来了。月媛脸色煞白，忙起身迎了出去。家瑶、祖彦、壮履也跟了出去。见老爷身子很倦的样子，谁也不敢多问。陈廷敬见大家这番光景，知道都在替他担心，便把觐见的情形大略说了。月媛这才千斤石头落了地，长长地叹了一声。这几日，一家人都把心提到嗓子眼上过日子。

家里立时有了生气。进了堂屋坐下，祖彦道：“皇上已经息怒，孩儿就放心了。”

家瑶说：“既然皇上仍然宠信爹，就请爹救救我公公。”

家瑶说着，又跪了下来。陈廷敬忙叫家瑶起来说话，家瑶却说：“爹不答应救公公，我就不起来。”

陈廷敬摇头道：“傻孩子啊，不是爹想不想救，而是看想什么法子，救不救得了！”

祖彦说：“本来侍郎色楞额去查了案子，认定我爹没罪的；后来祖泽深再次参本，皇上命于北溟去查，又说我爹有罪。这中间，到底谁是谁非？”

陈廷敬说：“色楞额贪赃枉法，皇上已将他查办了。于北溟是个清官，他不会冤枉好人的。”

家瑶哭道：“爹，您就看在女儿分上，在皇上面前说句话吧！”

大顺进来通报，说是张汧大人的幕宾刘传基求见。陈廷敬便叫家瑶快快起来，外人看着不好。家瑶只得站起来，月媛领着她进里屋去了。壮履也进去回避，只有祖彦仍留在堂屋。

没多时，刘传基进来，拱手拜礼。陈廷敬请刘传基千万别见外，坐下说话。刘传基并没有坐下，而是扑通跪地，叩首道：“陈大人一定要救救我们张大人！他有罪，却是不得已呀！传基害了张大人，若不救他，传基万死不能抵罪！”

陈廷敬道：“事情祖彦跟家瑶都同我说了，也不能都怪你。升官确需多方打点，已成陋习。”

刘传基说：“要不是明珠知道我私刻了官印，张大人就是不肯出三十万两部费他也没法子。是我害了张大人。”

这事早在去年陈廷敬就听张鹏翮说过，可他知道明珠如今风头正盛，便摇头道：“承祖，事情别扯远了，不要说到别人。”

刘传基又道：“我听说陈大人查的云南王在燕案，比张大人的案子重多了，皇上都有意从轻发落，为什么张大人就不可以从轻呢？国无二法呀！”

陈廷敬缄口不言，私下却想寻机参掉明珠，一则为国除害，二则或许可救张汧。只是此事胜算难料，不到最后哪怕在家里也是说不得的。刘传基见陈廷敬不肯松口，只好叹息着告辞。

刘传基同祖彦瞒着陈廷敬，夜里去了徐乾学府上。自然是从门房一路打点进去，好不容易才见着了徐乾学。见过礼，祖彦禀明来意，道："徐大人，我爹时常同我说起您，他老人家最敬佩您的人品才华。"

徐乾学倒也客气，道："世侄，我同令尊大人是有交情的。只是案子已经通天，谁还敢到皇上那儿去说？"

刘传基说："满朝文武就没有一个人敢在皇上头前说话了吗？"

徐乾学说："原来还有明珠可托，可这件事他见着就躲。"

刘传基平时总放不下读书人的架子，这会儿顾不上了，奉承道："庸书听说，皇上眼下最器重的就是您徐大人哪！您徐大人不替我们老爷说话，他可真没救了。"

徐乾学听着这话很受用，可他实在不敢在皇上面前去替张汧求情，却又不想显得没能耐，故意沉吟半日，道："那要看办什么事，说什么话。这事我真不方便说，不过我可以指你们一条路。"

祖彦忙拱手作揖，道："请徐大人快快指点。"

徐乾学道："你们可以去找高澹人。"

祖彦一听就泄了气，瞟了一眼刘传基，不再言语。

刘传基道："高澹人不过一个四品的少詹事啊！"

徐乾学笑道："你们不知道啊，什么人说什么话，个中微妙不可言说。高澹人出身低贱，还是读过几句书。他在皇上面前，要是显得有学问，皇上会赏识他；要是显得粗俗，皇上因为他的出身也不会怪罪他；哪怕他有点儿小奸小坏，依皇上的宽厚也不会记在心里。"

刘传基道："好吧，谢徐大人指点，我们去拜拜高大人吧。"

徐乾学见祖彦仍忧心忡忡的样子，便道："世侄放心，我也不是说不帮，只要高澹人提了个头，我会帮着说话的。"

两人便千恩万谢，出了徐府。刘传基道："这可真是病急乱投医啊！”

祖彦更是着急，问：“我们还有更好的法子吗？”

刘传基早已心里无底，道：“走一步看一步吧。”

高士奇住在禁城之内，寻常人是进不去的。好不容易托人把高士奇约了出来，找家茶肆叙话。高士奇倒是很好说话，见面就说：“世侄放心，令尊是我的老朋友，我会帮忙的。”

祖彦大喜过望，纳头便拜：“我们全家老小谢您了，高世伯！”

高士奇扶了祖彦起来，问寒问暖，直把张家老小都问了个遍。祖彦心想只怕真找对人了，这高世伯实在是古道热肠。寒暄半日，高士奇道：“可是世侄，您知道的，如今办事哪有凭着两张嘴皮子说的？”

祖彦忙说：“小侄知道，托人都得花银子的。”

高士奇说：“令尊同我可谓贫贱之交，最是相投。放心，银子我是分文不取的，可我得托人啊！”

祖彦点头不迭，只道高世伯恩比天高。刘传基见祖彦只顾道谢，半句不提银子的事，知道他不便明问，就试探道：“高大人，您说得花多少银子？”

高士奇拈须道：“少不得也要十万八万的吧。”

祖彦甚是为难，道：“我家为这官司，花得差不多了。”

高士奇笑道：“世侄，救人的事，借钱也得办。只要人没事，罪就可设法免掉，日后还可起复。我是个说直话的，只要有官做，还怕没银子吗？”

祖彦只得答应马上借钱。刘传基说：“高大人，庸书说话也是直来直去，徐乾学大人我们也去求过，他答应同您一道在皇上跟前说话。这些银子，可也有他的份啊！”

高士奇说：“这个您请放心，高某办事，自有规矩。”

祖彦一咬牙说：“好，不出三日，银子一定送到。”

祖彦在外头该打点的都打点了，这日又去牢里探望父亲。张汧在牢里成日读书作诗，倒显得若无其事。祖彦虽是忧心如焚，却宽慰父亲道："徐大人、高大人都答应帮忙。"

张汧叹道："他俩可都是要钱的主啊！"

祖彦道："要钱是没办法的事，您老人家平安，张家才有救。"

张汧听罢，闭目半日，问道："明珠呢？"

祖彦道："明珠那里就不用再送银子了。他要帮，自然会帮的；他不帮，再送银子也没用。"

张汧想起明珠心里就恨恨然，却只把话咽了下去，当着儿子的面都不想说。

祖彦又说："皇上还是宽恕了岳父，改日还要听他进讲哩。"

张汧摇头道："我们这位皇上，谁也拿不准啊！既然皇上仍然信任你岳父，他就该替我说句话呀。"

祖彦不知从何说起，摇头不语。张汧叹道："真是墙倒众人推啊！"

五十九

皇上在弘德殿召陈廷敬进讲，诸王并三公九卿都依例圜听。陈廷敬这次进讲的是《君子小人章》，为的是探测圣意。原来他近日听得有人私下议论，皇上对明珠似有不满。可是否已到了参明珠的时候，他仍拿不准。他故意进讲《君子小人章》，实是煞费苦心。

陈廷敬先是照本宣科，然后发表议论，说："自古皇上旨意不能下达，民间疾苦不能上闻，都因为小人在中间作怪。小人没得志的时候，必定善于谄媚；小人得志之后，往往惯使阴毒奸计。小人的危害，不可胜数。所以，远小人，近贤臣，自古人主都以此告诫自己。"

皇上道："朕也时常告诫自己提防小人，可我身边有无小人呢？肯定是有的。"皇上说这话时，眼睑低垂着，谁也没有望，可大臣们都觉得脸皮发痒，似乎皇上正望着自己。

陈廷敬又说：“君子光明磊落，从不伪装，偶有过失，容易被人察觉，故而君子看上去总有这样那样的小毛病。小人善于掩饰，滴水不漏，看上去毫无瑕疵，故而小人一旦得宠，反而贪位长久，成为不倒翁。小人又善于揭人之短，显己之长，使人主对他信而不疑。故而自古有许多大奸大恶者，往往死后多年才被人看清面目。”

皇上道：“如此，危害就更大了。朕非圣贤，也有看不清真相的时候。朕要提醒各位臣工，务必虚怀若谷，坦荡做人，正道直行。廷敬接着说吧。”

陈廷敬说：“君子是小人天生的死敌，因此小人最喜欢做的就是残害君子。且小人残害君子，不在大庭广众之下，而在筵闲私语之时。所以圣人称小人为莫夜之贼，唯圣明之主能察觉他们，不让他们得志！”

皇上点头良久，道：“廷敬这番话，虽不是很新鲜，却也是朕常常感触到的。今日专门听他讲讲，仍是振聋发聩！从来君子得志能容小人，小人得志必不能容君子。朕不想做昏君，决意唯小人务去！这次进讲就到这里。赐茶文渊阁，诸位大臣先去文渊阁候驾，朕同廷敬说几句话就来。”

平日都是臣工们跪送皇上起驾，这回他们只叩了头，退身下去。大臣们暗自奇怪，不由得偷偷地瞟着陈廷敬。索额图面有得色，瞟了眼明珠，似乎他知道皇上讲的小人是谁。明珠私下惊惧，却仍是微笑如常。

殿内只剩下皇上了，陈廷敬不免心跳起来。他并不知道皇上留下自己有什么话说。忽听皇上问道：“廷敬，你专门为朕进讲君子和小人，一定有所用心。不妨告诉朕，你心目中谁是小人？”

陈廷敬顾左右而言他，试探道：“臣不知张河清、王在燕之辈可否算小人？”

皇上道：“朕知道张汧是你的儿女亲家。一个读书人，当了官，就把圣贤书忘得干干净净，就开始贪银子，朕非常痛心！”

陈廷敬道：“臣不敢替张河清说半句求情的话。然臣以为，张河清本性并非贪心重的人。当年他在山东德州任上，清廉自守，为此得罪了上司。如今，他官越做越大，拿的俸禄越来越多，反而贪了，中间必有原因。”

皇上道：“廷敬没有把话说透，你想说张汧的督抚之职是花钱买来的，是吗？”

陈廷敬说：“这种事很难有真凭实据，臣不敢乱说。”

皇上道：“朕主张风闻言事，就因为这个道理！不然，凡事都要拿得很准才敢说，朕放着那么多言官就没用了。”

陈廷敬琢磨着皇上心思，故意道：“吏部多年都由明相国……”

他话没说完，皇上轻轻说道：“明相国！”

陈廷敬听出皇上的心思，又道：“满朝文武都称明珠大人明相国，臣嘴上也习惯了。”

“这位明相国是不是成了二皇上了？”皇上黑着脸，把相国二字说得重重的。

陈廷敬大惊，终于知道皇上想搬掉明珠了。他想故意激怒皇上，便说：“皇上这句话，臣不敢回！”

皇上问道：“朕问你话，有何不敢回？”

陈廷敬道：“人都有畏死之心，臣怕死！”

皇上更是愤怒：“得罪明珠就有性命之忧？这是谁的天下？”

陈廷敬低头不语，想等皇上心头之火再烧旺些。果然皇上愈加气恼，说：“朕原打算张汧、王继文一并夺职，可明珠密奏，说王继文之罪比张汧更甚十倍，倘若一样处置，恐难服天下。”

陈廷敬这才说道：“皇上眼明如炬，已看得很清楚了。明珠巴不得王在燕快些死，张河清也最好杀掉。”

皇上道：“廷敬特意给朕进讲小人，煞费苦心啊！朕明白你的用心！”

陈廷敬见时机已到，方才大胆进言：“臣早就注意到，明珠揽权过重。言官建言，需先经明珠过目，不然就会招来谤议朝政的罪名；南书房代拟圣旨，必由明珠改定，不然就说我们歪曲了皇上旨意；各地上来的折子，也要先送明珠府上过目修改，不然通政使司不敢送南书房；部院及督、抚、道每有官缺，他都是先提出人选，再交九卿会议商议，名义上是臣工们会商，实际是明珠一言九鼎。”

皇上气愤之极，骂道：“明珠可恨！”

陈廷敬又道：“原先各省同朝廷往返的折子，快则十日半月便可送达，最远也不出两个月。现因明珠在其中做手脚，必须先送到他家里批阅改定，有的折子要三四个月才能送到皇上手里！”

皇上怒道：“他这不是二皇上又是什么！”

陈廷敬叩道：“皇上息怒！吴三桂留下的钱粮本是有数的，王在燕假如不是仗着明珠这个后台，他怎敢隐瞒？湖南奏请蠲免钱粮，明珠却索要部费三十万两，又私许张汧做湖广总督，不然张汧怎会去贪？皇上，坊间早有传言，说天下的官都被明珠卖完了！”

皇上听着两眼发黑，手微微颤抖，半天才说：“明珠该杀！”

陈廷敬忙跪下去，说：“臣贪生怕死，忧心如焚却不敢直谏！请皇上恕罪！”

皇上来回踱了十来步，说：“朕体谅你的难处，不怪罪你。廷敬，吏部为六部之首，选贤用人，关乎国运。朕有意着你转吏部尚书！兼着总理南书房！”

陈廷敬大吃一惊，心想这不是好事，等于把他放在火上去烤。他本意只想参明珠而救张汧，不承想皇上竟要他替代明珠做吏部尚书！别人不明就里，他不成了弄权小人了吗？世人都知道明珠早年是他的恩人，他在天下人面前可是百口莫辩啊！

皇上见陈廷敬忘了谢恩，也不怪罪，道：“廷敬，你去文渊阁传旨赐茶，朕今日不想见那张嘴脸！”

陈廷敬这才道了领旨，谢恩告退。他才转身退下，皇上又把他叫了回来，说：“参明珠的弹章，朕会命人草拟，你不必出头。”

陈廷敬听了，略略松了口气。

明珠等在文渊阁候驾，天南地北地聊着。忽有人说，过几日就是明相国生日了。明珠忙说难得大家惦记，公事太忙，不想劳烦各位。有人便说生日酒还是要喝的，明相国别想赖掉。大伙儿说着说着，便凑着徐乾学去了。高士奇道：“徐大人，士奇近日读您的《读礼通考》，受益匪浅哪！”

旁边有人忙附和道：“下官也读了，茅塞顿开啊！”

徐乾学笑道：“《读礼通考》是我为家母丁忧三年时的读书心得，谈不上见解，述圣人之言而已。乾学进呈御览，皇上倒是大为嘉许。”

索额图说：“徐大人不必谦虚，您的书老夫也读了。皇上都喜欢，还有什么话说？”

徐乾学忙拱了手说：“怎敢劳动索大人读我的书呀！”

索额图又转身望着明珠，说：“满大臣中要数明相国最有学问，改日明相国也写部书让老夫读读？”

明珠若无其事地拿手点点索额图，哈哈大笑。这时，太监打起了门帘，大臣们慌忙起身，低着头准备接驾。大伙儿刚要跪下，却见进来的是陈廷敬。

陈廷敬道：“皇上说身子有些乏了，今儿就不陪各位爱卿喝茶了，照例赐茶。”

大臣们依旧拱手谢恩，回原位坐下。太监依次上茶。茶仍从明珠位上先上，明珠却说：“先给陈大人上茶。”

陈廷敬知道明着是明珠客气，实则是叫他难堪，便道：“明相国在上，礼数不可乱了。”

用完茶，大臣们出了文渊阁，各自回衙门去。索额图今日听皇上说起小人，句句都像在说明珠。似乎陈廷敬进讲《君子小人章》，也是苦心孤诣的。索额图总把陈廷敬看作明珠的人，如今却见他对明珠反攻倒算，可见他也是个白眼狼。索额图最瞧不起汉官的就是他们的反复无常，首鼠两端。

不过今日索额图显出少有的城府，专门追上陈廷敬道：“陈大人，您今日讲小人，讲得好啊。”

陈廷敬忙说：“索大人过奖了。”

索额图问道：“皇上给您出这个题目，耐人寻味啊！”

陈廷敬说：“不是皇上出的题目，是我近日的读书心得。”

索额图恍然大悟的样子，点头道：“哦，原来是这样啊。可您恰好说到皇上心坎上去了。陈大人，您心里有数，同皇上想到一块儿去了，您就上个折子嘛！皇上说了，唯小人务去！”

陈廷敬笑道：“廷敬只是坐而论道，泛泛而谈，并无实指。”

索额图摇头道：“子端还是信不过老夫啊！”

陈廷敬微笑着敷衍些话，同索额图拱手别过。索额图却想陈廷敬是个背情忘友的小人，日后只要有机会定要除掉他！

六十

陈廷敬回到家里，琢磨今日之事，越想越惧怕。朝中做官，没谁不希望皇上宠信的。可越得皇上宠信，处境也就越危险。如果他真因明珠罢官而取代之，不知会招来多少物议。

过了几日，张鹏翮跑到户部拜会陈廷敬，透露皇上要他参明珠之事。陈廷敬怪张鹏翮不该如此冒失，道：“张大人，皇上让你参明珠，又特嘱机密行事，您怎能跑到我这里来说呢？”

张鹏翮说：“皇上意思是以我的名义参本，却让徐原一、高澹人草拟弹章。徐、高二人非良善之辈哪！”

陈廷敬正色道：“张大人，您不要再说下去了！”

张鹏翮却又说道：“难道就不能由您来草拟弹章？”

陈廷敬摇头道：“运青，让我怎么说您呢？您为人刚正不阿，是贪官害怕的言官，是皇上信任的诤臣。可是，您凡事得过过脑子啊！”

张鹏翮道：“高澹人的贪名早已世人皆知，让他来起草参劾贪官的折子，岂不是笑话？徐原一不仅贪，还野心勃勃，一心想取代明珠！”

正说着，衙役来报：“陈大人，乾清宫的公公在外头候着，皇上召您去哪。”

陈廷敬说：“我即刻就来。”衙役出去了，陈廷敬嘱咐张鹏翮暂避：“运青，我先随张公公去见皇上，您稍后再离开。近段日子，您没事就在刑部待着，别四处走动。”

陈廷敬匆匆赶到乾清宫，先叩了头。皇上手里拿着个折子，道：“这是参明珠的弹章，徐乾学和高士奇草拟的，朕看过了，你再看看吧。”

陈廷敬接过折子，仔细看着。皇上道：“朕打算让张鹏翮出面参明珠。”

陈廷敬只当还不知道这事，边看边说：“这折子也像张运青的口气。”

陈廷敬反复看了两遍，道：“皇上，臣看完了。”

皇上道：“说说吧。”

陈廷敬奏道：“回皇上，参人的折子，按理应字字据实，点到真实的人和事。然参明珠的折子不宜太实了，否则牵涉的人过多，恐生祸乱。”

皇上问道：“弹章空洞，能服人吗？”

陈廷敬回道：“明珠劣迹斑斑，有目共睹，只因他位高权重，人人惧怕，不敢说而已。如今要参他，不用说出子丑寅卯，也能服天下，也决不会冤枉了明珠。”

皇上沉吟半晌，点头称是：“廷敬说得有道理！”

陈廷敬又道：“以臣之见，参明珠的折子，只扣住揽权、贪墨、伪善、阴毒、奸邪、妄逆这些字句，把文章做好些就行了，不必把事实桩桩件件都列举出来。比如明珠卖官，只需点到为止。”

皇上叹道：“是啊，让世人知道国朝的官都是明珠真金白银卖出去的，朝廷还有何面目！”

陈廷敬略作迟疑，又说：“这个折子上，点到的官员名字达三十多人，太多了。以臣之见，皇上应勾去一些名字，最多不超过十个。”

皇上道：“十个都多了。廷敬，你来勾吧。”

陈廷敬大惊，此事他是不能做的。万一哪日天机泄露，他就性命堪虞。再说皇上想保哪些人，斥退哪些人，他也难以拿准。正在想时，皇上已把笔递过来了。他只得小心揣摩着皇上的想法，勾掉了二十多人。若依陈廷敬的意思，真应该把徐乾学和高士奇的名字加上去。陈廷敬同徐乾学有些日子很合得来，可陈廷敬慢慢看出徐乾学也绝非良善之人，日久必成大奸。谁都知道徐乾学原本是明珠重用的人，只因他羽翼日丰，又见明珠渐失圣意，才暗中倒戈。高士奇原本就是小人，他虽深得皇上宠信，背地里却干过许多坏事。陈廷敬心里又暗忖，皇上兴许把身边大臣都看得很清楚，宠之辱之留之去之，只是因时因势而已。不知皇上到底如何看他陈廷敬呢。想到这一层，陈廷敬冷汗湿背。

陈廷敬从乾清宫出来，却见太监领着明珠迎面而来。陈廷敬才要招呼，明珠早先拱手了：“哦，陈大人，皇上召我去哪。”

陈廷敬还了礼，寒暄几句，别过了。回户部衙门的路上，陈廷敬百思不解。近来皇上从不单独召见明珠，今儿却是为何？

明珠进了乾清宫，见皇上正批阅奏折，忙叩头道：“臣明珠叩见皇上！”

皇上起身，和颜悦色道：“明珠来了？起来说话吧。”

明珠仍是跪着，道：“不知皇上召臣有何吩咐！”

皇上道：“没什么事。朕好些日子没有去南书房了，虽说日日御门听政，却没能同你单独说几句话。”

明珠道：“臣也怪想皇上的。”

皇上随意问了些话，突然说：“朕今儿想起，你的生日快到了。”

明珠忙把头叩得砰砰作响，道：“皇上朝乾夕惕，日理万机，居然为区区老臣生日挂怀！臣真是有罪呀！”

皇上笑道：“你在朕面前，亦臣亦师。朕亲臣尊师，有何不该？朕想告诉你，你的生日，要好好操办。朕去你家喝酒多有不便，但寿礼朕还是要送的！”

明珠道：“臣岂敢受皇上寿礼！”

皇上道：“君臣和睦有什么不好？君臣一心，国之大幸。朕就是要给你送寿礼，朕要同你做君臣和睦的典范，让千秋万代效法！”

明珠感激涕零，匍匐于地，叩头道：“臣谢主隆恩！臣当披肝沥胆，死而后已！”

皇上道：“明珠快快请起！生日那日，你就不要来应卯，好好在家歇着。你平日够辛苦了的，好歹也要自在一日嘛。”

明珠又叩头不止，道：“臣谢皇上隆恩！”

明珠夜里回家，独坐庭树之下，忧心忡忡。自那日陈廷敬进讲，明珠便隐约觉着自己失宠了。好些日子皇上都没有单独召见他，后来他专门找些事儿想面奏皇上，竟然都被乾清宫太监挡回来了。却听宫里的耳目说，皇上屡次召见的是陈廷敬。今日皇上突然召见他，难道真的仅仅只为过问他的生日？

明珠喊道：“安图，过来陪我喝茶吧。”

远远站在一旁的安图忙招呼家人上茶，自己也侧着身子坐下了。明珠的福晋也暗自站在安图旁边，她听得老爷说要喝茶，也走了过来。

福晋宽慰道：“老爷，您就别多心了。您是皇上身边的老臣，忠心耿耿这么多年了，他老人家记着您的寿诞，这是皇上的仁德啊！”

安图也道：“小的也觉着是这个理儿。老爷，您的寿诞，咱还得热热闹闹地办！”

明珠道：“我原想今年事儿多，生日将就着过算了。如今皇上有旨，说得好好地办，只好遵旨啊。”

福晋说：“自然得办得热闹些，您是当今首辅大臣，不能让人瞧着寒碜！”

明珠听福晋说到首辅大臣，心里陡然发慌。这首辅大臣的位置只怕要落到陈廷敬手里去了。他想国朝还从未有过汉人做首辅大臣的先例，陈廷敬未必就能坐得稳！又想索额图同他争锋多年，这回会不会借势杀出来呢？

明珠正心乱如麻，却听安图说道：“老爷，许多人眼巴巴儿等着这日上门来哩，老爷也得成全人家的孝心啊！”

明珠便道：“好吧，我做寿的事安图去办吧。”

明珠做寿那日，陈廷敬同索额图、徐乾学、高士奇等一同去的，进门就听里头有人在高声念着《寿序》：“明珠公负周公之德，齐管相之才，智比武侯，义若关圣，为君相之表率，当百官之楷模……”

明珠点头而笑，听得陈廷敬等到了，忙起身迎接：“哎呀呀，各位大人这么忙，真不该惊动你们啊！”

陈廷敬道：“我们得上完早朝才能动身，来迟了！”

索额图哈哈笑道：“皇上都说要送寿礼来，我们谁敢不来？”

明珠道：“让皇上挂念着我的生日，心里真是不安呀！”

正在这时，安图高声宣道乾清宫都太监张公公到。明珠又忙转身迎到门口，见张善德领着两个侍卫，四个小太监送贺礼来了。

明珠拱手道：“张公公，怎敢劳您的大驾啊！”

张善德微笑道：“明珠接旨！皇上口谕，明珠为相十数载，日夜操劳，殷勤备至。今日是他的寿诞吉日，赏银一千两、表里缎各五十匹、鹿茸三十对、长白参二十盒、酒五十坛！钦此！”

明珠叩头谢了恩，起身招呼张公公入座喝酒。张善德道：“酒就不喝了，皇上说不定又会使唤奴才哩！”

明珠知道留不住，便把张善德等送到门口。安图早准备好了礼包银，一一送上。张善德在明珠面前甚是恭敬，口口声声自称奴才，千恩万谢。

徐乾学和高士奇坐在一块儿。徐乾学有句话忍了好些日了，这会儿趁大伙都在攀谈，便悄悄儿问道：“澹人，河清家里找过您吗?”

高士奇很惊讶的样子，问：“河清家里？没有啊。我住在禁城里头，他们如何找得到我?”

徐乾学满心狐疑，却不再多问。今日明珠家甚是热闹，屋子里和天井、花厅都布了酒席。明珠送走张善德，回来招呼索额图等，连声说着对不住。宾客们都入了座，明珠举了杯说：“明珠忝居相位，得各位大人帮衬，感激不尽。苍天垂怜，让老夫徒添寿年，恍惚之间，已是五十有三。人生几何，去日苦多呀！今日老夫略备菲酌，答谢诸公!”

众人举了杯，共祝明相国寿比南山，福如东海。大家才要开怀畅饮，忽听门上喊道：“刑部主事张运青大人贺寿!”

安图凑到明珠跟前悄悄儿说：“老爷，这个人我们没请啊!”

明珠笑道：“来的都是客，安图快去迎迎！难得张运青上老夫家来，请他到这儿来入座。”

安图过去请张鹏翮，正听得门上说话不甚客气：“张大人，您就带这个来喝寿酒？我们老爷接的《寿序》念都念不过来哩!”

原来张鹏翮手里拿红绸包着个卷轴，像是《寿序》。安图责骂门上无礼，恭恭敬敬请张鹏翮随他进去。有人上来接张鹏翮手里的东西，张鹏翮道：“不劳不劳，我自己交给明珠大人!”

张鹏翮远远地见了明珠，笑着拜道：“卑职张鹏翮祝明珠大人福寿两全，荣华永年!”

明珠朗声大笑：“运青兄，您能来我家喝杯酒，老夫甚是高兴。您人来就行了，还写什么《寿序》，那都是些虚文礼数，大可不必!”

张鹏翮道：“鹏翮清寒，银子送不起，《寿序》还是要送的。卑职就不念了，请明珠大人亲自过目。”

明珠心里隐隐不快，却并不表露，接了卷轴交给安图：“安图，你念念吧。”

高士奇在旁说道：“运青文章锦绣，您写的《寿序》必定字字珠玑。”

安图小心揭开红绸，打开卷轴，大惊失色：“老爷，您看，这……”

明珠接过卷轴，目瞪口呆。张鹏翮哈哈大笑，道：“这是我参明珠大人的弹章，已到皇上手里了！”

明珠把弹章往地上一扔，指着张鹏翮说不出话来。张鹏翮端起桌上一杯酒，一饮而尽，高喊快哉，扬长而去。明珠马上镇定下来，笑眯眯地环视诸位，然后望着徐乾学道：“徐大人，你刑部主事张运青参我，您这位刑部尚书不知道？”

徐乾学语无伦次：“这个……这个……张运青为人狂狷，向来不循规蹈矩……我……”

明珠转又望着陈廷敬，道：“陈大人，张运青的弹章是怎么到皇上那里去的，您这几日都在南书房，应该知道吧？”

陈廷敬笑道：“明珠大人，廷敬倒以为，您不用管别的，您只需知道张运青所参是否属实，您不妨先看看。”

明珠笑道：“我自然会看的。不过事由虚实，得看皇上的意思。当年三藩叛乱，有人说，都怪明珠提出撤藩。这是事实呀！有人还说杀了明珠，就可平息三藩之乱。可是皇上不相信呀！”

说到这里，明珠微笑着望着索额图，道：“当年要皇上杀我的，可正是您索大人啊。”

明珠说罢哈哈大笑，高举着酒杯。索额图尴尬笑道：“明珠大人记性真好啊！”

明珠举了杯，笑道：“过去的事了，笑谈而已，来，干杯！”

高士奇笑道：“明珠大人，您是首辅大臣，皇上最是宠信，刚才皇上还送了寿礼来哩！一个张运青，能奈您何！”

只因张鹏翮搅了局，大家心里都有些难为情，便更是故作笑语，寿宴弄得热闹非凡。

六十一

大清早，臣工们从乾清门鱼贯而入。明珠同张鹏翮偏巧碰到一起，真是冤家路窄。张鹏翮冷眼相向，明珠反而笑脸相迎，轻言细语同他说话：“运青啊，上回您发配伊犁，好歹回来了。这回再发配出去，只怕就回不来啰！”

张鹏翮哼哼鼻子，道：“走着瞧吧。”

臣工们进了乾清门，里头静得只听见衣裾摩擦的声响。等到皇上驾临了，臣工们一齐跪下。皇上在龙椅上坐下，吩咐各位起身。各部按例定秩序奏事。轮到明珠奏事，他先为做寿的事谢恩，叩头道：“启奏皇上，臣蒙皇上恩典，亲赐寿礼，感激万分。这是臣谢恩的折子，恭请皇上御览！”

太监接过折子，递给皇上。皇上道：“你的生日过得好，朕也就安心了。”

突然，站在后排的张鹏翮低头向前，跪下奏道：“启奏皇上，臣要参劾明珠！”

张鹏翮没有按顺序奏事，大失礼仪。纠仪官执鞭立在后面，却是丝文不动。臣工们颇感震惊，都抬头望着皇上。殿内突起喧哗。这几日，朝野内外私下里说道的，都是张鹏翮去明珠寿宴上送弹章的事。这会儿大家等着皇上发话，皇上却并不言语。殿内很快安静下来。

张鹏翮便道：“臣参明珠八款大罪：一、假托圣旨；二、揽权自重；三、邀买人心；四、结党营私；五、卖官敛财；六、贪墨徇私；七、伪善阴毒；八、残害忠良。弹章在此，请皇上圣裁！”

明珠也顾不得朝廷仪轨，奏道：“启奏皇上，张运青到臣寿宴上戏弄为臣，把这个弹章作为《寿序》送了来。臣已看了，空洞无物，强词夺理，穿凿附会，实是无中生有，故意陷害！”

张鹏翮道：“明珠之奸邪，世人皆知。臣弹章所言，每一个字都可以引出一大堆事实。”

明珠争辩道：“张运青一贯谤议朝政，中伤大臣，皇上是知道的！”

皇上扫视着群臣，问道：“怎么没有谁说话呀？朕告诉你们，这个折子，朕先看过了。朕曾问过几位大臣，既然明珠横行到这个地步，怎么没人参他？有大臣回答，谁不怕死？朕好生奇怪，当年鳌拜都有人敢参他，难道明珠比鳌拜更可怕？”

大臣们面面相觑，仍是不敢说话。明珠却是惊恐万状，伏地而泣道：“皇上不可轻信小人谗言哪！”

皇上不理会明珠，又问大臣们：“今儿把事情都摊到桌面上来了，大家还是不敢说？”

半晌，陈廷敬跪上前来奏道：“启奏皇上，明珠经历的很多事情都关乎密勿，不宜在此公开辩说。”

皇上点头道：“廷敬说得在理。明珠所作所为，朕心里有本账。今日朕就算定了明珠的罪，他也冤不到哪里去。但朕要让他心服口服，也要让天下人心服口服！”

张鹏翮甚是急躁，道：“启奏皇上，依明珠之罪，当诛！皇上应乾纲独断，当即定下明珠死罪，以告天下！”

皇上瞟了眼张鹏翮，道：“国有国法，家有家规。朕不想武断从事，背个好杀的名声。着明珠回家闭门思过，听候九卿会议议处！”

明珠如五雷轰顶，却也只得叩头谢恩，痛哭不止。皇上叹息良久，不禁伤心落泪，道：“朕不是个心胸狭隘之人，凡事能忍则忍，总以君臣和睦为好。起初明珠同索额图争权夺利，两人都不知收敛，朕写了‘节制谨度’四字赐给你们，嘱你们挂在家里，时时反省。明珠倒稍有悔改之意，索额图依然我行我素。朕罢斥了索额图。这几年，明珠越发不像话了，弄得朝野上下怨声载道，害人不浅，误国尤深！退而思之，亦是朕待人太宽，到底害了你。朕今日要治你的罪，亦是十分痛心！各部院今日不必奏事了，朕甚为难过，明日再说！”

皇上说罢，起身还宫了。

高士奇从乾清门出来，只去南书房打了个照面，就推说有事溜了出去。他径直跑到明珠府上，如丧考妣的样子。安图领着高士奇去客堂坐下，忙去明珠那里报信。明珠正在书房里呆坐，听说高士奇来了，甚觉奇怪，问：“他这会儿来干什么？”

安图说：“谁知道呢？他进门就眼泪汪汪的。”两人正说着，高士奇不顾规矩，自己跑到明珠书房来了，拭泪不止。明珠问道：“澹人，您哭什么呀？”

高士奇更是失声痛哭起来：“明相国呀，您要是让皇上罢斥了，士奇在朝廷里头，还能靠谁啊！”

明珠强作欢颜，道：“澹人是为这事哭啊！您放心，皇上一直信任您的。”

高士奇道：“士奇知道这还不是明相国给我罩着？明相国，是谁在背后害您呀！张运青他根本就没这个胆量！”

明珠道：“澹人在皇上跟前这么久，您还是这般糊涂！不看是谁参的，就看皇上的意思！”

高士奇道：“我猜想，八成是陈子端！自打他从云南回来，他在皇上眼里就跟换了个人似的。听说皇上想让他从户部尚书转吏部尚书，分明就是来夺您的权的。吏部有您这满尚书，哪有陈子端这个汉尚书的份呀！”

高士奇说着，更是泪流不止。明珠拍着高士奇的肩膀，道：“澹人别难过，老夫不是那么容易倒的。”

高士奇又絮叨再三，别过明珠，马上就去了索额图府上。索额图正躺在炕上抽水烟袋，忽听外头有人哈哈大笑，便怒道：“谁在外头喧哗？”

家人进来回话：“主子，高相公来了，高相公进门就哈哈大笑。”

索额图更是震怒，道：“高士奇这狗奴才，发疯了？”

索额图正发着火，高士奇大笑着进来了，拱手便道：“主子，大喜啊！”

索额图横着脸说：“你这狗奴才，越发没有规矩了。老夫有什么可喜之事？”

高士奇笑道：“明珠完了，不是大喜吗？今后啊，主子您就是一人之下，万人之上了！”

索额图这才笑了起来，道：“啊，你说这事啊！明珠这回可真完了！”

索额图今日高兴，居然留高士奇吃了饭。高士奇从索额图府上出来，天色还不算太晚，转念又去了徐乾学家。

徐乾学这几日左思右想，越来越害怕别人知道参明珠的弹章是他草拟的。朝中这帮满官，不到非杀不可，皇上是不会拿他们开刀的。前几年索额图获罪，人人都说他必死，谁知他这几年又出山了。徐乾学见高士奇来串门，怕别人看出其中破绽，心里不太高兴。

高士奇进门就凑在徐乾学耳边说：“徐大人，原一兄，明珠咱得把他往死里整！不然，您我的日子都不好过！没有不透风的墙，终有一日明珠会知道那弹章是我俩弄的。九卿会议轮不到我参与，就靠您了。”

徐乾学说：“参明珠，说到底是皇上的意思。如何处置，也要看皇上怎么想的。九卿会议上，我自会说话，不过也只是体会圣意而已。”

高士奇道：“徐大人，可记得你我取而代之的话？”

徐乾学现在最怕提起这话，真后悔当初不该同高士奇说的，便道：“澹人志大才高，乾学愿俯首听命！”

高士奇笑道：“徐大人过谦了！我只是想，这回参倒了明珠还不算，您得取而代之。千万不能让索额图坐享其成，这个莽夫，心狠手辣！下一步，就得把索额图扳倒！”

徐乾学笑道：“澹人，我们只好好当差吧，皇上想怎么着，我们就怎么着。”

高士奇想着索额图就心里发毛，唉声叹气的。从徐乾学家出来，高士奇干脆顺道去了陈廷敬家。陈廷敬猜着高士奇夜里上门，准没什么好事，嘴上却甚是客气，招呼他去客堂用茶。

高士奇喝了几口茶，笑嘻嘻地说：“我们都知道，这回要不是陈大人进言，皇上不会想着扳倒明珠的。”

陈廷敬故作惊慌说：“澹人，这话可不能乱说！皇上眼明如炬，哪用我多嘴！”

高士奇笑笑，摇摇头说：“陈大人，您也别太谨慎了，明珠反正倒了，您还怕什么？”

陈廷敬说：“不是怕，廷敬不能贪天之功啊！”

高士奇凑近了脑袋，故作神秘，悄声儿说：“陈大人不必过谦，参明珠，您立的是头功啊！”

陈廷敬摇头道：“我可真是半句话都没说，事先我也不知道谁要参明珠。”

高士奇好像很生气的样子，道：“陈大人还是防着士奇！我只想说句掏心窝的话，皇上如此信任您，您就得当仁不让。扳倒明珠，您就是名副其实的首辅大臣！士奇今后还得靠您多多栽培啊！”

陈廷敬惶恐道：“澹人越说越离谱了。廷敬只求做好分内的事情，不求有功，但求无过。”

高士奇突然面有愧色，道：“士奇知道，陈大人瞧不起我。我往日确是有过对不住您陈大人的地方，可古人说得好呀，宰相肚里能撑船，您就大人不计小人过！士奇别无所求，只求在皇上身边吃碗安心饭。”

陈廷敬任高士奇怎么说，到底不承认他在皇上面前参过明珠。

夜已很深，禁城里的平安第高士奇回不去了，随便找了家客栈住下，却是毫无睡意。他今日在几家府上穿走如梭，这会儿想起来甚是得意。他说的那些话谁听了都觉着是肺腑之言，那些话人家不会说给别人听，也不可能说给别人听。

天刚蒙蒙亮，高士奇就出了客栈，只等宫门开启，一溜烟儿回到了平安第。到底通宵没睡好，这会儿有些倦了。马上就得去早朝，他便嗅了嗅鼻烟，脑子就清爽多了，不由得哼起了小曲儿。

高夫人却道："还哼着小曲哩，整宿未归，我可是替您担心！"

高士奇问道："你担心什么？"

高夫人说："您就只替皇上抄抄写写，再弄些个古董哄哄皇上开心得了，别掺和这些事情。我一个妇道人家都看得出，朝廷里面翻手是云，覆手是雨，谁知道明儿又是谁当权！"

高士奇哈哈笑道："告诉你，不论谁当权，我都稳坐钓鱼船！"

六十二

九卿会议开了好几日，明珠自是论死，又开列了五十多人的明珠党羽名单。陈廷敬明白皇上的意思，反复说不宜涉人太多。可九卿会议现在是索额图为头，别人的话他半句话也听不进去，只说天塌下来有他撑着。陈廷敬苦劝不住，也就不再多说。

皇上看了折子，立马把索额图、陈廷敬、徐乾学等召了去，大骂道："朕看出来了，你们都想趁着参明珠，党同伐异，揽权自重！这折子上提到的尚书、侍郎及督、抚、道，共五十多人。朕把这些人都撤了，国朝天下不就完了吗？"

皇上把折子重重摔在龙案上。

陈廷敬说："臣反复说过，不要涉人太多。"

皇上打断陈廷敬的话，问索额图："九卿会议是你主持的，你说说吧。"

索额图道："臣以为明珠朋党遍天下，只有除恶务尽，方能确保乾坤朗朗！”

皇上瞪着索额图，道：“你别说得冠冕堂皇。你同明珠有宿怨，天下谁人不知？朕仍让你出来当差，你却是如此胸襟，怎么服人？”

索额图赶紧叩头请罪：“臣知罪！”

皇上斥骂索额图半日，道：“只把张鹏翮折子上提到的几个人查办，其他人都不追究！”

徐乾学拱手道：“皇上仁德宽厚，天下百官必然自知警醒！”

索额图仍不甘心，还想说话。皇上不等他吭声，便道：“索额图休得再说！传明珠觐见吧！你们都别走。”

一会儿，明珠面如土色，进殿就跪哭在地，叩头道：“罪臣明珠叩见皇上。”

皇上道：“你就跪着吧，朕今儿不叫你起来说话了。”

明珠又是连连叩头，道：“臣罪该万死。”

皇上瞟着明珠，道：“你这该不是说客气话吧？你的确罪大恶极！但朕不是个喜欢开罪大臣的人，总念着你们的好。平三藩，你是有功的；收台湾，你也是有功的。朕念你过去功绩，不忍从重治你。革去你武英殿大学士、吏部尚书之职，任内大臣，交领侍卫内大臣酌用！”

明珠把头叩得砰砰响：“臣谢皇上不杀之恩！”

索额图听说把明珠交领侍卫内大臣酌用，脸上禁不住露出得意之色。

皇上又道：“陈廷敬转吏部尚书，吏部满尚书另行任用。”

陈廷敬忙跪下谢恩。他虽已早知圣意，却仍是惶恐。他不想叫人把自己做吏部尚书与明珠下台放在一处去说，毕竟现在明珠党羽还是遍布天下。

皇上道：“你们都退下吧，明珠留下。”

索额图、陈廷敬等都退下了，明珠趴在地上又哭了起来。

皇上问道：“怎么那么多的眼泪？怕，还是委屈？”

明珠道：“启奏皇上，明珠冒死说句话，臣内心真的不服!”

皇上道：“朕知道你心里不服，才把你留下来。你要朕把你的斑斑劣迹都指出来，你才服气是吗?”

明珠但知哭泣，没有答话。皇上说：“单凭你指使王继文隐瞒吴三桂留下的钱粮，你就该杀!”

明珠猛然抬起头来，惊恐道：“啊?皇上……臣知罪……可这……这……都是陈子端他栽赃!”

皇上骂道：“真是不识好歹！你得感谢陈廷敬！陈廷敬识大体，不让朕把你同王继文做的坏事公之于众，不然你同王继文都是死路一条！更不用说你卖掉了多少督、抚、道、县!”

明珠再不敢多说，只是使劲儿叩头。皇上又骂了几句，斥他退下去。明珠回家路上，天色已黑了。安图随轿跟在后面，半句话不敢多说。明珠福晋知道今日凶多吉少，早早就候在了门口。她见轿子来了，忙迎了上去，搀着老爷进了屋。

家里早预备了一桌好菜，明珠却是粒米都不想进。福晋说：“老爷，我专门吩咐下面准备了这桌菜，给您压惊。”

明珠却强撑道：“压什么惊?老夫有什么可怕的?”

明珠说罢，恨恨地哼着鼻子。福晋笑道：“这就好，这就好。老爷知道我平日不沾酒的，今日却要陪老爷喝杯酒。来，祝老爷早日平平安安，否极泰来!”

明珠见福晋用心良苦，不觉落泪，道：“老夫谢福晋如此贤惠!”夫妻俩碰杯干了，相视而笑。安图接过婢女的酒壶，倒上酒，也道：“小的以为，老爷很快就没事的。别说皇上先前不杀鳌拜，就说皇上对索额图，不也格外开恩吗?您在皇上眼里的分量，可比索额图重多了！索额图被晾了几年，不又出山了吗?”

明珠摇头苦笑，心想自己的分量是比索额图重多了，可自己犯的事也比索额图重多了。

安图又道：“不就是隐瞒吴三桂钱粮的事吗?皇上不追究，不就没事了?”

明珠仍不说话，他知道这事情搁在那里，他就永远别想翻身。皇上什么时候想开罪他，什么时候都可以旧事重提。这桩事上陈廷敬确实对他有恩，可是大恩如仇啊！

明珠想到这里，十分愤恨，心生一计，道："安图，待老夫修书一封，你送到索额图府上去。"

明珠立即去了书房，很快修书一封。安图拿了明珠的信，连夜送到索额图府上。听说明珠府上的管家送了信来，索额图只说人也不见，信也不接。家人却说明珠府上的人您可以不见，信还是看看。索额图听了生气，说："看什么信？无非是求我在皇上面前替他说话，老夫好不容易等到今日，巴不得他碎尸万段哩！"

家人又说："主子好歹看看他的信，看他到底想玩什么把戏。"

索额图好不耐烦，嚷着叫人把信送进来。信送了进来，家人把信打开，递给索额图。只见信上写道："索额图大人台鉴，明珠与阁下共事凡三十六年矣！蒙教既多，获益匪浅。今明珠虽罪人，仍心忧国事。向者明珠与阁下争锋，非为独邀恩宠，实欲多效力于朝廷。然则争锋难免生意气，往往事与愿违。蓦然回首，悔恨不已。所幸朝中有陈子端、徐原一、高澹人诸公，学问优长，人品可贵，皆君相之才。明珠愿阁下宽大胸襟，同诸公和睦相处，共事明主。"

索额图读到这里，哈哈大笑，道："如何做臣子，如何效忠皇上，用得着他明珠来教导老夫！明珠要我同陈子端、徐原一、高澹人等和睦共事！他可真是深明大义啊！这帮汉官，没一日不等着看老夫笑话，他们？哼！"

索额图心念一动，心想陈廷敬暗中整倒明珠，无非是想取而代之，他别做这个美梦！陈廷敬今日整倒明珠，明日不就要整倒我索额图？老夫从来就不想放过陈廷敬！还有那徐乾学，也不是什么好东西！且看老夫手段！

正是这几日，张汧又供出一些事来，索额图大喜过望，立马密见皇上。皇上没好气，问道："你这么性急地要见朕，什么大事？"

索额图说：“启奏皇上，张河清供称，明珠、陈子端、徐原一、高澹人都收过他的银子！”

皇上怒道：“张汧怎么如此出尔反尔？色楞额、于成龙先后都查过，查的结果虽截然相反，可从未听说这几个人受贿。如今你接手案子，又生出事端！”

索额图说：“臣只想把案情弄清，免成冤狱！”

皇上冷笑一声道：“什么冤狱！朕看出来了，如今明珠倒了，你想快快儿收拾陈廷敬他们几个，你就老子天下第一了！”

索额图连连叩头，诚惶诚恐，说：“启奏皇上，张河清可是言之凿凿呀！他说自己年岁大了，做个布政使都已是老天保佑，是明珠、陈子端、徐原一、高澹人几个人要他做巡抚、做总督的。想做，就得送银子。皇上，要不是张河清招供，臣岂敢如此大胆！”

皇上冷冷道：“你的胆子，朕是知道的。好了，折子朕会看的。”

索额图又道：“臣不敢断言他们几个人是否清白，只是张河清说高澹人贪银子，臣有些不相信。高澹人住在禁城之内，别人如何进得来？”

皇上一听更是火了，说：“你说话前言不搭后语，你不相信高澹人贪银子，偏相信其他人就贪了？高澹人是你故人，朕知道！”

索额图确有袒护高士奇之意，可为了显得他办事公道，还得把高士奇的名字点出来，再去替他说话。索额图其实还隐瞒了高士奇的欺君大罪。原来这回张汧红了眼，把高士奇向皇上进呈假画的事都供了出来。索额图私下命人把张汧这段口供删掉了，却也并没把这事告诉高士奇。高士奇在他眼里，原本就是只小蚂蚱，犯不着去他面前表功。而高士奇欺不欺君，索额图也并不在意，他只需高士奇做自己的奴才。

索额图退去了，皇上拿起折子看了半日，重重摔在案上。索额图的用心，皇上看得明白。可张汧所供是否属实，皇上也拿不准。数月来，张汧、祖泽深、王继文、明珠，连连案发，皇上甚是烦恼。这些读书人十年寒窗考取功名，原本清清白白的，做官久了就难以自守。皇上叹息良久，唤了张善德，让他分头传旨，叫这几个人自己具折说清楚。

陈廷敬正在吏部衙门处理文牍，忽听乾清宫来人了，忙出门迎着。已见张善德进来了，道：“陈廷敬接旨!”

陈廷敬跪下。张善德传旨道：“皇上口谕，张汧供称，说他为了做巡抚、总督，先后都送了银子给陈廷敬；而今犯了案，他又送银子给陈廷敬要他打点。着陈廷敬速速上个折子，看他自己如何说。钦此!”

张善德宣完上谕，忙请陈廷敬起来。陈廷敬起了身，望着张善德半日才知说话：“张公公，这是怎么回事呀？您听皇上说了什么没有?”

张善德摇头道：“张河清把您跟明珠、徐原一、高澹人都供出来了，皇上很烦哪!”

陈廷敬听了，心里早明白了八九分。回家说起这事，陈廷敬十分烦恼。家瑶自觉脸上无光，道：“我公公怎么会这样?”

月媛说：“你公公肯定是怪你爹不肯出力相救，就反咬他一口!”

祖彦更觉脸没地方放，说：“岳父大人，真是对不住啊！没想到我爹爹会出此下策!”

陈廷敬道：“明珠他们只怕是真收了银子的，如此一来我就更说不清楚了！真假难辨呀!”

珍儿安慰道：“老爷，真金不怕火炼，没什么可怕的。”

陈廷敬叹道：“祖彦啊，我自己都不打紧，事情总说得清的。我担心的是你爹爹啊！他交代得越多，死得越快！皇上原本只想革他的职，让他回家养老。他现在乱咬一气，别人就会置他于死地!”

家瑶、祖彦立即哭了起来，求陈廷敬万万设法救人。陈廷敬说：“你爹有罪，这是肯定的。我一直在暗中救他，只是不能同你们明说。没想到我这个亲家这样沉不住气，以为我见死不救，反过来诬陷我！”

月媛说：“老爷，再怎么说，都是亲戚，如今怨他也没用了，总得想办法救人才是。”

陈廷敬说：“他做官也有几十年了，怎么就没明白道理呢？要紧的是自己救自己！王在燕关到现在什么都不说，事情都是自己独自扛着，就连皇上已经知道的事他都不说。其实皇上也不想让他全说出来啊。”

陈廷敬这话家里人就听不懂了，莫名其妙。

祖彦问：“岳父，朝廷怎能这样执法？”

陈廷敬只是摇头，没有答话。

好些日子，皇上对张汧的招供不闻不问，陈廷敬、徐乾学、高士奇几人可是度日如年。他们的折子也都上去了，迟迟不见圣裁。明珠倒是省心，他猜准了皇上心思，知道自己身上再加几重罪，也不会叫他掉了脑袋。他反而颇为得意，想那索额图果然钻了他的套儿，开始参人了。明珠又专门为此具折请罪，招认自己受了张汧银子，如数入官。

直到两个月后，皇上驾临南书房，才道：“朕本来不想理睬索额图的折子，可他既然接手明珠审理张汧案子，朕又岂能意气用事。陈廷敬、徐乾学、高士奇，你们上的折子，朕都看了，你们还有说的吗？”

徐乾学抢先说话，道：“启奏皇上，臣先不为自己辩解，先替陈子端说几句公道话。陈子端同张河清是姻亲，臣并未见他替张河清说过半句话，怎有受贿一说？”

索额图道：“启奏皇上，徐原一是想说陈子端没有受贿，他自己也就清白了。但明珠受贿已是事实，这又说明什么呢？按徐原一的道理，岂不正好说明他们四个人都受贿了吗？”

皇上道：“你简直胡搅蛮缠！陈廷敬半句话没说，我反而相信他是清白无辜的。”

陈廷敬马上叩头谢恩，又道："启奏皇上，张河清案已经查清，不应再行纠缠。虽说张河清又供臣等如何，实为意气用事，属人之常情，也不应因此定他的新罪。"

皇上听罢点头道："索额图，明珠之事已经定案，不要再节外生枝。张汧、王继文、祖泽深的案子，事实也都清楚了，你也不要再问下去。朕不想牵涉人员太多。"

索额图见皇上主意已定，心里纵有千万个不乐意，也只得遵旨。皇上讲了半日为臣为人的道理，然后说："张汧欺君损友，为臣为人都实在可恨，杀了都不足惜。朕念他早年清廉自守，治理地方也有所作为，可免于死罪。革了他的职，回家养老去吧！王继文才干可嘉，可惜权欲太重，做出糊涂事来。革去他云贵总督之职，改任广西巡抚！祖泽深朕早有所闻，鼓唇摇舌，看相算命，妖言惑众，为官既贪且酷，简直十恶不赦，杀了吧。"

陈廷敬见张汧终于保住了性命，心里暗自念佛。又听得王继文仍用作巡抚，实为不解。祖泽深虽死不冤，却是三人中间罪最轻的。

皇上又道："张鹏翮参劾明珠有功，官升三级，下去做个知府！陈廷敬、徐乾学、高士奇，分明是张汧诬陷，不必再问下去。"

陈廷敬同徐乾学、高士奇都跪了下去，叩头谢恩。陈廷敬却又说："启奏皇上，臣谢皇上不罪之恩，但臣毕竟同张汧是姻亲，臣的清白，皇上相信，别人未必愿意相信。恳请皇上恩准臣回家去吧。"

皇上听了甚是不满，道："陈廷敬，你们读书人怎么都是这个毛病？好好的心里一有火，就嚷着回家？"

索额图借机火上浇油，说："启奏皇上，陈子端不感念皇上恩典，反而吵着要回家，皇上就由他去吧。天下读书人多着呢，多一个少一个都无所谓。"

陈廷敬道："皇上，臣想回家，绝非一时之意气。自被张河清诬陷，臣无一日不惶恐，无一日不小心，神志沮丧，事多健忘，每有奏对，脑笨口拙。长此以往，恐误大事。再则，为了不让别人说皇上对臣偏袒，臣也应自愿回家避嫌。况臣的老父八十有一，每日倚门悬望，盼儿回家。臣想早日回到父亲身边，好好儿尽几年孝心。”

陈廷敬说到此处，热泪纵横。听了陈廷敬说了这番话，皇上竟也低头落泪，唏嘘半日，道：“可怜陈廷敬情辞恳切，朕又岂是薄情寡义之人？准你原官解任，仍任修书总裁！”

陈廷敬感谢皇上怜悯之意，叩头再三。徐乾学、高士奇见皇上准予陈廷敬归田，心中窃喜。徐乾学忙道：“启奏皇上，陈子端为人做官，都是臣的楷模。他回家之后，皇上身边少了人手，臣等自当更加发奋，更加勤勉！”

高士奇也说：“徐原一说的，正是臣的心里话，臣自此以后……”

皇上却打断高士奇的话，说：“好了，朕明白你们的忠心。陈廷敬说到避嫌，朕想也是有道理的。既然陈廷敬回家，徐乾学、高士奇也都回家吧，免得别人说朕厚此薄彼。”

徐乾学、高士奇听了如闻惊雷，一时不知所以，却把索额图高兴坏了。他已瞧着徐乾学不是个好东西，巴不得他也回家去。索额图没能保住高士奇，也不太觉着可惜。他看出高士奇这狗奴才在他前面似乎也有离心离德之意。

一日，张鹏翮到了陈廷敬家，进门就拱手请罪，陈廷敬大惑不然。原来张鹏翮知道自己被放钦州知府，虽说是升了官，其实等同流放。想那钦州同京城山隔千重，水过百渡，他也许只能老死他乡了。这正好应了明珠的话，他这回再发配出去，只怕就回不来了。张鹏翮先前还怪陈廷敬没有替他说话，自己被人当枪使了。他后来知道陈廷敬也受着委屈，方觉自己错怪人了。

陈廷敬却笑道：“运青，钦州您也不要去了！”

张鹏翮听得不明不白，问道：“这是为何？”

陈廷敬道："有人替您说了话，改放苏州。苏州可是个好地方。"

张鹏翮不敢相信这话是真，直了眼睛望着陈廷敬。陈廷敬只是笑道："您只回家等消息吧。"

果然不出三日，张鹏翮改放苏州知府。

陈廷敬在京盘桓二十来日，应酬各位故旧门生，便领着家小回山西老家去了。

六十三

陈老太爷须发皆白，走路拄着拐杖，倒是耳聪目明。陈廷敬回家那日，老太爷端详儿子好一会儿，说："廷敬，你随我进去，我有话问你。"

老太爷领着陈廷敬进了花园，找了个僻静处，问道："你给爹说实话，是不是在朝廷犯了什么事了？"

陈廷敬笑道："爹放心，我没犯事。我在信里头都说了，想回来侍候爹。皇上可怜我一片孝心，准我乞归故里。"

老太爷拿拐杖在地上使劲戳着，骂道："爹和你娘都嘱咐你要做清官，你在朝这么多年，没有拿过不干净的钱，爹脸上有光。你是个清官。但归隐林泉这么大的事，也不事先来信商量！皇上待你恩情似海，你要尽心尽力报效朝廷才是！爹身子骨好好的，家里又有人侍奉，你回来干什么！"

陈廷敬跪下来，叩头道："爹教训得是，只是儿子在外面日夜想着爹，心里不安啊。您就让儿子在家侍候几年，再出去做官也行哪！"

老太爷仍是叹息，道："人都回来了，还说这个何用！"

陈廷敬百般劝慰，父亲还是不高兴，道："先是听说你亲家出事了，这会儿你又举家回来了。你叫三乡四邻怎么说我们陈家跟张家！”

陈廷敬嘱咐阖家老小，谁都不得在老太爷面前胡乱说话，可老太爷心里似乎已经有数。

一日，老太爷问陈三金：“三金，你别瞒着我，你说廷敬这次回家，怕不是犯了什么事儿吧？”

陈三金说：“哪里啊！老爷要是犯了事儿，回家还这么风光？”

老太爷说：“风光？上次他回家，巡抚衙门、太原府的人都来了，这回呢？连县衙的人都见不着。”

陈三金说：“没准巡抚衙门的人改日就会来哩！”

陈廷敬正要去老太爷那里请安，听得里头说话，故意把脚步声弄响些。老太爷就不再问话，回头望着廷敬进门。廷敬问了老太爷身子好不好，想吃些什么。

老太爷说：“我身边总有人的，你不要费心。廷敬，今日天气好，上河山楼去看看吧。”

陈廷敬说：“我来说的正是这事哩！”

陈三金说：“难得老太爷有兴致，老人家只怕有一年没上去了。”

陈廷敬扶了老太爷，淑贤、月媛、珍儿领着孩子们跟着，上了河山楼。远望山色秀丽，村庄逶迤，自家院内屋宇连绵，庭树掩映。壮履带了玻璃象棋上来，同哥哥谦吉对弈。

陈廷敬拿起一颗棋子放在老太爷手里，说：“爹，这叫玻璃象棋，皇上御赐的，原是西洋人进给皇上的贡品。”

老太爷把玩着玻璃象棋，甚觉稀奇，道：“不说，我还以为阳春三月哪来的冰哩！”

壮履故意逗爷爷，说：“爷爷，这棋子原就是拿冰做成，再放进窑里面烧出来的。”

老太爷哈哈大笑，道：“爷爷老了，你就把爷爷当小孩哄了！”

珍儿在旁笑道：“壮履可真会逗爷爷开心。”

一家人大笑起来。老太爷在椅子上躺下，陈廷敬紧挨椅子坐着，一边陪爹说话，一边看着儿子下棋。老太爷慢慢有了倦意，双眼微合。家人忙拿了薄被盖上，大家都不言语了。

老太爷闭着眼说："怎么都不说话了？我只养养神，你们该说笑的说笑，不妨事的。我听着高兴。"

陈廷敬便笑道："你们两兄弟只管把棋子敲得嘣嘣儿响，爷爷喜欢听！"

陈廷敬看了会儿棋，忽然心里成诗一首，命人去取文房四宝。不多时，笔墨纸砚送到了，陈廷敬提笔写道："人事纷纷似弈棋，故山回首烂柯迟。古松流水幽寻后，清簟疏帘对坐时。旧疊沧桑初历乱，曙天星斗忽参差。只应万事推枰外，夜雨秋灯话后期。"

听得壮履朗声诵读，老太爷睁开眼睛，站了起来。陈三金扶老太爷走到几案前，细看陈廷敬作的诗。老太爷默诵一遍，把陈廷敬拉到一边，悄声儿问道："廷敬，你肯定有事瞒着爹了。读你这几句诗，爹就猜你心里有事啊！"

陈廷敬笑道："爹，您老放心，我真的没事。刚才看两个孩子下棋，心有所感，写了几句。不过是无病呻吟，没有实指啊。"

老太爷摇头而叹，道："廷敬，你瞒不过爹这双老花眼的。你要是没事，要是春风得意，什么巡抚、知府、知县，早登门拜访来了！唉，世态炎凉啊！"

陈廷敬仍是说："爹，真没什么事。廷敬没有忘记爹的教诲，认真读书，认真做人，认真做官。"

"敬儿，你是个清官好官，爹和你娘都知道，乡亲们也都知道，我想皇帝老儿他也应该知道。"老太爷摇摇头，不想再说这事儿了，便叫过陈三金："三金，叫人多烧些水，今儿天气好，我想好好洗个澡。"

水烧好了，陈三金过来扶老太爷去洗澡。陈廷敬跟着去了洗澡房，对家人说："你们都出去吧，我来给老太爷洗澡。"

老太爷道："廷敬，让他们来吧。"

陈廷敬笑道："爹，我小时候都是您给我洗澡，我还从来没有给您老人家洗过澡哩。”

老太爷便不再多说，只是笑着。陈廷敬先试了试水，再扶着老太爷躺进澡盆里去。陈廷敬慢慢给爹搓着身子，没多时又吩咐家人加热水。

老太爷道：“再烧些水，今日我要洗个够。”

陈三金刚好进来，说：“老太爷，还在烧水哩！”

一连加了好几次热水，老太爷还想再泡泡，说：“廷敬，不要搓了，洗得很干净了。你先出去吧，我躺在这里面舒服，想多泡会儿。”

陈廷敬说：“爹，您泡吧，我守着您。”

老太爷道：“不要守着，看你也累了。”

陈廷敬只好先出去了，说过会儿再进来。家丁见陈廷敬出来了，忙搬来凳子。陈廷敬不想坐，背着手踱步。这时，淑贤和月媛、珍儿也过来了。

淑贤问：“廷敬，爹不是在洗澡吗？”

陈廷敬说：“爹洗好了，他想再泡会儿。”

月媛问：“有人守着吗？”

陈廷敬说：“我要守着，爹不让。”

珍儿说：“那可不行，您得进去守着。”

陈廷敬说：“老人家不让，我过会儿再进去。”

陈廷敬忽然觉得心跳得紧，不由得摸摸胸口。

月媛忙问：“廷敬，怎么了？哪里不舒服吗？”

珍儿说：“您快去看看爹。”

陈廷敬慌忙进了澡房，问道：“爹，还想泡吗？”

老太爷慢慢儿睁开眼睛，说：“不急，我想再泡会儿。你出去吧。”

陈廷敬说：“我就坐在这里陪您吧。”

老太爷闭上眼睛，静静地躺在澡盆里。过了会儿，陈廷敬又试试水，问：“爹，水怎么样？要加些热水吗？”

老太爷没答应，陈廷敬又问道："爹，睡着了吗？"

老太爷仍是没有吱声。陈廷敬赶紧摸摸爹的手，再试试鼻息，顿觉两眼一黑，五雷轰顶。原来老太爷已经去了。陈廷敬喊了声爹，失声哀号起来。

陈家这等门第，老太爷的丧事自是风风光光。山西巡抚终于探得准信儿，陈廷敬此番回家并没有获罪，只是皇上着他暂时避嫌，日后仍旧要起复的，便送来赙仪两千两。知府、知县都是看着巡抚行事的，也都送了赙仪来。衙门里送赙仪，虽说是官场规矩，若依陈廷敬往日心性，断不会收的。他现在早想明白了，场面上的事情，总得给人面子，凡事还是得依礼而行。

夜里，一家人围坐着守灵，说起老太爷怎么走得这么快，真是天意难测。陈三金说："老太爷就这么无病无灾地去了，家里又是男孝女贤，老人家是个全福之人啊。"

陈廷敬说："老人家好像知道自己要走了，洗了老半日的澡，洗得干干净净。只是爹一直担心我出了事，走的时候也不放心。我真是不孝！"

淑贤说："老爷就不要怪罪自己了，您也是一片孝心才瞒着爹的。再说了，您也并没有犯事，真是皇上恩准您回家的。"

陈廷敬想自己做官几十年，好歹没有对不起父母的教诲，心里多少有些安慰。有天夜里，他在父亲灵前写了几句诗，也算是对父亲的告慰："锦囊添句箧书残，留着朝衣挂却冠。不负当年过庭语，先公曾许是清官。"

陈廷统此时远在贵州，陈豫朋尚在京城。廷统那年被放知县，先在安徽，再到江西，后来又到了贵州，越放越远。豫朋四十日之后回到家里，廷统赶到家已是两个多月了。直等到孝子们都到齐了，方才择了吉日，把老太爷同老太太合葬了。陈廷敬丁母忧时，已在紫云阡修了座墓庐。安葬了老太爷，陈廷敬便住进了墓庐，终日在此修订《明史》，青灯黄卷，一晃就是两年。

一日，陈廷敬在墓庐修编《明史》，家人跑来报信，说是宫里来人了。陈廷敬吓了一跳，忙同大顺赶紧下山。匆匆进了院子，见阖家老小都已等在那儿了。

原来是张善德和傻子带着四个侍卫，正坐在客堂里喝茶。陈廷敬怎么也没想到会是张善德和傻子来了，忙上前见礼，问道："张公公、傻子，你们怎么来了？"

张善德笑笑，脸色飞快庄敬起来，宣道："陈廷敬接旨！"

陈廷敬慌忙跪下。张善德宣道："皇上口谕，陈廷敬离京已快两年，朕有些想他了。朕这次西巡，想去他家里看看。钦此！"

陈廷敬连忙叩头道："臣感谢皇上恩典，臣将率阖家长幼，惶恐迎驾。"

陈廷敬领完旨，又招呼张善德等坐下喝茶，问道："皇上这会儿到哪里了？"

张善德说："皇上正从太原往您家来呢，最多后日就到了。"

陈廷敬甚是惊慌："如此仓促，廷敬什么都没准备啊！"

张善德道："不妨事的，皇上简朴惯了，又是在老臣家里，凡事以舒服自在为要。我们也得走了，陈大人您预备着接驾吧。"

陈廷敬道："我不敢留您了，怠慢了。"

大顺早预备好了程仪，张善德等自然是要推辞会儿，最后只得收了。

送走张善德等，阖家老小齐聚到客堂里听陈廷敬训话："皇上驾临，是对我陈家莫大的恩宠。务必要小心侍驾，不可有半点儿差池。大小事务，都由陈三金总管。陈三金有不明白的，只管问我就是。"

陈廷敬正说着，家人又报巡抚衙门来人了，正在花厅里候着。陈廷敬只得搁下这头，赶去花厅。官差见了陈廷敬，忙起身行礼："在下拜见陈大人！"

陈廷敬请官差坐下，吩咐上茶。官差道："巡抚吴大人正在驾前侍候，特意派在下来请陈大人示下，嘱在下带了两万两银子来，巡抚大人说还可以派些人来听陈大人差遣。这是巡抚大人的信。"

陈廷敬看了信道："谢你们吴大人。银子我收下，这里人手够了。皇上一贯简朴，也费不了多少银子。"

官差道："在下这就回吴大人去，告辞了！"

陈廷敬道："您请稍候，我写封信回复吴大人。"

陈廷敬很快写好回信，交官差带上。大顺又依礼送上程仪，官差千恩万谢地收了。

一日两夜，陈家老小忙着预备接驾，都没合过眼。圣驾要来那日，陈家所有男丁于五里之外官道露立通宵。天明之后，陈廷敬早早地派人飞马探信，不停地回来报告消息。到了午后，终于探得准信，圣驾就快到了。陈廷敬马上派人回去告诉女眷们，这边忙按长幼班辈站立整齐。

远远地看见圣驾浩浩荡荡来了，陈廷敬忙招呼兄弟子侄们跪下。猎猎旌幡处，瞥见皇上坐着骡子拉着的御辇，慢慢近了。

陈廷敬起身低头而进，走到御辇前跪下，道："臣陈廷敬恭迎圣驾。"

皇上没有下车，仍坐在车上说话："廷敬，一别又快两年了，朕怪想你的。起来吧，朕去你家看看。"

陈廷敬谢过恩，起身奏道："欣闻我皇驾临，臣阖家老小感激涕零。"

皇上望望不远处跪着的陈家老小，道："大家都起来吧。"

陈廷敬便叫兄弟子侄们起来。大家起了身，又沿着路旁跪下了。这自然都是陈廷敬事先交代过的。

皇上见路上尽铺黄沙，便道："廷敬，朝廷还在打噶尔丹，银子并不是多得花不完了。朕这次西巡，不准下面搞什么黄沙铺道的排场，怎么到了你家门口，铺起黄沙来了？"

陈廷敬回道："启奏皇上，臣没有花衙门的钱，也没有花百姓的钱，只是臣全家老小表表忠心而已！臣依循古制，黄沙铺道，不曾知道皇上有这道谕示。"

皇上点头道："朕不怪你。你们陈家忠心可嘉，朕很高兴。"

圣驾继续前行，陈廷敬这才瞥见索额图、徐乾学、高士奇等都在侍驾，彼此递着眼神打了招呼。到了中道庄，皇上下了车，换上肩舆。到了陈家大门口，皇上下来步行。

皇上把陈廷敬叫到身边，说："朕这次西巡，是为部署明年打噶尔丹。噶尔丹无信无义，弄得回疆干戈四起，生灵涂炭。"

说话间进了为皇上预备着的院子。陈廷敬奏道："皇上，臣家实在寒碜，这个院子，皇上将就着住几日。"

皇上抬眼四下打量着，说："这里很好，廷敬就不要讲客套话了。朕早就听说了，你陈家世代经营百多年，方有今日富贵。勤俭而富，仁义而贵。治家如此，治国也应如此。"

陈廷敬放下心来，说："只要皇上在臣家里能住得舒坦，臣就心安了。"

皇上又叫过山西巡抚，道："陈廷敬在朕身边多年，朕至为信任。无论他在不在家，你这做巡抚的，都要多来他家里看看，体现朕的关爱之心！"

山西巡抚叩头领旨。陈廷敬却道："启奏皇上，臣告老在家，便是一介布衣，不应让地方官员操心。臣若在朝，家里人也不应同地方官员往来，免得臣有干预地方事务之嫌。"

皇上笑道："廷敬是个明白人，但朕派员存问老臣，这是朕的心意。好了，这些暂不说了。廷敬，把你家老小都叫过来，朕瞧瞧他们！"

陈廷敬命人赶快把全家男女长幼引来见驾。一家人其实早就在别院候着，没多时就挨次儿低着头进来了。皇上已在龙椅上坐下，陈廷敬率阖家老小叩拜，陈廷统、陈豫朋、陈壮履等通通报了官职、功名。

皇上道："陈家自我朝开国以来，读书做官的人出过不少，可谓世代忠臣。而今有陈廷敬朝夕在朝，日值左右，朕甚是满意。陈廷敬还在丁外忧，朕本不该夺情，但国家正在用人之际，朕想让你尽早还京。"

陈廷敬拱手奏道：“启奏皇上，臣孝期未满，还京就职，于礼制不合呀！”

皇上说：“你没见我把徐乾学、高士奇都召回来了吗？朕命你回京，补左都御史之职！”

陈廷敬只好口称遵旨。皇上又说：“陈廷统，朕记得你当年被奸人所陷，担了罪名。朕准你还京任职，仍做郎中吧。”

陈廷统意外惊喜，叩头不止。

索额图在旁插话道：“启奏皇上，兵部武库清吏司有个郎中缺。”

皇上便道：“可着陈廷统擢补！”

陈廷统再次叩头谢恩，涕泪横流。

这时，索额图奉命宣旨：“奉天承运皇帝制曰：尔陈廷敬品行端凝，文思渊博，历任吏户刑工四部尚书、都察院左都御史并值经筵讲官，勤勉廉洁，任职无愆。国家表彰百官，必追祖德。诰赠尔之曾祖陈三乐从一品光禄大夫、经筵讲官、刑部尚书；诰赠尔祖父陈经济从一品光禄大夫、经筵讲官、吏刑二部尚书、都察院掌院事左都御史；诰赠尔父陈昌期从一品光禄大夫、经筵讲官、吏刑二部尚书、都察院掌院事左都御史！”

皇上兴致极好，待陈廷敬谢了恩，便登上陈家城楼瞭望。望见远处有一高楼兀立，好生奇怪，问道：“那是什么？”

陈廷敬回道：“那是河山楼，建于明崇祯五年。当年从陕西过来的土匪到这里烧杀抢掠，臣的祖父、父亲率家人仓促间建了这座河山楼，救下村民八百多人。后来，为了防止土匪再度来犯，就修了这些城墙。”

皇上笑道：“你陈家不光善于理财，还懂兵事啊！明年朕亲征噶尔丹，你随驾扈从！”

陈廷敬谦言几句，俯首领旨。

六十四

一晃就是十几年，有日皇上在漪清园同臣工们商议河工，道："苍天无情，人生易老。朕打噶尔丹整整打了八年，打得朕都老了，总算消除了回疆之乱。现在朕最为担心的就是河工。国朝治河多年，亦多有所成。河督张鹏翮进有一疏，你说说吧。"

原来张鹏翮自去苏州知府上任，从此顺水顺风，先是做了江南学政，后来又做浙江巡抚和两江总督，前几年又做了河督。他治河很见功效，皇上甚是满意。有日皇上同他说起旧事，张鹏翮才知道当年正是陈廷敬一句话，他才没有去钦州做知府。自此，心里对陈廷敬更是感念。

张鹏翮上前跪奏道："臣遵皇上所授方略，先疏通黄河入海口，水有归路，今黄水已不出堤岸。继而开芒稻河，引湖水入江，高邮、宝应一带河水已由地中行走。再开清口、裴家场等引河，淮水已有出路。加修高家堰，堵塞六坝，逼清水复归故道。现在黄河河道变深，运河水已清澈，已无黄水灌入。"

皇上很是高兴，道："河督张鹏翮治河多年，成效显著。朕打算南巡，亲自去看看。"

索额图奏道："皇上南巡，此事甚大，臣以为应细细筹划，密密部署。"

皇上说："朕打算轻车简从，不日就可动身。所有费用，皆由内府开支，地方不得借故科派！沿路百姓都不必回避，想看看朕就看看朕。朕也想看看百姓啊！"

议事完毕，皇上嘱陈廷敬留下。这时陈廷敬早已擢任文渊阁大学士兼吏部尚书加四级，并授光禄大夫，仍入值经筵讲官。

臣工们都已退去，皇上道："廷敬，朕每次出巡，都嘱咐各地不得借故科派，然每次下面都是阳奉阴违。你是个谨慎人，朕着你先行一步，暗中访问。”

陈廷敬领旨道：“臣即刻动身。”

皇上又说：“你只秘密查访，把沿路所见差人密报于朕，不要同督抚道县见面，遇事也不必急着拿人。让人知道朕派你暗自查他们，到底不好。”

陈廷敬道：“臣明白了。”

陈廷敬回到家里，正巧收到豫朋的信，月媛把信交给家里人轮着看。原来豫朋已放湖南临湘知县去了。

月媛又把信看了一回，说：“豫朋说他在临湘知县任上干得称心，去年治理水患，很有成效。豫朋还说游了洞庭湖，登了岳阳楼，上了君山岛。”

陈廷敬不免有些神往，说道：“洞庭湖是个好地方啊！洞庭天下水，岳阳天下楼哇！”

月媛却道：“老爷，您回信得告诉豫朋，别自顾着游山玩水，要做好父母官。”

珍儿笑了起来，说：“豫朋是知县了，姐姐别老把人家当孩子。他知道怎么做的。”

一家人正说着豫朋，壮履也回来了。

陈廷敬道：“嗬，我们家翰林回来了。”

月媛笑道：“瞧你们爷儿俩，老翰林取笑少翰林。”

壮履向爹娘请了安，讲了些翰林院的事儿。原来壮履早中了进士，六年前散馆，入翰林院供奉。

吃饭时，陈廷敬说起皇上南巡之事，壮履道：“皇上南巡，士林颇有微词。皇上前几次南巡，江南就有个叫张乡甫的读书人写诗讽刺，说三汊河干筑帝家，金钱滥用比泥沙。”

陈廷敬道：“张乡甫我知道，杭州名士，颇有才气，就是脾气怪。他下过一次场子，落了第，就再不考了。我这回去杭州，有机会的话，倒想会会他。”

陈壮履问：“听娘说，当年爹说服傅山归顺朝廷，好心好意，却弄得龙颜大怒。您这回该又不会去说服张乡甫吧?”

陈廷敬避而不答,只道:“皇上南巡,不是游山玩水,而是巡视河工。可地方官员借机摊派,接驾过分铺张,皇上并不允许。这次皇上让我先下去,就是要刹刹这股风。壮履你供奉翰林院,这是皇上对你莫大的恩宠。你只管埋头编书,朝廷里的事情,不要过问,也不要随人议论。爹并不想你做好大的官,你只好好做人,好好读书吧。”

陈壮履知道自己刚才的话有些不妥,忙说:“孩儿记住父亲的话。”

月媛说:“你爹官越做得大,我越担心。”

陈廷敬反过来劝慰道:“月媛也请放心,没那么可怕。”

月媛回头嘱咐珍儿:“妹妹,老爷年纪大了,您在外头跟着他,要更加细心些。”

珍儿道:“姐姐放心,妹妹小心侍候便是。”

皇上还未起驾,沿途督抚们早忙起来了。如今两江总督正是当年请祖泽深拿烟管看相的阿山。那会儿他同陈廷敬都在礼部做侍郎。阿山先是放了四川学政,回京后做了户部侍郎,又随皇上打噶尔丹几年,去年到了两江总督任上。阿山这回受命打理江南地方接驾,管事也就管到浙江地面上来了。闽浙总督是个省事的人,只随阿山做主去了。

这日,阿山在杭州召集江南地方官员商议迎驾之事。阿山说道:“皇上体恤下情,不准铺张,可我们做臣子的,也应替皇上着想。御驾所到之处,河道总得疏疏吧?路总得铺铺吧?桥总得修修吧?行宫总得建建吧?”

官员们都点头称是,只有杭州知府刘相年神情木然。刘相年表字裕丰,做官处事别具一格。阿山瞟了他一眼,又道:“藩库里的银子并不富裕,我们还是得问百姓要些。皇上临幸,也是百姓的福分嘛!”

一直默然而坐的刘相年说话了："制台大人，卑府以为，既然皇上明令不得借端科派，我们就不应向百姓伸手。"

阿山笑道："下官并不缺银子花，不要以为是我阿山问你要银子。也好，你不想找百姓收银子也罢，你身为杭州知府，只管把杭州府地面上河道都疏通，道路都修好。可要黄沙铺道啊！本督之意还想在杭州建行宫。裕丰啊，这些差事都是你的啊！"

刘相年断然拒绝："制台大人，漫说建行宫和架桥修路，光这城内城外河汊如织，都要再行疏浚，得费多少银子？恕卑府不能从命！相年在杭州任上不到一年，疏浚河道等事得一件件的做，此刻专为皇上南巡花那么多钱实在做不到，况且也不合圣意！"

阿山脸马上黑了下来，道："刘大人，你敢说这话，真是胆大包天啊！这是接驾，不是儿戏！"

官员们都望着刘相年大摇其头，私下都觉着这位知府太不晓事。阿山说："江南地方督抚道县眼下都以接驾为头等大事，你刘大人居然抗命不遵！未必要下官参你个迎驾不恭不成？"

刘相年道："卑府只知道按上谕行事！"

阿山气的是刘相年居然公开顶撞，便道："刘裕丰，我待会儿再同你理论。"回头又对从属员说："皇上爱怜百姓，准百姓不必回避。但江南地广人稠，谁都想一睹圣颜啊！我只交代你们，哪里有百姓塞道惊驾，哪里有讼棍告御状，只拿你们是问！"

余杭知县李启龙站起来说话："制台大人，杭州知府一直没有圣谕讲堂，这回皇上临幸杭州，卑职怕万一有人检举，就连累大人您哪！"

阿山便以望着刘相年，道："裕丰，可又是你的事啊！"

刘相年却说："制台大人，杭州府内县县有讲堂，府县同城，知府再建个讲堂，岂不多此一举！"

阿山拿刘相年很是头痛，却碍着官体，只得暂且隐忍，道："刘大人，讲堂的事，下官可是催过你多少回了。满天下没有讲堂的知府衙门，只怕就只有你杭州了。你要想出风头，也没谁拦你，只是到时候可别把罪过往下官头上推！”

议事已毕，阿山望着刘相年道：“刘大人，下官也不同你多说了。你要做的是四件事：一是造行宫，二是疏河道，三是修路桥，四是建讲堂。”

刘相年没有答话，拱拱手走了。阿山送别各位属官，却叫李启龙留下。李启龙受宠若惊，随阿山去了衙后花园。阿山道：“启龙呀，刘裕丰有些靠不住，兄弟很多事情就只好交给你了。”

李启龙俯首帖耳的样子道：“听凭制台大人吩咐。”

阿山说：“杭州是皇上必经之地，你这位余杭知县要做的事情可多着哪！”

阿山便将大小事务一一嘱咐了。李启龙道：“敝县将倾其全力，绝不会让制台大人丢脸！”

阿山这边正同李启龙说事儿，那边有个衙役飞跑过来。阿山见衙役这般慌张失体，正要生气骂人，那衙役急得直朝他招手。阿山不知道又有什么大事了，撇下李启龙随衙役去了墙边儿说话。衙役悄声儿道：“制台大人，诚亲王到杭州了。”

听了这话，阿山哪里还顾得上李启龙，匆匆出了花园。到了二堂，阿山便问：“哪来的消息？”

衙役说：“刚才来了两个人，一个架鹰，一个牵狗，说是诚亲王三阿哥的侍卫跟太监。我说请他们稍候，进去回复制台大人，他们就生气了，只说叫你们阿山大人到寿宁馆去见诚亲王。”

阿山又问：“他们可曾留下半纸片字没有？”

衙役说：“他们口气很横，还嘱咐说诚亲王这是微服私访，叫阿山大人独自去，不要声张。”

阿山不再多问，赶紧准备去见诚亲王。又唯恐人多眼杂，轿都没敢坐，独自骑马去了寿宁馆。远远地就见客栈前站着四个人，都是一手按刀，一手叉腰。阿山早年在宫里见惯了侍卫这般架势，知道他们都是不好搭话的。他下马便先做了笑脸，道：“两江总督阿山拜见诚亲王。”

果然，有个侍卫压低嗓子说道：“别在外头嚷嚷，进去说话！”

阿山不敢多嘴，低头进了寿宁馆。才进门，有个人喊住他，道：“你是阿山大人吗？先在这里候着，待我进去报与王爷。”

阿山赶紧站住，不敢再往前挪半步。过了多时，那人出来说：“进去吧。”

阿山随那人先穿过一个天井，进了堂屋，再从角门出来，又是一个天井。抬眼一望，天井里站着几十号人。有四个人腕上架了鹰，三个人手里牵着狗。那狗哑着嗓门不停地往前蹿，叫牵狗人使劲往后拉着。阿山知道那狗的厉害，大腿根儿直发麻。他才要跪下拜见王爷，却见几十号人簇拥的只是一把空椅子。正纳闷着，一位身着白绸缎衣服的翩翩少年从屋里出来，坐在了椅子上。阿山心想，这位肯定就是诚亲王了，忙跪下拜道：“臣两江总督阿山叩见王爷！”

少年果然就是诚亲王，说道：“阿山，皇阿玛命我们阿哥自小列班听事，你当年在京行走时，我是见过你的。”

阿山低头道：“臣当年忝列乾清门末班，每日诚惶诚恐，不敢环顾左右，王爷仙容臣岂敢瞻望！”

诚亲王道：“皇阿玛平时也是时常说起你的，只说浙江是天下最富的地方，怕只怕好官到了那里反变坏了。你治理地方得法，我已亲眼见过了，自会对皇阿玛说起。我召你来只是想见见你，并没有要紧话说。你回去吧。”

阿山道：“阿山谢皇上恩宠，请皇上圣安。王爷在杭州多住些日子，有事尽管吩咐。”

诚亲王笑道：“你是在套我的话儿，想知道我在杭州待多少日子，要办什么事。告诉你，我在外向来神龙见首不见尾，你别打这个主意。你回去吧，只记住皇上的话，千万别变坏了。”

阿山叩了头出来，越想越莫名其妙地害怕。诚亲王召他去见了面，却是什么要紧话都没说就打发他回来了。这王爷到底是来干什么的呢？莫不是皇上着他先行密访？既是密访又为何要召他见面？见了面又为何草草地打发他走了？

阿山回到衙门，心里仍是悬着。依礼是要送些银子去孝敬的，可这诚亲王太高深莫测，他倒不知如何办了。诚亲王只说“千万别变坏了”，难道暗示他什么？想了半日，便封了一万两银票，悄悄儿送到寿宁馆。诚亲王并不出来见他，只是传出话来，说知道了阿山的心意。阿山心想诚亲王既然收了他的银子，想必也不会找他的事了。

李启龙瞅准了这是个飞黄腾达的大好机会，回去督办各项事务甚是卖力。一日，衙役捕来数百人，为的是挑选迎驾百姓。刘师爷喝令大伙儿站好队，李启龙亲自过来相人。

一驼背老汉，抖抖索索站在那里，李启龙过去说：“你，回去！长成这样儿还接驾！”

驼背走出队列，回头骂骂咧咧道：“你当我愿意接驾？你们官府派人抓我来的！”

刘师爷吼道：“少啰唆，快走快走！”

李启龙又发现一个“独眼龙”，厉声问道：“你是怎么混进来的？”

“独眼龙”可怜巴巴地说：“知县老爷，小的也是你们官府派人叫来的呀！”

李启龙没好气，道：“去去去，你这模样儿接什么驾呀？别吓着了皇上！”

“独眼龙”却道：“小的生下来就长成这样，也不见吓着谁了。知县老爷，您就让小的见见皇上吧。”

李启龙怒道：“你赶快给我走，不然我叫人打你出去！”

立马上来两个衙役，拉着“独眼龙”就往外走。“独眼龙”大喊道：“小的想见皇上，小的想见皇上呀！”

这时，一个书生模样的人站出来说道：“我不想见皇上，你们放我回去。”

李启龙回头一看，笑道：“你不想见，也得让你见。这里头还没几个长得像你这么俊气的。”

书生道：“简直荒唐！”

刘师爷上前附耳几句，李启龙颇为吃惊，道：“哦，你就是大名鼎鼎的张乡甫呀！”

李启龙到任不久，早就耳闻过张乡甫，两人却并未见过面。张乡甫不作搭理，鼻子里哼了一声。

李启龙笑道：“乡甫在杭州读书人中间很有人望，你不接驾谁接驾呀？”

张乡甫怒道：“李启龙，你真是滑天下之大稽！”

李启龙哪容得张乡甫这般傲慢，喝道：“闭嘴！本老爷的名讳也是你叫得的？好了，就你们这些人了。听我口令！跪！”

百姓稀稀落落跪下，张乡甫仍是站着。李启龙走过来，偏着脑袋问道：“张乡甫，你存心跟本老爷过不去吗？你存心跟皇上过不去吗？跪下！”

张乡甫昂着脑袋立着，却早有两个衙役跑了过来，拼命把他按跪在地。李启龙眼见着张乡甫终于也跪下了，便回头对众人喊道：“乡亲们，你们都是朝廷的好子民，选你们来接驾，这是朝廷对你们的恩典！有人想来还来不了哪！接驾是天大的事，马虎不得，得从下跪、喊万岁学起。等会儿我喊吾皇万岁万岁万万岁！你们就学着齐声高喊！记住了，声音要大，要喊得整齐！”

六十五

陈廷敬乘船沿运河南下，沿途都见民夫忙着疏浚河道，修路架桥。逢府过州，城外路边都堆着黄沙，预备铺路之用。原来百姓都知道皇上要南巡了。又探得沿途官府都在为皇上南巡新派徭役，只是不听说再摊税赋。陈廷敬将途中所见均细细具折，密中奉发。

这日到了杭州，雇车入城。自从进入浙江，陈廷敬愈发小心起来。他同两江总督阿山当年都在礼部当差，两人知己知彼。陈廷敬对阿山这个人心里自是有数，更不能让人觉着他是故意找碴儿来的。进城就沿途逢见好几家娶亲的，敲锣打鼓，络绎不绝。珍儿说：“今儿是什么日子？这么多坐花轿的？”

大顺笑道：“敢情是我们来杭州赶上好日子了。”

刘景也纳闷道：“今儿什么黄道吉日？沿路都遇着七八家娶亲的了。”

城南有家名叫烟雨楼的客栈，里头小桥流水，花木葱茏，陈廷敬很是喜欢，就在这里住下了。

收拾停当，大顺找店家搭话：“店家，杭州城里怎么这么多娶亲的？今儿什么好日子呀？”

店家笑道：“最近啊，杭州天天是好日子！明儿您看看，说不定也有十家八家的娶亲呢！”

店家见大顺不解，便道：“你是外乡人，莫管闲事儿吧。”

吃过晚饭，天色尚早，陈廷敬想出门走走，珍儿、刘景、马明、大顺几个人跟着。街上人来人往甚是热闹，只是这杭州人讲话，叽里咕噜，如闻鸟语，一句也听不懂。天色慢慢黑下来了，街上铺门都还开着，要是在京城这会儿早打烊了。珍儿见前头有家绸缎铺，里头各色料子鲜艳夺目。她毕竟是女儿心性，想进去看看。陈廷敬点点头，几个人就进了绸缎铺。

绸缎铺同时进来五六个男人，很是打眼。伙计忙过来招呼，说的话却不太好懂。伙计见他们是北方人，就学着官话同他们搭腔：“几位是打北边来的？这么多男人一起逛绸缎铺，真是少见。”

大顺说：“男人怎么就不能逛绸缎铺呢？”

伙计笑道：“外地来的男人都是往清波门那边去的。”

陈廷敬一听就明白了。他早听说杭州清波门附近有一去处，名叫清河坊，原是千古烟花之地，天下尽知。上回皇上南巡，有些大臣、侍卫在清河坊买女子，弄得杭州人心惶惶。皇上后来知道了，严辞追究。有个开了缺的巡抚为了起复，托御前侍卫在这儿买了几个青楼女子进京送人，结果被查办了。

又听那伙计说道："不过你们今夜去了也白去，早没人了。"

大顺听得没头没脑，问："伙计，你这是说什么呀？"

这时，店铺里间屋子出来一个男人，用杭州话骂了几句，那伙计再不言语了。陈廷敬自是半句也听不懂，却猜那骂人的准是店家，八成是不让伙计多嘴。珍儿想再看看绸缎，伙计却是不理不睬。珍儿没了兴趣，几个人就出来了。

出了绸缎铺，顺着街儿往前走，不觉间就到了清河坊街口。只见前头大红灯笼稀稀落落，门楼多是黑灯瞎火，街上也少有行人。陈廷敬想起刚才绸缎铺里伙计的话，心想倒是去清河坊街上走走，看里头到底有什么文章。

陈廷敬进了清河坊，驻足四顾，道："不是想象中的清河坊啊。"

珍儿问："什么清河坊？老爷想象中应是怎样的？"

陈廷敬笑道："骑马倚斜桥，满楼红袖招。"

大顺笑笑，说："老爷，这两句我听懂了，就是说公子哥儿骑着马往这桥边一站，满大街的姑娘招手拉客！"

珍儿一听生气了，喊了声老爷。陈廷敬回头朝珍儿笑笑，珍儿却把嘴巴噘得老高。又见前面有家青楼，唤作满堂春，陈廷敬犹豫一下，说："去，进去看看。"

大顺抬头看看招牌，心里明白八九分，问："老爷，这看上去像是那种地方呀？"

陈廷敬点头笑笑，径直往里走。才到满堂春门口，鸨母扭着腰迎了过来，说的也是杭州话，自是听不懂。

陈廷敬笑道："借个地方喝茶行吗？"

鸨母听着是外地人，忙改了官话，道："成！喝茶，听曲儿，过夜，都成！"

说着就朝楼上连声儿唤着姑娘们快来招呼客人。说话间，四个女子下楼来了，个个浓妆艳抹，却姿色平平。陈廷敬顿时慌了，回头看珍儿，却不见她的影子。

陈廷敬问：“咦，珍儿呢？”

大顺也回身四顾：“刚才还在啊！”

马明忙说出去找找，她肯定在外头待着。

马明没多时急匆匆跑进来，说：“老爷，珍三太太不见了。”

听马明这么一说，鸨母跟几个姑娘都乐了，直说这几位爷真是稀罕，哪有带着老婆上这种地方来的。

陈廷敬后悔不迭，道：“我怎么就没想到这个呢？”

大顺说：“老爷别急，珍三太太准是先回客栈去了，我去找找。”

大顺说着便匆匆出门。

鸨母道：“几位爷唤奴家李三娘便是。不知几位爷是喝茶呢？听曲呢？还是包夜？”

陈廷敬说：“我们喝口茶吧。”

几个姑娘黏过来就缠人，陈廷敬手足无措，连连喊道：“姑娘们坐好，不要胡闹。”

这时，忽听楼上传来琵琶声，犹如风过秋江，清寒顿生。陈廷敬不由一愣，道：“这琵琶弹得真好，可否引我们一见？”

李三娘道：“这可是我们杭州头牌花魁梅可君，这几日正闹脾气，谁都不见！”

说话间，猛听得外头吆喝声，就进来了三个衙役。一个胖子喊道：“李三娘，梅可君想好了吗？跟我们走！”

李三娘忙做笑脸道：“几位爷，我是死活劝她都不肯呀！她说自己从来只卖艺不卖身，纵然是皇帝老子来了，也不侍候！”

楼上琵琶声戛然而止，楼下亦一时无人说话，都听着楼上动静。半日，胖衙役才又说道：“我们已等她好几日了，难道要我们绑她走？”

李三娘忙摇手道：“几位爷千万别动粗，弄不好要出人命的！”

楼上吱的一声门开了，果然一位清丽绝俗的女子下楼来了。李三娘立马欢天喜地：“可君，你想明白了？这下妈妈就放心了。”

梅可君一脸冰霜，半字不吐，只往楼下走。胖衙役道：“想明白了就跟我们走吧!”

没想到梅可君走到楼下，突然掏出一把剪刀，凤眼圆睁，道：“你们若再如此相逼，我就死在你们面前。”

胖衙役愣了片刻，道：“想死？还不能让你死哩！兄弟们上!”

几个衙役捋了袖子就要上前拿人。陈廷敬使个眼色，刘景、马明闪身上前，拦住几个衙役。鸨母赶忙抢下梅可君的剪刀。

胖衙役瞪眼吼道：“哪来的混账东西？你们吃了豹子胆了!”

陈廷敬却是语不高声，道：“凭什么随意拿人?”

胖衙役呸了一口，道：“嗬，好大的口气呀！你们是什么人?”

刘景笑道：“我们是爱管闲事的人。”

胖衙役道：“我讨厌的就是爱管闲事的人。兄弟们，先揍他们!”

两个衙役上前想要打人，却近不了身。胖衙役自知碰着对手了，边领着两个衙役往外走，边回头道：“好好，你们有种，你们等着!”

李三娘这会儿哭喊起来：“啊呀呀，你们可给我闯祸了呀！衙门非砸了我的生意不可呀!”

梅可君冷脸道：“妈妈你好没人情，几位好汉明明是帮了我们，你还去责怪人家!”

李三娘拍着大腿喊道：“帮了我们？他们是过路客，衙门找不着他们，只会找我算账的。”

陈廷敬道：“李三娘别怕，天塌下来，有我顶着。”

李三娘上下打量着陈廷敬，道：“哟，你说话口气可大啊！你当你是谁呀?”

陈廷敬只说在巡抚衙门里有亲戚，他在杭州没有办不了的事情。马明也在旁边帮腔，只道我们老爷要不是心里有底，哪敢打衙门里的人？好说歹说，李三娘信以为真，便道出了事情由来：“那日衙门里突然来人，说要收花税，算下账来，要两万两银子。我就算把楼里的姑娘们全都卖了也交不上啊。我平日都是交了银子的，这回无故儿又要银子，哪来这个道理？我们交不上银子，衙门就要从我们楼里挑长得好的姑娘去当差。他们三番五次要来索可君姑娘，我就寻思，衙门里这回要银子是假，要人是真。”

陈廷敬疑惑道：“衙门里要姑娘做什么？当什么差？来的真是衙门里人吗？”

李三娘道：“余杭县衙的，我都认得。前几日，他们来人把长得好些的都带走了，说是当完差就回来，少不得十日半个月的。只有可君寻死觅活的不肯走，衙门里就宽限我几日，说是过了今夜还不肯去，就砸了我的楼。不光是我满堂春，清河坊、抱剑营两条街的青楼女子，凡是长得好些的，都被衙门拿去了。”

陈廷敬心里明白了几成，嘴上却只淡淡的，道：“难怪这么冷清啊。”

闲话会儿，陈廷敬起身告辞，告诉李三娘他住在烟雨楼，总要住上十日半个月的，这边要是有紧急事，打发人去找他。李三娘将信将疑，千恩万谢。

陈廷敬才要出门，梅可君突然喊客官留步，说：“蒙老爷相救，小女子无以为报，愿为老爷弹唱几曲。”

陈廷敬略作迟疑，回头坐下。梅可君斟茶奉上，然后上楼取了琵琶下来，唱起了小曲：“西风起，黄叶坠。寒露降，北雁南飞。东篱边，赏菊饮酒游人醉。急煎煎砧声处处催，檐前的铁马声儿更悲。阳关衰草迷，独自佳人盼郎回。芭蕉雨，点点尽是离人泪。”

歌声哀婉，琴声凄切，甚是动人。忽然又听外头响起了吆喝声，陈廷敬猜准是什么人来了。果然是胖衙役回头叫了十几个衙役，破门而入。梅可君并不惊慌，只是罢了琴，微叹一声。刘景跟马明拿开架势，站在陈廷敬身边护卫着。那衙役们并不仗着人多还手打人，只对鸨母吼道：“李三娘，这回梅可君走也得走，不走也得走！”

李三娘道：“我可做不了主了，这位老爷正在听曲儿哩。”

胖衙役望了望陈廷敬，干笑道：“嗬，面子可真大呀！想听曲儿就听曲儿了！这会儿我只带走美人，回头再同你们算账。”

陈廷敬见来了这么多人，刘景、马明纵有三头六臂也是敌不过的，只好说：“可君姑娘，你跟他们走吧，天塌不下来的。”

梅可君叹息一声，跟着衙役走了。陈廷敬心里却增一层疑惑：胖子先头只领着两个衙役气势汹汹地想动手打人，这会儿他们来了十几个人却只带着梅可君走了。

陈廷敬刚要回客栈去，大顺跑了进来，说：“老爷，我回到客栈，没见着珍三太太。我到外头满街地找，哪里找得着？真是急死人了，我心想她这会儿是不是又回去了呢？我想回客栈去再看看，却又在路上遇着几个歹人追个姑娘。我把那姑娘救下，一问，知道姑娘就是杭州城里的，刚从衙门里逃出来，追她的原是衙役。再一问，怪了，姑娘不肯回家去。我急着回客栈找珍三太太，就把这姑娘带了回去。你猜怎么了？珍三太太已回客栈，正坐在房里哭哩！”

陈廷敬一边听一边着急，好容易听到最后，才笑道：“大顺你也真会说话，先告诉我人找着了不得了？咦，那姑娘干吗不肯回家？”

大顺道：“谁知道呢？”

回到烟雨楼，见珍儿正同那姑娘说话。姑娘暗自饮泣，并不吭声。珍儿见陈廷敬回来了，也不搭理。姑娘见来了这么多人，越发什么话都不肯说了，只是哭泣。

大顺便说：“姑娘，你别怕，这是我们家老爷。你为什么不肯回家去？你说出来，我们家老爷会替你做主哩。”

问了好半日，姑娘方才道明了原委。这小女子名叫紫玉，年方十五。她家里开着好几处绸缎铺，还算过得殷实。她爹生意虽然做得不错，只是老实懦弱，常被街上泼皮欺负，每每只恨家里没人做官。这回听说皇上下江南，要在杭州选妃子，做爹的就动了心思，发誓要让女儿做娘娘。老两口儿自己就把女儿送到了县衙里。紫玉去了县衙，见里头关着很多女子，多是清波门那儿的。紫玉本来死活不肯的，这会却见自己同青楼女子关在一起，羞得恨不能一头撞死。今儿夜里，她瞅着空儿逃了出来。

珍儿道："你一个姑娘家，总要回家去的，怎能就在外头？"

紫玉说："爹娘横竖要我进宫，回去不又落入虎口？衙门也是要到家里去寻人的。"

陈廷敬劝慰道："姑娘，皇上选秀之说，纯属无稽之谈，哪有从汉人家选秀女的？你只管放心回去，我派人去你家说清楚。"

紫玉问道："县衙里关着许多女子，说都是要送到宫里去的，这是为何？"

陈廷敬也是疑惑，只道："此事确实蹊跷，那些女子是决不可能送到宫里去的。姑娘，你尽管回家去。"

紫玉仍是不信，又问："敢问老爷是哪里来的，何方神仙？"

陈廷敬笑道："我只是个生意人，走南闯北的见得多了，知道些外面的事而已。姑娘信我的不会错。"

好说歹说，紫玉才答应回家去。刘景、马明送紫玉去了，陈廷敬便耐心告诉珍儿，他去清河坊查访，都是有缘由的。原来他进了杭州城，见那么多娶亲的花轿，心里就犯嘀咕。听了绸缎铺伙计的话，他又想起上回皇上南巡有人在杭州买青楼女子，弄得朝廷很没脸面。他怕这回倘若又有人要买女子，讹传出去，民间就会沸沸扬扬。

珍儿听得陈廷敬这么一说，心里也就没气了，只怪他怎么不事先说给她听。忽听外头敲门声，刘景和马明回来了。两条汉子气不打一处来，没说别的，先把紫玉爹娘骂了一通。原来他俩好好地送了紫玉回去，她爹娘却不问青红皂白，对他俩破口大骂。骂的什么也听不懂，反正不是好话。

六十六

船过黄河，皇上临窗而立，听着河水汩汩而流，道：“朕初次南巡，两岸人烟树木一一在望。朕第二次南巡，坐在船上仅看见两边河岸。朕这次南巡，望见两岸河堤越发高了。”

太子胤礽说：“皇阿玛，这说明治河得法，河道越来越深了。这都是皇阿玛运筹得好。”

皇上笑道：“朕不想掠人之美，张鹏翮功不可没！”

张鹏翮忙跪下道：“臣谢皇上褒奖！”

这时，索额图朝胤礽暗递眼色。胤礽会意，慢慢退下来。两人溜到船舱外头，索额图悄声儿道：“太子，这是陈子端飞马送达的密奏！”

胤礽躲到一边，偷看了密奏。高士奇无意间瞟见胤礽偷看密奏，心中大惊。胤礽回到舱内，奏道：“皇阿玛，儿臣有要事奏闻，请皇阿玛屏退左右。”

臣工们都出去了，胤礽道：“皇阿玛，陈廷敬飞马送来密奏。”

皇上并不在意，说：“你看看吧，再说给朕听。”

胤礽支吾不敢看，皇上说：“朕让你看的，怕什么？”

胤礽便打开密奏，假模假样看了一遍，然后说：“回皇阿玛，陈廷敬密报，暂未发现地方借端科派之事，但两江总督阿山兴师动众，大搞迎驾工程。江浙两省道路重新修过，道路两旁预备了黄沙；河道本已畅行无阻，却命民夫再行挖深；还在杭州建造行宫。”

皇上怒道：“这个阿山，胆子也太大了。谁叫他建行宫的？”

胤礽道：“皇阿玛，儿臣以为，应传令阿山速速将行宫停建。”

皇上并不答话，倒是教训起胤礽来，说：“朕知道你同阿山过从甚密。”

胤礽低头道："儿臣同阿山并无交往。"

皇上声色俱厉，说："胤礽，你还在朕面前抵赖！你身为太子，一言一行都要小心！结交大臣，会出麻烦的！"

胤礽再不敢辩白，只跪下认罪："儿臣知罪。"

皇上摆摆手道："这件事情你不要管了，朕自会处置。"

夜里，皇上独自待了好久，写了道密旨，嘱咐天亮之后着人飞送阿山。

索额图在舱外密嘱胤礽："太子，您得给阿山写封信，嘱咐他接驾之事不得怠慢。皇上说是这么说，真让他老人家不舒坦了，仍是要怪罪的！"

胤礽犹豫道："皇阿玛严责阿山接驾铺张，我如今又写信如此说，只怕不妥啊！"

索额图道："太子可要记住了，您在大臣中如果没有一帮心腹，是难成大事的！阿山今后可为大用，太子要倚重他。这回阿山接驾，我们就得帮着点，必须让皇上满意！"

胤礽听了，只道有理，回头写了密信，差人专程送往杭州。

却说余杭县后衙，百姓们夹道而跪，学着迎驾，齐声高呼万岁。一个百姓把头叩得砰砰响，煞有介事地喊道："皇上圣明，天下太平呀！"还有个百姓做出端酒的样子，喊道："皇上，这是我们自家酿的米酒，尝一口吧！"

师爷从夹道迎驾的百姓中间缓缓走过，左右顾盼。张乡甫抬着头，冷冷地望着师爷。师爷喝道："张乡甫，不准抬头！接驾不恭，可是大罪！"

张乡甫冷笑道："这会儿哪来的皇上？未必你是皇上了？"

师爷正要发作，一个衙役跑了过来，说知县大人让张乡甫去二堂说话。张乡甫到了二堂，李启龙站起来，笑呵呵地说："乡甫，这些日子真是难为你了。接驾嘛，大事，我也是没办法。今儿起，你不要成日在衙门里学着喊万岁了。坐吧，坐吧。"

张乡甫听这了话，并不想知道缘由，只拱手道："那么，这就告辞！”

李启龙把手一抬，说：“别性急嘛。皇上功高五岳，德被四海，为当今圣人。你是读书人，应该写诗颂扬圣德才是啊！”

张乡甫说：“这种阿谀皇上的诗，我写不出来！知县大人也是读书人，您不妨自己写嘛！”

李启龙赔笑道：“我自是要写的，但百姓也要自己争着写，皇上才会高兴嘛！”

张乡甫也笑了起来，说：“知县大人出去问问，看哪个百姓愿意争着写，就让他写好了。”

李启龙忍着心头火气，说：“乡甫说这话就是不明事理了，有几个百姓认得字？还是要请你这读书人！”

张乡甫道：“反正我是不会写的，知县大人要是没别的事情，我先走了。”

李启龙终于发火了，说：“张乡甫，你别给脸不要脸。我向制台大人推荐你给皇上献诗，是给你面子。”

张乡甫冷笑道：“这个面子，你自己留着吧。”

李启龙拍了茶几，道：“你傲气什么？本老爷在你这个年纪，早就是举人了！”

张乡甫也拍了茶几，道：“举人？不就是写几篇狗屁八股文章吗？本公子瞧不上眼！”

李启龙吼了起来说：“老爷我把话说到这里，这颂扬圣德的诗，你写也得写，不写也得写。到时候皇上来了，我会把你推到皇上面前进诗，看你如何交代。没诗可交，小心你的脑袋！”

张乡甫低头想了又想，长叹一声，说：“好吧，我回去写诗。”

李启龙拂袖进了签押房，低声骂道：“给脸不要脸！”

李启龙还在签押房里生着气，总督衙门传话来了，说阿山大人请他过去说话。李启龙不敢怠慢，拔腿出了县衙。赶到总督衙门，见阿山正在二堂急得团团转，忙问道：“制台大人，您召卑职有何吩咐？”

阿山很是着急，说："奉接上谕，严令下官不得把接驾排场搞大。可太子又派人送来密信，命下官小心接驾，务必让皇上满意。兄弟十分为难哪！有些事情兄弟我只能交你办理，别人我信不过。"

阿山说完，小心地把太子密信放在砚池弄糊了，再丢进字纸篓里。

李启龙见阿山大人如此谨慎，知道事情重大，问道："制台大人有什么主意?"

阿山说："兄弟请你来，就是同你商量。别人兄弟我不相信，有些事情又不能托付别人去办。"

李启龙拱手低头，道："感谢制台大人信任！您想让卑职怎么做，吩咐就是!"

阿山说："太子信里说了，皇上确实简朴，但弄得皇上不舒坦，也是要获罪的。"

李启龙想了想，道："我说呀，上头说归说，我们做归做。官样文章，从来如此。皇上，他也是人嘛!"

阿山听了哈哈大笑，道："兄弟就知道你李启龙会办事。"

李启龙忙谦恭地摇摇头，道："多谢制台大人夸奖。"

阿山环顾左右，压低了嗓子说："先头着你预备一百二十个妙龄女子，此事不得出半点儿差错。另外，这里还有个单子，这些王爷、阿哥、大臣们想买些美女带回京城去。"

李启龙接过单子，轻声念了起来："太子胤礽八个，要个会唱曲儿的，诚亲王三个，礼亲王两个，索额图四个……"

阿山忙摇手道："好了好了，别念了。你把这个单子记进肚子里就行了！太子特意嘱咐要个会唱曲儿，你要格外尽心，可得才貌双全，能弹会唱。"

李启龙道："有个叫梅可君的女子，杭州头牌花魁，送给太子最合适了。"

阿山道："都由你去办了，我管不了那么细。"

李启龙道：“卑职明白，卑职记住了。制台大人，只是这买女子的银子哪里出？”李启龙说着，又仔细看了看单子，暗中记牢，也学阿山的样，把单子放进砚池里让墨水弄糊了，丢进字纸篓里。

阿山道：“银子嘛，余杭县衙先垫着。”

李启龙有些为难，说：“制台大人，皇上前几次南巡，敝县也是垫了银子的，都还没补上呀！我来余杭上任，接手的账本就有厚厚八卷，里头都是欠着银子的。”

阿山瞟了眼李启龙，道：“你糊涂了不是？”

李启龙嗫嚅道：“制台大人，另外一百二十个女子好说，只是陪大人们玩玩，苏杭青楼里一抓一大把，也花不了多少银子。可要把良家女子生生儿买走，就得花大价钱啊！”

阿山道：“你又糊涂了不是？千万不能说是青楼女子。”

李启龙忙说：“这个卑职会交代妥帖，只是银子实在有些难。”

阿山道：“银子你只管垫，反正不会从你自己口袋里掏。”

李启龙知道说也白说，便闭嘴不言了。阿山望着李启龙半日，忽然又道：“还要两个女子，单子上没有开，却是最要紧的。”

李启龙见阿山如此神秘，悄声问道：“还要两个？谁要？”

阿山说：“本不该同你说，你只管预备着就是。”

听阿山这么说，李启龙张嘴瞪眼不敢再问。阿山竖起一个指头，朝天指了指。

李启龙大惊，不由得打了个寒战，问：“啊？皇上？”

阿山瞪了一眼，摇摇头道：“李启龙，万万说不得啊。你日后前程，就看这回接驾了！”

李启龙扑地跪了下来，道：“多谢制台大人提携！卑职拼着性命也要把这回的差事办好！”

阿山甚是满意，点点头，又说：“启龙啊，凡事你都得暗中去办。太子信中暗示，皇上早派人过来了。太子不便明说，此事万分机密。”

李启龙听着大惊，道：“制台大人不提起，卑职不敢报告，怕显得卑职疑神疑鬼。这位钦差兴许同我余杭县衙的人打过交道了。”

阿山一听，惊得两眼发黑，忙问怎么回事。李启龙便把衙役去清河坊满堂春拿人的事说了。阿山怕只怕那钦差就是诚亲王，余杭县衙要是得罪了诚亲王的人，麻烦就大了。毕竟要靠李启龙做事，阿山就把诚亲王已到杭州的话说了。李启龙吓得冷汗直流，连道如何得了！着急了半日，李启龙又摇头道：“制台大人，我们去拿人只是为着催税，谁也抓不住把柄。卑职正是多了个心眼，怕万一打鬼打着了正神啊！再说了，诚亲王自己不也是要买人的吗？不如明儿我就找几个漂亮女子送到寿宁馆去，王爷自然高兴，有事也没事了。”

阿山使劲儿摇手，道：“不行不行，你真是糊涂了！谁说诚亲王让你买女子了？诚亲王召我去见面，人家可是半个字都没提起！我们只能按着条子把女子送上去！”

六十七

这日，陈廷敬左右打听，找到了张乡甫的家。刘景上前敲门，一老者探出头来张望，陈廷敬问道：“敢问这是张乡甫先生家吗？”

老者答道：“正是，有事吗？”

陈廷敬道：“我是外乡人，路过此地。慕乡甫先生大名，特来拜望。”

老者摇头道：“我家公子这几日甚是烦闷，不想见客。”

陈廷敬说：“我不会过多打扰，只想见个面，说几句话就走。”

老者犹豫片刻，请他们进了院子。陈廷敬让随去的人待在外头，独自进去了。进门一看，小院极是清雅，令人神清气爽。张乡甫听得来了客人，半天才懒懒散散地迎了出来，道：“小门小户，实在寒碜。敢问先生有何见教？”

陈廷敬道："老朽姓陈名敬，外乡人，游走四方，也读过几句书，附庸风雅，喜欢交结天下名士。"

张乡甫没精打采的样子笑道："我算什么名士！守着些祖业，读几句闲书，潦倒度日！"

陈廷敬笑道："我看您过得很自在嘛！"

张乡甫本无意留客，却碍着面子请客人进屋喝茶。见客堂墙上挂满了古字画，陈廷敬心中暗自惊叹，问道："乡甫先生，可否让我饱饱眼福？"

张乡甫道："先生请便。"

陈廷敬上前细细观赏，感叹不已："真迹，这么多名家真迹，真是难得啊！有道是盛世藏古玩，乱世收黄金啊！"

张乡甫听了这话，心里却不高兴，道："我这都是祖上传下来的东西，跟什么盛世、乱世没关系。杭州最近乱翻了天，还盛世！"

陈廷敬回头问道："杭州最近怎么了？"

张乡甫说："余杭县衙里预备了上百美女，说是预备着接驾。百姓听说皇上还要在杭州选秀，家里女儿长得有些模样的，都争着许人成婚哩！"

陈廷敬故意问道："真有这种事？难怪街上成日是花轿来来往往！"

张乡甫又道："衙门里还逼我写诗颂扬圣德，不写就得问罪！您想想，我耳闻目睹的是皇上南巡弄得百姓家无宁日，我写得出吗？"

陈廷敬摇头说："我想事情都是被下面弄歪了！"

张乡甫望望陈廷敬，没好气地说："天下人都是这个毛病！总说皇上原本是好的，都是下面贪官污吏们坏事。可是，这些贪官污吏都是皇上任用的呀！难道他们在下面胡作非为，皇上真不知道？倘若真不知道，那就是昏君了，还有什么圣德值得我写诗颂扬呢？"

陈廷敬笑道："我倒是听说，当今皇上还真是圣明。"

张乡甫叹息不已，不停地摇头。

陈廷敬道："乡甫先生，老夫以为，诗您不想写就不写，不会因了这个获罪的。"

张乡甫叹道："诗写不写自然由我。我伤心的是有件家传宝贝，让余杭县衙抢走了！"

原来，衙门里又说为着接驾，凡家里藏有珍宝的，不管古字画、稀奇山石、珍珠翡翠，都要献一件进呈皇上。张乡甫家有幅米芾的《春山瑞松图》，祖传的镇家之宝，也叫余杭县衙拿走了。

陈廷敬听张乡甫道了详细，便说："乡甫先生不必难过，皇上不会要您的宝贝，最多把玩几日，原样还您。"

张乡甫哪里肯信，只是摇头。陈廷敬笑道："我愿同乡甫先生打赌，保管您的宝贝完璧归赵。"

张乡甫虽是不信陈廷敬的话，却见这位先生也还不俗，便要留他小酌几盅。陈廷敬正想多探听些余杭县衙里头的事儿，客气几句就随了主人的意。张乡甫却越是喝酒，话说得越少。陈廷敬知道他到底心存戒备，喝了几杯酒就告辞了。

张乡甫挨到天黑，想出门见见知府刘相年。他同刘相年意气相投，平日有闲也相约喝酒作诗。却说今日晌午，刘相年也被诚亲王的人悄悄儿找了去，也是没说几句要紧话就把他打发走了。宫里的规矩刘相年并不熟悉，见了诚亲王也只是叩头而已。他出了客栈，只记得那三条狗甚是吓人，并没看清诚亲王的模样儿。他当初中了进士，在翰林院待了三年，散馆就放了知县。他后来做了知府，都是陈廷敬举荐的。近日杭州都风传皇上派了钦差下来密访，难道说的就是这诚亲王？

夜里，刘相年正苦思苦想那诚亲王召他到底深意何在，有个操北方口音的人进了知府衙门。这人怎么也不肯报上名姓，只道是京城里来的，要见知府大人。门上传了进去，刘相年怕又是诚亲王的人，便让那人进了后衙。

那人见了刘相年，并不说自己是谁的人，只道：“刘大人，你们制台大人阿山已经把您参了。皇上看了密奏，十分震怒！”

刘相年问道：“他参我什么？”

那人道：“还不是接驾不恭？”

刘相年一笑，说：“阿山整人倒是雷厉风行啊！”

那人说：“刘大人也不必太担心。徐原一大人嘱我捎口信给大人您，一则先让您心里有个底，想好应对之策；二则徐大人让我告诉您，他会从中斡旋，保您平安无事。”

徐乾学的大名刘相年自然是知道的，正是当今刑部尚书，内阁学士。刘相年便说：“感谢徐大人了。请回去一定转告徐大人，卑府日后有能够尽力之处，一定报答！”

那人笑道：“刘大人，徐大人自会全力以赴，帮您化解此难，可他还得疏通其他同僚方才能说服皇上。徐大人的清廉您也是知道的，他可不能保管别人不要钱啊！”

刘相年疑惑地望着来人，问：“您的意思，卑府还得出些银子？”

那人低头喝茶，说：“这个话我就不好说了，您自己看着办吧。”

刘相年问道：“卑府不懂行情，您给个数吧。”

那人仍是低着头说：“十万两银子。”

刘相年哈哈大笑，站了起来说：“兄弟，我刘某人就算把这知府衙门卖掉，也值不了十万两银子啊！”

那人终于抬起头来，说：“刘大人，我只是传话，徐大人是真心要帮您，您自己掂量掂量！”

刘相年又是哈哈大笑，说：“我掂量了，我刘某人的乌纱帽比这知府衙门还值钱呀！”

那人冷冷问道：“刘大人，您别只顾打哈哈，您一句话，出银子还是不出银子？”

刘相年微笑道：“请转告徐大人，刘某谢过了！刘某的乌纱帽值不了那么多银子。”

那人脸色一变，拂袖而起，说："刘大人，您可别后悔啊！"

刘相年也拉下了脸，拱手道："恕不远送！"

那人出了知府衙门，没头没脑撞上一个人，差点儿跌倒，低声骂了一句，上马离去。来的人却是张乡甫。门房知道张乡甫是刘大人的朋友，打个招呼就进来了。

刘相年没想到张乡甫夜里来访，忙迎入书斋说话。张乡甫没好气，问道："裕丰兄，这杭州府的地盘上，到底是您大还是李启龙大？"

刘相年并不知道出了什么事，只问："乡甫，你劈头盖脸就问这话，你这是怎么了？"

张乡甫说："我张乡甫在杭州虽说无钱无势，也还算是个有面子的人。他李启龙也知道我同裕丰兄您是有交情的，可他硬是爬到我头上拉屎来了！"

刘相年问："您告诉我，李启龙把你怎么了？"

张乡甫说："他把我拉到县衙学作揖叩头弄了整整三日，又逼我写诗颂扬圣德，还抢走了我祖传的古画，说要进呈皇上！"

刘相年忍不住骂道："李启龙真是个混蛋！"

张乡甫问："您就不能管管他？"

刘相年叹道："他背后站的是阿山！"

张乡甫本是讨公道来的，见刘相年也没辙，便道："李启龙背后站着阿山，阿山背后站的是皇上。这下好了，我们百姓都不要活了。"

刘相年忙摇着手说："乡甫，您这话可说不得啊！当今皇上的确是圣明的。"

张乡甫笑笑，说："哼，又是这个腔！你们都只知道讲皇上是好的，就是下面这些贪官污吏坏事！今儿有位老先生，说是专门云游四海，跑到我家里叙话，也同你一个腔调！"

刘相年好言劝慰半日，又想起张乡甫刚说的什么老先生，便问："乡甫刚才说什么人来着？"

张乡甫道："一个外乡人，六十上下，自称姓陈名敬。"

刘相年再细细问了会儿，顿时两眼一亮，道："陈敬？陈廷敬！陈子端大人，正是他！"

张乡甫见刘相年这般吃惊，实在奇怪，问道："陈廷敬是谁？"

刘相年说："他可是当今文渊阁大学士、吏部尚书！陈中堂原来单名一个'敬'字，中进士的时候蒙先皇赐了个'廷'字。"

刘相年原想风传的钦差可能就是诚亲王，这会儿又冒出个陈中堂，这事倒是越来越叫人摸不着头脑了。张乡甫这下也吃了一惊，道："原来那老头儿是个宰相？"

刘相年点头道："他可是我的恩公啊！十多年前，皇上恩准四品以上大臣推举廉吏，陈中堂同我素不相识，只知道我为官清廉，就保举了我，我便从知县破格当上了知府。我总算没辜负陈大人的信任，做官起码得守住一个'廉'字。也正因我认了这个死理，我这知府便从苏州做到扬州，从扬州做到杭州，总被上司打压！这回只怕连知府都做不成了。"

张乡甫说："既然是陈大人，您何不快去拜望？他告诉我他住在烟雨楼。"

刘相年摇头道："乡甫，既然陈中堂不露真身，肯定自有道理，您也不要同任何人说啊！"

刘相年话是这么说，他送走张乡甫，自己却又悄悄儿拜见陈廷敬去了。他心想今儿是什么日子？先是被诚亲王稀里糊涂召了去，夜里来了徐乾学的人，这会儿又听说陈廷敬来了。刘相年进了烟雨楼打听，大顺出来见了他。他便道是杭州知府刘相年，要拜见陈中堂。大顺平日听老爷说过这个人，就报了进去。陈廷敬也觉得蹊跷，叫大顺请刘相年进屋去。陈廷敬忙站了起来，刘相年却行了大礼，道："杭州知府刘相年拜见恩公陈中堂！"

陈廷敬定眼望望，道："哦，您就是刘裕丰呀？快快请坐。"

刘相年坐下，说："杭州都在风传，说皇上南巡，先派了钦差大臣下来，原来确有其事呀！"

陈廷敬笑道："裕丰呀，我算是让你撞上了。皇上嘱我先下来看看，并不准我同地方官员接触。皇上不让下面借口接驾，向百姓摊派，不准下面太铺张。可我觉得你们杭州有些怪啊！"

刘相年说："中堂大人，我反对阿山向百姓摊派，反对建行宫，阿山已向皇上上了密奏把我参了！"

陈廷敬私下吃惊不小，心想刘相年怎么会知道密奏的呢？刘相年明白陈廷敬的心思，便道："按理说，密奏之事我是不会知道的。我也本不敢说，我想自己的脑袋反正在脖子上扛不了几日了，又是对您陈中堂，就什么都说了吧。徐原一派人找上门来，把阿山上密奏的事告诉我，让我出十万两银子消灾。"

陈廷敬更是大惊，只因说到了徐乾学，他不便随意说话。心里却想徐乾学越来越喜欢弄权，为人伪善贪墨，得寻着时机参了他才是。陈廷敬心下暗自想着，又听得刘相年说："我顶回去了，一两银子也不出。"

陈廷敬想刘相年果然是位清官，他却不便评说徐乾学；又拿不准来的是否真的是徐乾学的人，只道："裕丰，这些话就说到这里为止，我心里有数了。"

刘相年却忍不住又说："如此明明昭昭地派人上门要银子，他就不怕人家告发了？"

陈廷敬道："早已成风，司空见惯，只是您相年耿直，听着新鲜。人家知道您给不给银子，都不会告发的。此事不要再说，相年，我知道就行了。"

刘相年拱手谢过，又听陈廷敬把来杭州的见闻一一说了。两人谈天说地一会儿，陈廷敬忽又问道："裕丰，我沿路所见，大抵上都没有向百姓摊派，可下面又都在大张旗鼓搞接驾工程，银子哪里来？"

刘相年说："现在不摊派，不等于说今后不摊派。只等圣驾离去，还是要摊派下去的。到时候用多少摊多少，就算做得仁慈了，怕只怕各地还要借口皇上南巡消耗，多多地摊派下去！"

陈廷敬道：“哦，我料想也是如此。可皇上明明说了一切从简，下面怎么就不听呢？”

刘相年说：“大家虽说知道皇上下有严旨，不准铺张接驾，可谁也不敢潦草从事。何况，皇上身边还有人密令下面务必好好接驾呢。”

陈廷敬问道：“裕丰这话是什么意思？好好接驾，这话并没有错呀？”

刘相年说：“卑府在总督衙门里也有朋友，听他们说，阿山一面收到皇上密旨，严责阿山建行宫，铺张浪费；一面又收到太子密信，令他好好接驾，不得疏忽。阿山领会太子的意思，就是要大搞排场。”

陈廷敬听了这话，忙说：“事涉太子，非同小可。裕丰，话就到此为止，事关重大，不可再说了。”

刘相年点头无语，忧心忡忡。陈廷敬说：“您反对建行宫，这正是皇上的意思，您不必为此担心。好好接驾，并不一定要建行宫。”

刘相年长舒一口气，似乎放下心来。他又想起圣谕讲堂一事，便道：“杭州知府衙门没有圣谕讲堂，我原想这里府县同城，没有必要建两个讲堂。去县衙听讲的官绅士民是那些人，若有知府讲堂听讲的还是那些人，相年便觉着不必再建了。可阿山前些日子拿这个说事，虽说没有在密奏上提及，但他万一面奏皇上，卑府真不知凶吉如何。”

陈廷敬道：“圣谕讲堂之事，我真不好替你做主。按说各府各县都要建，您如今没有建，没人提起倒罢了，有人提起只怕又是个事！可您要赶在皇上来时建起来，又太迟了。我只能说，万一皇上知道了，尽量替您说话吧。”

刘相年犹豫着该不该把诚亲王到杭州的事说了，因那诚亲王说是微服私访，特意嘱他不许在外头说起。陈廷敬见他似乎还有话说，就叫大顺暂避。刘相年心想这事同陈廷敬说了也不会有麻烦，这才低声说道：“陈中堂，诚亲王到杭州了，今儿召我见了面。王爷说是密访，住在寿宁馆，不让我在外头说。”

陈廷敬听了暗自吃惊，脸色大变，心想皇上着他沿路密访，为何又另外着了诚亲王出来？陈廷敬知道皇上行事甚密，便嘱咐道：“既然诚亲王叫你不要在外头说，你就不该说的。这事我只当不知道，你不可再同外人说起。”

刘相年悔不该提起这事，心里竟有些羞愧。时候已经不早，他谢过陈廷敬，起身告辞。刘相年刚走到门口，陈廷敬又问道：“诚亲王同您说了什么？”

刘相年停下脚步，回头道：“诚亲王也没说什么，只道你刘相年官声很好，我来杭州看了几日，也是眼见为实了。他说有回皇上坐在金銮殿上，说到好几位清官，就说到你刘相年。”

陈廷敬心念一动，忙问道：“金銮殿？他是说哪个宫，还是哪个殿？”

刘相年道：“王爷只说金銮殿。”

陈廷敬又问道：“王爷带着多少人？”

刘相年回道：“总有二三十个吧，有架鹰的，有牵狗的，那狗很是凶猛。”

陈廷敬想了想，又问：“按规矩您应送上仪礼孝敬王爷，您送了吗？”

刘相年道：“我也知道是要送的，可如今又是疏河道，又是建行宫，还得修路架桥，拿得出的银子不足万两，哪好出手？”

陈廷敬道：“裕丰，奉送仪礼虽是陋规，可人在官场身不由己。王爷不再找您也就罢了，再差人找您，您先到我这里跑一趟，我替您想想办法。”

刘相年拱手谢过，出了客栈。夜已深了，刘相年骑马慢慢走在街上，觉着露重湿肩，微有寒意。他想皇上这次南巡，密派的钦差就有两拨，天知道会有什么事捅到皇上那里去。阿山参他接驾不恭，他心里倒是不怕，自己凡事都是按皇上谕示办理的。只是杭州没有圣谕讲堂，倘若真叫皇上知道了，保不定就吃了罪。刘相年想着这事儿，怎么也睡不好。

第二日，他早早地起了床，坐上轿子满杭州城转悠，想寻间现成的房子做讲堂。直把杭州城转几遍，都寻不着合适的地方。眼看着就天黑了。城里房子都是有家有主的，哪来现成空着的？跟班的便笑道："只怕现在杭州城里空着的房子就只有妓院了！"

不承想刘相年眼睛一亮，便让人抬着去清河坊。随从们急了，问老爷这是怎么了。刘相年只说你们别管，去清河坊便是了。到了清河坊，只见街上灯笼稀落，很多店家门楼都黑着。远远地看见满堂春楼前还挂着灯，刘相年记得陈中堂说起过这家青楼，便上前敲门。李三娘在里头骂道："这么晚了，是谁呀？里头没一个姑娘了，敲你个死啊！"开门一看，见是穿官服的，吓得张嘴半日才说出话来："啊，怎么又是衙门里的人？你们要的人都带走了，还要什么？"

刘相年进了屋，没有答话，左右上下打量这房子。李三娘又说："头牌花魁让你们衙门弄去了，稍微有些模样儿的也带到衙门去了，还不知道哪日回得来哩！剩下的几个没生意，我让她们回家待着去了。衙门要姑娘，有了头回，保不定没有二回三回，这生意谁还敢做？我是不想做了。"

刘相年回头问道："你真不想做了？"

李三娘说："真不做了。"

刘相年道："你真不做了，知府衙门就把你这楼盘下来。"

李三娘眼睛瞪得要掉下来了，道："真是天大的怪事了！衙门要妓女就很新鲜了，连妓院也要？敢情知府衙门要开妓院了？您开玩笑吧？"

刘相年脸上不见半丝笑容，只道："谁同你开玩笑？明儿我叫人过来同你谈价钱，银子不会少你的。"李三娘本是胡乱说的，哪知衙门里真要盘下她的妓院。她知道同衙门打交道没好果子吃，便死也不肯做这桩生意。刘相年不由分说，扔下一句话："你说了就不许反悔，明儿一早衙门就来人算账!”

回到知府衙门，门房正急得说话舌头都打结，半天才道出昨日那两个架鹰牵狗的人又来了，骂老爷您不懂规矩，要您快快去见什么王爷。门房说他叫人满大街找老爷，只差没去清河坊了。

刘相年飞马去了烟雨楼，陈廷敬见他急匆匆的样子，就猜着是怎么回事了，问道：“诚亲王又召你了?”

刘相年说：“陈中堂您想必是料到了，果然又召我了。”

陈廷敬说：“裕丰，你把那日诚亲王说的话，一字一句，再说给我听听。”

刘相年不明白陈廷敬的用意，又把诚亲王怎么说的，他怎么答的，一五一十说了一遍。陈廷敬听完，忽然说道：“这个诚亲王是假的!”

刘相年好比耳闻炸雷，张嘴半日，说：“假的?”

原来陈廷敬昨日听刘相年说，诚亲王讲皇阿玛在金銮殿上如何如何，心里就起了疑心。宫里头哪有谁说金銮殿的？那是民间戏台子上的说法。又想那架鹰之俗应在关外，没有谁在江南放鹰的道理。陈廷敬早年在上书房给阿哥们讲过书，阿哥们他都是认得的。说起陈廷敬跟诚亲王，更有一段佳话。二十五年秋月，有日陈廷敬在内阁直舍忙完公事，正同人在窗下对弈，皇上领着三阿哥来了。陈廷敬才要起身请安，皇上笑道：“你们难得清闲，仍对局吧。”当时三阿哥只有十二三岁，已封了贝勒。皇上便坐下来观棋，直赞陈廷敬棋道颇精。三阿哥却说：“皇阿玛，我想跟师傅学棋!”三阿哥说的师傅就是陈廷敬。皇上欣然应允，恩准每逢陈廷敬在上书房讲书完毕，三阿哥可同陈廷敬对局一个时辰。自那以后，三阿哥跟陈廷敬学棋长达两年。

陈廷敬虽猜准杭州这个诚亲王是假的，可此事毕竟重大，万一弄错了就吃罪不起，又问：“裕丰，你看到的这个诚亲王多大年纪？可曾留须?”

刘相年说：“我哪敢正眼望他？诚亲王这等人物又是看不出年

纪的，估计二十岁上下吧。”

陈廷敬沉吟片刻，说：“诚亲王与犬子壮履同岁，虚龄应是三十四岁。”又想了想，心中忽有一计，“裕丰，你快去见他，只道陈廷敬约您下棋去了，下边人没找着您，看他如何说。不管他如何骂您，您只管请罪，再回来告诉我。”

刘相年得计，速速去了寿宁馆。门口照例站着四个人，见了刘相年就低声骂道：“不识好歹的东西！”刘相年笑脸相赔，低头进去。又是昨日那个人拦住了他，骂道：“诚亲王微服私访，本不想见你的，念着皇上老在金銮殿上说起你，这才见了你。你可是半点儿规矩都不懂。”

刘相年笑道：“卑府特意来向王爷请罪！”

那人横着脸，上下打量了刘相年，说：“王爷才不会再见你哩！你滚吧！”

刘相年道：“这位爷，您好歹让我见见诚亲王，王爷好不容易到了杭州，我自然是要孝敬的。杭州黄金美女遍地都是，卑府想知道王爷想要什么。”

那人斜眼瞟着刘相年，道：“你当王爷稀罕这些？进去吧！”

刘相年跟着那人，七拐八弯走进一间大屋子。里头烛照如昼，诚亲王端坐在椅子上，身后站着两个宫女模样的人打着扇子。刘相年跪下，道：“臣向王爷请罪！陈廷敬约臣下棋去了，下边的人没找着我。”

诚亲王问道：“你说的是哪个陈廷敬？”

刘相年听了暗自吃惊，略略迟疑，问道：“敢问王爷问的是哪个陈廷敬？”

诚亲王道：“我只知道文渊阁大学士、吏部尚书名叫陈廷敬，他还在上书房给我们阿哥讲过书哩。他跑到杭州来干什么？”

刘相年心想坏了，眼前这位王爷肯定是真的，便道：“正是陈中堂，臣只知道他是钦差，不知道他来杭州做什么。”

诚亲王问：“你没跟他说我在杭州吗？”

刘相年道："王爷您是微服私访，嘱咐臣不同外人说，臣哪敢说。"

诚亲王点点头，说："没说就好。我也没什么多说的，明日就要走了。你官声虽好，但也要仔细。若让我知道你有什么不好，仍是要禀告皇上的。你回去吧。"

刘相年叩了头，退了出来。走到门口，刚才领他进来的人说："刘相年，你得聪明些。王爷领着我们出来，一路开销自是很大。难道还要王爷开金口不成？"

刘相年低头道："卑府知道，卑府知道。"

刘相年出了寿宁馆，飞快地跑到烟雨楼，道："陈中堂，这诚亲王不是假的。"

刘相年便把诚亲王的话学给陈廷敬听了。陈廷敬惊道："这么说，还真是诚亲王？"

刘相年道："真是诚亲王，我原想他是假的，抬眼看了看。这人年龄果然是三十多岁，短须长髯，仪表堂堂。"

陈廷敬点头道："那就真是诚亲王了。王爷到了杭州，您送些银子去孝敬，也是规矩。裕丰，您得送啊。"

刘相年是个犟脾气，道："做臣子的孝敬王爷，自是规矩。可诚亲王分明是变着法子自己伸手要银子，我想着心里就憋屈，不送！"

陈廷敬笑道："裕丰，您这就是迂了。听我一句话，拿得出多少送多少，送他三五千两银子也是个心意。"

刘相年摇摇头，叹道："好吧，我听中堂大人的。今儿也晚了，要送也等明儿再说吧。"

第二日，刘相年早早儿带了银票赶到寿宁馆，却见诚亲王已走了半个时辰了。店家这半个多月可是吓坏了，寿宁馆外人不准进，里头的人不准出，客栈都快成紫禁城了。刘相年问："他们住店付了银子没有？"

店家道："我哪里还敢要银子？留住脑袋就是祖宗保佑了！"

刘相年心想诚亲王人反正走了，也懒得追上去送银子。他本要回衙门去，又想陈中堂也许惦记着这事儿，就去了烟雨楼。听说诚亲王一大早就匆匆离开杭州，陈廷敬不免又起了疑心。可他并没有流露心思，只道："裕丰，既然没有赶上，那就算了。"

刘相年告辞而去，陈廷敬寻思良久，提笔写了密奏，命人暗中奉发。不几日，陈廷敬收到密旨，得知那诚亲王果然是歹人冒充的。皇上盛赞陈廷敬处事警醒，又告诉他已命浙江将军纳海暗中捕人。

六十八

皇上打算驻跸高家西溪山庄，高士奇早已密嘱家里预备接驾。高家对外密不通风，却暗地里忙乎两个多月了。这日圣驾临近，高士奇领着两个亲随快马赶回杭州。阿山得信，忙领了众官员出城恭迎。高士奇在城外下了马，换轿进城。并不先回西溪山庄，径直先去了余杭县衙。

高士奇一路并不怎么说话，到了县衙才开口说道："皇上过几日就到，驻跸寒舍，我先回来看看。"

阿山擦着脸上的汗，道："真是万幸啊！刘相年督建行宫不力，皇上要不是驻跸高大人家里，下官这脑袋可得搬家啊！"

高士奇知道刘相年就是当年陈廷敬推举的廉吏，便四下里望望，笑眯眯地问道："刘裕丰是哪位呀？"

阿山忙道："回高大人，卑职本已派人叫刘裕丰来迎候高大人，他却推说要督建行宫，不肯来。"

高士奇脸上不高兴，说："还建什么行宫？皇上不是早就让你不要建了？"

阿山不知如何作答，支吾半日，道："刘裕丰说是督建行宫，其实是故意在那里拖延工夫。下官以为，皇上不让建是一回事，刘裕丰故意怠工，却是大不敬啊！”

高士奇摇手道：“不说这个刘裕丰了，去，看看东西去。”

原来高士奇心里惦记着收罗来的那些珍宝，定要自己过目才放心。进了库房，高士奇说：“那些奇石、美玉，我就没工夫看了，我只看看字画。”

衙役打开一幅古书法，高士奇端详一会儿，点点头：“这是真迹。”

李启龙忙喊道：“这是真的，放那边去！”

师爷接过古书法，放到屋子另一处。

高士奇一件件儿看着，真的假的分作两间屋子存放。这时，衙役展开米芾的《春山瑞松图》，高士奇默然半日，道：“假的！”

李启龙甚是吃惊：“假的？”

高士奇笑道：“老夫差点儿也看走眼了。”

李启龙大惑不解，却不敢多说。看完字画，高士奇说：“不管真的假的，分门别类，统统送到西溪山庄去。真的明儿进呈皇上，假的等老夫有空时再掌掌眼，免有遗珠之憾。”

阿山忙吩咐李启龙派人把字画送到西溪山庄去。余杭县衙的师爷在后面同李启龙轻声嘀咕：“老爷，张乡甫家的东西，不可能有假的呀？高大人怎么说《春山瑞松图》是假的呢？”

李启龙忙摇头说：“不要说了，相信高大人的法眼吧。”

高士奇正在家里预备接驾，阿山急匆匆登门拜访。原来阿山突然奉接上谕，皇上要检阅钱塘水师，命速在江边搭建台子。上谕特嘱此事需同高士奇商议。高士奇急得脸色发青，因皇上明日驾到，临时搭台谈何容易！

高士奇说：“制台大人，此事就得请您尽心尽力了。搭这台子事关皇上安危，必须有个可靠得力之人才行。”

阿山道：“高大人，刘裕丰只要愿意干事，他最能应急。只是这回吩咐给他的所有接驾差事，他都故意拖延。”

高士奇笑道：“刘裕丰是当年陈子端大人推举的廉吏，人才难得。不能让他因为接驾的差事不办好，落下罪名。这搭检阅台的差事，就让刘裕丰办吧，也算给他个立功赎罪的机会。”

阿山知道这搭台之事实在仓促，保不定就会出麻烦，却道：“高大人如此体恤下属，卑职应向您学着点儿。”

高士奇很是仁厚的样子，说：“我们都是替皇上当差，都不容易，应相互体谅才是！去吧，我们叫上刘裕丰，一道去钱塘江看看。”

这时，有个衙役急急跑来，同阿山耳语。阿山顿时脸色煞白：“啊？刘裕丰简直反了！”

高士奇忙问：“什么事让制台大人如此震怒？”

阿山低头道：“回高大人，刘裕丰居然把圣谕讲堂的牌子挂到妓院里去了！”

高士奇跺脚大怒：“啊？这可是大不敬啊！要杀头的！这个刘裕丰，怎会如此荒唐？可怜陈子端大人向来对他赞不绝口啊！快快着人把他叫来！”

高士奇非常惋惜的样子，摇头叹息。阿山派去的人飞快赶到清河坊，却见刘裕丰领着几个衙役，正在满堂春张罗，门首已挂上圣谕讲堂的牌匾。过往百姓有惊得目瞪口呆的，有哈哈大笑的。有个胆大的居然高声笑道：“这可是天下奇闻呀！今儿个妓院改讲堂，说不定哪日衙门就改妓院了！”

刘相年只作没听见，尽管吩咐衙役们收拾屋子。这边正忙着，总督衙门的人进屋传话：“刘大人，詹事府高大人、制台大人请您去哩！”

刘相年只得暂时撂下圣谕讲堂的事，急忙赶到河边，拜道：“卑府刘相年拜见高大人跟制台大人！”

高士奇轻声儿问道：“你就是刘裕丰？”

刘相年道：“正是卑府。”

高士奇猛地提高了嗓门：“你真是胆大包天了！”

刘相年仍是低着头，道：“回高大人话，卑府不知做错了什么。”

高士奇气得发抖，道：“你怎么敢把妓院改成圣谕讲堂？这可是杀头大罪！”

刘相年却没事儿似的，说：“卑府如果该杀，满朝臣工及浙江官员个个该杀！”

高士奇气得嘴唇发颤，说不出话来，拿手点着刘相年，眼睛却望着阿山。阿山道：“刘裕丰，高大人对你可是爱护备至，刚才还在说，让你在江边搭台子，预备皇上检阅水师，也好给你个立功赎罪的机会。你却不识好歹，对高大人如此无礼！”

刘相年抬眼望了望高士奇，又低下头去，说：“回高大人，您听下官说个理儿。苏杭历朝金粉，千古烟花，哪一寸地方不曾留下过妓女的脚印？若依各位大人的理儿，这地方又岂是圣驾可以来的？你们明知杭州是这么个地方，偏哄着皇上来了，岂不个个都犯了大不敬之罪？”

高士奇直道不可理喻，气得团团转。刘相年却是占着理似的，道：“满堂春的妓院开不下去了，卑府花银子把它便宜盘了下来，改作圣谕讲堂，省下的也是百姓的血汗钱。不然，再建个圣谕讲堂，花的银子更多。”

李启龙也正好在场，插了嘴道：“高大人、制台大人，您两位请息怒！参刘裕丰的折子，由我来写。我明人不做暗事，刘裕丰目无君圣，卑职已忍耐多时了。”

刘相年瞟了眼李启龙，冷笑道：“李知县，您做官该是做糊涂了吧？以您的官品，还没资格向皇上进折子！”

高士奇仰头长叹，悲天悯人的样子，说：“好了好了，你们都不要吵了！眼下迎驾是天大的事情。我同陈子端大人同值内廷，交情颇深。人非草木，孰能无情？你们背地里骂我徇私也罢，刘大人我还是要保的。裕丰哪，搭建检阅台的差事，还是由您来办，您可得尽力啊！”

刘相年知道此事甚难，却只得拱手谢了高士奇。阿山万般感慨，道："高大人真是宰相之风啊！刘裕丰如此冒犯，您却一心为他着想。"

高士奇叹道："制台大人，我就是不珍惜刘裕丰这个人才，也得替陈子端大人着想。刘裕丰如果真的获罪，陈大人可是难脱干系！好了，不要再说了。此处搭台子不妥，我们再走走看吧。"

沿着江堤往前再走一程，但见江水湍急，浪拍震耳，高士奇道："此处甚好！"

刘相年急了，道："高大人，这里江水如此湍急，怎么好搭台子？"

阿山似乎明白了高士奇的用心，马上附和道："风平浪静的地方，怎能看出水师的威风？高大人，您真选对了地方。"

高士奇并不多说，只道："刘大人，就这么定了，你好好把台子搭好吧。"

刘相年又发了倔劲，道："高大人，这差事卑府办不了！"

高士奇望着刘相年，目光甚是柔和，道："裕丰，我想救你。你已经淹在水里了，我想拉你上岸，可你也得自己使把劲啊！再说了，皇上在杭州检阅水师，这台子不是你来搭，谁来搭？制台大人，我们走吧。"

高士奇甩下这话，领着阿山、李启龙等官员走了，留下刘相年独自站在江边发呆。望着高士奇等人的轿子远去，刘相年知道这差事无论如何都只能办好，便打马去了行宫工地。刘相年多日没来了，师傅们正在疑惑。刘相年开口说道："师傅们，不瞒你们说，我不让你们风风火火地干，就是想等着皇上下令停建行宫。现在我知道了，皇上真的不准建这行宫。劳民伤财哪！建行宫可是要花钱的啊。钱不是天上掉下来的，是百姓的血汗啊。今儿我告诉你们，行宫不建了。"

有师傅说道："不建就好了，我们明儿可以回家去了。可是这工钱怎么办？"

刘相年道："工钱自然不会少你们的。但我刘某人还要拜托大家最后帮我一个忙。我因反对建行宫，得罪了人。他们想害我，故意命我在水流湍急的江边搭个台子，供皇上检阅水师。皇上明儿就驾临杭州，可现在天都快黑了。台子要是搭不好，我的脑袋就得搬家。”

师傅们听了，都说这可如何是好？夜黑风高，浪头更大，人下到河里没法动手啊！刘相年没有说话，只望着师傅们。忽然有个师傅高声喊道：“兄弟们，刘大人是个好官，我们再难也要通宵把台子搭起来。”

大伙儿安静片刻，都说拼了性命也要把台子搭好。刘相年朝师傅们深深鞠了一躬，道：“我刘相年谢你们了！”

师傅们又道刘大人请放心，木料这里都有现成的，大伙儿的手艺也都是顶呱呱的，保管天亮之前把台子搭好。

天黑下来没多久，陈廷敬正从外头暗访回来，碰见百姓们让衙役们押着，赶往郊外。衙役们打着火把，吆喝喧天。陈廷敬心里明白了八九分，便叫刘景过去问个清楚。刘景过去问一位老人：“老人家，您这是去哪里？”

老人说：“迎圣驾！”

刘景说：“深更半夜的，迎什么圣驾？”

老人叹道：“衙门里说了，圣驾说到就到，没个准的，我们得早早儿候着！”

陈廷敬远远地站在一旁，等刘景回来说了究竟，摇头道：“皇上说不让百姓回避，百姓想看看皇上，皇上也想看看百姓。可事情到了下面，都变味儿了！”

珍儿道：“可怜这些百姓啊！”

陈廷敬说：“他们得露立通宵啊！年纪大的站一个通宵，弄不好会出人命！刘景，你去说说，不必通宵迎驾，都回去睡觉去。”

刘景走到街当中，高声喊道：“乡亲们，你们不要去了！”

百姓们觉得奇怪，都站住了，回头望着刘景。刘景又道：“圣驾明儿才到，你们都回去睡觉吧！”

师爷跑了过来，打着火把照照刘景：“咦，你是哪方神仙？误了迎圣驾，小心你的脑袋！”

刘景并不答话，只道：“迎圣驾这么大的事儿，怎么不见你们知县老爷？”

师爷笑道：“真是笑话，知县老爷也犯得着陪他们站个通宵？知县老爷正睡大觉哪！”

刘景问道：“你们知县老爷就不怕误了迎圣驾？”

师爷说：“不用你操心，只要有圣驾消息，知县老爷飞马就到！”

刘景又高声喊道：“乡亲们，你们都听听，知县老爷自己在家睡大觉，却要你们站个通宵，世上有这个理儿吗？”

有个百姓反倒笑了起来，说：“这个人有毛病，我们小百姓怎么去跟知县老爷比？”

师爷更是笑了，道：“听听，你自个儿听听！百姓都明白这个理儿，就你不懂。”

刘景不理会师爷，只喊道：“乡亲们，你们回去睡觉，明儿卯时大伙儿再赶到这里，我同你们一块儿去迎圣驾！”

又有百姓笑道：“什么人呀？你是老胃病吃大蒜，好大的口气。”

师爷笑得更得意了，说：“你听听，他们听你的吗？听衙门的！好了，这小子想说的也都说了，你们爱听不爱听也都听了。我们走吧，迎圣驾去！”

张乡甫也在人群里头，他便喊道：“乡亲们，我们听这位兄弟的，他的话不会错！又不是打仗，非得十万火急，皇上也用不着夜里赶路啊！”

百姓们有的点头，有的摇头，闹哄哄的。

张乡甫又道：“听不听由你们，我是要回去睡觉了！”

师爷厉声喝道：“不准回去！”

张乡甫又喊道：“这会儿皇上在睡觉，知县老爷在睡觉，要我们傻等干什么?”

人群骚动起来，开始往回拥。衙役们阻拦着，挥起棍棒打人。毕竟百姓们人多势众，衙役们阻拦不住。也有几十个百姓胆小的，不敢回去，仍跟着衙役往郊外走。

六十九

第二日，杭州城外黄沙铺道，圣驾浩浩荡荡来了。可离圣驾一箭之遥，竟有两家迎亲的，唢呐声声，爆竹阵阵。皇上坐在马车里，探出头来看看，好生欢喜：“朕怎么净看到娶亲的?”

张善德随行在马车旁，回道：“皇上，兴许是日子好吧。”

高士奇、阿山等官员肃穆而立，望着远处猎猎旌幡。几丈之外，百姓们低头站立，没人吭声半句。陈廷敬混在百姓里头，并不上去同高士奇打招呼。高士奇也不会朝百姓们瞟上半眼，自然看不见陈廷敬。

圣驾渐渐近了，高士奇等老早跪在官道两旁。直到圣驾停了下来，高士奇才低头拱手跑到道中跪下奏道：“奴才高士奇恭迎圣驾!”

阿山也跪在道中，奏道：“奴才两江总督阿山率杭州官绅百姓恭迎圣驾。”

百姓们齐刷刷跪下，高喊：“吾皇万岁万岁万万岁!”

这时，陈廷敬身着便服，从百姓中走出，低头走到圣驾前跪下：“臣陈廷敬叩见皇上!”

高士奇早知道陈廷敬出宫多时了，并不怎么吃惊。阿山刚才见着个百姓装束的人直往前走，正担心有人犯驾，不想此人却是陈廷敬。李启龙吓一大跳，慌忙抬头去看那人是谁，又想看看阿山在哪里。索额图见李启龙左右顾盼，立马叫纠仪官上前拎了他出来。

阿山忙朝皇上叩了几个响头，道："恳请皇上恕罪！余杭知县李启龙为接圣驾殚精竭虑，刚才一时忘了规矩。"

李启龙早吓成一摊烂泥，汗出如浆，不知所措。皇上道："免了李启龙的罪，仍旧入列吧。"

李启龙爬了起来，退列班末，叩头不止。徐乾学正站在太子旁边，悄声儿道："太子殿下，地方官员该到的都到了，我看了看只有杭州知府刘裕丰没到！"

太子说："刘裕丰接驾不恭，皇阿玛早知道了。"

正说着，刘相年浑身湿漉漉气喘喘地跑了来，悄悄儿跪在后头。皇上抬头看看，问道："刚才来的是谁呀？"

刘相年忙叩头拜道："臣杭州知府刘相年迎驾来迟了，请皇上恕罪！"

太子怒斥道："刘相年，你衣冠不整，像个落汤鸡，这个样子来接驾，这是死罪！"

太子说着，回头望望皇上。皇上见刘相年这副模样，心里自然不快。陈廷敬禀道："皇上，刘裕丰预备皇上检阅水师，领着民夫搭台子，在钱塘江里泡了个通宵，方才从河里爬上来。"

原来昨儿夜里，陈廷敬知道了圣谕讲堂的事，急忙叫刘景去找刘相年。刘景去了知府衙门，才知道刘相年到钱塘江搭台子去了。

皇上冷冷望了眼刘相年，回头对众官员说："你们都起来吧。朕这会儿就不下来同你们叙话了，走吧。"

官员们站起来，低头退至道路两旁。道路两旁跪满了百姓，皇上停驾下车，道："乡亲们，你们都别跪着，起来吧。"

百姓们又是高呼万岁，却没有人敢起来。皇上又喊道："起来吧。你们都是朕的好子民，朕见着你们高兴。起来吧。"

这时，张乡甫把一个卷轴高高举过头顶，喊道："杭州士子张乡甫有诗进呈皇上！"

太子接过卷轴，递给皇上。皇上大喜，打开卷轴看了，脸色骤变。左右百官不知如何是好，大气不出。不料皇上又笑了起来，口里称好。太子伸手去接诗稿，皇上却没有给他，只道："好诗，好诗呀！朕先拿着，还要慢慢看。"

张乡甫仍是低头跪着，并不说话。皇上却道："张乡甫，抬起头来，让朕看看你。"

张乡甫慢慢抬起头来，见皇上正对他微笑着。可皇上这微笑叫张乡甫不寒而栗。皇上转头望着众百姓，喊道："大伙儿都起来，你们老这么跪着，朕心里不安哪。"

阿山看看索额图和太子，便叫道："起来吧，皇上让你们起来。"

百姓们这才慢慢站起来，却不敢拍膝上的泥土。

皇上微笑道："多好的百姓呀！阿山，请些百姓随驾去西溪山庄，朕要赐宴给他们。"

阿山忙跪下道："臣遵旨，臣先替百姓叩谢皇上恩典！"

阿山回头吩咐李启龙，悄声道："你去挑些人，挑干净些的，不要太多，十个就够了。"

又听皇上说道："对了，把张乡甫得叫上啊。"

皇上上了马车，百姓们再次跪下，高呼万岁。圣驾走过，李启龙落在后面挑人。他头一个挑的便是张乡甫，道："张乡甫，皇上要赐宴给你！看样子你小子走运了！"

张乡甫连连摇头，道："我不去。"

李启龙脸色变了，道："你想抗旨？真是不识好歹！兴许是皇上瞧上你了。你真要发达了，可别忘了我李某人啊。"

李启龙随后又挑了十来个百姓，道："你们随本老爷到西溪山庄去，皇上要赐宴给你们。"

挑出来的人个个半日回不过神来，喜也不知，惧也不知。只有张乡甫自知凶吉未卜，满腹心事。

圣驾径直去了高家西溪山庄，高士奇率全家老小跪迎，喊道："臣高士奇率全家老小叩见皇上，恭祝皇上万岁万岁万万岁！"

皇上早已换过肩舆，下了轿来，往早先安放的龙椅上坐下，道：“高士奇，朕见你们家一团和气，吉祥兴旺，很高兴。你高家可谓忠孝仁义之家呀！”

高士奇伏身而泣，叩谢不止。皇上说了许多暖心的话，才道：“士奇起来，叫你家人都起来吧。”

高士奇揩泪而起，叫全家老小起身，徐徐退下。皇上见罢高士奇家里的人，再命阿山上前说话，阿山低头快步上前，刷袖而跪，高声唱喊：“西湖映红日，钱塘起大潮。皇恩浩荡荡，东海扬碧波……”

皇上忍俊不禁，笑了起来，道：“阿山，你有话就直说吧，凭你肚子里那点文墨，说不来这些文绉绉的话。”

阿山顿时脸红，道：“臣阿山进宴两百桌，进奇石、珠玉、古玩、古字画若干，这都是江南父老自愿贡呈。”

皇上笑道：“阿山，朕千里迢迢来杭州，你请朕跟朕的臣工们吃顿饭，还说得过去。你送那些珍宝、古玩跟古字画干什么？真是百姓自愿的？”皇上说着便望望陈廷敬，原是多年前陈廷敬就说过，大凡下头讲百姓自愿的事，多半是假的。只是这会儿皇上心里高兴，并不想太认真了。

阿山道：“百姓爱戴我皇，倾其所有进呈皇上都是心甘的。”

皇上摇头笑道：“你这话又不通了。百姓果真倾其所有，朕就眼睁睁望着他们饿肚子？”

皇上说的自是随意，却把阿山吓着了：“皇上恕罪！皇上知道阿山书读得不多，不会说话。”

皇上又道：“好了，朕并没有怪你。高士奇，朕想到你家四处看看。”

皇上去了高家花园，道：“南方就有南方的好处，你看这树木花草，北方是长不出的哦！”

高士奇笑道：“这些树木花草今儿沐浴天恩，会长得更好的。”

皇上哈哈大笑，说：“高士奇，朕想给你写几个字。”

高士奇这边忙跪下谢恩，那边早有太监飞快拿来了文房四宝，放在小亭的石桌上。皇上连写了两幅字，一曰“忠孝仁义”，一曰“竹窗”。高士奇跪接了皇上墨宝，又是伏泣不已。

皇上在这里游园子、赐字，陈廷敬、张鹏翮一班大臣也都跟在后面。刘相年品衔低些，总是站在远处。张鹏翮见刘相年面色疲惫，心里暗自感慨。皇上身边正热闹着，张鹏翮便悄悄儿同陈廷敬说话：“皇上前几日私下问我浙江官员谁的官声最好，我对奏说杭州知府刘裕丰官声最好。可今日我觉着皇上对刘裕丰好像不太满意。”

陈廷敬轻声道：“运青果然慧眼识珠。刘裕丰性子耿直，又不伍流俗，在浙江官场上得罪了很多人。”

张鹏翮笑道：“我记得，当年是您在皇上面前举荐了刘裕丰。”

陈廷敬正想找张鹏翮联手保刘相年，便说：“只可惜，刘裕丰这回可要倒霉了！”

张鹏翮忙问是怎么回事，陈廷敬便把阿山密参刘相年，徐乾学暗中派人向刘相年索银子未成，高士奇故意选江水湍急处搭台子诸事大致说了，却瞒住了刘相年把妓院改作圣谕讲堂的事。

张鹏翮气不打一处来，却碍着这会儿正在侍驾，便轻声说道：“我治河多年，沿河督抚道县都有知晓，这个阿山官品最坏！徐原一、高澹人也是不争气的读书人！”

陈廷敬道：“我虽然把沿途所见所闻都密奏了皇上，可并没有想好要参谁。若依国法，可谓人人可参，少有幸免。可皇上会答应吗？我让皇上知道天下没几个清官了，我就完了；我让天下人知道大清没几个清官了，天下就完了。”

张鹏翮也低声道：“中堂所思所想，正是下官日夜忧心的啊！我这些年成日同沿河督抚们打交道，可谓忍气吞声！我太清楚他们的劣迹了，可治河得倚仗他们，不到万不得已不敢在皇上面前说他们半个不字！皇上也不想知道自己用的官多是贪官坏官！若依往日年少气盛，我早参他们了。”

没多时，张善德过来恭请皇上用膳。西溪山庄大小房间、亭阁、天井都摆上了筵席。皇上在花厅坐下，太子胤礽在驾前侍宴，其余臣工及随行人员各自按席而坐。

皇上举了酒杯，道："朕这次南巡，沿路所见，黄河治理已收功效，更喜今年谷稻长势很好，肯定是个丰年。百官恪尽职守，民人安居乐业，一派盛世气象。朕心里高兴，来，干了这杯！"

自然是万岁雷动，觥筹交错。皇上吃了些东西，身子有些乏了，先去歇着。宴毕已是午后，各自回房歇息。陈廷敬正要回房，却见张乡甫过来拜道："中堂大人，您说打赌皇上会把画还我的，什么时候还呀？"

陈廷敬心想这张乡甫也真是倔，便道："皇上刚到杭州，您的画皇上都还没见着哩。"

张乡甫说："我听说阿山大人这回收罗古字画若干，真假难辨，都让高大人一一过目。我就怕被他看作假的随意丢了。"

听得这么一说，陈廷敬就猜着张乡甫的古画八成是回不来了。米芾真迹甚是难得，高士奇哪肯进呈皇上？这时，又见索额图正在不远处同人说话，陈廷敬心里忽有一计，道："乡甫先生，那位是领侍卫内大臣索额图大人，此次皇上出巡一应事务都是他总管，您去找他说说。您只说自己进呈的画是米芾真迹，应是今人难得一见的神品，千万小心。"

张乡甫稍有犹豫，就去找索额图。陈廷敬掉头转身往屋里走，没多时就听得后头索额图骂张乡甫好不晓事。陈廷敬头也不回，回房去了。他刚进屋，徐乾学进来叙话，问："陈中堂，皇上派您下去密访，可下面接驾照样铺张。您想知道是什么原因吗？"

陈廷敬笑着敷衍道："皇上差我先行密访，并不想让外人知道啊。"

徐乾学笑道："瞒得过别人，瞒不过皇上身边几个人的。"

陈廷敬反过来问徐乾学："徐中堂知道下面为何仍然铺张接驾？"

徐乾学顾盼左右，悄声道："索额图指使太子沿途给督抚们写了密信。"

陈廷敬道："事涉太子，可要真凭实据啊。"

徐乾学摇摇头，道："不瞒您说，皇上早就察觉太子胤礽暗中交结大臣，着我派人暗中盯着。我已拿获送信的差人，手中有了实据。"

陈廷敬甚是吃惊，问："徐大人想怎么办？"

徐乾学叹道："太子毕竟是太子，况且太子所做都是索额图调唆的。"

陈廷敬琢磨徐乾学的意思，低声问道："徐大人意思是参索额图？"

徐乾学点头道："正是！参掉索额图，我们都听陈中堂您的！首辅大臣，非您莫属！"

陈廷敬连连摇手："徐中堂千万别说这话！我陈廷敬只办好自己分内差事就行了，并无非分之想。"

徐乾学情辞恳切，道："我不想绕弯子，直说了吧，想请陈中堂和我联手参倒索额图！"

陈廷敬想了想，说："徐中堂，你我上折子参索额图都不明智。"

徐乾学不解："为什么？"

陈廷敬道："朝中上下会以为你我觊觎首辅大臣之位，这样就参不倒索额图。"

徐乾学问："您是怕皇上这么想吧？"

陈廷敬道："明摆着，谁都会这么想的！"

徐乾学问："您意思怎么办？"

陈廷敬说："有更合适的人。"

徐乾学摸不准陈廷敬的心思，噤口不言。陈廷敬笑笑，轻声道："高澹人！"

徐乾学一拍大腿，道："对啊，高澹人！高澹人对索额图早就是恨不能食其肉，寝其皮啊！何况他只是个四品少詹事，别人不会怀疑他想一步登天。”

徐乾学转眼又道：“陈中堂，高澹人敢不敢参索额图？他在索额图面前就是个奴才，对索额图既恨且怕，他恐怕还没这个胆量啊！”

陈廷敬说：“他没这个胆，我俩就把胆借给他。高澹人巴不得索额图早些倒台，你只要告诉他我俩都会暗中帮他，他必定敢参的。你和高澹人过从密切，你去同他说。”

徐乾学连声说好，出门去了。徐乾学走后，陈廷敬闭目沉思，脑子里翻江倒海。刘相年那日告诉他徐乾学暗中派人索贿，他心里便有参徐之意。今日更见徐乾学野心勃勃，日后必成大奸，他肯定会深受其害。不如现在就把他参了。阿山之劣迹实在应该绳之以法，陈廷敬想此人不除也必祸及到自己。刘相年是他当年推举的廉吏，如果让阿山密参刘相年得逞，陈廷敬就有失察滥举之嫌。高士奇也不能再容忍，却用不着陈廷敬去参他，索额图自会收拾他的。陈廷敬思来想去，决意自己不必出面，只叫刘相年参人。刘相年已身负诸罪，又是个豁得出去的人，他拼死一搏或许还可自救。

陈廷敬再仔细想想，觉着料事已经甚为缜密，便让刘景去请了刘相年。刘相年进门见过礼，陈廷敬便说：“裕丰，你做事也太鲁莽了！”

刘相年心里明白是怎么回事，便问：“中堂大人也知道了？”

陈廷敬道：“妓院改圣谕讲堂，杭州城里只怕人人皆知了，只有皇上还不知道。”

刘相年也有些后悔，道：“此事确实做得荒唐，可事已至此又如何呢？我到底是为着省些银子。中堂大人，还望您救救相年。”

陈廷敬道：“你不如自救！”

刘相年问：“如何自救？”

陈廷敬道：“你去参阿山和徐乾学！”

刘相年听了，愣了半日，说：“我何尝不想参他们？可人家是二品大员，我参他们是蚍蜉撼树啊！况且我品衔不够，如何参人！”

陈廷敬说：“我想好了，你可以托人代奏。”

刘相年望着陈廷敬，拱手拜道：“好，只要陈中堂肯代奏，我掉了脑袋也参！”

陈廷敬摇头道：“你我渊源朝野尽知，我替你代奏，别人会怀疑我有私心。你可找张运青大人！”

原来陈廷敬早算准了，张鹏翮肯定会答应代奏的。张鹏翮本身就是刚直耿介之人，他对阿山、徐乾学之流早就厌恶，只是他经过多年历练，少了些少年血性，才暂时隐忍。如今刘相年危难之时相求，依张鹏翮平生心性，必定仗义执言。

刘相年略略一想，点头道：“好！我反正性命已在刀口上，管他哩！陈中堂，我这就去找张大人！”

陈廷敬说：“好，我相信张大人会答应。裕丰，你不必把我们的话告诉张大人，免得他多心，反而不好。我自会暗中帮你！”

刘相年走了，陈廷敬本想躺一会儿，却没有半丝睡意。他想自己躲在后头密谋连环参人，是否太狠了些？狠就狠吧，这狠字是逼出来的。倘若再不下狠手，国无宁日，自己日后就不会有好果子吃。

忽有公公过来传旨，命陈廷敬觐见。陈廷敬不知皇上有何吩咐，急忙赶了去，却见皇上正在赏玩字画，索额图、张鹏翮、徐乾学、高士奇一班大臣已在里头侍驾。

皇上道：“杭州果然有好东西，你们俩也来看看。”

张鹏翮道：“看古字画，子端、澹人是行家，鹏翮是外行。”

陈廷敬留意看了，居然没有米芾的《春山瑞松图》，心里便存了几分疑惑。再仔细看了几幅，真的全是赝品。心想高士奇简直胆大包天，拿假字画骗了皇上几十年。

皇上却是十分高兴，连连称好。陈廷敬并不点破，只看时机再说。兴许不需陈廷敬点破，只要高士奇参索额图，索额图就会说的。陈廷敬猜着索额图已知道张乡甫进呈了米芾真迹，皇上那里未必就有。

赏画多时，皇上命大臣们退下，只把陈廷敬留了下来，道：“廷敬，你一路密访，有些事情不必声张，朕知道就是了。你看个折子吧。”

陈廷敬接过折子，竟是浙江将军纳海的密奏，说的是冒充诚亲王的歹人已经擒获。那歹人唤作孟光祖，为镶蓝旗逃人，假冒诚亲王招摇诓骗五年之久，所经数省竟无人识破，四川巡抚年羹尧、江西巡抚佟国勷、两江总督阿山，或馈送银两、马匹，或馈送珠宝、绸缎，都受了骗。

皇上道：“孟光祖所经地方文武官员都有失察之责，待刑部详细审问，必严追细究！”

陈廷敬想来好生后怕，便道：“臣在杭州与刘裕丰偶遇，过后再细细奏与皇上。臣这会儿要说的是刘裕丰看出假诚亲王有诈，跑来同臣商量。臣叫他设法稳住歹人再作道理，不承想竟叫歹人跑了。臣未能及时缉拿孟光祖，也是有罪。”

皇上道：“廷敬，你是有功的。幸得你及时密奏，不然歹人还要作恶多时。刘相年也算眼尖，唉，这个刘相年，朕这会儿不说他了。廷敬，此事甚密，暂时不要同任何人说起。”

陈廷敬辞过皇上，回到房间心里仍是七上八下。幸亏刘相年没赶上送银子，不然他同刘相年两人都罪责难逃。皇上刚才说起刘相年便摇头叹息，可见阿山参人的密奏皇上必定信了。陈廷敬心里便多了几分担忧，怕自己连环参人之计失算。但箭已离弦，由不得人了。好在自己没有露面，既可避祸，又能暗中助人。

晚上，皇上命阿山觐见。原来高士奇参索额图的折子、张鹏翮代刘相年参阿山和徐乾学的折子，都已到了皇上手里。皇上心情极坏，却不想在外头发作，都等回京再说。只想先召阿山说说，嘱他凡事小心。

阿山早在外头恭候多时了，听得里头传出话来，忙领着两个姑娘进去了。阿山见过皇上，朝后头招呼道："进来见驾吧！"

皇上还没明白是怎么回事，两个如花似玉的姑娘碎步上前行礼。皇上异常震怒，斥骂道："阿山，你这是什么意思？美人计？你当朕是什么人了？"

阿山慌忙跪了下来，道："皇上恕罪！"

皇上拂袖而起，气冲冲地走到外头去了。皇上边走边吩咐张善德："把索额图、胤礽、陈廷敬、张鹏翮、徐乾学、阿山、高士奇都叫来！还有杭州知府刘相年！"

张善德应了一声，吩咐随侍太监传旨。阿山战战兢兢去了索额图那里，只道皇上发火了，如何是好！索额图先问明白，才道："你干吗吓成这个样子？兴许是皇上不称意，换两个吧！"

阿山哪里再敢换人，只道："索相国，还送人呀？卑职可是怕掉脑袋啊！"

索额图笑道："听老夫一句话，皇上也是人！"

阿山问："换谁呀？"

索额图说："换梅可君和紫玉吧。"

阿山说："紫玉可是给索相国您预备的，梅可君是太子要的。"

索额图道："只要皇上高兴，老夫就割爱吧。太子也管不得那么多了，这会儿要紧的是把皇上侍候好。"

两人正商量着，公公传旨来了。索额图同阿山忙去了高家客堂。皇上黑着脸坐在龙椅上，大臣们低头站作几行。皇上道："朕一路南巡，先是看到黄河大治，心里甚是高兴。后来却越看越不对劲儿，进入江浙，尤其到了杭州，朕就高兴不起来了。白日里你们看到朕慈祥和蔼，满面春风，你们以为朕心里真的很舒坦吗？"

皇上冷眼扫视着，大臣们谁也没敢说话。屋子里安静得叫人透不过气，外头传来几声猫叫，甚是凄厉。皇上痛心至极，道："朕脸上的笑容是装出来的，朕是怕江浙百姓看了不好过！"

皇上说着，拿起几案上的卷轴，道："这是杭州一个叫张乡甫的读书人写给朕的诗，颂扬圣德的，你们看看！”

皇上说罢，把卷轴哐地往地上一扔。张善德忙捡起卷轴，不知交给谁。

皇上道：“让阿山念念吧。”

阿山接过卷轴，打开念道：“欲奉宸游未乏人，江南办事一……反了，简直反了！”阿山没有再念下去，直道张乡甫是个头生反骨的狂生。皇上却逼视着阿山，喝道：“念下去！”阿山双手颤抖，念道：“欲奉宸游未乏人，江南办事一贪臣。百年父老歌声沸，难遇杭州几度春。这……还有一首，忆得年时宫市开，无遮古董尽驼来。何人却上癫米芾，也博君王玩一回。反诗，反诗，皇上，这是反诗呀！”

皇上怒道：“什么反诗？骂了你就是反诗了？你不听朕的招呼，大肆铺张，张乡甫骂你的时候把朕也连带着骂了！”

索额图上前奏道：“启奏皇上，臣以为应把张乡甫拿下问罪。”

皇上问道：“张乡甫何罪之有？他说的是实话！”皇上敲着几案，“朕这里有几个参人的密奏，本想回京再说。这会儿朕已忍无可忍，索性摊开了。参人的，被参的，都在这儿，你们谁先来呀？”

大臣们都低着头，大气都不敢出。这时，高士奇突然上前，跪下奏道：“启奏皇上，臣参索额图！”

索额图顿时目瞪口呆，脸色铁青，怒骂道：“高士奇你这个狗奴才！”

皇上拍案骂道：“索额图，休得放肆！高士奇你参他什么，当着大伙儿的面说出来！”

高士奇道：“索额图调唆太子结交外官，每到一地，都事先差人送密信给督抚，如此如此嘱咐再三。阿山其实都是按太子意思接驾的！”

胤礽立马骂了起来：“高士奇，你这老贼！”

皇上拍椅喝道：“胤礽，你太不像话了！”

胤礽跪了下来，奏道："皇阿玛，高士奇凭什么说儿臣写密信给督抚们？"

高士奇正在语塞，徐乾学上前跪下："启奏皇上，臣奉旨给阿山写的密诏送到杭州的时候，太子给阿山的密信也同时送到了。臣已拿获信差，这里有信差口供，正要密呈皇上。"

张善德接过口供，递给皇上。皇上匆匆看了口供，抬头问太子道："胤礽，朕且问你，你从实说。如果抵赖，总有水落石出的时候，到时候你别后悔。"

胤礽低头道："皇阿玛问便是了，儿臣从实说。"

皇上问："你是否给阿山写过密信？"

胤礽嗫嚅道："写过，但儿臣只是嘱咐阿山好生接驾，不得出半点儿纰漏。"

皇上指着太子，骂道："胤礽你真是大胆！你若不是别有用意，为什么要写密信给督抚们？他们是朝廷命官，只需按朕的旨意办事即可，用得着你写密信吗？什么好生接驾！你说得再轻描淡写，督抚们也会琢磨出你的深意来！"

胤礽期期艾艾，嘴里只知道说"儿臣"二字。皇上气极，喝道："你不要再狡辩了！"

高士奇知道终究不能冒犯太子，又道："启奏皇上，太子所为，都是听信了索额图的调唆。"

索额图哭喊起来："皇上，高士奇是存心陷害老臣呀！"

皇上瞟了眼索额图，道："索额图，没人冤枉你。朕忍你多时了，只想看你有无悔改之意。前年太子在德州生病，朕派你去随侍。你骑马直到太子中门才下马，单凭这条，就是死罪！太子交结内臣外官，朕早有察觉，都是你调唆的！"

索额图只是哭泣，道："臣冤枉呀！"

皇上道："索额图闭嘴！朕现在还不想把你们怎么样，明儿朕要检阅水师，朕仍要扮笑脸，你们也得给朕扮笑脸！要死要活，回京再说！"

索额图揩了把眼泪，道："臣参高士奇！"

皇上听了，顿觉奇怪，竟冷笑起来，道："朕还没接到你的折子呢，你参高士奇什么呀？"

索额图奏道："高士奇事君几十年，一直都在欺蒙皇上。当年他进呈皇上的五代荆浩《匡庐图》原是假的，只花二两银子买的，真迹他花了两千两银子，自己藏在家里。这事陈子端可以作证！"

陈廷敬万万没有想到索额图居然知道这桩陈年旧事，一时不知如何说话。皇上已惊得脸色发青，正望着他。陈廷敬忙上前跪下，道："高士奇进呈假古董，臣的确有所察觉。但臣又想高士奇是玩古行家，臣只是一知半解，也怕自己弄错了，倒冤枉了他，便一直把这事放在心里。臣反过来又想，不过就是些假字画假瓷瓶，误不了国也误不了君，何必为此伤了君臣和气，就由他去了。臣未能及时禀奏皇上，请治罪！"

皇上叹道："陈廷敬到底忠厚，可朕却叫高士奇骗了几十年！"

索额图又道："这回阿山在杭州收得古玩珍宝若干，真假难辨，都叫高士奇一一甄别。今日进诗的那个张乡甫，说他家有幅祖传的米芾真迹《春山瑞松图》，被余杭县衙强要了来。臣早知高士奇一贯伎俩，去看了贡单，里头果然没有这幅米芾真迹，说不定他这回又把假古董全都献给皇上了。"

皇上冷笑几声，道："难怪张乡甫诗里说，何人却上癫米芾，也博君王玩一回。朕本以为诗里并无实指，原来还真是这么回事。高士奇，高家，忠孝仁义呀！"

索额图接着又奏道："皇上曾有御书'平安'二字赐给高士奇，高士奇就把皇上赐给他的宅子叫作平安第。他本应感念皇上恩德，却大肆收贿。即使没事求他，也得年年送银子，这叫平安钱。若要有事求他，更得另外送银子。这事臣早有耳闻，念他是臣旧人，皇上待他又甚是恩宠，臣就一直没有说他。"

皇上怒道："索额图，你如此说，倒是朕包庇他了！"

高士奇跪伏在地，浑身发软，半句话也不敢狡辩。一时没人说话，张鹏翮忽又上前奏道：“杭州知府刘裕丰参徐乾学、阿山，臣代为奏本！”

皇上心里早就有数，大臣们却是惊了。徐乾学和阿山两相对视，都愣住了。皇上又冷笑道：“还说今儿是黄道吉日，杭州四处是迎亲的！朕说今儿是最晦气的日子！高士奇参了索额图，顺带着也参了胤礽。索额图反过来又参高士奇。刘相年这会儿一参就是两个！刘相年，你自己上前说话！”

刘相年上前跪下，问道：“皇上想知道杭州为何一时那么多人娶亲吗？”

皇上火冒三丈，道：“朕不想知道！”

刘相年却道：“皇上不想知道，臣冒死也要说。皇上南巡，便有随行大臣、侍卫托阿山在杭州买美女，此事在民间一传，就成了皇上要在杭州选秀。百姓不想送自己女儿进宫的，就抢着成亲。阿山还预备了青楼女子若干，供皇上随行人员消遣。”

阿山把头叩得砰砰响，道：“皇上，刘裕丰胡说，他自己犯下死罪诸款，臣已上了密奏，正要上前参他，他却恶人先告状！”

徐乾学跪下道：“臣同刘裕丰素无往来，他参臣什么？”

皇上瞪了眼睛，道：“阿山、徐乾学，朕此时不许你俩说话。”

刘相年又道：“那些青楼女子这会儿都在各位大人房间里候着哪！”

张善德本是轮不上他说话的，这会儿却也奏道：“启奏皇上，奴才手下有个小太监刚才说起，余杭知县李启龙正往各位大人房间送女子，问奴才这是怎么回事儿。”

皇上怒不可遏，拍案道：“荒唐！阿山混蛋！你当朕是领着臣工们到杭州逛窑子来了！”皇上太过震怒，忽觉胸口疼痛，扪胸呻吟。胤礽吓坏了，喊了声皇阿玛，想上前去。皇上抬手道：“胤礽不要近前！朕还死不了！”

胤礽退了下来，跪在地上哭泣。大臣们都请皇上息怒，地上哭声一片。张善德忙奏道：“皇上，您先歇着吧，今儿个什么都不要说了。”

皇上扪胸喘息一会儿，说：“朕这会儿不会死，徐乾学和阿山有什么罪，刘相年你接着说吧。”

刘相年跪奏道：“徐原一罪在索贿，阿山罪在欺君。阿山上了参劾臣的密奏，徐原一知道后，马上派人到杭州找到臣，只要臣出十万两银子，他就替臣把事情抹平。臣顶了回去，一两银子也不给。阿山明知皇上不准为南巡之事再兴科派，他却仍在下头大搞接驾工程，要臣在杭州建行宫。虽然暂时不向百姓要银子，只要圣驾一走，仍是要向百姓伸手的。”

徐乾学连连叩头道：“刘裕丰无中生有！”

阿山不等徐乾学讲完，又叩头道：“启奏皇上，臣是否有罪，日后自然明白。臣参刘裕丰的折子已在皇上手里，这会儿臣还要参刘裕丰一款新罪！”

皇上浑身无力，软软地靠在龙椅里，说：“今日可真是好日子啊！参吧，参吧，你们等会儿还可以接着参，看参到最后还剩下谁。刘相年还有什么新罪，你说呀？”

高士奇知道阿山想参什么，抢着说道：“臣参刘裕丰只有一句话，他居然把妓院改作圣谕讲堂！”

皇上如闻晴天霹雳，一怒而起，吼道：“刘相年，朕即刻杀了你！”

刘相年道：“臣并不是怕死之人，臣只是还想辩解几句。”

皇上道：“这还容得你辩解！来人，拖出去！”

两个侍卫上前，拖着刘相年出去了。大臣们忙请皇上息怒，龙体要紧。皇上道：“朕这次南巡，就担心下面不听招呼，特意命陈廷敬先行密访。陈廷敬已把沿路所见，一一密奏给朕了。你们各自做过的事，休想抵赖！陈廷敬，朕想听你说几句。”

陈廷敬知道有些事情暂时还不能说，皇上也特意嘱咐过。他略加斟酌，道：“他们各自所参是否属实，过后细查便知。但要参刘裕丰，还得加上一条，接驾不恭！刘裕丰因反对阿山借口接驾，向百姓摊派，阿山便命刘裕丰专门督建行宫。刘裕丰故意拖延行宫建造，岂不是接驾不恭？刘裕丰对臣说过，杭州有那么多官宦之家、豪绅大户，随便哪家都可以腾出来接驾，何必再建行宫劳民伤财？他知道皇上崇尚简朴，迟早会下旨停建行宫，因此故意怠工，为的是少花银子。”

皇上原以为陈廷敬真是要参刘相年的，听到这里，很是生气，说：“陈廷敬，原来你是替他摆好。他纵有千好万好，只要有这讲堂一事，便是死！”

陈廷敬奏道：“妓院改圣谕讲堂，确实唐突。刘裕丰说杭州督府县同城，县里有圣谕讲堂，知府衙门何必再建？但这回有巡抚衙门紧紧催逼，他怕拖不过去，就便宜盘下那家妓院，也是为着省些银子。臣倒有个建议，全国凡是督府县同城的，都只建一个讲堂。”

皇上听陈廷敬虽说得有理，可刘相年把妓院改作讲堂，岂可饶恕，便道：“陈廷敬，难怪你处处替刘相年辩护啊！朕想起来了，刘相年可是你当年推举的廉吏！”

张鹏翮心想陈廷敬再说只会惹怒皇上，自己叩头道：“启奏皇上，刘裕丰真是个难得的好官哪！只是他为人过于耿直，从来都不被上司赏识。阿山同高士奇为了加害刘裕丰，置皇上安危于不顾，故意选了河水湍急的地方，命他一夜之间搭好台子，预备皇上检阅水师。好在刘裕丰有百姓拥护，他自己也在水里泡了个通宵，硬是在急水中搭了个结结实实的台子！臣恳请皇上宽贷刘裕丰！他实是难得的忠臣！”

皇上仰头长叹，道：“好啊，你们都是朕的忠臣啊！你们都是忠臣，你们都退下吧！”

这时，一员武将低头进来，跪下奏道：“臣浙江水师提督向运凯叩见皇上！臣仓促接到皇上检阅水师的谕示，赶着安排去了，没有早早来接驾，请皇上恕罪。”

皇上正在生气，只道：“你起来吧。”

向运凯仍是跪着，道："启奏皇上，臣有一言奏告。"

皇上问道："你又是要参谁呢？"

向运凯不明就里，惊愕片刻，道："皇上，臣并不是要参谁。臣奏告皇上，时下正是钱塘江起潮之季，能否恩准检阅水师时日往后挪挪？"

皇上道："钱塘潮都怕了，还叫什么水师？你们都下去吧。"

皇上说罢，起身回屋。文武官员都默然拱手，望着皇上出门而去。外头听得皇上雷霆震怒，忙悄悄儿把那些青楼女子全都赶走了。皇上气冲冲往屋里走，仍是骂道："混账！王八蛋！朕待他们至诚至礼，他们还要贪，还要欺朕！朕连自己的儿子都靠不住！这就是帝王之家呀！"

张善德跟在后头，不停地劝皇上消消气。皇上进屋坐下，扪着胸口道："朕这里头痛呀！朕指望着君臣和睦，共创盛世，让百姓过上太平日子。可是，他们为什么要贪，要欺朕！"

皇上说着竟落下泪来，张善德也跪地而哭。正在这时，里间屋子传出了声声琵琶，一个女子和着琵琶唱道："西风起，黄叶坠。寒露降，北雁南飞。东篱边，赏菊饮酒游人醉。急煎煎砧声处处催，檐前的铁马声儿更悲。阳关衰草迷，独自佳人盼郎回。芭蕉雨，点点尽是离人泪。"

皇上止住眼泪，侧耳静听。张善德想进去看个究竟，皇上摇摇手，不让他进去。原来下头把那些青楼女子都弄出去了，却没人想到皇上屋里还有梅可君和紫玉姑娘。梅可君正幽幽怨怨地唱着，皇上背着手缓缓进来了。梅可君背对着门口，并不知道皇上来了。紫玉却吓得身子直往后退。皇上朝紫玉摇摇头，叫她不要害怕。

梅可君弹唱完了，抬眼看见紫玉那副模样，方才回过头来。梅可君事先已知道自己是来侍候皇上的，马上跪下："民女梅可君叩见皇上！"紫玉见状也忙跪下，到底年纪小，不知该怎么说。皇上并不生气，便把梅可君和紫玉留下了。

第二日，皇上乘坐肩舆，微笑着出了西溪山庄，起驾检阅水师。山庄外头早是人山人海。百姓们黑压压跪下，山呼万岁。沿路上也站满了百姓，只要见了御驾，立马跪下。皇上知道这都是阿山做给他看的，却仍是慈祥而笑，回头叫过阿山，说："朕自来杭州，百姓扶老携幼，随舟拥道，日计数万，欢声洋溢者皆由衷而发，非假饰也！"

阿山奏道："臣每逢月吉必宣讲《圣谕十六条》，杭州太平昌盛，百姓感念皇恩。"

皇上微笑着，忽喊停下。原来他见路边有位白发老人，忙问："老人家，您今年高寿？"

侍卫们见皇上想同老人说话，忙把肩舆放了下来。老人家不敢抬眼，低头回道："老儿七十有六！"

皇上听了高兴，说："倒是高寿，身子骨也健旺。"又问，"老人家等了多久？"

老人又回道："露立通宵！"

皇上瞟了一眼阿山，回头又问："老人家这么大年纪了，何必还来通宵候驾呢？"

老人沉默片刻，才说："官府到家里索拿，不敢不来啊！"

皇上点头无语，朝张善德招招手。张善德飞跑上前，听皇上轻轻说道："着人送老人家回家，好好赏他。"

复又起驾往前走，皇上一路再不说话，偶尔朝百姓们招招手。

检阅台黄幔作围，旌旗猎猎，台子正中早摆好了龙椅。皇上在黄幔外下了肩舆，走向检阅台，坐了下来。文武官员分列两侧，垂手而立。抬眼望去，钱塘江上战船整齐，不见首尾。船上水兵齐戴插花头巾，肃穆而立。

皇上道："闽浙海洋绵亘数千里，远达异域，所有外洋商船，内洋贾舶，都赖水师以为巡护。各路水师镇守海口，巡历会哨，保商缉盗，以靖海氛，至为关切。"皇上低头望着向运凯："向运凯，索额图经常说你能干，虽是渔夫出身，却深谙水上战术。朕想看看，操演吧。”

向运凯上前谢恩，奏道：“臣谢皇上夸奖！钱塘水师共有大号赶缯船五艘，二、三号赶缯船各十艘，另有沙战船、快哨船、巡快船、八桨船、双篷哨船等各十数艘，水兵三千五百人。恭请皇上检阅！”

向运凯下令操演，钱塘江上顿时万岁声雷动，响遏行云。皇上点头而笑。又听得锣鼓阵阵，杀声震天。岸上哨台旌旗挥动，忽见十来艘船划得飞快，眨眼间就把后头船只抛开一箭有余。

皇上问道：“那是什么船？”

向运凯奏道：“回皇上，那是巡快船，专为缉盗之用。皇上再往那边看，正放着纸鸢的是大号赶缯船。”

皇上又问：“放纸鸢干什么？”

向运凯回道：“作靶子。”

向运凯正说着，听得鼓声再起，巡快船上的弓弩手回身放箭，纸鸢纷纷落下。

皇上微微而笑，道：“水兵多是南方人，练就这般箭法，也是难得。”

再看时，江上船只已各自掉头划开，很快近岸分成南北两阵。又听得鼓声响过，各阵均有数十文身水兵高举彩旗，腾跃入水，奋力前趋，游往对岸。

皇上问道：“这是练什么？”

向运凯回道：“这是比水性。优胜者既要游得快，手中彩旗还不得沾了水。”

文身水兵正鱼跃碧波，又见各船有人顺着桅杆猿攀而上，飞快爬到顶尖四下瞭望。又听几声鼓响，桅杆顶上水兵嗖地腾空入水。皇上正暗自称奇，却见水兵顷刻间在十丈之外蹿出水面，鱼鹰似的飞游到岸。

向运凯见皇上高兴，奏道：“皇上，这是哨船侦察到敌船了，上岸报信儿。”

这时，一个副将在旁朝向运凯暗使眼色。向运凯悄悄儿退下，问："什么事？"

副将说："提督大人，只怕要起潮了。"

向运凯远远望去，果然江海相连处，一线如银，正是潮起之兆，暗自担心。

皇上见他两人在耳语，脸色有些不快，问："什么事不可大声说？"

向运凯上前跪下，道："臣恳请皇上移驾，只怕要起潮了。"

皇上笑道："朕当是什么大事哩！昨夜朕就说了，正要看看你们水师经得起多大风浪。倘若钱塘潮都抵不过，如何出外洋御敌？"

向运凯不敢再奏，退立班列。但见潮水越来越近，白如堆雪。江中水兵都是深谙潮性的，他们望见远处白浪涌来，顾不得旗舞鼓响，纷纷翻身上船。船上水兵也不再听从号令，划船靠岸。向运凯急令属下指挥船队继续操演，不得乱了阵脚。无奈风生潮起，船只又实在太多，顿时你挤我撞，叫骂连天，那船有在江中打转的，有翻了个底朝天的。近岸船上水兵仓皇跳江，回游上堤。

皇上脸色阴沉起来，骂道："向运凯，这就是你的水师？"

向运凯慌忙跪下请罪："臣管束不力，请皇上降罪！"

皇上训斥道："朝廷年年银子照拨，你把水师操练成这个样子！一见潮起便成乌合之众，还谈什么御敌！钱塘潮比外海还凶猛吗？这还不是中秋哪！可见上上下下都是哄朕的！不如奏请裁撤，你仍回家打鱼去吧。"

皇上正在骂人，只听得江上呼啸震耳，潮头直逼而来。大臣们都跪了下来，恭请皇上移驾。皇上却是铁青着脸，望着排空直上的潮头，定如磐石。忽听轰的一声巨响，眼前恰如雪崩。侍卫们旋风而至，把皇上团团拱卫。潮水劈头盖脸打下来，君臣百多人全都成了落汤鸡。大臣们跪的跪着，趴的趴着，哀求皇上移驾。

皇上仍是端坐龙椅，望着江面。江上潮声震天，雪峰乱堆，白龙狂舞。大臣们不敢再言，全都跪在地上。台上黄幔早已被掀得七零八落，侍卫们忙着东拉西扯。等到潮水渐平，黄幔又把检阅台遮得严严实实了。

再看钱塘江上，已是樯倾楫摧，浮木漂漾。向运凯此时只知叩头，嘴里不停地说着臣罪该万死。

皇上怒道："真是让朕丢脸。下去！"

向运凯把头直叩得流血，道："皇上，臣自是有罪。臣昨夜不敢参人，今儿臣冒死也要参人了。朝廷银子确是年年照拨，可从户部、兵部、督、抚层层剥皮下来，到水师已没剩多少了。银子不够，打船只好偷工减料，旧船坏船亦无钱修整，怎能敌得过狂风巨浪！"

皇上眼睛里布满了血丝，看上去甚是吓人，道："朕本想回京再说，看样子只好快刀斩乱麻了。你们都在编戏给朕看！朕真相信沿路百姓每天几万人、几十万人迎驾是真的吗？革去索额图一等伯、领侍卫内大臣之职，交刑部议罪！革去阿山两江总督之职，交刑部议罪！高士奇既然到了家门口，就不用再回京城了，就在家待着吧。念你随侍多年，朕准你原品休致。"

皇上降了罪的这些人都已是惶恐欲死，口不能言，只有高士奇跪上前哭道："臣还想多侍候皇上几年呀！"

皇上鼻子里哼了两声，道："免了吧，朕手里的假字画、假古玩够多的了，不用你再去费心了。这次在江南弄到的那些字画，无论真假，一律物归原主！"

高士奇退下，皇上又道："徐乾学也快到家门口了，你也回去吧。"

徐乾学跪在地上，惊恐万状，道："罪臣领旨，谢皇上宽大。"

皇上瞟了一眼陈廷敬，道："陈廷敬，还多亏刘相年这台子搭得结实，不然今儿朕的性命就送在这里了。朕饶了他大逆之罪。可他说话办事全无规矩，叫他随朕回京学习行走。"

陈廷敬便替刘相年谢了恩，并不多言。皇上心想陈廷敬密访几个月，沿路官员行状尽悉掌握，他只是如实密奏见闻，却不见他参人。可见陈廷敬确实老成了，大不像往日心性。人非圣贤，孰能无过？倘若见错参人，难题到底都是出给朕的，朕又怎能把有毛病的官员都斥退了？辅国安邦之相，就需像陈廷敬这般。皇上哪里知道，这回大臣们参来参去，都是陈廷敬背后一手谋划的！

皇上抬头望着天上的浮云，又道："胤礽回京之后闭门思过，不准出宫门半步！"

胤礽哭道："儿臣没做什么错事呀！"

皇上仍是抬着头，声音不大，却甚是吓人："胤礽！你要朕这会儿当着臣工们的面，把你的种种劣迹都说出来不成？你太叫朕失望！"

钱塘江此时已风平浪静，水兵们正在打捞破船。皇上半日无语，忽又低声说道："还有个人，他的名字朕都不想提起。余杭那个可恶的知县，杀了吧！"

黄幔外头，远远地仍有许多看热闹的百姓。他们自然不知里头的情形，只道见着了百年难遇的盛事。皇驾出了检阅台，仍是威严整齐，外头看不出一丝儿破绽。君臣们都已换上了干净衣服，坐轿的仍旧坐轿，骑马的仍旧骑马。

七十

回到京城，皇上头一日在乾清门听政，就说道："一个是明珠，一个是索额图，两个人斗来斗去，斗了几十年。他俩的所作所为，朕不是不知道，也不是袒护他们，朕想让他们悔改。但是，他俩只把朕的话当耳旁风！索额图尤其可恶，简直该杀！朕念他是功勋之后，自己年轻时也有战功，免他一死。还有一干人等同他们相互勾结，做了很多不要脸面的事。各位臣工都要引以为戒！"

臣工们低着头，唯恐自己的名字被皇上点到。皇上目光扫视群臣，又道：“朕深感欣慰的是你们大多能忠心耿耿，恪尽职守，清白做官。朕今日要专门说说陈廷敬。朕八岁登基，那个时候陈廷敬只有二十四岁，风华正茂，才气过人。从那时候起，陈廷敬就跟着卫师傅侍候朕读书。一晃就是四十八年，朕已五十有六了，陈廷敬亦已是七旬老人。他那一头青发，朕是亲眼看着它一根一根白起来的。四十八年了，朕现在回头一想，找不出陈廷敬的过错！陈廷敬，你是朕的老师傅啊！“

陈廷敬闻声上前，跪了下来。皇上望着陈廷敬，脸色越来越温和，说道：“陈师傅，卿为耆旧，可称全人！”

陈廷敬赶忙叩头谢恩，道：“臣谢皇上垂怜！人非圣贤，孰能无过？臣事君四十八年，肯定有不少失格出错之事，只是皇上仁德，不忍治罪。”

皇上笑道：“老相国，你就不必自谦了！”

陈廷敬头回听皇上叫他相国，惊得两耳嗡嗡响。他犹记得明珠被人喊相国多年，眼看着就倒了。索额图后来当权，满朝也称他索相国。陈廷敬且惊且惧，谢恩不止。自此，朝中上下都称他老相国。

这日被皇上降罪的还有好些人，却没听见点到高士奇和徐乾学的名字。原来皇上到底顾念君臣几十年，不忍再追他们的罪。皇上过后竟把自己收藏多年的字画拿了些赏赐给高士奇，派人专程送往杭州。皇上此举深意何在，外人费解。徐乾学在家正郁闷难遣，有日却突然收到皇上赐下金匾，竟然是御书四个大字：光焰万丈。徐乾学便守着这四个字在老家设馆讲学，一副沐浴皇恩的样子，心里却有苦说不出。天下读书人倒是越来越见着皇上厚待老臣，实有圣君气象。

陈廷敬虽是忧惧，回到家里兴致倒好些了，说：“皇上今日当着文武百官的面给了我八个字：卿为耆旧，可称全人。”

月媛自是欢喜，问道：“皇上亲口说的？”

陈廷敬哈哈大笑，道：“月媛真是越活越回去了，不是皇上亲口说的，我还敢矫旨？”

说着又是大笑。珍儿说：“老爷本来就是完人，珍儿跟您这么多年，还真找不出您的毛病！”

陈廷敬又道：“皇上还叫我老相国！”

月媛见老爷今儿样子真有些怪。老爷往日总说宠辱不惊，今日这是怎么了？当年明珠得势的时候，满朝争呼相国，没多久这相国就栽了。月媛正心事重重，陈廷敬却是感慨万千，道：“铲除了奸邪小人，君臣和睦，上下齐心，正可开万世太平啊！只可惜老夫老了，要是再年轻十岁就好了。”

夜里已经睡下了，月媛妨忍不住劝道：“廷敬，你真的老了。人生七十古来稀，不能再逞能了。”

陈廷敬笑道：“我哪里就老了？我改日不坐轿了，仍旧骑马哩。”

月媛说：“我想你趁身子骨还好，咱们回山西老家去，让你好好儿过几年清闲日子。朝廷里还有壮履当差，也说不上我家不忠。”

陈廷敬道：“月媛你这话我可不爱听。皇上以国事相托，我怎么能拍屁股走人呢？”

有日，陈廷敬去衙门了，月媛同珍儿在家里说老爷。月媛道：“珍儿妹妹，你说廷敬是不是有些糊涂了？”

珍儿说：“姐姐你这些日子怎么老挑老爷的不是？老爷哪里糊涂？”

月媛摇头道：“珍儿妹妹，那是你也糊涂了！廷敬他这官不能再做下去了。”

珍儿问：“为什么呀？皇上信任他，朝廷需要他，为什么就不做官了呢？”

月媛道：“我瞧了这么些年，我知道，大臣只要被叫作相国，就快大祸临头了。明珠是这样，索额图也是这样。”

珍儿道：“可是我们家老爷同他们不一样呀，明珠和索额图都是坏人呀！”

月媛知道有些道理珍儿是不懂的，便道：“珍儿妹妹，你只听姐姐的话，劝劝廷敬，他现在是越来越听不进我的话了。”

陈廷敬成日在南书房看折子，皇上下了朝也常到这里来。南书房南边儿墙根窗下有株老楮树，陈廷敬忙完公事偶有闲暇，喜欢坐在这里焚香抚琴，或是品茶。陈廷敬的琴艺皇上极是赞赏，有闲也爱听他弹上几曲。皇上虽也是六艺贯通，有回皇上在乾清宫里听见了陈廷敬琴声，曲子古雅朴拙，令人有出尘之想，却甚是陌生，未曾听过。

皇上不由得出来了，老远就摇手叫陈廷敬不要停下。皇上慢慢儿走过来，待陈廷敬弹奏完了，才问道：“老相国，你弹的是什么曲子？”

陈廷敬道：“回皇上，这曲子叫《鸥鹭忘机》，典出《列子》，皇上是知道的。说的是有个渔人每日去海边捕鱼，同海鸥相伴相戏，其乐融融。一日渔人妻子说，既然海鸥那么好玩，你捉只回来给我玩玩。渔人答应了他的妻子。第二日，渔人再去海边，海鸥见了他就远远地飞走了。原来海鸥看破了渔人的机心。”

皇上点头良久，道：“廷敬，你这话倒让朕明白了一个道理。人与鸟是如此，人与人更是如此，相互信任，不存机心，自然万象祥和，天下太平。”

陈廷敬笑道：“恭喜皇上，如今正是太平盛世，君臣和睦，不存机心啊。”

皇上很是高兴，道：“老相国，你也难得有个清闲，朕看你抚琴窗下，鹤发童颜，俨然仙风道骨，甚是欢喜。朕叫如意馆的画师给你画张画儿，就叫《楮窗图》好了。”

陈廷敬赶紧谢了恩，直道老臣领受不起。旁边的张善德听着，比陈廷敬自己还要欢喜，立时吩咐下边太监到如意馆传旨去了。那些日子，陈廷敬忙完案头文牍，就到楮树下坐着，让画师给他作画儿。画成之后，先进呈皇上御览。皇上甚是满意，又在上头题了诗："横经召视草，记事翼鸿毛。礼义传家训，清新授紫毫。房姚比雅韵，李杜并诗豪。何似升平相，开怀宫锦袍。"

陈廷敬感激不尽，自然进诗谢恩。但毕竟国事繁重，少有暇时，陈廷敬终日都是埋头案牍。有日，他看着折子，眉头皱了起来，道："皇上，臣以为朝中大臣和督抚上折子的时候，应令他们省掉虚文，有话直说，不要动不动就是什么昆仑巍巍呀，长江滔滔呀。"

皇上却是笑道："老相国，读书人喜欢把文章写漂亮点儿，就由着他们吧，爱不爱听，朕自然心里有数。"

陈廷敬道："可臣觉着阿谀之风日行，实有不妥。"

皇上笑道："不妨，朕心里明白的。"

陈廷敬想皇上的耳朵只怕慢慢地也有些软了，皇上过去是听不得阿谀之言的。又想皇上也许更懂得御人之道了？明知道下头说的是些漂亮话，也由他们说去。要显着太平气象，好听的话自然是少不得的。

陈廷敬正埋头写着票拟，皇上递过一个折子，道："老相国你看看这个。"

陈廷敬双手接过折子，见是密奏，忙说："密奏臣岂能看？"

皇上道："朕以为是你看得的密奏，你就先看，再送朕看。"

陈廷敬跪下谢恩，道："皇上如此宠信老臣，臣不胜惶恐！"

皇上忙亲手扶起陈廷敬，道："长年在朕身边侍从的臣工算起来至少也有上百了，大多免不了三起三落，那些太不争气的就永不叙用了。只有你老相国，小委屈也受过些，从未有大错大过。你几十年来，恪慎清勤，始终一节。朕相信你！"

皇上说这话时，南书房里还有好几位臣工，他们自此便把陈廷敬看作首辅，甚是敬重。陈廷敬又谢过恩，低头再去看密奏，却见这是道参人的折子。他看完密奏说："皇上，下边上折子参人，尤其是上密奏，应有根有据。风闻言事，恐生冤狱！"

皇上和颜悦色，道："老相国，你是不记事了吧？你大概忘了，风闻言事，正是朕当年提倡的。不许臣工们风闻言事，就堵住了他们的嘴，朕就成了瞎子、聋子！”

陈廷敬又道：“可是臣怕有人借口风闻言事，罗织罪名，打击异己。”

皇上摇头道：“朕自有决断，不会偏听偏信的。”

陈廷敬看完手中密奏，皇上又递上一个，道：“这个也请老相国先看。”

陈廷敬知道看密奏不是件好事，可皇上下了谕示他也不敢不看。他打开这道密奏一看，却见是刘相年上的。原来刘相年回京没多久，又被皇上特简为江苏按察使。皇上到底看重刘相年的忠心，只是叫他改改脾气。

陈廷敬见刘相年在密奏上写道：“臣察访两淮浮费甚多，其名目开列于后。一、院费，盐差衙门旧例有寿礼、灯节、代笔、后司、家人等各项浮费，共八万六千一百两。二、省费，为江苏督抚司道各衙门规礼，共三万四千五百两。三、司费，为运道衙门陋规，共二万四千六百两。四、杂费，为两淮杂用交际，除别敬、过往士夫两款外，尚有六万二千五百两。以上四款，皆派到众商头上，每每朝廷正项钱粮没有完成，上述浮费先入私囊。臣以为应革除浮费，整肃吏治。”

陈廷敬看完密奏，道：“皇上，刘裕丰这个按察使实在是用对人了。”

说罢就把密奏奉给皇上。岂料皇上看了，摇头叹道：“刘相年这般行事，长久不得。”

陈廷敬道：“裕丰确实太耿直了，但他所奏之事如不警醒，贪墨之风刹不住啊。”

皇上不再说话，提起朱笔批道：“知道了。所列四款浮费，第二款去不得，银钱不多，何苦为此得罪督抚，反而积害！治理地方以安静为要，不必遇事就大动手脚。嘱你改改脾气，定要切记。小心，小心，小心，小心！”

密奏是仍要回到刘相年手里去的，皇上连批了四个小心，陈廷敬看得心惊肉跳。他暗自交代自己，往后还是尽量少看密奏。

陈廷敬家里好长日子都听不到琴声。他总是伏案到深夜，不是写折子，就是校点书稿。皇上这会儿又把《康熙字典》总裁的差事放在他肩上。原本是张玉书任总裁的，陈廷敬任副总裁。可张玉书不久前仙逝，总裁的差事就全到他身上了。

月媛每夜都要劝过好几次，他才肯上床歇息，却总说恨不能一日当作两日用。有日夜里，月媛实在忍不住了，说了直话："廷敬，您事情做得越多越危险。"

陈廷敬道："月媛，你怎么变了个人似的？"

月媛说："您会费力不讨好的。"

月媛同珍儿每日都在家说着老爷，珍儿明白月媛的心思，就道："姐姐，您心里是怎么想的，说出来得了，看您把老爷急的！"

月媛便道："您累得要死，自己以为是鞠躬尽瘁，死而后已；别人看着却是贪权恋位，一手遮天。"

陈廷敬听罢大怒，骂道："月媛，你越来越不像话了！"

说罢拂袖而起，跑到天井里生气去了。月媛并不理他，珍儿追了出去，劝道："老爷，外头凉，您进屋去吧。"

陈廷敬道："皇上把这么多事放在我肩上，我怎敢偷懒？"

珍儿道："姐姐也是为您好！她见过这么多事情，也许旁观者清啊。"

陈廷敬说："一个妇道人家，懂得什么！"

珍儿笑道："珍儿也是妇道人家！我们都不懂，谁管您呀！"

陈廷敬说："你也来气我！"

珍儿拉了陈廷敬说："好了，进屋去吧，还赌什么气呢？"

陈廷敬摇摇头，跟着珍儿进屋，嘴里却在埋怨："你们两个呀，都知道给我气受！"

珍儿笑道："哪日我们不气您了，您又会觉着闷了哩！"

春日，皇上召陈廷敬去畅春园游园子。皇上想起几次南巡，便说："朕每次去杭州都觉着那里有钱人家的园子越盖越好，可见江南真是富足了。"

陈廷敬却道："启奏皇上，如今天下太平，民渐富足，国朝江山必是永固千秋。只是臣以为，世风却不如以往了。天下奢靡之风日盛，官员衣食不厌其精，民间喜丧不厌其繁。世上的财货总是有限度的，而人的欲壑深不可测。臣以为，应重新制定天下礼仪制度，对官民衣食住行，都立一定之规，以提倡节俭风尚。"

皇上笑道："廷敬，你的心愿是好的，只是想出的办法太迂了。吃的用的越来越好了，说明国家兴旺，财货富足。喜欢吃什么用什么，红白喜事摆多大排场，日久成习，积重难返，朝廷要强行改变，是没有办法的。"

陈廷敬说："皇上，臣担心的是倘若听凭奢侈之风日长，会人心不古的。要紧的是朝廷官员都奢靡成习，就只有贪银子了。"

皇上道："官员胆敢贪污，按律查办便是，这有何难？"

陈廷敬仍说："若不从本源上根治，官场风气越来越坏，朝廷哪里查办得过来？"

皇上听了这话，不再欣赏满园春色，定眼望了陈廷敬，说："依老相国的意思，国朝的官员统统烂掉了？现在可谓河清海晏，天下五谷丰登，百姓安居乐业。难道朕把江山打理得这么好，倚仗的尽是些贪官？"

陈廷敬哑口无言，愣了半日方知请罪。回家便神情沮丧，独坐书房叹息不已。往日李老太爷在，翁婿俩倒是经常深夜长谈。他现在很少把朝廷的事放在家里说的，这回忍不住同月媛说了他的满腹委屈，只道他的话皇上是一句也听不进了。

月媛说："廷敬，您以为皇上信任您，就什么话都可以说了。下面上折子先要说些漂亮话，皇上也知道那是没有意思的，可人家皇上爱听，您不让他听去？真不让下面说了，到时候皇上想听都听不到了，说不定下面就真不把皇上当回事了。廷敬，这些道理您原来是懂的，是您告诉我的，怎么自己到头来糊涂了呢？这天下礼仪也不是古今不变的，您要天下人都按朝廷规定吃饭穿衣，也不是皇上说您，您真有些迂了。”

陈廷敬道：“哪是你说的这么简单？就是吃饭穿衣？事关世风和吏治！”

陈廷敬听不进月媛劝告，他想要么朝廷应厉行俭朴之风，禁止官员奢靡；要么增加官员俸禄，不使官员再起贪心。一日在乾清宫早朝，陈廷敬奏道：“臣以为，国朝官员俸禄实在太薄，很多官员亏空库银，收受贿赂，实有不得已处。朝廷应增加俸银，断其贪念。”

皇上听着奇怪，道：“陈廷敬，朕觉着你说话越来越不着调了。你从来都是清廉自守，今儿为何替贪官说起话来了？”

陈廷敬奏道：“臣只是想，听凭官员暗中贪污，不如明着增加他们的俸禄。”

皇上道：“做我清朝的官就得清苦。朕早说过，想发财，就不要做官；做官，就不许发财。前明覆灭，百官奢靡是其重要祸源。”皇上说着，拿起御案上一个折子，“朕曾命人查察明代宫廷费用，同现在比较。账查清楚了，富伦你念给大家听听。”

富伦这会儿已进京行走，着任户部尚书。他接过张善德递过来的折子，念道：“明代宫内每年用银九十六万九千四百多万两，国朝还不及其十分之一，节省下来的银子都充作军饷了；明代每年光禄寺送给宫内各项银二十四万多两，现在不过三万两；明代每年宫里用柴火二千六百八十六万多斤，现如今宫内只用六七百万斤；明代宫里每年用红螺炭等一千二百多万斤，现在只用百多万斤；明代各宫用床帐、舆轿、花毯等，每年共用银二万八千二百多两，现在各宫都不用；明代宫殿楼亭门数共七百八十六座，现在不及其十分之一；乾清宫妃嫔以下洒扫老妪、宫女等仅一百三十四人，不及明代三分之一。”

皇上等富伦念完，说道：“朕可以清苦节俭，你们为什么做不到？”

陈廷敬奏道："皇上节俭盛德，胜过了千古帝王！但皇上是节俭了，下头不一定都节俭了，账面上的东西不一定就靠得住。"

皇上听着更是生气，道："陈廷敬，你如此说就太放肆了！"

陈廷敬连声请罪，却又道："臣的老家产枣，臣小时候吃枣，专爱挑红得漂亮的吃，哪知越是红得漂亮的，里头却已烂了。原来早有虫子钻到里头，把肉都吃光了。臣便明白一个道理，越是里头烂掉了的枣子，外头越是红得光鲜！"

陈廷敬这话说了，一时殿内嗡声四起。那些平日暗自恨着他的人，便说他自命相国，倚老卖老，全不把皇上放在眼里，这话分明是变着法儿咒骂朝廷，倘若不治陈廷敬的罪，难服天下人。只有张鹏翮说陈廷敬这话都是一片忠心，请皇上明鉴。

陈廷敬并不顾别人在说什么，仍是上奏："皇上，如今一个知县，年俸四十五两银子。天下有谁相信，知县是靠这四十五两银子过活的？皇上不能光图面子上好看，那是没有用的。若等到天下官员都烂透了再来整治，就来不及了！皇上，咱们不能自欺欺人！"

皇上终于天威震怒，骂道："陈廷敬，你老糊涂了！"

陈廷敬如闻五雷，顿时两眼一黑，身子摇摇晃晃几乎晕倒下去。

他回家就病倒了，卧床不起。皇上闻知，忙命张鹏翮和富伦领着太医上陈家探望。太医瞧了病，只道："老相国年纪大了，身子虚弱，太累了，就容易犯病。不要让老相国再如此劳累了。"

陈壮履忙写了谢恩折子，托两位大人转奏。皇上看了折子，问道："老相国身子怎么样了？"

张鹏翮道："回皇上，陈子端发热不止，口干舌燥，耳鸣不止。"

皇上又问："饮食呢？"

张鹏翮说："先是水米不进，太医奉旨看过几次以后，现在能喝些汤了。"

皇上道："要派最好的太医去。嘱咐老相国安心养息，朝廷里的事情，他就不要操心了。陈廷敬为朝廷操劳快五十年了，老臣谋国，忠贞不贰呀！朕那日话是说得重了些。”

富伦却道：“皇上不必自责，陈子端的确也太放肆了。启奏皇上，背后说陈廷敬的人多着哪！”

皇上骂富伦道：“你休得胡说！臣工们要是都像陈廷敬这样忠心耿耿，朝廷就好办了。”

陈廷敬在家养病几个月，身子好起来时已是夏月。皇上听说陈廷敬身子硬朗了，便召他去御花园说话。张善德正要出去传旨，皇上又道：“陈廷敬是朕老臣，传谕内宫女眷不必回避。”

陈廷敬进了御花园，见皇后正同嫔妃们在里头赏园子，吓得忙要躲避。张善德笑道：“老相国，皇上才嘱咐奴才，说您是老臣了，女眷们都不必回避。”

陈廷敬这才低着头，跟着张善德往里走。皇上准他进入内宫，且不让女眷回避，实是天大的恩宠。可陈廷敬甚是漠然，连谢恩都忘了。忽听得一个夫人说道：“老相国辛苦了。”

张善德忙道：“老相国快给娘娘请安！”

陈廷敬忙请了皇后娘娘圣安，却又听得嫔妃们都问老相国安。陈廷敬只是低了头拱手还礼，并不抬眼望人。这边请安回礼完了，陈廷敬才看见皇上站在古柏之下，望着他微笑。陈廷敬忙上前跪下，道：“臣恭请皇上圣安！”

皇上扶起陈廷敬，拉着他的手，引往亭中坐下。陈廷敬早暗自嘱咐自己，再不同皇上谈论国事。皇上今日也只谈风月，问起当今诗文谁是最好，陈廷敬说应首推王士正，他的诗清新蕴藉，颇具神韵，殊有别趣。皇上也道看过王士正的诗，他的诗天趣自然，实在难得。皇上又问到高士奇和徐乾学怎样，陈廷敬便道高士奇的书法、文才都是了不得的，徐乾学的学问亦是渊博。皇上唏嘘良久，说：“朕许是年纪渐渐大了，越来越恋旧了，哪日也召高士奇跟徐乾学回来看看。”

陈廷敬在御花园陪皇上说话，足待了两个时辰。拜辞出来时，皇上又赐了他御制诗手卷两幅、福寿挂幅各一、高丽扇四把。陈廷敬谢恩出宫，却丝毫没有觉着欣喜。夜里，他在家独自抚琴，心里万事皆空。罢琴之后犹豫好久，只好依制写下长诗谢恩，曰《六月二十五日召至御花园赐御书手卷挂幅扇恭记》，自然免不得颂扬圣恩，煞尾处却写道："十九年中被恩遇，承颜往往亲缣素。画篁去章喜绝伦，凉秋未敢嗟迟暮。丹青自古谁良臣？终始君恩有几人？便蕃荣宠今如此，恐惧独立持其身。"

壮履读了老父的诗，隐隐看出中间的孤愤，却不知如何劝慰，只道："爹，您把这诗进呈上去，皇上只怕又会怪罪的。"

陈廷敬摇摇头，说："我没心思写了，你替我写几句进呈皇上吧。"

陈廷敬不再每日去南书房，总托儿子壮履称病。有回真又病了，牙齿痛得肿了半边脸。他却苦中自嘲，写了首诗："平生未解巧如簧，牙齿空然粲两行。善病终当留舌在，多愁应不及唇亡。相逢已守金人戒，独坐谁怜玉尘妨。身老得闲差自慰，雪梅烟竹依残阳。"

很快就到初秋，有日陈廷敬躺在天井里的椅子上晒太阳。年纪毕竟大了，月媛怕他着凉，拿来薄被盖在他身上。庭树葱茏，鸟鸣啾啾。珍儿道："老爷，您听，鸟叫得多好听。"

陈廷敬微微闭着眼睛，没有听见。珍儿又问："老爷，您能认得那是什么鸟吗？"

陈廷敬仍不搭话，眼睛却睁开了，茫然望着天空浮云。

月媛轻轻拍了拍他，道："廷敬，珍儿问您话哪！"

陈廷敬像是突然梦中醒来，大声道："什么呀？"

月媛同珍儿相顾大惊。

珍儿悄悄儿说："姐姐，老爷怕是聋了？"

月媛说："昨日都好好的，怎么就聋了？"说罢又问："廷敬，我说话您听见吗？"

陈廷敬高声道："你大点儿声。"

珍儿大声道："姐姐已经很大声了。"

陈廷敬顿时眼睛瞪得好大，道："啊？未必我的耳朵聋了？"

珍儿立马哭了起来，月媛朝她摇摇头，叫她不要哭。月媛笑眯眯地望着陈廷敬，凑到他耳边说："您耳朵聋了是福气！耳根清净，没灾没病！您会长命百岁的！"

陈廷敬像是听见了，哈哈大笑。

珍儿也凑上去说："您只好好养着身子，珍儿就是您的耳朵，姐姐就是您的眼睛！"

陈廷敬越发笑了起来，浑浊的老眼里闪着泪光。

这日，皇上召陈廷敬去南书房。陈廷敬见了皇上，颤巍巍地跪下，道："老臣叩见皇上！"

皇上道："老相国病了这场，身子清减了许多。你起来吧。"

陈廷敬跪着不动，头埋得低低的。

皇上又道："老相国快快请起。"

陈廷敬仍是低头跪着，像是睡着了。

皇上又问："老相国是不是有什么话说？要说话，你站起来说也不迟。"

陈廷敬跪在地上像蔸老树根。张善德跑上去问："老相国，您今儿个怎么了？"

陈廷敬这才抬起头来，道："啊？您大点儿声！"

张善德吃惊地望望皇上，皇上长叹一声，道："老相国怕是病了一场，耳朵聋了。上回在御花园见他还是好好的，到底是年纪大了。"

张善德低下头去，大声喊道："皇上让您起来说话！"

陈廷敬这才听见，谢恩站了起来，哭奏道："启奏皇上，臣耳朵听不见了，玉音垂询，臣懵然不觉，长此以往，恐误大事。恳请皇上恩准老臣归田养老！"

皇上两眼含泪，道："陈廷敬供奉朝廷四十九年，兢兢业业，颇有建树。而今患有耳疾，上奏乞归。朕实有不舍。然陈廷敬归林之意已决，朕只好忍痛割爱，准予陈廷敬原品休致，回家颐养天年！”

陈廷敬木然站立，浑然不觉。张善德上前，凑在陈廷敬耳边道：“皇上恩准您回家了！”

陈廷敬又跪下谢恩，动作迟迈：“老臣谢皇上隆恩！”

皇上又道：“陈廷敬平生编书颇多，回家之后，仍任《康熙字典》总阅官！”

陈廷敬哪里听得见，张善德只得又凑在他耳边大声说了，他才谢恩起来。

早在半个月前，陈廷统被皇上特简为贵州按察使，他在路上接到家书，听说哥哥告老还乡了，忽然间也生了退意，便向朝廷上了个折子，半路上就往山西老家赶了。巧的是豫朋也擢升了知府，他也是在履新途中知道父亲以病休致，亦掉头回了山西，草草给朝廷进了个折子交差。

只有壮履仍留在京城当差，陈廷敬同儿子长谈半夜，嘱咐他只安心在馆编书，不要想着做什么大官。“我做官快五十年了，能聊以自慰的是一生干净。我曾写诗说，我自长贫甘半饱。门生们都叫我‘半饱居士’。食无求饱，居无求安，方为君子。”陈廷敬颤巍巍地站起来：“我和你娘，一家子都回山西老家去，京城就只剩你了。我想了几句诗，这就写给你。”

壮履赶紧过去铺纸研墨，父亲提笔写道：“盛年已过莫迟疑，先圣当年卓立时。学不求名吾自喜，文能见道汝应知。世传杜老诗为事，人识苏家易有师。更有一言牢记取，养心寡欲是良规。”

壮履朝爹深深鞠了一躬，说：“爹的话，儿都记住了！”

陈廷敬领着月媛、珍儿和几个亲随回山西老家去。收拾了半月，五辆马车出了京城。一路上陈廷敬都不说话，总是闭着眼睛，像是睡着了。他多半是醒着的，有时也真是睡着了。醒着的时候，他就在想自己近五十年的官宦生涯，说到底实在无趣。又在路上接到廷统和豫朋的信，心想廷统早早离开官场自是好事，豫朋却是可以干些事的。他也只是这么想想，并不把他们叔侄辞官的事放在心上。天塌下来，地陷下去，且随他去了。当年卫大人告诉他一个“等”字，岳父告诉他一个“忍”字，自己悟出一个“稳”字，最后又被逼出一个“狠”字，亏得月媛又点醒他一个“隐”字。若不是这一“隐”字，他哪能全身而退？迟早要步明珠和索额图的后尘。

路上走了五十多日，回到了阳城老宅。正是春好时节，淑贤领着阖家老小迎出门来。陈廷敬同家里人见了面，哪里也没去，先去了西头花园，道：“自小没在这里头好好儿待过，真辜负了春花秋月。”

月媛还在招呼家人搬行李，珍儿跟在老爷后面招呼着。陈廷敬在亭内坐下，家人忙端了茶上来。他喝了口茶，忽听树上有鸟啁啾，笑道：“珍儿，那鸟儿叫得真好听，我告诉你它叫什么鸟。”

珍儿又惊又喜：“老爷，您耳朵没聋呀？”珍儿说罢往屋里跑去，边跑边喊：“老爷他耳朵没聋！”

陈廷敬哈哈大笑，惊飞了树上的鸟。

图书在版编目(CIP)数据

大清相国:王跃文讲解版/王跃文著. —长沙:岳麓书社,2020. 3
(2023. 1 重印)

ISBN 978-7-5538-1192-5

Ⅰ. ①大…　Ⅱ. ①王…　Ⅲ. ①长篇历史小说—中国—当代
Ⅳ. ①I247. 5

中国版本图书馆 CIP 数据核字(2019)第 264362 号

DAQING XIANGGUO (WANG YUEWEN JIANGJIE BAN)

大清相国(王跃文讲解版)

作　　者:王跃文
策　　划:蔡　晟
责任编辑:王　彦　刘丽梅
助理编辑:张　娜
责任校对:舒　舍
封面设计:VIOLET

岳麓书社出版发行
地址:湖南省长沙市爱民路 47 号
直销电话:0731-88804152　0731-88885616
邮编:410006
版次:2020 年 3 月第 1 版
印次:2023 年 1 月第 4 次印刷
开本:640mm×960mm　1/16
印张:37. 5
字数:486 千字
书号:ISBN 978-7-5538-1192-5
定价:68. 00 元

承印:湖南省众鑫印务有限公司

如有印装质量问题,请与本社印务部联系
电话:0731-88884129